御製

佛光恩照　三千大千　隨緣徧滿
恒沙法界　普度衆生　悉證菩提
身心安泰　年時豐稔　風雨調順
日月升恒　乾坤清寧　百昌蕃熾
上下樂利　中外協和　庶物咸亨
萬善圓成　情與無情　同登正覺

大清雍正十三年四月初八日

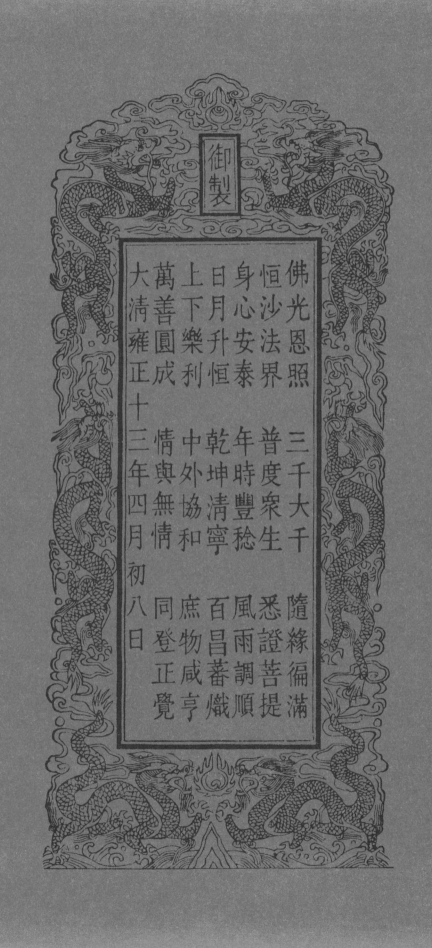

第一一五册　此土著述（五）

弘明集

梁釋僧祐撰

清刻龍藏佛說法變相圖

弘明集序

梁　釋　僧祐　撰

夫覺海無涯慧鏡圓照化妙域中實陶鑄於堯舜理擅繫表乃誕埴乎周孔矣然道大信難聲高和寡須彌峻而藍風起寶藏積而怨賊生昔如來在世化震大千猶有四魔稸忿六師懷毒況乎像季其可勝哉自大法東流歲幾五百緣各信否運亦崇替正見者敷讚邪惑者謗訕至於守文曲儒則距爲異教巧言左道則引爲同法距有拔本之迷引有朱紫之亂遂令詭論稍繁訛辭孔熾夫鶡鴠鳴夜不翻白日之光精衛銜石無損滄海之勢然以闇亂明以小罔大雖莫動毫髮而有塵眂聽將令弱植之徒隨僞辯而長迷倒置之倫逐邪說而永溺此幽塗所以易墜淨境所

以難陟者也祐以末學志深弘護靜言浮俗憤慨于心遂以藥疾微間山棲餘暇撰古今之明篇總道俗之雅論其有刻意翦邪建言衛法製無大小莫不畢採又前代勝士書記文述有益三寶亦皆編録類聚區分列爲十四卷夫道以人弘教以文明弘道明教故謂之弘明集兼率淺懷附論于末庶以涓埃微裨瀛岱但學孤識寡愧在褊局博綜君子惠增廣焉

弘明集卷第一

梁 釋 僧祐 述

牟子理惑論 三十七篇

正誣論 未詳作者

牟子理惑論 一云蒼梧太守牟子博傳

牟子既修經傳諸子書無大小靡不好之雖不樂兵法然猶讀焉雖讀神仙不死之書抑而不信以爲虛誕是時靈帝崩後天下擾亂獨交州差安北方異人咸來在焉多爲神仙辟穀長生之術時人多有學者牟子常以五經難之道家術士莫敢對焉比之於孟軻距楊朱墨翟先是時牟子將母避世交趾年二十六歸蒼梧娶妻太守聞其守學謁請署吏時年方盛志精於學又見世亂無仕宦意竟遂不就是時諸州郡相疑隔塞不通太守以其博學多識使致敬荊州牟子以爲榮爵易讓使命難辭遂嚴當行會被州牧優文處士辟之復稱疾不起牧弟爲豫章太守爲中郎將笮融所殺時牧遣騎都尉劉彥將兵赴之恐外界相疑兵不得進牧乃請牟子曰弟爲逆賊所害骨肉之痛憤發肝心當遣劉都尉行恐外界疑難行人不通君文武兼備有專對才今欲相屈之零陵桂陽假塗於通路何如牟子曰被秣伏櫪見遇日久列士忘身期必騁効遂嚴當發會其母卒亡遂不果行久之退念以辯達之故輒見使命方世擾攘非顯己之秋也乃歎曰老子絕聖棄智修身保真萬物不干其志天下不易其樂天子不得臣諸侯不得友故可貴也於是銳志於佛道兼研老子五千文含玄妙爲酒漿翫五經爲

琴簧世俗之徒多非之者以爲背五經而向異道欲爭則非道欲默則不能遂以筆墨之間略引聖賢之言證解之名曰牟子理惑云

或問曰佛從何出生寧有先祖及國邑不皆何施行狀何類乎牟子曰富哉問也請以不敏略說其要蓋聞佛化之爲狀也積累道德數千億載不可紀記然臨得佛時生於天竺假形於白淨王夫人晝寢夢乘白象身有六牙欣然悅之遂感而孕以四月八日從母右脅而生墮地行七步舉右手曰天上天下靡有踰我者也時天地大動宮中皆明其日王家青衣復産一兒廐中白馬亦乳白駒奴字車匿馬曰揵陟王常使隨太子太子有三十二相八十種好身長丈六體皆金色頂有肉髻頰車如師子舌自覆面手把千輻輪頂光照萬里此略說其相年十七王爲納妃隣國女也太子坐則遷座寢則異床天道孔明陰陽而通遂懷一男六年乃生父王珍偉太子爲興宮觀妓女寶玩並列於前太子不貪世樂意存道德年十九二月八日夜半呼車匿勒揵陟跨之鬼神扶舉飛而出宮明日廓然不知所在王及吏民莫不歔欷追之及田王曰未有爾時禱請神祇今既有爾如玉如珪當續祿位而去何爲太子曰萬物無常有存當亡今欲學道度脫十方王知其彌堅遂起而還太子徑去思道六年遂成佛焉所以孟夏之月生者不寒不熱草木華英釋狐裘衣絺綌中呂之時也所以生天竺者天地之中處其中和也所著經凡有十二部合八億四千萬卷其大卷萬言已下小卷千言已上佛

教授天下度脫人民因以二月十五日泥洹而去其經戒續存履能行之亦得無爲福流後世持五戒者一月六齋齋之日專心壹意悔過自新沙門持二百五十戒日日齋其戒非優婆塞所得聞也威儀進止與古之典禮無異終日竟夜講道誦經不預世事老子曰孔德之容唯道是從其斯之謂也

問曰何以正言佛佛爲何謂乎牟子曰佛者謚號也猶名三皇神五帝聖也佛乃道德之元祖神明之宗緒佛之言覺也恍惚變化分身散體或存或亡能小能大能圓能方能老能少能隱能彰蹈火不燒履刃不傷在汙不染在禍無殃欲行則飛坐則揚光故號爲佛也

問曰何謂之爲道道何類也牟子曰道之言導也導人致於無爲牽之無前引之無後舉之無上抑之無下視之無形聽之無聲四表爲大綩綖其外毫釐爲細間關其內故謂之道

問曰孔子以五經爲道教可拱而誦履而行今子說道虛無恍惚不見其意不指其事何與聖人言異乎牟子曰不可以所習爲重所希爲輕惑於外類失於中情立事不失道德猶調弦不失宮商天道法四時人道法五常老子曰有物混成先天地生可以爲天下母吾不知其名强字之曰道道之爲物居家可以事親宰國可以治民獨立可以治身履而行之充乎天地廢而不用消而不離子不解之何異之有乎

問曰夫至實不華至辭不飾言約而至者麗

事寡而達者明故珠玉少而貴瓦礫多而賤聖人制七經之本不過三萬言衆事備焉今佛經卷以萬計言以億數非一人力所能堪也僕以爲煩而不要矣牟子曰江海所以異於行潦者以其深廣也五岳所以別於丘陵者以其高大也若高不絕山阜跛羊淩其巔深不絕涓流孺子浴其淵麒麟不處苑囿之中吞舟之魚不遊數仞之溪剖三寸之蚌求明月之珠探枳棘之巢求鳳凰之雛必難獲也何者小不能容大也佛經前說億載之事却道萬世之要太素未起太始未生乾坤肇興其微不可握其纖不可入佛悉彌綸其廣大之外剖析其寂窈妙之內靡不紀之故其經卷以萬計言以億數多多益具衆衆益富何不要之有雖非一人所堪譬若臨河飲水飽而自足焉知其餘哉

問曰佛經衆多欲得其要而棄其餘直說其實而除其華牟子曰否夫日月俱明各有所照二十八宿各有所主百藥並生各有所愈狐裘備寒絺綌御暑舟輿異路俱致行旅孔子不以五經之備復作春秋孝經者欲博道術恣人意耳佛經雖多其歸爲一也猶七典雖異其貴道德仁義亦一也孝所以說多者隨人行而與之若子張子游俱問一孝而仲尼答之各異攻其短也何棄之有哉

問曰佛道至尊至大堯舜周孔曷不修之乎七經之中不見其辭子既躭詩書悅禮樂奚爲復好佛道喜異術豈能踰經傳美聖業哉竊爲吾子不取也牟子曰書不必孔丘之言藥不必扁鵲之方合義者從愈病者良君子

博取衆善以輔其身子貢云夫子何常師之有乎堯事尹壽舜事務成旦學吕望丘學老聃亦俱不見於七經也四師雖聖比之於佛猶白鹿之與麒麟鷰鳥之與鳳凰也堯舜周孔且猶與之況佛身相好變化神力無方焉能捨而不學乎五經事義或有所闕佛不見記何足怪疑哉

問曰云佛有三十二相八十種好何其異於人之甚也殆富耳之語非實之云也牟子曰諺云少所見多所怪覩馲駝言馬腫背堯眉八彩舜目重瞳子皋陶馬喙文王四乳禹耳三漏周公背僂伏羲龍鼻仲尼反顒老子曰角月玄鼻有雙柱手把十文足蹈二五此非異於人乎佛之相好奚足疑哉

問曰孝經言身體髮膚受之父母不敢毀傷曾子臨沒啓予手啓予足今沙門剃頭何其違聖人之語不合孝子之道也吾子常好論是非平曲直而反善之乎牟子曰夫訕聖賢不仁乎不中不智也不仁不智何以樹德德將不樹頑嚚之儔也論何容易乎昔齊人乘船渡江其父墮水其子攘臂捽頭顛倒使水從口出而父命得穌夫捽頭顛倒不孝莫大然以全父之身若拱手修孝子之常父命絶於水矣孔子曰可以適道未可與權所謂時宜施者也且孝經曰先王有至德要道而泰伯短髮文身自從吳越之俗違於身體髮膚之義然孔子稱之其可謂至德矣仲尼不以其短髮毀之也由是而觀苟有大德不拘於小沙門捐家財棄妻子不聽音不視色可謂讓之至也何違聖語不合孝乎豫讓吞炭漆

身聶政皮面自刑伯姬蹈火高行截容君子爲勇而有義不聞譏其自毀沒也沙門剃除鬚髮而比之於四人不已遠乎

問曰夫福莫踰於繼嗣不孝莫過於無後沙門棄妻子捐財貨或終身不娶何其違福孝之行也自苦而無奇自拯而無異矣牟子曰夫長左者必短右大前者必狹後孟公綽爲趙魏老則優不可以爲滕薛大夫妻子財物世之餘也清躬無爲道之妙也老子曰名與身孰親身與貨孰多又曰觀三代之遺風覽乎儒墨之道術誦詩書修禮節崇仁義視清潔鄉人傳業名譽洋溢此中士所施行恬惔者所不恤故前有隋珠後有虓虎見之走而不敢取何也先其命而後其利也許由栖巢木夷齊餓首陽孔聖稱其賢曰求仁得仁者也不聞譏其無後無貨也沙門修道德以易遊世之樂反淑賢以貿妻子之歡是不爲奇孰與爲奇是不爲異孰與爲異哉

問曰黃帝垂衣裳製服飾箕子陳洪範貌爲五事首孔子作孝經服爲三德始又曰正其衣冠尊其瞻視原憲雖貧不離華冠子路遇難不忘結纓今沙門剃頭髮被赤布見人無跪起之禮威儀無盤旋之容止何其違貌服之制乖搢紳之飾也牟子曰老子云上德不德是以有德下德不失德是以無德三皇之時食肉衣皮巢居穴處以崇質朴豈復須章黼之冠曲裘之飾哉然其人稱有德而敦厖之信而無爲沙門之行有似之矣或曰如子之言則黃帝堯舜周孔之儔棄而不足法也牟子曰夫見博則不迷聽聰則不惑堯舜周

孔修世事也佛與老子無爲志也仲尼栖栖七十餘國許由聞禪洗耳於淵君子之道或出或處或默或語不溢其情不淫其性故其道爲貴在乎所用何棄之有乎

問曰佛道言人死當復更生僕不信此言之審也牟子曰人臨死其家上屋呼之死已復呼誰或曰呼其魂魄牟子曰神還則生不還神何之乎曰成鬼神牟子曰是也魂神固不滅矣但身自朽爛耳身譬如五穀之根葉魂神如五穀之種實根葉生必當死種實豈有終亡得道身滅耳老子曰吾所以有大患以吾有身也若吾無身吾有何患又曰功成名遂身退天之道也或曰爲道亦死不爲道亦死有何異乎牟子曰所謂無一日之善而問終身之譽者也有道雖死神歸福堂爲惡既死神當其殃愚夫闇於成事賢智預於未萌道與不道如金比草善之與福如白方黑焉得不異而言何異乎

問曰孔子云未能事人焉能事鬼未知生焉知死此聖人之所紀也今佛家輒說生死之事鬼神之務此殆非聖喆之語也夫履道者當虛無淡泊歸志質朴何爲乃道生死以亂志說鬼神之餘事乎牟子曰若子之言所謂見外未識內者也孔子疾子路不問本末以此抑之耳孝經曰爲之宗廟以鬼享之春秋祭祀以時思之又曰生事愛敬死事哀感豈不教人事鬼神知生死哉周公爲武王請命曰旦多才多藝能事鬼神夫何爲也佛經所說生死之趣非此類乎老子曰既知其子復守其母沒身不殆又曰用其光復其明無遺

身殃此道生死之所趣吉凶之所住至道之要實貴寂寞佛家豈好言乎來問不得不對耳鍾鼓豈有自鳴者桴加而有聲矣

問曰孔子曰夷狄之有君不如諸夏之亡也孟子譏陳相更學許行之術曰吾聞用夏變夷未聞用夷變夏者也吾子弱冠學堯舜周孔之道而今捨之更學夷狄之術不已惑乎牟子曰此吾未解大道時之餘語耳若子可謂見禮制之華而闇道德之實闚炬燭之明未覩天庭之日也孔子所言矯世法矣孟軻所云疾專一耳昔孔子欲居九夷曰君子居之何陋之有及仲尼不容於魯衛孟軻不用於齊梁豈復仕於夷狄乎禹出西羌而聖喆瞽叟生舜而頑嚚由余產狄國而霸秦管蔡自河洛而流言傳曰北辰之星在天之中在人之北以此觀之漢地未必爲天中也佛經所說上下周極含血之類物皆屬佛焉是以吾復尊而學之何爲當捨堯舜周孔之道金玉不相傷精珀不相妨謂人爲惑時自惑乎

問曰蓋以父之財乞路人不可謂惠二親尚存殺己代人不可謂仁今佛經云太子須大拏以父之財施與遠人國之寶象以賜怨家妻子匃與他人不敬其親而敬他人者謂之悖禮不愛其親而愛他人謂之悖德須大拏不孝不仁而佛家尊之豈不異哉牟子曰五經之義立嫡以長太王見昌之志轉季爲嫡遂成周業以致太平娶妻之義必告父母舜不告而娶以成大倫貞士須聘請賢臣待徵召伊尹負鼎干湯甯戚叩角要齊湯以致王齊以之霸禮男女不親授嫂溺則援之以手

權其急也苟見其大不拘於小大人豈拘常也須大拏覩世之無常財貨非己寶故恣意布施以成大道父國受其祚怨家不得入至於成佛父母兄弟皆得度世是不爲孝是不爲仁孰爲仁孝哉

問曰佛道崇無爲樂施與持戒兢兢如臨深淵者今沙門躭好酒漿或畜妻子取賤賣貴專行詐紿此乃世之僞而佛道謂之無爲耶

牟子曰工輸能與人斧斤繩墨而不能使人巧聖人能授人道不能使人履而行之也皐陶能罪盜人不能使貪夫爲夷齊五刑能誅無狀不能使惡人爲曾閔堯不能化丹朱周公不能訓管蔡豈唐教之不著周道之不備哉然無如惡人何也譬之世人學通七經而迷於財色可謂六藝之邪婬乎河伯雖神不能溺陸地人飄風雖疾不能使湛水揚塵當患人不能行豈可謂佛道有惡乎

問曰孔子稱奢則不遜儉則固與其不遜也寧固叔孫曰儉者德之恭侈者惡之大也今佛家以空財布施爲名盡貨與人爲貴豈有福哉

牟子曰彼一時也此一時也仲尼之言疾奢而無禮叔孫之論刺嚴公之刻楹非禁布施也舜耕歷山恩不及州里太公屠牛惠不逮妻子及其見用恩流八荒惠施四海饒財多貨貴其能與貧困屢空責其履道許由不貪四海伯夷不甘其國虞卿捐萬戶之封救窮人之急各其志也僖負羈以壹飧之惠全其所居之閭宣孟以一飯之故活其不貲之軀陰施出於不意陽報皎如白日況傾家財發善意其功德巍巍如嵩泰悠悠如江海

矣懷善者應之以祚挾惡者報之以殃未有種稻而得麥施禍而獲福者也

問曰夫事莫過於誠說莫過於實老子除華飾之辭崇質朴之語佛經說不指其事徒廣取譬喻譬喻非道之要合異爲同非事之妙雖辭多語博猶玉屑一車不以爲寶矣牟子曰事嘗共見者可說以實一人見一人不見者難與誠言也昔人未見麟問嘗見者麟何類乎見者曰麟如麟也問者曰若吾嘗見麟則不問子矣而云麟如麟寧可解哉見者曰麟麕身牛尾鹿蹄馬背問者霍解孔子曰人不知而不慍不亦君子乎老子云天地之間其猶橐籥乎又曰譬道於天下猶川谷與江海豈復華飾乎論語曰爲政以德譬如北辰引天以比人也子夏曰譬諸草木區以別之矣詩之三百牽物合類自諸子讖緯聖人秘要莫不引譬取喻子獨惡佛說經牽譬喻耶

問曰人之處世莫不好富貴而惡貧賤樂歡逸而憚勞倦黃帝養性以五肴爲上孔子云食不猒精鱠不猒細今沙門被赤布日一食閉六情自畢於世若茲何聊之有牟子曰富與貴是人所欲不以其道得之不處也貧與賤是人之所惡不以其道得之不去也老子曰五色令人目盲五音令人耳聾五味令人口爽馳騁畋獵令人心發狂難得之貨令人行妨聖人爲腹不爲目此言豈虛哉柳下惠不以三公之位易其行段干木不以其身易魏文之富許由巢父栖木而居自謂安於帝宇夷齊餓于首陽自謂飽於文武蓋各得其志而已何不聊之有乎

問曰若佛經深妙靡麗子胡不談之於朝廷論之於君父修之於閨門接之於朋友何復學經傳讀諸子乎牟子曰子未達其源而問其流也夫陳俎豆於壘門建旌旗於朝堂衣狐裘以當蕤賓被絺綌以御黄鍾非不麗也乖其處非其時也故持孔子之術入商鞅之門賫孟軻之説詣蘇張之庭功無分寸過有丈尺矣老子曰上士聞道勤而行之中士聞道若存若亡下士聞道大而笑之吾懼大笑故不爲談也渴不必待江河而飲井泉之水何所不飽是以復治經傳耳

問曰漢地始聞佛道其所從出耶牟子曰昔孝明皇帝夢見神人身有日光飛在殿前欣然悦之明日博問羣臣此爲何神有通人傅毅曰臣聞天竺有得道者號之曰佛飛行虚空身有日光殆將其神也於是上悟遣使者張騫羽林郎中秦景博士弟子王遵等十二人於大月支寫佛經四十二章藏在蘭臺石室第十四間時於洛陽城西雍門外起佛寺於其壁畫千乘萬騎遶塔三帀又於南宫清涼臺及開陽城門上作佛像明帝存時預修造壽陵陵曰顯節亦於其上作佛圖像時國豐民寧遠夷慕義學者由此而滋

問曰老子云知者不言言者不知又曰大辯若訥大巧若拙君子恥言過行設沙門有至道奚不坐而行之何復談是非論曲直乎僕以爲此德行之賊也牟子曰來春當大飢今秋不食黄鍾應寒蕤賓重裘備預雖早不免於愚老子所云謂得道者耳未得道者何知之有乎大道一言而天下悦豈非大辯乎老

子不云乎功遂身退天之道也身既退矣又何言哉今之沙門未及得道何得不言老氏亦猶言也如其無言五千何述焉若知而不言可也既不能知又不能言愚人也故能言不能行國之師也能行不能言國之用也能行能言國之寶也三品各有所施何德之賤乎唯不能言又不能行是謂賤也

問曰如子之言徒當學辯達修言論豈復治情性履道德乎牟子曰何難悟之甚乎夫言語談論各有時也蘧瑗曰國有道則直國無道則卷而懷之甯武子曰國有道則智國無道則愚孔子曰可與言而不與言失人不可與言而與言失言故智愚自有時談論各有意何爲當言論而不行哉

問曰子云佛道至尊至快無爲憺怕世人學士多譏毁之云其辭說廓落難用虛無難信何乎牟子曰至味不合於衆口大音不比於衆耳作咸池設大章發簫韶詠九成莫之和也張鄭衛之弦歌時俗之音必不期而拊手也故宋玉云客歌於郢爲下里之曲和者千人引商徵角衆莫之應此皆悅邪聲不曉於大度者也韓非以管闚之見而謗堯舜接輿以毛毳之分而刺仲尼皆耽小而忽大者也夫聞清商而謂之角非彈弦之過聽者之不聰矣見和璧而名之石非璧之賤也視者之不明矣神蛇能斷而復續不能使人不斷也靈龜發夢於宋元不能免豫且之網大道無爲非俗所見不爲譽者貴不爲毁者賤用不用自天也行不行乃時也信不信其命也

問曰吾子以經傳理佛之說其辭富而義顯

其文熾而說美得無非其誠是子之辯也牟子曰非吾辯也見博故不惑耳問曰見博其有術乎牟子曰由佛經也吾未解佛經之時惑甚於子雖誦五經適以爲華未成實矣吾既覩佛經之說覽老子之要守恬惔之性觀無爲之行還視世事猶臨天井而闚溪谷登嵩岱而見丘垤矣五經則五味佛道則五穀矣吾自聞道已來如開雲見白日炬火入冥室焉

問曰子云佛經如江海其文如錦繡何不以佛經荅吾問而復引詩書合異爲同乎牟子曰渴者不必須江海而飲飢者不必待廒倉而飽道爲智者設辯爲達者通書爲曉者傳事爲見者明吾以子知其意故引其事若說佛經之語談無爲之要譬對盲者說五色爲聾者奏五音也師曠雖巧不能彈無弦之琴狐狢雖熅不能熱無氣之人公明儀爲牛彈清角之操伏食如故非牛不聞不合其耳矣轉爲蚉䖟之聲孤犢之鳴即掉尾奮耳蹀躞而聽是以詩書理子耳

問曰吾昔在京師入東觀遊太學視俊士之所規聽儒林之所論未聞修佛道以爲貴自損容以爲上也吾子曷爲耽之哉夫行迷則改路術窮則反故可不思歟牟子曰夫長於變者不可示以詐通於道者不可驚以怪審於辭者不可惑以言達於義者不可動以利也老子曰名者身之害利者行之穢又曰設詐立權虛無自貴修閨門之禮術時俗之際會赴趣間隙務合當世此下士之所行中士之所廢也況至道之蕩蕩上聖之所行乎杳

兮如天淵兮如海不合闚墻之士數仞之夫固其宜也彼見其門我覩其室彼採其華我取其實彼求其備我守其一子速改路吾請履之故禍福之源未知何若矣

問曰子以經傳之辭華麗之說褒讚佛行稱譽其德高者凌青雲廣者踰地圻得無踰其本過其實乎而僕譏刺頗得疹中而其病也牟子曰吁吾之所褒猶以塵埃附嵩泰收朝露投江海子之所謗猶握瓢觚欲減江海躡耕耒欲損崐崘側一掌以翳日光舉土塊以塞河衝吾所褒不能使佛高子之毀不能令其下也

問曰王喬赤松八僊之籙神書百七十卷長生之事與佛經豈同乎牟子曰比其類猶五霸之與五帝陽貨之與仲尼比其形猶丘垤之與華恒涓瀆之與江海比其文猶虎鞹之與羊皮斑紵之與錦繡也道有九十六種至於尊大莫尚佛道也神僊之書聽之則洋洋盈耳求其効猶握風而捕影是以大道之所不取無爲之所不貴焉得同哉

問曰爲道者或辟穀不食而飲酒啖肉亦云老氏之術也然佛道以酒肉爲上戒而反食穀何其乖異乎牟子曰衆道叢殘凡有九十六種憺怕無爲莫尚於佛吾覩老氏上下之篇聞其禁五味之戒未覩其絶五穀之語聖人制七典之文無止糧之術老子著五千之文無辟穀之事聖人云食穀者智食草者癡食肉者悍食氣者壽世人不達其事見六禽閉氣不息秋冬不食欲效而爲之不知物類各自有性猶磁石取鐵不能移毫毛矣

問曰穀寧可絕不牟子曰吾未解大道之時亦嘗學焉辟穀之法數千百術行之無効爲之無徵故廢之耳觀吾所從學師三人或自稱七百五百三百歲然吾從其學未三載間各自殞沒所以然者蓋由絕穀不食而啖百果享肉則重盤飲酒則傾罇精亂神昏穀氣不充耳目迷惑婬邪不禁吾問其故何答曰老子云損之又損以至於無爲徒當日損耳然吾觀之但日益而不損也是以各不至知命而死矣且堯舜周孔各不能百載而末世愚惑欲服食辟穀求無窮之壽哀哉

問曰爲道之人云能卻疾不病弗御針藥而愈信有之乎何以佛家有病而進針藥耶牟子曰老子云物壯則老謂之不道不道早已唯有得道者不生亦不壯不壯亦不老不老亦不病不病亦不朽是以老子以身爲大患焉武王居病周公乞命仲尼有疾子路請禱吾見聖人皆有疾矣未覩其無病也神農嘗草殆死者數十黃帝稽首受針於岐伯此之三聖豈當不如今之道士乎察省斯言亦足以廢矣

問曰道皆無爲一也子何以分別羅列云其異乎更令學者狐疑僕以爲費而無益也牟子曰俱謂之草衆草之性不可勝言俱謂之金衆金之性不可勝言同類殊性萬物皆然豈徒道乎昔揚墨塞羣儒之路車不得前人不得步孟軻闢之乃知所從師曠彈琴俟知音之在後聖人制法冀君子之將覩也玉石同匱猗頓爲之於悒朱紫相奪仲尼爲之歎息日月非不明衆陰蔽其光佛道非不正衆

私掩其公是以吾分而別之臧文之智微生之直仲尼不假者皆正世之語何費而無益乎

問曰吾子訕神僊抑奇怪不信有不死之道是也何爲獨信佛道當得度世乎佛在異域子足未履其地目不見其所徒觀其文而信其行夫觀華者不能知實視影者不能審形殆其不誠乎牟子曰孔子曰視其所以觀其所由察其所安人焉廋哉昔呂望周公問於施政各知其後所以終顏淵乘駟之日見東野車之馭知其將敗子貢觀邾魯之會而昭其所以喪仲尼聞師曠之絃而識文王之操季子聽樂覽衆國之風何必足履目見乎

問曰僕嘗遊于闐之國數與沙門道人相見以吾事難之皆莫對而詞退多改志而移意子獨難改革乎牟子曰輕羽在高遇風則飛細石在谿得流則轉唯泰山不爲飄風動磐石不爲疾流移梅李遇霜而落葉唯松栢之難凋矣子所見道人必學未浹見未博故有屈退耳以吾之頑且不可窮況明道者乎子不自改而欲改人吾未聞仲尼追盜跖湯武法桀紂者矣

問曰神仙之術秋冬不食或入室累旬而不出可謂澹泊之至也僕以爲可尊而貴殆佛道之不若乎牟子曰指南爲北自謂不惑以西爲東自謂不矇以鴟梟而笑鳳凰執螻蚓而調龜龍蟬之不食君子不貴蛙蟒穴藏聖人不重孔子曰天地之性以人爲貴不聞尊蟬蟒也然世人固有啖菖蒲而棄桂薑覆甘露而啜酢漿者矣毫毛雖小視之可察泰山

之大背之不見志有留與不留意有鋭與不鋭魯尊季氏而卑仲尼吳賢宰嚭不肖子胥子之所疑不亦宜乎

問曰道家云堯舜周孔七十二弟子皆不死而僊佛家云人皆當死莫能免何哉牟子曰此妖妄之言非聖人所語也老子曰天地尚不得長久而況人乎孔子曰賢者避世仁孝常在吾覽六藝觀傳記堯有殂落舜有蒼梧之山禹有會稽之陵伯夷叔齊有首陽之墓文王不及誅紂而沒武王不能待成王大而崩周公有改葬之篇仲尼有兩楹之夢伯魚有先父之年子路有葅醢之語伯牛有亡命之文曾參有啓足之詞顏淵有不幸短命之記苗而不秀之喻皆著在經典聖人至言也吾以經傳爲證世人爲驗云而不死者豈不惑哉

問曰子之所解誠悉備焉固非僕等之所聞也然子所理何以止著三十七條亦有法乎牟子曰夫轉蓬漂而車輪成窾木流而舟檝設蜘蛛布而罻羅陳鳥跡見而文字作故有法成易無法成難吾覽佛經之要有三十七品老氏道經亦三十七篇故法之焉於是惑人聞之踧然失色叉手避席逡巡俯伏曰鄙人矇瞽生於幽仄敢出愚言弗慮禍福今也聞命霍如湯雪請得革情洒心自勑願受五戒作優婆塞

正誣論 未詳作者

有異人者誣佛曰尹文子有神通者愍彼胡狄胡狄父子聚麀貪婪忍害昧利無恥侵害不猒屠裂羣生不可遜讓厲不可談議喻故

具諸事云云又令得道弟子變化云云又禁其殺生斷其婚姻使無子孫伐胡之術孰良於此云云

正曰誣者既云無佛復云文子有神通復云有得道弟子能變化恢廓盡神妙之理此真有胷無心之語也夫尹文子即老子弟子也老子即佛弟子也故其經云聞道竺乾有古先生善入泥洹不始不終永存緜緜竺乾者天竺也泥洹者梵語晉言無爲也若佛不先老子何得稱先生老子不先尹文何故請道德之經耶以此推之佛故文子之祖宗衆聖之元始也安有弟子神化而師不能乎且夫聖之宰世必以道莅之遠人不服則綏以文德不得已而用兵耳將以除暴止戈拯濟羣生行小殺以息大殺者也故春秋之世諸侯征伐動仗正順敵國有釁必鳴鼓以彰其過總義兵以臨罪人不以闇昧而行誅也故服則柔而撫之不苟婬刑極武勝則以喪禮居之殺則以悲哀泣之是以深貶誘執大杜絶滅之原若懷惡而討不義假道以成其暴皆經傳變文譏貶累見故會宋之盟抑楚而先晉者疾衷鉀之詐以崇咀信之美也夫敵之怨惠不及後嗣惡止其身四重罪不濫此百王之明制經國之令典也至于季末之將佳兵之徒患道薄德衰始任詐力競以譎詭之計濟殘賊之心野戰則肆鋒極殺屠城則盡坑無遺故曰起刎首於杜郵董卓屠身於宫門君子知其必亡舉世哀其灰戮兵之弊也遂至於此此爲可痛心而長歎者矣何有聖人而欲大縱陰毒翦絶黎元者哉且十室容

賢而況萬里之廣重華生於東夷文命出乎西羌聖哲所興豈有常地或發音於此默化於彼形教萬方而理運不差原夫佛之所以夷跡於中岳而曜奇於西域者蓋有至趣不可得而縷陳矣豈有聖人疾敵之强而其欲覆滅使無孑遺哉此何異氣厲殷流不蠲良淑縱火中原蘭蕕俱焚桀紂之虐猶將不然乎縱令胡國信多惡逆以暴易暴又非權通之旨也引此為辭適足肆謗言眩愚竪豈允情合義有心之難乎

又誣云尹文子欺之天有三十二重云云又妄牽樓炭經云諸天之宮廣長二十四萬里面開百門門廣萬里云云

答曰佛經說天地境界高下階級悉條貫部分敘而有章而誣者或附著生長枉造偽說或顛倒淆亂不得要實何有二十四萬里之地而容四百萬里之門乎以一事覆之足明其錯謬者多矣臧獲牧竪猶將知其不然況有識乎欲以見博秖露其愚焉

又誣云佛亦周遍五道備犯衆過行凶惡猶得佛此非怖為惡者之法也又計生民善者少而惡者多惡人死輙充六畜耳則開闢至今足為久矣今畜宜居十分之九而人種已應希矣

正曰誠如所言佛亦曾為惡耳今所以得佛者改惡從善故也若長惡不悛迷而後遂往則長夜受苦輪轉五道而無解脫之由矣今以其能掘衆惡之栽滅三毒之燼修五戒之善盡十德之美行之累劫倦而不已曉了本際暢三世空故能解生死之虛外無為之場

耳計天下昆蟲之數不可稱計人本之在九州之内若毫末之在馬體十分之九豈可言哉故天地之性以人爲貴攀期所以自得於三樂達貴賤之分明也今更不復自賴於人類不醜惡於畜生以蒭水爲甘膳以羈絡爲非適安則爲之無所多難也

又誣云有無靈下經無靈下經妖怪之書耳非三墳五典訓誥之言也通才達儒所未究覧也三曾五祖之言又似解奏之文此殆不詰而虚妄自露矣今且聊復應之凡俗人常謂人死則滅無靈無鬼然則無靈則無天曹無鬼則無所收也若子孫奉佛而乃追譴祖先祖先或是賢人君子平生之時未必與子孫同事而天曹便收伐之令顔冉之尸羅枉戮之痛仁慈祖考加虐毒於貴體此豈聰明正直之神乎若其非也則狐狢魍魎婬厲之鬼何能反制仁賢之靈而困禁戒之人乎以此爲誣鄙醜書矣

又誣云道人聚歛百姓大搆塔寺華飾奢侈靡費而無益云云

正曰夫教有深淺適時應物悉已備於首論矣請復伸之夫恭儉之心莫過堯舜而山龍華蟲黼黻絺繡故傳曰鍚鑾和鈴昭其聲也三辰旂旗昭其明也五色比象昭其物也故王者之居必金門玉陛靈臺鳳闕將使異乎凡庶令貴賤有章也夫人情從所覩而興感故聞鼓鼙之音覩羽麾之象則思將帥之臣聽琴瑟之聲觀庠序之儀則思朝廷之臣遷地易觀則情貌俱變今悠悠之徒見形而不及道者莫不貴崇高而忽仄陋是以諸奉佛

者仰慕遺跡思存髣髴故銘列圖像致其虔肅割捐珍玩以增崇靈廟故上士遊之則忘其蹄筌取諸遠味下士遊之則美其華藻玩其炳蔚先悦其耳目漸率以義方三塗汲引莫有遺逸猶器之取水隨量多少唯穿底無當乃不受耳

又専誣以禍福爲佛所作可謂元不解矣聊復釋之夫吉凶之與善惡猶善惡之乘形聲自然而然不得相免也行之由已而理玄應耳佛與周孔但共明忠孝信順從之者吉背之者凶示其渡水之方則使資舟檝不能令步涉而得濟也其誨人之法救厄死之術亦猶神農唱粒食以充飢虚黄帝垂衣裳以禦寒暑若閉口而望飽裸袒以求温不能强與之也夫扁鵲之所以稱良醫者以其應疾投藥不失其宜耳不責其令有不死之民也且扁鵲有云吾能令當生者不死不能令當死者必生也若夫爲子則不孝爲臣則不忠乎守膏肓而不悟進良藥而不御而受禍臨死之日更多咎聖人深恨良醫非徒東走其勢投穽矣

又誣云沙門之在京洛者多矣而未曾聞能令主上延年益壽上不能調和陰陽使年豐民富消災却疫克静禍亂云云下不能休粮絶粒呼吸清醇扶命度厄長生久視云云

正曰不然莊周有云達命之情者不務命之所無柰何審期分之不可遷也若令性命可以智德求之者則發旦二子足令文父致千齡矣顔子死則稱天喪予惜之至也無以延之耳且陰陽數度期運所當百六之極有時

而臻故堯有滔天之洪湯有赤地之災涿鹿有漂櫓之血坂泉有横野之屍何不坐而消之救其未然耶且夫熊經鳥曳導引吐納輟黍稷而御英蘂吸風露以代餱粮俟此而壽有待之倫也斯則有時可夭不能無窮者也沙門之視松喬若未孩之兒耳方將抗志於二儀之表延祚於不死之鄉豈能屑心營近與消彭爭長哉難者茍欲騁飾非之辯立距諫之强言無節奏義無宫商嗟夫比里之亂雅惡緑之奪黄也其餘噪之音曾無紀綱一導先師不答之章

又誣云漢末有笮融者合兵依徐州刺史陶謙謙使之督運而融先事佛遂斷盜官運以自利入大起佛寺云云行人悉與酒食云云後爲劉繇所攻見殺云云

正曰此難不待繩約而自縛也夫佛教率以慈仁不殺忠信不愆廉貞不盜爲首老子云兵者不祥之器邇者凶而融阻兵安忍結附寇逆犯殺一也受人使命取不報主犯欺二也斷割官物以自利入犯盜三也佛經云不以酒爲惠施而融縱之犯酒四也諸戒盡犯則動之死地矣譬猶吏人解印脫冠而横道肆暴五尺之童皆能制之矣笮氏不得其死適足助明爲惡之獲殃耳

又誣云石崇奉佛亦至而不免族誅云云

答曰石崇之爲人余所悉也憍盈躭酒放僭無度多藏厚斂不恤惸獨論才則有一割之利計德則盡無取焉雖託名事佛而了無禁戒即如世人貌清心穢色厲内荏口詠禹湯而行偶桀跖自貽伊禍又誰之咎乎

又誣云周仲智奉佛亦精進而竟復不蒙其福云云

正曰尋斯言似乎幸人之災非通言也仲智雖有好道之意然意未受戒爲弟子也論其率情亮直具涉儁上自是可才而有强梁之累未合道家嬰兒之旨矣以此而遇忌勝之雄喪敗理耳縱如難者之言精進而遭害者有矣此何異顔項夙夭夷叔餓死比干盡忠而陷割心之禍申生篤孝而致雉經之痛若此之比不可勝言孔子云仁者壽義者昌而復或有不免固知宿命之證至矣信矣

又誣云事佛之家樂死惡生屬纊待絶之日皆以爲福祿之來無復哀慼之容云云

正曰難者得無隱心而居物不然何言之逆乎夫佛經自謂得道者能玄同彼我渾齊脩短涉生死之變泯然無槩步禍福之地而夷心不怛樂天知命安時處順耳其未體之者哀死慎終之心乃所以增其篤也故有大悲弘誓之義雠人之喪猶如哀矜以德報怨不念舊惡况乎骨肉之痛情隆自然者而可以無哀慼之心者哉夫愛親者不敢惡於人恐疇已之深也逆情違道於斯見矣

弘明集卷第一

音釋

鶡鴠（鶡何葛切鴠音旦鶡鴠鳥名）眡（時吏切瞻也）笮（側格切姓也）揵（居言切）絺綌（絺丑知切綌乞逆切絺綌麤葛）怳（呼晃切）喙（許穢切口也）頨（音羽孔子頭也）捽（即律切持頭髮也）虓（許交切虎怒聲也）喆（陟列切聖喆也）桴（芳無切擊鼓杖也）嫂（蘇老切兄之妻也）紿（徒亥

切誆詐也 䩭居宜切 麏居筠切鹿屬 槖籥槖他各切籥以灼切 璩瑗璩其於切瑗於願切 垤徒結切蟻封也 狢下各切似狐者 圻魚斤切崖岸也 疹章忍切皮起也 鞹苦郭切去毛皮也 嚭匹靡切 麀於求切牝鹿 葅醢葅側魚切醢呼改切葅醢肉醬也 蹴子六切不自安也 婪盧舍切貪也 舋許覲切隙也 刎亡粉切斷首也 黻分勿切黑與青曰黻 旂音奇交龍爲旂 艥即涉切短櫂也 惇渠營切無弟兄也 窾苦管切音款空也 罻於胃切音尉捕鳥罔也

弘明集卷第二

梁　釋　僧祐　述

明佛論 一名神不滅論

弟子　宗炳

夫道之至妙固風化宜尊而世多誕佛咸以我躬不閱遑恤于後萬里之事百年以外皆不以爲然況須彌之大佛國之偉精神不滅人可成佛心作萬有諸法皆空宿緣緜邈億劫乃報乎此皆英奇超洞理信事實黄華之聽豈納雲門之調哉世人又貴周孔書典自堯至漢九州華夏曾所弗暨殊域何感漢明何德而獨昭靈彩凡若此情又皆牽附先習不能曠以玄覽故至理匪遐而疑以自沒悲夫中國君子明於禮義而闇於知人心寧知佛心乎今世業近事謀之不臧猶興喪及之況精神我也得焉則清昇無窮失矣則永墜無極可不臨深而求履薄而慮乎夫一局之奕形算之淺而奕秋之心何嘗有得而乃欲率井蛙之見妄抑大猷至獨陷神於天穽之下不以甚乎今以茫昧之識燭幽冥之故既不能自覽鑒於所失何能獨明於所得唯當明精闇向推夫善道居然宜修以佛經爲指南耳彼佛經也包五典之德深加遠大之實含老莊之虛而重增皆空之盡高言實理肅焉感神其映如日其清如風非聖誰說乎謹推世之所見而會佛之理爲明論曰今自撫踵至頂以去陵虛心往而勿已則四方上下皆無窮也生不獨造必傳所資仰追所傳則無始也奕世相生而不已則亦無竟也是身也既日用無垠之實親由無始而來又將傳

於無竟而去矣然則無量無邊之曠無始無終之久人固相與陵之以自數者也是以居赤縣於八極曾不疑焉今布三千日月羅萬二千天下恒沙閱國界飛塵紀積劫普冥化之所容俱眇末其未央何獨安我而疑彼哉夫秋毫處滄海其懸猶有極也今綴彝倫於太虛爲藐胡可言哉故世之所大道之所小人之所遐天之所邇所謂軒轅之前遐哉邈矣者體天道以高覽蓋昨日之事耳書稱知遠不出唐虞春秋屬辭盡於王業禮樂之良敬詩易之温潔今於無窮之中煥三千日月以列照麗萬二千天下以貞觀乃知周孔所述蓋於蠻觸之域應求治之麤感且寧乏於一生之內耳逸乎生表者存而未論也若不然也何其篤於爲始形而略於爲神哉登蒙山而小魯登太山而小天下是其際矣且又墳典已逸俗儒所編專在治迹言有出於世表或散沒於史策或絕滅於坑焚若老子莊周之道松喬列真之術信可以洗心養身而亦皆無取於六經而學者唯守救麤之闕文以書禮爲限斷聞窮神積劫之遠化炫目前而永忽不亦悲夫嗚呼有似行乎層雲之下而不信日月者也今稱一陰一陽之謂道陰陽不測之謂神者蓋謂至無爲道陰陽兩渾故曰一陰一陽也自道而降便入精神常有於陰陽之表非二儀所究故曰陰陽不測耳君平之說一生二謂神明是也若此二句皆以明無則以何明精神乎然羣生之神其極雖齊而隨緣遷流成麤妙之識而與本不滅矣今雖舜生於瞽舜之神也必非瞽之所生

則商均之神又非舜之所育生育之前素有麤妙矣既本立於未生之先則知不滅於既死之後矣又不滅則不同愚聖則異知愚聖生死不革不滅之分矣故云精神受形周遍五道成壞天地不可稱數也夫以累瞳之質誕于頑嚚嚚均之身受體黄中愚聖天絶何數以合乎豈非重華之靈始麤於在昔結因往劫之先緣會萬化之後哉今則獨絶其神昔有接麤之累則練之所盡矣神之不滅及緣會之理積習而聖三者鑒於此矣若使形生則神生形死則神死則宜形殘神毀形病神困據有腐則其身或屬纊臨盡而神意平全者及自牖執手病之極矣而無變德行之主斯殆不滅之驗也若必神生於形本非緣合今請遠取諸物然後近求諸身夫五岳四瀆謂無靈也則未可斷矣若許其神則岳唯積土之多瀆唯積水而已矣得一之靈何生水土之麤哉而感託巖流肅成一體設使山崩川竭必不與水土俱亡矣神非形作合而不滅人亦然矣神也者妙萬物而爲言矣若資形以造隨形以滅則以形爲本何妙以言乎夫精神四達並流無極上際於天下盤於地聖之窮機賢之研微逮于宰賜莊嵇吳札子房之倫精用所之皆不疾不行坐徹宇宙而形之臭腐甘嗜所資皆與下愚同矣寧當復稟之以生隨之以滅耶又宜思矣周公郊祀后稷宗祀文王世或謂空以孝即問談者何以了其必空則必無以了矣苟無以了則文稷之靈不可謂之滅矣齋三日必見所爲齋者寧可以常人之不見而斷周公之必不

見哉蠃博之葬曰骨肉歸于土魂氣則無不之非滅之謂矣夫至治則天大亂滔天其要心神之爲也堯無理不照無欲不盡其神精也桀無惡不肆其神悖也桀非不知堯之善知巳之惡惡巳亡也體之所欲悖其神也而知堯惡亡之識常含於神矣若使不居君位千歲勿死行惡則楚毒交至微善則少有所寬寧當復不稍滅其惡漸修其善乎則向者神之所含知堯之識必當少有所用矣又加千歲而勿巳亦可以其欲都澄遂精其神如堯者也夫辰月變則律呂動晦望交而蚌蛤應分至啓閉而鷰鴈龍蛇飛焉出沒者皆先之以冥化而後發於物類也凡厥羣有同見陶於冥化矣何數事之獨然而萬化之不盡然哉今所以殺人而死傷人而刑及爲縲紲之罪者及今則無罪與今有罪而同然者皆由冥緣前遘而人理後發矣夫幽顯一也疊遘於幽而醜發於顯既無怪矣行凶於顯而受毒於幽又何怪乎今以不滅之神含知堯之識幽顯於萬世之中苦以創惡樂以誘善加有日月之宗垂光助照何緣不虛巳鑽仰一變至道乎自恐往劫之桀紂皆可徐成將來之湯武況今風情之倫少而汎心於清流者乎由此觀之人可作佛其亦明矣夫生之起也皆由情兆今男女搆精萬物化生者皆精由情搆矣情搆於巳而則百衆神受身大似知情爲生本矣至若五帝三后雖超情窮神然無理不順苟昔緣所會亦必循俯入精化相與順生而敷萬族矣況今以情貫神一身死壞安得不復受一身生死無量乎識能

澄不滅之本稟曰損之學損之又損必至無爲無欲欲情唯神獨照則無當於生矣無生則無身無身而有神法身之謂也今黄帝虞舜姬公孔父世之所仰而信者也觀其縱轡升天龍潛鳥颺及風起禾絶粒弦歌亦皆由窮神爲體故神功所應倜儻無方也今形理雖外當其隨感起滅亦必有非人力所致而至者河之出圖洛之出書蓂莢無栽而敷玄珪不琢而成桑穀在庭倏然大拱忽爾以亡火流王屋而爲烏鼎之輕重大小皆翕歘變化感靈而作斯實不思議之明類也夫以法身之極靈感妙衆而化見照神功以朗物復何奇不肆何變可限豈直仰陵九天龍行九泉及風絶粒而已哉凡厥光儀符瑞之偉分身涌出移轉世界巨海入毛之類方之黄虞姬孔神化無方向者衆瑞之奄曖顯沒旣出形而入神同惚怳而玄化何獨信此而抑彼哉冥覺法王清明卓朗信而有徵不違顏咫尺而昧者不知哀矣哉夫洪範庶徵休咎之應皆由心來遠白虹貫日太白入昴寒谷生黍崩城隕霜之類皆發自人情而遠形天事固相爲形影矣夫形無無影聲無無響亦情無無報矣豈直貫日隕霜之類哉皆莫不隨情曲應物無遁形但或結於身或播於事交賒紛綸顯昧渺漫孰覩其際哉衆變盈世群象滿目皆萬世已來精感之所集矣故佛經云一切諸法從意生形又云心爲法本心作天堂心作地獄義由此也是以清心潔情必妙生於英麗之境濁情滓行永悖於三塗之域何斯唱之迢遰微明有實理而直疏魂沐

想飛誠悚志者哉雖然夫億等之情皆相緣成識識感成形其性實無也自有津悟以來孤聲豁然滅除心患未有斯之至也請又述而明之夫聖神玄照而無思營之識者由心與物絶唯神而已故虛明之本終始常住不可凋矣今心與物交不一於神雖以顏子之微微而必乾乾鑽仰好仁樂山庶乎屢空皆心用乃識必用用妙接識識妙續如火之炎炎相即而成爛耳今以悟空息心心用止而情識歇則神明全矣則情識之構既新故妙續則悉是不一之際豈常有哉使庖丁觀之必不見全牛者矣佛經所謂變易離散之法法識之性空夢幻影響泡沫水月豈不然哉顏子知其如此故處有若無撫實若虛不見有犯而不校也今觀顏子之屢虛則知其有

之實無矣況自茲已降喪眞彌遠雖復進趨大道而與東走之疾同名狂者皆違理謬感遁天妄行彌非眞有矣況又質味聲色復是情僞之所影化乎且舟壑潛謝變速奔電將來未至過去已滅見在不住瞬息之頃無一毫可據將欲何守而以爲有乎甚矣僞有之蔽神也今有明鏡於斯紛穢集之微則其照藹然積則其照朏然彌厚則照而昧矣質其本明故加穢猶照雖從藹至昧要隨鏡不滅以之辨物必隨穢彌失而過謬成焉人之神理有類於此僞有累神成精麤之識識附於神故雖死不滅漸之以空必將習漸至盡而窮本神矣泥洹之謂也是以至言雲富從而豁以空焉夫巖林希微風水爲虛盈懷而往猶有曠然況聖穆乎空以虛授人而不清心

樂盡哉是以古之乘虛入道一沙一佛未詎多也

或問曰神本至虛何故沾受萬有而與之爲緣乎又本虛既均何故分爲愚聖乎又既云心作萬有未有萬有之時復何以累心使感而生萬有乎

答曰今神妙形麤而相與爲用以妙緣麤則知以虛緣有矣今愚者雖鄙要能處今識昔在此憶彼皆有神功則練而可盡知其本均虛矣心作萬有備於前論據見觀實三者固已信然矣但所以然者其來無始無始之始豈有始乎亦玄之又玄矣莊周稱冉求問曰未有天地可知乎仲尼曰古猶今也蓋謂雖在無始之前仰尋先際初自茫渺猶今之冉求耳今神明始創及羣生最先之祖都自沓漠非追想所及豈復學者通塞所預乎夫聖固凝廢感而後應耳非想所及即六合之外矣無以爲感故存而不論聖而弗論民何由悟今相與踐地戴天而存踐戴之外豈有紀極乎禹之所成五服敷土不過九州者蓋道世路所及者耳至於大荒之表暘谷濛汜之際非復人理所預則神聖已所不明矣況過此彌往渾瀚冥茫豈復議其邊陲哉今推所踐戴終至所不議故一體耳推今之神用求昔之所始終至於聖人之所存而不論者亦一理相貫耳豈獨可議哉皆由冥緣隨宇宙而無窮物情所感者有限故也夫衆心稟聖以成識其猶衆目會日以爲見離婁察秋毫於百尋者資其妙目假日而覩耳今布毫於千步之外目力所匱無假以見而於察微避

危無所少矣何爲以千步所昧還疑百尋之毫乎今不達緣本情感所匱無以會聖而知取至於致道之津無所少矣何爲以緣始之昧還疑既明之化矣哉

或問曰今人云不解緣始故不得信佛此非感耶聖人何以不爲明之

答曰所謂感者抱升之分而理有未至要當資聖以通此理之實感者也是以樂身滯有則朗以苦空之義兼愛弗弘則示以投身之慈體非俱至而三乘設分業異修而六度明津梁之應無一不足可謂感而後應者也是以聞道靈鷲天人咸暢造極者蔚如也豈復遠疑緣始然後至哉理明訓足如說修行何所不備而猶必不信終懷過疑於想所不及者與將隕之疾饋藥不服流矢通中忍痛不拔要求矢藥造構之始以致命絕夫何異哉皆由猜道自昔故未會無言致使今日在信妄疑耳豈可以爲實理之感哉非理妄疑之感固無以感聖而尅明矣夫非我求蒙蒙而求我固宜虛已及身隨順玄化誠以信往然後悟隨應來一悟所振終可遂至冥極守是妄疑而不歸純歛衽者方將長淪惑網之災豈有旦期背向一差升墜天絕可不慎乎

或問曰孔氏之訓無求生以害仁有殺身以成仁仁之至也亦佛經說菩薩之行矣老子明無爲無爲之至也即泥洹之極矣而曾不稱其神通成佛豈孔老有所不盡與明道欲以扇物而掩其致道之實乎無實之疑安得不生

答曰教化之發各指所應世蕲乎亂洙泗所

弘應治道也純風彌凋二篇乃作以息動也若使顏冉宰賜尹喜莊周外讚儒玄之跡以導世情所極内稟無生之學以精神理之求世孰識哉至若冉季子游子夏子思孟軻林宗康成蓋公嚴平班嗣楊王之流或分盡於禮教或自畢於任逸而無欣於佛法皆其寡緣所窮終無僭濫故孔老發音指導自斯之倫感向所曁故不復越叩過應儒以弘仁道在抑動皆已撫教得崖莫匪爾極矣雖慈良無爲與佛說通流而法身泥洹無與盡言故弗明耳且凡稱無爲而無不爲者與夫法身無形普入一切者豈不同致哉是以孔老如來雖三訓殊路而習善共轍也

或問曰自三五以來曁于孔老洗心佛法要將有人而獻酬之跡曾不乍聞者何哉

答曰余前論之旨已明俗儒而編專在治跡言有出於世表或散沒於史策或絕滅於坑焚今又重敷所懷夫三皇之書謂之三墳言大道也爾時也孝慈天足豈復訓以仁義純朴弗離若老莊者復何所扇若不明神本於無生空衆性以照極者復以何道大道乎斯文沒矣世孰識哉史遷之述五帝也皆云生而神靈或弱而能言或自言其名懿淵疏通其知如神既以類夫大乘菩薩化見而生者矣居軒轅之丘登崆峒陟凡岱幽陵蟠木之遊逸跡超浪何以知其不由從如來之道哉以五帝之長世堯治百年舜則七十廣成大隗鴻崖巢許夸父北人姑射四子之流玄風畜積洋溢于時而五典餘類唯唐虞二篇而至寡闕子長之記又謂百家之言黃帝文不

雅馴搢紳難言唯採殺伐治跡猶萬不記一豈至道之感不見于殘缺之篇便當皆虛妄哉今以神明之君遊浩然之世攜七聖於具茨見神人於姑射一化之生復何足多談微言所精安知非窮神億劫之表哉廣成之言曰至道之精窈窈冥冥即首楞嚴三昧矣得吾道者上爲皇下爲王即亦隨化升降爲飛行皇帝轉輪聖王之類也失吾道者上見光下爲土亦生死於天人之界者矣感大隗之風稱天師而退者亦十號之稱矣自恐無生之化皆道深於若時業流於玄勝而事沒振古理隨文翳故百家所攗若曉而昧又搢紳之儒不謂雅訓遂令徇世而不深于道者仗史籍而抑至理從近情而忽遠化困精神於永劫豈不痛哉伯益述山海天毒之國偎人

而愛人郭璞傳古謂天毒即天竺浮屠所與偎愛之義亦如來大慈之訓矣固亦既聞於三五之世也國典弗傳不足疑矣凡三代之下及孔老之際史策之外竟何可量孔之問禮老爲言之關尹之求復爲明道設使二篇或沒其言獨存於禮記後世何得不謂柱下翁直是知禮老儒豈不體於玄風乎今百代衆書飄蕩於存亡之後理無備在豈可斷以所見絕獻酬於孔老哉東方朔對漢武劫燒之說劉向列仙敘七十四人在佛經學者之管窺於斯又非漢明而始也但馳神越世者衆而顯結誠幽微者寡而隱故潛感之實不揚於物耳道人澄公仁聖於石勒虎之世謂虎曰臨淄城中有古阿育王寺處猶有形像承露盤在深林巨樹之下入地二十丈虎使

者依圖搜求皆如言得近姚略叔父爲晉王於河東蒲坂古老所謂阿育王寺處見有光明鑿求得佛遺骨於石函銀匣之中光曜殊常隨略迎覲於灞上比丘今見存新寺由此觀之有佛事於齊晉之地久矣哉所以不說於三傳者亦猶于寶孫盛之史無語稱佛而妙化實彰有晉而盛於江左也

或問曰若諸佛見存一切洞徹而威神之力諸法自在何爲不曜光儀於當今使精麤同其信悟灑神功於窮迫以拔寃枉之命而令君子之流於佛無覩故同其不信俱陷闡提之苦秦趙之衆一日之中白起項籍坑六十萬夫古今彝倫及諸受坑者誠不悉有宿緣大善盡不覩無一緣而悉積大惡而不覩佛之悲一日俱坑之痛懃然畢同坐視窮酷而不應何以爲慈乎緣不傾天德不邈世則不能濟何以爲神力自在不可思議乎魯陽迴日耿恭飛泉宋九江虎遠江而蝗避境猶皆心力横徹能使非道玄通況佛神力融起之氣洽藉之心以活百萬之命殊易夫納須彌於芥子甚仁於毀身乎一虎一鴿矣而今想焉而弗見告焉而弗聞請之而無救寂寥然與大空無别而於其中有作沙門而燒身者有絶人理而剪六情者有苦力役傾資寶而事廟像者頓奪其當年而不見其所得吁可惜矣若謂應在將來者則向六十萬命善惡不同而枉滅同矣命善惡雖異身後所當獨何得異見世殊品既一不蒙甄别將來浩蕩爲欲何望況復恐實無將來乎經云足指按地三千佛土皆見及盲聾瘖瘂牢獄毒痛皆

得安寧夫佛遠近存亡有戒無戒等以慈焉此之有心宜見苦痛宜寧與彼一矣而經則快多是語實則竟無暫應安知非異國有命世逸羣者攡此空法以脅異翼善交言有徵遠之情事有澄肅之美純而易信者一已輸身遂相承於不測而勢無止薄乎

答曰今不覿其路故於夷謂險誠瞰其塗則不見所難矣夫常無者道也唯佛則以神法道故德與道爲一神與道爲二二故有照以通化一故常因而無造夫萬化者固各隨因緣自作於大道之中矣今所以稱佛云諸法自在不可思議者非曰爲可不由緣數越宿命而横濟也蓋衆生無量神功所導皆依崖曲暢其照不可思量耳譬之洪水四凶嚚頑象傲皆化之固然堯舜弗能易矣而必各依其崖洚水流凶允若克諧其德豈不大哉夫佛也者非他也蓋聖人之道不盡於濟主之俗敷化於外生之世者耳至於因而不爲功自物成直堯之殊應者耳夫鍾律感類猶心玄會況夫靈聖以神理爲類乎凡厥相與冥遘於佛國者皆其烈志清神積劫增明故能感詣洞徹致使釋迦發暉十方交映多寶涌見燈王入室豈佛之獨顯乎哉能見矣至若今之君子不生應供之運而域乎禹績之内皆其誠背于昔故會乖于今雖復清若夷齊貞如柳季所志苟殊復何由感而見佛乎況今之所謂或自斯已還雖復禮義熏身高名馥世而情深于人志不附道雖人之君子而實天之小人靈極之容復何由感映豈佛之偏隱哉我弗見矣若或有隨緣來生而六度

之誠發自宿業感見獨朗亦當屢有其人然雖道俗比肩復何由相知乎然則麤妙在我故見否殊應豈可以巳之不矅於光儀而疑佛不見存哉夫天地有靈精神不滅明矣今秦趙之衆其神與宇宙俱來成敗天地而不滅起藉二將豈將頓滅六十萬神哉神不可滅則所滅者身也豈不皆如佛言常滅羣生之身故其身受滅而數會於起藉乎何以明之夫乾道變化各正性命至于雞彘犬羊之命皆乾坤六子之所一也民之咀命充身暴同蛛蝥爲網矣鷹虎非搏噬不生人可飯蔬而存則虐巳甚矣天道至公所布者命寧當許其虐命而抑其冥應哉今六十萬人雖當美惡殊品至於忍咀羣生恐不異也美惡殊矣故其生之所享固可實殊害生同矣故受害之日固亦可同今道家之言世之所述無以云焉至若于公邴吉虞怡德應于後嚴延年田蚡晉宣殺報交驗皆書于魏漢世所信覩夫活人而慶流子孫況精神爲殺活之主無殃慶於後身乎殺活彼身必受報巳身況通塞彼神而不榮悴於巳神乎延年所殺皆凡等小人竇嬰王陵宰牧之豪賢不殊貴賤異其致報一也報之所加不論豪賤將相晋王不二矣豈非天道至平才與不才亦各其子理存性命不在貴賤故耶然則肫魚雖賤性命各正於乾道矣觀大鳥之迴翔小鳥之啁噍葛盧所聽之牛西巴所感之鹿情愛各深於其類矣今有孕婦稚子於斯而有刳而剔之燔而炙之者則謂寃痛之殃上天所感矣今春獮胎孕燔菹羔雛亦天道之所一也

豈得獨無報哉但令相與理緣於飲血之世畋漁非可頓絶是以聖王庖廚其化蓋順民之殺以滅其害踐庖聞聲則所不忍因豺獺以爲節疾非時之傷孕解罝而不綱明含氣之命重矣孟軻擊賞於釁鐘知王德之去殺矣先王撫麑救急故雖深其仁不得頓苦其禁如來窮神明極故均重五道之命去殺爲衆戒之首萍沙見報於白兎釋氏受滅於昔魚以示報應之勢皆其窈窕精深迂而不昧矣若在往生能聞于道敬修法戒則必不墜長平而受坑馬服矣及在旣墜信法能徹必超今難若緣疊先重難有前報及戒德後臻必不復見坑來身矣所謂瀑神功於窮迫以拯寃枉之命者其道如斯慈之至矣今雖有世美而無道心犯害衆命以報就迫理之當也佛乘理居當而救物以法不蹈法則理無橫濟豈佛無實乎譬之扁鵲救疾以藥而不信不服疾之不瘳豈鵲不妙乎魯陽耿恭遠祖九江所以能廻日飛泉蟲虎避德者皆以烈誠動乎神道神道之感即佛之感也若在秦趙必不陷於難矣則夫陷者皆巳無誠何由致感於佛而融治起藉哉夫以通神之衆萃窮化之堂故須彌可見於芥子之內耳又雖今則虎鴿昔或爲人嘗有緣會故值佛嘉運投身濟之割股代之苟無感可動以命償殺融治之竒安得妄作吹萬之死咸其自巳而疑佛哉夫志之篤也則想之而見告之斯聞矣推周孔交夢傳說形求實至古今悠隔傅巖遐岨而玄對無礙則可以信夫潔想西感覩無量壽佛越境百億超至無功何云大

空無别哉夫道在鍊神不由存形是以沙門祝形燒身厲神絶往神不可滅而能奔其往豈有負哉契澗人理崎嶇六情何獲于我而求累于神誠自剪絶則日損所情實漸于道苦力策觀顧資覺居未幾有之俄然身滅名實所收不出盜跨構館栖神象淵然幽穆形從其微神隨之遠微則應清遠則福妙盜跨與道孰爲優乎頓奪其當年所以超升潛行協于神明福德彰於後身豈能見其所得哉夫人事之動必貫神道物無妄然要當有故而然矣若使幽冥之報不如向論則六十萬命何理以坑乎既以報坑必以報不坑矣今戰國之人眇若安期幽若四皓龍顔而帝列地而君英聲茂實不可稱數同在羿之彀中獨何然乎豈不各是前報之所應乎既見福成於往行則今行無負於後身明矣見世殊品既宿命所甄則身後所當獨何容濫經之所竒自謂當佛化見之時皆由素有嘉會故其遇若彼今曾無暫應皆咎在無緣而反誣至法空搆嗚呼神鑒孔昭侮聖人之殃亦可畏也敢問空構者將聖人與賢人與小人與夫聖無常心蓋就物之性化使遂耳若身死神滅但當一以儒訓盡其生極復何事哉而誑以不滅欺以成佛使燒祝髮膚絶其牉合所遏苗裔數不可量且夫彦聖育無常所或潛有塞矣空搆何利而其毒大若知非聖賢之爲矣若人哉樊須之流也則亦斂身周孔畏懼異端敢妄作哉若自茲已降則不肖之倫也又安能立家九流之外增徽老莊之表而照列於千載之後龍樹提婆馬鳴迦旃延

法勝山賢達摩多羅之倫曠載五百仰述道訓大智中百論阿毗曇之類皆神通之才也近孫綽所頌耆域健陀勒等八賢支道林像而讃者竺法護于法蘭道邃闍公則皆神映中華中朝竺法行時人比之樂令江左尸棃蜜羣公高其卓朗郭文舉廓然邃允而所奉唯佛凡自龍樹以達寧皆失身於向所謂不肖者之詫乎然則黄面夫子之事豈不明明也哉今影骨齒髮遺器餘武猶光于本國此亦道之證也夫殊域之性多有精察黠才而嗜欲頗深皆以厥祖身立佛前累葉親傳世衹其實影跡遺事昭化融顯故其裔王則傾國奉戒四衆苦徹死而無悔若理之詭曖事不實奇亦豈肯傾已破欲以尊無形者乎若影物無實聲出來往則古今來者何爲苦身離欲若是之至往而反者宜其沮懈而類皆更篤乎粗可察矣論曰夫自古所以不顯治道者將存其生也而苦由生來昧者不知矣故諸佛悟之以苦導以無生無生不可頓體而引以生之善惡同善報而彌升則朗然之盡可階焉是以其道浩若滄海小無不津大無不通雖邈與務治存生者反而亦固陶潛五典勸佐禮教焉今世之所以慢禍福於天道者類若史遷感伯夷而慨者也夫孔聖豈妄說也哉稱積善餘慶積惡餘殃而顏冉夭疾厥胤蔑聞商臣考終而莊則賢霸凡若此類皆理不可通然理豈有無通者乎則納慶後身受殃三塗之說不得不信矣雖形有存亡而精神必應與見世而報夫何異哉但因緣有先後故對至有遲速猶一生禍福之早

晚者耳然則孔氏之訓資釋氏而通可不曰玄極不易之道哉夫人理飄紛存沒若幻籠以百年命之孩老無不盡矣雖復黃髮鮐背猶自覺所經俄頃況其短者乎且時則無止運則無窮既往積劫無數無邊皆一瞬一閱以及今耳今積瞬以至百年曾何難及而又鮮克半焉夫物之媚於朝露之身者類無清遐之實矣何爲甘臭腐於漏刻以枉長存之神而不自踈於遐遠之風哉雖復名法佐世之家亦何獨無分於大道但宂轉人域囂于世路故唯覺人道爲感而神想蔑如耳若使迴身中荒升岳遐覽妙觀天宇澄肅之曠日月照洞之奇寧無列聖威靈尊嚴乎其中而唯唯人羣怱怱世務而已哉固將懷遠以開神道之想感寂以照明靈之應矣昔仲尼修五經於魯以化天下及其眇邈太蒙之顛而天下與魯俱小豈非神合於八遐故超於一世哉然則五經之作蓋於俄頃之間應其所小者耳世又何得以格佛法而不信哉請問今之不信爲謂黔首之外都無神明耶爲之亦謂有之而直無佛乎若都無神明唯人而已則誰命玄鳥降而生商孰遺巨跡感而生棄哉漢魏晉宋咸有瑞命知視聽之表神道炳焉有神理必有妙極得一以靈非佛而何夫神也者依方玄應不應不預存從實致化何患不盡豈須詭物而後訓乎然則其法之實其教之信不容疑矣論曰羣生皆以精神爲主故於玄極之靈咸有理以感堯則遠矣而百獸舞德豈非感哉則佛爲萬感之宗焉日月海岳猶有朝夕之禮秩望之義況佛之

道衆高者窮神於生表中者受身於妙生下則免夫三趣乎今世教所弘致治於一生之内夫玄至者寡順世者衆何嘗不相與唯習世情而謂死則神滅乎是以不務邈志清遐而多循情寸陰故君子之道鮮焉若鑒以佛法則厥身非我蓋一憩逆旅耳精神乃我身也廓長存而無已上德者其德之暢於已也無窮中之爲美徐將清升以至盡下而惡者方有自新之廻路可補過而上遷是以自古精麤之中潔已懷遠祇行於今以擬來業而邁至德者不可勝數是佛法之效矣此皆世之所纏佛之所開其於類豈不曠然融朗妙有通塗哉若之何忽而不奉乎夫風經炎則暄吹林必涼清水激濁澄石必明神用得喪亦存所託今不信佛法非分之必然蓋處意則然誠試避心世物移映清微則佛理可明事皆信矣可不妙處其意乎資此明信已往終將克王神道百世先業皆可幽明永濟孝之大矣衆生沾仁慈之至矣凝神獨妙道之極矣洞朗無硋明之盡矣發軫常人之心首路得轍縱可多歷劫數終必遥集玄極若是之奇也等是人也背轍失路蹭蹬長往而永没九地可不悲乎若不然也世何故忽生懿聖復育愚鄙上則諸佛下則蛸飛蠕動乎皆精神失得之勢也今人以血身七尺死老數紀之内既夜消其半矣喪疾衆故又苦其半生之美感榮樂得志蓋亦何幾而壯齒不居榮必懼辱樂實連憂亦無全泰而皆競入流俗之險路諱陟佛法之曠塗何如其智也世之以不達緣本而悶於佛理者誠亦衆矣夫

緣起浩汗非復追想所及失得所闕無理以感即六合之外故佛而不論已具前論請復循環而伸之夫聖人之作易天之垂象吉凶治亂其占可知然原其所以然之狀聖所弗明則莫之能知今以所莫知廢其可知逆占違天而動豈有不亡者乎不可以緣始弗明而背佛法亦猶此也又以不憶前身之意謂神不素存夫人在胎孕至于孩齠不得謂無精神矣同一生之內耳以今思之猶冥然莫憶況經生死歷異身昔憶安得不亡乎所憶亡矣而無害神之常存則不違緣始何妨其理常明乎子路問死子曰未知生安知死問事鬼神則曰未知事人焉知事鬼豈不以由也盡於好勇篤於事君固宜應以一生之內至於生死鬼神之本雖曰有問非其實理之感故性與天道不可得聞佛家之說衆生有邊無邊之類十四問一切智者皆置而不答誠以答之無利益則墮惡邪然則稟聖奉佛之道固宜謝其所絕飡其所應如渴者飲河挹洪流以盈已豈須窮源於崑山哉凡在佛法若違天硋理不可得然則疑之可也今無不可得然之硋而有順天清神之實豈不誠然哉夫人之生也與憂俱生患禍發於時事災沴奮於冥昧雖復雅貴連雲擁徒百萬初自獨以形神坐待無常家人嗃嗃婦子嘻嘻俄復淪爲惚恍人理曾何足恃是以過隙宜競駼謗冥化縱欲侈害神既無滅求滅不得復當乘罪受身今之無賴羣生蟲豸萬等皆殷鑒也爲之謀者唯有委誠信佛託心履戒以援精神生蒙靈援死則清升清升無已逕

將作佛佛固言爾而人侮之何以斷人之勝佛乎其不勝也當不下墜彼惡永受其劇乎嗚呼六極苦毒而生者所以世無已也所聞所見精進而死者臨盡類多神意安定有危迫者一心稱觀世音略無不蒙濟皆向所謂生蒙靈援死則清升之符也夫萬乘之主千乘之君日昃不遑食兆民賴之於一化内耳何以增茂其神而王萬化乎今依周孔以養民味佛法以養神則生爲明后没爲明神而常王矣如來豈欺我哉非崇塔侈像容養濫吹之僧以傷財害民之謂也物之不窺遠實而覩近弊將横以訕法矣蓋尊其道信其教悟無常空色有慈心整化不以尊豪輕絶物命不使不肖竊假非服豈非導之以德齊之以禮天下歸仁之感乎其在容與之位及野澤之身何所足惜而不自濟其精神哉昔遠和尚澄業廬山余往憩五旬高潔貞厲理學精妙固遠流也其師安法師靈德自奇微遇比丘並含清眞皆其相與素洽乎道而後孤立於山是以神明之化邃于巖林驟與余言於崖樹澗壑之間曖然乎有自言表而肅人者凡若斯論亦和尚據經之旨云爾夫善即者因鳥跡以書契窮神與人之頌緹縈一言而霸業用遂肉刑永除事固有俄爾微感而終至沖天者今無陋鄙言以警其所感奄然身没安知不以之超登哉

弘明集卷第二

音釋

蚌蛤蚌步項切蛤古合切繯繼繯力追切繼先結切繯繼黑索也遰特計切遠也爓以瞻切火光也朏敷尾切月未明也汜試里切濛汜日入處也蘄渠衣切求也隗五灰切偎烏回切愛也倚也憖魚覲切傷也瞰苦暫切俯視也咀才與切蚡扶粉切啁噍啁竹包職流二切噍兹消啁噍聲踧也獺他達切捕魚獸也罝咨邪切兔网羿胡計切人名彀古候切張弩也牉音判得偶而合也鬪丘月切鮐蕩來切鮐背謂老也沴力霽切妖氣也嗃虛交切叫乎也緹音亥牛代提石切

弘明集卷第三

梁　釋　僧祐　述

孫綽喻道論

宗炳答何承天書難白黒論

孫綽喻道論

或有疑至道者喻之曰夫六合遐邈庶類殷充千變萬化渾然無端是以有方之識各期所見鱗介之物不達皋壤之事毛羽之族不識流浪之勢自得於窞井者則怪遊溟之量翻翥於數仞者則疑沖天之力纏束世教之内肆觀周孔之跡謂至德窮於堯舜微言盡乎老易焉復覩夫方外之妙趣寰中之玄照乎悲夫章甫之委裸俗韶夏之棄鄙俚至真絶於漫習大道廢於曲士也若窮迷而不遷者非辭喻之所感試明其旨庶乎有悟於其

聞者焉

夫佛也者體道者也道也者導物者也應感順通無爲而無不爲者也無爲故虚寂自然無不爲故神化萬物萬物之求卑高不同故訓致之術或精或麤悟上識則舉其宗本不順者復殃放酒者羅刑婬爲大罰盜者抵罪三辟五刑犯則無赦此王者之常制宰牧之所司也若聖王御世百司明達則向之罪人必見窮測無逃形之地矣使姦惡者不得容其私則國無違民而賢善之流必見旌敘矣且君明臣公世清理治猶能令善惡得所曲直不濫況神明所莅無遠近幽深聰明正直罰惡祐善者哉故毫釐之功錙銖之釁報應之期不可得而差矣歷觀古今禍福之證皆有由緣載籍昭然豈可掩哉何者陰謀之門

子孫不昌三世之將道家明忌斯非兵凶戰危積殺之所致耶若夫魏顆從治而致結草之報子都守信而受驄驥之錫齊襄委罪故有墜車之禍晉惠棄禮故有弊韓之困斯皆死者報生之驗也至於宣孟愍翳桑之飢漂毋哀淮陰之憊並以一餐拯其懸餒而趙蒙倒戈之祐毋荷千金之賞斯一獲萬報不踰世故立德闇昧之中而慶彰萬物之上陰行陽曜自然之勢譬猶灑粒於土壤而納百倍之收地穀無情於人而自然之利至也

或難曰報應之事誠皆有徵則周孔之教何不去殺而少正卯刑二叔伏誅耶

答曰客可謂達教聲而不體教情者也謂聖人有殺心乎曰無也答曰子誠知其無心於殺殺故百姓之心耳夫時移世異物有薄淳結繩之前陶然大和暨于唐虞禮法始興爰逮三代刑網滋彰刀斧雖嚴而猶不懲至于君臣相滅父子相害吞噬之甚過於豺虎聖人知人情之固於殺不可一朝而息故漸抑以求厥中猶蝮蛇螫足斬之以全身癰疽附體決之以救命亡一以存十亦輕重之所權故刑依秋冬所以順時殺春蒐夏苗所以簡胎乳三驅之禮禽來則韜弓聞聲覩生肉至則不食釣而不綱弋不射宿其於昆蟲每加隱惻至於議獄緩死眚災肆赦刑疑從輕寧失有罪流涕授鉞哀矜勿喜生育之恩篤矣仁愛之道盡矣所謂為而不恃長而不宰德被而功不在我日用而萬物不知舉茲以求足以悟其歸矣

難曰周孔適時而教佛欲頓去之將何以懲

㬥止姦統理羣生者哉

荅曰不然周孔即佛佛即周孔蓋外內名之耳故在皇爲皇在王爲王佛者梵語晉訓覺也覺之爲義悟物之謂猶孟軻以聖人爲先覺其旨一也應世軌物蓋亦隨時周孔救極弊佛教明其本耳共爲首尾其致不殊即如外聖有深淺之跡堯舜世夷故二后高讓湯武時難故兩君揮戈淵黙之與赫斯其跡則胡越然其所以跡者何甞有際哉故逆尋者每見其二順通者無往不一

或難曰周孔之教以孝爲首孝德之至百行之本本立道生通于神明故子之事親生則致其養沒則奉其祀三千之責莫大無後體之父母不敢夷毀是以樂正傷足終身含愧也而沙門之道委離所生棄親即疏刓剔鬚髮殘其天貌生廢色養終絕血食骨肉之親等之行路背理傷情莫此之甚而云弘道敦仁廣濟羣生斯何異斬刈根本而修枝榦而言不殞碩茂未之聞見皮之不存毛將安附此大乖於世教子將何以袪之

答曰此誠窮俗之所甚惑倒見之爲大謬諮嗟而不能黙已者也夫父子一體惟命同之故母齧其指兒心懸駭者同氣之感也其同無間矣故唯得其歡心孝之盡也父隆則子貴子貴則父尊故孝之爲貴貴能立身行道永光厥親若匍匐懷袖日御三牲而不能令萬物尊已舉世我賴以之養親其榮近矣夫緣督以爲經守柔以爲常形名兩絕親我交忘養親之道也既已明其宗且復爲客言其次者夫忠孝名不並立潁叔違君書稱純孝

石碏戮子武節乃全傳曰子之能仕父教之忠策名委質二乃辟也然則結纓公朝者子道廢矣何則見危授命誓不顧親皆名注史筆事標教首記注者豈復以不孝爲罪故諺曰求忠臣必於孝子之門明其雖小違於此而大順於彼矣且鯀放遐裔而禹不告退若令委堯命以尋父屈至公於私感斯一介之小善非大者遠者矣周之泰伯遠棄骨肉託跡殊域祝髮文身存亡不反而論稱至德書著大賢誠以其忽南面之尊保冲虛之貴三讓之功遠而毀傷之過微也故能大革夷俗流風垂訓夷齊同餓首陽之上不恤孤竹之胤仲尼目之爲仁賢評當者寧復可言悖德乎梁之高行毀容守節宋之伯姬順理忘生並名冠烈婦德範諸姬秉二婦之倫免愚悖之譏耳率此以談在乎所守之輕重可知也昔佛爲太子棄國學道欲全形以遁恐不免維縶故釋其鬚髮變其章服既外示不及內修簡易於是捨華殿而即曠林解龍袞以衣鹿裘遂垂條爲宇藉草爲茵去櫛梳之勞息湯沐之煩頓馳騖之轡塞欲動之門目遏玄黃耳絕淫聲口忘甘苦意放休戚心去於累胸中抱一載平營魄內思安般一數二隨三止四觀五還六淨遊志三四出入十二門禪定拱默山停淵淡神若寒灰形猶枯木端坐六年道成號佛三達六通正覺無上雅身丈六金色焜耀光遏日月聲協八風相三十二好姿八十形偉羣有神足無方於是遊步三界之表恣化無窮之境廻天儛地飛山結流存亡倏忽神變綿邈意之所指無往不通大

範羣邪還之正路衆魔小道靡不遵服于斯時也天清地潤品物咸亨蠢蠕之生浸毓靈液枯槁之類改瘁爲榮還照本國廣敷法音父王感悟亦昇道場以此榮親何孝如之於是後進篤志之士被服弘訓思齊高軌皆由父老不異所尚承歡心而後動耳若有昆弟之列者則服養不廢既得弘修大業而恩紀不替且令逝沒者得福報以生天不復顧歆於世祀斯豈非兼善大通之道乎夫東隣宰牛西隣禴祀殷美黍稷周尚明德與喪之期於茲著矣佛有十二部經其四部專以勸孝爲事慇懃之旨可謂至矣而俗人不詳其源流未涉其場肆便瞽言妄說輒生攻難以螢燭之見疑三光之盛芒隙之滴怪淵海之量以誣罔爲辨以果敢爲名可謂狎大人而侮天命者也

宗炳答何承天書難白黑論

何承天與宗炳書

近得賢從中郎書説足下勤西方法事賢者志其大豈以萬劫爲奢但恨短生無以測冥靈耳冶城慧琳道人作白黑論乃爲衆僧所排擯賴蒙值明主善救得免波羅夷耳既作比丘乃不應明此白徒亦何爲不言足下試尋二家誰爲長者吾甚眛然望有以佳悟何承天白

宗炳答何承天書

所送琳道人白黑論辭清致美但吾闇於照理猶未達其意既云幽冥之理不盡於人事周孔疑而不辯釋氏辯而不實然則人事之表幽闇之理爲取廓然唯空爲猶有神明耶

若廓然唯空衆聖莊老何故皆云有神若有神明復何以斷其不實如佛言今相與共在常人之域料度近事猶多差錯以陷患禍及博奕麤藝注意研之或謂生更死謂死實生近事之中都未見有常得而無喪者何以決斷天地之外億劫之表冥冥之中必謂所辯不實耶若推據事不容得實則疑之可也今人形至麤人神實妙以形從神豈得齊終心之所感崩城隕霜白虹貫日太白入昴氣禁之醫心作水火冷暖輒應況今以至明之智至精之志專誠妙徹感以受身更生於七寶之土何爲不可實哉又云析毫空樹無傷垂蔭之茂離材虛室無損輪奐之美貝錦以繁采發華和羹以鹽梅致旨以塞本無之教又不然矣佛經所謂本無者非謂衆緣和合者皆空也垂蔭輪奐處物自可有耳故謂之有諦性本無矣故謂之無諦吾雖不悉佛理謂此唱居然甚矣自古千變萬化之有俄然皆已空矣當其盛有之時豈不常有也必空之實故俄而得以空耶亦如惠子所謂物方生方死日方中方睨死睨之實恒預明於未生未中之前矣愚者不覩其理唯見其有故齊侯攝爽鳩之餘僞而泣戀其樂賢者心與理一故顏子庶乎屢空有若無實若虛也自顏已下則各隨深淺而味其虛矣若又踰下縱不能自清於至言以傾愛競之惑亦何常無髣髴於一毫豈當反以一火增寒而更令戀嗜好之欲乎乃云明無常增渴癃之情陳若僞篤競辰之慮其言過矣又以舟壑塘駟之論已盈耳於中國非理之奧故不舉爲教本

謂剖析此理更由指掌之民夫舟壑潛謝佛經所謂見在不住矣誠能明之則物我常虛豈非理之奥耶蓋悟之者寡故不以爲教本耳支公所謂未與佛同也何爲以素聞於中國而蔑其至言哉又以效神光無徑寸之明驗靈變無纖介之實徒稱無量之壽孰見期頤之叟諸若此類皆謂於事不符夫神光靈變及無量之壽皆由誠信幽奇故將生乎佛土親暎光明其壽無量耳今沒於邪見慢誕靈化理固天隔當何由覩其事之符乎夫心不貪欲爲十善之本故能俯絶地獄仰生天堂即亦服義路道理端心者矣今内懷虔仰故禮拜悔罪達夫無常故情無所吝委妻子而爲施豈有邀於百倍復何得乃云不由恭肅之意不乘無吝之情乎泥洹以無樂爲樂

法身以無身爲身若本不希擬亦可爲增躭逸之慮肇好奇之心若誠餐仰則躭逸稍除而獲利於無利矣又何闗利競之俗乎又云道在無欲而以有欲要之俯仰之間非利不動何誣佛之深哉夫佛家大趣自以八苦皆由欲來明言十二因縁使高妙之流朗神明於無生耳欲此道者可謂有欲於無欲矣至於啓導麤近天堂地獄皆有影響之實亦由于公以仁活招封嚴氏以好殺致誅畏誅而欲封者必舍殺而修仁矣厲妙行以希天堂謹五戒以遠地獄雖有欲於可欲實踐日損之清塗此亦西行而求郢何患其不至哉又嫌丹青眩媚采之目土木誇好壯之心成私樹之權結師黨之勢要厲精之譽肆陵競之志固黒蝗之醜或可謂作法於涼其弊猶貪

耳何得乃慢佛云作法於貪耶王莽竊六經以篡帝位秦皇因朝覲而搆阿房寧可復罪先王之禮教哉又云宜廢顯晦之跡存其所要之旨示來生者蔽虧於道釋不得已請問其旨爲欲何要必欲使修利遷善以遂其性矣夫聖無常心就萬物以爲心耳若身死神滅是物之眞性但當即其必滅之性與周孔并力致教使物無稟則遷善之實豈不純乎何誑以不滅欺以佛理使燒祝髮膚絶其胖合所遏苖裔數不可量爲害若是以傷盡性之美釋氏何爲其不得已乎若不信之流亦不肯修利而遷善矣夫信者則必者域揵陀勒夷陀密竺法乘帛法祖竺法護于法蘭竺法行于道邃闞公則佛圖澄尸梨蜜郭文舉釋道安支道林遠和尚之倫矣神理風操似殊不在琳比丘之後寧當妄有毀人理落簪於不實人之化哉皆靈奇之實引緜邈之心以成神通清眞之業耳足下籍其不信遠送此論且世之疑者咸亦妙之故自力白答以塵露衆情夫世之然否佛法都是人興喪所大何得相與共處以可否之間吾故罄其愚思制明佛論以自獻所懷始成已令人書寫不及此信晩更遣信可聞當付往也宗炳白

釋均善難

何承天前送均善論并諮求雅旨來答周至及以爲茲理興喪宜明不可但處以可否之間吾雖不能一切依附亦不甚執偏見但求夜光於巨海正自未得耳以爲佛經者善九流之別家雜以道墨慈悲愛施與中國不異大人君子仁爲已任心無憶念且以形像彩

飾將諧常人耳目其爲虆損尚微其所弘益或著是以兼而存之至于好事者遂以爲超孔越老唯此爲貴斯未能求立言之本而眩惑於未說者也知其言者當俟忘言之人若唯取信天堂地獄之應因緣不滅之驗抑情菲食盡勤禮拜庶幾脩羅帳之蓋升彌燈之座淳于生所以大謔也論云衆聖老莊皆云有神明復何以斷其不如佛言答曰明有禮樂幽有鬼神聖王所以爲教初不昧其有也若果有來生報應周孔寧當緘默而無片言耶若夫嬰兒之臨坑凡人爲之駭怛聖者豈獨不仁哉又云人形至麤人神實妙以形從神豈得齊終答曰形神相資古人譬以薪火薪弊火微薪盡火滅雖有其妙豈能獨傳又云心之所感崩城隕霜白虹貫日太白入昴

氣禁之醫冷暖輒應專誠妙感以受身更生七寶之土何爲不可哉答曰崩城隕霜貫日入昴不明來生之譬非今論所宜引也又見水火之禁冀其能生七寶之鄉猶觀大冶銷金冀其能自陶鑄終不能亦可知也又曰有諦無諦此唱居然甚安自古千變萬化有俄然皆已空矣當其盛有之時豈不常有必空之實愚者不知其理唯見其有答曰如論云當其盛有之時已有必空之實然則即物常空空物爲一矣今空有未殊而賢愚異稱何哉昔之所謂道者於形爲無形於事爲無事恬漠冲粹養智怡神豈獨愛欲未除宿緣是畏唯見其有豈復是過以此嗤齊侯猶五十步笑百步耳又云舟壑潛謝佛經所謂見在不住誠能明之則物我常虛答曰潛謝不住

豈非自生入死自有入無之謂乎故其言曰有駭形而無損心有旦宅而無憒死貫生亦云化爲異物又何足患此達乎死生之變者也而區區去就在生慮死心繫無量志生天堂吾黨之常虛異於是焉又云神光靈變及無量之壽皆由誠信幽奇故映其明令没於邪見理固天隔答曰今亦不從慢化者求其光明但求之於誠信者耳尋釋迦之教以善權救物若果應驗若斯何爲不見其靈變以曉邪見之徒豈獨不愛數十百萬之說而吝俄頃神光徒爲化聲之辯竟無明於真智終年疲役而不知所歸豈不哀哉又云內懷虔仰故禮拜悔罪達夫無常故情無所吝委妻子而爲施豈有邀於百倍答曰繁巧以興事未若除貪欲而息競遵戒以洗悔未若剪榮冀以全朴況乃誘所尚以祈利忘天屬以要譽謂之無邀吾不信也又云泥洹以無樂爲樂法身以無身爲身若誠能餐仰則耽逸稍除獲利於無利矣答曰泥洹以離苦爲樂法身以接苦爲身所以使餐仰之徒不能自絕耳果歸於無利勤者何獲而云獲於無利耶此乃形神俱盡之證恐非雅論所應明言也又云欲此道者可謂有欲於無欲矣至若啓導麤近者有影響之實亦猶于公以仁活致封嚴氏以好殺致誅厲妙行以希天堂謹五戒以遠地獄雖有欲於可欲實踐日損之塗此亦西行而求郢何患其不至答曰謂麤近爲啓導比報應於影響不亦善乎但影響所因必稱形聲尋常之形安得八萬由旬之影乎所滯若有欲於無欲猶是常滯於所欲夫

耳目殊司工藝異業末伎所存慮信不並是
以金石克諧泰山不能呈其高鴻鵠方集貫
秋不能傳其旨而欲以有欲成無欲希望就
日損雖云西行去郢茲遠如之何又云若身
死神滅是物之真性但當與周孔并力致教
何爲誑以不滅欺以佛理使燒祝髮膚絶其
牉合以傷盡性之美答曰華戎自有不同何
者中國之人稟氣清和合仁抱義故周孔明
性習之教外國之徒受性剛强貪欲忿戾故
釋氏嚴五戒之科來論所謂聖無常心就物
之性者也懲暴之戒莫苦乎地獄誘善之勸
莫美乎天堂將盡殘害之根非中庸之謂周
孔則不然順其天性去其甚泰婬盜著於五
刑酒辜明于周誥春田不圍澤見生不忍死
五犯三驅釣而不綱是以仁愛普洽澤及豘

魚嘉禮有常俎老者得食肉春耕秋收蠶織
以時三靈格思百神咸秩方彼之所爲者豈
不弘哉又甄供灌之賞嚴疑法之罰述蒲牢
之問爲勸化之本演焄蒿之答明來生之驗
袨服盱衡而矜斯說者其處心亦悍矣論又
稱者陁尸黎之屬神理風操不在琳比丘後
足下既明常人不能料度近事今何以了其
勝否於百年之前數千里之外耶若琳比丘
者僧貌而天虛似夫深識真僞殊不肯忌經
護師崇飾巧說吾以是敬之孫興公論云竺
法護之淵達于法蘭之純博足下欲比中土
何士也及楚英之修仁寺笮融之賙行饘寧
復有清真風操乎昔在東邑有道舍沙門自
吳中來深見勸譬甚有懇誠因留三宿相爲
說練形澄神之緣罪福起滅之驗皆有條貫

吾拱聽讜言申旦忘寢退以爲士所以立身揚名著信行道者實賴周孔之教子路稱聞之而未之能行唯恐有聞吾所行者多矣何遽捨此而務彼又尋稱情立文之制知來生之爲奢究終身不已之哀悟受形之難再稱聖人我師周公豈欺我哉緣足下情篤故具陳始末想耆舊大智誨人不倦於此未默耳前已遣取明佛論遲尋至冀或朗然於心何承天白

宗炳答何衡陽難釋白黑論

敬覽來論抑裁佛化畢志儒業意義檢著才筆辯覈善可以警策世情實中區之美談也觀足下意非謂制佛法者非聖也但其法權而無實耳未審竟何以了其無實今相與斷見事大計失得略半也靈化超於玄極之表其故糺結於幽冥之中曾無神人指掌相語徒信史之闕文於焚燒之後便欲以廢頓神化相助寒心也夫聖人窮理盡性以至於命物有不得其所若已納之於隍今誑以不滅欺以成佛使髡首赭衣焚身然指不復用天分以養父毋夫婦父子之道從佛法已來沙河以西三十六國未暨中華絕此緒者億兆人矣東夷西羌或可聖賢及由金日磾得來之類將生而不得生者多矣若使佛法無實納隍之酷豈可勝言及經之權爲合何道而云欲以矯誑過正以治外國剛强忿戾之民乎夫忿戾之類約法三章交賞見罰尚不信懼寧當復以即色本無泥洹法身十二因緣微塵劫數之言以治之乎稟此訓者皆足下所謂稟氣清和懷仁抱義之徒也資清和以

踈微言厲義性以習妙行故遂能澄照觀法法照俱空而至于道皆佛經所載而足下所信矣至若近世通神令德若孫興公所讚八賢支道林所頌五哲皆時所共高故二子得以綴筆復何得其謂妄語乎孫稱竺法護之淵達于法蘭之淳博吾不關雅俗不知當比何士然法蘭弟子道邃未逮其師孫論之時以對勝流云謂庾文秉也是護蘭二公當又出之吾都不識琳比丘又不悉世論若足下謂與文秉等者自可不後道邃猶當後護蘭也前評未爲失言誠能僧貌天虛深識真僞何必非天帝釋化作故激厲以成佛耶白黑論未可以爲誠實也來告所疑若實有來生報應周孔何故黙無片言此固偏見之恒疑也真宜所共明夫聖神玄發感而後應非先物而唱者也當商周之季民墜塗炭殺逆橫流舉世情而感聖者亂也故六經之應治而已矣是以無佛言焉劉向稱禹貢九州蓋述山海所記申毒之民偎人而愛人郭璞謂之天竺浮屠所興雖此之所夷然萬土星陳於太虛竟知孰爲華哉推其偎愛之感故浮屠之化應焉彼之麤者雜有亂虐君臣治此之精者隨時抱道情佛事亦存雖可有稟法性於伊洛滄真際於洙泗苟史佚以非治道而不書卜商以皆儒術而弗編縱復或存於複壁之外典復爲秦王所燒周孔之無言未必審也夫玄虛之道靈仙之事世典未嘗無之而夫子道言遠見莊周之篇瑶池之宴乃從汲塚中出然則治之五經未可以塞天表之奇化也難又曰若即物常空空物爲一空有

未殊何得賢愚異稱夫佛經所稱即色爲空無復異者非謂無有有而空耳有也則賢愚異稱空也則萬異俱空夫色不自色雖色而空緣合而有本自無有皆如幻之所作夢之所見雖有非有將來未至過去已滅見在不住又無定有凡此數義皆玄聖致極之理以言斥之誠難朗然由此觀物我亦實覺其昭然所以曠焉增洗汰之清也足下當何能安之又云形神相資古人譬之薪火薪弊火微薪盡火滅雖有其妙豈能獨存夫火者薪之所生神非形之所作意有精麤感而得形隨之精神極則超形獨存無形而神存法身常住之謂也是以始自凡夫終則如來雖一生尚麤苟有識向萬劫不沒必習以清昇螟蛉有子蜾蠃負之況在神明理蘊寶積之蓋昇燈王之座何爲無期又疑釋迦以盡權救物豈獨不愛數十百萬之說而悋俄頃神光不以曉邪見之徒夫雖云善權感應顯昧各依罪福昔佛爲衆說又放光明皆素積妙誠故得神遊若時言成已著之筌故慢者可覩光明發由觀照邪見無緣瞻灑今覩經而不悛其慢先灑夫復何益若誠信之賢獨朗神照足下復何由知之而言者會復謂是妄說耳恒星不見夜明也考其年月即佛生放光之夜也管幼安風夜泛海同侶皆沒安於闇中見光投光赴島闔門獨濟夫佛無適莫唯善是應而致應若王祥郭巨之類不可稱說即亦見光之符也豈足下未見便無佛哉又陳周孔之盛唯方佛爲弘然此國治世君王之盛耳但精神無滅冥運而已一生瞬息之中

八苦備有雖尅儒業以整俄頃而未幾已滅三監之難父子相疑兄弟相戮七十二子雖復昇堂入室年五十者曾無數人顏夭冉疾由醢予族賜滅其鬚匡陳之苦豈可勝言忍飢弘道諸國亂流竟何所救以佛法觀之唯見其哀豈非世物宿緣所萃耶若所被之實理於斯猶未爲深弘若使外率禮樂內修無生澄神於泥洹之境以億劫爲當年豈不誠弘哉事不傳後理未可知幸勿據麤跡而云周孔則不然也人皆謂佛妄語山海經說死而更生者甚衆崐崘之山廣都之野軒轅之丘不死之國氣不寒暑鳳卵是食甘露是飲璿玗琪之樹赩朱泉人皆數千歲不死及化爲黃能入于羽淵中生伯有之類丘明所說亦不少矣皆可推此之麤以信彼之精者也承音有道聞佛法而斂衽者必不啻作蒲城之死士可知矣當由所聞者未高故耶足下所聞者高於今猶可豹變也人是精神物但使歸信靈極粗稟教誡縱復微薄亦足爲感感則彌升豈非脫或不滅之良計耶昔不滅之實事如佛言而神背心毀自逆幽司安知今生之苦毒者非往生之故爾耶輕以獨見慠尊神之訓恐或自貽伊阻也佛經說釋迦文昔爲小乘比丘而毀大乘猶爲此備苦地獄經歷劫數況都不信者耶復何以斷此經必虛乎足下所詰前書中語爲因琳道人章句耳其意旣已粗達不能復一二辯答所製明佛論已事事有通今付往足下力爲善尋具告中否老將死以此續其書耳此書至便倚索答殊不容悉宗炳白

何衡陽重答宗炳

重告并省大論置陣如項籍既足下以賤漢祖況弱士乎證譬堅明文詞淵富誠欲廣其利澤施及凡民深知君子之用心也足下方欲影響以神其教故宜緘默成人之美但常謂外國之事或非中華所務是以有前言耳果今中外宜同余則陋矣敢謝不敏雖然猶有所懷夫明天地性者不致惑於迂怪識盛衰之逕者不役心於理表儻令雅論不因善權篤誨皆由情發豈非通人之蔽哉未緣言對聊以代面何承天白

弘明集卷第三

音釋

窞徒敢切坎底也　翥章恕切飛舉貌　憊蒲拜切疲也　螫施隻蟲行毒也　刓五丸切剸也　匍匐匍薄胡切匐蒲北切匍匐盡力行也　碏七各切人名　鯀古本切禹父名　騖亡遇切馳也　毓余六切養也　禴以灼切祭名　眩黃絹切惑也　焄許云切香氣也　袨黃絹切盛服也　讜多朗切直言也　覈下革切考也　糺居黝切繞也　赭章也切赤也　磾都奚切日磾人名　歃所洽切歃也　能囊來切熊屬

弘明集卷第四

梁　釋　僧祐　述

何承天達性論

顏光祿延之難

夫兩儀既位帝王參之宇中莫尊焉天以陰陽分地以剛柔用人以仁義立人非天地不生天地非人不靈三才同體相須而成者也故能稟氣清和神明特達情綜古今智周萬物妙思窮幽賾制作侔造化歸仁與能是爲君長撫養黎元助天宣德日月淑清四靈來格祥風協律玉燭揚暉九穀芻豢陸產水育酸鹹百品備其膳羞棟宇舟車銷金合土絲紵玄黃供其器服文以禮度娛以八音庇物殖生罔不備設夫民用儉則易足易足則力有餘力有餘則志情泰樂治之心於是生焉事簡則不擾不擾則神明靈神明靈則謀慮審濟治之務於是成焉故天地以儉素訓民乾坤以易簡示人所以訓示慇懃若此之篤也安得與夫飛沈蠉蠕並爲眾生哉若夫眾生者取之有時用之有道行火俟風暴畋漁候豺獺所以順天時也大夫不麛卵庶人不數罟行葦作歌宵魚垂化所以愛人用也庖廚不邇五犯是翼殷后改祝孔釣不綱所以明仁道也至於生必有死形斃神散猶春榮秋落四時代換奚有於更受形哉詩云愷悌君子求福不回言弘道之在己也三后在天言精靈之升遐也若乃內懷嗜欲外憚權教慮深方生施而望報在昔先師未之或言余固不敏罔知請事焉矣

顏延之釋何衡陽達性論

前得所論深見弘慮崇致人道黜遠生類物有明微事不慫義維情輔教足使異門掃軌況在斬同豈忘所附徒恐琴瑟專一更失闡諧故略廣數條取盡後報足下云同體二儀共成三才者是必合德之稱非遺人之目然總庶類同號衆生亦含識之名豈上哲之謚然則議三才者無取於氓隷言衆生者亦何濫於聖智雖情在序别自不患亂倫若能兩籍方教俱舉達義節彼離文採此共實則可便倍害自和析符復合何詎快快執吕以毀律且大德曰生有萬之所同同於所方萬豈得生之可異不異之生宜其為衆但衆品之中愚慧羣差人則役物以為養物則見役以養人雖始或因順終至裁殘庶端萌起情嗜不禁生害繁慘夭理鬱滅皇聖哀其若此而不能頓奪所滯故設候物之教謹順時之經將以開仁育識反漸息泰耳與道為心者或不劑此而止又知大制生死同之榮落類諸區有誠亦宜然然神理存没儻異於枯荄變謝就同草木便當煙盡而復云三后升遐精靈在天若精靈必在果異於草木則受形之論無乃更資來說將由三后粹善報在生天耶欲毀後生反立升遐當毀更立固知非力所除若徒有精靈尚無體狀未知在天當何憑以立吾怯於庭斷故務求依倣而進退思索未獲所安凡氣數之内無不感對施報之道必然之符言其必符何猜有望故遺惠者無要在功者有期期存未善去恵乃至人有賢否則意有公私不可見物或期報因謂樹德皆要且經世恒談貴施者勿憶士子服義

猶惠而弗有況在聞道要更不得虛心而動必懷嗜事盡惲權耶曾不能引之上濟每驅之下淪雖深誚狡責亦已厚言不代足下嬰城素堅難爲飛書而吾自居憂患情理無託近辱褒告欲其布意裁往釋慮不或值顏延之白

何衡陽荅顏永嘉

敬覽芳訊研復淵旨區別三才步驗精粹宣演道心襃賞施士貫綜幽明推誠及物行之於已則美敷之於教則弘殆無所聞退尋嘉誨之來將欲令參觀斗極復迷反逕思或昧然未全曉洽故復重伸本懷足下所謂共成三才者是必合德之稱上哲之人亦何爲其然夫立人之道取諸仁義惻隱爲仁者之表恥惡爲義心之端牛山之木剪性於鎣斧恬漠之想汩慮於利害誠宜滋其萌櫱援其善心遂乃存而不算得無過與又云議三才者無取於氓隸言衆生者亦何濫於聖智既已聞命猶未知二塗當以何爲判將伊顏下麗寧喬札上附企望不倦以祛未了必令兩籍俱舉宫和符合豈不盡善又曰大德曰生有萬之所同同於所方萬豈得生之可異非謂不然人生雖均被大德不可謂之衆生譬聖人雖同禀五常不可謂之衆人奚取於不異之生必宜爲衆哉來告云人則役物以爲養物則見役以養人大判如此便是顧同鄙議至於情嗜不禁害生慘物所謂甚者泰者聖人固已去之又云以道爲心者或不剞此而止請問不止者將自已不殺耶令受教咸同耶若自已不殺取足市鄽故是遠庖廚意必

欲推之於編戶吾見雅論之不可立矣又云若同草木便當煙盡精靈在天將何憑以立夫神魄惚恍遊魂爲變發揚悽愴亦于何不之仲由屈於知死賜也失於所問不更受形前論之所明言所憑之方請附夫子之對及施報之道必然之符當謂于氏高門俟積善之慶博陽不伐膺公侯之祚何關於後身乎又云經世恒談施者勿憶士子服義惠而弗有誠哉斯言微恨設報以要惠説徒之所先悦報而爲惠舉世之常務疑經受累劫之罪勤施獲積倍之報不似吾黨之爲道者是以怏怏耳知欲引之上濟亦甚所不惜但丈夫處實者頗陋前識之華故不爲也若乃施非周急惠存功譽揆諸高明亦有恥乎此吾率其恒心久而不化內慚璩子未暇有所誚也

何承天白

顏永嘉重釋

何衡陽薄從歲事躬斂山田田家節隙野老爲儔言止穀稼務盡耕牧談年計耦無間達義重獲微辯得用昭慰啓告精至愈慚固結今復忘書往懷以輸未述夫藉意探理不若析之聖文三才之論故當本諸三畫三畫既陳中稱君德所以神致太上崇一元首故前謂自非體合天地無以元應斯弘知研其清慮未肯存同猶以兼容罔棄廣載不遺篤物之志誠爲優贍恐理位雜越疑陽遂衆若惻隱所發窮博愛之量恥惡所加盡祐直之正則上仁上義吾無間然但情之者寡利之者衆預有其分而未臻其極者不得以配擬二儀耳今方使極者爲師不極者爲資扶其敬

讓去其忮爭令鏊斧鑄刃利害寢端驅百代之民出信厚之塗則何萌不滋何善不援而誣以不筭未值其意三才等列不得取偏才之器衆生爲號不可濫無生之人故此去泯隸彼甄聖智兩藉俱舉旨在於斯若喬札未能道一皇王豈獲上附伊顏猶共賴氣化宜乎下麗二塗之判易於蹟指又知以人生雖均被大德不可謂之衆生譬聖人雖同稟五常不可謂之衆人夫不可謂之衆人以茂人者神明也今已均被同衆復何諱衆同故當殊其特靈不應異其得生徒忌衆名未虧衆實得無似蜀梁逃畏卒不能避所謂役物爲養見役養人者欲言愚慧相傾惛筭相制事由智出作非出天理是以始矜萌起終哀釁滅豈與足下芻豢百品共其指歸凡動而蓋

流下民之性化而裁之上聖之功謹爲垣防猶患踰盜況乃罔不備設以充侈志方開所泰何議去甚故知慘物之談不得與薄夫同憂樂殺意偏好生情博所云與道爲心者博乎生情將使排虛率遂跖實莫爻利澤通天而不爲惠庸適恩止鬻卵事法豺獺耶推此往也非唯自已不復委咎市鄽乎庖廚且市庖之外非無御養神農所書中散所述公理美其事仲彥精其業是亦古有其傳今聞其人何必以刲割爲稟和之性爓淪爲翼善之具哉若以編戶難齊憂鄙論未立是見二叔不咸慮周德先亡儻能伸以遠圖要之長世則日計可滿歲功可期精靈草木果已區別遊蒐之荅亦精靈之說若雖有無形天下寧有無形之有顧此惟疑宜見正定仲尼不荅

有無未辯足下既辯其有豈得同不辯之荅雖子嗜學懼未獲所附或是曉晦塗隔隱著事懸遂令明月廢照世智限心知謂必符之言體之極于罔講求反意如非相盡或世人守璞受讓玉市將譯胥牽俗還說國情苟未照盡請復具伸近釋報施首稱氣數者以為物無妄然各以類感感類之中人心為大心術之動隷歷所不能得及其積致于可勝原而當斷取世見據為高證莊周云莽鹵滅裂報亦如之孫卿曰報應之勢各以類至後身著戒可不敬與慈護之人深見此數故正言其本非邀其末長美遏惡反民大順濟有生之類入無死之地令慶周兆物尊冠百神安宜祚極子僞福限卿相而已常善以救善亦從之勢猶影表不慮自來何言乎要惠悅報疑罪勤施似由近驗吝情遠猜德教故方罰矜功而濫咎忘賢遺存異義公私殊意已備前白若不重云想處實陋華者復見其居厚去薄耳若施非周急惠而期譽乃如之人誠道之蠹惟子之聦丘亦聦之

何衡陽重荅顏永嘉

吾少信管見老而彌篤既言之難云將湮腐方寸故顒憑流颺以託鱗融厚故意垂懷惠以重釋稽證周明華辭博贍夫良玉時玷賤夫指其瑕望舒抱魄野人覘其缺豈伊好辯未獲云已復進請益之問庶以研盡所滯來告云三才之論故當本諸三畫三畫既陳中稱君德所以神致太上崇一元首若如論旨以三畫為三才則初擬地爻三議天位然而遐世無悶非厚載之目君子乾乾非蒼蒼之

稱果兩儀罔託亦何取於立人但文在中和宜應蓄德耳又云惻隱窮博愛之量恥惡盡祐直之方則爲上仁上義便是計體仁義者爲三才尋又云喬札未獲上附伊顏宜其下麗則黃裳之人其猶弗及雖賾之旨高下無准故惑者未悟也夫陰陽陶氣剛柔賦性圓首方足容貌匪殊惻隱恥惡悠悠皆是但參體二儀必舉仁義爲端取知欲限以名器慎其所假遂令惠人潔士比性於毛羣庶幾之賢同氣於介族立象之意豈其然哉又云已均被同衆復何諱衆同故當殊其特靈不應異其得生夫特靈之神既異於衆得生之理何嘗暫同生本於理而理異焉同衆之生名將安附若執此生名必使從衆則混成之物亦將在例耶又云謹爲垣防猶患踰盜況乃罔不設備以充侈志方開所泰何議去甚足下始云皇聖設候物之教謹順時之經將以反漸息泰今復以方開所泰爲難未詳此將難鄙議將譏聖人也又云市庖之外豈無御養神農所書中散所述何必以刲刳爲禀和爓淪爲翼善夫禋瘞繭栗宗社三牲膮膷豆俎以供賓客七十之老俟肉而飽豈得唯陳列草石取備上藥而已吾所憂不立者非謂洪論難持退嫌此事不可頓去於世耳又云天下寧有無形之有顧此惟疑宜見正定尋來旨似不嫌有鬼當謂鬼宜有質得無惑天竺之書說鬼别爲生類故耶昔人以鬼神爲教乃列于典經布在方策鄭喬吴札亦以爲然是以雲和六變實降天神龍門九成人鬼咸格足下雅秉周禮近忽此義方詰無形之

有爲支離之辯乎又云後身著戒可不敬與慈護之人深見此數未詳所謂慈護者誰氏之子若據外書報應之說皆吾所謂權教者耳凢講求至理曾不折以聖言多採譎怪以相扶翼得無似以水濟水耶又云物無妄然必以類感常善以救善亦從之勢猶影表不慮自來斯言果然則類感之物輕重必侔影表之勢脩短有度致飾上木不發慈愍之心順時蒐狩未根慘虐之性天宮華樂焉賞而上升地獄幽苦奚罰而淪陷唱言窮軒輊立法無衡石一至於此且阿保傳愛慎及溷腴良庖提刀情怵介族彼聖人者明並日月化闡三統若令報應必符亦何妨於教而緘扃義唐之紀埋閉周孔之世肇結網罟興累億之罪仍制牲牢開長夜之罰遺彼天廚甘比芻豢曾無拯溺之仁橫成納隍之酷其爲不然宜簡淵慮若謂窮神之智猶有所不盡雖高情愛奇想亦未至於侮聖也足下論仁義則云情之者少利之者多言施惠則許其遺賢忘報在情既少孰能遺賢利之者多昌云忘報若能推樂施之士以期欲仁之疇演忘報之意引向義之心則義寔在斯求仁不遠至於濟有生之類入無死之地慶周兆物尊冠百神斯旨宏誕非本論所及無乃泰師將遁行人言肆乎豈其相迫居吾語子聖人在上不與百神爭長有始有卒焉得無死之地夫辯章幽明研精庶物反初結繩終繁文教性以道率故絕親譽之名範圍造化無傷博愛之量以畋以漁養兼賢鄙三品之獲實充賓庖金石發華笙籥協節醉酒飽德介茲萬

年處者弘日新之業仕者敷先王之教誠著明君澤被萬物龍章表觀鳴玉節趨斯亦堯孔之樂地也及其不遇考槃阿澗以善其身殺雞爲黍聊寄懷抱或負鼎割烹揚隆名於長世或屠羊鼓力陵高志於浮雲此又君子之處心也何必陋積善之延祚希無驗於來世生背當年之真懽徒疲役而靡歸繫風捕影非中庸之美慕夷眩妖違通人之致蹲膜揖讓終不並立竊願吾子捨兼而遵一也及蜀梁二叔甘人驛胥之譬非本義所繼故不復具云

顏永嘉又釋何衡陽

聖慮難原神應不測中散所云中人自竭莫得其端豈其淺斥所可深抽徒以魏文大布見刊異世滕修蝦鬚取愧當時故於度外之事怯以意裁耳足下已審其虛實方書之不朽獨鑒堅精難復疑問聊寫餘懷依答條釋事緯殃福義雜胡華雖存簡章自至煩此已往余欲無言

答曰若如論旨以三畫爲三才則初擬地爻三議天位然而遯世無悶非厚載之目君子乾乾非蒼蒼之稱果兩儀罔託亦何取於立人但爻在中和宜應君德耳

釋曰闢之前學淳象始於三畫兼卦終於六爻三畫立本三才之位六爻未變羣龍所經是以重卦之後則以出處明之故遯世乾乾潛藏皆行聖人適時之義兼之道也若以初爻非地三位非天以爲兩儀罔託立人無取未知足下前論三才同體何因而生若猶受之繫說不軼師訓何獨得之復卦喪之單象

如義爻之外更有三才此自春秋新意吾無識焉且遯世乾乾雖非覆載之名一體之中未失卑高之實豈得以變動之辭廢立本之義又知以爻在中和宜應君德若徒有中和之爻竟無中和之人則爻將何放若中和在德則不得人皆中和體合之論固未可殊越

答曰上仁上義便是許體仁義者爲三才尋又云喬札未獲上附伊顏宜其下麗則黃裳之人其猶弗及雖賾之旨高下無准故惑者未悟

釋曰所云上仁上義謂兼總仁義之極可以對饗天地者耳非謂少有恥愛便爲三才前釋巳具恠復是問四彼域中唯王是體知三此兩儀非聖不居易者同歸可無重惑案東魯階差喬札理不允備何由上附至位依西方准墨伊顏未獲法身故當下麗生品來論挾姬議釋故兩觧此意冀以取了反致辭費聖作君師賢爲臣資接暢神功影響大業行藏可共默語亦同體分至此何負黃裳議者徒見不得等位元首横生誚恨而不知引之極地更非守節之情指斷如斯何謂無准

答曰夫陰陽陶氣剛柔賦性圓首方足容貌匪殊惻隱恥惡悠悠皆是但參體二儀必舉仁義爲端耳

釋曰若謂圓首方足必同恥惻隱之實容貌匪殊皆可參體二儀蹻跖之徒亦當在三才之數耶若誠不得則不可見横目之同便與大人同列悠悠之倫品量難齊既云仁者安仁智者利仁又云力行近仁畏罪強仁若一之正位將眞僞相冒莊周云天下之善人寡

不善人多其分若此何謂皆是

答曰知欲限以名器慎其所假遂令惠人潔士比性於毛羣庶幾之賢同氣於介族立象之意豈其然乎

釋曰名器有限良由資體不備雖欲假之疑陽謂何含靈爲人毛羣所不能同禀氣成生潔士有不得異象放其靈非象其生一之而已無乃誣漫

答曰已均被同衆云云特靈之神既異於衆得生之理何嘗蹔同生本於理而理異焉同衆之生名將安附若執此生名必使從衆則混成之物亦將在例耶

釋曰吾前謂同於所方豈得生之可異足下答云非謂不然又曰奚取不異之生必宜爲衆是則去吾爲衆而取吾不異豈有不異而非衆哉所以復云故當殊其特靈不應異其得生耳今答又謂得生之理何嘗蹔同生本於理而理異焉請問得生之理故是陰陽耶吾不見其異而足下謂未嘗蹔同若有異理非復煦蒸耶則陰陽之表更有受生塗趣三世詎宜堅立使混成之生與物同氣豈混成之謂若徒假生名莫見生實則非向言之四言生非生即是有物不物李叟此說或更有其義以無詰有頗爲未類

答曰謹爲垣防云云始云皇聖設候物之教謹順時之經將以反漸息泰今復以方開所泰爲難未詳此將難鄙議爲譏聖人也

釋曰前觀本論自九穀以下至孔鈞不綱始知高議謂凡有宰作皆出聖人躬爲尸匠以率先下民也孤鄙拙意自謂每所施爲動必

有因聖人從爲之節使不遷越此二懷之大斷彼我所不同吾將節其奢流故有息泰之說足下方明備設未知於何去甚而中答又云所謂甚者聖人固已去之不了此意故近復以所泰爲問答云未詳誰難或自忌前報

答曰市廛之外云云夫禋瘞繭栗宗社三牲膮膷豆俎以供賓客七十之老俟肉而飽豈得唯陳草石取備上藥而已而憂不立者非謂洪論難持退嫌此事不可頓去於世耳

釋曰神農定生周人備教既唱粒食又言上藥既用犧牢又稱蘋蘩祭膳之道故無定方前舉市廛之外復有御養者捐奪刳瀹之滯以明延性不一非謂經世之事皆當取備草石然芻豢之功希至百齡芝术之懿亟聞千歲由是言之七十之老何必謝恩於肉食但自封一域者捨此無術耳想不可頓去於世猶是前釋所云不能頓奪所滯也始獲符同敢不歸美既知不可頓去或不謂道盡於此

答曰天下寧有無形之有云云尋來旨似不嫌有鬼當謂鬼宜有質得無惑天竺之書說鬼别爲生類耶昔人以鬼神爲教乃列于典經布在方策鄭喬吳札亦以爲然是以雲和六變實降天神龍門九成人鬼咸格足下雅秉周禮近忽此義方詰無形之有爲支離之辯乎

釋曰非唯不嫌有鬼乃謂有必有形足下不無是同處有復異是以比及質詰欲以求盡請捨天竺之說謹依中土之經又置别爲生類共議登遐精靈體狀有無固然宜報定典策之中鬼神累萬所不了者非其名號比獲

三論每來益衆萬鬼畢至竟未片答雖啓告周博非解企渴無形之有既不匠立徒謂支離以爲通說若以冣正爲支離者將以浮漫爲直達乎

答曰後身著戒云云未詳所謂慈護者誰氏之子若據外書報應之說皆吾所謂權教者耳凡講求至理曾不析之聖言多採譎怪以相扶翼得無似以水濟水乎

釋曰慈護之主計亦久聞其人責以誰子將以文殊釋氏和謂報應之說皆是權教權道隱深非聖不盡雖子通識慮亦未見其極吾疲於推求而足下逸於獨了良有惡然若權教所言皆爲欺妄則自然之中無復報應吾懦於彆決足下烈於專斷亦又懼焉神高聽卑庸可誣哉想云聖言者必姬孔之誥令之所談皆其信順之事而謂曾不析之復是未經詳思來論立姬廢釋故吾引釋符姬答不越問未覺多採由金日磾不生華壤何限九服之外不有窮理之人內外爲判誠亦難乎若自信其度獨師耳目習識之表皆爲譎怪則吾亦已矣

答曰又云物無妄然必以類感云云斯言果然則類感之物輕重必侔影表之勢脩短有度致飾土木不發慈愍之心順時蒐狩未根慘虐之性天宮華樂焉賞而上升地獄幽苦奚罰而淪陷唱言窮軒輊立法無衡石一至於此

釋曰影表之說以徵感報來意疑不必侔嫌其無度即復除福應也福應非他氣數所生若滅福應即無氣數矣足下功存步驗而還

伐所知想信道爲心者必不至此若謂不慈於土木之飾有甚於順時之殺者無乃大負夫人之心黄屋玉璽非必堯舜之情崇居麗養豈是釋迦之意責天宫之賞求地獄之罰頗類昔人亞夫之詰英布之問有味乎其言此蓋衆息心之所詳吾可得而略之

答曰且阿保傅愛慎及溷腴良庖提刀情怵介旌彼聖人者明並日月化闕三統若令報應必符亦何妨於教而緘扃羲唐之紀埋閉周孔之世肇結網罟興累億之罪仍制牲牢開長夜之罰遺彼天廚甘此芻豢曾無拯溺之仁横成納隍之酷其爲不然宜簡淵慮若謂窮神之智猶有所不盡雖高情愛奇想亦未至於侮聖

釋曰知謂報應之義緘羲周之世以此推求爲不符之證羲唐邈矣人莫之詳尚書所載不過數篇方言德刑之美遑記禍福之源今帝典王策猶不書性命之事而微闕文以爲古必無之斯亦師心之過也且信順殃慶咸列姬孔之籍謂之埋閉如小逕并但言有遠近教有淺深故使智者與此而奪彼耶夫生必有欲欲必有求欲歎則爭求給則恬爭則相害恬則相安網罟之設將蠲害以取安乎且畋漁牲牢其事不異足下前答已知牲牢不可頓去於今世復謂畋漁不可獨棄於古未爲通類矣好生惡死每下愈篤故宥其死者順其情奪其生者逆其性至人尚矣何爲犯順而居逆哉是知不能頓奪所滯故因爲之制耳聖靈雖茂無以啟懞惛之心弱喪之民何可勝論罪罰之來將物自取之事遠難

致不由天廚見遺物近易躭故常芻豢是甘拯溺出隍衆哲所共但化物不同非道之異不盡之讓亦如過當子長愛奇本不類此

答曰足下論仁義則云情之者少利之者多言施惠則許其遺賢忘報在情既少孰能遺賢利之者多曷云忘報若能推樂施之士以期欲仁之疇演忘報之意引向義之心則義寔在斯求仁不遠

釋曰情仁義者寡利仁義者衆聞之莊書非直孤説未獲詳校遽見彈責夫在情既少利之者多不能遺賢曷云忘報實吾前後勤勤以爲不得配擬二儀者耳復非篤論所應據正若樂施忘報即爲體仁忘報而施便爲合義可去欲字并除向名在斯不遠誰不是慕

答曰濟有生之類云云斯旨宏誕非本論所及無乃秦師將遁行人言肆乎

釋曰足下論挾姬釋吾亦答兼戎周足下以此抑彼謂福極高門吾伸彼釋此云慶周兆之物足下據此所見謂祚止公侯吾信彼所聞云尊冠百神本議是爭曷云不及夫論難之本以易奪爲體失之已外輒云宏誕求理之塗幾乎塞矣師遁言肆或不在此

答曰豈其相迫居吾語子聖人在上不與百神爭長有始有卒焉得無死之地云云

釋曰豈其相迫一何務德居吾語子又何壯辭凡爲物之長豈爭之所得非唯不爭必將下之不可見尊冠百神便謂與百神爭長無乃取之滕薛棄之體仁和謂物有始卒無不死之地求之域内實如來趣前釋所謂勝類諸區有誠亦宜然者也至如山經所圖仙傳

所記事闕世載已不可原況復道絕恒情理隔常照必以於我不然皆當絕棄此又所不得安

答曰夫辨章幽明研精庶物云云

釋曰逮省此章盛陳列代文博體同頗善師法歌誦聖世足爲繁聲討求道義未是要說耳昔在幼壯微涉羣紀皇王之軌賢智之迹側聞其略敢辱其詳惠示之篤實勤執事

答曰何必陋積慶之延祚希無驗於來生蹲膜揖讓終不並足竊願吾子捨兼而遵一云云

釋曰不陋積慶巳伸信順之條貫希來生之亦具感報之說藻衮大裘同用一禮蹲膜揖讓何爲不俱行一世理有可兼無謂宜捨

答曰蜀梁二叔世人驛胥之譬非本論所經故不復具云

釋曰近此數條聊發戲端亦猶越人問布見採於前談肆業及之無相多怪然二叔爲問欲以卻編戶之疑沒而不答誠有望焉足下連國雲從宏論風行吾幽生孤說每獲竊議此之不侔事有固然實由通才所共者理歟忘其煩貪復息心

弘明集卷第四

音釋

賾鋤陌切幽深也　麛靡爲切獸子初生曰麛　斃毗祭切死也　荄古來切根也　鍪武移切鎌也　蘖魚傑切肄生曰蘖　刲剢刲傾畦切剢苦胡切刲剢割剖也　淪以灼切內肉湯中薄出之也　鹵郎古切苟也　颺余亮切風飛物也　遯徒困切隱也　膮許堯切牛羮也　膷許良切羊羮也　怵辛聿切惕也　軼夷質切突也　蹻跖蹻居略切跖之石切蹻跖並人名　煦香句切烝也

弘明集卷第五

梁　釋　僧祐　述

羅君章更生論

善哉向生之言曰天者何萬物之總名人者何天中之一物因此以談今萬物有數而天地無窮然則無窮之變未始出於萬物萬物不更生則天地有終矣天地不爲有終則更生可知矣尋諸舊論亦云萬兆懸定羣生代謝聖人作易已備其極窮神知化窮理盡性苟神可窮有形者不得無數是則人物有定數彼我有成分有不可滅而爲無彼不得化而爲我聚散隱顯環轉於無窮之塗賢愚壽夭還復其物自然貫次毫分不差與運泯復不識不知遐哉邈乎其道冥矣天地雖大渾而不亂萬物雖衆區已別矣各自其本祖宗有序本支百世不失其舊又神之與質自然之偶也偶有離合死生之變也質有聚散往復之勢也人物變化各有其往往有本分故復有常物散雖混淆聚不可亂其往彌遠故其復彌近又神質冥期符契自合世皆悲合之必離而莫慰離之必合皆知聚之必散而莫識散之必聚未之思也豈遠乎若者凡今生之生爲即昔生生之故事即故事於體無所厝其意與已冥終不自覺孰云覺之哉今

談者徒知向我非今而不知今我故昔我耳達觀者所以齊死生亦云死生爲寤寐誠哉是言

孫長沙安國與羅君章書

省更生論括囊變化窮尋聚散思理既佳又指味辭致亦快是好論也然吾意猶有同異以今萬物化爲異形者不可勝數應理不失但隱顯有年載然今萬化猶應多少有還得形者無緣盡當須冥遠耳目不復開逐然後乃復其本也吾謂形既粉散知亦如之紛錯混淆化爲異物他物各失其舊非復昔日此有情者所以悲歎若然則足下未可孤以自慰也

羅君章答孫安國

獲書文略旨辭理亦兼情雖欣清酬未喻乃懐區區不已請尋前本本亦不謂物都不化但化者各自得其所化頽者亦不失其舊體孰主陶是載混載判言然之至分而不可亂也如此豈徒一更而已哉將與無窮而長更矣終而復始其數歷然未能知今安能知更蓋積悲忘言諮求所通豈云唯慰聊以寄散而已矣

鄭道子神不滅論

多以形神同滅照識俱盡夫所以然其可言乎十世既以周孔爲極矣仁義禮教先結其心神明之本絶而莫言故感之所體自形已還佛唱至言悠悠弗信余墜弱喪思拔淪溺仰尋玄旨研求神要悟夫理精於形神妙於理寄像傳心粗舉其證庶鑒諸將悟遂有功於滯惑焉夫形神混會雖與生俱存至於麤

妙分源則有無區異何以言之夫形也五臟六腑四肢七竅相與爲一故所以爲生當其受生則五常殊授是以肢體偏病耳目互缺無奪其爲生一形之内其猶如玆況神體靈照妙統衆形形與氣息俱運神與妙覺同流雖動靜相資而精麤異源豈非各有其本相因爲用者耶近取諸身即明其理庶可悟矣一體所資肌骨則痛癢所知爪髮則知之所絶其何故哉豈非肌骨所以爲生爪髮非生之本也生在本則知存生在末則知滅一形之用猶以本末爲興廢況神爲生本其源至妙豈得與七尺同枯戶牖俱盡者哉推此理也則神之不滅居可知矣

客難曰子之辯神形盡矣即取一形之内知與不知精矣然形神雖麤妙異源俱以有爲分夫所以爲有則生爲其本既孰有本已盡而資乎本者獨得存乎出生之表則廓然冥盡既冥盡矣非但無所立言亦無所立其識矣識不立則神將安寄既無所寄安得不滅乎

答曰子之難辯則辯矣未本諸心故有若斯之難乎夫萬化皆有也榮枯盛衰死生代乎一形盡一形生此有生之始終也至於水火則彌貫羣生贍而不匱豈非火體因物水理虛順生不自生而爲衆生所資因即爲功故物莫能竭乎同在生域其妙如此況神理獨絶器所不隣而限以生表冥盡神無所寄哉因斯而談太極爲兩儀之毋兩儀爲萬物之本彼太極者渾元之氣而已猶能總此化根不變其一矧神明靈極有無兼盡者耶其爲

不滅可以悟乎
難曰子推神照於形表指太極於物先誠有其義然理貴厭心然後談可究也夫神形未嘗一時相違相違則無神矣草木之無神無識故也此形盡矣神將安附而謂之不滅哉苟能不滅則自乖其靈不資形矣既不資形何理與形爲生終不相違不能相違則生本是同斷可知矣
答曰有斯難也形神有源請爲子循本而釋之夫火因薪則有火無薪則無火薪雖所以生火而非火之本火本自在因薪爲用耳若待薪然後有火則燧人之前其無火理乎火本至陽陽爲火極故薪是火所寄非其本也神形相資亦猶此矣相資相因生塗所由耳安在有形則神存無形則神盡其本惚恍不可言矣請爲吾子廣其類以明之當薪之在水則火盡出水則火生一薪未改而火前期神不賴形又如兹矣神不待形可以悟乎
難曰神不待形未可頓辯就如子言苟不待形則資形之與獨照其理常一雖曰相資而本不相關佛理所明而必陶鑄此神以濟彼形何哉
答曰子之問有心矣此悠悠之所惑而未暨其本者也神雖不待形然彼形必生必生之形此神必宅必宅必生則照感爲一自然相濟自然相濟則理極於陶鑄陶鑄則功存功存則道行如四時之於萬物豈有心於相濟哉理之所順自然之所至耳
難曰形神雖異自然相濟則敬聞矣子既譬神之於形如火之在薪薪無意於有火火無

情於寄薪故能合用無窮自與化永非此薪之火移於彼薪然後爲火而佛理以此形既盡更宅彼形形神去來由於罪福請問此形爲罪爲是形耶爲是神耶若形也則大冶之一物耳若神也則神不自濟繫於異形則子形神不相資之論於此而躓矣

答曰宜有斯問然後理可盡也所謂形神不相資明其異本耳既以爲生生生之内各周其用苟用斯生以成罪福神豈自妙其照不爲此形之用耶若其然也則有意於賢愚非忘照而玄會順理玄會順理盡形化神宅此形子不疑於其始彼此一理而性於其終耶

難曰神即形爲照形因神爲用斯則然矣悟既由神惑亦在神神隨此形故有賢愚賢愚非神而神爲形用三世周廻萬劫無筭賢愚靡始而功顯中路無始之理玄而中路之功未孰有在末之功而拔無始之初者耶若有嘉通則請從後塵

答曰子責其始有是言矣夫理無始終玄極無涯既生既化罪福往復自然所生耳所謂聰明誠由耳目耳目之本非聰明也所謂賢愚誠應有始既爲賢愚無始可知矣夫有物也則不能管物唯無物然後能爲物所歸若有始也則不能爲終唯無始也然後終始無窮此自是理所必然不可徵事之有始而責神同於事神道玄遠至理無言髣髴其宗相與爲悟而自末徵本動失其統所以守此一觀庶階其峯若肆辯競辭余知其息矣洪範說生之本與佛同矣至乎佛之所演則多河漢此溺於日用耳商臣極逆後嗣隆業顔冉

德行早夭無聞周孔之教自爲方内推此理也其可知矣請廣其證以究其詳夫禀靈秉和體極淳粹堯生丹朱頑凶無章不識仁義瞽叟誕舜原生則非所育求理應傳美其事若兹而謂佛理爲迂可不悟哉

桓君山新論形神臣澄以爲君山未聞釋氏之教至於論形神已設薪火之譬後之言者乃闇與之會故有取焉爾余甞過故陳令同郡杜房見其讀老子書言老子用恬惔養性致壽數百歲今行其道寧能延年却老乎余應之曰雖同形名而質性才幹乃各異度有强弱堅脆之姿焉愛養適用之直差愈耳譬猶衣履器物愛之則完全乃久余見其旁有麻燭而灺垂一尺所則因以喻事言精神居形體猶火之然燭矣如善扶持隨火而側之可毋滅而竟燭燭無火亦不能獨行於虛空又不能後然其灺灺猶人之耆老齒墮髮白肌肉枯腊而精神弗爲之能潤澤内外周遍則氣索而死如火燭之俱盡矣人之遭邪傷病而不遇供養良醫者或强死死則肌肉筋骨常若火之傾刺風而不獲救護亦道滅則膚餘幹長焉余甞夜坐飲内中然麻燭燭半壓欲滅即自曰勑視見其皮有剝銃乃扶持轉側火遂度而復則維人身或有虧剝劇能養慎善持亦可以得度又人莫能識其始生時則老亦死不當自知夫古昔平和之世人民蒙美盛而生皆堅强老壽咸百年左右乃死死時忽如卧出者猶果物穀實久老則自墮落矣後世遭衰薄惡氣娶嫁又不時勤苦過度是以身生子皆俱傷而筋骨血氣不充强故多凶短折中年夭卒其遇病或疾痛惻怛

然後中絶故咨嗟憎惡以死爲大故昔齊景公美其國嘉其樂云使古而無死何若晏子曰上帝以人之歿爲善仁者息焉不仁者如焉今不思勉廣日學自通以趣立身揚名如但貪利長生多求延壽益年則惑之不解者也或難曰以燭火喻形神恐似而非焉今人之肌膚時剥傷而自愈者血氣通行也彼蒸燭缺傷雖有火居之不能復全是以神氣而生長如火燭不能自補完蓋其所以爲異也而何欲同之應曰火則從一端起而人神氣則於體當從内稍出合於外若由外腠達於内固未必由端往也譬猶炭火之爇赤如水過渡之亦小滅然復生焉此與人血氣生長肌肉等顧其終極或爲灸或爲灺耳曷爲不可以喻哉余後與劉伯師夜爇脂火坐語燈中脂索而炷燋禿將滅息則以示曉伯師言人衰老亦如彼禿燈矣又爲言前爇麻燭事伯師曰燈燭盡當益其脂易其燭人老衰亦如彼自蹷纘余應曰人既稟形體而立猶彼持燈一燭及其盡極安能自盡易盡易之乃在人人之蹷黨亦在天天或能爲他其肌骨血氣充强則形神枝而久生惡則絶傷猶火之隨脂燭多少長短爲遲速矣欲燈燭自盡易以不能但促斂旁脂以染漬其頭轉側蒸幹使火得安居則皆復明焉及本盡者亦無以爇今人之養性或能使墮齒復生白髮更黑肌顔光澤如彼促脂轉燭者至壽極亦獨死耳明者知其難求故不以自勞愚者欺或而冀獲盡脂易燭之力故汲汲不息又草木五穀以陰陽氣生於土及其長大成實實復

入土而後能生猶人與禽獸昆蟲皆以雄雌交接相生生之有長長之有老老之有死若四時之代謝矣而欲變易其性求爲異道惑之不解者也

遠法師沙門不敬王者論

晉成康之世車騎將軍庾氷疑諸沙門抗禮萬乘所明理何驃騎有答（二家論各在本集）至元興中太尉桓公亦同此義謂庾言之未盡與八座書云佛之爲化雖誕以茫浩推乎視聽之外以敬爲本此出處不異蓋所期者殊非敬恭宜廢也老子同王侯於三大原其所重皆在於資生通運豈獨以聖人在位而比稱二儀哉將以天地之大德曰生通生理物存乎王者故尊其神器而禮寔惟隆豈是虛相崇重義存弘御而已沙門之所以生生資國存亦日用於理命豈有受其德而遺其禮沾其惠而廢其敬哉于時朝士名賢答者甚衆雖言未悟時並互有其美徒咸盡所懷而理蘊于情遂令無上道服毀於塵俗亮到之心屈乎人事悲夫斯乃交喪之所由千載之否運深懼大法之將淪感前事之不忘故著論五篇究敘微意豈曰淵壑之待晨露蓋是伸其罔極亦庶後之君子崇敬佛教者式詳覽焉

沙門不敬王者論在家第一

原夫佛教所明大要以出家爲異出家之人凡有四科其弘教通物則功侔帝王化兼治道至於感俗悟時亦無世不有但所遇有行藏故以廢興爲隱顯耳其中可得論者請略而言之在家奉法則是順化之民情未變俗迹同方內故有天屬之愛奉主之禮禮敬有

本遂因之而成教本其所因則功由在昔是故因親以教愛使民知其有自然之恩因嚴以教敬使民知其有自然之重二者之來實由冥應應不在今則宜尋其本故以罪對爲刑罰使懼而後慎以天堂爲爵賞使悅而後動此皆即其影響之報而明於教以因順爲通而不革其自然也何者夫厚身存生以有封爲滯累根深固存我未忘方將以情欲爲苑囿聲色爲遊觀耽湎世樂不能自勉而特出是故教之所檢以此爲涯而不明其外耳其外未明則大同於順化故不可受其德而遺其禮沾其惠而廢其敬是故悅釋迦之風者輒先奉親而敬君變俗投簪者必待命而順動若君親有疑則退求其志以俟同悟斯乃佛教之所以重資生助王化於治道者也論者立言之旨貌有所同故位夫內外之分以明在三之志略叙經意宣寄所懷

沙門不敬王者論出家第二

出家則是方外之賓迹絕於物其爲教也達患累緣於有身不存身以息患知生生由於稟化不順化以求宗求宗不由於順化則不重運通之資息患不由於存身則不貴厚生之益此理之與形乖道之與俗反者也若斯人者自誓始於落簪立志形乎變服是故凡在出家皆遯世以求其志變俗以達其道變俗則服章不得與世典同禮遯世則宜高尚其跡夫然者故能拯溺俗於沉流拔幽根於重劫遠通三乘之津廣開天人之路如令一夫全德則道洽六親澤流天下雖不處王侯之位亦已協契皇極在宥生民矣是故內乖

天屬之重而不違其孝外闕奉主之恭而不失其敬從此而觀故知超化表以尋宗則理深而義篤昭泰息以語仁則功末而惠淺若然者雖將面冥山而旋步猶或恥聞其風豈況與夫順化之民尸禄之賢同其孝敬者哉

沙門不敬王者論求宗不順化第三

問曰尋夫老氏之意天地以得一爲大王侯以體順爲尊得一故爲萬化之本體順故有運通之功然則明宗必存乎體極體極必由於順化是故先賢以爲美談衆論所不能異異夫衆論者則義無所取而云不順化何耶

答曰凡在有方同禀生於大化雖羣品萬殊精麤異貫統極而言唯有靈與無靈耳有靈則有情於化無靈則無情於化無情於化化畢而生盡生不由情故形朽而化滅有情於化感物而動動必以情故其生不絶其生不絶則其化彌廣而形彌積情彌滯而累彌深其爲患也焉可勝言哉是故經稱泥洹不變以化盡爲宅三界流動以罪苦爲場化盡則因縁永息流動則受苦無窮何以明其然夫生以形爲桎梏而生由化有化以情感則神滯其本而智昬其照介然有封則所存唯已所渉唯動於是靈轡失御生塗日開方隨貪愛於長流豈一受而已哉是故反本求宗者不以生累其神超落塵封者不以情累其生不以情累其生則生可滅不以生累其神則神可冥冥神絶境故謂之泥洹泥洹之名豈虚稱也哉請推而實之天地雖以生生爲大而未能令生者不死王侯雖以存存爲功而未能令存者無患是故前論云達患累縁於

有身不存身以息患知生生由於稟化不順化以求宗義存於此義存於此斯沙門之所以抗禮萬乘高尚其事不爵王侯而沾其惠者也

沙門不敬王者論體極不兼應第四

問曰歷觀前史上皇已來在位居宗者未始異其原本本不可二是故百代同典咸一其統所謂唯天爲大唯堯則之如此則非智有所不照自無外可照非理有所不盡自無理可盡以此而推視聽之外廓無所寄理無所寄則宗極可明今諸沙門不悟文表之意而惑教表之文其爲謬也固已甚矣若復顯然有驗此乃希世之聞

荅曰夫幽宗曠邈神道精微可以理尋難以事詰既涉乎教則以因時爲檢雖應世之見優劣萬差至於曲成在用感即民心而通其分分至則止其智之所不知而不關其外者也若然則非體極者之所不兼兼之者不可並御耳是以古之語大道者五變而形名可舉九變而賞罰可言此但方内之階差而猶不可頓設況其外者乎請復推而廣之以遠其旨六合之外存而不論者非不可論論之或乖六合之内論而不辯者非不可辯辯之或疑春秋經世先王之志辯而不議者非不可議議之者或亂此三者皆即其身耳目之所不至以爲關鍵而不關視聽之外者也因此而求聖人之意則内外之道可合而明矣常以爲道法之與名教如來之與堯孔發致雖殊潛相影響出處誠異終期則同詳而辯之指歸可見理或有先合而後乖有先乖而

後合先合而後乖者諸佛如來則其人也先乖而後合者歷代君王未體極之主斯其流也何以明之經云佛有自然神妙之法化物以權廣隨所入或爲靈仙轉輪聖帝或爲卿相國師道士若此之倫在所變現諸王君子莫知爲誰此所謂合而後乖者也或有始創大業而功化未就迹有參差故所受不同或期功於身後或顯應於當年聖王則之而成教者亦不可稱筭雖抑引無方必歸塗有會此所謂乖而後合者也若令乖而後合則擬步通塗者必不自崖於一揆若令先合而後乖則釋迦之與堯孔發致不殊斷可知矣是故自乖而求其合則知理會之必同自合而求其乖則悟體極之多方但見形者之所不兼故惑衆塗而駭其異耳因茲而觀天地之道功盡於運化帝王之德理極於順通若以對夫獨絶之教不變之宗固不得同年而語其優劣亦已明矣

沙門不敬王者論形盡神不滅第五

問曰論旨以化盡爲至極故造極者必違化而求宗求宗不由於順化是以引歷代君王使同之佛教令體極之至以權居統此雅論之所託自必於大通者也求之實當理則不然何者夫稟氣極於一生生盡則消液而同無神雖妙物故是陰陽之所化耳既化而爲生又化而爲死既聚而爲始又散而爲終因此而推固知神形俱化原無異統精麤一氣始終同宅宅全則氣聚而有靈宅毀則氣散而照滅散則反所受於天本滅則復歸於無物反覆終窮皆自然之數耳孰爲之哉若令

本異則異氣數合合則同化亦爲神之處形猶火之在木其生必存其毁必滅形離則神散而罔寄木朽則火寂而靡託理之然矣假使同異之分昧而難明有無之說必存乎聚散聚散氣變之總名萬化之生滅故莊子曰人之生氣之聚聚則爲生散則爲死若死生爲彼徒苦吾又何患古之善言道者必有以得之若果然耶至理極於一生生盡不化義可尋也

答曰夫神者何耶精極而爲靈者也精極則非卦象之所圖故聖人以妙物而爲言雖有上智猶不能定其體狀窮其幽致而談者以常識生疑多同自亂其爲誣也亦已深矣將欲言之是乃言夫不可言今於不可言之中復相與而依俙神也者圓應無生妙盡無名感物而動假數而行感物而非物故物化而不滅假數而非數故數盡而不窮有情則可以物感有識則可以數求數有精麤故其性各異智有明闇故其照不同推此而論則知化以情感神以化傳情爲化之母神爲情之根情有會物之道神有冥移之功但悟徹者反本惑理者逐物耳古之論道者亦未有所同請引而明之莊子發玄音於大宗曰大塊勞我以生息我以死又以生爲人羈死爲反真此所謂知生爲大患以無生爲反本者也文子稱黄帝之言曰形有靡而神不化以不化乘化其變無窮莊子亦云特犯人之形而猶喜若人之形萬化而未始有極此所謂知生不盡於一化方逐物而不反者也二子之論雖未究其實亦嘗傍宗而有聞焉論者不

尋無方生死之說而或聚散於一化不思神道有妙物之靈而謂精麤同盡不亦悲乎火木之喻原自聖典失其流統故幽興莫尋微言遂淪於常教令談者資之以成疑向使時無悟宗之匠則不知有先覺之明冥傳之功沒世靡聞何者夫情數相感其化無端因緣密搆潛相傳寫自非達觀孰識其變自非達觀孰識其會請為論者驗之以實火之傳於薪猶神之傳於形火之傳異薪猶神之傳異形前薪非後薪則知指窮之術妙前形非後形則悟情數之感深惑者見形朽於一生便以謂神情俱喪猶覩火窮於一木謂終期都盡耳此由從養生之談非遠尋其類者也就如來論假令神形俱化始自天本愚智資生同禀所受問所受者為受之於形耶為受之於神耶若受之於形凡在有形皆化而為神矣若受之於神是以神傳神則丹朱與帝堯齊聖重華與瞽瞍等靈其可然乎其可然乎如其不可固知冥緣之搆著於在昔明闇之分定於形初雖靈均善運猶不能變性之自然況降茲已還乎驗之以理則微言而有徵效之以事可無惑於大道

論成後有退居之賓步朗月而宵遊相與共集法堂因而問曰敬尋雅論大歸可見殆無所間一日試重研究蓋所未盡亦少許處耳意以為沙門德式是變俗之殊制道家之名器施於君親固宜略於形敬今所疑者謂甫創難就之業遠期化表之功潛澤無現法之效來報玄而未應乃令王公獻供信士屈體得無坐受其德陷乎早計之累虛沾其惠貽

夫素飡之識耶主人良久乃應曰請爲諸賢近取其類有人於此奉宣時命遠通殊方九譯之俗問王者以當資以糇粮錫以轝服不答曰然主人曰類可尋矣夫稱沙門者何耶謂其發蒙俗之幽昏啓化表之玄路方將以兼忘之道與天下同往使希高者挹其遺風漱流者味其餘津若然雖大業未就觀其超步之跡所悟固已弘矣然則運通之功資存之益尚未酬其始誓之心況答三業之勞乎又斯人者形雖有待情無近寄視夫四事之供若蠛蚊之過乎其前者耳濡沫之惠復焉足語哉衆賓於是始悟寘塗以開轍爲功息心以淨畢爲道乃欣然怡襟詠言而退

晉元興三年歲次閼逢于時天子蒙塵人百其憂凡我同志僉懷綴旒之歎故因述斯論焉

遠法師沙門袒服論

或問曰沙門袒服出自佛教是禮與答曰然問曰三代殊制其禮不同質文之變備於前典而佛教出乎其外論者咸有疑焉若有深致幸誨其未聞

荅曰玄古之民太朴未虧其禮不文三王應世故與時而變因茲以觀論者之所執方内之格言耳何以知其然中國之所無或得之於異俗其民不移故其道未亡是以天竺國法盡敬於所尊表誠於神明率皆袒服所謂去飾之基者也雖記籍未流茲土其始似有聞焉佛出於世因而爲教明所行不左故應右袒何者將辯貴賤必存乎位以進德則尚賢之心生是故沙門越名分以背時不退

已而求先又人之所能皆在於右若動不以順則觸事生累過而能復雖中賢猶未得況有下於此者乎請試言之夫形以左右成體理以邪正爲用二者之來各乘其本滯根不拔則事求愈應而形理相資其道微明世習未移應微難辯袒服既彰則形隨事感理悟其心以御順之氣表誠之體而邪正兩行非其本也是故世尊以袒服篤其誠而閑其邪使名實有當敬慢不雜然後開出要之路導真性於久迷令淹世之賢不自絕於無分希進之流不惑塗而旋步於是服膺聖門者咸優正思順異跡同軌緬素風而懷古背華俗以洗心尋本達變即近悟遠形服相愧理深其感如此則情化專向修之弗倦動必以順不覺形之自恭斯乃如來勸誘之外因斂麁麤之妙跡而衆談未喻或欲革之反古之道何其深哉

何鎮南難

見答問袒服指訓兼弘標末文於玄古資形理於近用使敬慢殊流誠服俱盡殆無間然至於所以明順猶有未同何者儀形之設蓋在時而用是以事有內外乃可以淺深應之李釋之與周孔漸世之與遺俗在於因循不同必無逆順之殊明矣故老明兵凶處右禮以喪制不左且四等窮奉親之至三驅顯王跡之仁在後而要其旨可見寧可寄至順於凶事表吉誠於喪容哉鄭伯所以肉袒亦猶許男輿櫬皆自以所乘者逆必受不測之罰以斯而證順將何在故率所懷想更詳盡令內外有歸

遠法師答

敬尋問旨蓋是開其遠塗照所未盡令精麤並順內外有歸三復斯誨所悟良多常以爲道訓之與名教釋迦之與周孔發致雖殊而潛相影響出處誠異終期則同但妙跡隱於常用指歸昧而難尋遂令至言隔於世典談士發殊塗之論何以知其然聖人因弋釣以去其甚順四時以簡其煩三驅之禮失前禽而弗吝網罟之設必待化而方用上極行葦之仁內匹釋迦之慈使天下齊己物我同觀則是合抱之一毫豈直有間於優劣而非相與者哉然自跡而尋猶大同於兼愛遠求其實則階差有分分外之所通未可勝言故漸茲以進德令事顯於君親從此而觀則內外之教可知聖人之情可見但歸塗未啓故物莫之識若許其如此則袒服之義理不容疑

來告記謂宜更詳盡故復究敘本懷原夫形之化也陰陽陶鑄受左右之體昏明代運有死生之說人情咸悅生而懼死好進而惡退是故先王既順民性撫其自然令吉凶殊制左右異位由是吉事尚左進爵以厚其生凶事尚右哀容以毀其性斯皆本其所受因順以通教感於事變懷其先德者也世之所貴者不過生存生存而屈伸進退道盡於此淺深之應於是乎在沙門則不然後身退己而不謙卑時來非我而不辭辱卑以自牧謂之謙居衆人之所惡謂之順謙順不失其本則日損之功易積出要之路可遊是故遁世遺榮反俗而動動而反俗者與夫方內之賢雖貌同而實異何以明之凡在出家者達患累

緣於有身不存身以息患知生生由於稟化不順化以求宗推此而言固知發軫歸塗者不以生累其神超落世務者不以情累其生不以情累其生則生可絕不以生累其神則神可冥然則向之所謂吉凶成禮奉親事君者蓋是一域之言耳未始出於有封有封未出則是翫其文而未達其變若然方將滯名教以徇生乘萬化而背宗自至順而觀得不曰逆乎漸世之與遺俗指存於此

遠法師答桓玄明報應論

問曰佛經以殺生罪重地獄斯罰冥科幽司應若影響余有疑焉何者夫四大之體即地水火風耳結而成身以為神宅寄生棲照津暢明識雖託之以存而其理天絕豈唯精麤之間固亦無受傷之地滅之既無害於神亦由滅天地間水火耳又問萬物之心愛欲森繁但私我有己情慮之深者耳若因情致報乘感生應則自然之迹順何所寄哉

答曰意謂此二條始是來問之關鍵立言之津要津要既明則羣疑同釋始涉之流或因茲以悟可謂朗滯情於常識之表發奇唱於未聞然佛教深玄微言難辯苟未統夫指歸亦焉能暢其幽致當為依傍大宗試叙所懷推夫四大之性以明受形之本則假於異物託為同體生若遺塵起滅一化此則慧觀之所入智忍之所遊也於是乘去來之自運雖聚散而非我寓羣形於大夢實處有而同無豈復有封於所受有係於所戀哉若斯理自得於心而外物未悟則悲獨善之無功感先覺而興懷於是思弘道以明訓故仁恕之德

存焉若彼我同得心無兩對遊刃則泯一玄觀交兵則莫逆相遇傷之豈唯無害於神固亦無生可殺此則文殊案劒迹逆而道順雖復終日揮戈措刃無地矣若然者方將託鼓舞以盡神運干鏚而成化雖功被猶無賞何罪罰之有耶若反此而尋其源則報應可得而明推事而求其宗則罪罰可得而論矣嘗試言之夫因緣之所感變化之所生豈不由其道哉無明爲惑網之淵貪愛爲衆累之府二理俱遊冥爲神用吉凶悔吝唯此之動無明掩其照故情想凝滯於外物貪愛流其性故四大結而成形形結則彼我有封情滯則善惡有主有封於彼我則私其身而身不忘有主於善惡則戀其生而生不絶於是甘寢大夢昏於同迷抱疑長夜所存唯著是故失得相推禍福相襲惡積而天殃自至罪成則地獄斯罰此乃必然之數無所容疑矣何者會之有本則理自冥對兆之雖微勢極則發是故心以善惡爲形聲報以罪福爲影響本以情感而應自來豈有幽司由御失其道也然則罪福之應唯其所感感之而然故謂之自然自然者即我之影響耳於夫主宰復何功哉

請尋來問之要而驗之於實難旨全許地水火風結而成身以爲神宅此即宅有主矣問主之居宅有情耶無情耶若云無情則四大之結非主宅之所感若以感不由主故處不以情則神之居宅無情無痛痒之知神既無知宅又無痛痒以接物則是伐卉剪林之喻無明於義若果有情四大之結是主之所感

也若以感由於主故處必以情則神之居宅不得無痛痒之知神既有知宅又受痛痒以接物固不得同天地間水火風明矣因茲以談夫神形雖殊相與而化內外誠異渾爲一體自非達觀孰得其際耶苟未之得則愈久愈迷耳凡禀形受命莫不盡然也受之既然各以私戀爲滯滯根不拔則生理彌固愛源不除則保之亦深設一理逆情使方寸迷亂而況舉體都亡乎是故同逆相乘共生讎隙禍心未冥則構怨不息縱復悦畢受惱情無遺憾形聲既著則影響自彰理無先期數合使然也雖欲逃之其可得乎此則因情致報乘感生應但立言之旨本異故其會不同耳問曰若以物情重生不可致喪則生情之由私戀之惑耳宜朗以達觀曉以大方豈得就其迷滯以爲報應之對哉

答曰夫事起必由於心報應必由於事是故自報以觀事而事可變舉事以責心而心可反推此而言則知聖人因其迷滯以明報應之對不就其迷滯以爲報應之對也何者人之難悟其日固久是以佛教本其所由而訓必有漸知久習不可頓廢故先示之以罪福罪福不可都忘故使權其輕重輕重權於罪福則驗善惡以宅心善惡滯於私戀則推我以通物二理兼弘情無所係故能尊賢容衆恕已施安遠尋影響之報以釋往復之迷迷情既釋然後大方之言可曉保生之累可絶夫生累者雖中賢猶未得豈常智之所達哉

遠法師三報論因俗人疑善惡無現驗作

經說業有三報一曰現報二曰生報三曰後

報現報者善惡始於此身即此身受生報者來生便受後報者或經二生三生百生千生然後乃受受之無主必由於心心無定司感事而應應有遲速故報有先後先後雖異咸隨所遇而爲對對有彊弱故輕重不同斯乃自然之賞罰三報之大略也非夫通才達識入要之明罕得其門降玆以還或有始涉大方以先悟爲蓍龜博綜内籍反三隅於未聞師友仁匠習以移性者差可得而言請試論之夫善惡之興由其有漸漸以之極則有九品之論凡在九品非其現報之所攝然則現報絶夫常類可知類非九品則非三報之所攝何者若利害交於目前而頓相傾奪神機自運不待慮而發發不待慮則報不旋踵而應此現報之一隅絶夫九品者也又三業殊體自同有定報定則時來必受非祈禱之所移智力之所免也將推而極之則義深數廣不可詳究故略而言之相參懷佛教者以有得之世或有積善而殃集或有凶邪而致慶此皆現業未就而前行始應故曰禎祥遇禍妖孽見福疑似之嫌於是乎在何以謂之然或有欲匡主救時道濟生民擬步高跡志在立功而大業中傾天殃頓集或有棲遲衡門無悶於世以安步爲輿優游卒歲而時來無妄運非所遇世道交淪于其閑習或有名冠四科道在入室全愛體仁慕上善以進德若斯人也含冲和而納疾履信順而夭年此皆立功立德之舛變疑嫌之所以生也大義既明宜尋其對對各有本待感而發逆順雖殊其揆一耳何者倚伏之契定於在昔冥符告

命潛相迴換故令禍福之氣交謝於六府善惡之報舛互而兩行是使事應之際愚智同惑謂積善之無慶積惡之無殃感神明而悲所遇慨天殃之於善人咸謂名教之書無宗於上遂使大道翳於小成以正言爲善誘應心求實必至理之無此原其所由由世典以一生爲限不明其外其外未明故尋理者自畢於視聽之内此先王即民心而通其分以耳目爲關鍵者也如令合内外之道以求弘教之情則知理會之必同不惑衆塗而駭其異若能覽三報以觀窮通之分則尼父之不荅仲由顔冉對聖匠而如愚皆可知矣亦有緣起而緣生法雖預入諦之明而遺愛未忘猶以三報爲華苑或躍而未離于淵者也推此以觀則知有方外之賓服膺妙法洗心玄門一詣之感起登上位如斯倫匹宿殃雖積功不在治理自安消非三報之所及因茲而言佛經所以越名教絶九流者豈不以蹤神達要陶鑄靈府窮源盡化鏡萬象於無象者也

弘明集卷第五

音釋

灺（徐也切燭燼也）腊（音昔乾肉）釳（許乞切）膆（千候切膚理也）爇（音然燒也）蹷（居月切傾竭也）纘（作管切繼也）閼（於葛切甲曰閼逢）櫬（初覲切椑棺謂之櫬）

弘明集卷第六

梁　釋　僧祐　述

釋道恒釋駁論

晉義熙之年如聞江左袁何二賢並商略治道諷刺時政雖未覩其文意者似依傍韓非五蠹之篇遂譏世之闕發五横之論而沙門無事猥落其例余恐眩曜時情永淪邪惑不勝憤惋之至故設賓主之論以釋之

有東京束教君子詰於西鄙傲散野人曰僕曾預聞佛法冲邃非名教所議道風玄遠非器象所擬清虛簡勝非近識所闚妙絶羣有非常情所測故每爲時君之所遵崇貴達之所欽仰於是衆庶朋契雷同奔向咸共嗟詠稱述其美云若染漬風流則精義入微研究理味則妙契神用澡塵垢於胸心脱桎梏於形表超俗累於籠樊邈世務而高蹈論真素則夷齊無以踰其操遺榮寵則巢許無以過其志味玄旨則顔冉無以參其風去紛穢則松喬無以比其潔信如所談則義無間然矣但今觀諸沙門通非其才羣居猥雜未見秀異混若涇渭渾波泯若薰蕕同篋若源清則津流應鮮根深則條穎必茂考其言行而始終不倫究其本末幾有無校僕之所以致怪良由於此如皇帝之忘智據梁之失力皆在鑪錘之間陶鑄以成聖者苟道不虛行才必應器然沙門既出家離俗高尚其志違天屬

之親捨榮華之重毀形好之飾守清節之禁研心唯理屬已唯法投足而安蔬食而已使德行卓然爲時宗仰儀容邑肅爲物軌則然觸事蔑然無一可採何栖託之高遠而業尚之鄙近至於營求孜伋無暫寧息或墾殖田圃與農夫齊流或商旅博易與衆人競利或矜恃醫道輕作寒暑或機巧異端以濟生業或占相孤虚妄論吉凶或詭道假權要射時意或聚畜委積頤養有餘或指掌空談坐食百姓斯皆德不稱服行多違法雖暫有一善亦何足以標高勝之美哉自可廢之以一風俗此皆無益於時政有損於治道是執法者之所深疾有國者之所大患且世有五横而沙門處其一焉何以明之乃大設方便鼓動愚俗一則誘喻一則迫脅云行惡必有累劫之殃修善便有無窮之慶論罪則有幽冥之伺語福則有神明之祐敦厲引導勸行人所不能行逼强切勸勉爲人所不能爲上減父母之養下損妻孥之分會同盡餚饍之甘寺廟極壯麗之美割生民之珍玩崇無用之虚費罄私家之年儲闕軍國之資實張空聲於將來圖無象於未兆聽其言則洋洋而盈耳觀其容則落落而滿目考現事以求徵並未見其驗眞所謂繫影捕風莫知端緒亮僕情之所未安有識者之所巨惑若有嘉信請承下風脫有暫悟永去其滯矣

主人答

主人憮然有間慨爾長歎咄異哉子之所陳何其陋也夫鄙俗不可以語大道者滯於形也曲士不可以辯宗極者局於名也今將爲

子略舉一隅自可思反其宗矣蓋聖人設教應器投法受量有限故化之以漸録善心於毫端忘鄙吝於丘壑片行之善永爲身資一念之福終爲神用始覆一簣不可責以爲山之功方趣絶境不中窮以括囊之實然海之所以稱大者由無皦潔之清道之所以稱晦跡者以無赫然之觀夫怨親婉孌有心之所滯而沙門遺之如脫屣名位財色世情之所重而沙門視之如粃糠可謂忍人所不能去斯乃標尚之雅趣弘道之勝事而云蔑然豈非妙賞之謂乎又且志業不同歸向塗乖岐逕分輒不相領悟未見秀異故其宜耳古人每嘆才之爲難信矣周號多士亂臣十人唐虞之盛元凱二八孔門三千並海內翹秀簡充四科數不盈十於中伯牛廢疾回也六極

商也慳悋賜也貨殖予也難雕由也凶愎求也聚斂任不稱職仲弓雖騂出於犂色而舉世推德爲人倫之宗欽尚高軌爲縉紳之表百代詠其遺風千載仰其景行至於沙門乃苦共剥節酷相彈礫斯豈君子弘通之道雅正之論哉此由或人入斑輸之作坊不稱指南之巧妙但譏拙者之傷手真可謂伏膺下流志存鄙劣昔丞相問客俗言鴟梟食母寧有是乎客答但聞慈烏反哺耳相乃悵然自愧失言今子處心將無似相之問也君子遏惡揚善反是謂何

云投足而安且林野蕭條每有寇盗之患城傍入出動嬰交遊之譏處身非所則招風塵之累婆娑田里則犯人間之論二三無可進退唯谷宇宙雖曠莫知所厝

云蔬餐而已夫人間有不贍之匱山澤無委積之儲方宜取給復秉之以法所向九折於何得立若堂堂聖世而有首陽之餓夫明明時雍而有赴海之死客於雅懷何如然體無毛羽不可袒而無衣腹非匏瓜不可繫而不食自未造極要有所資年豐則取足於百姓時儉則肆力以自供誠非所宜事不得已故蝮蛇螫手斬以求全推其輕重蓋所存者大雖營一已不求無獲求之不必一塗但令濟之有理亦何嫌多方以爲煩穢其欲役使不得妄動何故執之甚乎昔伯成躬耕以墾殖沮溺耦作以修農陶朱商賈以營生於陵灌蔬以自供雀文賣藥以繼乏君平卜筮以補空張衡術數以馳名馬鈞奇巧以騁功此等直是違俗遁世之人耳未正見有邈然絶塵與物天隔而咸共嗟詠不輟於口然沙門之中迹超諸乏恥與流輩動有萬數至於體道神化超落人封非可筭計而未曾致言何其黨乎宜共思校事實不可古今殊論衆寡異辭希簡爲貴猥多致賤恐非求精覈理之談也

云自可廢之以一風俗是何言歟聖人不誣十室三人必有師資芳蘭並茂而欲蘊崇芟之不亦暴乎其中自有德宇淵邃器標時望或翹楚皦潔栖寄清遠或禪思入微澄神絶境或敷演微言散幽釋滯或精勤福業勸化崇善凡出家之本落髮抽簪之日皆心口獨誓情到懇至雖生死彌綸玄塗長遠要自驅策必階於道金輪之榮忽若塵垢帝釋之重蔑若粃糠始者精誠乃有所感自非一舉頓

詣體備圓足其間何能不有小失且當録其真素略舉玄黃安渾舉一槩無復甄別不可以管蔡之釁姬宗盡誅四凶之暴合朝流放此無異人苦頭虱因欲并首俱焚患在足刺遂欲通股全解不亦濫乎

云無益於時政有損於治道夫弘道者之益世物有日用而不知故老氏云無爲之化百姓皆曰我自然斯言當矣是以干木高枕而魏國大治庚桑善誨而堠壘歸仁沙門在世誠無目前考課之功名教之外實有冥益近取五戒訓物非六經之疇遠以八難幽嶮非刑法之匹請以三藏銓罪非律令之流暢以般若辯惑非老莊之謂道品無漏拔苦因緣則存而不論周孔之教理盡形器至法之極兼練神明精麤昇降不可同日而語其優劣矣昔孛助化以道佐治國境晏然民知其義年豐委積物無疵癘非益謂何

云世有五横沙門處其一焉凡言横者以其志無業尚散誕莫名或博易放蕩而傾竭家財或名挂編戶而浮游卒歲或尸祿素餐而莫肯用心或執政居勢而魚食百姓或馳競進趣而公私並損或肆暴姦虐而動造不軌斯皆傷教亂正大敗風俗由是荀悅奮筆而遊俠之論興韓非彈毫而五蠹之文作以之爲横理故宜然施之沙門不亦誣乎國家方上與唐虞競巍巍之美下與殷周齊郁郁之化不使箕潁專有傲世之賓商洛獨標嘉遁之客甫欲大弘逸民之風崇肅方外之士觀子處懷經略時政乃欲踵亡秦虎狼之嶮術襲商韓尅薄之弊法坑焚儒典治無綱紀制

太半之稅家無游財設三五之禁備民如賊天下𤓰然人無聊生使嬴氏之族不訖於三世二子之禍即戮於當時臨刑之日方乃追恨始者立法之謬本欲寧國靜民不意堤防太峻反不容已事既往矣何嗟之及

云一則誘喻一則迫愶且衆生緣有濃薄才有利鈍解有難易行有淺深是以啓誨之道不一悟發之由不同抑揚頓挫務使從善斯乃權謀之警策妙濟之津梁殊非誘迫之謂也

云罪則冥伺福則神祐夫含德至淳則衆善歸焉易曰履信思順自天祐之吉無不利又曰爲不善於幽昧之中鬼得而誅之豈非冥伺神明之祐哉善惡之報經有誠證不復具列

云會盡餚饍寺極壯麗此修福之家傾竭以儲將來之資殫盡自爲身之大計耳殆非神明歆其壯麗衆僧貪其滋味猶農夫之播殖匠者之搆室將擇楨材以求堂宇之飾精簡種子以規嘉穀之實故稼穡必樹於沃壤之地卜居要選於爽塏之處是以知三尊爲衆生福田供養自修已之功德耳

云割生民之珍玩崇無用之虛費夫博施兼愛仁者之厚德崇飾宗廟孝敬之至心世教若此道亦如之物有損之而益爲之必獲且浮財猶糞土施惠爲神用譬朽木之爲舟乃濟度之津要何虛費之有哉欲端坐而望自然拱嘿以希安樂猶無柯而求伐不食而徇飽焉可得乎苟身之不修已爲困矣何必乃蔽百姓之耳目擁天下之大善既自飲毒復

欲鴆人何酷如之可謂亡我陷彼相與俱禍是以盲聾瘖瘂之對經幽處彌劫之殃調達之報歷地獄無間之苦

云罄私家之年儲闕軍國之資實聖王御世淳風遐被震道網以維六合布德網以籠羣儁川無扣浪之夫谷無含歎之士四民咸安其業百官各盡其分海内融通九州同貫戎車於是寢駕甲士却走以糞嘉穀委於中田食儲積而成朽童稚進德日新黃髮盡於眉壽當共繫壤以頌太平鼓腹以觀盛化子何多慮之深橫憂時之不足不亦過乎云悟大官而腫口臨滄海而攝腹真子之謂也

云繫影捕風莫知端緒夫僞辯亂真大聖之所悲嗟時不識寶卞和所以慟哭然妙旨希夷而體之者道沖虛簡詣而會之者得用遠能津梁頹溺拔幽拯滯美濟當時化流無外故神暉一震則感動大千睿澤斯灑則九州蒙潤是以釋梵悟幽旨而歸誠帝王望玄宗而委質八部挹靈化而洗心士庶覩真儀而奔至落落焉故非域中之名教肅肅焉殆是方外之冥軌然垣墻峭峻故罕得其門器宇幽邃希入其室是以道濟彌綸而理與之乖德包無際而事與之隔子執迷自畢没齒不悟蓋有以也夫日月麗天而瞽者莫覩其明雷霆震地而聾者不聞其響是誰之過與而方欲議宮商之音蔑文章之觀真過之甚者昔文鱗改視於初曜須跋開聽於後緣子何辜之不幸獨懷疑以終年比衆人之所悲最可悲之所先於是逡巡退席悵然自失良久曰聞大道之說彌貫古今大判因緣窮理盡

性立理不爲當年弘道不期一世可謂原始會終歸於命矣僕實滯寢長夜未達其旨故每造有封今幸聞大夫之餘論結解疑散豁然醒覺若披重霄以覩朗日發蒙蓋而悟真慧僕誠不敏敬奉嘉誨矣

明徵君僧紹正二教論（道士有爲夷夏論者故作此以正之）

及聞殊論銳言置家有懼誣聖將明其歸故先詳正所證二經之句庶可兩悟幽津

論稱道經云老子入關之于天竺維衛國國王夫人名曰清妙老子因其晝寢乘日之精入清妙口中後年四月八日夜半時剖右腋而生墮地即行七步舉手指天曰天上天下唯我爲尊三界皆苦何可樂者於是佛道興焉（事在玄妙內篇此是漢中真典非穿鑿之書）

正曰道家之旨其在老氏二經敷玄之妙備乎莊生七章而得一盡靈無聞形變之奇彭殤均壽未覩無死之唱故恬其天和者不務變常安時處順夫何取長生若乘日之精入口剖腋年事不符託異合說稱非其有誕議神化秦漢之妄妖延魏晉言不經聖何云真典乎

論稱佛經云釋迦成佛已有塵劫之數或爲儒林之宗國師道士（此皆成實正經非方便之說也）

正曰佛經之宗根明極教而三世無得俗證覺道非可事顯然精深所會定慧有徵於內緣感所應因果無妄於外夫釋迦發窮源之真唱以明神道之所通也故其練精研照非養正之功徵善階極異殆庶自崖道濟在忘形而所貴非全生生生不貴存存何功忘功而功著寂滅而道常出乎無始入乎無終靡

應非身塵劫非遐此其所以爲教也
論曰二經之旨若合符契
正曰夫佛開三世故圓應無窮老止生形則
教極澆淳所以在形之教不議殊生圓應之
化爰盡物類是周孔老莊誠帝王之師而非
前説之證既闡塞異教又違符合之驗矣
論曰道則佛也佛則道也
正曰既教有方圓豈覩其同夫由佛者固可
以權老學老者安取同佛苟挾競慕高撰會
雜妄欲因其同樹邪去正是乃學非其學自
漏道蠹秖多不量見恥守器矣
論曰其入不同其爲必異各成其性不易其
事又曰或照五典或布三乘教在華而華言
化夷而夷語又曰佛道齊乎達化而有夷夏
之别

正曰寂感遂通在物必暢佛以一音隨類受
悟在夷之化豈必三乘教華之道何拘五教
沖用因感既夷華未殊而俗之所異孰乖聖
則雖其人不同然其教自均也
論曰端委搢紳諸華之容也翦髮緇衣羣夷
之服也
正曰將求理之所貴宜無本禮俗沿襲異道
唯其時物故君子豹變民文先革顓孫膺訓
喪志學殷夫致德韶武則禪代異典後聖有
作豈限夷華況由之極教必拘國服哉是以
繫其恒方而迷深動蹟矣水陸既變致遠有
節舟車之譬得無翩乎而刻船守株固以兩
見所歸
論曰下棄妻孥上廢宗祀嗜欲之物咸以禮
伸孝敬三典獨以法屈悖德犯順曾莫之覺

又曰全形守祀繼善之教也毀貌易姓絶惡之學也理之可貴者道事之可賤者俗

正曰今以廢宗祀爲犯順存嗜欲以申禮則是孝敬三典在我爲得俗無必賤矣毀貌絶惡自彼爲鄙道無必貴矣愛俗拘舊崇華尚禮貴賤迭置義成獨說徒欲蠹鬻於凡觀豈期本理於聖言耶

論曰泥洹仙化各是一術佛號正真道稱正一一歸無死真會無生

正曰侯王得一而天下貞莫議仙化死而不亡者壽不論無死臆說誣濫辭非而澤大道既隱小成互起誠哉是言其諸誣詭謗慢欲以苟濟其違求之聖言固不容識矣今之道家所教唯以長生爲宗不死爲主其練映金丹飡霞餌玉靈升羽蛻尸解形化是其託術驗而竟無覩其然也又稱其不登仙死則爲鬼或召補天曹隨其本福雖大乖老莊立言本理然猶可無違世教損欲趣善乘化任往忘生生存存之旨實理歸於妄而未爲亂常也至若張葛之徒又皆離以神變化俗怪誕惑世符呪章劾咸託老君所傳而隨稍增廣遂復遠引佛教證成其僞立言舛雜師學無依考之典義不然可知將令真妄渾流希悟者永惑莫之能辯誣亂已甚矣

客既悉於佛老之正猶未值其津今將更粗言其隅而使自反焉夫理照研心二教兩得乃可動靜兼盡所遇斯乘也老子之教蓋修身治國絶棄貴尚事止其分虛無爲本柔弱爲用内視反聽深根寧極渾思天元恬高人世浩氣養和失得無變窮不謀通致命而俟

達不謀已以公爲度此學者之所以詢仰餘流而其道若存者也安取乎神化無方濟世不死哉其在調霞羽蛻精變窮靈此自繕積前成生甄異氣故雖記奇之者有之而言理者弗由矣稽之神功爰及物類大若麟鳳怪瑞小則雀雉之化夫既一受其形而希學可致乎至乃顏孔道隣親資納之極固將仰靈塵而止欲從末由則分命之不妄有推之可明矣故仲尼貴知命而必有所不言伯陽去奇尚而固守以無爲皆將以抑其誕妄之所自來也然則窮神盡教固由之有宗矣道成事得各會之有元矣夫行業著於前生而强學以求致其功積習成於素孱而橫慕以妄易其爲首燕求越其希至何由哉故學得所學而學以誠也爲其可爲而爲可致也則夫學鏡生靈中天設教觀象測變存而不論經世之深孔老之極也爲於未有盡照窮緣殊生共理練僞歸真神功之正佛教之弘也是乃神明其宗老全其生守生者蔽明宗者通然靜止大方乃雖蔽而非妄動由其宗則理通而照極故必德貴天全自求其道崇本資通功歸四大不謀非然守教保常孔老之純得所學也超宗極覽尋流討源以有生爲壁壽故息敬於君親不敬議其化異不執方而駭奇妙寂觀以祐思功積見而要來則佛教之粹明於爲也故夫學得所學則可以資全生靈而教尊域中矣明爲於爲將乃滅習反流而邈天人矣過此已往未之或知洗慮之得其將在兹

周剡顒難張長史融門論

吾門世恭佛舅氏奉道道也與佛逗極無二寂然不動致本則同感而遂通達迹成異其猶樂之不沿不隔五帝之祕禮之不襲三皇之聖豈三與此皆殊時故不同其風異世故不一其義安可輙駕庸愚誣調神極吾見道士與道人戰儒墨道人與道士獄是非昔有鴻飛天道積遠難亮越人以為鳧楚人以為乙人自楚越耳鴻常一鴻乎夫澄本雖一吾自俱宗其本鴻迹既分吾已翔其所集汝可專遵於佛迹而無侮於道本書與二何两孔周剡山茨少子致書諸遊生者曰張融白烏哀鳴於將死人善言於就暮頃既病慼生哀此亦魂留幾氣況驚舟失柂於空壑山足無絆於澤中故視陰之間雖寸每遽不縫不徙也欲使䁅後餘意繩墨弟姪故為門律數感其一章通源二道今奏諸賢以為何若

周顒荅張長史書并問

周剡山茨歸書少子曰周顒頓首懋製來班承復峻其門則參予無踞誠不待獎敬尋同本有測高心雖神道所歸吾知其主然自釋之外儒綱為弘過此而能與仲尼相若者黄老實雄也其教流漸非無邪弊素樸之本義有可崇吾取捨舊懷麤有涇渭與奪之際不至朱紫但蓄積懷抱未及厝言耳途軌乖順不可謬同異之閫文宜有歸辯來旨謂致本則同似非吾所謂同時殊風異又非吾所謂異也久欲此中微舉條裁幸因雅趣試共極言且略如左遲聞深況

通源曰道也與佛逗極無二寂然不動致本則同感而遂通達迹誠異

周之問曰論云致本則同請問何義是其所謂本乎言道家者豈不以二篇爲主言佛教者亦應以般若爲宗二篇所貴義極虛無般若所觀照窮法性虛無法性其寂雖同住寂之方其旨則別論所謂逗極無二者爲逗極極於虛無當無二於法性耶將二塗之外更有異本儻虛無法性其趣不殊乎若有異本思告異本之情如其不殊願聞不殊之說

通源曰殊時固不同其風異世故不一其義吾見道士與道人戰儒墨道人與道士獄是非昔有鴻飛天道積遠難亮越人以爲鳧楚人以爲乙人自楚越耳鴻常一鴻乎夫澄本雖一吾自俱宗其本鴻跡既分吾已翔其所集

周之問曰論云時殊故不同其風是佛教之異於道也世異故不一其義是道言之乖於佛也道佛兩殊非鳧則乙唯足下所宗之本一物爲鴻耳驅馳佛道無免二乖未知高鑒緣何識本輕而宗之其有旨乎若猶取二教以位其本恐戰獄方興未能聽訟也若雖因二教同測教源者則此教之源每訟教而見矣自應鹿巾環杖悠然目擊儒墨誾誾從來何諍苟合源共是分跡雙非則二跡之用宜均去取奚爲翔集所向勤務唯佛專氣抱一無謹於道乎言精旨遠企聞後要

通源曰汝可專遵於佛跡而無侮於道本

周之問曰足下專遵佛跡無侮道本吾則心持釋訓業愛儒言未知足下雅意佛儒安在爲當本一末殊爲本末俱異耶既欲精探彼我方相究涉理類所關不得無請

張長史重與周顒書并答所問
張融白吾未能忘身故有情身分外既化極魂首復爲子弟留地不欲使方寸舊都日夜荒没平生所困横𨔵而草所以製是門律以律其門非佛與道門將何律故告氣緩命憑魄申陰數感十應通源定本實欲足下發予奇意果能翔牘起情妙見正析既赴所志今爲子言
周之問曰論云致本則同請問何義是其所謂本乎
答彼周曰夫性靈之爲性能知者也道德之爲道可知者也能知而不知所可知非能知之義可知而不爲能知所知非夫可知矣故知能知必赴於道可知必知所赴而下士雷情波照鼓欲喿神精明驅動識用沉譪所以倒心下灌昭隅於道至若伯陽專氣致柔停虛任魄載營抱壹居凝通靜靜唯通也則照無所没魄緒停虛故融然自道足下欲使伯陽不靜寧可而得乎使靜而不泊道亦于何而可得今既靜而兩神神靜而道二吾未之前聞也故逗極所以一爲性遊簡且韻猖狂曠不能復行次戰思定覇宇内但敷生靈以竦志庶足下罔象以捫珠是以則帝屬五而神常一皇有三而道無二皂乙之交定者鴻乎吾所以直其繩矣
周之問曰言道家者豈不以二篇爲主言佛教者亦應以般若爲宗二篇所貴義極虛無般若所觀照窮法性虛無法性其寂雖同住寂之方其旨則别
答彼周曰法性雖以即色圖空虛無誠乃有

外張義然環會其所中足下當加以半思也至夫遊無蕩思心塵自拂思以無蕩一舉形上是雖忘有老如鶱釋然而有忘釋不伐老當其神也悠悠精和坐廢寂然以湛其神遂通以沖其用登其此地吾不見釋家之與老氏陟其此意吾孰識老氏之與釋家逗極之所以無二親情故妙得其一矣直以物感既分應物難合令萬象與視聽交錯視聽與萬象相橫著之既已深却之必方淺所以若下之翁且藏即色順其所有不震其情尊其所無漸情其順及物有潛去人時欲無既可西風晝舉而致南精夕夢漢魂中寐不其可乎若卿謂老氏不盡乎無則非期於得意若卿謂盡無而不盡有得意復爽吾所期卿若疑老氏盡有而不亮以教則釋家有盡何以峻迹斯時卿若以釋家時宜迹峻其猶老氏時峻此迹逗極之同茲焉余意

周之問曰論云時殊故不同其風是佛教之異於道也世異故不一其義是道言之乖於佛也道佛兩殊非鳧則乙

答彼周曰非鳧則乙迹固然矣迹固其然吾不復答但得其世異時殊不宜異其所以之異

周之問曰未知高鑒緣何識本

答彼周曰綜識於本已吐前牘吾與老釋相識正如此正復是目擊道斯存卿欲必曲鞫其辭吾不知更所以自訟

周之問曰若猶取二教以位其本恐戰獄方興未能聽訟也

答彼周曰得意有本何至取教

周之問曰若雖因二教同測教源者則此教之源每沿教而見矣

答彼周曰誠哉有是言吾所以見道未壹於佛但吾之即此言别有奇即耳

周之問曰自應麈巾環杖悠然目擊儒墨闇闇從來何諍

答彼周曰虞芮二國之鬬田非文王所知也碎白玉以泯鬬其别有尊者乎況夜戰一鴻妄巾裊乙斯自鹿巾之空負頭上環杖之自誣掌中吾安得了之哉

周之問曰苟合源共是分迹雙非則二跡之用宜均去取奚爲翱集所向勤務唯佛專氣抱一無謹於道乎

答彼周曰應感多端神情數廣吾不翔翮於四果卿尚無疑其集佛吾不翔翮於五通而於集道復何晦且實聖宜本迹匪情急翮吾已有所集方復移其翔者耶卿得其無二於兩楹故不峻督其去取

周之問曰吾則心持釋訓業愛儒言未知足下雅意佛儒安在爲當本一末殊爲本末俱異耶

答彼周曰吾乃自元混百聖同投一極而近論通源儒不在議足下令極其儒當欲列儒圍道故無屬垣耳隙思潛師夜以遂圖掩天城恐難升之險非子所躋則吾見師之出不見其入也吾已謂百聖同所投何容本末俱其異更以瀝勢倒兵恣卿智勇吾之勇智自縱横湊出

周顒重答張長史書并重問

周顒頓首夫可以運寄情抱非理何師中外

聲訓登塗所奉而使此中介分然去留無薄是則快快失路在我奚難足下善欲言之吾亦言之未已也輙復往研遲承來折

通源曰法性雖以即色圖空虛無誠乃有外張義所以苦下之翁且藏即色順其所有不震其情尊其所無漸情其順

周之問曰苦下之藏即色信矣斯言也更恐有不及於即色容自託以能藏則能藏者廣或不獨出於厲鄉耳夫有之爲有物知其有無之爲無人識其無老氏之署有題無無出斯域是吾三宗鄙論所謂取捨驅馳夫有能越其度者也佛教所以義奪情靈言詭聲律蓋謂即色非有故擅絕於羣家耳此塗未明在老何績但紛紛橫沸皆由著有迕道淪俗茲焉是患既患由有滯而有性未明矯有之家因崇無術有性不明雖則巨蔽然違誰尚靜涉累實微是道家之所以有埤弘教前白所謂黃老實雄者也正何舊說皆云老不及聖若如斯論不得影響於釋宗矣吾之位老不至乃然夫大士應世其體無方或爲儒林之宗或爲國師道士斯經教之成說也乃至宰官長者咸託身相何爲老生獨非一跡但未知涉觀淺深品位高下耳此皆大明未啓權接一方日月出矣爝火宜廢無餘既說衆權自寢足下猶欲抗遺燎於日月之下明此火與日月通源既情崇於日月又無侮於火本未知此火本者將爲名乎將或實哉名而已耶道本安在若言欲實之日月爲實矣斯則事盡於一佛不知其道也通源之旨源與誰通

通源曰當其神地悠悠精和坐廢登其此地吾不見釋家之與老氏陟其此意吾孰識老氏之與釋家又曰今既靜而兩神神靜而道二吾未之前聞也又曰伯陽專氣致柔停虛任魄魄緒停虛故融然自道也又曰心塵自拂一舉形上

周之問曰足下法性雖以即色圖空虛無誠乃有外張義竊謂老釋重出對分區野其所境域無過斯言然則老氏之神地悠悠自悠悠於有外釋家之精和坐廢每坐廢於色空登老氏之地則老異於釋涉釋氏之意則釋氏殊於老神既靜而不兩靜既兩而道二足下未之前聞吾則前聞之矣苟然則魄緒停虛是自虛其所謂虛融然自道亦非吾所聞道若夫心塵自拂一舉形上皆或未涉於大方不敢以通源相和也

通源曰足下欲使伯陽不靜寧可而得乎使靜而不怕道亦于何而不得

周之問曰甚如來言吾亦慮其未極也此所謂得在於神靜失在於物虛若謂靜於其靜非曰窮靜魄於其魄不云盡魄吾所許也無所間然

通源曰若卿謂老氏不盡乎無則非想期於得意若卿謂盡無而不盡有得意復爽吾所期

周之問曰盡有盡無非極莫備知無知有吾許其道家唯非有非無之一地道言不及耳非有非無三宗所蘊儻贍餘慮惟足下其聘之念不使得意之相爽移失於有歸耳

通源曰非凫則乙跡固然矣跡固其然吾不

復答又曰吾與老釋相識正如此正復是目擊道斯存又曰得意有本何至取教又曰誠哉有是言吾所以見道來一於佛

周之問曰足下之所目擊道存得意有本想法性之真義是其此地乎佛教有之足下所取非所以何至取教也目擊之本即在教跡謂之皃乙則其鴻安漸哉諸法真性老無其旨目擊高情無存老跡旨跡兩亡索宗無所論所謂無侮於道本當無侮於何地哉若謂探道家之跡見其來一於佛者則是真諦寶義泌文可見矣將泌於道章而得之乎爲泌於德篇而遇之也若兩無所泌而玄德於方寸者此自足下懷抱與老釋而爲三耳或可獨樹一家非老情之所敢逮也

通源曰虞芮二國之鬪田非文王所知也斯自鹿巾之空負頭上環杖之自誣掌中吾安能了之哉

周之問曰足下謂苦下之且藏即色則虛空有闕矣足下謂法性以即色圖空則法性爲備矣今有人於此操環杖而言法性鹿巾之士執虛無而來誚曰爾不同我吾與爾闕足下從容倚棘聽斷於其間曰皆不可也謂其鹿巾空負於頭上環杖自誣於掌中以足下之精明特達而判訟若斯良虞芮之所以於邑也

通源曰吾不翔翩於四果卿尚無疑其集佛吾翩不翔於五通而於集道復何晦

周之問曰足下不翔翩於四果猶勤集於佛教翩不翔於五通何獨棄於道跡乎理例不通方爲彼訴

通源曰當欲列儒圍道故先屬垣耳隙
周之問曰足下通源唯道源不及儒吾因疑
其闕是以相訪但未知融然自道唯道能融
將道之融然修儒可會耶雖非義本經言宜
及想釋本多暇幸惠餘音
余尋周張難問雖往復積卷然兩家立意理
在初畨故略其後文旨存義本
謝鎮之折夷夏論書與顧道士
謝鎮之白敬覽夷夏之論辯摧一源詳據二
典清辭斐暐官商有體玄致亹亹其可味乎
吾不涯管昧竭闚幽宗若不思探賾無階豪
釐但鏡復逾三未消鄙惑聊述所疑庶聞後
釋論始云佛是老子老子是佛又似仙化比
泥洹長生等無死爰引世訓以符玄教纂其
辭例蓋似均也未譏翦華廢杞亦猶蟲諠鳥
聒非所宜効請試論之案周孔以儒墨爲典
老莊以棄教明筌此皆開漸遊方未猶洪祐
也且蟲鳥殊類化道本隔夫欲言之宜先究
其由故人參二儀是謂三才三才所統豈分
夷夏則知人必人類獸必獸羣近而徵之七
珍人之所愛故華夷同貴恭敬人之所厚故
九服攸敦是以關雎之風行乎四國況大化
所陶而不洽三千哉若據經而言蓋聞佛之
興世也古昔一法萬界同軌釋迦文初修菩
薩持廣化羣生於成佛而有其土預霑慈澤
皆來生我國我閻浮提也但久迷生死隨染
俗流釁失正路未悟前覺耳以聖人俯三達
之智各觀其根知區品不同故說三乘而接
之原夫真道唯一法亦不二今權說有三殊
引而同歸故遊會說法悟者如沙塵拯沉濟

惑無出此法是以當來過去無邊世界共斯一揆則知九十有五非其流也明矣彼乃始言其同而未言其異故知始之所同者非同末之所異者非異將非謬擊瓦釜濫諧黃鍾耶豈不誣哉至如全形守祀戴冕垂紳披氈繞貝埋壓焚火正始之音婁羅之韻此俗禮之小異耳今見在鳥而鳥鳴在獸而獸呴允執萬之一音感異類而殊應便使夷夏隔化一何混哉舟枯車溺可以譬彼夫俗禮者出乎忠信之薄非道之淳修淳道者務在反俗俗既可反道則可淳反俗之難故宜祛其甚泰祛其甚泰必先墮冠削髮方衣去食墮冠無世飾之費削髮則無笄櫛之煩方衣則不假工於裁製去食則絶情想於嗜味此則為道者日損豈夷俗之所制及其敷文奧籍三藏四含此則為學者日益豈華風之能造又云佛經繁顯道經簡幽推此而言是則幽者鑽仰難希顯則涉求易望簡必不足以示理繁則趣會而多津佛法以有形為空幻故忘身以濟衆道法以吾我為真實故服食以養生且生而可養則及日可與千松比霜朝菌可與萬椿齊雪耶必不可也若深體三界為長夜之宅有生為大夢之主則思覺寤之道何貴於形骸假使形之可練生而不死此則老宗本異非佛理所同何以言之夫神之寓形猶於逆旅苟趣舍有宜何戀戀於檐宇哉夫有知之知可形之形非聖之體雖復堯孔之生壽不盈百大聖泥洹同於知命是以永劫已來澄練神明神明既澄照絶有無名超四句此則正真終始不易之道也又刻船者

祈心於金質守株者期情於羽化故封有而行六度凝滯而茹靈芝有封雖乖六度之體爲之或能濟物凝滯必不羽化即事何足兼人尋二源稍迹曠局異懷居然優劣如斯之流非可具詰彼皆自我之近情非通方之宏識則知殊俗可以道甄哀哉玄聖既邈斐然競興可謂指蟲迹爲蒼文餌螯乳爲醍醐良可哀也佛道汪洋智量不可以言窮應迹難以形測其辯有也則萬相森陳若千峙並立其析無也則泰山空盡與秋毫俱散運十力以摧魔弘四等以濟俗抗般若之法炬何幽而不燭潛三昧之法威何遠而不伏寧疑夷夏不效哉

謝鎮之重書與顧道士

謝鎮之白猥辱反釋究詳淵況既和光道佛而涇渭釋李觸類長之爰至棊奕數佛彌過精旨踰時夫飾櫝買珍曜夜不售所謂馳走滅迹跳動息影焉可免乎循雅論所據正以蟲鳥異類夷夏舛俗余以三才均統人理是一俗訓小殊法教大同足下答云存乎周易非胡書所擬便謂素旗已舉不復伸檢玄旌爲素麾異乎曹子之觀旗轍復略諸近要以摽大歸然髻珠雖隱暮四易顯聊以寄謔儻不貽忤夫太極剖判兩儀妄構五陰合興形識謬彰識以流染因結形以愛滯緣生羲皇之前民多專愚專愚則巢居穴處飲血茹毛君臣父子自相視胡越猶若禽獸又比蒙童道教所不入仁義所未移及其姣慾淪波觸崖思濟思濟則祈善祈善則聖應夫聖者何耶感物而遂通者也夫通不自通感不自感

感恒在此通每自彼自彼而言懸鏡高堂自此而言萬象斯歸故知天竺者居娑婆之正域處淳善之嘉會故能感通於至聖土中於三千聖應既彼聲被則此覩日月之明何假離朱之察聞雷霆之音奚事子野之聽故卑高殊物不嫌同道左右兩儀無害天均無害天均則雲行法教不嫌同道則雨施夷夏夫道者一也形者二也道者真也形者俗也真既猶一俗亦猶二盡二得一宜一其法滅俗歸真必反其俗是以如來制軌玄劫同風假令孔老是佛則爲韜光潛導匡救偏心立仁樹義將順近情是以全形守祀恩接六親攝生養性自我外物乃爲盡美不爲盡善蓋是有涯之制未鞭其後也何得擬道菩提比聖牟尼佛教敷明要而能博要而能博則精踈兩汲精踈兩汲則剛柔一致是以清津幽暢誠規易准夫以規爲圓者易以手爲圓者難將不捨其所難從其所易耶道家經籍簡陋多生穿鑿至如靈寶妙真採撮法華制用尤拙及如上清黃庭所尚服食咀石餐霞非徒法不可効道亦難同其中可長唯在五千之道全無爲用全無爲用未能遣有遣有爲懷靈芝何養佛家三乘所引九流均接九流均接則動靜斯得禪通之理是三中之一耳非其極也禪經微妙境相精深以此締真尚不能至今云道在無爲得一而已無爲得一是則玄契千載玄契千載不俟高唱夫明宗引會導達風流者若當廢學精思不亦怠哉豈道教之全耶敬尋所辯非徒止不解佛亦不解道也反亂一首聊酬啓齒亂曰

運徃兮韜明玄聖兮幽翳長夜兮悠悠衆星兮晢晢太暉灼兮昇曜列宿奄兮消蔽天輪桷兮殊材歸敷繩兮一制苟專迷兮不悟增上驚兮遠逝卞和慟兮荆側豈偏尤兮楚厲良芻蔑兮波若焉相責兮智慧

弘明集卷第六

音釋

駮北角切不純也 憮文甫切悵也 婉孌婉於阮切孌盧轉切婉孌美好貌 粃糠粃補委切不成粟也糠苦岡切穀皮 愎毗亦切剛愎自用也 騂思營切牲赤色也 堠壘堠鳥睹切壘力軌切堠壘山名 塏苦亥切高爽也 鴆直禁切毒鳥也 孱士山切懦弱也 馗渠爲切 翮行革切鳥之勁羽也

迕五故切逹也 搉音角揚搉也 斐敷尾切文貌 亹無匪切亹亹不倦也 雎子余切鳥名 呴音吼獸鳴也 筓堅溪切簪也 櫛側瑟切梳枇總名也 菌巨隕切蕈也 妉都含切樂也 晢之列切明也

弘明集卷第七

梁 釋僧祐 述

朱昭之難夷夏論

朱廣之諮夷夏論

慧通法師駁夷夏論

僧愍法師戎華論

朱常侍昭之難顧道士夷夏論

見足下高談夷夏辯商二教條勒經旨寘然玄會妙唱善同非虛言也昔應吉甫齊孔老於前吾賢又均李釋於後萬世之殊塗同歸於一朝歷代之疑爭怡然於今日賞深悟遠蠲慰者多益世之談莫過於此至於各言所好便復肝膽楚越不知甘苦之方雖二而成體之性必一乃互相攻激異端遂起往反紛頻斯害不少惜矣初若登天光被俗表未如入淵明夷輝淪夫導師失路則迷塗者衆故忘其淺昧遽相牽拯令先布其懷未陳所恨想從善如流者不惜乖於一往耳山川悠遠良話未期聊寄於斯以代暫對情旗一接所釋不淺朱昭之白

夫聖道虛寂故能圓應無方以其無方之應故應無不適所以自聖而檢心本無名於萬會物自會而爲稱則名號以爲之彰是以智無不周者則謂之爲正覺通無不順者則謂之爲聖人開物成務無不達也則謂之爲道然則聖不過覺覺不出道君可知也何須遠求哉但華夷殊俗情好不同聖動常因故設教或異然曲禮淨戒數同三百威儀容止又等三千所可爲異政在佛道之名形服之間耳達者尚復以形骸爲逆旅衮冕豈足論哉

所可為嫌祇在設教之始華夷異用當今之俗而更兼治遷流變革一條宜辯耳今當之言聖人之訓動必因順東國貴華則為衮冕之服禮樂之容屈伸俯仰之節衣冠簪佩之飾以弘其道蓋引而近之也夷俗重素故教以極質髡落徽容衣裳弗裁閑情開照期神曠劫以長其心推而遠之也道法則採餌芝英餐霞服丹呼吸太一吐故納新大則靈飛羽化小則輕强無疾以存其身即而効之也三者皆應之一用非吾所謂至也夫道之極者非華非素不即不殊無近無遠誰捨誰居不偏不黨勿毀勿譽圓通寂寞假字曰無妙境如此何所異哉但自皇犧已來各弘其方師師相傳不相關涉良由彼此兩足無復我外之求故自漢代已來淳風轉澆仁義漸廢

大道之科莫傳五經之學彌寡大義既乖微言又絕衆妙之門莫遊中庸之儀弗覩禮術既壞雅樂又崩風俗寢頓君臣無章正教陵遲人倫失序於是聖道彌綸天運遠被玄化東流以慈係世仁衆生民黷所先習欣所新聞革面從和精義復興故微言之室在在並建玄詠之賓處處而有此可以事見非真布之空談將無物不可以終否故受之以同人故耶意者夫聖人之撫百姓亦猶慈母之育嬰兒始食則餌以甘肥甘肥既厭復改以脂蜜脂蜜既厭則五體休和內外平豫為益至矣不其然乎理既然矣而橫厝非貶妄相分別是未悟環中不可與議二賢推盪往反解材之勢縱復得解非順理之作順理析之豈待推盪足下發源開端明孔老是佛結章就

議則與奪相懸何搢紳摯跽爲諸華之容稽首佛足則有狐蹲之貶端委罄折為侯甸之恭右膝著地增狗踞之辱請問若孔是正覺釋爲邪見今日之談吾不容聞許爲正真何理鄙誚既虧畏聖之箴又忘無苟之禮取之吾心所恨一也又云全形守祀繼善之教毁貌易姓絶惡之學是商臣之子有繼善之功覆障毁落有絶惡之志推尋名實爲恨二也又云下棄妻孥上廢宗祀夫鬼神之理冥漠難明故子路有問宣尼弗釋當由生死道殊神緣難測豈爲聖不能言良恐賢不能得三達之鑒照之有在足下已許神化東流而復以喪祭相乘與奪無定爲恨三也又云切法可以進謙弱賒法可以退夸强三復此談頗倒不類夫謙弱易回可以賒和而進夸强難化應以苦切乃退隱心檢事不其然乎米糠在目則東西易位偏著分心則辭義舛惑所言乖當爲恨四也又云抑則明者獨進引則昧者競前夫道言眞實敎同高唱覆載萬物養育衆形而云明者獨進似若自私佛音一震則四等兼羅三乘同順天龍俱靡而云昧者競前亦又近誣探賾之談而妄生瘡疣游辭放發爲恨五也又云佛是破惡之方道是興善之術破惡之方吾無間然夫惡止善行乃法教所以興也但未知興善之術術將誰然若善者已善奚用興善善者非善又非與善則與善之名義無所託今道者善也復以與善取之名義太爲繼富不以振惡爲教褊矣大道兼弘而欲局之爲恨六也又云殘忍剛愎則師佛爲長慈柔虛受則服道爲至夫

摧伏勇猛迴靡殘暴實是牟尼之巨勳不乖於慧旨但道力剛明化功彌遠成性存存恩無不被梟鴆革心威無不制而云唯得虛受太爲淺略將無意淪偏著不悟狹劣傷道耶披尋第目則先誡臆說建言肆論則不覺情遷分石難持爲恨七也又云八象西戎諸典廣略兼陳金剛般若文不踰千四句所弘道周萬法麤妙兩施繁約共有典法細誡科禮等碎精麤橫生言乖乎實爲恨八也又云以國而觀則夷虐夏溫請問炮烙之苦豈康竺之刑流血之悲詎齊晉之子剞劓之苦害非左衽之心秋露含垢匪海濵之士推檢性情華夷一揆虛設溫嚴爲恨九也又云博奕賢於慢遊講誦勝於戲謔尋夫風流所以得傳經籍所以不廢良田講誦以得通諮求以成悟故曰學而不講是吾憂也而方之戲謔太爲慢德請問善誘之筌其將安寄初未得意而欲忘言爲恨十也有此十恨不能自釋想望君子更爲伸之謝生亦有參差足下攻之已密且專所請不復代匠

朱廣之疑夷夏論諮顧道士

朱廣之叩頭見與謝常侍往復夷夏之論辯章同歸之義可謂簡見通微清練之談也至於聃尚端冕之飾屏破翦落之素申以摯跪之恭辱以狐蹲之肅桎東華人杜絕外法冊車之喻雖美平恕之情未篤致會之源既坦筌寄之塗方壅然則三乘之悟宵望茲土六度之津於今長訣披經翫理悵快良深謝生貶没仙道褒明佛教以羽化之術爲浮濫之說殘形之唱爲履真之文徒知已指之爲指

不知彼指之無殊豈所以通方得意善同之謂乎僕夙漸法化晚味道風常以宗空貴無宗趣一也蹄網雙張義無偏取各隨曉入唯心所安耳何必龍袞可襲而瓔珞難乘者哉自貧來多務研斆沉潛緘卷巾幘奄逾十載幼習前聞零落頓盡蘊志空年開瞻靡階每獨慷慨遥夜輒啓旦忘寐而清心遠信纒苦彌篤若夫信不沿理則輕汎無主轉墮之實因斯而起是以罄率狂管書述鄙心願重爲啓誨敷導厥疑廣之叩頭

論云擎跪磬折侯甸之恭也狐蹲狗踞荒流之肅也疑曰夫邦殊用隔乆自難均至於各得所安由來莫辯侯甸之容所言當矣狐狗之目將不獨傷

論云若謂其致既均其法可換者而車可涉川舟可行陸乎必不可也疑曰夫法者所以法情情非法也法既無定由情不一不一之情所向殊塗剛柔並馳華戎必同是以長川浩漫無當於此矣平原遠陸豈取於彼耶舟車兩乘何用不可

論云既不全同又不全異下棄妻孥上廢宗祀疑曰若夫廢祀於上不能絶棄於下此自擬異入同非同者之過也寧可見犂牛不登宗廟之用而永棄於牢餼之具耶

論云嗜慾之物皆以禮伸孝敬之典獨以法屈悖德犯順曾莫之覺疑曰若悖德犯順無施而可慈敬惠從和觸地而通是以損饍行道非徵凶之宅服冕素餐非養正之方屈伸之望可相絶於此矣

論云理之可貴者道也事之可賤者俗也今

捨華効夷義將安取若以其道耶道固符合矣若以其俗耶俗則天乖矣疑曰至道虛通故不爵而尊俗無不滯故不黜而賤賤者不能無累尊者自然天足天足之境既符俗累之域亦等道符累等又誰美誰惡故俱是聖化唯照所惑惑盡明生則彼我自忘何煩遲遅捨效之際耿介於華夷之間乎

論云無生之教賒無死之化切切法可以進謙弱賒法可以退夸强疑曰無生即無死無死即無生名反實合容得賒切之別耶若以跡有差降故優劣相懸者則宜以切抑强以賒引弱故孔子曰求也退故進之由也兼人故退之致教之方不其然乎

論云佛教文而博道教質而精精非麤人所信博非精人所能疑曰夫博聞强識必緣照遠廣敦修善行必因理入微照明則理無不精理精則明無不盡然則精博同功相爲利用博猶精也豈麤人所能信精猶博也豈弘通所獨闕

論云佛言華而引道言實而析析則明者獨進引則昧者競前疑曰夫華不隔理則爲遊鑒所陶實未屆虛故爲鑽賞所業陶業有序者爲質昧耶爲待明耶若其質昧則明不獨進若必待明則昧不獲前若明昧俱得何須抑引妙況難章所宜更辯

論云佛經繁而顯道經簡而幽幽則妙門難見顯則正路易遵遵正則歸塗不迷見妙則百感咸得疑曰簡則易從云何難見繁則難理豈得易遵遵正則歸塗不迷可以階道之極雖非幽簡自然玄造何假難明之術代茲

易曉之路哉
論云若殘忍剛愎則師佛爲長慈柔虛受則服道爲至疑曰夫邪見枉道法所不存慈悲喜捨是所漸録喜心則能受捨亦必虛虛受之義冝然復會未知殘愎之人更依何法若謂所受者異則鄙成刻船何相符之有乎
論云佛是破惡之方道是興善之術又以中夏之性不可傚西戎之法疑曰興善之談美矣勿傚之誨意所未安請問中夏之性與西戎之人爲夏性純善戎人根惡如令根惡則於理何破使其純善則於義何興故知有惡可破未離於善有善可興未免於惡然則善惡參流深淺互列故羅雲慈惠非假東光桀跖凶虐豈鍾西氣何獨高華之風鄙戎之法耶若以此善異乎彼惡殊乎此惡則善惡本乖寧得同致
論云蹲夷之儀婁羅之辯猶蟲諠鳥聒何足述傚疑曰夫禮以伸敬樂以感和雖敬由禮伸而禮非敬也和因樂感樂非和也故上安民順則玉帛停筐風淳俗泰則鐘鼓報響又鍾帛之運不與二儀並位蓋以拯頽權時不得已而行耳然則道義所存無係形容苟造其反不嫌殊周全祇蹲虔跪孰曰非敬敬以伸心孰曰非禮禮敬玄符如何徒捨含識之類人標其所貴貴不在言言存貴理是以麟鳳懷仁見重靈篇猩猩能語受嗤禮章未知之所論義將何取若執言損理則非知者所據若仗理忘言則彼以破相明宗故李叟之常非名欲所及維摩靜默非巧辯所追檢其言也彼我俱遣尋其旨也老釋無際俱遣則

濡沫可遣無際則不負高貴何乃遠望般若名非智慧便相挫蹙比類蟲鳥研復逾日未愜鄙懷且方俗殊韻豈專胡夏近唯中邦齊魯不同權輿俶落亦古今代述以其無妨指録故傳授世習若其非也則此未爲是如其是也則彼不獨非既未能相是則均於相非想茲漢音流入彼國復受蟲諠之尤鳥聒之誚婁羅之辯亦可知矣一以此明蓬榏可齊兩若兼除不其通乎夫義奧淵微非所宜參誠欲審方玄匠聊伸一往耳傾心遥佇遲聞後裁

冶城慧通駮顧道士夷夏論

余端夏有隙亡事忽景披顧生之論昭如發蒙見辯異同之原明是非之趣辭豐義顯文華情奥每研讀忘倦慰若萱草真所謂洪筆君子有懷之作也然則察其指歸疑笑良多譬猶盲子採珠懷赤菽而反以爲獲寶聾賓聽樂聞驢鳴而悅用爲知音斯蓋吾子夷夏之談以爲得理其乖甚焉見論引道經益有昧如昔老氏著述文指五千其餘淆雜並淫謬之說也而別稱道經從何而出既非老氏所創寧爲真典庶更三思儻袪其惑

論云孔老非佛誰則當之道則佛也佛則道也以斯言之殆迷厥津故經云摩訶迦葉彼稱老子光淨童子彼名仲尼將知老氏非佛其亦明矣實猶吾子見理未弘故有所固執然則老氏仲尼佛之所遣且宣德示物禍福而後佛教流焉然夫大道難遵小成易習自往古而致歎非來今之所慨矣老氏著文五千而穿鑿者衆或述妖妄以迴人心或傳淫

虗以振物性故爲善者寡染惡者多矣僕謂搢紳之飾罄折之恭殯葬之禮斯蓋大道廢之時也仁義所以生孝敬所以出矣智欲方起情僞日滋聖人因禁之以禮教制之以法度故禮者忠信之薄取亂之首也旣失無爲而尚有爲寧足加哉夫翦髮之容狐蹲之敬永沉之俗僕謂華色之不足吝貨財之不可守亦已信矣老氏謂五色所以令人目盲多藏必之後失故廼翦髮玄服捐財去世讓之至也是以太伯無德孔父嘉焉斯其類矣夫胡跪始自天竺而四方從之天竺天地之中佛教所出者也斯乃大法之整肅至教之齊嚴吾子比之狐蹲厥理奚徵故夫凶鬼助惡強魔毀正子之謂矣譬猶持瓢欲減江海側掌以蔽日月不能損江海之泉掩日月之明也至夫太古之初物性猶淳無假禮教而能緝正弗施刑罰而自治死則葬之中野不封不樹喪制無期哀至便哭斯乃上古之淳風良足効焉子欲非之其義何取又道佛二教喻之舟車夫有識聞之莫不莞爾而笑僕謂天道弗言聖人無心是以道由人弘非道弘人然則聖人神鑒靡所不通智照寧有不周而云指其專一不能兼濟譬猶靈暉朝覯稱物納照時風夕灑程形賦音故形殊則音異物異則照殊日不爲異物而殊照風不爲殊形而異音將知其日一也其風一也禀之者不同耳吾子以爲舟車之喻義將焉允然夫大教無私至德弗偏化物共旨導人俱致在戎狄以均響處胡漢而同音聖人寧復分地殊教隔寓異風豈有夷耶寧有夏耶昔公明

儀爲牛彈清角之操伏食如故非牛不聞不合其耳也轉爲蚉蝱孤犢之聲於是奮耳掉尾蹀躞而聽之今吾子所聞者蓋蚉蝱之音也夷夏之别斯旨何在又云下棄妻孥上廢宗祀嗜欲之物皆以禮伸孝敬之典獨以法屈夫道俗有晦明之殊内外有語默之别至於宗廟享祀禘祫皇考然則孝敬之至世莫加焉若乃煙香夕臺韻法晨宫禮拜懺悔祈請無輟上逮歷劫親屬下至一切蒼生若斯孝慈之弘大非愚瞽之所測也夫國資民爲本君恃民而立國之所以寧民之力也推如來談似爲空設又云刻船桒門守株道士空爭大小互相彈射披撫華論深釋久滯尋文求義於何允歸夫外道婬奔彌齡積紀沈晦弗遷淪惑寧反遊涉墟郷泛越鄙落公因聖術私行婬亂得道如之何斯可恥昔齊人好獵家貧犬鹿窮年馳騁不獲一獸於是退而歸耕今吾子有知歸耕得筭又云大道旣隱小成互起辯訥相傾孰與正之夫正道難毀邪理易退譬若輕羽在高遇風則飛細石在谷逢流則轉唯泰山不爲飄風所動磐石不爲疾流所迴是以梅李見霜而落葉松柏歲寒之不凋信矣夫婬妖之術觸正便挫子爲大道誰爲小成想更論之然後取辯若夫顔回見東野之馭測其將敗子貢觀邾魯之風審其必亡子何無知若斯之甚故標愚智之别撰賢鄙之殊聊舉一隅示子望能三反又云泥洹仙化各是一術佛號正真道稱正一一歸無死真會無生無生之教賒無死之教切斯蓋吾子聰辯能言鄙夫蔑以如之然則

泥洹滅度之說著乎正典仙化入道之唱理將安附老子云生生之厚必之死地又云天地所以長久者以其不自生也夫忘生者生存存生者必死子死道將屆故謂之切其殊切乎謗曰指南爲北自謂不惑指西爲東自謂不蒙子以必死爲將生其何反如之故潛居斷粮以修仙術僕聞老氏有五味之誡而無絶穀之訓矣是以蟬蛾不食君子誰重蛙蟒穴藏聖人何貴且自古聖賢莫不歸終吾子獨云不死何斯濫乎故舜有蒼梧之墳禹有會稽之陵周公有改葬之篇仲尼有兩楹之夢曾參有啓足之辭顔回有不幸之歎子不聞乎豈謬也哉昔者有人未見麒麟問常見者曰麟何類乎答云麟如麟也問者曰若嘗見麟則不問也而云麟如麟何耶答云麟麢身牛尾鹿蹄馬背問者乃曉然而悟今吾子欲見麟耶將不見告又云道經簡而幽幽則妙門難見僕謂老教指乎五千過斯已外非復真籍而道文重顯愈深疑怪多是虛託妍辭空稱麗句譬周人懷鼠以貿璞鄭子觀之而且退斯之謂矣尋此而言將何克允又云殘忍剛愎則師佛爲長慈柔虛受則服道爲至矣故老子云强梁者不得其死吾將以爲學文故人所以敷行誡籍顯著文教將爲愚瞽之故非爲賢哲之施矣違之者必凶順之者必吉夫强梁剛愎之人下愚之類也大教慈愍方便爲之將非虛耶學文耶慈柔虛受僕謂宜空談今學道反之陳黄書以爲真典佩紫籙以爲妙術士女無分閨門混亂或服食以祈年長或姪姣以爲瘳疾慈柔之論

於焉何託又道迹密而微利用在己故老子云吾所以有大患者爲吾有身也及吾無身吾又有何患老氏以身爲大患吾子以軀爲長保何其乖之多也夫後身而身先外身而身存惟云在己未知此談以何爲辯又云婁羅之辯各出彼俗自相領解猶蟲喧鳥聒何足述効僕謂餌辛者不知辛之爲辛而無羨於甘香悦臭者不覺臭之爲臭而弗耽椒蘭猶吾子論好淫僞寧有想於大法夫聖教妙通至道淵博既不得謂之爲有亦不得謂之爲無無彼我之義並異同之説矣夫言猶射也若筈之離弦非悔恨所及子將慎言乎而云蟲喧鳥聒義則何依近者孫子猖狂顯行無道妖淫喪禮殘逆廢義賢士同志而已愚夫輙爲迴心姦儔盈室惡侶塡門墟邑有痛切之悲路陌有羅苦之怨夫天道損盈鬼神福謙然後自招淪喪

廣陵釋僧愍戎華論折顧道士夷夏論

昔維摩者内乘高路功亮事外龍隱人間志揚淵海神灑十方理正天下故乃跡臨西土恊同幽唱若語其靈變也則能令乾坤倒覆促延任意若語其真照也則忘慮而幽凝言絶者也如此之人可謂居士未見君稱居士之意也君令七慢之岳未摧五欲之谷未塡慧陽之日未曜無明之雲未晴永冥之風未息夜遊之迷未旋君既解猶常品而山號居士乎貧道遥飡器量知君未堪斯據然此雖大法之淺號而亦未易可當矣省君夷夏論意亦具照來心貧道踐學天壇希矚兹況而此所論者才無玩文之麗識無鑒幽之効照

無寸光澤無露潤萬塗斯闕有何義哉而復內秉茫思獲心闇計輕弄筆墨仰卜聖旨或混道佛合同或論深淺爲異或説神邦優劣或毀清正寘實夫苦李繁子而枝折欒大謬唱而受梟此皆是上世之成制後賢之遠匠矣今將示君道佛之名義異也夫佛者是正靈之別號道者是百路之都名老子者是一方之哲佛據萬神之宗道則以仙爲貴佛用漏盡爲妍仙道有千歲之壽漏盡有無窮之靈無窮之靈故妙絶杳然千歲之壽故乘龍御雲御雲乘龍者生死之道也杳然之靈者常樂永淨也若斯者故能璇璣並應跡臨王城宮踈遠闕細委重軒故放彼萬國誓越三空龍飛華館整駕道場於是初則唱於鹿苑次則集於天宮中則播於靈鷲後則扇於熈連故乃巨光遐照白日寢暉華軒四蓋梵駕天垂九天齊歌羣仙悟機敢預有緣莫不雲會歸焉唯有周皇邊霸道心未興是以如來使普賢威行西路三賢並導東都故經云大士迦葉者老子其人也故以詭教五千翼匠周世化緣既盡迴歸天竺故有背關西引之邈華人因之作化胡經也致令寡見之衆詠其華焉君未詳幽旨輒唱老佛一人乎聞大聖現儒林之宗便使莊孔周老斯皆是佛若然者君亦可即老子耶便當五道羣品無非是佛斯則是何言歟真謂夸父逐日必渴死者也君言夷夏論者東有驪濟之醜西有羌戎之流北有亂頭被髮南有剪髮文身姬孔施禮於中故有夷夏之別戎華者東盡於虛境西則窮于幽鄉北則弔於溟表南則極乎

牢闔如來扇化中土故有戎華之異也君責以中夏之性効西戎之法者子出自井坂之淵未見江湖之望矣如經曰佛據天地之中而清導十方故知天竺之土是中國也周孔有雅正之制如來有超俗之憲雅正制故有異於四夷超俗憲故不同於周孔制四夷故八方推德憲加周孔故老子還西老子還西故生其羣戎四夷推德故踰增其迷夫正禮叵易真法莫移正禮叵易故太伯則於呉越而整服真法莫移故佛教則東流而無改縁整服故令裸壤髡裳法無改故使漢賢落髮髡裳故使形遍中夏落髮故使仰齊西風形遍中夏故使山藏而空慢遠齊西風故使近見者莫不信也若謂聖軌無定應隨方異者太伯亦可裸步江東君今亦可未服裳也故

雖復方類不同聖法莫異君言義將安取者謂取正道也於是道指洞玄爲正佛以空空爲宗老以太虛爲奥佛以即事而淵老以自然而化佛以縁合而生道以符章爲妙佛以講導爲精太虛爲奥故有中無無矣即事而淵故觸物斯奥矣自然而化故霄堂莫登矣縁合而生故尊位可昇矣符章爲妙故道無靈神矣講導爲精故研尋聖心矣有中無無故道則非大也觸物斯奥故聖路遐曠也霄堂莫登故云云徒勞也尊位可昇故智士亡身也道無靈神故傾顙何求也研尋聖心故沙門雲興也爾乃故知道經則少而淺佛經則廣而深道經則尠而穢佛經則弘而清道經則濁而漏佛經則素而貞道經則近而闇佛經則遠而明君染服改素實參高風也首

冠黄巾者卑鄙之相也皮革苫頂者莫非龔風也販符賣籙者天下邪俗也搏頰扣齒者倒惑之至也反縛伏他者地獄之貌也符章合氣者姦狡之窮也斯則明闇已顯真僞已彰君可整率匹侶徊涉清衢貧道雅德内顧同奉聖真豈有惡乎想必不逆允於往示耳

弘明集卷第七

音釋

黷徒谷切慁也蒙也 盪徒朗切推盪也 餼虛氣切牲腥曰餼 猩音生能言獸也 蚩赤脂切笑也 莞胡管切小笑貌 覸古俠切見也 蹀躞蹀徒協切躞悉協切蹀躞行貌 禘祫禘徒計切祫胡夾切禘祫並祭名 姣古巧切妖也 臭尺救切惡氣也 尠息淺切少也 苫舒贍切覆也

弘明集卷第八

梁　釋僧祐　述

玄光法師辯惑論
記室劉勰滅惑論
僧順法師析三破論

釋玄光辯惑論并序

夫大千遐邈萬化無際塵遊夢境染惑聲華緣想增靄奚識明政由淳風澆薄使衆魔紛競矣若矯詐謀榮必行五逆威强導蒙必施六極蟲氣霾滿致患非一念東吳遭水仙之厄西夷載鬼卒之名閩藪留種民之穢漢葉感思子之歌忠賢撫歎民治淩歇攪地沙草寧數其罪消流末學莫知宗本世教訛辭詭蔽三寶老鬼民等詠嗟盈路皆是炎山之煨燼河洛之渣糝淪湑險難余甚悼焉聊詮徃迹庶鏡未然照迷童於互鄉顯妙趣於塵外休風寘被彼我情判豈是言聲所能攄寫

禁經上價是一逆

夫言籍雲舒貫空有之美聖賢功績何莫由斯實學者之淵海生民之日月所以波崙菩薩慈悲等照震電光於炎塗殄魔賊於險澤汎靈舟於信風接浮生於苦海闡道諸經製雜凡意教迹邪險是故不傳怪哉道化空被禁錮觀今學者不顧嚴科但得金帛便與其經貧者造之至死不覩貪利無慈逆莫過此又其方術穢濁不清乃扣齒爲天鼓咽唾爲醴泉馬屎爲靈薪老鼠爲芝藥資此求道焉能得乎昔秦皇漢武不獲輕身使徐福公孫遠寘雲波祈候通仙影響無陳夫開心祛欲則事與道隣豈假驟涉之勞咽唾嗑齒者乎

妄稱真道是二逆
夫質懋纁霞者言神丹之功開明淨智者必蕩花之氣雖保此爲真而未能無終況復張陵妄稱天師既侮慢人鬼即身受報漢興平末爲蟒蛇所噏子衡奔尋無處畏負清議之報譏乃假設權方以表靈化之迹生縻鵠足置石崖頂謀事辦畢尅期發之到建安元年遣使告曰正月七日天師昇玄都米民山獠蟻集閫外雲臺治民等稽首再拜言伏聞聖駕玄都臣等長辭蔭接尸塵方享九幽方夜衡入久之乃出詭稱曰吾旋駕辰華爾各還所治淨心持行存師念道衡便密抽遊罥鶴直衝虛空民獠愚戇僉言登仙販死利生欺罔天地
合氣釋罪是其三逆
夫滅情去欲則道心明真羣斯班姓妄造黃書呪癩無端以伏輕誚呪曰天道畢三五成日月俱出窈窈入冥冥氣入真氣通神氣布道氣行姦邪鬼賊皆消亡視我者盲聽我者聾敢行謀圖我者反受其殃我吉而彼凶至甲子詔冥醮籙男女嫌合尊卑無別吳陸脩靜復勤勤行此乃開命門抱真人嬰兒迴戲龍虎作如此之勢用消災散禍其可然乎其可然乎漢時儀君行此爲道魑魅亂俗被斥燉煌後至孫恩佚蕩滋甚士女溷漫不異禽獸夫色塵易染愛結難消況交氣丹田延命仙穴肆兵過玉門之禁變態窮龍虎之勢生無忠貞之節死有青庭之苦誠願明天檢鏡斯輩物我端清莫負冥詔
俠道作亂是其四逆
夫冥宗難曉聲華易惑緣累重淵嶽德輕風露如黃巾等咸蔫望漢室反易天明罪悉伏誅

次有子魯復稱鬼道神祇不佐爲野麋所突
未後孫恩復稱紫道不以民賤之輕欲圖帝
貴之重作雲響於幽竇發妄想於空玄水仙
惑物枉殺老稚破國壞民豈非兇逆是以宋
武皇帝惟之慨然乃龍飛千里虎步三江掩
撲羣妖不勞浹辰含識懷懽草木春光
章書代德是其五逆
夫至化餘塵不可誣蔽詮謚靈覡務依明德
道無真體妄逐妖空輙言東行醉酒沒故如
此頑嚚寧非陋僻又遷達七祖文意淺薄乞
免擔沙石長作道鬼夫聖智窮微有念斯照
何煩祭酒橫費紙墨若必須辭訴然後判者
始知道君無玄鑒之能天曹無天眼之照三
官疲於謹案伺吏勞於討捕聞其奏章本擬
急疾而戊辰之日上必不達不達太上則生
民枉死嗚呼哀哉實爲五逆
畏鬼帶符妖法之極第一
夫真心履順者妖忤革其氣是以至聖高賢
無情於萬化故能洞遊金石卧宿煙霞此純
誠感通豈佩帶使然哉其經辭致姱慢鬼弊
云左佩太極章右佩崑吳鐵指日則停睴擬
鬼千里血若受黃書赤章言即是靈仙硍屐
入靖不朝太上至於使六甲神而跪拜圊廁
（如郭景純亦云仙流　登圊廋石竟不免災）愚癡顛倒豈識儀節聞
其著符昔時軍標張角黃符子魯戴絳盧悚
紫標孫恩孤虛並矯惑王師終滅人鬼
制民課輸欺巧之極第二
夫五斗米教出自天師後生邪濁復立米民
世人厭畏是以子明杜恭俱困魔蟒又塗炭
齋者事起張魯氏夷難化故制斯法乃驢驟

泥中黃鹵泥面擿頭懸柳埏埴使熟此法指在邊陲不施華夏至義熙初有王公其次貪寶憚苦竊省打拍吳陸修靜甚知源僻猶遲挨額懸縻而已癡僻之極幸勿言道

解廚纂門不仁之極第三

夫開闢大施與物通美左道餘氣乃纂門解廚矜身與食懷呑班之態昔張子魯漢中解福大集祭酒及諸鬼卒鬼卒鬼民鬼吏鬼道此是子魯輕於民吏作此名也又天師係師嗣師及三女師此是張魯自稱美也又道姑道男冠女官道父道母神君種民此是合氣之後贈物名也又米民米性都功祭酒此是荒時撫化名也人貪道三洞法師長安僧禕作此名也又先生道民仙公于秣陵縣民王靈期作也又道士蟻賊制酒米賊此是世人之所目也又法師都講侍經者是陸修靜倣佛依世制此名也又天公地公及稱臣妾太平之道五斗米道太道紫道鬼神師若仙此作賊時假威名也又膠東欒大拜五利將軍雖有茅土而無臣節漢武之末不復稱之也酣進過常遂致僭逸醜聲遐布遠逵岷方劉璋敎曰夫靈仙養命猶節松霞而厚身嗜味奚能尚道子魯聞之憤恥意深罰其掃路世傳道士後會舉標以防斯難兼制廚令酒限三升漢末已來謂爲制酒至王靈期削除疊目先生道民並其賑錫雖有五利之貴更爲妖物之名

度厄苦生虛妄之極第四

夫質危秋蔕命薄春氷業風吹蕩蓬迴化境所以景公任於緣命孫子記爲行尸迷徒湫學不識大方至有疾病衰禍妄甚妖祟之原淵鬼鸜以爲災渡危厄於遐川詹鈞星於懸溜雪丹章於華山乃戲犨眉貌謑詬冥鬼云三官使者已送光歸逝者故然空喪辭貨斯實祭酒規巾糈之利蠶食百姓公私並損致使火宅驚於至聖歸歌動於人思矣

夢中作罪頑癡之極第五

夫天屬化始乃識照爲原棄捨身命草木非數然大地丘山莫非我故塵滄川澔漫皆是我淚血以此而觀誰非親友或夢見先亡輙云變恠夫人鬼雖別生滅固同恩愛之情時復影響羣邪無狀不識逆順召食鬼吏兵奏章斷之割截幽靈單心誰照幸願未來勿尚迷言使天堂無輟食之思氷河靜災念之聲

輕作寒暑兇佞之極第六

夫淵黙心口者萬行之眞德而塵界衆生率無慈愛遞兇邪佞符章競作懸門貼戶以誑愚俗高賢有識未之安也造黃神越章用持殺鬼又制赤章用持殺人趣恱世情不計殃罪陰謀懷嫉經有舊准死入鐵鉗火獄生出鵄鴞瘖瘂精骸惛朽淪離永劫誰知斯乎老鬼民輩道相不然事之宜質夫諫刺雖苦智者甘聞故略致言幸試三思能拂迹改圖卽與大化同風矣良其不革請俟明德備照聲曲以曉長夜豈是今日弱辭所陳哉

東莞劉記室勰滅惑論

惑造三破論者義證庸近辭體鄙拙雖至理定於深識而流言惑於淺情委巷陋說誠不足辯又恐野聽將謂信然聊擇其可採略標雅致

三破論云道家之教妙在精思得一而無死入聖佛家之化妙在三昧神通無生可冀詺死爲泥洹未見學死而不得死者也

滅惑論曰二教眞僞煥然易辯夫佛法練神道教練形形器必終礙於一垣之裏神識無窮再撫六合之外明者資於無窮教以勝慧闇者戀其必終誑以仙術極於餌藥慧業始

於觀禪禪練真識故精妙而泥洹可冀藥駐僞器故精思而翻騰無期若迺棄妙寶藏遺智養身據理尋之其僞可知假使形翻無際神暗鳶飛戾天寧免爲鳥夫泥洹妙果道惟常住學死之談豈析理哉

三破論云若言太子是教主主不落髮而使人髡頭主不棄妻使人斷種實可笑哉明知佛教是滅惡之術也伏聞君子之德身體髮膚受之父毋不敢毀傷孝之始也

滅惑論曰太子棄妻落髮事顯於經而反白爲黒不亦罔乎夫佛家之孝所苞蓋遠理由乎心無繫於髮若愛髮棄心何取於孝昔泰伯虞仲斷髮文身夫子兩稱至德中權以俗内之賢宜修世禮斷髮讓國聖哲美談況般若之教業勝中權菩提之果理妙克讓者哉

理妙克讓故捨髮取道業勝中權故棄迹求心准以兩賢無鈌於孝鑒以聖境夫何怪乎

第一破曰入國而破國者誑言說僞興造無費苦尅百姓使國空民窮不助國生人減損況人不蠶而衣不田而食國滅人絶由此爲失日用損費無纖毫之益五災之害不復過此

滅惑論曰大乘圓極窮理盡妙故明二諦以遣有辯三空以標無四等弘其勝心六度振其苦業誑言之訕豈傷日月夫塔寺之興闡揚靈教功立一時而道被千載昔禹會諸侯玉帛萬國至于戰伐存者七君更始政阜民戸殷盛赤眉兵亂千里無煙國滅人絶寧此之由宗索之時石穀十萬景武之世積粟紅腐非秦末多沙門而漢初無佛法也驗古准

今何損於政

第二破曰入家而破家使父子殊事兄弟異法遺棄二親孝道頓絶憂娛各異歌哭不同骨血生讎服屬永棄悖化犯順無昊天之報五逆不孝不復過此

滅惑論曰夫孝理至極道俗同貫雖内外跡殊而神用一揆若命綴俗因本修教於儒禮運稟道果固弘孝於梵業是以諮親出家法華明其義聽而後學維摩標其例豈忘本哉有由然也彼皆照悟神理而鑒燭人世過駟馬於格言逝川傷於上哲故知瞬息盡養無濟幽靈學道拔親則冥苦永滅審妙感之無差辯勝果之可必所以輕重相權去彼取此若乃服制所施事由追遠禮雖因心抑亦沿世昔三皇至治堯舜所慕死則衣之以薪葬之中野封樹弗修苴斬無紀豈可謂三皇教民棄於孝乎爰及五帝服制煥然未聞堯舜執禮追責三皇三皇無責何獨疑佛佛之無服理由拔苦三皇廢喪事沿淳樸淳樸不疑而拔苦見尤所謂朝三暮四而喜怒交設者也明知聖人之教觸感圓通三皇以淳樸無服五帝以沿情制喪釋迦拔苦故棄俗反真檢迹異路而玄化同歸

第三破曰入身而破身人生之體一有毀傷之疾二有髡頭之苦三有不孝之逆四有絶種之罪五有亡體從誡唯學不孝何故言哉誡令不跪父母便競從之兒先作沙彌其母後作阿尼則跪其兒不禮之教中國絶之何可得從

滅惑論曰夫棲形稟識理定前業入道居俗

事繫因果是以釋迦出世化洽天人御國統家並證道跡未聞世界普同出家良由緣感不二故名教有二搢紳沙門所以殊也但始拔塵域理由戒定妻者愛累髮者形飾愛累傷神形飾乖道所以澄神滅愛修道棄飾理出常均教必翻俗若乃不跪父毋道尊故也父毋禮之尊道故也禮新冠見毋其毋拜之喜其備德故屈尊禮卑也介冑之士見君不拜重其秉武故尊不加也緇弁輕冠本無神道介冑凶器非有至德然事應加恭則以毋拜子勢宜停敬則臣不跪君禮典世教周孔所制論其變通不由一軌況佛道之尊標出三界神教妙本羣致玄宗以此加人實尊冠冑冠冑及禮古今不疑佛道加敬將欲何怪

三破論云佛舊經本云浮屠羅什改爲佛徒知其源惡故也所以詺爲浮屠胡人凶惡故老子云化其始不欲傷其形故髡其頭名爲浮屠況屠割也至僧禕後改爲佛圖本舊經云喪門喪門由死滅之門云其法無生之教名曰喪門至羅什又改爲桑門僧禕又改爲沙門沙門由沙汰之法不足可稱

滅惑論曰漢明之世佛經始過故漢譯言音字未正浮音似佛桑音似沙聲之誤也以圖爲屠字之誤也羅什語通華戎識兼音義改正三豕固其宜矣五經世典學不因譯而馬鄭注說音字互改是以昭穆不祀謬師資於周頌允塞晏安乖聖德於堯典至教之深寧在兩字得意忘言莊周所領以文害志孟軻所譏不原大理唯字是求宋人申東豈復過此

三破論曰有此三破之法不施中國本止西域何言之哉胡人無二剛強無禮不異禽獸不信虛無老子入關故作形像之教化之又云胡人麤獷欲斷其惡種故令男不娶妻女不嫁夫一國伏法自然滅盡

滅惑論曰雙樹晦跡形像代興固巳理精無始而道被無窮者矣案李叟出關運當周季世閉賢隱故往而忘歸接輿避世猶滅其跡況適外域孰見其蹤於是姦猾祭酒造化胡之經理拙辭鄙厮隸所傳尋西胡怯弱比狄凶熾若老子滅惡棄德用刑何愛凶狄而反滅弱胡遂令獯狁橫行毒流萬世豺狼當路而狐狸是誅淪滑爲酷覆載無聞商鞅之法未至此虐伯陽之道豈其然哉且未服則設像無施信順則弩戮可息既服教矣方加極刑一言失道衆僞可見東野之語其如理何

三破論云蓋聞三皇五帝三王之徒何以學道並感應而未聞佛教爲是九皇忽之爲是佛教未出若是佛教未出則爲邪僞不復云云

滅惑論曰神化變通教體匪一靈應感會隱現無際若緣在妙化則菩薩弘其道化在麤緣則聖帝演其德夫聖帝菩薩隨感現應殊教合契未始非佛固知三皇巳來感滅而名隱漢明之教緣應而像現矣若迺三皇德化五帝仁教此之謂道似非太上羲農敷治未聞奏章堯舜緝政寧肯書符湯武抒暴豈當餌丹五經典籍不齒天師而求授聖帝豈不悲哉

三破論云道以氣爲宗名爲得一尋中原人

士莫不奉道今中國有奉佛者必是羌胡之種若言非耶何以奉佛

滅惑論曰至道宗極理歸乎一妙法真境本固無二佛之至也則空玄無形而萬象並應寂滅無心而玄智彌照幽數潛會莫見其極冥功日用靡識其然但言萬象既生假名遂立梵言菩提漢語曰道其顯跡也則金容以表聖應俗則王宫以現生拔愚以四禪爲始進慧以十地爲階總龍鬼而均誘涵蠢動而等慈權教無方不以道俗乖應妙化無外豈以華戎阻情是以一音演法殊譯共解一乘敷教異經同歸經典由權故孔釋教殊而道契解同由妙故梵漢語隔而化通但感有精麤故教分道俗地有東西故國限內外其彌綸神化陶鑄羣生無異也固能拯拔六趣總攝大千道惟至極法惟最尊然至道雖一歧路生迷九十六種俱號爲道聽名則邪正莫辯驗法則真僞自分案道家立法厥品有三上標老子次述神仙下襲張陵太上爲宗尋柱史嘉遯實惟大賢著書論道貴在無爲理歸靜一化本虛柔然而三世弗紀慧業靡聞斯迺導俗之良書非出世之妙經也若乃神仙小道名爲五通福極生天體盡飛騰神通而未免有漏壽遠而不能無終功非餌藥德沿業修於是愚狡方士僞託遂滋張陵米賊述記昇天葛玄野豎著傳仙公愚斯惑矣智可罔欺令祖述李叟則教失如彼憲章神仙則體劣如此上中爲妙猶不足筭況效陵魯醮事章符設教五斗欲拯三界以蚊負山庸詎勝乎標名大道而教甚於俗舉號太上而

法窮下愚何故知耶貪壽忌夭含識所同故肉芝石華譎以翻騰好色觸情世所莫異故黄書御女誑稱地仙肌革盈虛羣生共愛故寶惜涕唾以灌靈根避災苦病民之恒患故斬縛魑魅以快愚情憑威恃武俗之舊風故吏兵鉤騎以動淺心至於消災淫術猒勝姦方理穢辭辱非可筆傳事合氓庶故比屋歸宗是以張角李弘毒流漢季盧悚孫恩亂盈晉末餘波所被寔蕃有徒爵非通侯而輕立民戶瑞無虎竹而濫求租稅糜費產業蠱惑士女運迍則蠍國世平則蠹民傷政萌亂豈與佛同且夫涅槃大品寧比玄妙上清金容妙相何羨鬼室空屋降伏天魔不慕幻邪之詐淨修戒行豈同畢券之醜積弘誓於方寸孰與藏宮將於丹田響洪鍾於梵音豈若鳴天鼓於脣齒校以形迹精麤已懸覈以至理真僞豈隱若以麤笑精以僞謗真是瞽對離朱曰我明也

僧順法師答道士假稱張融三破論十九條

論曰泥洹是死未見學死而得長生此滅種之化也

釋曰夫生生之厚至於無生則張毅單豹之徒是其叵矣是以儒家云人莫不愛其死而患其生老氏云及吾無身吾有何患莊周亦自病痛其一身此三者聖達之流叵以生爲患夫欲求無生莫若泥洹泥洹者無爲之妙稱談其跡也則有王宮雙樹之文語其實也則有常住常樂之說子方輪迴五道何由聞涅槃之要或有三盲摸象得象耳者爭云象如簸箕得象鼻者爭云象如春杵雖獲象一

方終不得全象之實子說泥洹是死真摸象之一盲矣

論云太子不廢妻使人斷種

釋曰夫聖實湛然跡有表應太子納妃於儲貳者蓋欲示人倫之道已足遂能棄茲大寶忽彼恩愛耳至如諸天夕降白驥飛城十號之理斯在何妻子之可有哉且世之孥孺爲累最深饑寒則生於盜賊飽暖則發於驕奢是以厲婦夕産忽求火照唯恐似已復更爲厲凡夫之種若厲産焉經云一切衆生皆有佛性仰尋此旨則是佛種捨家從道棄厲就佛爲樂爲利寧復是加子迷於俗韻滯於重感夢中之夢何當曉哉

論云太子不剃頭使人落髮

釋曰在家則有二親之愛出家則有嚴師之重論其愛也髮膚爲上稱其嚴也剪落爲難所以就剃除而歡若辭父毋而長往者蓋欲去此煩惱即彼無爲髮膚之戀尚或可棄外物之徒有何可惜哉不輕髮膚何以尊道不辭天屬何用嚴師譬如喪服出紹大宗則降其本生隆其所後將使此子執人宗廟之重割其歸顧之情還本政自一朞非恩之薄所後頓伸三年實義之厚禮記云出必降者有愛我而厚其例矣經云諸天奉刀持髮上天不剃之談是何言也子但勇於穿鑿怯於尋旨相爲慨然

論云子先出家毋後作尼則敬其子失禮之甚

釋曰出家之人尊師重法棄俗從道寧可一槩而求且太子就學父王致敬漢祖善嘉令

之言以太皇爲臣魏之髙貴敬齊王作私晋之儲后臣厥父於公庭引此而判則非疑矣

論云剃頭爲浮圖

釋曰經云浮圖者聖瑞靈圖浮海而至故云浮圖也吳中石佛汎海儵來即其事矣今子毀圖像之圖爲刑屠之屠則泰伯端委而治故無慙德仲雍剪髮文身從俗至化遭子今日必羅吠聲之尤事有似而非非而似者外書以仲尼爲聖人內經云尼者女也或有謂仲尼爲女子子豈信之哉猶如屠圖之相類亦何以殊

論云喪門者死滅之門也

釋曰門者本也明理之所出入出入從本而興焉釋氏有不二法門老子有衆妙之門書云禍福無門皆是會通之林藪機妙之淵宅出家之人得其義矣喪者滅也滅塵之勞通神之解即喪門也桑當爲乘字之誤耳乘門者即大乘門也煩想既滅遇物斯乘故先云滅門末云乘門焉且八萬四千皆稱法門奚獨喪桑二門哉

論云胡人不信虛無老子入關故作形像之化也

釋曰原夫形像始立非爲教本意當由滅度之後係戀罔已栴檀香像亦有明文且仲尼既卒三千之徒永言興慕以有若之貌最似夫子坐之講堂之上令其說法門徒諮仰與往日不殊曾參勃然而言曰子起此非子之座推此而談思仰可知也羅什法師生自殊方聰敏淵博善談法相强負佛經流布關輔詮以真俗二名驗以境照雙寂振無爲之髙

風激玄流於未悟所謂遣之至於無遣也子謂胡人不信虛無誠非篤論君子且强理有優劣不係形像子以形像而語不亦攻乎異端

論云剃頭本不求佛爲服凶胡今中國人士不以正神自訓而取頑胡之法

釋曰夫六戎五狄四夷八蠻不識王化不聞佛法者譬如畜生事均八難方今聖主隆三五之治闡一乘之法天人同慶四海訢訢蚑行喙息咸受其賴喘蠕之蟲自云得所子脫不自思僭言云云宜急緘其舌亦何勞提耳

論云沙門者沙汰之謂也

釋曰息心達源號曰沙門此則練神濯穢反流歸潔即沙汰之謂也子欲毀之而義逾美真可仰之彌高鑽之彌堅者也

論云入國破國

釋曰夫聖必緣感無往非應結繩以後民澆俗薄末代王教挺揚堯孔至如妙法所沾固助俗爲化不待形戮而自淳無假楚撻而取正石主師澄而興國古王諮勸以隆道破國之文從何取說

論云入家破家

釋曰釋氏之訓父慈子孝兄愛弟敬夫和妻柔備有六睦之美有何不善而能破家唯聞末學道士有赤章呪咀發擿陰私行壇被髮呼天叩地不問親疎親相厭殺此即破家之法矣

論云入身破身

釋曰夫身之爲累甚於桎梏老氏以形骸爲糞土

釋迦以三界爲火宅出家之士故宜去奢華棄名利悟逆旅之難常希寂滅之爲樂流俗之徒反此以求全即所謂殺生者不死生生者不生也近代有好名道士自云神術過人尅期輕舉白日登天曾未數丈横墜於地迫而察之正大鳥之雙翼耳真所謂不能奮飛者也驗滅亡於即事不旋踵而受誅漢之張陵誣罔貢高呼曰米賊亦被夷翦入身破身無乃角弓乎

論曰歌哭不同者

釋曰人哭亦哭俗内之冥跡臨喪能歌方外之坦情原壤喪親登木而歌孔子過而不非者此亦是名教之一方耳

論云不朝宗者

釋曰孔子云儒有上不臣天子下不事公侯儒者俗中之一物尚能若此況沙門者方外之士乎昔伯成子高子州交伯但希玄慕道似不近屑人事

論云剃頭犯毀傷

釋曰髮膚之解具於前答聊更略而陳之凡言不敢毀傷者正是防其非僻觸冒憲司五刑所加致有殘缺耳今沙門者服膺聖師遠求十地剃除鬚髮被服法衣立身不乖揚名得道還度天屬有何不可而入毀傷之義守文之徒未達文外之旨耳輪扁尚不移術於其兒予何言哉

論云出家者未見君子皆是避役

釋曰噫唉何子之難喻耶左傳云言者身之文莊周云言不廣不足以明道余欲無言其可得乎夫出家之士皆靈根宿固德宇淵深

湛乎斯照確乎不拔者也是以其神凝其心道超然遐想宇宙不能黙其胷懷澹爾無寄塵垢何能攪其方寸割慈親之重恩棄房櫳之歡愛虛室生白守玄行禪或頭陀林野委身餧獸或靜節蔬餐精心無怠將勤求十力超登無上解脫天羅銷散地網兆百福於未萌濟蒼生於萬劫斯實大丈夫之宏圖非吾子所得聞也避役之談是何言歟孔子猶喙三尺者雖言出於口終不以長舌犯人則子之喙三尺矣何多口之爲累傷人之深哉

論云三丁二出一何無緣者

釋曰無緣即是緣無緣生有緣即是緣有緣起何以知其然耶世有闔門入道故曰緣有緣起有生不識比丘者故曰緣無緣生十六王子同日出家隨父入道是則緣之所牽闔門頓至何其宜出二之有哉無緣者自就無緣中求反諸己而已矣子方永墜無間遑復論此將不欲倒置干戈乎若能反迷殊副所望

論云道家之教育德成國者

釋曰道有九十六種佛爲最尊梵志之徒蓋是培塿假使山川之神能出雲雨者亦是有國有家之所祀焉其云育德成國不無多少但廣濟無邊永拔塗炭我金剛一聖巍巍獨雄夫太極剖判之初已自有佛但于時衆生因緣未動故宜且昧名稱何以言之推三皇已上何容都無禮易則乾坤兩卦履豫二爻便當與天地俱生雖曰俱生而名不俱出者良由機感不發施用未形其理常在其跡不著耳中外二聖其揆一也故法行云先遣三

賢漸誘俗教後以佛經革邪從正李老之門釋氏之偏裨矣經云處處自說名字不同或爲儒林之宗國師道士或寂寞無爲而作佛事金口所說合若符契何爲東西跳梁不避高下耶嗟乎外道籍我智慧資我神力遂欲撓亂我經文虔劉我教訓人之無良一至於此也

論云道者氣

釋曰夫道之名以理爲用得其理也則於道爲備是故沙門號曰道人陽平呼曰道士釋聖得道之宗彭聃居道之末得道宗者不待言道而道自顯居道之末者常稱道而道不足譬如仲尼博學不以一事成名游夏之徒全以四科見目莊周有云生者氣也聚而爲生散而爲死就如子言道若是氣便當有聚有散有生有死則子之道是生滅法非常住也嘗聞子道又有合氣之事類子勿言此真辱矣莊子又云道在屎溺此屎溺之道得非吾子合氣之道乎

弘明集卷第八

音釋

緦平頰切人名　雒盧各切與洛同　渣側加切　糝桑感切米粒和羹也

嗑胡閤切合也　蕩徒浪切　噏許及切呷也　獠魯皓切　胥玆沍

切也罯　顤陟降切恩也　觥古橫切　瞢武亘切不明也　硠力宕切

圊七情切廁也　氐都黎切戎種　擿直陟切投也　埏埴埏成連切

埴常職切埏埴和土也

闉於眞切城內曲重門也

哤莫江切

嚳于平切淫蕾也

湫子了切偪及也

祟雖遂切神禍也

謑詬謑胡禮切詬許遘切謑詬怨言也

糈私呂切祀神米也

淊胡了切水貌

鵙弃役切鳥名

詺彌正切辨別物名也

髡苦昆切鬀髮也

禕雨非切

玁狁玁喜撿切狁余準切玁狁匈奴名

儵式竹切與倏同

蚑詰利切蟲行貌

挻丑連切引也

唉於開切歎聲

弘明集卷第九

梁　釋僧祐　述

大梁皇帝立神明成佛義記 并吳興沈績作序注

蕭琛難范縝神滅論

曹思文難范縝神滅論 并詔啓答各二

大梁皇帝立神明成佛義記 并吳興沈績作序注

夫神道冥默宣尼固已絕言心數理妙柱史又所未說非聖智不周近情難用語遠故也是以先代玄儒談遺宿業後世通辯亦論滯來身非夫天下之極慮何得而詳焉故惑者聞識神不斷而全謂之常聞心念不常而全謂之斷云斷則迷其性常云常則惑其用斷因用疑本謂在本可滅因本疑用謂在用弗移莫能精求互起偏執乃使天然覺性自没浮談聖王㝢以玄符御茲大寶覺先天垂則觀民設化將恐支離詭辯搆義橫流徵敘繁絲伊誰能振釋教遺文其將喪矣是以著斯雅論以弘至典績早念身空栖心內教每餐法音用忘寢疾而闇情難曉觸理多疑至於佛性大義頓迷心路既天誥遠流預同撫覿萬夜獲開千昏永曙分除之疑朗然俱徹竊惟事與理亨無物不識用隨道合奚心不辯故行雲徘徊猶感美音之和游魚踊躍尚賞清絲之韻況以入神之妙發自天衷此臣所以舞之蹈之而不能自已者也敢以膚受謹為注釋豈伊錐管用窮天輿庶幾固惑所以釋焉

夫涉行本乎立信 臣績曰夫愚心闇識必發大明明不欻起起必由行行不自修修必由信信者憑師仗理無違之心也故五根以一信為本四信以不違為宗宗信既立萬善自行行善造果謂之行也 信立由乎正解 臣績曰夫邪正

不辯將何取信故立信之本資乎正解解正則外邪莫擾臣續曰信一心者則萬邪滅矣是知內懷正見則外邪莫動也信立則內識無疑臣續曰識者心也故成實論云心意識體一而異名心既信矣將何疑乎然信解所依其宗有在臣續曰依者憑也夫安心有本則枝行自從有本之旨顯乎下句也何者源神明以不斷爲精精神必歸妙果臣續曰神而有盡寧謂神乎故經云吾見死者形壞體化而神不滅隨行善惡禍福自追此即不滅斷之義也若化同草木則豈曰精乎以其不斷故終歸妙極憑心此地則觸理皆明明於衆理何行不成信解之宗此之謂也妙果體極常住精神不免無常臣續曰妙果明理已足所以體唯極常精神涉行未滿故之不免遷變無常者前滅後生剎那不住者也臣續曰剎那是天竺國音迅速之極名也生而即滅寧有住乎故淨名歎曰比丘即時生老滅矣若心用心於攀緣前識必異後者斯則與境俱往誰成佛乎臣續曰夫心隨境動是其外用後雖續前終非實論故知神識之性湛然不移故終歸於妙果矣經云心爲正因終成佛果臣續曰略語佛因其義有二一曰緣因二曰正因緣者萬善是也正者神識是也萬

善有助發之功故曰緣因神識是其正本故曰正因經既云終成佛果斯驗不斷明矣又言若無明轉則變成明案此經意理如可求何者夫心爲用本本一而用殊殊用自有興廢一本之性不移臣續曰陶沐塵穢本識則明明闇相易謂之變也若前去後來非變之謂一本者即無明神明也臣續曰神明本暗即故以無明爲因尋無明之稱非太虛之目土石無情豈無明之謂臣續曰夫別了善惡匪心不知明審是非匪情莫識太虛無情故不明愚智土石無心寧辯解惑故知解惑存乎有心愚智在乎有識既謂無明則義在心矣故知識慮應明體不免惑惑慮不知故曰無明臣續曰明爲本性所以應明識染外塵故內不免惑惑而不了乃謂無明因斯致稱豈旨空也哉而無明體上有生有滅生滅是其異用無明心義不改臣續曰既有其體便有其用語用非體論體非用用有興廢體無生滅者也將恐見其用異便謂心隨境滅臣續曰惑者迷其體用故不能精何者夫體之與用不離不即離體無用故云不離用義非體故云不即見其不離而迷其不即迷其不即便謂心隨境滅故繼

無明名下加以住地之目此顯無明即是神明神明性不遷也（臣績曰無明係以住地蓋是斥其迷體而抱惑之徒未曾論也）何以知然如前心作無間重惡後識起非想妙善善惡之理大懸而前後相去甚逈斯用果無一本安得如此相續（臣績曰不有一本則用無所依而惑者見其類續爲一故舉大善斥相續之迷）是知前惡自滅惑識不移後善雖生暗心莫改（臣績曰未嘗以善惡生滅虧其本也）故經言若與煩惱諸結俱者名爲無明若與一切善法俱者名之爲明豈非心識性一隨緣異乎（臣績曰若善惡互起豈謂俱乎而恒對其言而常迷其旨故舉此要文以曉羣惑）故知生滅遷變酬於往因善惡交謝生乎現境（臣績曰生滅由於本業非現境使之然善惡生於今境非本業令其爾也）而心爲其本未曾異矣（臣績曰雖復用由不同其體莫異）以其用本不斷故成佛之理皎然隨境遷謝故生死可盡明矣（臣績曰成佛皎然狀其本也生死可盡由其用也若用而無本則滅而不成若本而無用則成無所滅矣）

蕭琛難范縝神滅論（并序）

內兄范子縝著神滅論以明無佛自謂辯摧衆口日服千人予意猶有惑焉聊欲薄其稽疑詢其未悟論至今所持者形神所訟者精理若乃春秋孝享爲之宗廟則以爲聖人神道設教立禮防愚杜伯關弓伯有被介復謂天地之間自有怪物非人死爲鬼如此便不得詰以詩書校以往事唯可於形神之中辯其離合脫形神一體存滅罔異則范子奮揚蹈厲金湯邈然如靈質分途興毀區別則予尅敵得儁能事畢矣又予雖明有佛而體佛不與俗同爾兼陳本意係之論左焉

神滅論（問荅者論本客主之辭也難者今之所問也）

問曰子云神滅何以知其滅耶

答曰神即形也形即神也是以形存則神存形謝則神滅也

問曰形者無知之稱神者有知之名知與無知即事有異神之與形理不容一形神相即非所聞也

答曰形者神之質神者形之用是則形稱其質神言其用形之與神不得相異

難曰今論形神合體則應有不離之證而直云神即形形即神形之與神不得相異此辯而無徵有乖篤喻矣予今據夢以驗形神不得共體當人寢時其形是無知之物而有見焉此神遊之所接也神不孤立必憑形器猶人不露處須有居室但形器是穢闇之質居室是蔽塞之地神反形內則其識微惽惽故以見爲夢人歸室中則其神暫壅壅故以明爲昧夫人或夢上騰玄虛遠適萬里若非神行便是形往耶形既不往神又弗離復焉得如此若謂是想所見者及其安寐身似僵木氣若寒灰呼之不聞撫之無覺既云神與形均則是表裏俱勌既不外接聲音寧能內與思想此即形靜神馳斷可知矣又疑凡所夢者或反中詭遇（趙簡子夢童子祼歌可吳入郢晉小臣夢負公登天而負公出諸廁之類是也）或理所不容（呂錡夢射月中之兔吳后夢腸出繞閶門之類是）或先覺未兆（呂姜夢天名其子曰虞魯人夢衆君子謀欲亡魯之類是也）或假借象類（蔡茂夢禾失爲秩王濬夢三刀爲州之類是也）或即事所無（胡人夢舟越人夢騎之類是也）或乍驗乍否（殷宗夢得傳說漢文夢獲鄧通驗也否事衆多不復具載）此皆神化茫渺幽明不測易以約通難用理檢若不許以神遊必宜求諸形內恐塊爾潛靈外絕覬覦雖復扶以六夢濟以想因理亦不得然也

問曰神故非質形故非用不得爲異其義安在

答曰名殊而體一也

問曰名旣已殊體何得一

答曰神之於質猶利之於刃形之於用猶刃之於利利之名非刃也刃之名非利也然而捨利無刃捨刃無利未聞刃沒而利存豈容形亡而神在

難曰夫刃之有利砥礪之功故能水截蛟螭陸斷兕虎若窮利盡用必摧其鋒鍔化成鈍刃如此則利滅而刃存卽是神亡而形在何云捨利無刃名殊而體一耶刃利旣不俱滅形神則不共亡雖能近取譬理實乖矣

問曰刃之與利或如來說形之與神其義不然何以言之木之質無知也人之質有知也人旣有如木之質而有異木之知豈非木有其一人有其二耶

答曰異哉言乎人若有如木之質以爲形又有異木之知以爲神則可如來論也今人之質質有知也木之質質無知也人之質非木質也木之質非人質也安在有如木之質而復有異木之知

問曰人之質所以異木質者以其有知耳人而無知與木何異

答曰人無無知之質猶木無有知之形

問曰死者之形骸豈非無知之質耶

答曰是無知之質也

問曰若然者人果有如木之質而有異木之知矣

答曰死者有如木之質而無異木之知生者

有異木之知而無如木之質
問曰死者之骨骼非生者之形骸耶
答曰生形之非死形死形之非生形區已革矣安有生人之形骸而有死人之骨骼哉
問曰若生者之形骸非死者之骨骼死者之骨骼則應不由生者之形骸不由生者之形骸則此骨骼從何而至
答曰是生者之形骸變爲死者之骨骼也
問曰生者之形骸雖變爲死者之骨骼豈不因生而有死則知死體猶生體也
答曰如因榮木變爲枯木枯木之質寧是榮木之體
問曰榮體變爲枯體枯體即是榮體如絲體變爲縷體縷體即是絲體有何咎焉
答曰若枯即是榮榮即是枯則應榮時彫零枯時結實又榮木不應變爲枯木以榮即是枯故枯無所復變也又榮枯是一何不先枯後榮要先榮後枯何也絲縷同時不得爲喻
問曰生形之謝便應豁然都盡何故方受死形綿歷未已耶
答曰生滅之體要有其次故也夫欻而生者必欻而滅漸而生者必漸而滅欻而生者飄驟是也漸而生者動植是也有欻有漸物之理也
難曰論云人之質有知也木之質無知也豈不以人識涼燠知痛痒養之則生傷之則死耶夫木亦然矣當春則榮在秋則悴樹之必生拔之必死何謂無知今人之質猶如木也神留則形立神去則形廢立也即是榮木廢也即是枯木子何以辯此非神知而謂質有

知乎凡萬有皆以神知無以質知者也但草木昆蟲之性裁覺榮悴生死生民之識則通安危利害何謂非有如木之質以為形又有異木之知以為神耶此則形神有二居可別也但木稟陰陽之偏氣人含一靈之精照其識或同其神則異矣骨骼形骸之論死生授受之說義既前定事又不經安用曲辯哉

問曰形即神者手等亦是神耶

答曰皆是神分

問曰若皆是神分神應能慮手等亦應能慮也

答曰手等有痛痒之知而無是非之慮

問曰知之與慮為一為異

答曰知即是慮淺則為知深則為慮

問曰若爾應有二慮慮既有二神有二乎

答曰人體惟一神何得二

問曰若不得二安有痛痒之知而復有是非之慮

答曰如手足雖異總為一人是非痛痒雖復有異亦總為一神矣

問曰是非之慮不關手足當關何也

答曰是非之慮心器所主

問曰心器是五臟之心非耶

答曰是也

問曰五臟有何殊別而心獨有是非之慮

答曰七竅亦復何殊而所用不均何也

問曰慮思無方何以知是心器所主

答曰心病則思乖是以知心為慮本

問曰何知不寄在眼等分中耶

答曰若慮可寄於眼分眼何故不寄於耳分

問曰慮體無本故可寄之於眼分眼自有本不假寄於他分

答曰眼何故有本而慮無本苟無本於我形而可遍寄於異地亦可張甲之情寄王乙之軀李丙之性託趙丁之體然乎哉不然也

難曰論云形神不殊手等皆是神分此則神以形爲體體全即神全體傷即神缺矣神者何識慮也今人或斷手足殘肌膚而智思不亂猶孫臏刖趾兵略愈明膚浮解腕儒道方謐此神與形離形傷神不害之切證也但神任智以役物託器以通照視聽香味各有所憑而思識歸乎心器譬如人之有宅東閣延賢南軒引景北牖招風西檻映月主人端居中霤以牧四事之用焉若如來論口鼻耳目各有神分一目病即視神毀二目應俱盲矣一耳疾即聽神傷兩耳俱應聾矣今則不然是知神以爲器非以爲體也又云心爲慮本慮不可寄之他分若在於口眼耳鼻斯論然也若在於他心則不然矣耳鼻雖共此體不可以相雜以其所司不同器用各異也他心雖在彼形而可得相涉以其神理均妙識慮齊功也故書稱啓爾心沃朕心詩云他人有心予忖度之齊桓師管仲之謀漢祖用張良之策是皆本之於我形寄之於他分何云張甲之情不可託王乙之軀李丙之性勿得寄趙丁之體乎

問曰聖人之形猶凡人之形而有凡聖之殊故知形神異矣

答曰不然金之精者能照穢者不能照能照之精金寧有不照之穢質又豈有聖人之神

而寄凡人之器亦無凡人之神而託聖人之體是以八彩重瞳勛華之容龍顔馬口軒皞之狀此形表之異也比干之心七竅並列伯約之膽其大如拳此心器之殊也是以知聖人區分每絶常品非唯道革羣生乃亦形超萬有凡聖均體所未敢安

問曰子云聖人之形必異於凡敢問陽貨類仲尼項籍似虞舜舜項孔陽智革形同其故何耶

答曰珉似玉而非玉鶡類鳳而非鳳物誠有之人故宜爾項陽貌似而非實似心器不均雖貌無益也

問曰凡聖之殊形器不一可也聖人圓極理無有二而丘旦殊姿陽文異狀神不係色於此益明

答曰聖與聖同同於聖器而器不必同也猶馬殊毛而齊逸玉異色而均美是以晉棘楚和等價連城驊騮盜驪俱致千里

問曰形神不二既聞之矣形謝神滅理固宜然敢問經云爲之宗廟以鬼饗之何謂也

答曰聖人之教然也所以從孝子之心而厲渝薄之意神而明之此之謂矣

問曰伯有被甲彭生豕見墳素著其事寧是設教而已耶

答曰妖怪茫茫或存或亡强死者衆不皆爲鬼彭生伯有何獨能然乍人乍豕未必齊鄭之公子也

問曰易稱故知鬼神之情狀與天地相似而不違又曰載鬼一車其義云何

答曰有禽焉有獸焉飛走之别也有人焉有

鬼焉幽明之别也人滅而爲鬼鬼滅而爲人則吾未知也

難曰論云豈有聖人之神而寄凡人之器亦無凡人之神而託聖人之體今陽貨類仲尼項籍似帝舜即是凡人之神託聖人之體也珉玉鵾鳳不得爲喻今珉自名珉玉實名玉鵾號鷄鵾鳳曰神鳳名既殊稱貌亦爽實今舜重瞳子項羽亦重瞳子非有珉玉二名唯覩重瞳相類又有女媧蛇軀皐陶馬口非真聖神入於凡器遂乃託于蟲畜之體此形神殊别明暗不同茲益昭顯也若形神爲一理絕前因者則聖應誕聖賢必產賢勇怯愚智悉類其本既形神之所陶甄一氣之所孕育不得有堯睿朱嚚瞍頑舜聖矣論又云聖同聖器而器不必同猶馬殊毛而齊逸今毛復是逸器耶馬有同毛色而異駑駿者如此則毛非逸相由體無聖器矣人形骸無凡聖之别而有貞脆之異故遐靈栖於遠質促神寓乎近體唯斯而已耳向所云聖人之體指直語近舜之形不言器有聖智非矛盾之説勿近於此惑也

問曰知此神滅有何利用

答曰浮屠害政桑門蠹俗風驚霧起馳蕩不休吾哀其弊思拯其溺夫竭財以趣僧破產以趨佛而不恤親戚不憐窮匱者何耶良由厚我之情深濟物之意淺是以圭撮涉於貧友吝情動於顏色千鍾委於富僧歡懷暢於容髮豈不以僧有多稌之期友無遺秉之報務施不關周給立德必於在己又惑以茫昧之言懼以阿鼻之苦誘以虛誕之辭欣以兜

率之樂故捨逢掖襲橫衣廢俎豆列缾鉢家家棄其親愛人人絕其嗣續至使兵挫於行間吏空於官府粟罄於惰游貨殫於土木所以姦宄佛勝頌聲尚權惟此之故也其流莫已其病無垠若知陶甄禀於自然森羅均於獨化忽焉自有怳爾而無來也不禦去也不追乘夫天理各安其性小人甘其壟畝君子保其恬素耕而食食不可窮也蠶以衣衣不可盡也下有餘以奉其上上無爲以待其下可以全生可以養親可以爲已可以爲人可以匡國可以霸君用此道也

難曰佛之有無寄於神理存滅既有往論且欲略言今指辯其損益語其利害以獮夫子過正之談子云釋氏蠹俗傷化費貨損役此惑者爲之非佛之尤也佛之立教本以好生惡殺修善務施好生非止欲繁育鳥獸以人靈爲重惡殺豈可得緩宥逋逃以哀矜斷察修善不必瞻丈六之形以忠信爲上務施不苟使殫財土木以周給爲美若悉絕嗣續則必法種不傳如並起浮圖又亦播殖無地凡人且猶知之況我慈氏寧樂爾乎今守株桑門迷務俗士見寒者不施之短褐遇餒者不錫以糠豆而競聚無識之僧爭造衆多之佛親戚棄而弗眄祭祀廢而弗修良繒碎於剎上丹金糜于塔下而謂爲福田期以報業此並體佛未深解法不妙雖呼佛爲佛豈曉歸佛之旨號僧爲僧寧達依僧之意此亦神不降福予無取焉失六家之術各有流弊儒失於僻墨失於蔽法失於峻名失於訐咸由祖述者失其傳以致泥溺今子不以僻蔽誅孔

墨峻訐責韓鄧而獨罪我如來貶茲正覺是忿風濤而毀舟檝也今悖逆之人無賴之子上罔君親下虐儔類或不忌明憲而乍懼幽司憚閻羅之猛畏牛頭之酷遂悔其穢惡化而遷善此佛之益也又罪福之理不應殊於世教背乎人情若有事君以忠奉親唯孝與朋友信如斯人者猶以一眚掩德蔑而棄之裁犯蟲魚陷于地獄斯必不然矣夫忠莫踰於伊尹孝莫尚乎曾參若伊公宰一畜以膳湯曾子烹隻禽以養點而皆同趨炎鑊俱赴鋒樹是則大功没於小過奉上反於惠下昔彌子矯駕猶以義弘免戮嗚呼曾謂靈匠不如衛君子乎故知此爲忍人之防而非仁人之誠也若能鑒彼流宕豈不在佛觀此禍福識悟教誘思息末以尊本不拔本以拯末念忘我以弘法不後法以利我則雖曰未佛吾必謂之佛矣

曹思文難范中書神滅論并詔啓答各二

論曰神即形也形即神也是以形存則神存形謝則神滅也

難曰形非即神也神非即形也是合而爲用者也而合非即矣生則合而爲用死則形留而神逝也何以言之昔者趙簡子疾五日不知人秦穆公七日乃寤並神遊於帝所帝賜之鈞天廣樂此其形留而神遊者乎若如論言形滅則神滅者斯形之與神應如影響之必俱也然形既病焉則神亦病也何以形不知人神獨遊帝而欣歡於鈞天廣樂乎斯其寐也魂交故神遊於蝴蝶即形與神分也其覺也形開遽遽然周也即形與神合也然神

之與形有分有合合則共爲一體分則形亡而神逝也是以延陵窆子而言曰骨肉歸復于土而魂氣無不之也斯即形亡而神不亡也然經史明證灼灼也如此寧是形亡而神滅者也

論曰問者曰經云爲之宗廟以鬼饗之通云非有鬼也斯是聖人之教然也所以達孝子之心而厲喻薄之意也

難曰今論所云皆情言也而非聖旨請舉經記以證聖人之教孝經云昔者周公郊祀后稷以配天宗祀文王於明堂以配上帝若形神俱滅復誰配天乎復誰配帝乎且無神而爲有神宣尼云天可欺乎今稷無神矣而以稷配斯是周旦其欺天乎果其無稷也而空以配天者既其欺天矣又其欺人也斯是聖人之教教以欺妄也設欺妄以立教者復何達孝子之心厲喻薄之意哉

原尋論旨以無鬼爲義試重詰之曰孔子菜羮瓜祭祀其祖禰也記云樂以迎來哀以送往神既無矣迎何所迎神既無矣送何所送迎來而樂斯假欣於孔貌送往而哀又虛淚於丘體斯則夫子之祭禮也欺僞滿於方寸虛假盈於廟堂聖人之教其若是乎而云聖人之教然也何哉

思文啓竊見范縝神滅論自爲賓主遂有三十餘條思文不惟闇蔽聊難論大旨二條而已庶欲以此傾其根本謹冐上聞但思文情用淺匱懼不能徵折詭經仰黷天照伏追震悸謹啓

所難二條當別詳覽也

右詔謹答

答曹録事難神滅論

難曰形非即神也神非即形也是合而爲用者也而合非即也

答曰若合而爲用者明不合則無用如蛩駏相資廢一則不可此乃是滅神之精據而非存神之雅决子意本欲請戰而定爲我援兵耶

難曰昔趙簡子疾五日不知人秦穆公七日乃寤並神遊於帝所帝賜之鈞天廣樂此形留而神逝者乎

答曰趙簡子之上賓秦穆之遊上帝既云耳聽鈞天居然口嘗百味亦可身安廣厦目悦玄黄或復披文繡之衣控如龍之轡故知神之須待既不殊人四肢七竅每與形等隻翼不可以適遠故不比不飛神無所闕何故憑形以自立

難曰若如論旨形滅則神滅者斯形之與神應如影響之必俱也然形既病焉則神亦病也何以形不知人神獨遊帝所

答曰若如來意便是形病而神不病也今傷之則痛是形痛而神不痛也惱之則憂是形憂而神不憂也憂慮痛廢形已得之如此何用勞神於無事耶曹以爲生則合而爲用則痛廢同也死則形留而神遊則故遊帝與形不同也

難曰其寐也魂交故神遊於蝴蝶即形與神分也其覺也形開遽遽然周也即形與神合也

答曰此難可謂窮辯未可謂窮理也子謂神遊蝴蝶是真作飛蟲耶若然者或夢爲牛則

負人轅軥或夢爲馬則入人跨下明旦應有死牛死馬而無其物何也又腸繞閶門此人即死豈有遺其肝肺而可以生哉又日月麗天廣輪千里無容下從匹婦近入懷袖夢幻虛假有自來矣一旦實之良足偉也明結想霄坐周天海神昏於內妄見異物豈莊生實亂南園趙簡真登閭闔鄒外弟蕭琛亦以夢爲文句甚悉想就取視也

難曰延陵窆子而言曰骨肉歸復于土而魂氣無不之也斯即形亡而神不亡也

答曰人之生也資氣於天稟形於地是以形銷於下氣滅於上氣滅於上故言無不之無不之者不測之辭耳豈必其有神與知耶

難曰今論所云皆情言也而非聖旨請舉經記以證聖人之教孝經云昔者周公郊祀后稷以配天宗祀文王於明堂以配上帝若形神俱滅復誰配天乎復誰配帝乎

答曰若均是聖達本自無教教之所設實在黔首黔首之情常貴生而賤死死而有靈則長畏敬之心死而無知則生慢易之意聖人知其若此故廟祧壇墠以篤其誠心肆筵授几以全其罔已尊祖以窮郊天之敬嚴父以配明堂之享且忠信之人寄心有地強梁之子茲焉是懼所以聲教照於上風俗淳于下用此道也故經云爲之宗廟以鬼享之言用鬼神之道致茲孝享也春秋祭祀以時思之明厲其追遠不可朝死夕忘也子貢問死而有知仲尼云吾欲言死而有知則孝子輕生以殉死吾欲言死而無知則不孝之子棄而不葬子路問事鬼神夫子云未能事人焉能

事鬼適言以鬼享之何故不許其事耶死而有知輕生以殉是也何故不明言其有而作此悠漫以答耶研求其義死而無知亦已審矣宗廟郊社皆聖人之教迹彝倫之道不可得而廢耳

難曰且無神而爲有神宣尼云天可欺乎今稷無神矣而以稷配斯是周旦其欺天乎既其欺天又其欺人斯是聖人之教以欺妄以欺妄爲教何達孝子之心厲偷薄之意哉

答曰夫聖人者顯仁藏用窮神盡變故曰聖達節而賢守節也寧可求之蹄筌局以言教夫欺者謂傷化敗俗導人非道耳苟可以安上治民移風易俗三光明於上黔黎悅於下何欺妄之有乎請問湯放桀武伐紂是弑君非耶而孟子云聞誅獨夫紂未聞弑君也子不責聖人放弑之迹而勤勤於郊稷之妄乎郊丘明堂乃是儒家之淵府也而非形神之滯義當如此何耶

難曰樂以迎來哀以送往云云

答曰此義未通而自釋不復費辭於無用禮記有斯言多矣近寫此條小恨未周耶

思文啓始得范縝荅神滅論猶執先迷思文試料其理致衡其四證謹冒奏聞但思文情識愚淺無以折其鋒銳仰塵聖鑒伏追震悚

謹啓

具一二縝既背經以起義乖理以致談滅聖難以聖責乖理難以理詰如此則言語之論略成可息

右詔謹答

重難范中書神滅論

論曰若合而爲用者明不合則無用如蛩駏之相資廢一則不可此乃是滅神之精據而非存神之雅決子意本欲請戰而定爲我援兵也論又云形之於神猶刃之於利未聞刃没而利存豈形亡而神在又伸延陵之言即形消於下神滅於上故云無不之也又云以稷配天非欺天也猶湯放武伐非弑君也子不責聖人放弑之迹而勤勤於郊稷之妄耶

難曰蛩蛩駏驉是合用之證耳而非形滅即神滅之據也何以言之蛩非驉也驉非蛩也今滅蛩蛩而駏驉不死斬駏驉而蛩蛩不亡非相即也今引此以爲形神俱滅之精據又爲救兵之良援斯倒戈授人而欲求長存也悲夫斯則形滅而神不滅之證一也論云形之與神猶刃之於利未聞刃没而利存豈容形亡而神在雅論據形神之俱滅唯此一證而已愚有惑焉何者神之與形是二物之合用即論所引蛩駏相資是也今刃之於利是一物之兩名耳然一物兩名者故捨刃則無利也一物之合用者故形亡則神逝也今引一物之二名以徵二物之合用斯差若毫釐者何千里之遠也斯又是形滅而神不滅之證二也又伸延陵之言曰即是形消於下神滅於上論云形神是一體之相即今形滅於此即應神滅於形中何得云形消於下神滅於上而云無不之乎斯又是形滅而神不滅之證三也又云以稷配天非欺天也猶湯放桀武伐紂非弑君也即是權假以除惡乎然唐虞之君無放伐之患矣若乃運非太平世值三季權假立教以救一時故權稷以配天

假文以配帝則可也然有虞氏之王天下也禘黄而郊嚳祖顓而宗堯旣淳風未殄時非權假而今欺天罔帝也何乎引證若斯斯又是形滅而神不滅之證四也斯四證旣立而根本自傾其餘枝葉庶不待風而靡也

論曰樂以迎來哀以送往此義不假通而自釋不復費於無用禮記有斯言多矣又云夫言欺者謂傷化敗俗耳苟可以安上治民復何欺妄之有乎

難曰前難云迎來而樂是假欣於孔貌送往而哀又虛淚於丘體斯實鄙難之雲梯弱義之鋒的在此言也而答者曾不慧解唯云不假通而自釋請重言之曰依如論旨旣已許孔是假欣而虛淚也又許稷之配天是指無以爲有也宣尼云亡而爲有虛而爲盈斯爻象之所不占而格言之所攸棄用此風以扇也玆化何得不傷玆俗於何不敗而云可以安上治民也何哉論云已通而昧者未悟聊重往諮側聞提耳

弘明集卷第九

音釋

縝章忍切　齮魚綺切　螭丑支切似蛟無角者　鍔五　切鋒也　臏　刖臏婢忍切人名刖魚厥切斷足也　櫺郎一切楯閒窻隔也　霤力救切中庭　稌他魯切稻也　宄居洧切在内爲宄　瞀莫遘切無識也　眄莫見切視也　訐居竭切發人陰私也　宕徒浪切放也　窆陂驗切下棺也　悸其季切心動也　蛩駏蛩渠容切駏其呂切蛩駏並獸名　黔巨鹽切黑髮之坻也　祧吐凋切遠廟爲祧　墠時戰切除地白墠　嚳苦沃切帝嚳高辛氏

弘明集卷第十

梁　釋僧祐　述

大梁皇帝勅答臣下神滅論

莊嚴寺法雲法師與公王朝貴書并公王朝貴答

大梁皇帝勅答臣下神滅論

位現致論要當有體欲談無佛應設賓主標其宗旨辯其短長來就佛理以屈佛理則有佛之義既蹟神滅之論自行豈有不求他意妄作異端運其隔心鼓其騰口虛畫瘡疣空致詆訶篤時之蟲驚疑於往來滯甕之鼃河漢於遠大其故何也淪蒙怠而爭一息抱孤陋而守井幹豈知天地之長久溟海之壯闊孟軻有云人之所知不如人之所不知信哉觀三聖設教皆云不滅其文浩博難可具載止舉二事試以爲言祭義云惟孝子爲能饗親禮運云三日齋必見所祭若謂饗非所饗見非所見違經背親言語可息神滅之論朕所未詳

莊嚴寺法雲法師與公王朝貴書并公王朝貴答

主上答臣下審神滅論今遣相呈夫神妙寂寡可知而不可說義經丘而未曉理涉旦而猶昏主上凝天照本襲道赴機垂答臣下旨訓周密孝享之禮既彰桀懷曾史之慕三世之言復闡紂協波崙之情預非草木誰不歌歎希同挹風猷共加弘讚也釋法雲呈

臨川王答

得所送勅答神滅論伏覽淵旨理精辭詣二教道叶於當年三世棟梁於今日足使迷途自反妙趣愈光遲近寫對更具披析蕭宏和

南
建安王答
辱告惠示勑答臣下審神滅論天識昭遠聖
情淵察伏覽玄微實曉庸昧猥能存示深承
篤顧偉和南
長沙王答
惠示勑答臣下審神滅論睿旨淵凝機照深
邈可以筌蹄惑見訓誘蒙心鑽仰周環洗滌
塵慮遂能存示戢眷良深蕭淵業和南
尚書令沈約答
神本不滅久所伏膺神滅之談良用駭惕近
約法師殿内出亦蒙勑答臣下一本懽受頂
戴尋覽忘疲豈徒伏斯外道可以永摧魔衆
孔釋兼弘於是乎在實不刋之妙旨萬代之
舟航弟子亦即彼論微歷疑覈比展具以呈
也沈約呈
光祿領太子右率范岫答
岫和南伏見詔旨所答臣下審神滅論睿照
淵深動鑒機初敷引外典弘茲内教發蒙啓
滯訓誘未悟方使四海禀仰十方讚抃異見
杜口道俗同欣謹加習誦寤寐書紳惠以逮
示深承眷憶范岫和南
丹陽尹王瑩答
辱告伏覽勑旨神不滅義睿思機深天情雲
發標理明例渙若氷消指事造言赫如日照
用啓蒙愚載移聾蔽凡厥含識莫不抱佩謹
以書紳奉之没齒弟子王瑩和南
中書令王志答
辱告伏覽勑答臣下神滅論旨高義博照若
發蒙弟子夙奉釋教練服舊聞有自來矣非

唯雷同遠大賛激天旨而已且垂答二解厭伏心靈藻燭聞見更不知何以闡揚玄猷光彰聖述且得罔象不涵於真內外無紛如之滞寔懐嘉抃猥恵來示佩眷唯深王志和南

右僕射袁昂答

辱告并伏見勑答臣下審神滅論奉讀循環頓醒昏縛夫識神㝠漠其理難窮粤在庸愚豈能探索近取諸骸内尚日用不知況乎幽昧理歸惑解仰尋聖典既顯言不無但應宗教歸依其有就有談有猶未能盡性遂於不無論無斯可遠矣自非神解獨脱機鑒絶倫何能妙測不斷之言深悟相續之旨兼引喻二證方見神在皦然求之三世不滅之理彌著可謂鑽之彌堅仰之彌高者也方使衆惑塵開羣迷反路伏誦無斁舞蹈不勝弟子袁昂和南

御尉卿蕭昺答

辱告并伏見詔答臣下審神滅論夫三世雖明一乗教遠或有偏蔽猶執異端聖上探隱索微凝神繫表窮理盡性包括天人内外辯析辭旨典奥豈直羣生靡惑實亦闡提即曉方宣揚四海垂範來世恵使聞見唯深佩服孤子蕭昺頓首和南

吏部尚書徐勉答

天旨所答臣下神滅論一日粗蒙垂示辱告重送伏加研讀窮理盡寂精義入神文義兼明超深俗表詳求三世皎若發蒙非直謹加誦持輙令班之未悟恵示承眷至弟子徐勉和南

太子中庶陸杲答

杲和南伏覽勑旨答臣下審神滅論夫從無住本在默阻思伏如來藏窅絕難言故使仲初建薪火之執宣遠廣然滅之難傳疑衆談躋淪曠稔宸聰天縱聖照生知了根墜藥隨方運便遂乃辯禮矯枉指孝示隅良由迷發俗學使俗以洗況道惑資外文即就外以明內任言出以出奇因所據理固以城壍三世負荷羣生現在破闇當來摑網一牘之間于何不利片言之益豈可覼縷生因曩慶至德同時預奉餘論頂戴踊躍惠示不遺深抱篤念陸杲和南

散騎常侍蕭琛答

弟子琛和南辱告伏見勑旨所答臣下審神滅論妙測機神發揮禮教實足使淨法增光儒門敬業物悟緣覺民思孝道人倫之本於兹益明詭經亂俗不撝自壞誦讀藻抃頂戴不勝家弟闇短招愆今在北理公私煎懼情慮震越無以仰讚洪謨對揚精義奉化聞道伏用悚怍眷奬覃示銘佩仁誘弟子蕭琛和南

二王常侍彬緘答

辱告伏見勑旨答臣下審神滅論聖思淵凝天理孤絕辯三世則釋義明舉二事則孝道暢塞鑚鑿之路杜異途之口足使魔堞永淪正峯長峻弟子伏膺至道預奉天則喜躍之心寧復恒准王彬緘頓首和南

太子庶子陸煦答

猥辱逮告伏見至尊答臣下審神滅論俯仰膜拜徘徊空首竊聞聖惟一揆唐虞未有前言知幾其神今日獨奉梁詔道載則萬有擠

其論迷德壽則九服揚其照筮方旨振民育德百年均其攝受勞民動物千古咸其折伏法師智深決定受持之持僉允志洽通敏承神之神諧克陸煦和南

黄門郎徐緄答

緄和南辱告非逮示勑答神滅論伏覽淵旨跳心蕩累竊惟希夷之本難尋妙客之源莫覩自非上聖無以談其宗非夫至睿焉能導其極皇上窮神體寂鑒道居微發德音則三世自彰布善言而千里承響誠叶禮敬義感人祇理扇玄風德被幽顯悠悠巨夜長昏倏曉蠢蠢愚生一朝獨悟勵鹿苑之潛功澍法流於日用鴻名永播懋實方馳迷滯知反淪疑自息弟子歸向早深倍兼抃悅輙奉以周旋弗敢云墜但蠡測管窺終懷如失耳徐緄和南

侍中王暕答

枉告并奉覽勑答臣下審神滅論聖旨玄照啓寤羣蒙義顯幽微理宣寂昧夫經述故身之義繫叙遊魂之談愚淺所辯詳已爲非滅況復睿思弘遠盡理窮微引文證典渙然氷釋肉眼之人虔恭廻向惑累之衆悛改浮心發明既往訓導將來伏奉淵教欣踊罔已王暕和南

侍中柳惲答

辱告惠示勑所答臣下神滅論夫指歸無二宗致本一續故不斷釋訓之弘規入室容聲孔經之深旨中外兩聖影響相符雖理在固然而疑執相半伏奉淵旨照若發蒙顧會玄趣窮神知寂測情盡狀天地相似千載闕疑

從春氷而俱泮一世顛倒與浮雲而俱開祗
誦環徊永用懸解存及之顧良以悲戢弟子
柳惲頓首白
常侍柳憕答
辱告惠示勑答臣下審神滅論淵旨沖邈理
窮幾奥竊以修因趣果神無兩識由道得滅
佛唯一性殷人示民有知孔子祭則神在或
理傳妙覺或義闡生知而楊墨紛綸徒然穿
鑿凝滯逐往將掩名教聖情玄覽理證無間
振領持綱舒張毛目抑揚三代汲引同歸實
假雙祛朗然無礙伏奉循環疑吝俱盡來告
存及悲抱唯深柳憕頓首白
太子詹事王茂答
茂和南辱告伏見勑旨答神滅論頂戴欣懽
不及抃舞神理悠曠雖非建言所極列聖遺
文炳然昭著莫不撫衽虔襟式遵彝典豈可
妄陳虚矯厚誣前誥謂來緣之不期棄享薦
之至禮迷路茫茫歸塗靡薄苦空一到有悔
無追主上含明體聖妙窮真假發義照辭舟
航淪溺豈唯天人讚仰信亦諸佛迴光弟子
夙昔棲心本憑淨土數延休幸預逢昌世方
當積累來因永陶慈誘藻悦之誠非止今日
未獲祗敘常深翹眷比故循詣此白無伸王
茂和南
太常卿庾詠答
辱告惠示至尊答臣下神滅論伏覽未周煙
雲再廓竊惟蠕動有知草木無識神滅誓論
欲以有知同此無識乃謂種智亦與形骸俱
盡此實理之可悲自非德合天地均大域中
屬反流之日值飲化之幾則二諦之言無以

得被三世之談幾乎息矣聖上愍此四生方淪六道研校孔釋共相提證使窮陸知海幽都見日至言與秋陽同朗羣疑與春氷俱釋雖發論弘道德感沖襟而預聞訓誘俯欣前業法師服膺法門深同此慶謹當鑽味吟誦始終無斁弟子庾詠和南

豫章王行事蕭昂答

辱告宣示勑答臣下審神滅論聖旨披析使惑者渙然神之不滅著於通誥理既渺默故致有迷主上識照知來鑒踰藏往摘機外之妙思攻異端之妄說又引禮經取驗虛實孝敬之道於此方弘孤子蕭昂頓首和南

太中大夫庾曇隆答

辱告伏見主上答臣下審神滅論昏蒙啓悟煥爾照朗夫至理虛寂道趣空微上聖極智乃當窮其妙實步浮生自不辯深達玄淵如聞立論者經典垂訓皆是教跡至於在佛胡書詭恠難以理期此則言語道斷仰勞聖思爲臣下剖釋羣情豈不欣讚銘挹明旨抱用始終法師曲誨彌增慙戢弟子庾曇隆和南

太子洗馬蕭靡答

惠示勑答臣下審神滅論披覽未周情以抃悦主上凝神天縱將聖多能文輿不刊辭溢繫表義證周經孝治之情爰著旨該釋典大慈之心彌篤謹置之座隅陳之机枕寢興鑽閱永用書紳班示不遺戢眷良厚弟子蕭靡和南

御史中丞王僧孺答

辱告惠示送主上所答羣臣仰諮神滅論伏覽循環載深鑽奉發蒙祛蔽朗若披雲竊以

事緼難形非聖莫闡理寂區位在愚成惑若非神超繫表思越機前豈能燭此微言若開金石洞茲妙境曾靡榛蹊踰之以必薦示之以如在使夫持論者不終泥於遥轍專謬者無永沉於惑海預奉淵蓍孰不懽肅裁此酬白不申繫舞王僧孺呈

黄門侍郎王揖答

辱告惠示勅答臣下審神滅論夫昊蒼玄默本絕言議性與天道固亦難聞而愛育之仁依方感動開誘之教沿事降設矜局蛙於井谷哀危蟪於寸陰思發神衷言微理鏡引據前經文約旨遠凝神杳翳一理能貫墳典紛綸一言以蔽顯列聖之潛旨決終古之滯惑存滅由斯而曉孝敬同茲而隆信足以警誡重昬儀範百代所謂聖謩揚揚嘉言孔章者也弟子既慙辯理彌懵知音遂得預聞道訓須覩妙藻式抃下陳永佩聖則弟子王揖和南

吏部侍郎王泰答

一日曲蒙讌私預聞范中書有神形偕滅之論斯人逕侹不近人情直以下才未能折五鹿之角耳辱告垂示聖旨徵引孝道發揚冥致謹當尋誦永祛蒙惑弟子王泰頓首和南

侍中蔡僔答

辱告奉宣勅旨答諮神滅論夫神理玄妙良難該辯雖復前聖眷言後英猶惑睿旨爰釋皎若發蒙固以陵萬古而擅奇悟方來以不朽伏奉朝聞載深抃躍謹以書紳永祛迷滯蔡僔和南

建康令王仲欣答

仲欣白辱告惠示詔所答臣下神滅論伏讀淵麗抃不勝躍皇帝睿性自天機神獨遠五禮外照三明內暎金輪徐轉則道濟八紘玉瓚既陳則孝隆七廟開慧日於清漢垂法雲於大千如在之義重闡茲晨常住之明永證來劫故以德冠百王聲高萬古弟子棲心法門崇信大典舞蹈之誠獨深凫藻王仲欣和南

建安王外兵參軍沈績答

弟子績和南垂示勑答臣下神滅論伏深欣躍弟子竊惟道不自弘弘實由人人須其識識須其位周易所稱聖人大寶曰位豈其意乎然或位而不人或人而不位三者云備其理至難故宣尼絕筆於獲麟孟軻反身於天爵誠無其位也嗚呼真化殆將淪沒今天子以仁聖盛明據至尊之位蓋層山可以衆煦飄其和不可移也鐘鼓可以雜犯亂其鳴不可聞也將使惵惵黔首濟其長夜自非德合天地誰能若斯弟子早沐虛風既聞之矣然而鷦雀之集猶或相昬飛蓬之門尚自交構聖旨爰降辭高理愜敦以人天之善誡以莫大之刑一言作訓內外俱闡夫以孺子入井凡氏猶或傷之況乃聖慈御物必以隱惻爲心耶能指白馬之非白猶見屈於中庸至於神享機外志存弘化魍魎摧其頰舌焉足道哉神牘天貴本非窺覦遂能存示用慙寡德弟子沈績和南

祠部郎中司馬筠答

辱告并垂示勑答臣下審神滅論伏讀周流式歌且舞夫識慮沈隱精靈幽妙近步無以

追凡情不能測外聖知其若此所以抑而不談故涉孔父其尚畧經姬公其未曙而碌碌之徒忘理信目雖畫管窺異見鋒起茍徇離賢之名遂迷霜露之實愚惑到此深可矜傷我皇道貫幽顯明踰日月窮天地之極以盡終始之奥忌猶紫之妨薰朱器雉珉之亂鳳王爰發聖衷降茲雅義信之以光揚妙覺拯厥沈泥近照性靈之極遠明孝德之本實使異學剪其邪心四方篤其羨慕謬以多幸預奉陶鈞沐澤飲和有兼慶躍流通曲被佩荷彌深司馬筠呈

豫章王功曹叅軍沈緄答

緄和南弟子竊以為交求之道必取與為濟至於潰蒙不告則空致憧憧儵魚之觀殆將可息所以自絶諮受崇深莫窺誠自愧也徒以闇識因果循循局誠冀履霜不退堅氷可至耳而法師弘心山藪幸能藏疾雖未升堂遂招以法流社吏云召渴馬於漉泉不待鞭策而至矣垂示上答臣下神滅論晨宵伏讀用忘疲寢構斯法棟導彼迷流天屬既伸三世又辯鬼神情狀於焉可求然謂海實廣廣孰能知謂天蓋高高不可測聖論鈞深旨超繫表蒙情易駘惡能是空銘未示終愧鑽仰

弟子沈緄和南

建安王功曹王緝答

惠示勑答臣下審神滅論竊以神一冥默歷聖未傳宣尼猶稱不言莊生空構其語求之方策歎昧交深謬覩今論天思淵發妙旨凝深至理既弘孝機兼極信足韜超萬古照燭來今弟子生屬昌辰預覯聖藻既氷渙於懷

抱信曉惑於隨便凡厥靈知孰不鑽仰矧伊蒙蔽激抃寔深王緝和南

右衛將軍韋叡答

至理虛寂冥晦難辯言有似無言無實有妙於老談精於釋教辭炳金書文稽玉牒者由來尚矣主上道括宇宙明並日月隱顯之機必照有無之要已覽遂垂以明論訓折臣下導誘既深訓義方洽凡在有心孰不慶幸蒙示天製謹加讀誦垢吝雲消特兼懽抃法師果深昔緣因會今法離五慾而入八解去三界而就一乘復得預聞德音彌足欣讚惠告沾及戢佩寔深韋叡和南

廷尉卿謝綽答

綽和南辱告蒙示勑答臣下審神滅論伏覽淵謨用清魂府既排短說實啓羣疑竊惟人生最靈神用不極上則知來藏往次乃隣庶入幾以此觀之理無可滅是以臣儒伸其祀事大慈照其生緣內外發明已足祛滯況復天誨諄諄引諭彌博弘資始於黔黎導識業於精爽固令開蒙出障坐測重玄異端既絕正路斯反論者懟其壘守范氏悟其膏肓預在有識孰不擊讚但弟子徒懷遊聖終懵管窺頂奉戴躍永懽飡誘謝綽和南

司徒祭酒范孝才答

弟子孝才和南辱告逮示勑旨答臣下審神滅論竊以彭生豕立名現齊公元伯纓垂事高漢史且斬籌為喻義在必存神之不滅法俗同貫欲滅其神內外成失所謂管窺穹極寧辯西東蠡度滄溟安知髣髴天旨弘深愍懟於妙象聖情隱惻流連於饗祭豈直經教

增隆實使蒙愚悟道眷逮所覃曲垂頒及銘
茲訓誘方溢寸心弟子范孝才和南
常侍王琳答
辱告惠示至尊答臣下審神滅論謹罄庸管
恭覽聖製聲溢金石理洞淵泉義貫六爻言
該三世足使僻學知宗迷途識反弟子生幸
休明身叨渥澤復得傾耳天上拭目神藻鳧
抃之誠良無紀極猥惠頒逮銘躍唯重弟子
王琳答
庫部郎中何炯答
炯和南辱所賜書并垂示答臣下審神滅論
竊聞神其如在求前王而未測住常住其不
移徙伏膺而曉鑽仰淵秘渙爾氷開故知紛
綸聖跡不由一道參差動應本自因時令澆
流已息無明將啓物有其機教唯斯發篤孝

治之義明覺者之旨預有靈識誰不知慶豈
炎昊所得爭衡非軒唐所能競爽巍巍至德
莫或可名昭然大道於斯爲極何炯和南
豫章王主簿王筠答
筠和南辱告垂示上答臣下審神滅論竊聞
僾然有見禮典之格言今則不滅法教之弘
旨但妙相虛玄神功凝靜自非體道者豈能
默領其宗不有知機者無由冥應其會聖主
迹同萬機心遊七淨哀愍羣生嫗煦庶物滌
彼蓋纏勗以解慧祛其蒙惑濟之仁壽信大
哉爲君善於智度者也弟子世奉法言家傳
道訓而學淺行踈封累猶軫既得飡稟聖教
預聞弘誘一音得解萬善可偕抃躍之情無
以譬說弟子王筠和南
倉部郎中孫挹答

辱告惠示勑答臣下審神滅論伏奉欣仰喜
不自支夫江海淵曠非井蛙所達泊然入定
豈外道能干故一毛不動則衆邪退散舟航
旣濟而彼岸斯登聖后體蘊二儀德兼三代
撫靈機而總極秉上智以調民發號施令則
風行草偃臨朝尊默而化動如神隆五帝以
比蹤超萬劫其方永猶復震金聲於指掌降
妙思以發蒙理旣仰而方深趣彌鑽而踰遠
均寶珠於無價齊蓮華之不塵孝敬被乎羣
黎訓範侔於先聖蚑行喘息同識斯懽翾飛
蠕動共陶玆慶班告末臨用深榮荷謹頂受
書紳永啓庸惑弟子孫挹和南

丹陽丞蕭眕素答

辱告幷伏見勑答臣下審神滅論性與天道
稱謂理絶曠劫多幸猥班妙訓接足頂受懽
敬載懷竊謂神道寂寞法海難邊是以智積
麻葦而未測識了色塵而猶昧豈其庸末所
能激仰然自慧雲東漸寶舟南濟歲序緜長
法音流遠明君良宰雖世能宗服至於躬挹
玄源親體妙極者竟未聞焉是使兩諦八解
獨闕皇言九部三藏偏蕪國學嗚呼可爲歎
息者也竊尋神滅之起則人出樓伽經名衛
世雖義屈提婆而餘俗未弭故使羣疑異學
習以成見若不禀於先覺實終累於後生聖
上道濟天下機洞無方虎觀與龍官幷閱至
德與實相齊導故能符俗教而諦真道即孝
享以弘覺性照此困蒙拔玆疑綱雖復牟尼
之柔軟巧說孔文之博約善誘曷以喻斯巍
巍乎十善已行金輪何遠法師禀空慧於曠
生習多聞於此運法輪轉而八部雲會徵言

發而天人攝受故能播戒香於鳳闈藻覺華於宸側信矣哉能以佛道聲令一切聞者也弟子無記釋藏不逮孔門雖願朝聞終慙夕薄庶緣無盡之法兼利人我耳疾塞甫爾心慮惽悸謹力裁白不識詮次傾遲諮展親承至教也弟子蕭昤素頓首和南

中書郎伏暅答

猥垂班示至尊所答臣下審神滅論伏奉淵旨頓祛羣疑天情獨照妙鑒懸覽故非凡愚所可鑽仰然常師管見亦竊懷往求今復稟承教義遠尋經旨重規疊矩信若符契法師宣揚啟理弘讚聖言方使二教同歸真俗一致預得餐沐誨誘陶染至化抃擊下風實兼舞蹈遲比諮覿乃盡襟誠臨白欣佩不知裁述伏暅呈

五經博士賀瑒答

辱告垂示勑答臣下審神滅論鑽仰反復誦味循環故知妙蘊機初事隔凡識神凝繫表義絕庸情皇上睿覽通幽性與天道所以機見英遠獨悟超深述三聖以導未曉標二事以洗偏惑故係孝之旨愈明因果之宗彌暢崛山粹典即此重彰洙水清教於茲再朗譬諸日月無得踰焉弟子雖冥煩多蔽謬奉格言研求妙趣猶知蹈舞法師宣揚至道光闡大猷猥惠未及益增銘荷弟子賀瑒呈

太子中舍劉洽答

辱告奉覿勑旨所答臣下審神滅論伏披素札仰瞻玄談文貫韶夏義測爻繫囊括典經牢籠述作弘彼正教垂之方簡希夷卓爾難得而聞斟酌賢聖剖破毫髮兼通內外之塗

語過天人之際矣自非體茲至德思與神會豈能深明要道入知企及謹書諸紳永以爲佩泠乎既入照若發蒙比故修詣共伸講復也弟子劉洽頓首呈

五經博士嚴植之答

辱告伏見勑旨答臣下審神滅論夫形分涉麤或微隱難悟況識理精審豈庸見能曉所以斷常交鶩一異競奔若中道居懷則欲流可反二邊滯意彼岸長乖神滅之論斯障實重仰賴聖主棟梁至教明詔爰發朗若披雲非直冥符訓典俯弘孝義蓋妙達生源幽窮行本使執禮之性踐霜露而彌篤研神之識仰禪悅而增心皆當習忍慧途翫流惑海弟子早標素心未知津濟伏讀懽欣充遍身識猥惠存勗荷眷唯深嚴植之呈

東宮舍人曹思文答

辱送勑書弟子適近亦親奉此旨范中書遂迷滯若斯良爲可慨聖上深懼黔黎致惑故垂折衷之詔此旨一行雖復愚暗之識了知神不滅矣弟子近聊就周孔以爲難今附相簡願惠爲一覽之折其詭經不尋故東展此不多白弟子曹思文和南

秘書丞謝舉答

辱告惠示勑答臣下審神滅論竊聞語曰萬物紛紜則懸諸天象立言淆舛則折乎聖理昭昭自古事蔚在茲伏尋叡訓垂文義深陶鑄稱象匪臻希微孰識綸幽至極盡性窮神愍斯六蔽哀此四執黜小言之亂道拯經行於夷路旨肆而隱義宛而彰博約載弘廣大悉備一音半偈顯茲悟拔慧日止水蕩此塵

迷俾宗與有歸教思假在異端自杜誣善知
息凝繫表於繩初導禪流於苦海豈伊含孕
三藏冠冕七籍而已哉弟子幸邀至運側承
格誘沐泳歡擊奉以書紳謝舉和南

司農卿馬元和答

辱告頒示勅旨垂答臣下審神滅論竊聞標
機之旨非凡所窺符神之契唯仁是極故衆
教徘徊理詣於惇善羣經委曲事盡於開濟
伏惟至尊先天製物體道裁化理絶言初思
包象外攻塞異端闡道歸一萬有知宗人天
仰式信滄海之舟梁玄霄之日月也神滅之
論宜所未安何者前聖摛教抑引不同括而
言之理實無二易云積善之家必有餘慶積
不善之家必有餘殃孝經云生則親安之祭
則鬼享之雖未顯論三世其旨已著薪盡火
滅小乘權教妙有湛然究竟通說因情即理
理實可依且慎終追遠民德歸厚禮有國有
家歷代由之三才之寶不同降清神滅之爲
論妨政寔多非聖人者無法非孝悌者無親
二者俱違難以行於聖世矣弟子庸乏懵於
至道濫蒙頒訪所據凡淺荷惕之誠追以無
厝弟子馬元和和南

公論郎王靖答

垂示聖旨答臣下審神滅論伏惟至尊垂拱
巖廊遊心萬古居無棄日道勝唯機爰訪羣
下恢弘孝義睿藻淵玄理深樞極自非聰明
徇齊之君就日望雲之主豈有剖判冥寂明
章雅論闡大聖於須臾定俗疑於俄頃非唯
理測宸衷亦乃義切臣子含和飲憓之邦衣
裳道素之域莫不傾首仁澤沐浴唐風弟子

江淮孤生不學無術雖復從師北面一經不明縱憶舊文豈伊髣髴五經紛綸事類弘博神明之旨其義多端至如金石絲竹之響公旦代武之說寧非聖旨且祭義而談尤爲顯據若論無神亦可無聖許其有聖便應有神理且炳然豈容寂絶弟子所見庸淺無以宣揚至澤旣涉訪逮輒率所懷弟子王靖和南

太子中舍陸倕散騎侍郎陸任答

辱告惠示至尊所答臣下審神滅論昔者異學爭途孟子抗周公之法小乘亂道龍樹陳釋迦之教於是楊墨之黨舌舉口張六師之徒轍亂旗靡言神滅者可謂學僻而堅南路求燕北轅首楚以斯適道千里而遥聖上愍其迷途爰奮天藻鉤深致遠盡化知神俾此因蒙均斯氷釋陳玆要道同彼月照弟子並以凡薄沾竊恩紀纓冕則天之朝滄捉稽古之論贊幸之誠獨知踊躍猥頒告逮謹用書紳陸倕呈

領軍司馬王僧恕答

辱告惠示勑旨答臣下審神滅論甚哉理之大也斯寧寸管之所見言性之可聞而隨類儻遇怡然蒙釋奉戴周旋以次以誦法師德邁當今聲標萬古知十之談每會起予之寄必酬想闡弘聖旨煥然雲消耶弟子學懃聚螢識非通見何能仰贊洪輝宣猷妙範者歟但論者執一惑之情循一往之轍固不可以語大方焉知致遠恐必泥哉夫幽明之理皎然不差因果相起義無獨立形滅自可以草木爲籌神明常隨緣而在所以左氏有彭生豕見尚書則祖考來格禮云若樂九變人鬼

可得禮矣結草之報豈其逐滅元規所夢何得無神神明不滅著之金口丘尼所説彌有多據若文雖五千詩乃三百得其理者自可一言而以蔽故不復煩求廣證夫三聖雖有明教百家常置弘理而尚使狂簡斐然成章攻乎屢作今皇明體照幽寂識周内外以前聖之久遠感異端之妄與霈然爰發乃垂眷翰使闡提一悟遂獲果通閻浮執惑豁然洗滯況復搢紳之士爲益因其弘哉弟子滄道無紀法師許其一簣遂能班逮神藻使得預沐清風頂戴懽舞無以自譬戢銘兼深彌其多矣弟子王僧恕頓首和南

五經博士明山賓答

辱告惠示勅旨答臣下審神滅論源深趣遠豈鹿兔所測隨類得解或亦各欣其所見奉以周旋不勝舞躍法師學冠一時道叶千載起予之寄允在明德想弘宣妙旨無復遺蘊耶弟子業謝專經智非通識豈能仰述淵猷讃揚風教論者限以視聽豈達曠遠自覩百年心惑三世謂形魄既亡神魂俱滅斯則既違釋典復乖孔教矣焉可與言至道語妙理者哉夫明則有禮樂幽則有鬼神是以孔宣垂範以知死酬問周文立教以多才代終詩稱三后在天書云祖考來格且濠上英華著方生之論柱下叡哲稱其鬼不神爲薪而火傳交臂而生謝此皆陳之載籍彰彰其明者也夫緣假故有滅業造故無常是以五陰合成終同煙盡四微虛構會均火滅竊謂神明之道非業非緣非業非緣故雖遷不滅能緣能業故苦樂殊報此能仁之妙唱搢紳之所

仰也雖教有殊途理還一致令棄周孔之正文背釋氏之真説未知以此將欲何歸正法住世尚有斷常之説況像法末流而無異端之論有神不滅乃三聖同風雖典籍著明多歷年所通儒碩學並未能值皇上智周空有照極神源爰發聖衷親染神翰弘奬至教啓悟重昏令夫學者永祛疑惑眷逮不遺使得預餐風訓沐浴頂戴良兼欣戢明山賓和南

通直郎庾黔婁答

孝經云生則親安之祭則鬼饗之樂記云明則有禮樂幽則有鬼神詩云肅雍和鳴先祖是聽周官宗伯職云樂九變人鬼可得而禮祭義云入戶愾然必有聞乎其嘆息之聲尚書云若示三王有太子之責左傳云鯀神化爲黄能伯有爲妖彭生豕見

右七條弟子生此百年早聞三世驗以衆經求諸故實神鬼之證既布中國之書菩提之果又表西方之學聖教相符性靈無泯致言或異其揆唯一但以聖人之化因物通感抑引從急與奪隨機非會不言言必成務非時不感感唯濟物而參差業報取捨之塗遂分往還緣集論悟之情相舛狎其小識晦玆大旨滯親聞見莫辯幽微此榆枋所以笑九萬赤縣所以駭大千故其宜也若斯之倫遂復構穿鑿篤危辯鼓僞言煽非學是謂異端故宣尼之所害也我皇繼三五而臨萬機紹七百以御六辯勳格無稱道還淳粹經天緯地之德左日右月之明皇王之所未曉羣聖之所不備億兆之所宜通將來之所必至莫不咨其玄波而違其幽致者也伏覽神論該冠

真俗三才載朗九服移心跂行蠢蠕猶知舞蹈況在生靈誰不撫節弟子少鈌下帷尤蔽名理既符夙志竊深踊躍至如百家恢怪所述良多捜神靈鬼顯驗非一且般若之書本明斯義既魔從所排輒無兼引自非格言孰能取正略説七條皆承經典譬猶秋毫之憑五嶽觸氏之附六軍敢瀝微塵秖增悚忏弟子庾黔婁和南

太子家令殷鈞答

近辱告惠示主上所答臣下審神滅論性與天道誠不得聞徒觀二諦兼通三聖俱闡片言折妙半字合靈辭存五禮之中旨該六合之外譬河海之紀地猶日月之麗天伏讀歡愉魂影相慶何者弟子夙陶玄化及長不虧常恐識業未弘中塗迴枉或端然靜念心翔翔而靡薄或吐言設論時見屈於辯聰夫大道甚夷而黎元好徑咸用此也今猥奉神旨昭若發蒙且服且誦永爲身寶數日來公私牽挽還輒頓臥未即白答銜眷彌深殷鈞和南

秘書郎張緬答

尋三世昞然二果昭著安可惑六塵而不曉迷五塗而長沒以爲形謝神滅骸亡識朽此外道之邪見豈可御瞿曇之正法所謂輕陳一旅敵堂堂之鋒輒馳駑駘與騏驥而並行恐長劫有盡領蝨方至一身死壞復受一身精神無異人畜隨緣涅槃明文瑞應高説主上聖照幽深鏡察潭遠譬兩祭而知不滅裔妄作於背親義隨入引而幷入言比性道而難聞弟子少遊弱水受戒樊鄧師白馬寺期

法師屢爲設生死之深趣亟說精神之妙言爾來歸心絶此疑想復覩斯判益破魔徒非但聞覿於今方欲結緣於後徒知歸信闇比求名猥惠沾示深承眷篤弟子張緬和南

五經博士陸璉答

璉白逮告垂示勅答臣下審神滅論伏讀天旨照鏡蹇蒙弟子門宗三寶少奉道訓雖誠歸至教職暗玄津謹尋內外羣聖開引殊文如來說三乘以標一致言二諦以悟滯方先王詮五禮以通愛敬宣六樂以道性靈或顯三世以徵因果或明誠感以驗應實豈可頓排神源永絶緣識者哉若則善惡之報虛陳祭敬之設爲妄求之情理其可安乎而昧惑之徒尚多偏執是以聖明玄覽遊神妙門動言出理皎若朝暉發文顯證朗如宵燭頓足開建愚昏愜信凡鄙者也伏習詔旨綜檢心源謹裁還白不宣抃舞弟子陸璉呈

楊州別駕張翻答

辱告伏見勅答臣下審神滅論盛旨窮機徹言合道生知出六儒之首自然該十聖之外至如感果之規理照三世孝饗之範義貫百王妙會與春冰等釋至趣若秋旻共朗足使調闡變情桀跖移志反澆風於遂古振淳波乎方冊英聲茂實舉不可尚法師精理之秀擅高日下俱沐聖化獨遊神明深鑒道蘊洞識宗塗弟子昔聞師說悟太傅之旨今偶昌時奉不滅之訓信以照拓希蒙紓洗塵蓋足蹈手舞言象豈能勝張翻和南

太子左率王珍國答

辱告伏見勅答臣下神滅論神之不滅經典

明文即心語事皎然在理論有神滅實所駭
歎天照淵凝妙旨周博折彼異端弘茲教範
信可以朗悟冥塗棟梁千載矣伏覽懽戴竊
深罔極比故詣展違獲咨伸王珍國呈
領軍將軍曹景宗答
枉告所宣答神滅勑理周萬古旨包三世六
趣長迷於此永悟五道恒疑曉若發蒙自非
鑒窮八解照侔十號排罔逸俗安得如此奉
佩書紳敢違寢食法師識踰有境學詣無生
揄揚之善煥如東里披翫周環用忘所疾曹
景宗白
光祿勳顏繕答
猥枉明誥頒述勑旨審神不滅以答臣下理
據昞然表裏該妙所以慧現獨宣舟梁含氣
夫目所不覩惟屏爲隔耳所不聞遐邇致擁
不得以不聞不見便謂無聲無物今欲詰內
教當仗外書外書不殊內教茲現書云魂氣
無所不之佛經又曰而神不滅既內外符同
神在之事無所多疑疑其滅者即蜉蝣不知
晦朔蟪蛄之非春秋寧識大椿之永久日月
之無窮主上聖明超古徹妙通神三世之旨
有證孝饗之理斯光蒼生管見已晦而復曉
晚俗淪冥既迷而更悟弟子宿植逢幸預從
飡道投心慈氏歸敬誠深唯舜來緣可期載
懷凫藻而已弟子顏繕呈
五經博士沈宏答
弟子宏稽首和南辱告伏覽勑答臣下審神
滅論夫唯幾難曉用晦易昏自非凝神斯鑒
探賾斯朗豈能拯重霧於有惑豈能運獨見
於無明竊惟大聖御宇上德表物垂法雲以

湛潤開慧日而增暉遠比溟海近譬井榦㝢
今遂古孰能識乎此焉至如經喻雀飛瓶在
火滅字存禮云非類弗歆祭乃降祉且蔓蘭
以授鄭穆結草以抗杜回凡此羣列不可悉
紀又五道遆往六度同歸皆神之顯驗不㓕
之幽旨但郄克躧足豈從邯鄲比蹤盧敖捷
至寧與若士齊跡今仰隆天璪俯逮闡提所
謂若披重霧以攀合璧出幽夜而睹燭龍短
綆爰汲望瀾覘海實歡喜頂戴若無價寶珠
沈宏稽首和南

建康平司馬褧答

辱告惠示勑難滅性論竊以慈波洪被道冠
衆靈智照淵凝理絕羣古七禪八慧之辯三
空四諦之微故以煥乎載籍炳於通誥也所
以優陁云喻如百首齊音同讚妙覺尚不能
言萬分之一矣夫業生則報起因往則果來
雖義微而事著亦理幽而證顯自近可以知
遠尋邇可以探遐譬如日月懸天無假離朱
之目鳴鍾在耳不勞子期之聽而議者自昏
迷途難曉苟徇所懷坐顛坑穽伏覽皇上令
旨理妙辭縟致極鉤深究至寂而更闡啓幽
途以還晰雖復列聖齊鑣羣經聯輿靈山金
口禪氷王舌終不能捨此以求通違茲而得
正信哉濊江漢之波塵滓以滌導德齊禮還
風反化法俗兼通於是乎在付此言展方畫
述讚弟子司馬褧呈

左丞丘仲孚答

伏覽勑旨答臣下審神滅論聖照淵深句括
真俗理超繫表義貫羣識鑽奉神猷伏深舞
蹈惠示戢存眷丘仲孚白

弘明集卷第十

音釋

痏 烏賄切 瘡痏
鼃 烏瓜切 水蟲
邈 末各切 遠也
皦 吉了切 明也
緄 古本切 人名
彝 余支切 常也
洗馬 洗蘇典切 洗馬官名
戢 側入
滮 皮留切 水流貌
翾 呼淵切 小飛也
畛 章忍切
弭 莫禮切 止息也
晅 許晚古鄧二切
鑣 甲遥切 馬銜外鐵也
踳 音惷
覼 落戈切 同覶

弘明集卷第十一

梁　釋　僧　祐　撰

何令尚之答宋文皇帝讃揚佛教事

高明二法師答李交州淼難佛不見形書　并李書

司徒文宣王書與孔中丞稚珪釋疑惑并

牋答

恒摽二公答姚主勸罷道書　并書

僧䂨僧遷鳩摩答姚主奏　并書

遠法師答桓玄勸罷道書　并書

釋僧巖答劉青州勸還俗書　并劉答往復六首

何令尚之答宋文皇帝讃揚佛教事

元嘉十二年五月乙酉有司奏丹陽尹蕭摹之上言稱佛化被于中國已歷四代塔寺形像所在千計進可以擊心退足以招勸而自頃世已來情敬浮末不以精誠爲至更以奢競爲重舊宇頹圮曾莫之修而各造新構以相誇尚甲地顯宅於茲殆盡材竹銅綵糜損無極違中越制宜加檢裁不爲之防流遁未已請自今已後有欲鑄銅像者悉詣臺自聞與造塔寺精舍皆先詣所在二千石通發本末依事列言本州必須報許然後就功其有輙鑄銅制輙造寺舍者皆以不承用詔書律論銅宅材瓦悉沒入官奏可是時有沙門慧琳假服僧次而毀其法著白黑論衡陽太守何承天與琳比狎雅相擊揚著達性論並拘滯一方詆呵釋教永嘉太守顏延之太子中舍人宗炳信法者也檢駮二論各萬餘言琳等始亦往還未底績乃止炳因著明佛論以廣其宗帝善之謂侍中何尚之曰吾少不讀

經比復無暇三世因果未辨致懷而復不敢立異者正以前達及卿輩時秀率皆敬信故也范泰謝靈運每云六經典文本在濟俗為治耳必求性靈眞奧豈得不以佛經為指南耶顏延年之折達性宗少文之難白黑論明佛法汪汪尤為名理並足開奬人意若使率土之賓皆純此化則吾坐致太平夫復何事近蕭摹之請制未全經通即已相示委卿增損必有以式遏浮淫無傷弘奬者乃當著令耳尚之對曰悠悠之徒多不信法以臣庸蔽獨秉愚勤懼以闕薄貽點大教今乃更荷褒拂非所敢當至如前代羣賢則不負明詔矣中朝已遠難復盡知渡江已來則王導周顗宰輔之冠蓋王濛謝尚人倫之羽儀郄超王坦王恭王謐或號絶倫或稱獨步韶氣貞情又為物表郭文謝敷戴逵等皆置心天人之際抗身煙霞之間亡高祖兄弟以清識軌世王元琳昆季以才華冠朝其餘范汪孫綽張玄殷覬略數十人靡非時俊又炳論所列諸沙門等帛曇邃者其下輩也所與比對則庾元規自邃已上護蘭諸公皆將亞迹黄中或不測人也近世道俗較談便爾若當備舉夷夏爰逮漢魏奇才異德胡可勝言寧當空天性靈坐棄天屬淪惑於幻妄之說自陷於無徵之化哉陛下思洞機表慮玄象外鉤深致遠無容近取於斯自臣等已降若能謹推此例則清信之士無乏於時所謂人能弘道豈虛言哉慧遠法師嘗云釋氏之化無所不可適道固自教源濟俗亦為要務世主若能剪其訛偽奬其驗實與皇之政並行四海幽顯

恊力共敦黎庶何成康文景獨可奇哉使周漢之初復兼此化頌作刑清倍當速耳竊謂此說有契理與何者百家之鄉十人持五戒則十人淳謹矣千室之邑百人修十善則百人和厚矣傳此風訓以遍寓內編戶千萬則仁人百萬矣此舉戒善之全具者耳若持一戒一善悉計為數者抑將十有二三矣夫能行一善則去一惡一惡既去則息一刑一刑息於家則萬刑息於國四百之獄何足難錯雅頌之興理宜倍速即陛下所謂坐致太平者也論理則其如此徵事則臣復言之前史稱西域之俗皆奉佛敬法故大國之衆數萬小國數百而終不相兼并內屬之後習俗頗弊猶甚淳弱罕行殺伐又五胡亂華已來生民塗炭寃橫死亡者不可勝數其中誤獲穌息必釋教是賴故佛圖澄入鄴而石虎殺戮減半澠池塔放光而苻健椎鋸用息蒙遜反噬無親虐如豺虎末節感悟遂成善人法逮道人力兼萬夫幾亂河渭面縛甘死以赴師範此非有他敬信故也夫神道助教有自來矣雷霆所擊暑雨恒事及展廟遇震而書爲隱慝桀紂之朝寃死者不可稱紀而周宣晋景獨以深刑受祟撿報應之數既有不符徵古今之例秖更增惑而經文載之以彰勸戒萬一影像猶云深切豈若佛教責言義則有可然可信之致考事實又無已乖已妄之咎且觀世大士所降近驗並即表身世衆目共覩祈求之家其事相繼所以爲勸戒所以爲深切豈當與彼同日而談乎而愚闇之徒苟遂毀黷忽重殉輕滯小迷大恚僧尼之絕胖

育嫉像塔之費朱紫此猶生民荷覆載之德日用而不論吏司苦徑瘞之勞有時而譏慢慧琳承天蓋亦然耳蕭摹啓制臣亦不謂全非但傷蠹道俗最在無行僧尼而情貌難分未可輕去金銅土木雖縻費滋深必福業所寄復難得頓絶臣比思爲斟酌進退難安今日親奉德音實用夷泰時吏部郎羊玄保在座進曰此談蓋天人之際豈臣所宜預竊恐秦楚論强兵之術孫吳盡吞并之計將無取於此耶帝曰此非戰國之具良如卿言尚之曰夫禮隱逸則戰士怠貴仁德則兵氣衰若以孫吳爲志苟在吞噬亦無取堯舜之道豈唯釋教而已帝悦曰釋門有卿亦猶孔氏之有季路所謂惡言不入於耳

高明二法師答李交州淼難佛不見形書并李書

夫道處清虛四大理常而有法門妙出羣域若稱其巧能利物度脱無量爲教何以不見眞形於世眞空詭而無實耶今正就尋西方根源伏願大和尚垂懷允納下心無惜神誥

弟子李淼和南

釋道高白奉垂問至聖顯晦之迹理味淵博辭義照洗敬覽反覆彌高德音使君垣墻崇邃得門自難輙罄愚管罔象玄珠夫如來應物凡有三焉一者見身放光動地二者正法如佛在世三者像教髣髴儀軌應今人情人情感像孰爲見哉故淨名經云善解法相知衆生根至於翅頭末城龍華三會人情感見孰爲隱哉故法華經云時我及衆僧俱出靈鷲山儴佉之宮孱然可期西方根

源何爲不覩而世之疑者多謂經語不符闇寄情少感以不覩生滯夫三皇五帝三代五覇姬旦孔丘刪詩制禮並聞史籍孰覩之哉釋氏震法鼓於鹿園夫子揚德音於鄹魯皆耳眼所不得俱信之於書契若不信彼不患疑此既能了彼何獨滯此使君聖思淵遠洞鑒三世願尋壽量未盡之教近取定光儒童之迹中推大通智勝之集以釋衆人之幽滯若披重霄於太陽貧道言淺辭拙語不宣心冀奉見之日當申之於論難耳謹白

李淼和南旋省雅論位序區別辭況沖美欣會良多所謂感化異時像正殊俗援外以映内徵文以驗實敬範來趣無所間然然夫受悟之由必因鑒觀闇寄生疑疑非悟本若書契所存異代齊解萬世之後可不待聖而師矣若乃聲迹並資言像相濟大義既乖儒墨競興豈徒正信不朗將亦謗誤增疊得不取證於示見印記以自固乎大聖以無礙之慧垂不請之慈何爲恪昭昭之明晦倍尋之器絶羣望於泥洹之後興罪垢於三會之先苟狗空陳其能悟乎儀像虛設其能信乎至於帝王姬孔訓止當世來生之事存而不論故其隱見廢興權實莫辨今如來軌業彌貫三世慈悲普潤不得以見在爲限羣迷求解不可以滅盡致窮是以化度不止於篇籍佛事備列於累萬問今之所謂佛事者其焉在乎若如雅況所信在此所驗在彼而聖不世出孔釋異塗即事而談間非矛盾矣其可相驗乎未能嘿廢聊復寓言幸更詳究遲覩清釋

釋道高白重奉深誨義華旨遠三讀九思方

服淵致故知至理非庸近能測微言奥辭非鄙訥所參今謹率常淺麤陳所懷夫萬善爲教其途不一有禪宴林藪有修德城傍或曲躬彈指或歌讚頌詠皆耳眼所共了爲者亦無量斯則受悟之津由闇寄之稱何必受悟於因鑒觀何必闇寄其則生疑疑亦悟本請當論之疑則求解解則能悟悟則入道非本如何雖儒墨之競興九流之是非乃爝火之不息非日月之不暉何急急於示見而促促於同歸哉今不同季俗無證驗以微誠亦不謬大聖裕昭昭之光明而世之疑者据以不覩形遂長迷於大夢橫沉淪而溺生死先儒往哲粗有舊答既途無異轍輒述而不作夫己身投誠必感則俱見不感不見其有見者以告不見其不見者會不信見聖人何嘗不在羣生何嘗不見哉聞法音而稱善芻狗非謂空陳覩形像而曲躬靈儀豈爲虛設姬孔救頹俗而不贍何暇示物以將來若丘旦生遇於結繩則明三世而不已問今佛事其焉在乎低首合掌莫非佛事但令深悟有方殊途同歸耳前疏所引彼此疑信者正爲世人不見便謂無佛故取不見周孔爲其繩准耳此乃垂拱而相隨豈矛盾之謂哉使君生知無假素氣天然居大寶之地運頡脫之思流浪義苑涉步書園吐握餘暇優遊永日德音既宣莫不側聽貧道學業麤淺彌慙簡札上酬謬略懼塵盛藻追增悚愧流汗霡霂謹白

李淼和南雅論明受悟之津爰自疑得闇寄有餘無取鑒觀鞠躬讚誦咸足届道覽復往況彌覩淵賾然所謂像法乖正求悟理麤借

筌會旨無假示見此固姬孔所以垂訓輝光所以不表取之世典綽焉足矣放光動地徒何爲乎若正信不止於俯仰而佛事備舉於形聲大覺所由妙其色涉求之所基始故知信者必以儒墨致疑學者將由無證自悔吝明無咎於三五潜景道德從於十號矣豈不然乎又所謂姬孔務拯頹季無暇來生設在結繩三世自明亦又不然七經所陳義兼未來釋典敷載事止緣報故易云積善餘慶積惡餘殃經云無我無造無受者善惡之業亦不亡此則緣教常緩兼訓已弘豈謂所務在此所闕在彼哉來論雖美故自循環之說耳望復擢新演異以洗古今之滯使夷路坦然積礙大通也深願大和尚垂納亮欵弟子李淼謹呈

釋法明白巨論爰降敬覽移日馥若幽蘭清若惠風貧道器非霜穎運非庖生動乖理間獨躓疑駭良由辭訥旨滯劇難星陳愚謂貳暗寄奇鑒觀示見鞠躬歌讃感動靈變並趣道之津梁清升之嘉會故宜寄觀雙舉疑驗兩行豈得罷絶示見頓滯神彩齊軌姬孔同範世訓放光動地徒爲空言夫法身凝寂妙色湛然故能隱顯順時行藏莫測顯則乘如而來隱則善逝而去即言求旨何從於十號哉餘暉所映足光季俗信者豈以螢燭增疑正向旦日白黑比肩塔像經書彌滿世界學者豈以無證自悔又引七經義兼未來積善餘慶積惡餘殃雖新新生滅交臂代謝善惡之業不得不受此乃過明三世愈亮七經徵翰檢實則聞命矣前論云帝王姬孔訓止當

世來生之事存而不論故其隱見廢興權實莫辨似若矛盾義將安寄當仁不讓伏聽淵賾前蹤粗述至聖況浮而義据未照詞況未泯謹更詳究共弘至道夫羣生長寢於三有衆識永惛於六塵潛移爲吞噬之主相續爲迴轉之輪形充逆旅之館神當過憩之賓往來三惡而苦楚經離八難而酸辛欣樂暫娛憂畏永動一身死壞復受一身雖世智辯聰羣書滿腹百家洞了九流必達知死生有命富貴在天鬼神莫之要聖哲弗能預未免謬見以翳情疑似以千慮寄懷於巫精投誠於符呪執邪以望正存僞以待真遲迴於兩心躊躇於二逕放光動地其可見乎所以玄籍流布列筌待機機動必感感而後應者也自有棲志玄宅下操幽淵明一生若朝露辯三

世之弗虛縱戀於清真之術斂控於濁僞之衢植德耘邪而奮蔚樹福灌正而扶疏苦節競辰於寸陰潔己爭逝於桑榆懷誠抱向感而遂通豈不親映光彩而覩其靈變哉若耳眼所不自了或通夢之所見如漢明因夢以感聖大法於是而來遊帝主傾誠以歸德英豪歛衽以服化沙門齊肩於王公僧尼直躬於天子九十六種孰爲高哉宋武皇帝始登帝位夢一道人提鉢就乞因而言曰君於前世施維衞佛一鉢之飯今居斯位遣問嚴公徵其虛實嚴公即送七佛經呈聞吳主孫權初疑佛法有靈驗當停罷省遂獲舍利光明照宮金鐵不能碎爐冶不能融今見帝京建初寺是吳郡有石佛浮身海水道士巫師人從百數符章鼓舞一不能動黑衣五六朱張

數四薄爾奉接遂相勝舉即今見在吳郡北寺惇誠至到者莫不有感朱張連世奉佛由覩驗致郭文舉祇崇三寶正信堅明手探虎鯁深識安危蘭公拂嚴雪於猛獸護公感枯泉而洪流並高行逸羣清身邁俗皆有異迹世咸記焉自兹以外不可勝論貧道少情學業迄于白首孤陋寡聞彰於已誠直言朴辭未必可採懼不允當伏追慙悚謹白

荊州宗居士造明佛論稱伯益述山海申毒之國偎人而愛人郭朴注申毒即天竺浮屠所興（浮屠者那圖也）劉向列仙叙七十四人在佛學者之管闚於斯又非漢明帝而始也道人澄公仁聖於石勒虎之世謂虎曰臨菑城中有古阿余王寺處猶有形像承露盤在深林巨樹之下入地三十餘丈虎使者依圖掘求皆如言得（阿余王者阿育王也）姚略叔父爲晉王於河東蒲坂故老所謂阿育王寺處見有光明鑿求得佛骨於石函銀匣之中光曜殊常隨路迎覩於灞上比丘今見新寺由此觀之有佛事於齊晉之地久矣所以不說於三傳者亦猶于寶孫盛之史無語稱佛妙化實彰有晉而盛於江左也

文宣王書與中丞孔稚珪釋疑惑（并牋答）

覽君書具一二每患浮言之妨正道激烈之傷純和亦已久矣孟子有云君王無好智君王無好勇勇智之過生乎患禍所導正當仁義爲本今因修釋訓始見斯行之所發誓念履行欲卑高同其美且取解脫之喻不得不小失存其大至於形外之間自不足及言眞俗之教其致一耳取之者未達故橫起異同

君云積業栖信便是言行相舛豈有奉親一毀一敬而云大孝末之前聞夫人仁之行非殘害加其美廉潔之操不藉貪竊成其德如此則三歸五戒豈得一念而可捨十善八正寧嘗想之可遺未見輕其本而能重其末所謂本既傾矣而後枝葉從之今云二途雖異何得相順此言故是見其淺近之談耳君非不覩經律所辯何爲偏志一方埋沒通路夫士未嘗離俗施訓即世之教可以知之若云斯法空成詭妄更增疑惑應當毀滅就即因而言閨門孝悌者連鄉接黨竟有幾人今可得以無其多緒諸訓誥經史箴誡悉可焚之不君今遲疑於內教亦復與此何殊哉所以歸心勝法者本不以禮敬標其心兢仰祗崇者不以在我故忘物今之慇懃克已者政爲君輩之徒耳欲令相與去憍矜除慢傲節情慾制貪求修禮讓習謙恭奉仁義敦孝悌課之以博施廣之以泛愛賞之以英賢拔之以儁異復何慙於鬼神乎孜孜策勵良在於斯雖未能奉遵亦意不忘之今未有夜光之投而案劒已起欲相望於道德寧不多愧當由未見此情故常信期心耳在懷則不然每苦其不及司徒之府本五教是勸方共敦斯美行以率無慾使詭諂佞望門而自殄浮僞蕩逸踐庭而變迹等彼息心之館齊此無慾之臺不亦善乎一則仰順宸極普天之慈二則敬奉儲皇垂愛之善宵旦而警惕者正患此心無遂耳悠悠之語好自多端其云願善政言未知傷化之重儻令詭事以忠孝佞悅以仁義虛投以禮讓假枉以方直乃至一日克

已天下歸仁況能旬朔有餘所望過矣本自開心所納正若此矯不多如其此煩未廣故鄙薄深慨君正應規諫其乖開發未達云何言傷孝本語損義基於邑有懷非所望也若此事可棄則欣聞餘善又云未必勸人持戒當令善由下發必如此而弘教者放勛須四凶革而啓聖虞舜待商均賢而德明如斯而遂美其可望乎君之此意則應廣有所折便當詰堯以土階之儉嘉離宮之麗貶禹以茅茨之陋崇阿房之貴恥汲黯之正容榮祝鮀之媚色其餘節義貞信謙恭之德皆當改途而反面復何行之可修也凡聞於言必察其行覩於行必求於理若理不乖而行不越者請無造於異端眞殊途同歸未必孱然一貫頃亦多有與君此意同者今寄言此紙情不專一者屑心於疑妄國君普宣示之略言其懷無見髣髴翰迹易煩終不盡意比見君別更委悉也

夫人心之不同猶若其貌豈其容一而等其智乎鑒有待之參差足見情靈之乖舛矣一得其志者非言談之所盡一背其途者豈遊說之所翻見君雖復言面委盡而不及此處者良由彼我之見既異幸可各保其方差無須空構是非横起謗議耳栖心入信者前良不無此志今以勁善之爲樂故挫憍陵以待物君若以德越往賢聖逾前修智超群類位極人貴者自可逍遙世表以道化物高其懷無求自足而退於前良恐未能懸絶空秉兩途獨異勝法若悠悠相期本不及言意在不薄爲復示期懷耳比面別一二近聊有此釋

滯兩卷想於外已當見之今送相示若已覽者付反幸無勞形目脱未覩者爲可一歷意本不期他翻正是自釋疑滯耳君見之必當撫掌也蕭子良疏

孔稚珪書并答

稚珪啓民早奉明公提拂之仁深蒙大慈弘引之訓恩獎所驅性命必盡敢瀝肝髓乞照神襟民積世門業依奉李老以冲靜爲心以素退成行迹蹈萬善之淵神期至順之宅民仰攀先軌自絶秋塵而宗心所向猶未敢墜至於大覺明教般若正源民生平所崇初不違背常推之於至理理至則歸一置之於極宗宗極不容二自仰禀明公之訓憑接明公之風導之以正乘引之以通戒使民六滯頓祛五情方旭迴心頂禮合掌顒持民齊敬歸依早自淨信重律輕條素已半合所以未變衣鉢眷黄老者實以門業有本不忍一日頓棄心世有源不欲終朝悔遁既以二道大同本不敢惜心迴向實顧言稱先業豈不忍棄門志耳豈不思樂方廣勤志一乘況仰資明公齊禮道德加須奉誦明公清信至制淨住子序萬門朗奥億品宣玄言雖顯違心不覺醉更未測明公善誘之妙一至如此博約紛綸精暉照出欲罷尚其不能欲背何以免向而昔而前民固不敏而今而後斯語請事民之愚心正執門範情於釋老非敢異同始私追尋民門昔嘗明一同之義經以此訓張融融乃著通源之論其名少子少子所明會同道佛融之此悟出於民家民家既爾民復何礙始乃遲遲執迹今輒兼敬以心一不空棄

黄老一則歸依正覺不期一朝霍然大悟悟之所導擧自明公不勝踊躍之至謹啓事以聞復竊研道之異佛止在論極極未盡耳道之論極極在諸天佛乃鄙此不出三界斯則精麤遠近實有懸於大方矣然尋道家此教指設機權其猶仲尼外典極唯天地蓋起百姓所見二儀而已教本因心取會萬物用其所見順而尊之當其尊地俱窮妙物故老子之槖籥維摩之無我合德天地易家有太極所以因物之崇天仍崇之以極妙而至極終有地固淵于於天表老子亦云有物混成先天地生已是道在天外稍不以天爲道也何異佛家羅漢亦指極四果方至勝鬘自知有餘地道之崇天極猶佛有羅漢果佛竟不止於羅漢道亦於天不息甫信道之所道定與佛道通源矣民今心之所歸輙歸明公之一向道家戒善故與佛家同耳兩同之處民不苟捨道法道之所異輙婉輙入公大乘請於今日不敢復位異同矣服膺之至謹啓下誠伏願採其未悔亮其始位退自悔始自恭自懼謹啓

十一月二十九日州民御史中丞孔稚珪啓

得示具懷甚有欣然理本無二取捨多途評論云云常所慨也但在始通道則宜然斅而學者則未可君但廣尋諸經不患淪滯其迹也比面別一二蕭公答曰君此書甚佳宜廣示諸未達者

道恒道標二法師答僞秦主姚略勸罷道書

并姚主書

姚主書與恒標二公

卿等樂道體閑服膺法門皦然之操義誠在可嘉但朕臨四海治必須才方欲招肥遁於山林搜陸沉於屠肆況卿等周旋篤舊朕所知盡各挹幹時之能而潛獨善之地此豈朕求賢之至情卿等兼弘深趣耶昔人有言國有驥而不乘方惶惶而更索是之謂也今敕尚書令顯便奪卿等二乘之福心由卿清名之容室讚時益世豈不大哉苟心存道味寧係白黑望體此懷不以守節爲辭

奉去月二十八日詔敕尚書令奪道恒標等法服承命悲懼五情失守俯仰慙惶無地自厝恒等誠才質闇短染法未久所存既重眷慕亦深猥蒙優詔褒飾過美開喻誨勵言理備至但情之所安實懷罔已法服之下誓畢身命兼少習佛法不閑世事徒發非常之舉終無殊異之功雖有拔能之名而無益時之用未見機毫之補將有山岳之損竊爲陛下不取也光武尚能縱嚴陵之心魏文全管寧之操折至尊之高懷遂匹夫之微志在宥羣方靡不自盡況陛下以道御物兼弘三寶使四方義學之士萃於京師新異經典流乎遐邇大法之隆於茲爲盛方將闡揚洪化助明振暉嗣祇洹之遺響扇靈鷲之餘風建千載之軌模爲後生之津塗而恒等豈可獨屈於明時不得伸其志願伏願鑒其元元之情特垂曠蕩通物之理更賜明詔聽遂微心則銜恩九泉感德累劫不勝戰悚謹奏以聞

省所奏具意今所以相屈者時所須也不復相推本心以及於此煩慇懃廣自料理吾之情趣想卿等以體之在素不復煩言便可奉

承時命勉菩薩之蹤耳

道恒等近自陳寫冀悟聖鑒重奉明詔不蒙矜恕伏讀悲惶若無神守陛下仁弘覆載使物悅其性恒等少習法化愚情所樂誓以微命與法服俱盡而過恩垂及眷忘其陋勸弘菩薩兼濟之道然志力有限實所不堪非徒餘年苟自求免直愚懷所存私懷必守伏願鑒恕一往之誠不責偏執之咎特賜恩旨聽遂微心屢延明詔隨用悚息不勝元元之至謹重奏以聞

得重奏一二具之情事具如前詔但當開意以從時命無復煩於鄭重也

道恒等愚意所執具如前表精誠微薄不能感悟聖心累蒙還詔未蒙慈恕俯仰憂怖無復心情陛下道懷虛納養物無際願開天地之恩得遂一分之志愚守之誠畢命無辜分受違詔之愆甘引無恨屢紆聖聽追用悚息不任同極之情謹奏以聞

僧䂮僧遷鳩摩耆婆三法師答姚主書停恒標奏并姚主書

姚主與鳩摩羅耆婆書

別已數旬旋有思想漸暖比自何如小虜遠舉更無處分正有憒然耳頃萬事之殷須才以理之近詔道恒等令釋羅漢之服尋菩薩之跡想當盤桓耳然道無不在法師可勸進之苟廢其尋道之心亦何必須爾也致意遷上人別來何似不審䂮統復何如多事不能一二爲書恒等亦可煩諸上人勸其令造菩薩之行姚主與僧遷等書

省疏所引一二具之朕以謂獨善之美不如

兼濟之功自守之節未若拯物之大雖子陵頡頏於光武君平傲岸於蜀肆周黨辭禄於漢朝杜微稱聾於諸葛此皆偏尚耿介之士耳何足以關嘿語之要領高勝之趣哉今九有未乂黔黎荼蓼朕以寡德獨當其弊思得羣才共康至治法師等雖潛心法門亦毗世宣教縱不能導物化時勉人為治而遠美辭世之許由近高蔑髮於謝敷若九河横流人盡為魚法師等雖毗世宣教亦安施乎而道恒等伏膺法訓為日久矣然其才用足以成務故欲枉奪其志以輔暗政耳若福報有徵佛不虛言拯世急病之功濟時寧治之勳功福在此而不在彼可相誨諭時副所望

僧䂮僧遷法服法支鳩摩耆婆等求止恒標罷道奏蓋聞太上以道養民而物自是其須有德而天下治是以古之明王審違性之難御悟任物之易因故堯放許由於箕山陵讓放杖於魏國高祖縱四皓於終南叔度辭蒲輪於漢世者晉國戴逵被褐於剡縣謝敷羅髮於若耶蓋以適賢之性為得賢也故上有明君下有韋帶逸民之風垂訓於今矣今道標恒等德非圓達分在守節且少習玄化伏膺佛道一往之誠必志匪席至於敷演妙典研究幽微足以啓悟童稚助化功德使物識罪福則有濟苦之益苟佛不虛言標等有弘毗耶之訓矣竊聞近日猥蒙優詔使釋法服將擢翠翅於寒條之上曜扶渠於重氷之下斯誠陛下仁愛愷悌寬不世之恩然䂮等眷眷竊有愚心以陛下振道德之網以維六合恢九德之綱以羅四海使玄風扇千載之前

仁義陶萬世之後宇宙之外感純德以化寬
九域之内肆玄津以逍遥匹夫無溝壑之怨
嫠婦無停緯之歎此實所以垂化海内所以
仰賴愚謂恒標雖區區一分守所見爲小異
然故在羅網之内即是陛下道化之一臣昔
孛佐治十二年未聞釋奪法衣形服世議苟
於時有補袈裟之中亦有弘益何足復奪道
與俗違其適性昔巢由抗節堯許俱高四皓
匪降上下同矣斯乃古今之一揆百代之同
風且德非管仲不足華軒堂阜智非孔明豈
足三顧草廬願陛下放既往之恩從其微志
使上不過惠下不失分則皇唐之化於斯而
在箕潁之賓復見今日矣䂮等庸近獻愚直
言懼觸天威追用悚息僧䂮等言

廬山慧遠法師答桓玄勸罷道書并桓玄書

初桓玄書

夫至道緬邈佛理幽深豈是悠悠常徒所能
習求沙門去棄六親之情毀其形骸口絶滋
味被褐帶索山栖枕石永乖世務百代之中
庶或有一髣髴之間今世道士雖外毀儀容
而心過俗人所謂道俗之際可謂學步邯鄲
匍匐而歸先聖有言未知生焉知死而令一
生之中困苦形神方求冥冥黄泉下福皆是
管見未體大化迷而知反去道不遠可不三
思運不居人忽焉將老可復追哉聊贈至言
幸能納之

次遠法師答

大道淵玄其理幽深銜此高旨實如來談然
貪道出家便是方外之賓雖未踐古賢之德
取其一往之志削除飾好落名求實若使幽

寘有在故當不謝於俗人外似不盡內若斷金可謂見形不及道哀哉哀哉帶索枕石華而不實管見之人不足羨矣雖復養素山林與樹木何異夫道在方寸假練形爲眞卞和號慟於荊山患人不別故也昔聞其名今見其人故莊周悲慨人生天地之間如白駒之過隙以此而尋孰得久停豈可不爲將來作資言學步邯鄲者新無功失其本質故使邯人匍匐而歸百代之中有此一也豈混同以通之貧道已乖世務形權於流俗欲於其中化未化者雖復沐浴踞傲奈疑結何一世之榮劇若電光聚則致離何足貪哉淺見之徒其惑哉可謂下士聞道大而笑之眞可謂迷而不反也貧道形不出人才不應世是故毀其陋質被其割截之服理未能心冥玄化遠存大聖之制豈捨其本懷而酬高誨貧道年與時頹所患未痊乃復曲垂光慰感慶交至檀越信心幽當大法所寄豈有一傷毀其本也將非波旬試嬈之言辭拙寡聞力酬高命蓋是不遜之懷耳

僧巖法師辭青州刺史劉善明舉其秀才書并劉善明答之

貧道弱齡出家早違俗務遊心釋風志乖孔教雖復道場未即故亦洙訓緬矣方將委質餧獸庶超九劫之功分肌哺鴿情存乘雲之駁寧能垂翼中田反跡籠樊捨夫塗中之適嬰茲廟堂之累哉且夫官人以器位必須才未有叨越分之舉終能保其榮也今輙奉還板命願收過恩無令曹公重嘆王冊再慙補秀之召非所克堪釋僧巖呈

答僧巖道人

莊篇有弱喪之謬釋典有窮子之迷每讀其書爲之長慨敬慎髮膚揚名後史仰顯既重俯弘爲大遠尋聖言斯教爲最近取諸身實迷情理瞿曇見此亦當莫逆於心況君辨破秋毫識洞今古裂冠不疑拔本不悟幽冥相駭遐邇致驚昔呂尚抱竿於八十之年志釣由時未遇君沉淪未及冀能有美若人耳如其不爾豈不悲哉僕忝莅梓蕃庶在明叉觀貢帝庭必盡才懿故欲通所未通屈所未屈如來告紛紜有乖眞唱苟爲誕説豈所期耶昔王祥樵採沂側耳順始應州命公孫弘牧豕海上白首方充鄉舉終能致位元台朝夭變地道暢當年聲流萬載君意何如敬布腹心想更圖之劉君白答

僧巖重答

紆辱還誨優旨仍降徵莊援釋理據皎然徒欲伏義辨情未由也已雖高義出象微言入神鄙懷所執猶或可曉何者夫知人者哲自審者明忘分昧進良所未安昔成直應命終獲滅名之慙遵祖聘能卒招楊鵠之恥若遺我欲效彼追蹤王呂恐曝腮龍津點額衆矣盜所盜器與盜同罪舉失其才亦實主交鄙可不慎乎又禮云非指玉帛孝乎豈止保膚故割肌無識於前代斷髮有加於曩辰斯蓋斬手全軀所存者大夫何怪哉願貸愚執賜遂陋襟釋僧巖呈

劉君白重答

重獲來簡始見玄解皎然之悟可謂相視而笑矣君識鑒衆流智該理奧每撿感應之源

窮尋分石之説何常不向句破的洞盡義宗而苟自謙光乖其側席仍踵覆車無悔敗轍非知之難行之不易也夫去國三年見似家人者喜作客日久寧不悲心今誓捨重擔而安坐棄羇旅如還家對孔懷之好敦九族之美趙門欣欣爲樂已甚况復文明御運姬召恊政思賢讃道日仄忘餐以君之才弘君之德帶玉聲朝披錦振遠功濟世猷名揚身後與夫髡翦之辱鰥絶之苦豈可同年而語哉相與契闊久要頗練深志若隱展禽之賢恐招臧氏不忠之責故力疾題心重敷往白歳云暮矣時不相待君其勉之勿有噬臍之悔

劉君白答

僧嚴重書

比日之事爲可聊作一樂不謂恩旨綢繆苦音驟届勞誨之厚一至於斯伏讀未周媿汗交集然鄙志區區已備前款且巖之壯也猶後於人今既老矣豈能有爲夫以耄耋之年指麾成務此自蒼靈特授假首失功恊佐龍飛之英翼賛革命之主今欲以東畝之農夫西園之抒叟側景前光參蹤古列無異策駑足以均驊騮繫澤雉以雙鸞鶴斯之不倫寧俟深察昔子泰伏命撫節公孫豫報智伯漆身靡悔今日過賞德粹兩賢正恨年逼崦嵫命急濛汜吞炭倒戈永與顇隔臨紙惻愴罔識所陳幸收過眷不復翻覆釋僧巖呈

劉君白重答

君談天語地神情如鏡抽毫拼簡智思入淵而幼失理根蹭蹬皓髮惜君之才恒用歎息君雖心在雲上而形居坎下既與黄雀爲羣

恐没鸑鷟之美故率弓帛之禮屈應賔主之舉徽牘三枉陋札再訓苟自謙沖固辭年耄度君齒德方亭元吉未能俯志者正當遊翔擇木待掎桐竹實耳鄙命輕召曷足降哉敬揖清風肅從所尚本圖既乖裁還慙惘劉君白答

弘明集卷第十一

音釋

淼美小切　砉音罯　頹圯頹徒回切下墜也圯皮彼切毀也　覬几利切　邃徐醉切　洮他刀切水名　犍渠建切　祟雖遂切神禍鬼厲曰祟　黷徒谷切媟黷也　殉辭閏切從也　胖普半切夫婦胖合也　禋於眞切潔祀也　瘞於計切埋也　儴佉梵語也此云貝儴汝陽切佉丘迦切　孱士山切　鄹甾尤切孔子之鄉也　釁許覲切隙也　爝即約切火炬也　霢霂霢莫白切霂莫卜切霢霂霑濡也　賾鋤陌切深也　躓陟利切跲也　糈先呂切祭神米也　躊躇躊直由切躇直諸切躊躇猶豫也　薈烏外切薈蔚草木盛貌　鯁古杏切骨留咽中曰鯁　偎烏恢切愛也　菑側飢切臨菑郡名　瞥匹蔑切暫見也　絓胡卦切罥也　鮀大何切　瀝郎擊切滴瀝也　斆後教切教也　頡頏頡胡結切頏下浪切頡頏猶相亢無所卑屈也　黔巨鹽切　荼蓼荼同都切蓼力小切荼蓼謂辛苦也　䍦吕支切接䍦帽也　嫠吕支切寡婦也　抒直吕切挹也　濛氾濛莫公切氾祥里切濛氾日入處也　鸑鷟鸑五角切鷟仕角切鸑鷟鳥名

弘明集卷第十二

梁　釋　僧　祐　撰

余所撰弘明並集護法之論然援録書表者蓋事深故也尋沙門辭世爵禄弗縻漢魏以來歷經英聖皆致其禮莫求其拜而庾君專威安起異端桓氏疑陽繼其浮議若何公莫言則法相永沉遠上弗論則僧事頓盡望古追慨安可不編哉易之蠱爻不事王侯禮之儒行不臣天子在俗四民尚有不屈況棄俗從道焉責臣禮故不在於休明而類出於季運也至於恒標辭略遠公距玄雖全已非奇

然亦足敦厲法要日燭既寤俗之談即仙三
檄亦摧魔之説故兼載焉
習鑿齒與釋道安書
與寧三年四月五日鑿齒稽首和南承應真
履正明白内融慈訓兼照道俗齊蔭宗虚者
悟無常之旨存有者達外身之權清風藻於
中夏鸞響厲乎八冥玄味遠猷何榮如之弟
子聞天不終朝而雨六合者彌天之雲也弘
淵源以潤八極者四大之流也彼直無爲降
而萬物賴其澤此本無心行而高下蒙其潤
況哀世降步愍時而生資始繫於度物明道
存乎練俗乘不疾之輿以涉無遠之道命外
身之駕以應十方之求而可得玉潤於一山
氷結於一谷望閬風而不迴儀指此世而不
誨度者哉且夫自大教東流四百餘年矣雖
蕃王居士時有奉者而真丹宿訓先行上世
道運時遷俗未僉悟藻悦濤波下士而已唯
肅祖明皇帝實天降德始欽斯道手畫如來
之容口味三昧之旨戒行峻於巖隱玄祖暢
乎無生大塊既唱萬竅俱怒呼賢哲君子靡
不歸宗日月雖遠光景彌暉道業之隆莫盛
於今豈所謂月光道寂將生真土靈鉢東遷
忽驗于兹乎又聞三千得道俱見南陽明學
開士陶演真言上考聖達之誨下測道行之
驗深經普往非斯而誰懷道邁訓舍兹孰降
是以此方諸僧咸有傾想目欣金色之瑞耳
遲無上之箴老幼等願道俗同懷繫詠之情
非常言也若慶雲東徂摩尼迴曜一躡七寶
之座暫視明哲之燈雨甘露於豐草植栴檀
於江湄則如來之教復崇於今日玄波逸響

重蕩濯於一代矣不勝延豫裁書致心意之蘊積曷云能暢弟子襄陽習鑿齒稽首和南

庾闡樂賢堂頌序亦云肅祖明皇帝推好佛道手摹靈像

譙王書論孔釋并張新安答

佛教以罪福因果有若影響聖言明審令人寒心然自上古帝皇文武周孔典謨訓誥靡不周備未有述三世顯叙報應者也彼衆聖皆窮理盡性照曉物緣何得忍視陷溺莫肯援接曾無一言示其津逕且釣而不網弋不射宿博碩肥腯上帝是享以此觀之蓋所難了想二三子揚搉而陳使劃然有證祛其惑焉

張新安答仰復淵旨匪遁伊教俯惟未造鞠躬汎對竊以爲遂通資感涉悟藉緣誠微良因則河漢滋惑故待問擬乎撞鐘啓發俟於悱憤夫妙學窮理乃聖乃神光景燭八維頫仰觀九有然而運值百齡宵均萬劫者豈非嘉緣未構故業化莫孚哉是以聖靈輟軌斯文莫載靡得明徵理歸指斥宗致祇以微顯婉而成潛從冥遠之生導三世之源積善啓報應之轍網宿照仁蒐畋弘信既以漸漬習成吝滯日祛然後道暢皇漢之朝訓敷永平之祀物無韡發人斯草偃寔知放華猶昏文宣未旭非旨睽以異逋諒理均而俱躓者附會玄遠孰夷冒言謬犯不韙輕率狂簡

鄭道子與禪師書論踞食

夫聖人之訓修本祛末即心爲教因事成用未有反性違形而篤大化者也雖復形與俗乖事高世表至於拜敬之節揖讓之禮由申所至道俗不殊也故齋講肆業則備其法服

禮拜有序先後有倫敬心内充而形肅于外稽首至地不容企踞之禮斂衽十拜事非偏坐所預而以踞食爲心用遺儀爲斂麤事理相違未見其通者也夫有爲之教義各有之至若般舟苦形以存道道親而形跡行之有理用之有本踞食之教義無所弘進非苦形退貽慢易見形而不及道者失其恭肅之情而啓駭慢之言豈聖人因事爲教章甫不適越之義耶原其所起或出於殊方之性或於矯枉之中指有所救如病急則藥速非服御長久之法也夫形教相稱事義有倫既制其三服行其禮拜節以法鼓列以次序安得企踞其間整慢相背者哉在昔宜然則適事所至一日之用不可爲永年之訓理可知也故問仁者衆而復禮爲本今禪念化心而守跡不變在理既未於用又麤苟所未達敢不布懷鄭君頓首

范伯倫與王司徒諸人書論道人踞食

范泰敬白公卿諸賢今之沙門坐有二法昔之祇洹似當不然據今外國言語不同用捨亦異聖人隨俗制法因方弘教尚不變其言何必苦同其制但一國不宜有二一堂寧可不同而今各信偏見自是非彼不尋制作之意唯此雷同爲美鎮之無生遂至於此無虚於受人有同於必執不求魚兔之實競攻筌蹄之末此風不革難乎取道樹王六年以致正覺始明玄宗自敷高座皆結跏趺坐不偏踞也坐禪取定義不夷俟據之食美在乎食不求飽此皆一國偏法非天下通制亦由寒鄉無絺綌之禮日南絶旃裘之律不可見大

禹解裳之初便謂無復章甫請各兩捨以付折中君子范泰區區正望今集一食之同過此已往未之或知禮以和貴僧法尚同今升齋堂對聖像堂如神在像中四雙八輩義無云異自矜之情寧可試暫不我釋公往在襄陽偏法已來思而不變當有其旨是以投錫乘車義存同衆近禪師道場夭會亦方其坐豈非存大略小理不兼舉故耶方坐無時而偏踞有時自方以恒適異爲難嘗變取同爲易且主人降已敬賓有自來矣更諮義公了不見酬是以敬白同意以求厥中願惠咳嚏之餘以蔽怯弱之情

釋慧義答范伯倫書

祇洹寺釋慧義等五十人敬白諸檀越夫沙門之法正應謹守經律以信順爲本若欲違經反律師心自是此則大法之深患穢道之首也如來制戒有開有閉開則行之無疑閉則莫之敢犯戒防沙門不得身手觸近女人凡持戒之徒見所親漂溺深水視其死巳無敢救者於是世人謂沙門無慈此何道之有是以如來爲世譏嫌開此一戒有難聽救如來立戒是畫一之制正可謹守而行豈容以意專輙改作俗儒猶尚謹守夏五莫敢益其月者將欲深防穿鑿之徒杜絕好新樂異之客而況三達制戒豈敢妄有通塞范檀越欲令此衆改偏從方求不異之和雖貪和之爲美然和不以道則是求同非求和也祇洹自有衆已來至於法集未嘗不有方偏二衆既無經律爲證而忽欲改易佛法此非小事實未敢高同此寺受持僧祇律爲日已久且律

有明文説偏食法凡八議若無偏食之制則無二百五十矣云食不得置於床上所棄之食置於右足邊又云不得懸足累脛此豈非偏食之明證哉戒律是沙門之祕法自非國主不得預聞今諸檀越疑惑方偏欲生興廢貧道不得不攉其輕重略舉數條示其有本甘受宣戒之罪佛法通塞繼諸檀越通則共獲護法之功塞必相與有滅法之罪幸願三思令幽顯無恨

范伯倫答義公

答曰前論已包此通上人意强氣猛弗之尋耳戒以防非無非何戒故愚惑之夫其戒隨俗變律華夏本不偏企則聚骨交脛之律故可得而略手食之戒無用匙筋之文何重偏坐而輕手食律不得手近女人尋復許親溺可援是爲凡夫之疑果足以敗聖人之律益知二百五十非自然定法如此則固守不爲全得師心未足多怪夏五闕文固守不爲疑明愼所見苟了何得顧衆而動企之爲義意在宜進欲速則事不得行端坐則不安其居時有踞傲之夫故非禮法所許一堂兩制上人之同泯焉莫逆弟子之和孑然單獨何敢當五十大陣是用畏敵而黙庶乎上善之救

范伯倫與生觀二法師書

外國風俗還自不同提婆始來義觀之徒莫不沐浴鑽仰此蓋小乘法耳便謂理之所極謂無生方等之經皆是魔書提婆末後説經乃不登高座法顯後至泥洹始唱便謂常住之言衆理之最般若宗極皆出其下以此推之便是無主於内有聞輒變譬之於射後破

奪先則知外國之律非定法也偏坐之家無時而正高座説法亦復企踞外國食多用手戒無匙筯慧義之徒知而不跂至於偏坐永爲不慙同自爲矛盾其誰能解弟子意常謂與人同失賢於自代其是推心樂同非敢許以求直今之奉法白衣決不可作外國被服沙門何必苦守偏俗

范伯倫論踞食表

臣言陛下體達佛理將究其致遠心遐期研精入微但恨起予非昔對揚未易臣少信大法積習善性頗聞餘論髣髴玄宗往者侍坐過蒙眷誘意狠詞訥不能有所運通此之爲恨畢世無已臣近難慧義踞食蓋區區樂同之意不敢求長於人側餐下風已達天聽臣請此事自一國偏法非經通永制外國風俗不同言論亦異聖人不變其言何獨苦改其用言以宣意意達言忘儀以存敬敬立形廢是以聖人因事制誡隨俗變法達道乃可無律思夫其防彌繁用捨有時通塞惟理膠柱守株不以疎乎今之沙門匠之善誘道無長壹各信所見尠能虛受乃至競異於一堂之間不和於時雍之世臣竊恥之況於異臣者乎司徒弘達悟有理中不以臣言爲非令之令望信道未篤意無前定以兩順爲美不斷爲大侯此而制河可清矣慧嚴道生本自不企慧觀似悔始位伏度聖心已當有在今不望明詔孤發但令聖旨粗達宰相則下觀而化孰曰不允皇風方當遠暢文軌將就大同小異雖微漸不可長青青不伐將尋斧柯故宜自邇及遠令無思不服江左中興高座來

遊愛樂華夏不言此制釋公信道最篤不苦其節思而不改容有其旨羅什卓犖不羈不可測落髮而不偏踞如復可尋禪師初至詣闕求通欲以故牀入踞理不可開故不許其進後東安衆集果不偏食此即先朝舊事臣所親見者也謹啓

重表

臣言陛下近遊祇洹臣固請碑讃如憶髣髴有許法駕既遊臣輒仰刊碑上曰皇帝讃正此三字而已專輒之罪思臣所甘至於記福冥中未知攸濟若賜神筆數字臣死且不朽以之弘獎風尚有益而無損萬幾脫有未暇聖旨自可笑受之左史侍衛之臣寧無自效之心裨諶世叔何遠之有可不勞聖慮亦晃旒之意也臣事久謝生塗已盡區區在心唯來世而已臣受恩深重祿賜有餘自度終無報於聖世已矣稽首并結草之誠願陛下哀而弗責臣言詔知與慧義論踞食近亦粗聞率意不異來旨但不看佛經無經制以所見耳不知慧嚴云何道生便是懸同慧觀似未肯悔其始位也比自可與諸道人更求其中耶祇洹碑讃乃不憶相許既非所習加以無暇不獲相酬甚以爲恨

重表

臣言奉被明詔悚懼屏營營究偏見不足陳聞直以事已上達不寧寢默今勑又令更求其中是用猖狂復申本懷臣謂理之所在幸可不以文害意五帝不相襲禮三王不沿其樂革命隨時其義並大莊周以古今譬舟車孟軻以專信書不如無書是故證羊非直聞

斯兩用大道之行天下爲家臣之區區一堂之同而況異俗偏制本非中庸之教生義觀得蒙弘接聖旨脫有下問望其依理上酬不敢以多自助取長於人

慧觀答臣都無理據唯褒臣以過言貶臣以干非推此疑其必悔未便有反善怗辭臣弘亦謂爲然慧義弘陣已崩走伏路絕恃此爲救難乎自免況復司契在上道辭知窮臣近難慧觀輒復上呈如左臣以愚鄙將智而耄豈惟言之不中深懼不覺其惽恃衛之臣實時之望既不能矜臣此意又不能誨臣不逮此皆臣自招之自咎而已伏願陛下錄其一往之至不以知拙爲罪復敢冒昧干穢竊恃古典不加刑之耳

尚書令何充奏沙門不應盡敬幷詔五首

晉咸康六年成帝幼沖庚冰輔政謂沙門應盡敬王者尚書令何充等議不應敬下禮官詳議博士議與充同門下承冰旨爲駁尚書令何充及僕射褚翌諸葛恢尚書馮懷謝廣等奏沙門不應盡敬

尚書令冠軍撫軍都鄉侯臣充散騎常侍左僕射長平伯臣翌散騎常侍右僕射建安伯臣恢尚書關中侯臣懷守尚書昌安子臣廣等言世祖武皇帝以盛明革命肅祖明皇帝聰聖玄覽豈于時沙門不易屈膝顧以不變其修善之法所以通天下之志也愚謂宜遵承先帝故事於義爲長

庚冰重諷旨謂應盡敬爲晉成帝作詔

夫萬方殊俗神道難辨有自來矣達觀傍通誠當無怪況跪拜之禮何必尚然當復原先

王所以尚之之意豈直好此屈折而坐遘槃辟哉固不然矣因父子之敬建君臣之序制法度崇禮秩豈徒然哉良有以矣既其有以將何以易之然則名禮之設其無情乎且今果有佛耶將無佛耶有佛耶其道固弘無佛耶義將何取繼其信然將是方外之事方外之事豈方内所體而當矯形骸違常務易禮典棄名教是吾所甚疑也名教有由來百代所不廢昧旦丕顯後世猶殆殆之爲弊其故難尋而今當遠慕茫昧依俙未分棄禮於一朝廢敎於當世使夫凡流慠逸憲度又是吾之所甚疑也縱其信然縱其有之吾將通之於神明得之於胷懷耳軌憲宏模固不可廢之於正朝矣凡此等類皆晉民也論其才智又常人也而當因所說之難辨假服飾以陵度抗殊俗之慠禮直形骸於萬乘又是吾所弗取也諸君並國器也悟言則當測幽微論治則當重國典苟其不然吾將何述焉

尚書令何充及褚翌諸葛恢馮懷謝廣等重表

尚書令冠軍撫軍都鄉侯臣充散騎常侍左僕射長平伯臣翌散騎常侍右僕射建安伯臣恢尚書關中侯臣懷守尚書昌安子臣廣等言詔書如右臣等闇短不足以讚揚聖旨宣暢大義伏省明詔震懼屏營輙共尋詳有佛無佛固非臣等所能定也然尋其遺文鑽其要旨五戒之禁實助王化賤昭昭之名行貴冥冥之潛操行德在於忘身抱一心之清妙且興自漢世迄于今日雖法有隆衰而弊無妖妄神道經久未有其比也夫詛有損也

祝必有益臣之愚誠實願塵露之微增潤嵩岱區區之況上裨皇極今一令共拜遂壞其法令修善之俗廢於聖世習俗生常必致愆懼隱之臣心竊所未安臣雖矇蔽豈敢以偏見疑誤聖聽直謂世經三代人更明聖今不爲之制無虧王法而幽冥之格可無壅滯是以復陳愚誠乞垂省察謹啓

成帝重詔

省所陳具情旨幽昧之事誠非寓言所盡然其較略及大人神常度粗復有分例耳大都百王制法雖質文隨時然未有以殊俗參治怪誕雜化者也豈曩聖之不達而來聖之宏通哉且五戒之才善粗擬似人倫而更於世主略其禮敬耶禮重矣敬大矣爲治之綱盡於此矣萬乘之君非好尊也區域之民非好卑也而卑尊不陳王教不得不一二之則亂斯曩聖所以憲章體國所宜不惑也通才博采往往備其事修之家可以修之國及朝則不可斯豈不遠也省所陳果亦未能了有之與無矣縱其了猶謂不可以參治而況都無而當以兩行耶

尚書令何充僕射褚翌等三奏不應敬事

臣等雖誠暗蔽不通遠旨至於乾乾夙夜思循王度寧苟執偏管而亂大倫直以漢魏逮晉不聞異議尊卑憲章無或暫虧也今沙門之慎戒專專然及爲其禮一而已矣至於守戒之篤者亡身不吝何敢以形骸而慢禮敬哉每見燒香呪願必先國家欲福祐之隆情無極已奉上崇順出於自然禮儀之簡蓋是專一守法是以先聖御世因而弗革也天綱

恢恢踈而不失臣等慺慺以爲不令致拜於法無虧因其所利而惠之使賢愚莫敢不用情則上有天覆地載之施下有守一修善之人謹復陳其愚淺願蒙省察謹啓（于時庚冰議寢竟不施敬）

桓玄與八座書論道人敬事

玄再拜白頓首八日垂至舊諸沙門皆不敬王者何庾雖已論之而竝率所見未是以理屈也庾意在尊主而理據未盡何出於偏信遂淪名體夫佛之爲化雖誕以茫浩推于視聽之外然以敬爲本此處不異蓋所期者殊非敬恭宜廢也老子同王侯於三大原其所重皆在於資生通運豈獨以聖人在位而比稱二儀哉將以天地之大德曰生通生理物存乎王者敬尊其神器而禮寔惟隆豈是虛相崇重義存君御而已哉沙門之所以生生資存亦日用於理命豈有受其德而遺其禮沾其惠而廢其敬哉既理所不容亦情所不安一代之大事宜共求其衷想復相與研盡之比八日令得詳定也桓玄再拜頓首

八座答（此一首出故事）

中軍將軍尚書令宜陽開國侯桓謙等惶恐死罪奉誨使沙門致敬王者何庾雖論意未究盡此是大事宜使允中實如雅論誨然佛法與老孔殊趣禮教正乖人以髮膚爲重而髠削不疑出家棄親不以色養爲孝土木形骸絶欲止競不期一生要福萬劫世之所貴已皆落之禮教所重意悉絶之資父事君天屬之至猶離其親愛豈得致禮萬乘勢自應廢彌歷三代置其絶羈當以神明無方亦不

以涯檢視聽之外或別有理令便使其致恭恐應革者多非惟拜起又王者奉法出於敬信其理而變其儀復是情所未了即而容之乃是在宥之弘王令以別答公難孔國張敞在彼想已面諮所懷道寳諸道人並足酬對高旨下官等不諳佛理率情以言愧不足覽謙等惶恐死罪

桓玄書與王謐書論道人應敬王事并王謐答往復八首

沙門抗禮至尊正自是情所不安一代大事宜共論盡之今與八座書向已送都今付此信君是宜在此理者遲聞德音

王謐答桓玄書

領軍將軍吏部尚書中書令武岡男王謐惶恐死罪奉誨及道人抗禮至尊并見與八座書具承高旨容音之唱辭理兼至近者亦粗聞公道未獲究盡尋何庾二旨亦恨不悉以爲二論漏於偏見無曉然厭心處真如雅誨夫佛法之興出自天竺宗本幽遐難以言辨既涉乎教故可略而言耳意以爲殊方異俗雖所安每乖至於君御之理莫不必同今沙門雖意深於敬不以形屈爲禮迹充率土而趣超方内者矣是以外國之君莫不降禮良以道在則貴不以人爲輕重也尋大法宣流爲日諒久年踰四百歷代有三雖風移政易而弘之不異豈不以獨絕之化有日用於陶漸清約之風無害於隆平者乎故王者拱已不恨恨於缺戶沙門保真不自疑於誕世者也承以通生理物在乎王者考諸理歸實如嘉論三復德音不能已已雖欲奉酬言將無

寄猶以爲功高者不賞惠深者忘謝雖復一拜一起亦豈足答濟通之德哉公眷眄未遺猥見逮問輙率陳愚管不致嫌於所奉耳顧不以人廢言臨白反側謐惶恐死罪

桓玄難

來示云沙門雖意深於敬而不以形屈爲禮

難曰沙門之敬豈皆略形存心懺悔禮拜亦篤於事爰暨之師逮于上座與世人揖跪但爲小異其制耳既不能忘形於彼何爲忽儀於此且師之爲理以資悟爲德君道通生則理宜在本在三之義豈非情理之極哉

來示云外國之君莫不降禮良以道在則貴不以人爲輕重也

難曰外國之君非所宜喻而佛教之興亦其旨可知豈不以六夷驕强非常教所化故大設靈奇使其畏服既畏服之然後順軌此蓋是本懼鬼神福報之事豈是宗玄妙之道耶道在則貴將異於雅旨豈得被其法服便道在其中若以道在然後爲貴就如君言聖人之道道之極也君臣之敬愈敦於禮如此則沙門不敬豈得以道在爲貴哉

來示云歷年四百歷代有三而弘之不異豈不以獨絶之化有日用於陶漸清約之風無害於隆平者乎

難曰歷代不革非所以爲證也曩者晉人略無奉佛沙門徒衆皆是諸胡且王者與之不接故可任其方俗不爲之檢耳今主上奉佛親接法事事異於昔何可不使其禮有准日用清約有助于教皆如君言此蓋是佛法之功非沙門傲誕之所益也今篤以祗敬將無

彌濃其助哉
來示云功高者不賞惠深者忘謝雖復一拜
一起豈足答濟通之恩
難曰夫理至無酬誠如來示然情在罔極則
敬自從之此聖人之所以緣情制禮而各通
其寄也若以功深惠重必略其謝則釋迦之
德爲是深耶爲是淺耶若淺耶不宜以小道
而亂大倫若深耶豈得彼肅其恭而此弛其
敬哉
王謐重答
難曰沙門之敬豈皆略形存心懺悔禮拜亦
篤於事哉
答曰夫沙門之道自以敬爲主但津塗既殊
義無降屈故雖天屬之重形禮都盡也沙門
所以推宗師長自相崇敬者良以宗致既同
則長幼成序資通有係則事與心應原佛法
雖曠而不遺小善一分之功報亦應之積毫
成山義斯著矣
難曰君道通生則理應在本在三之義豈非
情理之極哉
答曰夫君道通生則理同造化夫陶鑄敷氣
功則弘矣而未有謝惠於所稟厝感於理本
者何良以冥本幽絶非物象之所舉運通理
妙豈麤迹之能酬是以夫子云可使由之不
可使知之此之謂也
難曰外國之君非所應喻佛教之興亦其旨
可知豈不以六夷驕强非常教所化故大設
靈奇使其畏服
答曰夫神道設教誠難以言辨意以爲大設
靈奇示以報應此最影響之實理佛教之根

要今若謂三世爲虚誕罪福爲畏懼則釋迦之所明殆將無寄矣常以爲周孔之化救其甚弊故言迹盡乎一生而不開萬物之塗然遠探其旨亦往往可尋孝悌仁義明不謀而自周四時之生殺則矜慈之心見又屢抑仲由之問亦似有深旨但教體既殊故此處常昧耳静而求之殆將然乎殆將然乎

難曰君臣之敬愈敦於禮如此則沙門不敬豈得以道在爲貴哉

答曰重尋高論以爲君道運通理同三大是以前條已粗言意以爲君人之道竊同高旨至於君臣之敬則理盡名教今沙門既不臣王侯故敬與之廢耳

難曰歷代不革非所以爲證也曩者晋人略無奉佛沙門徒衆皆是諸胡且王者與之不接故可任其方俗不爲之檢耳

答曰前所以云歷有年代者正以容養之道要當有以故耳非謂已然之事無可改之理也此蓋言勢之所至非畫然所據也胡人不接王者又如高唱前代之不論或在於此耶

難曰此蓋是佛法之功非沙門傲誕之所益今篤以祗敬將無彌濃其助哉

答曰敬尋來論是不誣佛理也但傲誕之迹有虧大化誠如來誨誠如來誨意謂沙門之道可得稱異而非傲誕今若以千載之末淳風轉澆横服之徒多非其人者敢不懷愧今但謂自理而黙差可遺人而言道耳前答云不以人爲輕重微意在此矣

難曰若以功深惠重必略其謝則釋迦之德爲是深耶爲是淺耶若淺耶不宜以小道而

亂大倫若深耶豈得彼肅其恭而此弛其敬
哉
答曰以爲釋迦之道深則深矣而瞻仰之徒
彌篤其敬者此蓋造道之倫必資行功行功
之美莫尚於此如斯乃積行之所因來世之
關鍵也且致敬師長功猶難抑況擬心宗極
而可替其禮哉故雖俯仰累劫而非謝惠之
謂也
桓玄重難
省示猶復未釋所疑因來告復粗有其難夫
情敬之理豈容有二皆是自内以及外耳既
入於有情之境則不可得無也若如來言王
者同之造化未有謝惠於所稟曆感於理本
是爲功玄理深莫此之大也則佛之爲化復
何以過茲而來論云津塗既殊則義無降屈
宗致既同則長幼成序資通有係則事與心
應若理在已本德深居極豈得云津塗之異
而云降屈耶宗致爲是何耶若以學業爲宗
致者則學之所學故是發其自然之性耳苟
自然有在所由而稟則自然之本居可知矣
資通之悟更是發瑩其末耳事與心應何得
在此而不在彼又云周孔之化救其甚弊故
盡於一生而不開萬劫之塗夫以神奇爲化
則其教易行異於督以仁義盡於人事也是
以黄巾妖惑之徒皆赴者如雲若此爲實理
行之又易聖人何緣捨所易之實道而爲難
行之末事哉其不然也亦以明矣將以化教
殊俗理在權濟恢誕之談其趣可知又云君
臣之敬理盡名教今沙門既不臣王侯故敬
與之廢何爲其然夫敬之爲理上紙言之詳

矣君臣之敬皆是自然之所生理篤於情本豈是名教之事耶前論已云天地之大德曰生通生理物存乎王者苟所通在斯何得非自然之所重哉又云造道之倫必資功行積行之所因來世之關鍵也擬心宗極不可替其敬雖俯仰累劫而非謝惠之謂請復就來旨而借以爲難如來告是敬爲行首是敦敬之重也功行者當計其爲功之勞耳何得直以珍仰釋迦而云莫尚於此耶惠無所謝達者所不感但理根深極情敬不可得無耳臣之敬君豈謝惠者耶

王謐重答

奉告并垂重難具承高旨此理微緬至難厝言又一代大事應時詳盡下官才非拔幽特乏研析且妙難精詣益增茫惑但高旨既臻不敢默已輙復率其短見妄酬來誨無以啓發容致祇用反側願復詢諸道人通才翻其不逮公云宗致爲是何耶若以學業爲宗致者則學之所學故是發其自然之性耳苟自然有在所由而禀則自然之本居可知矣今以爲宗致者是所趣之至道學業者日用之筌蹄今將欲趣彼至極不得不假筌蹄以自運耳故知所假之功未是其絶處也夫積學以之極者必階麤以及妙魚獲而筌廢理斯見矣公以爲神奇之化易仁義之功難聖人何緣捨所易之實道而爲難行之末事哉其不然也亦以明矣意以爲佛之爲教與内聖永殊既云其殊理則無並今論佛理故當依其宗而立言也然後通塞之塗可得而詳矣前答所以云仁善之行不殺之旨其若似可

同者故引以就此耳至於發言抗論津徑所歸固難得而一矣然愚意所見乃更以佛教爲難也何以言之今內聖所明以爲出其言善應若影響如其不善千里違之如此則善惡應於俄頃禍福交於目前且爲仁由己弘之則是而猶有棄正而即邪背道而從欲者矣況佛教喻一生於彈指期要終于永劫語靈異之無位設報應於未兆取之能信不亦難乎是以化暨中國悟之者尠故本起經云正言似反此之謂矣

公云行功者當計其爲功之勞何得直以珍仰釋迦而云莫尚於此耶請試言曰以爲佛道弘曠事數彌繁可以練神成道非唯一事也至於在心無倦於事能勞珍仰宗極便是行功之一耳前答所以云莫尚於此者自謂擬心宗轍其理難尚非謂禮拜之事便爲無取也但既在未盡之域不得不有心於希通雖一分之輕微必終期之所須也

公云君臣之敬皆是自然之所生理篤於情本豈是名教之事耶敬戢高論不容間然是以前答云君人之道竊同高旨者意在此也至於君臣之敬事盡揖拜故以此爲名教耳非謂相與之際盡於形迹也請復重伸以盡微意夫太上之世君臣已位自然情愛則義著化本于斯時也則形敬蔑聞君道虛運故相忘之理泰臣道冥陶故事盡於知之因此而推形敬不興心爲影響殆將明矣及親譽既生茲禮乃興豈非後聖之制作事與時應者乎此理虛邈良難爲辨如其未允請俟高尚

桓玄重書
來難手筆甚佳殊為斐然可以為釋疑處殊是未至也遂相攻難未見其已今復料要明在三之理以辨對輕重則敬否之理可知想研微之功必在苦愈析耳八日已及今與右僕射書便令施行敬事尊主之道使天下莫不敬雖復佛道無以加其尊豈不盡善邪事雖已行無預所論宜究也想諸人或更有精析耳可以示仲文

桓玄重難
此獲來示并諸人所論並未有以釋其所疑就而為難殆以流遷今復重伸前意而委曲之想足有以頓白馬之辔知辨制之有耳夫佛教之所重全以神為貴是故師徒相宗莫二其倫凡神之明闇各有本分分之所資禀之有本師之為功在於發悟譬猶荊璞而瑩拂之耳若質非美玉琢磨何益是為美惡存乎自然深德在於資始拂瑩之功實已求焉旣懷玉在中又匠以成器非君道則無以伸遂此生而通其為道者也是為在三之重而師為之末何以言之君道兼師而師不兼君教以弘之法以齊之君之道也豈不然乎豈可以在理之輕而奪宜尊之敬三復其理愈所疑駭制作之旨將在彼而不在此錯而用之其弊彌甚想復領其趣而貴其事得之濠上耳

王謐重答
重虧嘉誨云佛之為教以神為貴神之明闇各有本分師之為理在於發悟至於君道則可以伸遂此生通其為道者也亦為師無該

通之美君有兼師之德弘崇主之大禮折在三之深淺實如高論實如高論下官近所以脫言鄙見至於往反者緣顧問既萃不容有隱乃更成別辯一理非但習常之惑也既重研妙旨理實恢邈曠若發蒙於是乎在承已命庚恒施行其事至敬時定公私幸甚下官瞻仰所悟義在擊節至於濠上之誨不敢當命也

盧山慧遠法師答桓玄書沙門不應敬王者書并桓玄書二首

桓玄書與遠法師

沙門不敬王者既是情所不了於理又是所未諭一代大事不可令其體不允近與八座書令示君君可述所以不敬意也此便當行之於事一二令詳遣想君必有以釋其所疑耳王領軍大有任此意近亦同遊謝中面共諮之所據理殊未釋所疑也令郭江州取君答可旨付之

遠法師答

詳省別告及八座書問沙門所以不敬王者意義在尊主崇上遠存名體徵引老氏同王侯於三大以資生運通之道故宜重其神器若推其本以尋其源咸稟氣於兩儀受形於父母則以生生通運之道爲弘資存日用之理爲大故不宜受其德而遺其禮沾其惠而廢其敬此檀越立意之所據貧道亦不異於高懷求之於佛教以尋沙門之道理則不然何者佛經所明凡有二科一者處俗弘教二者出家修道處俗則奉上之禮尊親之敬忠孝之義表於經文在三之訓彰于聖典斯與

王制同命有若符契此一條全是檀越所明理不容異也出家則是方外之賓迹絶於物其爲教也達患累緣於有身不存身以息患知生生由於禀化不順化以求宗求宗不由於順化故不重運通之資息患不由於存身故不貴厚生之益此理之與世乖道之與俗反者也是故凡在出家皆隱居以求其志變俗以達其道變俗服章不得與世典同禮隱居則宜高尚其跡夫然故能拯溺族於沉流拔幽根於重劫遠通三乘之津廣開人天之路是故内乖天屬之重而不違其孝外闕奉主之恭而不失其敬若斯人者自誓始於落簪立志成於暮歲如令一夫全德則道洽六親澤流天下雖不處王侯之位固已協契皇極大庇生民矣如此豈坐受其德虚沾其惠與夫尸禄之賢同其素餐者哉檀越頃者以有其服而無其人故澄清簡練容而不雜此命既宣皆人百其誠遂之彌深非言所喻若復開出處之迹以弘方外之道則虚襟者挹其遺風漱流者味其餘津矣若澄簡之後猶不允情其中或眞僞相冒涇渭未分則可以道廢人固不應以人廢道以道廢人則宜去其服以人廢道則宜存其禮禮存則制教之旨可尋跡廢則遂志之歡莫由何以明其然夫沙門服章法用雖非六代之典自是道家之殊制俗表之名器名器相涉則事乖其本事乖其本則禮失其用是故愛夫禮者必不虧其名器得之不可虧亦有自來矣夫遠遵古典者猶存告朔之餼羊餼羊猶可以存禮豈況如來之法服耶推此而言雖無其道必

宜存其禮禮存則法可弘法可弘則道可尋此古今所同不易之大法也又袈裟非朝宗之服鉢盂非廊廟之器軍國異容戎華不雜剃髮毀形之人忽厠諸夏之禮則是異類相涉之象亦竊所未安檀越竒韻挺於弱年風流邁於季俗猶忝究時賢以求其中此而推之必不以人廢言貧道西垂之年假日月以待盡情之所惜豈存一巳苟悋所執蓋欲令三寶中興於命世之運明德流芳於百代之下耳若一旦行此佛教長淪如來大法於茲泯滅天人感歎道俗革心矣貧道幽誠所期復將安寄緣眷遇之隆故殫其所懷執筆悲懣不覺涕泗橫流

桓太尉答 并詔停沙門敬事

知以方外遺形故不貴爲生之益求宗不由順化故不重運通之資又云内乖天屬之重而不違其孝外闕奉主之恭而不失其敬若如來言理本無重則無縁有致孝之情事非資通不應復有致恭之義君親之情許其未盡則情之所寄何爲絶之夫累著在於心滯不由形敬形敬蓋是心之所用耳若乃在其本而縱以形敬此復所未之諭又云佛教兩弘亦有處俗之教或澤流天下道洽六親固以協賛皇極而不虛沾其德矣夫佛敬存行各以事應因縁有本必至無差者也如此則爲道者亦何能違之哉是故釋迦之道不能超白淨於津梁雖未獲須陀故是同國人所崇耳就如來言此自有道深德之功固非今之所謂宜教者所可擬議也來示未能共求其理便大致慨然故是末之喻也想不惑留

常之滯而謬情理之用耳

桓玄許道人不致禮詔（并答往返五首）

門下佛法宏誕所不能了推其篤至之情故
寧與其敬耳今事既在己苟所不了且當寧
從其略諸人勿復使禮也便皆聞知十二
月三日

侍中臣嗣之給事黄門侍中臣袁恪之言詔
書如右神道冥昧聖詔幽遠陛下所弘者大
爰逮道人奉佛者耳率土之民莫非王臣而
以向化法服便抗禮萬乘之主愚情所未安
拜起之禮豈虧其道尊卑大倫不宜都廢若
許其名教之外闕其拜敬之儀者請一斷引
見啓可紀識謹啓

何緣爾便宜奉詔

太亨二年十二月四日門下通事令史臣馬
範侍中臣嗣之言啓事重被明詔崇沖挹之
至履謙光之道愚情眷眷竊有未安治道雖
殊理至同歸尊親尊親法教不乖老子稱四
大者其尊一也沙門所乘雖異跡不超世豈
得不同乎天民陛下誠欲弘之於上然卑高
之禮經治之典愚謂宜俯順羣心永爲來式
請如前所啓謹啓

置之使自已亦是兼愛九流各遂其道也侍
中祭酒臣嗣之言重被明詔如右陛下至德
圓虛使吹萬自已九流各徇其美顯昧並極
其致靈澤幽流無思不懷羣方所以資通天
人所以交暢臣聞佛教以神慧爲本導達爲
功自斯已還蓋是斂麤之用耳神理緬邈求
之於自形而上者虔肅拜起無虧於戒若行
道不失其爲恭王法齊敬於率土道憲兼隆

内外咸得矣臣前受外任聽承踈短乃不知去春已有明論近在直被詔便率其愚情不懼允合還此方見斯事屢經神筆宗致悠邈理析微遠非臣駑鈍所能擊讚沙門抗禮已行之前代今大明既升道化無外經國大倫不可有闕請如先所啓攝外施行謹啓

自有内外兼弘者何其於用前代理卿區區惜此更非讚其道也

侍中祭酒臣嗣之言重奉詔自有内外兼弘者聖旨淵通道冠百王伏讚仰歎非愚淺所逮尊主祗法臣下之節是以拳拳頻執所守明詔超邈遠略常均臣闇短不達追用愧悚輙奉詔付外宣攝遵承謹啓元始元年十二月二十四日上

廬山慧遠法師與桓玄論料簡沙門書 并桓玄書

桓玄輔政欲沙汰衆與僚屬教

夫神道茫昧聖人之所不言然惟其制作所弘如將可見佛所貴無爲慇懃在於絶欲而比者陵遲遂失斯道京師競其奢淫榮觀紛於朝市天府以之傾匱名器爲之穢黷避役鍾於百里逋逃盈於寺廟乃至一縣數千猥成屯落邑聚遊食之羣境積不羈之衆其所以傷治害政塵滓佛教固已彼此俱弊實污風軌矣便可嚴下在此諸沙門有能伸述經誥暢說義理者或禁行修整奉戒無虧恒爲阿練若者或山居養志不營流俗者皆足以宣寄大化亦所以示物以道弘訓作範幸兼内外其有違於此者皆悉罷道所在領其戸籍嚴爲之制速申下之并列上也唯廬山道德所居不在搜簡之例

遠法師與桓太尉論料簡沙門書

佛教陵遲穢雜日久每一尋思憤慨盈懷常恐運出非意混然淪滑此所以夙宵歎懼忘寢與食者也見檀越澄清諸道人教實應其本心夫涇以渭分則清濁殊流枉以直正則不仁自遠推此而言符命既行必二理斯得然令飾僞取容者自絶於假通之路信道懷眞者無復負俗之嫌如此則道世交興三寶復隆於茲矣貧道所以寄命江南欲託有道以存至業之隆替寔由乎人值檀越當年則是貧道中興之運幽情所託已冥之在昔是以前後書疏輙以憑寄爲先每尋告慰眷懷不忘但恐年與時乖不盡檀越盛隆之化耳今故諮白數條如別疏

經教所開凡有三科一者禪思入微二者諷味遺典三者興建福業三科誠異皆以律行爲本檀越近制似大同於此是所不疑或有興福之人内不毁禁而迹非阿練若者或多誦經諷詠不絶而不能暢說義理者或年已宿長雖無三科可記而體性貞正不犯大非者凡如此輩皆是所疑今尋檀越所遺之例不應問此而外物惶惑莫敢自寧故以別白夫形跡易察而眞僞難辨自非遠鑒得之信難若是都邑沙門經檀越視聽者固無所疑若邊局遠司識不及遠則未達教旨或因符命濫及善人此最其深憂若所在執法之官意所未詳又時無宿望沙門可以求中得令送至大府以經高鑒者則於理爲弘想檀越神慮已得之於心直是貧道常近之情故不能不及耳若有族姓子弟本非役門或世奉

大法或弱而天悟欲棄俗入道求作沙門推例尋意似不塞其清塗然要須諮定使洗心向味者無復自疑之情昔外國諸王多參懷聖典亦有因時助弘大化扶危救弊信有自來矣檀越每期情古人故復略叙所聞

支道林法師與桓玄論州符求沙門名籍書

隆安三年四月五日京邑沙門等頓首白夫標極有宗則仰之者至理契神冥則沐浴彌深故尼父素室顏氏流連豈不以道隆德盛直往忘反者哉貧道等雖人凡行薄奉修三寶愛自天至信不待習但日損功德撫心增愧賴聖主哲王復躬弘其道得使山居者騁業城傍者閑道緣皇澤曠灑朽幹蒙榮然沙門之於世也猶虛舟之寄大壑耳其來不以事退亦乘閑四海之內竟自無宅邦亂則振錫孤遊道洽則欣然俱萃所以自遠而至良有以也將振宏綱於季世展誠心於百代而頃頻被州符求沙門名籍煎切甚急未悟高旨野人易懼抱憂實深遂使禪人失靜勤士廢行喪精絕氣達旦不寐索然不知何以自安伏願明公扇唐風於上位待白足於其下使懷道獲濟有志俱全則身已體盡畢命此矣天聽殊邈或未具簡謹以上聞伏追悚息

天保寺釋道盛啓齊武皇帝論檢試僧事

天保寺釋道盛啓

昔者仲尼養徒三千學天文者則戴圓冠學地理者則履方屨楚莊周詣哀公曰蓋聞此國有知天文地理者不少請試之哀公即宣令國內知天文者著圓冠知地理者著方屨來詣門唯有孔丘一人到問無不對故知餘

者皆爲竊服矣釋迦興世説四諦六度制戒威儀舍利弗等皆得羅漢故知大法非爲無宗但自爾巳來人根轉鈍去道懸遠習惑纏心若能隔意則合律科不爾皆是竊服者伏願陛下聖明深恕此理弗就凡夫求聖人之道昔鄭子産稱曰大賢尚不能收失爲申徒嘉所識況今末法比丘寧能收失若不收失每起惡心寺之三官何以堪命國有典刑願勑在所依罪治戮幸可不亂聖聽盛雖老病遠慕謗木敢以陳聞伏紙流汗謹啓

弘明集卷第十二

音釋

翌逸職切　謚彌畢切　悢力黨切不得志也　厝倉故切置也　鍵巨展切鏁須也　餼虛器切牲生曰餼　駑乃都切駑駘也

弘明集卷第十三

梁　釋　僧　祐　撰

郄嘉賓奉法要
顏延之庭誥二章
王該日燭

郄中書嘉賓奉法要

三自歸者歸佛歸十二部經歸比丘僧過去現在當來三世十方佛三世十方經法三世十方僧每禮拜懺悔皆當至心歸命并慈念一切衆生願令悉得度脱外國音稱南無漢曰歸命佛者漢音曰覺僧者漢音曰衆五戒一者不殺不得教人殺常當堅持盡形壽二者不盜不得教人盜常當堅持盡形壽三者不婬不得教人婬常當堅持盡形壽四者不欺不得教人欺常當堅持盡形壽五者不飲酒不得以酒爲惠施常當堅持盡形壽若以酒爲藥當推其輕重要於不可致醉醉有三十六失經教以爲深戒不殺則長壽不盜則常泰不婬則清淨不欺則人常敬信不醉則神理明治已行五戒便修歲三月六齋歲三齋者正月一日至十五日五月一日至十五日九月一日至十五日月六齋者月八日十四日十五日二十三日二十九日三十日凡齋日皆當魚肉不御迎中而食既中之後甘香美味一不得嘗洗心念道歸命三尊悔過自責行四等心遠離房室不著六欲不得鞭撾罵詈乘駕牛馬帶持兵仗婦人則兼去香花脂粉之飾端心正意務存柔順齋者普爲先亡見在知識親屬并及一切衆生皆當因此至誠玄想感發心既感發則終免罪苦是

以忠孝之士務加勉勵良以兼拯之功非徒在己故也齋日唯得專惟玄觀講頌法言若不能行空當習六思念六思念者念佛念經念僧念施念戒念天何謂念天十善四等爲應天行又要當稱力所及勉濟衆生

十善者身不犯殺盜婬意不嫉恚癡口不妄言綺語兩舌惡口何謂不殺常當矜愍一切蠕動之類雖在困急終不害彼利已凡衆生危難皆當盡心營救隨其水陸各令得所疑有爲已殺者皆不當受何謂爲盜凡取非已有不問小大及莅官不清皆謂之盜何謂爲婬一切諸著普謂之婬施之色欲非正匹偶皆不得犯又私竊不公亦兼盜罪所謂嫉者謂妬忌也見人之善見人有德皆當代之懽喜不得有爭競憎嫉之心所謂恚者心懷忿恨藏結於內所謂癡者不信大法疑昧經道何謂妄言以無爲有虛造無端何謂綺語文飾巧言華而不實何謂兩舌背向異辭對此說彼何謂惡口謂罵詈也或云口說不善之事令人承以爲罪亦爲惡口凡此十事皆不得暫起心念是爲十善亦謂十戒五戒檢形十善防心事有疏密故報有輕重凡在有方之境總謂三界三界之內凡有五道一曰天二曰人三曰畜生四曰餓鬼五曰地獄全五戒則人相備具十善則生天堂全一戒者則亦得爲人人有高卑或壽夭不同皆由戒有多少反十善者謂之十惡十惡畢犯則入地獄抵捍强梁不受忠諫及毒心內盛徇私欺殆則或墮畜生或生蛇虺慳貪專利常苦不足則墮餓鬼其罪差輕少而多陰私情不公

亮皆墮鬼神雖受微福不免苦痛此謂三塗亦謂三惡道

色痛痒思想生死識謂之五陰凡一切外物有形可見者爲色失之則憂惱爲痛得之則懽喜爲痒未至逆念爲思過去追憶爲想心念始起爲生想過意識滅爲死曾關於心戢而不忌爲識識者經歷累劫猶萌之於懷雖昧其所由而滯於根潜結始自毫氂終成淵岳是以學者務慎所習五蓋一曰貪婬二曰瞋恚三曰愚癡四曰邪見五曰調戲別而言之求欲爲貪耽著爲婬外發爲瞋内結爲恚繫於縛著觸理倒惑爲愚癡生死因緣癡爲本一切諸著皆始於癡地獄苦酷多由於恚經云卒鬬殺人其罪尚輕懷毒陰謀則累劫彌結無解脱之期

六情一名六衰亦曰六欲謂目受色耳受聲鼻受香舌受味身受細滑心受識識者即上所謂識陰者也五陰六欲蓋生死之原本罪苦之所由消禦之方皆具載衆經

經云心作天心作人心作地獄心作畜生乃至得道者亦心也凡慮發乎心皆念念受報雖事未及形而幽對冥構夫情念圓速倏忽無間機動毫端遂充宇宙罪福形道靡不由之吉凶悔吝定於俄頃是以行道之人每慎獨於心防微慮始以至理爲城池常領本以御末不以事形未著而輕起心念豈唯言出乎室千里應之莫見乎隱所慎在形哉

異出十二門經云人有善恒當掩之有惡宜令彰露夫君子之心無適無莫過而無悔當不自得冝其任行藏於所遇豈有心於隱顯

然則教之所施其在常近乎原夫天理之於罪福外泄則愈輕内結則彌重既跡著於人事必有損於冥應且伐善施勞有生之大情匿非文過品物之所同善著則跡彰跡彰則譽集苟情係沮勸而譽集而外藏吝之心必盈乎内且人之君子猶天之小人況乎仁德未至而名浮於實獲戾幽冥固必然矣夫苟非備德必有不周坦而公之則與事而散若乃負理之心銘之懷抱而外修情貌以免人尤收集俗譽大誣天理自然之釁得不愈重乎是以莊生亦云爲不善於幽昧之中鬼神得而誅之且人之情也不愧於理而愧乎物愆著則毀至毀至而恥生情存近復則弊不至積恃其不彰則終莫悛革加以天釁内充而懼其外顯則幽慮萬端巧防彌密窮年所存唯此之務天殃物累終必頓集蓋由不防萌謀始而匿非揚善故也正齋經云但得說人百善不得說人一惡說人之善善心便生說人之惡便起忿意意始雖微漸相資積是以一善生巨億萬善一惡生巨億萬惡

古人云兵家之興不過三世陳平亦云我多陰謀子孫不昌引以爲教誠足以有弘然齊楚享遺嗣於累葉顔冉靡顯報於後昆既已著之於事驗不俟推理而後明也且鯀殛禹興鮒異形四罪不及百代通典哲王御世猶無婬濫況乎自然玄應不以情者而令罪福錯受善惡無章其誣理也固亦深矣且秦制收帑之刑猶以犯者爲主主嬰其罰然後責及其餘若釁不當身而殃延親屬以茲制法豈唯聖典之所不容固亦申韓之所必去

矣是以泥洹經云父作不善子不代受子作不善父亦不受善自獲福惡自受殃至矣哉斯言允心應理然原夫世教之興豈不以情受所存不止乎已所及彌廣則誡懼愈深是以韜理實於韞櫝每申近以斂麤進無虧於懲勸而有適於物宜有懷之流宜略其事而誚深領幽旨若乃守文而不通其變徇教而不達教情以之處心循理不亦外乎夫罪福之於逆順固必應而無差者也苟昧斯道則邪正無位寄心無准矣至於考之當年信漫而少徵理無愆違而事不恒著豈得不歸諸宿緣推之來世耶是以有心於理者審影響之難誣廢事證而冥寄達天網之宏踈故期之於靡漏悟運往之無間混萬劫於一朝括三世而玄同要終歸於必至豈以顯昧改心淹遠革慮哉此最始信之根主而業心所深期也

十二門經云有時自計我端正好便當自念身中無所有但有肝腸胃肺骨血屎溺有何等好復觀他人身中惡露皆如是若慳貪意起當念財物珍寶生不持來死不俱去而流遷變化朝夕難保身不久存物無常主宜及當年施恩行惠贍之以財救疾以藥終日欣欣務存營濟若瞋恚意起當深生平等兼護十戒差摩竭云菩薩所行忍辱為大若罵詈者嘿而不報若撾捶者受而不校若瞋怒者慈心向之若謗毀者不念其惡法句又云受辱心如地行忍如門閫地及門閫蓋取其藏垢納汚終日受踐也成具經曰彼以四過加已則覺知口之失也報以善言和語至誠不

飾四過者上之所謂兩舌惡口妄言綺語也夫彼以惡來我以善應苟心非木石理無不感但患處之不恒弘之不積耳苟能每事思忍則悔吝消於現世福報顯於將來

賢者德經云心所不安未常加物即近而言則忠恕之道推而極之四等之義四等者何慈悲喜護也何謂爲慈愍傷衆生等一物我推己恕彼願令普安愛及昆蟲情無同異何謂爲悲博愛兼拯雨淚惻心要令實功潛著不直有心而已何謂爲喜歡悅柔軟施而無悔何謂爲愛護隨其方便觸類善救津梁會通務存弘濟能行四等三界極尊但未能冥心無兆則有數必終是以本起經云諸天雖樂福盡亦喪貴極而無道與地獄對門成具又云福者有苦有盡有煩勞有往還泥洹經曰五道無安唯無爲快經稱行道者先當捨世八事利衰毀譽稱譏苦樂聞善不喜聞惡不懼信心天固沮勸無以動其志理根於中外物不能干其慮且當年所遇必由宿緣宿緣玄運信同四時其來不可禦其去不能止固當順而安之悅而畢之精勤增道習期諸妄心形報既廢乃獲大安耳夫理本於心而報彰於事猶形正則影直聲和而響順此自然玄應孰有爲之者哉然則契心神道固宜期之通理務存遠大虛中正已而無希外助不可接以卑瀆要以情求此乃厝懷之關鍵學者所宜思也或謂心念必報理同影響但當求已而已固無事於幽冥原經教之設蓋所以悟夫求已然求已之方非教莫悟悟因乎教則功由神道欣感發中必形於事亦由

詠歌不足係以手舞然則奉而尊之蓋理所不必須而情所不能廢宜縱已深體教旨忘懷欣想將以已引物自周乎衆所以固新渉之志而令寄懷有擬

經云生苦老苦病苦死苦怨憎會苦恩愛別離苦所求不得苦遇此諸苦則宜深惟緣對兼覺魔僞開以達觀弘以等心且區區一生有同過隙所遇雖殊終歸枯朽得失少多固不足計該以數塗則此心自息又苟未入道則休感迭用聚散去來賢愚同致是以經云安則有危得則有喪合會有離生則有死蓋自然之常勢必至之定期推而安之則無往不夷

維摩詰云一切諸法從意生形然則兆動於始事應乎末念起而有慮息則無意之所安則觸遇而夷情之所閡則無往不滯因此而言通滯之所由在我而不在物也若乃懼生於心則疊乘於外外疊既乘內懼愈結苟患失之無所不至矣是以經稱丈夫畏時非人得其便誠能住心以理天關內固則人鬼罔間緣對自息萬有無以嬰衆邪不能襲四非常一曰無常二曰苦三曰空四曰非身少長殊形陵谷易處謂之無常盛衰相襲欣極必悲謂之爲苦一切萬有終歸於無謂之爲空神無常宅遷化靡停謂之非身經稱處惑樂之地覺必苦之對蓋推代謝於往復審樂往則哀來故居安慮危夕惕榮觀若夫深於苦者謂之見諦達有心則有滯有滯則苦存雖貴極人天地兼崇高所乘愈重矜著彌深情之所樂於理愈苦故經云三界皆苦無可樂

者又云五道衆生共在一大獄中苟心係乎有則罪福同貫故總謂三界爲一大獄佛問諸弟子何謂無常一人曰一日不可保是爲無常佛言非佛弟子一人曰食頃不可保是爲無常佛言非佛弟子一人曰出息不報便就後世是爲無常佛言眞佛弟子夫無常顯證日陳於前而萬代同歸終莫之悟無瞬息之安保永世之計懼不在交則每事殆懈以之進德則功無覆簣以之治心則墮其所習是以有道之士指寸陰而惜逝恒自强於鞭後業與時競惟日不足則亂念無因而生緣對靡由而起

六度一曰施二曰戒三曰忍辱四曰精進五曰一心六曰智慧積而能散潤濟衆生施也謹守十善閑邪以誠戒也犯而不校常善下人忍辱也勤行所習夙夜匪懈精進也專心守意以約斂衆一心也凡此五事行以有心謂之俗度領以兼忘謂之道慧

本起經云九十六種道術各信所事皆樂生安孰知其惑夫欣得惡失樂存哀亡蓋弱喪之常滯有生所感同然冥力潛謝非矜戀所留對至而應豈智用所制是以學者必歸心化本領觀玄宗玩之珍之則衆念自廢廢則有忌有忌則緣絶緣報既絶然後入於無生既不受生故能不死是以普耀經云無所從生靡所不生於諸所生而無所生泥洹經云心識靜休則不死不生

心爲種本行爲其地報爲結實猶如種殖各以其類時至而生弗可遏也種十善戒善則受生之報具於上章加種禪等四空則貴極

天道四空及禪數經具載其義從第一天至二十八天隨其事行福轉倍增種非常禪諦背有著無則得羅漢泥洹不忌有爲不係空觀遇理而冥無執無寄爲無所種既無所種故不受報廓然玄廢則佛之泥洹泥洹者漢曰無爲亦曰滅度維摩詰曰彼六師者說倚爲道從是師者爲住諸見爲墮邊際爲歸八難不得離生死道也雖玄心屢習而介然微動猶均彼六師同滯一有況貪生倚想執我捍化雖復福踰山河貴極三界倚伏旋還終墜罪苦豈獲寧神大造泊然玄夷哉夫生必有情天勢率至不宅於善必在於惡是以始行道者要必有寄寄之所因必因乎有有之所資必資乎煩是以經云欲於空中造立宫室終不能成取佛國者非於空也然則五度四等未始可廢但當即其事用而去其忮心歸佛則解佛無歸於戒則無功於戒則禪諦與五陰俱冥末用與本觀同盡雖復衆行兼陳固是空中行空耳或以爲空則無行行則非空既已有行無乃失空乎夫空者忘懷之稱非府宅之謂也無誠無矣存無則滯封有誠有矣兩忘則玄解然則有無由乎方寸而無係於外物器象雖陳於事用感絶則理冥豈滅有而後無階損以至盡哉由此言之有固非滯滯有則背宗反流歸根任本則自暢是以開士深行統以一貫達萬像之常冥乘所寓而玄領知來理之先空恒得之於同致悟四色之無眹順本際而偕廢審衆觀之自然故雖行而靡跡方等深經每泯一三世而未嘗謂見在爲有則空中行空旨斯見矣

顏光祿延之庭誥二章

達見同善通辯異科一曰言道二曰論心三曰校理言道者本之於天論心者議之於人校理者取之於物從而別之由塗參陳要而會之終致可一若夫玄神之經窮明之說義兼三端至無二極但語出梵方故見猜世學事起殊倫故獲非恒情天之賦道非差胡華人之稟靈豈限外內一以此思可無臆裁爲道者蓋流出於仙法故以練形爲上崇佛者本在於神教故以治心爲先練形之家必就深曠反飛靈糇丹石粒芝精所以還年却老延華駐彩欲使體合纁霞軌遍天海此其所長及僞者爲之則忌災祟課粗願混士女亂妖正此其巨蠹也治心之術必辭親偶閉身性師淨覺信緣命所以反壹無生剋成聖業智邈大明志狹恒劫此其所貴及詭者爲之則藉髮落狎菁華傍榮聲謀利論此其甚誣物有不然事無不弊衡石曰陳猶患差忒況神道不形固衆端之所假未能體神而不疑神無者以爲靈性容微可以積理知洪變欻怳可以大順待照若鏡天肅若窺淵能以理順爲人者可與言有神矣若乃罔其眞而眚其弊是未加心照耳

王該日燭

尋夫至道之典暢生死之源標善惡之報啓陵化之津訓戒明白縷羅備矣然信言不美文繁辭宕累寞絕昧重淵隅浪是以學者未得其門或未之留意聊抒咸池之遠音適爲里巷之近曲假小通大儻可接俗助天揚光號曰日燭

陶先覺之宏誥啓玄管於靈門周太虛以遊眺究泲蕩而無垠履地勢於方局冠圓天於覆盆緬三界之寥廓遘二氣之氤氳尋大造之冥本測化育之幽根形假四大而泡散神妙萬物而常存彼良民之達分故哀生而怡魂夫含氣之倫其神無方蠢爾之類其質無常寄若水勢託若火光隨行纏綣迭枯迭芳往來出沒冥冥茫茫洪海環流大變輪迴乘彼遠漂濟來曷階宛轉三塗之中沉滯八難之圍愍企竅之無期悼客作之有歸瞻崇德之可速鑒聚凶之宜遲斯成務之易覩匪先見之動微五福起於履是六極構於蹈非理感自然冥對玄凝福兮誰造禍兮孰興水運鍾畀人道惡矜釁因豐積祉緣謙升童孺正而鬼退丈夫邪而魅陵覽形聲之兩偶考休咎之雙徵理投思而合契迹望目而相應若圓輪之抱規猶直桷之附繩蒼犬出於帝父黄能資於聖子聿徵化而弗救奚天屬之云恃諒求福之在躬信爲仁之在已咨吹吸其靡常知忽往其何止彼非人之什岌豈無氣之所始悲婉孌之夭徂還託生於家豕昔鞠育而懷抱今屠割以爲禮神居妙而恒我形受變而易體未一旬而相忌可長歎而流涕夫闇愚其皆然匪伊人之獨爾察寡孚於嘉類悟繁産於蟲豸喻零霖其猶希若幡囊之倒米爲嚚嚚以日日誰識伏而達倚匪余情之能測謬聞之以如是若夫倒置之族矇矇徒生兵風既至忽然潛征神道雖昧鬼法尤明徘徊中陰徂彼鐵城宵絶望舒書無曜靈身造笮萮之檻足蹈炎炭之庭刀岳霜錯以

積刃劒林翅鋒而簫精陶銅汪洋以海涌巨鑊波沸而雷鳴閻王領閱卒傍執釵三扐一奮百千累羅鵂鶹利觜煌煌火車銳釘攙搶狻狗擬牙婬徒燋於幻柱飢囚枯於塵沙資輕妙之靈質益痛戮之易加永煩寃以彌劫安斯酷之可過三六峻網弗可裂縷千條殊劇萬端異苦靡喘息而不經俄聿來而忌宇予略一朝以言之將終年而震楚爰有五德無玷十淑道全夕惕苦逝慶升九天寶殿晃昱高構虛懸瓊房兼百瑶戶摩千金門煥水精之朗玉巷耀瑠璃之鮮珠樹列於路側鸞凰鳴於條間芳華神秀而粲藻香風靈飄而飛烟想衣斐亹以被軀念食芬芳以盈前彼曦和之長邁永一日而萬年無事爲以于性常從容於自然映光蘂之爍爍眇輕騰之翩翩究妙音之至樂窮有生之遐延捨陋世而上躋伴超倫之高遷然夫饗茲舊德日用玉食厥土不毛罔施稼穡積畜雖多焉有不竭齡祚雖脩終焉歸滅三災起而宮宇散七證至而天祿絶會大秋以考落混椿菌之無別是以如來大聖三達洞照哀我困蒙曉了道要善權灑落或麁或妙如溟海之運流若天日之垂曜上士虛懷忘其言中才負志執其教教無定方適物所由宜陸以車應水以舟敷設云云廣衍悠悠駉未塞乎三百要指在乎一幽握累玄之綱領遣毛目於網褁宏籠大訓展我智分治無不均質有利鈍虛往實歸各足方寸愚黠並誘龍鬼俱化萬塗叢歸一由般若譬彼濟海非船莫過驅萬動於道場畢無爲而息駕本夫三乘之始同歸一無

才照各異致用參殊應眞忘有而求空遂耽空而恬愉緣覺亮累於知微爰遷玄而弗居雖妙迹其再喪猶有遺而未虛開士解拘於都盡作無存其焉除悟之谿於鑒先體之冥乎意初理重深而絶韻疇剋諒而業諸自古在昔先民有遇堂堂蔭映躬受聖喻喁喁羣黎耳目仰注或發蒙於一咳或革面於一哺並因言而陵化未有人而不度善逝迄今道運轉衰大教雖存味之者希栴檀與蓼蘇同芬夜光與熠燿齊暉于氏超世綜體玄指嘉遁山澤仁感虎兕護公澄寂道德淵美微吟穹谷枯泉漱水闕叟登霄衛度係軌咸淡泊於無生俱脫骸而不死今則支子特秀領握玄標大業沖粹神風清蕭一言發則蘊滯披三幡著則重冥昭見之足以洗鄙吝聞之可以落矜驕孫濯流以逸契詠遂初於東皐何深味以栖素輕大寶於秋毫道風之所扇蕩深達之所逍遥才不難則賢不貴愚不笑則聖不高遠聲見陋於近耳孰能忘味於聞韶哉奚適非道何之無神理有精麤物有産眞大居細君小爲碩臣羽隸隸乎金翅甲屬屬乎須倫兩儀宗於太極衆星繫於北辰是以九十六種枝條繁張輕道重根躁廢靜王具曰予聖各鎮一方或移山而住流或倏忽於存亡命天衣之彩粲嘯靈厨之芬芳曜叔振旅之兇化恭化礫石之琳琅竭變幻之堀奇惜有待之無長斯乃數内之甘醇弗如至道之糟糠者也建乎列仙之流練形之匹熊經鳥伸呼吸太一夕餐榆陰與素月朝挹陽霞與朱日赤斧長生於服丹涓子翻飛於餌朮

安期久視於松豪豐人輕舉於栢實彼和液之所滦足支年而往質中不夷而外猗徒登雲而殞卒俱括囊以堅卵固同門而共出理未升於顔堂永封望乎孔室貴乎能飛則蛾蝶高翬奇乎難老則龜蛇脩考伊逆旅之遊氛唯心玄之可寶存形者不足與論神狎俗者未可與言道道乎奚言無問無對諮者叩窮應者負内默之斯通語焉則匱當於素珠與講道吾成罔象與無謂机然寂泊玄酬有箴宗鑽浮響莫悟冥音希之彌錯搜之愈沉郢人其逝爲誰匠椹設筌蹄乎淵奮俟魚免乎川林儻得意於談表共目擊而廢心無運睒倏往矣斯復忍立賢達忽如涉宿千師誕化肇過一六慈氏方隆仰期仁育孰云數遼瞥若瞬目靈轡雖迅緣樞靡窮彼無本標我

有始終假步炯電之末託息石飈之中知畏塗而驚寇迷塵欲之致戎替遠勝而婪近謂奢儉而交豐不防枯於未飄既零落於勁風思反幣而更秀結萬悔其胡充是以大誓之徒燒指穿石冥期無待志與心歡峻智塹崇慧壁拔律劒揮戒戟想將萌而夷斬情向兆而翦剌掃六賊於胷中休五道而長役拱巳内治總持法忍三世都寂一心豁盡寄耳無明寓目莫准塵隨空落識與虚隕廓焉靈悟因權作尹普濟安度大悲誰愍託蘧廬以和光常遊君乎冥泯任天行與物化如蹈水之無軫若乃妙變神奇理不思議大千舞於指掌芥子含於須彌四海宅於毛孔七寶永於劫移可信而不可尋可由而不可知非談詠之所宣惡毫素之能披善乎優陀之言也使

夫智者滿於天下人有百頭頭有百舌舌解百義辯才鋒逸合兹人以讚道猶萬分而未一唯覺覺之相嘆乃敷暢而彰悉刳愚昧之固陋訖狂簡而仰述抗螢爝之炯炯欲增暉以吡日者歟嗟乎方外靈藏奢遐誕宕衆妙淵玄羣輿無量小成弗藉大言横喪川德之厚于何不有驚聽洪壑駭耳崇阜夏典載其掌握荒經列其户牖周既達而未盡信齊諧之小醜見鵬鯤而標大不覩鳥王與魚毋吁乎噫嘻奇桀之事積籍眇漫焉可稱記伊皇覽之普綜足探幽而體異何近顧於割玉又碩誣乎火燬況下斯而東敎趣堯孔之權餌常專專而守檢懼越蹈於所伺並廢理以證言莫觸類以取意徒宏博而繁構更益猜而致忌悟飾智之悖物故收翰而輟思寄一隅於梗指侯體信於明識者乎

弘明集卷第十三

音釋

抵揬 抵丁禮切觸也揬徒骨切搪揬也
虺 許委切蝮也
鯀殛 鯀公本切夏禹父名殛紀力切誅也
鮬鮒 鮬徐呂切鮒扶句切
帑 農都切通作帑謂枝其妻子爲奴婢也
櫝 徒谷切匱也
撾 陟瓜切擊也
洿 汪胡切濁也
閡 五槩切阻也
襲 似入切掩襲也
簣 求位切土籠也
漭 莫朗切漭蕩廣大貌
繾綣 繾去戰切綣去願切繾綣不已之意
婉孌 婉於阮切孌力眷切婉孌美好也
刳 苦胡切剖也
豸 池爾切無足蟲也
囂 許驕切囂囂無欲目得之貌
扐 即得切
鴥 余出切鳥名
攙搶 攙測咸切搶千羊切
駧 大貢切
喁 魚容切衆口切
熠燿 熠為立切燿弋笑切熠燿螢火也
兕 徐里切似牛角獸也
堀 衢物切堀奇猶詭異也
椹 知林切櫍也
炯 古迥切光也
婪 魯甘切貪也
蘧廬 蘧強魚切廬力俱切蘧廬寄舍也

弘明集卷第十四

梁　釋　僧　祐　撰

竺道爽檄太山文

釋智靜檄魔文

釋寶林破魔露布文

釋僧祐弘明論後序

竺道爽檄太山文

沙門竺道爽敢告太山東嶽神府及都録使者蓋玄元創判二儀始分上置璇璣則助之以三光下設后土則鎮之以五嶽陰陽布化於八方萬物誕生於其中是以太山據青龍之域衡霍處諸陽之儀華陽顯零班之境恒岱列幽武之㝠嵩嵜皇川之中鎮四瀆之所墳此皆稟氣運實無邪之穢神道自然崇正不僞因天之覆順地之載敦朴方直澹然玄淨進道四運之端退履五教之精内韜通微之資外朗道德之明上達虛無下育蒼生含德潛通無遐不徹遊步九崖翱翔玄闕故能形無正始呼吸陰陽握攬乾坤推步八荒夫東嶽者龍春之初清陽之氣育動萌芽王父之位南箕北斗中皇九天東王西母無極先君乘氣鳳翔去此幽玄澄於太素不在人間蕩消衆穢其道自然而何妖祥之鬼魍魎之精假東嶽之道託山居之靈因游魂之狂詐惑俗人之愚情雕匠神典僞立神形元無所記末無所經外有害生之毒氣内則百鬼之流行晝則穀飯成其勢夜則衆邪處其庭此皆狼蛇之羣鬼梟蟒之虛聲自三皇創基傳載于今歷代所崇未覩斯響也故零征記曰夫神正者則潛曜幽昧上騰高象下戲玄闕

逍遥雲影龍翔八極風興雨施化若雷電行厨不設百味自然含慈秉素澤潤蒼生恩過二養惠若朝陽應天而食不害衆命此乃靈翔之妙節清虚之神道若神不正者則干於萬物因時託響傳惑於俗沮成散朴激動人心傾財極殺斷截衆命枉害中年殂其骨肉精神離迸痛傷元氣東嶽之神豈此之謂也故枕中戒曰含氣蠢蠕百蟲勿嬰無食鳥卵中有神靈天無受命地庭有形粗稟二儀焉可害生此皆逆理違道本經羣民含慈順天不殺況害猪羊而飲其血以此推之非其神也又五嶽真神則精之候上法璇璣下承乾坤稟道清虚無音無響敬之不以歡慢之不以感千舉萬毀神無增損而汝矯稱假託生人因虚動氣殺害在口順之則賜恩違之則有禍咎進退諂僞永無賢軌毀辱真神非其道也故黄羅子經玄中記曰夫自稱山嶽神者必是蟒蛇自稱江海神者必是黿鼉魚鼈自稱天地父母神者必是猫狸野獸自稱將軍神者必是熊羆虎豹自稱仕人神者必是猨猴狖玃自稱宅舍神者必是犬羊猪犢門戸井竈破器之屬鬼魅假形皆稱爲神驚恐萬姓淫鬼之氣此皆經之所載傳之明驗也自汝妖祥漸踰六載招來四遠靡不響應迷疾而往者如小水歸海獲死而還者哀呼盈路重者先亡便云筭盡輕者易降自稱其福若使重患難濟則汝無恩中容之疾非汝所救三者無效焉可奉事乃令羣民投身歸命既無良醫善藥非散髮之能降經旬歷月曾無影報以此推之有何證驗又國太元桓王

及封陽六國之懿節三台之輔光賛皇家黎元慈悅天福謬加體嬰微疾謂汝之祇能感靈德故宣德信命詣汝神殿獻薦三牲加贈珍異若汝聖道通乾神至妙者何不上啓九皇下諮后土參集百靈顯彰妙術使國良輔消疾獲安既無響應乃奄斃遐驗此虛妄焉足奉哉又昔太山石立社移神靈降象遐聲萬代此則乾坤之所感顯爲時瑞汝託稱其聖既不能興雲致雨以表神德圖妖邪以損眞道正使汝能因槃動箸舉杯盡酒猶爲鬼幻非爲眞正況無其徵有何神也又太山者則閻羅王之統其土幽昧與世異靈都録使者降同神行定本命於皇記察都籍於天曹羣惡無細不拾纖善小而無遺總集魂靈非生人應府奚而何弊鬼詐稱斯旨橫恣人間欺紿萬端蓬林之樹烏鵲之野翕動遠近列于祠典聚會男女樹俗之心穢氣外釁梟聲遠布毒鍾王境爲害滋甚夫雲霧蔽天羣邪翳正自汝妖異多所傷害吾雖末流備階三服每覽經傳而覩斯孽推古驗今邪不處正吾將蕩穢光揚聖道告到嚴鉤魅黨還游冢墓餐果飲泉足生之路既令羣民無傾財之困鳥獸無羅網之卒若復顧戀望餐不去者吾將宣集毗沙神王揔羅子等授以金剛屯眞師勇武秋霜陵動三千威猛難當曜戈明劍擬則推山降龍伏魔靡不稽顙汝是小鬼敢觸三光鶴毛入炭魚行鑊湯傾江滅火朝露見陽吾念仁慈愍汝所行占此危殆慮即傷心速在吾前復汝本形長歸萬里滄浪海邊勿復稽留明順奉行

釋智靜檄魔文

釋智靜頓首頓首明將軍輪下相與玄塗殊津人天一統宗師雖異三界大同每規良會中展曩積而標榜未冥所以致講今法王御世十方思順靈網方申紘綱彌絙大通有期高會在近不任翹想並書喻意耳夫時塞有通否終則泰千聖相尋羣師迭襲昔我皇祖本原天王體化應符龍飛初域節權形以附萬邦奮惠柯以覆六合威蕩四邪掃清三六方當抗橫縱於八區絙紘網於宇宙夷靜七荒寧一九土而冥宗不弔眞容擬位重明寢暉靈舟覆浪故令蟻聚邪番興茲彪見暴起曀染眞塗塵惑清衆虐鍾蒼生毒流萬劫懷道有情異心同忿我法王承運應期理亂上承高胄下託羣心秉天旗以籠三千握聖圖以隆大業雲起四宮鸞翔天竺降神迦維爲時城壍綏撫黎元善安卿士獎導羣情慰喻有疾嚴慧柯於胷中被神甲於身外愍十八之無辜哀三空之路絕志匡大荒靖安平難百域千邦高伏風化承君不忌重迷自覆深攝愚懷故守僞見狼據欲天鵄鳴神闕畔換壃埸抗拒靈節謂大位可登弘規可敗覽茲二三遠爲歎息昔大通統世羣方影附有僞癡天魔不遵政節干迕聖聽陳擾神慮領卒歸區權形萬變精甲照曦霜戈拂域靈鼓競興響衝方外矯步陸梁自謂強盛王師一奮羣邪殄喪衆迷革心望風影伏況君單將驍然一介士無方尋衆不成旅而欲違背陵虐華邑篡奪靈權騰邈最勝以爲氣眞可不謬乎今釋迦統世道隆先劫妙化蕩蕩神羅遠

御智士雍雍雲筭蓋世武夫龍跳控弦萬隊
恊略應眞奇謀超拔故命使持節前鋒大將
軍鑒閻浮都督歸義侠薩陀波崘獨禀天奇
蒙塵玄鏡神高須彌猛氣籠世善武經文忠
著皇闕領衆十萬億揚鑣首路使持節威遠
大將軍四天都督忉利公導師武勝摽羣文
超宏謀妙思絕塵心栖夢表憂時忘身志必
匡世領衆百萬億鸞飛天衢使持節征魔大
將軍六天都督兜率王解脫月妙思虛玄高
步塵表略並童眞功侔九地悼愍三塗忿若
縱害校却慷慨龍迴思奮領衆四百萬億雲
迴天門使持節通微大將軍七天都督四禪
王金剛藏朗質映暉金顏遐燭恩過九陽力
傾山海右眄則濛汜飛波左顧則扶桑落曜
德無不照威無不伏領衆七百萬億虎眄須

彌使持節鎮域大將軍九天都督八住王士
大維摩詰奇筭不思法柯遠震體合神姿權
踰萬變呼吸則九服雲從叱吒則十方風靡
哀彼下民無辜三楚領衆九百萬億飲馬虛
津使持節鑒後大將軍十三天都督小千諸
軍事九住王士大文殊承胄遐元形暉三曜
胤自紫宮神高體大應適千塗玄筭萬計群
動感於一身衆慮靜於一念深抱慈悲情兼
四攝領衆若塵翺翔斯在使持節匡敎大將
軍録魔諸軍事羣邪校尉中千王觀世音智
略淵深慧柯遠振明達四通朗鑒三固或託
迹羣邪曜奇鋒起或權形二九息彼塗炭揮
手則鐵圍摧巖噓氣則浮雲頹崿能爲萬方
不請之友領衆不思杖戈虎嘯使持節布化
大將軍三界都督補處王大慈氏妙質蹤網

天姿標桀體喻金剛心籠塵表猛氣衝雲慧柯遠奮無生轉於胷中權智應於事外志有所規無往不就威恩雙行眞俗並設領衆八萬四千嚴警待命勇出之徒充逸大千金剛之士彌塞八極咸思助往席卷六合乘諸度之寶軒守八正之脩路跨六通之靈馬控虛宗之神轡彎四禪之勁弓放權見之利箭鳴驥桓桓輕步矯矯奉命聖庭曾無有闕貴邦導師勝子五百幽鑒天命來投王化聖上開襟感焉歸順皆受名爵封賞列土功倖舊臣聲蓋萬域而君何心橫生異計偃蹇邊荒規固常位毒害勃於蒼生天禍流於永劫可不哀哉可不謬哉君昔因時爲物所惑狂迷君心投危外竄百行一愆賢達常失久謂君覺智返愚歸罪象季來身抽簪同遊羣儁以道

自懽榮名終始如何攝愚守謬偷安邪位託癡山以自高恃見林以遊息耽六欲之穢塵翫邪迷以怡性建憍慢之高幢引無明之旬陣闊步荒塗輕弄神器盜篡天宮抗衡日月恐不果哉舉手而映三光把土以塡巨海雖擬心虛標事之難就將軍植福玄津原承彌遠華貌暐然羣情屬目望冑之基易登由來之功可借君可改往修來翻然歸順謝過朱門以道齊好家國並存君臣同顯身名獲安曉迷達觀眷屬晏然可不美哉今王師剋舉十萬翹轡手提法羅齊舞羣聖道柯曜於前驅靈鼓震於後隊神鍾一叩十方傾覆海浪飛流陸原涌沸于斯之時須彌籠於一塵天地迴於一粟無動安於左衽妙樂曜於右手神力若斯豈可當也我法王體道仁慈不忍

便襲權停諸軍暫壹靈嚮臨路遣書庶迴迷駕君可早定良圖面縛歸闕委命皇庭逍遥玄境隆名内暉遊形外寄上方即任非君是誰夫慧當識機明貴免禍窮而知反君子所美斯乃轉禍之高秋取功之良節昔夏桀背主殷王致伐商紂首亂周武建師此即古今著龜將軍之明誡相與雖乖於當年風流同味人天崎嶇何足致隔想便懽然通書致命所以竊痛其辭委曲往反者不欲令蘭芳夏凋脩柯摧頹深思致言善自量筭無使君身傾匡三趣莫令六天鞠生稊稗造顛聣目助懷惕然臨路遣書諸情多憤言不藉意

釋寶林破魔露布文

賢劫大千微塵年五濁鼎沸朔現壽百齡日使持節都督恒沙世界諸軍事征魔大將軍淨州刺史十地王臣金剛藏使持節都督八萬波羅蜜諸軍事破結將軍領魔蠻校尉大司馬梵州刺史八地公臣解脫月等稽首和南上聖朝尚書謹案夫六合同曜靈之鑒羣流歸百谷之王萬化均于空玄衆竒宗於一智斯蓋理有宗極之地統物無殊趣之會是以如來越重昏而孤與蔚勤功於曠劫曜三塗之高明拔洪癡於始造窮聖德之區奧究無生之虛致覽物化之樞機握宏德之紘紐至若英姿挺特神光赫弈雖復千暉並照固已絶矣身殊萬狀而非衆體合至妙而不一應出五道而非生示入形亡而非滅希夷怳惚無名無像莫測其深靡知其廣應羣感而不勞周萬動而常靜歷恒沙以倏忽撫八荒於俄頃兩儀頹陷而不夷力負潛移而不易

吸大火而不燋懷洪流而不溺乾坤不足以語其德文玄不足以明其道巨包六合不可以稱其大妙入無間不可以名其小爾乃亭毒蒼生化兼始毋無欲無爲而無不爲翺翔于應變之塗逍遥于有無之表挺逹羣聖之端恬惔涅槃之域二乘韜思於重忘之致十住息慮於動靜之機梵王洛嗟以歸德帝釋伏膺而厭位其爲聖也亦已極矣於是應定光之遐記驗大通之圖録出五道而龍興超帝皇以命世道王三界德被十方織甸恒沙都邑大千偃九定之閑室登七覺之雲觀濯八解之清池遊總持之廣苑爾乃戴慈悲之殿處空同之座衮龍衆好天冠頂相左輔彌勒之流右弼文殊之匹前歌大方之雅頌後舞四攝之鑾拂衛以八住體虛之士侍以四果卓落通仙三臺惟聖六府唯賢爾乃宣教姬孔宰守虞唐揚威湯武州牧三皇其爲化也坦八正之平衢開三乘之通津列無爲之妙宅濟大苦於勞塵杜三惡之姦路啓懽樂於天人爵以果伯之位禄以甘露之餐功巨者賞以淨土之封勲小者指以化城之安此乃超百王之洪業太平之至治也五趣宦身之清朝四生土位之宗極而羣迷愚嶮背眞彌曠欣濡沫之近足忘江湖於遠全故魔王波旬植愚根於曠始積迷心於妄境汎三染之洪波入邪見之稠林至乃竊弄神器假僞冒眞夸王天宫分列嶽土制命六天縱肆偏戚内以三公諸毒卿相九結外以軍將六師戎卒四兵内行跋扈不忌皇憲自火螢光爭暉天照故乃頊者抗行神威揚兵道樹震雷

公霹靂之聲列擔山吐火之衆又持世致惑於靜室波旬悲號於都肆斯皆癡狂縱虧于聖節作亂中夏爲日久矣聖皇悼昏俗之聾瞽悲弱喪以增懷將總羣邪以齊見會九流而同津於是命將大勢之徒簡卒金剛之類茹金嚼鐵之夫衝冰蹈火之士勇卒塵沙驍雄億萬星流風發龍騰魔境置軍萬全之策逼寇必死之野而魔賊不祇敢執蠻荊之蠢爾抗宗繒之逋慠建麾於自憍之地結固雲迷之嶮傍唐重複俠疊鱗次且其形勢則癡山嵯峨固其前愛水浩汗漲於後邪林蔚薈蒙其左癡澗淵玄帶其右塵勞之卒貔視於交境六師之將虎步於長逵望若雲起蔽天霧塞六合其爲盛也開闢罕有臣等於是承聖朝之遐威出超圖之奇略蓋以高筭之籠彌以玄策之圍精騎千重步卒萬帀遊師翳野屯塞要害使前將軍檀那望慳麾以直進後軍毗耶覽懈卒於其後禪那略游騎於其左尸羅防窓姦於其右外軍漚和浪騎隊於平原之上走逗兵於詰屈之下陳虎旅而高驤設危機於幽伏中軍般若握玄樞之妙鑒把戰勝之奇術控億兆之雄將擁塵沙之勁卒於是衆軍響應萬塗競進威動六合聲震天地雄夫奮威浪奔白刃之光奪於曦曜法鼓之音亂於雷震鞦馬趍趣以騰擲迅象飛控以馳驅禪弓烟舉而雲輿慧箭雨灑以流虛鞭以假名之策蹴入無有之原研以師子之吼刺以苦空之音揮千將而亂斬動戈矛而競偃橫塵尸以被野流嘗血於長川崩癡山之嵯峨竭愛水之洪流窮僣於諸見之窟

挫高於七慢之巢於是魔賊進無抗鱗之用退無希脫之隱處盡路窮迴遑靡據魔王面縛於魔庭羣旅送命於軍門諸天電卷以歸化迷徒風馳於初暉皇威掃蕩其猶太陽之熯晨霜注洪流以滅爝火故使萬世之逋寇土崩於崇朝中華之昔難肅清於俄頃斯誠聖皇神會之奇功曠代著世之休烈雖昔殷湯建雲功於夏郊周武掃清氛於商野斯乃上古之雄奇豈以得齊於聖勳臣輙奉宣皇猷綏慰初附安以空同之宅充以八解之流防以戒善之禮習以六度之風耆年者悟其即眞於新唱弱喪者始聞歸歟之音夫應天順罰春秋之道興功定亂先王所美元惡以賓祗從聖憲六合同明廓清宇內玄風遐扇率土懷慶朝有康哉之歌野有樂哉之詠功高道大非見所表聖慮幽深非言能宣粗條皇威奇筭之方又列衆軍龍驤之勢電驛星馳謹露布以聞臣等誠惶以下

余以講業之暇聊復永日寓言假事庶明大道冀好迷之流不遠而復經云涅槃無生而無不生至智無照而無不照無生無照一切皆成成無成而無不成其唯如來乎戰勝不以干戈之功略地不以兵強天下皇王非處一之尊霸臣非桓文之貴丘姬之教於斯遠矣聃周之言似而非當故知宗極存乎俗見之表至尊王於眞鑒之裏中人躊躇於有無之間下愚驚笑於常迷之境令庶覽者捨河伯秋水之自多遠遊于海若之淵門不束情於近教而駭神于長廣之說也

釋僧祐弘明論後序

余所集弘明爲法禦侮通人雅論勝士妙說摧邪破惑之衝弘道護法之塹亦已備矣然智者不迷迷者乖智若導以深法終於莫領故復撮舉世典指事取徵言非榮華理歸質實庶迷塗之人不遠而復總釋衆疑故曰弘明論云夫二諦差别道俗斯分道法空寂包三界以等觀俗教封滯執一國以限心心限一國則耳目之外皆疑等觀三界則神化之理常照執疑以迷照羣生所以永淪者也詳檢俗教並憲章五經所尊唯天所法唯聖然莫測天形莫窺聖心雖敬而信之猶矇矇弗了況乃佛尊於天法妙於聖化出域中理絕繫表肩吾猶驚怖於河漢俗士安得不疑駭於覺海哉既駭覺海則驚同河漢一疑經說迂誕大而無徵二疑人死神滅無有三世三疑莫見眞佛無益國治四疑古無法教近出漢世五疑教在戎方化非華俗六疑漢魏法微晉代始盛以此六疑信心不樹將溺宜拯故較而論之若疑經說迂誕大而無徵者蓋以積劫不極世界無邊也今世咸知百年之外必至萬歲而不信積萬之變至於曠劫是限心以量造化也咸知赤縣之表必有四極而不信積極之遠復有世界是執見以判太虛也昔湯問革曰上下八方有極乎革曰無極之外復無無極無盡之中復無無盡朕是以知其無極無盡也上古大賢據理訓聖千載符契懸與經合井識之徒何智得異夫以方寸之心謀己身而致謬圓分之眸隔牆壁而弗見而欲侮尊經背聖說誣積劫罔世界可爲慜傷者一也若疑人死神滅無有三世

是自誣其性靈而蔑棄其祖禰也然則周孔制典昌言鬼神易曰游魂爲變是以知鬼神之情狀既情且狀其無形乎詩云三后在天王配于京升靈上旻豈曰滅乎禮云夏尊命事鬼敬神大禹所祗寧虚誕乎書稱周公代武云能事鬼神姬旦禱親可虚罔乎苟亡而有靈則三世如鏡變化輪迴孰知其極俗士執禮而背叛五經非直誣佛亦侮聖也若信鬼於五經而疑神於佛説斯固聾瞽之徒非議所及可爲哀矜者二也若疑莫見真佛無益國治則禋祀望秩亦宜廢棄何者蒼蒼積空誰見上帝之貌茫茫累塊安識后祇之形民自躬稼社神何力人造庸畷蜡鬼奚功然猶盛其犧牲之費繁其歲時之祀者豈不以幽靈宜尊教民美報耶況佛智周空界神凝域表上帝成天緣其陶鑄之慈聖王爲人依其亭育之戒崇法則六天咸喜廢道則萬神斯怒今人莫見天形而稱郊祀有福不覩金容而謂敬事無報輕本重末可爲震懼者三也若疑古無佛教近出漢世者夫神化隱顯孰測始終哉尋羲農緬邈政績猶湮彼有法教亦安得聞之昔佛圖澄知臨淄伏石有舊像露盤揵陀勒見槃鵄山中有古寺基墌衆人試掘並如其言此萬代之遺徵晉世之顯驗誰判上古必無佛乎列子稱周穆王時西極有化人來入水火貫金石反山川移城邑乘虚不墜觸實不礙千變萬化不可窮極既能變人之形又且易人之慮穆王敬之若神事之若君觀其靈跡乃開士之化大法萌兆已見周初感應之漸非起漢世而封執一時

可爲嘆息者四也若疑教在戎方化非華夏者則是前聖執地以定教非設教以移俗也昔三皇無爲五帝德化三王禮形七國權勢地當諸夏而世教九變今反以至道之源鏡以大智之訓感而遂通何往不被夫禹出西羌舜生東夷孰云地賤而棄其聖丘欲居夷聃適西戎道之所在寧選於地夫以俗聖設教猶不繫於華夷況佛統大千豈限化於西域哉案禮王制云四海之內方三千里中夏所據亦已不曠伊洛本夏而鞠爲戎墟吳楚本夷而翻成華邑道有運流而地無恒化矣且夫厚載無疆寰域異統北辰西北故知天竺居中今以區分中土稱華以距正法雖欲距塞而神化常通可爲悲涼者五也若疑漢魏法微晉代始盛者道運崇替未可致詰也

尋沙門之修釋教何異孔氏之述唐虞乎孔修五經垂範百王然春秋諸侯莫肯遵用戰伐蔑之將墜于地爰至秦皇復加燔爐豈仲尼之不肖而詩書之淺鄙哉逾及漢武始顯儒教舉明經之相崇孔聖之術寧可以見輕七國而遂廢後代乎案漢元之世劉向序仙云七十四人出在佛經故知經流中夏其來已久逮明帝感夢而傳毅稱佛於是秦景東使而攝騰西至乃圖像於關陽之觀藏經於蘭臺之室不講深文故莫識奧義是以楚王修仁潔之祠孝桓建華蓋之祭法相未融唯神之而已至魏武英鑒書述妙化孫權雄略崇造塔寺晉武之初機緣漸深耆域耀神通之跡竺護集法寶之藏所以百辟搢紳洗心以進德萬邦黎憲刻意而遷善暨晉明叡悟

秉壹棲神手畫寶像表觀樂覽既而安上弘經於山東什公宣法於關右精義既敷實相彌照英才碩智並驗理而伏膺矣故知法雲始於觸石慧水流于濫觴教必有漸神化之常感應因時非緣如何故儒術非愚於秦而智於漢用與不用耳佛法非淺於漢而深於晉明與不明耳故知五經恒善而崇替隨運佛化常熾而通塞在緣一以此思可無深惑而執疑莫悟可爲痛悼者六也夫信順福基迷謗禍門而況矇矇之徒多不量力以己所不知而誣先覺之遍知以其所不見而罔至人之明見鑒達三世反號邪僻專拘目前自謂明智於是迷疑塞胷謗讟盈口輕議以市重苦顯誹以賈幽罰言無錙銖之功慮無毫釐之益逝川若飛藏山如電一息不還奄然後世報隨影至悔其可追夫神化茫茫幽明代運五道變化于何不之天宮顯驗趙簡秦穆之錫是也鬼道交報杜伯彭生之見是也修德福應殷代宋景之驗是也多殺禍及白起程普之證是也現世幽徵備詳典籍來生冥應布在尊經但緣感理奧因果義微微奧難領故略而不陳前哲所辨關鍵已正聊率鄙懷繼之于末雖文非珪璋而事足鞶鑑惟愷悌君子自求多福焉

弘明集卷第十四

音釋

梟蟒 梟古堯切土梟也 蟒莫朗切大蛇也 癭 於盈切 伽玃 伽古牙切 玃居縛切伽玃大猿也 紿 蕩亥切誑詐也 孽 魚列切妖孽也 惒 音和 紘 乎盲切紘綱維繩也 絚 居鄧切張也 塹 七豔切遶城水也 綏 宣佳切安也 鵄 稱脂切鳶也 壇場 壇居良切場夷益切壇場邊境也 鑣 悲嬌

切馬衙也叱吒叱尺栗切吒丑亞切叱吒怒呵也崿逆各切崖崿也笇蘇貫切與算同稊稗稊田黎切稗旁卦切稊稗似穀穢草也蹙子六切遂也韠兵媚切與韠同趍䠞趍倉含切䠞徒含切趍䠞走貌膋憐蕭切腸間脂也熯虛汗切乾也爝即約切火炬也畷株劣切井田間道也蜡助駕切年終臘祭也墌之石切基址也讟徒谷切痛怨也錙銖錙莊持切八兩曰錙銖慵朱切十黍之重曰銖鞶蒲官切大帶也

廣弘明集

唐終南山釋道宣撰

清刻龍藏佛說法變相圖

廣弘明集序

唐終南山釋道宣撰

自大夏化行布流東漸懷信開道代有澆淳斯由情混三堅智昏四照故使澆薄之黨輕舉邪風浮正之徒時遭佞辯所以教移震旦六百餘年獨夫震虐三被殘屏禍不旋踵畢顧前良殃咎已形取笑天下且夫信爲德母智寔聖因肇祖道元終期正果據斯論理則內傾入慢之惑褰此求情則外蕩六塵之蔽蕭然累表非小道之登臨廓爾高昇乃上仁之翔集然以時經三代弊五滓之沉淪識蒙邪正銓人天之法網是以內教經緯立法衣以攝機外俗賢明垂文論以弘範昔梁鍾山之上定林寺僧祐律師學統九流義包十諦情敦慈救志存住法詳括梁晉列辟羣英留

心佛理構叙篇什撰弘明集一部一十四卷討顔謝之風規總周張之門律辨駮通議極情理之幽求窮較性靈誠智者之髙致備于秘閣廣露塵心然智者不迷迷者非智故智士與言舉旨而通標領迷夫取悟繁詞而方啓神襟若夫信解之來諒資神用契必精爽事襲玄模故信有三焉一知二見三謂愚也知謂生知佩三堅而人正聚愚謂愚叟滯四惑而溺欲塵化不可遷下愚之與上智中庸見信從善其若流哉是以法湮三代並惟寡學所纏故得師心獨斷禍集其計向若披圖八藏綜文義之成明尋繹九識達情智之迷解者則正信如皎日五翳雖掩而逾光矣余博訪前叙廣綜弘明以爲江表五代三寶載興君臣士俗情無異奉是稱文國智藉文開中原周魏政襲昬明重老輕佛信毀交貿致使工言既申佞倖斯及時不乏賢剖心特達脫穎拔萃亦有人焉然則昬明互顯邪正相師據像則雲泥兩分論情則倚伏交養是以六術揚於佛代三張冐於法流皆大士之權謀至人之適化也斯則滿願行三毒之邪見淨名降六欲之魔王咸開逼引之殊途各立向背之弘轍今且據其行事決滯胥陵喻達蒙泉疎通性海至如寇謙之拒崔浩禍福皎然鄭鵠之抗周君成敗俄頃姚安著論抑道在於儒流陳琳綴篇揚釋越於朝典此之諷議涅而不緇墜在諸條差難綜緝又梁周二武咸分顯晦之儀宋魏兩明同乘弘誘之略沈休文之慈濟顔之推之歸心詞彩卓然迥張物表嘗以餘景誠爲舉之弊於庸朽綜集

牢落有漢陰博觀沙門繫贊成紀顧惟直筆即而述之命帙題篇披圖藻鏡至若尋條揣義有悟賢明孤文片記撮而附列名曰廣弘明集一部三十卷有梁所撰或未討尋略隨條例銓目歷舉庶得呈諸未覩廣信釋紛擬人以倫固非虛託如有隱括覽者詳焉

廣弘明集目錄

廣弘明集卷第一

唐終南山釋道宣撰

歸正篇序

序曰夫邪正紛紛愚智繁雜自非極聖焉能兩開所以欲主天魔猶能變爲佛相況餘色有孰可言哉固知一洲萬國一化千王互興廢立不足論評是以九十六部宗上界之天根二十五諦討極計之冥本皆陳正朔號三寶於人中咸稱大濟敷四等於天下又有魯邦孔氏遵禮樂於九州楚國李公開虛玄於五嶽匪稱教主皆述作於先王贊時體國各臣吏於機務斯並衢分限域（謂流沙以東孔老之化及葱河以西興部之所統也）辯御乖張理路天殊居然自別何以明其然耶故西宇大夏衆計立於我神東華儒道大略存於身國孰解妄想流愛纏綿於九居倒情從滯祛除於七識致令惑網覆心莫知投向昏波漾目寧辯歸依不可効尤務須反本原夫小道大道自古常談大聖小聖由來共述至於親承面對曾未覺知雷同體附相從奔競故有剋念作聖狂哲互稱即斯爲論未契端極昔皇覺之居舍衛二十五年九億編戶逆從太半素王之在赤縣門學三虛子夏懱而致疑顏回獨言莫測以斯論道又可惑焉夫以會正名聖無所不通根塵無礙於有空陶冶莫滯於性欲形不可以相得挺金姿之四八心不可以智求垂不共之二九斯止一人名佛聖也故能道濟諸有幽顯咸所歸依自餘鴻漸天衢之所未陟互自方域位殊義非叨僭若夫天無二日國無二王惟佛稱爲大聖光有萬億天下故令門學

日盛無國不仰其風教義聿修有識皆慕其
席彼孔老者名位同俗不異常人祖述先王
自無教訓何得比佛以相抗乎且據陰陽八
殺之略山川望秩之祠七衆委之若遺五戒
捐而不顧觀此一途高尚自足投誠況有聖
種賢蹤則爲天人師表矣是知天上天下唯
佛爲尊六道四生無非苦者身心常苦義畢
驅馳不思此懷妄存高大大而可大則不陷
於有爲既履非常固可歸於正覺有斯事類
故敢序之云爾

歸正篇第一之一

商太宰問孔子聖人一

子書中以佛爲老師二

漢顯宗開佛化法本内傳三

後漢書郊祀志四

吳主孫權論叙佛道三宗五

宋文帝集朝宰論佛教六

元魏孝明帝召釋道門人論述佛先後七

商太宰問孔子聖人一出列子

太宰嚭問孔子曰夫子聖人歟對曰丘也博
識强記非聖人也又問三王聖人歟對曰三
王善用智勇聖非丘所知又問五帝聖人歟
對曰五帝善用仁義聖非丘所知又問三皇
聖人歟對曰三皇善用時聖非丘所知太宰
大駭曰然則孰爲聖人乎夫子動容有間曰
丘聞西方有聖者焉不治而不亂不言而自
信不化而自行蕩蕩乎人無能名焉據斯以
言孔子深知佛爲大聖也時緣未昇故黙而
識之有機故舉然未得昌言其致矣

子書中以佛爲老師二出老子符子老子西昇經云吾師化遊天竺善入泥洹符子云老氏之師名釋迦文

余尋終古三五帝皇有事西奔罕聞東逝故軒轅遊華胥之國王邵云即天竺也又陟崑崙之墟即香山也老子迹沉扶風史述於流沙而道家諸記皆西昇崑丘而上天矣以事詳之並從於佛國也故伯益述山海申毒之國偎人而愛人郭璞博古者曰申毒即天竺也浮屠所與今聞之說曰地殷土中物壤琛麗民博仁智俗高理學立德厚生何負諸夏古稱愛人之國世挺賢聖之人豈虛搆哉

漢顯宗開佛化法本內傳三未詳作者

傳云明帝永平十三年上夢神人金身丈六項有日光寤已問諸臣下傅毅對詔有佛出於天竺乃遣使往求備獲經像及僧二人帝乃爲立佛寺畫壁千乘萬騎遶塔三帀又於南宮清涼臺及高陽門上顯節陵所圖佛立像并四十二章經緘於蘭臺石室廣如前集牟子所顯傳云時有沙門迦攝摩騰竺法蘭位行難測志存開化蔡愔使達請騰東行不守區域隨至雒陽曉喻物情崇明信本帝問騰曰法王出世何以化不及此荅曰迦毗羅衛國者三千大千世界百億日月之中心也三世諸佛皆在彼生乃至天龍鬼神有願行者皆生於彼受佛正化咸得悟道餘處衆生無緣感佛佛不往也佛雖不往光明及處或五百年或一千年或二千年外皆有聖人傳佛聲教而化導之廣說教義文廣故略也傳云永平十四年正月一日五嶽諸山道士朝

正之次自相命曰天子棄我道法遠求胡教今因朝集可以表折之其表略曰五嶽十八山觀太上三洞弟子褚善信等六百九十人死罪上言臣聞太上無形無名無極無上虛無自然大道出於造化之前上古同遵百王不易今陛下道邁羲皇德高堯舜竊承陛下棄本追末求教西域所事乃是胡神所說不參華夏願陛下恕臣等罪聽與試驗臣等諸山道士多有徹視遠聽博通經典從元皇已來太上羣録太虛符祝無不綜練達其涯極或策使鬼神吞霞飲氣或入火不燒或履水不溺或白日昇天或隱形不測至於方術無所不能願得與其比校一則聖上意安二則得辨眞僞三則大道有歸四則不亂華俗臣等若比對不如任聽重決如其有勝乞除虛妄勑遣尚書令宋庠引入長樂宫以今月十五日可集白馬寺道士等便置三壇壇別開二十四門南嶽道士褚善信華嶽道士劉正念恒嶽道士桓文度岱嶽道士焦得心嵩嶽道士呂惠通霍山天目五臺白鹿等十八山道士祁文信等各賷靈寶眞文太上玉訣三元符籙等五百九卷置於西壇茅成子許成子黄子老子等二十七家子書二百三十五卷置於中壇饌食奠祀百神置於東壇帝御行殿在寺南門佛舍利經像置於道西十五日齋訖道士等以柴荻和檀沉香爲炬遶經泣曰臣等上啓大極大道元始天尊衆仙百靈今胡神亂夏人主信邪正教失蹤玄風墜緒臣等敢置經壇上以火取驗欲使開示蒙心得辨眞僞便縱火焚經經從火化悉成煨

爐道士等相顧失色大生怖懼將欲昇天隱形者無力可能禁効鬼神者呼策不應各懷愧恧南嶽道士費叔才自憾而死太傅張衍語褚信曰卿等所試無驗即是虛妄宜就西來眞法褚信曰茅成子云太上者靈寶天尊是也造化之作謂之太素斯豈妄乎衍曰太素有貴德之名無言教之稱今子説有言教即爲妄也信默然時佛舍利光明五色直上空中旋環如蓋遍覆大衆映蔽日光摩騰法師踊身高飛坐卧空中廣現神變于時天雨寶華在佛僧上又聞天樂感動人情大衆咸悦歎未曾有皆遶法蘭聽説法要并吐梵音歎佛功德亦令大衆稱揚三寶説善惡業皆有果報六道三乘諸相不一又説出家功德其福最高初立佛寺同梵福量司空陽城侯劉峻與諸官人士庶等千餘人出家四嶽諸山道士呂惠通等六百二十人出家陰夫人王婕好等與諸宮人婦女二百三十人出家便立十所寺七所城外安僧三所城内安尼自斯已後廣矣傳有五卷略不備載有人疑此傳近出本無角力之事案吳書明費叔才憾死故傳爲實録矣

後漢書郊祀志四出范曄漢書

志曰佛者漢言覺也將以覺悟羣生也統其教以修善慈心爲主不殺生類專務清淨精進者爲沙門漢言息心剃髮去家絶情洗欲而歸於無爲也又以人死精神不滅隨復受形所行善惡後生皆有報應所貴行善以練其精神練而不已以至無生而得爲佛也身長一丈六尺黃金色項中佩日月光變化無

常無所不入故能化通萬物而大濟羣生也有經書數千卷以虛無爲宗包羅精粗無所不統善爲宏闊勝大之言所求在一體之内所明在視聽之表歸依玄微深遠難得而測故王公大人觀生死報應之際無不慷然自失也魏書云其佛經大抵言生生之類皆因行業而起有過去當今未來三世也其修道階次等級非一皆緣淺以及深藉微以爲著率在於積仁順蠲嗜欲習虛靜而成通照也云云

吳主孫權論叙佛道三宗五出吳書

孫權赤烏四年有康居國大丞相長子棄俗出家爲沙門厥名僧會姓康氏神儀剛正遊化爲任時三國鼎峙各擅威權佛法久被中原未達江表會欲道被未聞化行南國初達建鄴營立茅茨設像行道吳人初見謂爲妖異有司奏聞吳主曰佛有何靈驗耶會曰佛晦靈迹出千餘載遺骨舍利應現無方吳主曰若得舍利當爲立塔經三七日遂獲舍利五色耀天剖之逾堅燒之不然光明出火作大蓮華照曜宫殿臣主驚嗟希有瑞也信情大發因爲造塔度人立寺以其所住爲佛陀里又以教法初興故名建初寺焉下勑問尚書令闞澤曰漢明已來凡有幾年佛教入漢既久何緣始至江東澤曰自漢明永平十年佛法初來至今赤烏四年則一百七十年矣初永平十四年五嶽道士與摩騰角力之時道士不如南嶽道士褚善信費叔才等在會自憾而死門徒弟子歸葬南嶽不預出家無人流布後遭漢政陵遲兵戎不息經今多載

始得興行又曰孔丘李老得與佛比對不澤曰臣聞魯孔君者英才誕秀聖德不羣世號素王制述經典訓獎周道教化來葉師儒之風澤潤今古亦有逸民如許成子原陽子莊子老子等百家子書皆修身自翫放暢山谷縱佚其心學歸澹泊事乖人倫長幼之節亦非安俗化民之風至漢景帝以黄子老子義體尤深改子爲經始立道學勑令朝野悉諷誦之若以孔老二教比方佛法遠則遠矣所以然者孔老二教法天制用不敢違天諸佛設教天法奉行不敢違佛以此言之實非比對（今見章醮似俗酒脯碁琴行之）吴主大悦以澤爲太子太傅云云

宋文帝集朝宰論佛教六（出高僧等傳）

文帝即宋高祖第三子也聰睿英博雅稱令達在位三十年嘗以暇日從容而顧問侍中何尚之吏部羊玄保曰朕少來讀經不多比日彌復無暇三世因果未辨措懷而復不敢立異者正以卿輩時秀率所敬信也范泰謝靈運常言六經典文本在濟俗爲政必求性靈眞奥豈得不以佛理爲指南耶近見顔延之折達性論宗炳難白黒論明佛法深尤爲名理並足開獎人意若使率土之賓皆敦此化則朕坐致太平矣夫復何事尚之對曰悠悠之徒多不信法以臣庸弊更荷褒拂非所敢當之至如前代羣英則不負明詔矣中朝已遠難復盡知度江已來則王導周顗庾亮王濛謝尚郗超王坦王恭王謐郭文舉謝敷戴逵許詢及亡高祖兄弟及王元琳昆季范汪孫綽張玄殷覬等或宰輔之冠蓋或人倫

之羽儀或置情天人之際或抗迹烟霞之表並禀志歸依措心歸信其間比對則蘭護開潛深遁崇邃皆亞迹黄中或不測之人也慧遠法師嘗云釋氏之化無所不可適道固自教源濟俗亦爲要務竊尋此説有契理要若使家家奉戒則罪息刑清陛下所謂坐致太平誠如聖旨羊玄保進曰此談蓋天人之際豈臣所宜預竊謂秦楚論强兵之事孫吴盡吞併之術將無取於此也帝曰此非戰國之具良如卿言尚之對曰夫禮隱逸則戰士怠貴仁德則兵氣衰若以孫吴爲志苟在吞噬亦無取堯舜之道豈惟釋教而已哉帝曰釋門有卿亦猶孔門之有季路所謂惡言不入於耳也自是文帝致意佛經及見嚴觀諸僧輒論道義屢延殿會躬御地筵同僧列飯時

有沙門竺道生者秀出羣品英義獨拔帝重之嘗述生頓悟義僧等皆設巨難帝曰若使逝者可興豈爲諸君所屈時顏延之著離識論帝命嚴法師辨其同異往返終日笑曰公等今日無愧支許之談也云云

元魏孝明帝召釋道門人論佛先後七出魏書

正光元年明帝加朝服大赦天下召佛道二宗門人殿前齋訖侍中劉騰宣勑請法師等與道士論議以釋弟子疑網時清通觀道士姜斌與融覺寺僧曇謨最對論帝曰佛與老子同時不斌曰老子西入化胡佛時以充侍者明是同時最曰何以知之斌曰案老子開天經是以得知最曰老子當周何王幾年而生周何王幾年西入斌曰當周定王即位三年乙卯之歲於楚國陳郡苦縣厲鄉曲仁里

九月十四日夜子時生至周簡王四年丁丑歲事周爲守藏吏簡王十三年遷爲太史至敬王元年庚辰歲年八十五見周德凌遲與散關令尹喜西入化胡斯足明矣最曰佛以周昭王二十四年四月八日生穆王五十三年二月十五日滅度計入涅槃後經三百四十五年始到定王三年老子方生生巳年八十五至敬王元年凡經四百二十五年始與尹喜西遁據此年載懸殊無乃謬乎斌曰若佛生周昭之時有何文記最曰周書異記漢法本内傳並有明文斌曰孔子旣是制法聖人當時於佛迥無文記何耶最曰仁者識同管窺覽不弘遠案孔子有三備卜經謂天地人也佛之文言出在中備仁者早自披究不有此迷斌曰孔子聖人不言而知何假卜乎最曰惟佛是衆聖之王四生之首達一切含靈前後二際吉凶終始不假卜觀自餘小聖雖曉未然之理必藉蓍龜以通靈卦也侍中尚書令元乂宣勑語道士姜斌論無宗旨宜下席

又問開天經何處得來是誰所說即遣中書侍郎魏收尚書郎祖瑩等就觀取經帝令議之太尉丹陽王蕭綜太傅李寔衞尉許伯桃吏部尚書邢巒散騎常侍溫子昇等一百七十人讀訖奏云老子止著五千文更無言說臣等所議姜斌罪當惑衆帝加斌極刑三藏法師菩提流支苦諫乃止配徙馬邑

廣弘明集卷第一

音釋

序

澆古堯切漓也踵之隴切足跟也湮於眞切沒也綜子宋切總括也繹羊益切究尋也琳力尋切

集

糺吉酉切紛糺猶繚亂也懱莫結切輕易也曄域輒切嚭匹靡切申毒申音捐毒音篤申毒西域國名偎烏恢切愛也愔於金切雒盧各切與洛同煨燼煨烏恢切燼徐晉切煨燼火餘也恧女六切慚也懅其據切懼也峙池爾切屹立也覬几利切邃雖遂切深遠也

廣弘明集卷第二

唐 終 南 山 釋 道 宣 撰

歸正篇第一之二

元魏書釋老志八

高齊書述佛志九

元魏書釋老志八

齊著作魏收

大人有作司牧生民結繩以往書契所絶義軒巳還至於三代墳典之迹爲秦所焚漢採遺籍復若山丘固使六家七略斑馬區異釋氏之學聞於前漢武帝元狩中霍去病獲昆耶王及金人率長丈餘帝以爲天神列於甘泉宮燒香禮拜此則佛道流通之漸也及開西域遣張騫使大夏還云身毒天竺國有浮圖之教哀帝元壽中景憲受大月氏王口授浮圖經

後漢明帝夢金人項有日光飛行殿庭傳毅始以佛對帝遣郎中蔡愔博士秦景等使於天竺寫浮圖遺範仍與沙門迦攝摩騰竺法蘭還雒陽又得經四十二章及釋迦立像帝令畫工圖之置清涼臺及顯節陵上緘經於蘭臺石室浮圖或言佛陀聲相轉也譯云淨覺言滅穢成明道爲聖悟也

凡其經旨大抵言生生之類皆因行業而起有過去當今未來歷三世識神常不滅也凡爲善惡必有報應漸積勝業陶冶麤鄙經無數形澡練神明乃致無生而得佛道也其間階次心行等級非一皆緣淺以至深藉微而爲著率在於積仁順蠲嗜欲習虛靜而成通照也故其始修心則依佛法僧謂之三歸若

君子之三畏也又有五戒去殺盜婬妄言飲酒大意與仁義禮信智同云奉持之則生天勝處虧犯則墜鬼畜諸苦又善惡生處凡有六道焉

諸服其道者則剃落鬚髮釋累辭家結師資遵律度相與和居治心修淨行乞以自給謂之沙門或曰桑門亦聲相近也其根業各差謂之三乘聲聞緣覺及以大乘取其可乘運以至道爲名也上根者修六度進萬行拯度億流彌歷長遠登覺境而號爲佛也

本師釋迦文此譯能仁謂德充道備堪濟萬物也降於天竺迦維羅衛國王之子生於四月八日夜從母右脇而出姿相超異者三十二種天降嘉瑞亦三十二而應之以二月十五日而入涅槃此云滅度或言常樂我淨明無遷謝及諸苦累也又云諸佛有二義一者眞實謂至極之體妙絶拘累不得以方處期不可以形量限有感斯應體常湛然二權應者謂和光六道同塵萬類生滅隨時脩短應物形由感生體非實有權形雖謝眞體不遷但時無妙感故莫得常見耳斯則明佛生非實生滅非實滅也佛既謝往香木焚屍靈骨分碎大小如粒擊之不壞焚亦不焦而有光明神驗謂之舍利弟子收奉竭香華致敬慕建宮宇謂之爲塔猶宗廟也故時稱爲塔廟者是矣於後百年有王阿育者以神力分佛舍利役諸鬼神造八萬四千塔布於世界皆同日而就今雒陽彭城姑臧臨淄皆有阿育王寺蓋承其遺迹焉而影迹爪齒留於天竺中途來往者咸言見之初說教法後皆著録

綜覈深致無所漏失故三藏十二部經如九流之異統其大歸終以三乘爲本後有羅漢菩薩相繼著論贊明經義以破外道皆傍諸藏部大義假立外問而以内法釋之傳於中國漸流廣矣漢初沙門皆衣赤布後乃易以雜色至於微言隱義未之詳究有沙門常山衞道安性識聰敏日誦萬餘言研求幽旨慨無師匠獨坐靜室十有二年覃思構精神悟妙賾以前出經多有舛駮乃正其乖謬爾後沙門傳法大著中原

魏先王建國出於玄朔風俗淳一與西域殊絶故浮圖聲教未之得聞及神元與魏晉通聘文帝在洛陽昭成在襄國備究南夏佛法之事太祖平中山經郡國見沙門皆致敬禁軍旅無有所犯有沙門僧朗與其徒隱于泰山帝致書以繒素氈毯鉢錫爲禮今猶號朗公谷焉

天興元年下詔曰夫佛法之興其來遠矣濟益之功冥及存没神蹤遺法信可依憑其勑有司於京城建飾容範修整宫舍令信向之徒有所居止是歲作五級佛圖耆闍崛山及須彌山殿加以繢飾别構講堂禪房及沙門座莫不嚴具焉

太宗踐位亦遵先業京邑四方建立圖像仍令沙門敷導民俗皇始中趙郡沙門法果戒行精至開演法籍太祖詔徵以爲沙門統綰攝僧徒言多允愜供施甚厚太宗崇敬彌加於前永興中前後授以輔國宜城子忠信侯安城公之號皆固辭帝常親幸其居以門狹小不容輿輦更廣大之年八十餘大常中

卒帝三臨其喪追贈老壽將軍趙胡靈公初
果年四十始爲沙門有子曰猛詔令襲果所
加爵云云所述沙門等文多不載也
世祖纂即位亦遵太祖太宗之業每引高德
沙門與共談論四月八日輿諸佛像行於廣
衢帝親御門樓臨觀散華以致禮敬
世祖平赫連昌得沙門惠始本張氏清河人
聞羅什出經詣長安見之觀習禪定於白渠
北晝則入城聽講夕還處靜三輔有識者多
宗之劉裕滅姚泓留子義眞鎭長安眞及僚
佐皆敬重焉後義眞之去長安也赫連屈丐
追敗之道俗少長咸見坑戮惠始身被白刃
而體不傷屈丐大怒召始於前以所佩寳劒
自擊之又不能害乃懼而謝罪後至京都多
所訓導人莫測其迹世祖重之每加禮敬自
初習禪至於没世五十餘年未嘗寢卧跣行
泥塵初不汙足色踰鮮白世號曰白脚阿練
自知終期齋潔端坐僧徒滿側凝泊而絶停
屍十日容色如一死十餘年開殯改葬初不
傾壞舉世異之送葬者六千餘人莫不感慟
中書監高允爲傳頌其德迹冢上立石精舍
圖像存焉
世祖雅好莊老諷味晨夕而富於春秋鋭志
武功雖歸宗佛法敬重沙門而未覽經教深
求緣報之旨及得寇謙之道以清淨無爲有
仙化之證遂信行其術司徒崔浩奉謙之道
尤不信佛每與帝言數加誹毀謂虛誕爲世
費帝以其辨博頗信之會蓋吳反於杏城關
中騷擾帝西伐至長安入寺中觀馬沙門飲
從官酒入其便室見有財産弓矢及牧守富

人所寄藏物盖以萬計帝先忿沙門非法浩時從行因進其説下詔誅長安沙門焚破佛像勑留臺下四方一依長安行事又詔曰彼沙門者假西戎虚誕妄生妖孽非所以齊一政化布淳德於天下也自王公已下有私養沙門者皆送過期不出沙門身死容者誅一門時恭宗爲太子監國素敬佛道頻表陳刑殺之濫又非圖像之罪再三帝不許乃下詔曰昔後漢荒君信惑邪僞妄假睡夢信胡妖鬼以亂天常自古九州無此也誇誕大言不本人情叔季之世闇君亂主莫不眩焉由是政教不行禮義大壞鬼道熾盛視王者之法蔑如也自此已來繼代禍亂天罰亟行生民死盡五服之内鞠爲丘墟千里蕭條不見人跡皆由於此朕承天緒屬當窮運之弊欲除僞定眞復犧農之政其一切蕩除胡神滅其蹤跡庶無謝於風氏矣自今已後敢有事胡神及造其形像泥人銅人者門誅雖言胡神問今胡人若有若無皆是前代漢人無頼子弟劉元眞吕伯强之徒接乞胡之誕言用老莊之虚假附而益之皆非眞實至使王法廢而不行蓋大姦之魁也世有非常之人能行非常之事非朕孰能去此歷代之僞物有司宣告在所諸有佛圖形像及胡經皆擊破焚除沙門無論少長悉坑之是歲眞君七年三月也恭宗言雖不用然猶緩宣詔書遠近預知各得爲計京邑四方沙門多士匿而免者其金銀寶像經論大得秘藏至於土木寺塔聲教所及皆畢除毀

集論者曰帝本戎馬之鄉素絶文義之跡既

參軍事所往誅殄唯斯爲政餘無涉言故殺史官恥述過也屬崔浩密構莫識佞辯遂行誅除時以爲一代之快意也不久癘及追悔者無由視崔浩若仇讎淫刑酷毒爲天下同笑也初浩與寇謙同徒若與浩爭浩不從謙曰卿今促年受戮滅門戸矣至眞君十一年浩誅備五刑時年七十帝頗悔之然事已行難中修復恭宗潛欲興之未敢言也時法令寬施存信之家奉事沙門竊法服講誦者殷矣至十三年二月因癘而崩子晃讒死而孫立焉檢別傳浩非毀佛法宗尚天師冠謙之學仙道也妻郭氏敬信釋典誦金剛般若經浩取焚之捐灰於廁及幽執檻車送于城南使衞士十人行溲其上呼聲嗷嗷聞于行路浩曰斯吾投經之現報也初浩得肆其佞誅夷釋門深文加謗昌言下詔以爲妖鬼之大魁也帝未委之可謂非常之人能行非常之事信矣浩門既誅清河崔氏無遠近及范陽盧氏太原郭氏河東柳氏皆浩之親姻也盡夷其族詩云讒人罔極交亂四國驗矣

集論者曰自古三公之加刑者斯最酷也豈非恨其飾詐邪佞濫毒仁祠致癘及躬無由自免顯戮讒構密悔前愆克己復禮固難則矣不自責於闇惑方乃作虐尤人終非靜過畢爲噬臍者所及昔龍逢之遭夏桀比干之剖殷辛立炮烙以樹嚴刑設酒池以悅臣妾時人豈謂爲正化也縱而飾非褒而唱善及後南巢被放白旗懸首無有代者身自當之國除身喪無所追收禍不旋踵自貽伊戚降斯已後代代率然禪讓之道魏文開其實錄

覈於終古堯舜其猶病諸故佛經曰二儀尚殞國有何常斯至言也世祖若能撫躬反問本餘幽都禮義之所不行慈濟由來莫識不知昔乘何業奄有中原如何恣此昏凶行茲傲虐事不可也用此自勵追悔絶乎

時有沙門玄高者空門之秀傑也通靈感衆道王河西涼平東歸太武信重爲太子晃之師也晃孝敬自天崇仰佛法崔寇得倖於帝恐晃攝政或見危逐遂密讒於帝謂有異圖可不先慮帝乃信之便幽太子於深宮帝夢其祖父執劍怒曰太子仁孝忠誠允著如何信讒帝寤集朝臣以述之諸雄伯曰太子無事枉見幽辱又帝信之以真君五年正月下詔曰朕承祖宗重光之緒思闡鴻業恢隆萬代武功雖昭而文教未暢非所以崇太平之治也今域内安逸百姓富昌宜從制度爲萬世之法夫陰陽有往復四時有代序授子任賢安全相付所以休息疲勞式固長久古今不易之令典也可令皇太子副理萬機總統百揆更舉賢良以備列職擇人授任而黜陟之其朝士庶民皆稱臣於太子云云崔浩又譖云太子前事實有謀心但結高公道術故令先帝降夢如此勿論事跡難明若不早除必爲巨害帝又納之即幽太子死之又收高於平城南縊之即宋元嘉二十一年也爾夜門人莫知其死忽有光明遶塔入房有聲曰吾已逝矣弟子等崩赴屍所請告遺訣高歷然起坐曰大法應化隨緣盛衰盛衰在跡理恒湛然但念汝等不久復當如我耳汝等死後法當復興善自修心無令後悔言已便卧而

絶崔浩讒辭既深能令父猜其子乃至幽死況沙門乎

太武以眞君十三年二月五日崩太子先巳幽死呉王以九日即位改元永平十月一日呉王又崩帝孫諱濬即位改元興安是爲文成帝也廟號高宗然佛教遠大光明四海此洲萬國無王不奉北魏雖除南宋彌盛稱爲眞君明主不亦惑乎猜子而信賊臣孰可悼乎感癘而自嬰禍斯酷甚乎民思反正存立非一興安元年高宗踐極下詔曰夫爲帝王者必祇奉明靈顯彰仁道其能惠著生民濟益羣品者雖存往古猶序其風烈是以春秋嘉崇明之禮祭典載功施之族況釋教如來功濟大千惠流塵境尋生死者歎其達觀覽文義者貴其妙門助王政之禁律益仁智之善性排撥羣邪開演正覺故前代已來莫不崇尚亦我國家常所尊事也世祖太武皇帝開廣邊荒德澤遐被沙門道士善行純誠如惠始之倫無遠不至風義相感往往如林夫山海之深怪物多有姦淫之儔得容假託諸寺之中致有凶黨是以先朝因其瑕釁戮其有罪有司失旨一切禁斷景穆皇帝每爲慨然值軍國多事未遑修復朕承鴻緒君臨萬邦思述先志以隆斯道今制諸州城郡縣於衆居之所各聽建佛圖一區任其財用不制會限其有好樂道法欲爲沙門不問長幼出於良家性行素篤鄉里所明者聽出家率大州五十人小州三十人足以化惡就善播揚道教也於即天下承風朝不及夕往時所毀圖寺並還修復佛像經論皆得顯出于時罽

罽王種沙門師賢者東遊涼城又遊京下值罷佛法權假醫術而守道不改於修復日即爲沙門同輩五人帝親爲下髮賢爲僧統云云興光元年勑有司於五級大寺爲太祖已下五帝鑄釋迦文像五軀各長一丈六尺用赤金二十五萬斤沙門曇曜帝禮爲師請帝於京西武州西山石壁開窟五所鐫佛像各一高者七十尺次六十尺彫飾奇偉冠於萬代今時見者傳云谷深三十里東爲僧寺名曰靈巖西頭尼寺各鑿石爲龕容千人已還者相次於北石崖中七里極高峻佛龕相連餘處時有斷續佛像數量孰測其計有一道人年八十禮像爲業一像一拜至于中龕而死尸僵伏地以石封之今見存焉莫測時代在朔州東三百里恒安鎮西二十餘里往往來者述之誠不思議之福事也皇興元年高祖孝武誕載於恒安北臺起永寧寺七級佛圖高三百餘尺基架博敞爲天下第一又於天宮寺造釋迦文像高四十三尺用赤金十萬斤黃金六百斤又搆三級石佛圖高十丈榱棟楣楹上下重結大小皆石鎮固巧密爲京華壯觀延興元年顯祖獻文禪位於太子僧蓋一名宏即孝文也年五歲聰聖玄覽窮神知幾旣初踐位顯祖移御北苑崇光宮統習玄籍建鹿野佛圖於苑中之西山去崇光右十里巖房禪室禪僧居之

承明元年顯祖太上皇崩造建明寺爾後建福度僧立寺非一

太和十六年下詔每年四月八日七月十五日聽大州一百人爲僧尼中州五十人下州

二十人著令以爲常准
太和十九年帝幸徐州白塔寺顧諸王侍臣曰此寺近有名僧嵩法師者受成實論於羅什後授淵法師淵又授登紀二法師朕每翫成實可以釋人深情故至此寺道登雅有義業高祖眷賞恒侍講論於禁内及卒帝悼惜施帛千匹設一切僧齋京城七日行道下詔曰朕師登法師奄至殂背痛怛摧慟不能已已比藥治慎喪未容即赴便准師義哭諸門外緇素榮之
西域沙門跋陀者有深道業帝所敬重詔於少室山陰立少林寺以居之公給衣供
二十一年五月詔曰羅什法師可謂神出五才志入四行者也今常住寺猶有遺蹤欽悅修跡情深遐邇可於舊堂所爲建三級佛圖又見逼昏虐爲道殄軀既暫同俗禮應有子胤可推訪以聞當加敘接先是立監福曹又改爲昭玄備有官屬以斷僧務即如今同文寺崇玄署是也高祖時知名沙門有道順慧覺僧意慧紀僧範道嶷慧度智誕僧顯僧義僧利並以義行重焉
有魏孝文聖天子也五歲受禪十歲服冕太和十八年遷都於洛二十年改姓爲元氏文章百篇冠絶終古初登詔誥假手有司太和已後並自運筆前後諸帝不能及之如僧行篇所下詔也
世宗即位下詔曰緇素既殊法律亦異故道教彰於互顯禁勸各有所宜其僧犯殺人已上罪者依俗格斷餘犯悉付昭玄以内律僧制判之熙平元年詔遣沙門慧生使西域采

經律涉七載正光三年冬還所獲經論一百七十部

景明初世宗詔大長秋卿准代京靈巖寺石窟於洛南伊闕山爲高祖文昭皇太后營石窟二所去地三百一十尺後以斬山太高費功難就奏移就下平去地一百尺南北一百四十尺永平中爲世宗造石窟三所從景明元年至正光四年二十四載方成用工八十萬二千三百六十六肅宗熙平中於城内起永寧寺靈太后親率百僚表基立刹塔有九層高四十餘丈費用不可勝計景明寺塔亦其亞也爾後官私寺塔其數甚衆

神龜元年司空尚書令任城王澄奏寺塔漸多妨民居事略云如來闡教多約山林今此僧徒戀眷城市豈湫隘是經行所宜浮諠是棲禪之地當由利引其心莫能自止且住者旣失其眞造者或損其福乃釋氏之糟糠法門之社鼠内戒所不容王典所宜棄矣奏可未幾天下喪亂加以河陰之禍朝士死者復捨其家爲寺禁令不復行焉

興和二年詔以鄴城舊宫爲天平寺世宗巳來至武定末沙門知名者有慧猛慧辯慧深僧暹道欽僧獻道晞僧深慧光慧顯法榮道長並見重道俗自魏有天下至於禪讓佛經流通大集中國凡四百一十五部合一千九百一十九卷正光巳後天下多虞王役尤甚於是所在編戸相從入道假慕沙門實避調役猥濫之極自中國有佛法未之有也略計僧尼二百餘萬其寺三萬有餘流弊不歸一

至於此識者所以太息矣
道家之源出於老子其自言也先天地生以
資萬類上處玉京爲神王之宗下在紫微爲
飛仙之主千變萬化有德不德隨感應物厥
跡無常授軒轅於峨眉敎帝嚳於牧德大禹
聞長生之訣尹喜受道德之旨至於丹書紫
字昇玄飛步之經玉石金光妙有靈洞之說
不可勝紀其爲教也咸蠲去邪累澡雪心神
積行樹功累德增善乃至白日昇天長生世
上是以秦皇漢武甘心不息勞心竭事所在
追求終莫之致退恨於後故有欒大徐氏之
誅然其道感於人効學非一靈帝置華蓋於
濯龍設壇場而爲禮及張陵受道於鵠鳴因
傳天宫章本千有二百弟子相授其事大行
齋祀跪拜各有成法於是三元九府百二十
官一切諸神咸所統攝又稱劫數頗竊佛經
及其劫終稱天地俱壞其書多有禁秘非其
徒不得輒觀至於化金銷玉行符勑水奇方
妙術萬等千條上云羽化飛天次稱消災滅
禍故好異者往往而尊事之初文帝入賓於
晉從者云登仙伊闕太祖好老子之言誦詠
不倦天興中儀曹郎董謐上服食仙經數十
篇乃置仙人博士立仙坊煮鍊百藥封西山
以供其薪蒸令死罪者服之多死無驗太祖
猶特修焉太醫周澹苦其煎採之役欲廢其
事陰令妻貨仙人博士張曜妾得曜隱罪曜
懼死因請自辟穀太祖許之給曜資用爲造
靜堂於苑中給酒掃民二家而鍊藥之官乃
爲不息久之太祖意少懈乃止
世祖時道士寇謙之字輔眞南雍州刺史讃

之弟早好仙道修張魯之術服食餌藥歷年無効有仙人成公興傭作謙家後謙之筭七曜惘然不了興曰何爲不釋謙之曰我學筭累年近筭周髀不合與令依言布之俄爾便決謙歎服欲師事興固辭求爲謙之弟子未幾與入華山居石室與採藥與謙服不復飢又共入嵩高山石室曰當有人將藥來得但食莫疑尋有人將藥至皆是毒蟲臭物謙之懼走興還具問便歎息曰先生未仙正可爲帝王師耳興事謙七年便曰不得久留明中應去至期果卒見兩童子一持法服一持錫杖及鉢至興屍所與欻然而起著衣持鉢執杖而去謙之守志嵩嶽以神瑞二年十月遇大神乘雲駕龍導從百靈集於山頂稱太上老君謂謙之曰自天師張陵去世已來地上曠職上谷寇謙之文身直理吾故授汝天師之位賜汝雲中新科二十卷自開闢已來不傳於世汝宣吾新科清整道教除去三張僞法租米錢稅及男女合氣之術大道清虛寧有斯事專以禮度爲首加之以服食閉練使玉女九疑十二人授謙導引口訣遂得辟穀氣盛顏色鮮麗弟子十餘人皆得其術

泰常八年十月有牧土上師李普文來嵩嶽云老君之玄孫也昔居代郡桑乾漢武帝時得道爲牧土宮主領治三十六土人鬼之政地方十八萬里其中爲方萬里者有三百六十方遣弟子云嵩嶽所統廣漢方萬里以授謙之作誥云云

錄圖六十卷眞經付汝輔佐北方泰平眞君出天宮靜輪之法能與造克就則超登眞仙

矣又云地上生民末劫垂及行教甚難男女立壇宇朝夕禮拜云云又云二儀之間有三十六天天別三十六宮宮有一主其赤松王喬韓終張安世劉根張陵近世仙者並爲翼從命謙之與羣仙爲友又云佛者昔於西胡得道在三十二天爲延眞宮主勇猛苦教故其弟子皆髡形染衣斷絶人道天上衣服悉然

始光年中初奉其書獻之世祖乃令謙之止於張曜辟穀之所供其食物朝野聞之若存若亡未全信也崔浩獨異其言因師事之受其法術上䟽贊明其事曰臣聞聖王受命則有天應而河洛圖書寄言於蟲獸之文未若今日人神接對手筆粲然辭旨深妙自古無比昔漢高英聖四皓猶或恥之不爲屈節今清德隱仙不召自至斯誠陛下侔蹤軒黃應天之符也豈可以世俗常談而忽上靈之命臣竊懼之世祖欣然時年九歲乃使謁者奉玉帛牲牢祭嵩嶽迎致其餘弟子在山中者於是崇奉天師立道壇顯揚新法布告天下道業大行浩事天師甚謹拜禮人或譏之

于時中嶽道士三十餘人至起天師道場京之東南重壇五層依新經制度給道士百二十人衣食齋肅祈請六時月設廚會數千人謙之奏曰陛下以眞君御世建靜輪天宮開古未有應登受符書以彰聖德世祖從之至道壇受符籙備法駕旗幟盡青以從道家之色也自後諸帝即位皆如之

恭宗見謙之奏造靜輪天宮必令高不聞雞犬聲與上天神交接功役萬計經年不成乃

言於世祖曰人天道殊卑高定分今謙之欲要以無成之期說不然之事財力費損百姓疲勞無乃不可乎必如其言未若因東山萬仞之崖爲功差易帝深然之但爲崔浩贊成難違其意沈吟久之曰吾亦知其無成事旣爾何惜五三百工貞君九年謙之卒葬以道士之禮諸弟子以爲屍解變化而去靜輪天宮竟不成便止

時京兆韋文秀隱中嶽世祖徵問方士金丹事對曰神通幽昧變化難測可以闇遇難以預期臣昔受於先師未之爲也世祖重其豪族溫雅遣與尚書崔賾詣王屋山合丹竟不成時方士至者前後數十人曆出名行

河東祁纖好相人世祖賢之拜纖上大夫

潁陽絳略聞喜吳劭導引養精年百餘歲神氣不衰恒農閻平仙博覽百家不能達意然辭對可錄帝授官固辭

扶風魯祈遭赫連虐避地寒山教授數百人好方術少嗜欲

河東羅崇之餌松脂不食五穀云受道中條山有穴道崑崙蓬萊得見仙人往來帝令還鄉立壇祈請詔河東給所須崇入穴百步遂窮召還有司以誣罔不道奏罪之世祖赦之以開待賢之意

東萊王道翼隱韓信山四十餘年斷粟食麥通經章符錄不交時俗顯祖令青州刺史召赴都仍守本操遂令僧曹給衣食終身

太和十五年詔曰夫至道無形虛寂爲主自有漢已後置立壇祠先朝以其至順可歸爲立寺宇昔京城之內居舍尚希今者里宅櫛

比人神猥湊非所以祗崇至法清敬神道可移於都南桑乾之陰嶽山之陽永置其所給戶五十以供齋祀之用仍名爲崇虛寺可召諸州隱士圓滿九十人遷洛移鄴踵如故事其道壇在南郊方二百步以正月七日七月七日十月五日壇主道士高人一百六十人以行拜祠之禮

諸道士罕能精至又無才術可高武定六年有司報罷之河東張遠遊河間趙靜通等齊文襄王別置館京師重其道術而禮接焉余檢天師寇謙之敘陳太上老君所言同夫蓬萊之居海下崑崙之飛浮天上也

又云三十六土萬里爲方三百六十等何異張角之三十六方乎案後漢皇甫嵩傳云鉅鹿張角自稱大賢郎師奉事黃老行張陵之術用符水呪法以治百病遣弟子八人使於四方行化道法轉相誑惑十餘年間衆數十萬自青徐幽冀荊楊兗豫八州之民莫不必應遂置三十六方方猶將軍之號也大方萬餘人小方六千人訛言蒼天死黃天當立歲在甲子天下大吉以白土書京邑寺門作甲子字中平元年三月五日內外俱起皆著道士黃服戴黃巾或殺人祠天于時賊徒數十萬衆初起頴川作亂天下並爲皇甫嵩討滅餘潛不滅今猶服之

高齋書述佛志第九

隋著作王劭

劭曰釋氏非管窺所及率爾妄言之又引列禦寇書述商太宰問孔子聖人事又黃帝夢遊華胥氏之國華胥氏之國在佛神遊而已

此之所言髣髴於佛石符姚世經譯遂廣益欲柔伏人心故多寓言以方便不知是何神怪浩蕩之甚乎其說人身心善惡世事因緣以慈悲喜捨常樂我淨書辯至精明如日月非正覺孰能證之凡在黔首莫不歸命達人則慎其身口修其慧定平等解脫究竟菩提及僻者爲之不能通理徒務費竭財力功利煩濁猶六經皆有所失未之深也已矣

廣弘明集卷第二

音釋

狩舒救切 月氏氏章移切月氏西域國名 戡苦含切克也 淄側持切臨淄郡名 賾士革切深也 毯吐敢切毛席也 繢胡對切與繪同 綰烏板切繫也 弖音低與氐同 跣息淺切足親地也 眩黃絹切惑也 癘力制切疫也 溲踈鳩切小便也 嗷五勞切衆口愁也 炮烙炮蒲交切灸也烙盧各切燒灼也 縊於計切自經也 蹷居月切跳也 鐫子全切刻也 榱倉回切椽也 謐覓筆切 辟穀辟必益切辟穀絕粒也 劭上召切 櫛側瑟切聯比也 鄴魚怯切地名 黔其廉切黑也

廣弘明集卷第三

唐終南山釋道宣撰

歸正篇第一之三

遂古篇十　梁侍中江淹

家訓歸心篇十一　北齊光祿顏之推

七録序十二　梁處士阮孝緒

遂古篇十

梁侍中江淹

僕嘗爲造化篇以學古制今觸類而廣之復有此文兼象天問以遊思云爾

聞之遂古大火然兮水亦溟涬無涯邊兮女媧練石補蒼天兮共工所觸不周山兮河洛交戰寧深淵兮黄炎共鬬涿鹿川兮女妓九子爲氏先兮蚩尤鑄兵幾千年兮十日並出堯之間兮羿迺斃日事豈然兮常娥奔月誰所傳兮豐隆騎雲爲靈仙兮夏開乘龍何因緣兮傅説託星安得宣兮夸父鄧林義亦艱兮尋木千里烏易論兮穆王周流往復旋兮河宗王母可與言兮青鳥所解路誠亶兮五色玉石出西偏兮崑崙之墟海此間兮去彼宗周萬二千兮山經古書亂編篇兮郭釋有兩未精堅兮上有剛氣道家言兮日月五星皆虚懸兮倒景去地出雲烟兮九地之下如有天兮土伯九約寧若先兮西方蓐收司金門兮北極禺强爲常存兮帝之二女遊湘沅兮霄明燭光向焜煌兮太一司命鬼之元兮山鬼國殤爲遊寃兮迦維羅衛道最尊兮黄

金之身誰能原兮恒星不見頗可論兮其說彬炳多聖言兮六合之內心常渾兮幽明詭性令智惛兮河圖洛書爲信然兮孔甲豢龍古共傳兮禹時防風處隅山兮春秋長狄生何邊兮臨洮所見又何緣兮蓬萊之水淺於前兮東海之波爲桑田兮山崩邑淪寧幾千兮石生土長必積年兮漢鑿昆明灰炭全兮魏開濟渠螺蚌堅兮白日再中誰使然兮北斗不見藏何間兮建章鳳闕神光連兮未央鍾簴生華鮮兮銅爲兵器秦之前兮丈夫衣綵六國先兮周時女子出世間兮班君絲履遊太山兮人鬼之際有隱淪兮四海之外孰方圓兮沃沮肅慎東北邊兮長臂兩面赤乘船兮東南倭國皆文身兮其外黑齒次裸民兮侏儒三尺並爲鄰兮西北丁零又烏孫兮車師月支種類繁兮馬蹄之國善騰奔兮西南烏弋及罽賓兮天竺于闐皆胡人兮條支安息西海濱兮人跡所極至大秦兮珊瑚明珠銅金銀兮琉璃瑪瑙來雜陳兮硨磲水精莫非真兮雄黃雌石出山垠兮青白蓮華被水濱兮宮殿樓觀並七珍兮窮陸溟海又有民兮長股深目豈君臣兮丈夫女子及三身兮結匈反舌一臂人兮跂踵交脛與羽民兮不死之國皆何因兮茫茫造化理難循兮聖者不測況庸倫兮筆墨之暇爲此文兮薄暮雷電聊以忘憂又示君乎

梁典云江淹位登金紫初淹年六歲能屬文爲詩最長有遠識愛奇尚年二十以五經授宋諸王待以客禮初年十三而孤貧採薪養毋以孝聞及梁朝六遷

侍中夢郭璞索五色筆淹與之自是爲文不工人謂其才盡然以不得志故也有集十卷深信天竺緣果之文余檢其行事與傳同焉綴述佛理不多録其別篇知明賢之雅志耳

家訓歸心篇十一

北齊光禄顔之推

三世之事信而有徵家素歸心勿輕慢也其間妙旨具諸經論不復於此少能讚述但懼汝曹猶未牢固略重勸誘耳

原夫四塵五陰剖析形有六舟三駕運載羣生萬行歸空千門入善辯才智慧豈徒七經百氏之博哉明非堯舜周孔老莊之所及也内外兩教本爲一體漸極爲異深淺不同内典初門設五種之禁與外書仁義五常符同仁者不殺之禁也義者不盜之禁也禮者不邪之禁也智者不酒之禁也信者不妄之禁也至如畋狩軍旅讌饗刑罰因民之性不可卒除就爲之節使不淫濫耳歸周孔而背釋宗何其迷也

俗之謗者大抵有五其一以世界外事及神化無方爲迂誕也其二以吉凶禍福或未報應爲欺誑也其三以僧尼行業多不精純爲姦慝也其四以糜費金寶減耗課役爲損國也其五以縱有因緣而報善惡安能辛苦今日之甲利益後世之乙乎爲異人也今並釋之于下云

釋一曰夫遥天之物寧可度量今人所知莫若天地天爲精氣日爲陽精月爲陰精星爲萬物之精儒家所安也星有墜落乃爲石矣

精若是石不可有光性又質重何所繫屬一星之徑大者百里一宿首尾相去數萬百里之物數萬相連闊狹從斜常不盈縮又星與日月光色同耳但以大小爲其等差然而日月又當石耶石既牢密烏兔焉容石在氣中豈能獨運日月星辰若皆是氣氣體輕浮當與天合往來環轉不得偕違其間遲速理寧一等何故日月五星二十八宿各有度數移動不均寧當氣墜忽變爲石地既滓濁法應沉厚鑿土得泉乃浮水上積水之下復有何物江河百谷從何處生東流到海何爲不溢歸塘尾閭渫何所到沃焦之石何氣所然潮汐去還誰所節度天漢懸指那不散落水性就下何故上騰天地初開便有星宿九州未畫列國未分剪疆區野若爲躔次封建已來誰所制割國有增減星無進退災祥禍福就中不差懸象之大列星之夥何爲分野止繫中國昴爲旄頭匈奴之次西胡東夷彫題交趾獨棄之乎以此而求迄無了者豈得以人事尋常抑必宇宙之外乎

凡人所信唯耳與目自此之外咸致疑焉儒家說天自有數義或渾或蓋乍穹乍安斗極所周筦維所屬若所親見不容不同若所測量寧足依據何故信凡人之臆說疑大聖之妙旨而欲必無恒沙世界微塵數劫乎而鄒衍亦有九州之談山中人不信有魚大如木海上人不信有木大如魚漢武不信弦膠魏文不信火布胡人見錦不信有蟲食樹吐絲所成昔在江南不信有千人氈帳及來河北不信有二萬石船皆實驗也

世有祝師及諸幻術猶能履火蹈刃種瓜移井倏忽之間千變萬化人力所爲尚能如此何妨神通感應不可思量千里寶幢百由旬座化成淨土踊生妙塔乎

釋二曰夫信謗之興有如影響耳聞眼見其事已多或乃精誠不深業緣未感時儻差閒終難獲報耳善惡之行禍福所歸九流百氏皆同此論豈獨釋典爲虛妄乎項託顏回之短折伯夷原憲之凍餒盜跖莊蹻之福壽齊景桓魋之富强若引之先業冀以後生更爲實耳如以行善而偶鍾禍報爲惡而儻值福徵便可怨尤即爲欺詭則亦堯舜之云虛周孔之不實也又安所依信而立身乎

釋三曰開闢已來不善人多而善人少何由悉責其精潔乎見有名僧高行棄而不説若覩凡猥流俗便生誹毀且學者之不勤豈教者之爲過俗僧之學經律何異士人之學詩禮詩禮之教格朝廷之士略無全行者經律之禁格出家之輩而獨貴無犯哉且闕行之臣猶求祿位毀禁之侶何慚供養乎其於戒行自當有犯一被法服已墮僧數歲中所計齋講誦持比諸白衣猶不啻山海也

釋四曰内教多途出家自是其一法耳若能誠孝在心仁惠爲本須達流水不必剃落鬚髮豈令罄井田而起塔廟窮編户以爲僧尼也皆由爲政不能節之遂使非法之寺妨民稼穡無業之僧空國賦筭非大覺之本旨也抑又論之求道者身計也惜費者國謀也身計國謀不可兩道誠臣徇主而棄親孝子安家而忘國各有行也儒有不屈王侯高尚其

事隱有讓王辟相避世山林安可計其賦役以爲罪人也若能皆化黔首悉入道場如妙樂之世儴佉之國則有自然秔米無盡寶藏安求田蠶之利乎

釋五曰形體雖死精神猶存人生在世望於後身似不連屬及其没後則與前身猶老少朝夕耳世有魂神亦見夢想或降僮妾或感妻孥求索飮食徵須福祐亦爲不少矣今人貧賤疾苦莫不怨尤前世不修功德以此而論可不爲之作福地乎夫有子孫自是天地間一蒼生耳何以身事而乃愛護遺以基址況於已之神爽頓欲棄之乎故兩疎得其一隅累代詠而彌光矣

凡夫矇蔽不見未來故言彼生與今生非一體耳若有天眼鑒其念念隨滅生生不斷豈可不怖畏耶又君子處世貴能克已復禮濟時益物治家者欲一家之慶治國者欲一國之良僕妾臣民與身竟何親也而爲其勤苦修德乎亦是堯舜周孔虛失愉樂一人修道濟度幾許蒼生免脱幾身罪累幸熟思之人生居世須顧俗計樹立門户不得悉棄妻子一皆出家但當兼修行業留心讀誦以爲來世資粮人身難得勿虛過也

七録序十二

梁處士阮孝緒

日月貞明匪光景不能垂照嵩華載育非風雲無以懸感大聖挺生應期命世所以匡濟風俗矯正彝倫非夫丘索墳典詩書禮樂何以成穆穆之功致蕩蕩之化也哉故洪荒道喪帝昊興其爻畫結繩義隱皇頡肇其文字

自斯已往沿襲異宜功成治定各有方冊正宗既殄樂崩禮壞先聖之法有若綴旒故仲尼歎曰大道之行也與三代之英丘未逮也而有志焉夫有志以爲古文猶好也故自衛反魯始立素王於是刪詩書定禮樂列五始於春秋興十翼於易道夫子既亡微言殆絶七十並喪大義遂乖逮于戰國殊俗政異百家競起九流互作嬴政嫉之故有坑焚之禍至漢惠四年始除挾書之律其後外有太常太史博士之藏內有延閣廣內秘室之府開獻書之路置寫書之官至孝成之世頗有亡逸乃使謁者陳農求遺書於天下命光祿大夫劉向及子俊歆等讎校篇籍每一篇已輒録而奏之會向亡喪帝使歆嗣其前業乃徙温室中書於天祿閣上歆遂總括羣篇奏其七略及後漢蘭臺猶爲書部又於東觀及仁壽閣撰集新記校書郎班固傅毅並典秘籍固乃因七略之辭爲漢書藝文志其後有著述者袁山松亦録在其書魏晉之世文籍逾廣皆藏在秘書中外三閣魏秘書郎鄭默刪定舊文時之論者謂爲朱紫有別晉領秘書監荀勗因魏中經更著新簿雖分爲十有餘卷而總以四部別之惠懷之亂其書略盡江左草創十不一存後雖鳩集淆亂已甚及著作佐郎李充始加刪正因荀勗舊簿四部之法而換其乙丙之書沒略衆篇之名總以甲乙爲次自時厥後世相祖述宋秘書監謝靈運丞王儉齊秘書丞王亮監謝朏等並有新進更撰目録宋秘書殷淳撰大四部目儉又依別録之體撰爲七志其中朝遺書收集稍

廣然所亡者猶太半焉齊末兵火延及秘閣有梁之初鈌亡甚衆爰命秘書監任昉躬加部集又於文德殿内别藏衆書使學士劉孝標等重加校進乃分數術之文更爲一部使奉朝請祖暅撰其名録其尚書閣内别藏經史雜書華林園又集釋氏經論自江左篇章之盛未有踰於當今者也孝緒少愛墳籍長而弗倦卧病閑居傍無塵雜晨光纔啓緗囊已散宵漏既分録袠方掩猶不能窮究流略探盡秘奥每披録内省多有鈌然其遺文隱記頗好搜集凡自宋齊已來王公搢紳之館苟能蓄聚墳籍必思致其名簿凡在所遇若見若聞校之官目多所遺漏遂總集衆家更爲新録其方内經史至于術伎合爲五録謂之内篇方外佛道各爲一録謂之外篇凡爲録有七故名七録昔司馬子長記數千年事先哲懸其勤雖復稱爲良史猶有捃拾之責況總括羣書四萬餘卷皆討論研覈標判宗旨才愧疎通學慚博達靡班嗣之賜書微黄香之東觀儻欲尋檢内寡卷軸如有疑滯傍無沃啓其爲紕繆不亦多乎將恐後之罪予者豈不在於斯録如有刊正請俟君子昔劉向校書輒爲一録論其指歸辨其訛謬隨竟奏上皆載在本書時又别集衆録謂之別録即今之别録是也子歆撮其指要著爲七略其一篇即六篇之總最故以輯略爲名次六藝略次諸子略次詩賦略次兵書略次數術略次方伎略王儉七志改六藝爲經典次諸子次詩賦爲文翰次兵書爲軍書次數術爲陰陽次方伎爲術藝以向歆雖云七略實有

六條故别立圖譜一志以全七限其外又條七略及二漢藝文志中經簿所闕之書并方外之經佛經道經各爲一録

雖繼七志之後而不在其數今所撰七録斟酌王劉王以六藝之稱不足標牓經目改爲經典今則從之故序經典録爲内篇第一劉王並以衆史合于春秋劉氏之世史書甚寡附見春秋誠得其例今衆家記傳倍於經典猶從此志實爲繁蕪且七略詩賦不從六藝詩部蓋由其書既多所以别爲一略今依擬斯例分出衆史序記傳録爲内篇第二諸子之稱劉王並同又劉有兵書略王以兵字淺薄軍言深廣故改兵爲軍竊謂古有兵革兵戎治兵用兵之言斯則武事之總名也所以還改軍從兵兵書既少不足别録今附于子末總以子兵爲稱故序子兵録爲内篇第三王以詩賦之名不兼餘制故改爲文翰竊以頃世文詞總謂之集變翰爲集於名尤顯故序文集録爲内篇第四王以數術之稱有繁雜之嫌故改爲陰陽方伎之言事無典據又改爲藝術竊以陰陽偏有所繫不如數術之該通術藝則濫六藝與數術不逮方伎之要顯故還依劉氏各守本名但房中神仙既入仙道醫經經方不足别創故合故伎之稱以名一録爲内篇第五王氏圖譜一志劉略所無劉數術中雖有曆譜而與今譜有異竊以圖畫之篇宜從所圖爲部故隨其名題各附本録譜既注記之類宜與史體相參故載于記傳之末自斯已上皆内篇也釋氏之教實被中土講説諷味方軌孔籍王氏雖載于篇

而不在志限即理求事未是所安故序佛法
録爲外篇第一仙道之書由來尚矣劉氏神
仙陳於方伎之末王氏道經書於七志之外
今合序仙道録爲外篇第二王則先道而後
佛今則先佛而後道蓋所宗有不同亦由其
教有淺深也凡内外兩篇合爲七録天下之
遺書秘記庶幾窮於是矣有梁普通四年歳
維單閼仲春十有七日於建康禁中里宅始
述此書通人平原劉杳從余遊因説其事杳
有志積久未獲操筆聞余已先著鞭欣然會
意凡所抄集盡以相與廣其聞見實有力焉
斯亦康成之於傳釋盡歸子愼之書也
古今書最
七略書三十八種六百三家一萬三
千二百一十九卷

五百七十二家亡　三十一家存
漢書藝文志書三十八種五百九十
六家一萬三千三百六十九卷
五百五十二家亡　四十四家存
袁山松後漢藝文志書
八十七家亡
晉中經簿四部書一千八百八十五
部二萬九百三十五卷其中十
六卷
佛經書簿少二卷不詳所載多少
一千一百一十九部亡
七百六十六部存
晉元帝書目四部三百五帙三千一
十四卷
晉義熙四年秘閣四部目録

宋元嘉八年秘閣四部目録一千五百六十四帙一萬四千五百八十二卷五十五帙四百三十八卷佛經

宋元徽元年秘閣四部書目録二千二十帙一萬五千七十四卷

齊永明元年秘閣四部目録五千新足合二千三百三十二帙一萬八千一十卷

梁天監四年文德正御四部及術數書目録合二千九百六十八帙二萬三千一百六卷秘書丞殷鈞撰秘閣四部書少於文德書故不録其數也

新集七録内外篇圖書凡五十五部六千二百八十八種八千五百四十七帙四萬四千五百二十六卷六千七十八種八千二百八十四帙四萬三千六百二十四卷經書二百三種二百六十三帙八百七十九卷圖符

内篇五録四十六部三千四百五十三種五千四百九十三帙三萬七千九百八十三卷三千三百一十八種五千三百六帙三萬七千一百八卷經書一百三十五種一百八十七帙七百七十五卷圖也

外篇二録九部二千八百三十五種三千五十四帙六千五百三十八卷二千七百五十九種五千九百七十八帙六千四百三十四卷經書七十六種七十八帙一百卷符圖

七録目録

經典録

内篇一

易部本四種九十六帙五百九十卷
尚書部二十七種二十八帙一百九十卷
詩部五十二種六十一帙三百九十八卷
禮部一百四十種二百一十一帙一千五百七十卷
樂部五種五帙二十五卷
春秋部一百一十一種一百三十九帙一千一百五十三卷
論語部五十一種五十二帙四百一十六卷
孝經部五十九種五十九帙一百四十四卷
小學部七十二種七十二帙三百一十三卷
右九部五百九十一種七百一十帙四千七百一十卷

記傳録
内篇二
國史部二百一十六種五百九帙四千五百九十六卷
注曆部五十九種一百六十七帙一千二百二十一卷
舊事部八十七種一百二十七帙一千三十八卷
職官部八十一種一百四帙八百一卷
儀典部八十種二百五十二帙二千二百五十六卷

法制部四十七種九十五帙八百八十六卷

僞史部二十六種二十七帙一百六十一卷

雜傳部二百四十一種二百八十九帙一千四百四十六卷

鬼神部二十九種三十四帙二百五卷

土地部七十三種一百七十一帙八百六十九卷

譜狀部四十二種四百二十三帙一千六十四卷

簿録部三十六種六十二帙三百三十八卷

右十二部一千二十種二千二百四十八帙一萬四千八百八十八卷

子兵録

内篇三

儒部六十六種七十五帙六百四十卷

道部六十九種七十六帙四百三十一卷

陰陽部一種一帙一卷

法部十三種十五帙一百一十八卷

名部九種九帙二十三卷

墨部四種四帙一十九卷

縱横部二種二帙五卷

雜部五十七種二百九十七帙二千三百三十八卷

農部一種一帙三卷
小說部十種十二帙六十三卷
兵部五十八種六十一帙二百四十
五卷
右一十一部二百九十種五百五十
三帙三千八百九十四卷

文集錄
內篇四

楚辭部五種五帙二十七卷
別集部七百六十八種八百五十八
帙六千四百九十七卷
總集部十六種六十四帙六百四十
九卷
雜文部二百七十三種四百五十一
帙三千五百八十七卷

右四部一千四十二種一千三百七
十五帙一萬七百五十五卷

術伎錄
內篇五

天文部四十九種六十七帙五百二
十八卷
緯讖部三十二種四十七帙二百五
十四卷
曆筭部五十種五十帙二百一十九
卷
五行部八十四種九十三帙六百一
十五卷
卜筮部五十種六十帙三百九十卷
雜占部十七種十七帙四十五卷
刑法部四十七種六十一帙三百七

卷
醫經部八種八帙五十卷
經方部一百四十種一百八十帙一千二百五十九卷
雜藝部十五種十八帙六十六卷
右十部五百五種六百六帙三千七百三十六卷

佛法錄三卷
外篇一
戒律部七十一種八十八帙三百二十九卷
禪定部一百四種一百八帙一百七十六卷
智慧部二千七十七種二千一百九十帙三千六百七十七卷

疑似部四十六種四十六帙六十卷
論記部一百一十二種一百六十四帙一千一百五十八卷
右五部二千四百一十種二千五百九十七帙五千四百卷

仙道錄
外篇二
經戒部二百九十種三百一十八帙八百二十八卷
服餌部四十八種五十二帙一百六十七卷
房中部十三種十三帙三十八卷
符圖部七十種七十六帙一百三卷
右四部四百二十五種四百五十九帙一千一百三十八卷

文字集略一帙三卷　序録一卷
正史删繁十四帙一百三十五卷序録一卷
高隱傳一帙十卷　序例一卷
古今世代録一帙七卷
序録二帙一十一卷
雜文一帙十卷
聲緯一帙一卷
右七種二十一帙一百八十一卷阮
孝緒撰不足編諸前録而載於此
孝緒陳留人宋中領軍歆之曾孫祖慧真臨
賀太守父彥太尉從事中郎孝緒年十三略
通五經大義隨父爲湘州行事不書南紙以
成父之清年十六丁艱終喪不服綿纊雖蔬
食有味則吐之在鍾山聽講母王氏忽有疾
孝緒於講座心驚而返合藥須生人蔘自採
於鍾山高嶺經日不値忽有鹿在前行心怪
之至鹿息處果有人蔘母疾即愈齊尚書令
王晏通家權貴來候之傳呼甚寵孝緒惡之
穿籬而遁晏有所遺拒而不納嘗食醬而美
問之乃王家所送遂命覆醢及晏被誅以非
黨獲免常以鹿林爲精舍環以林池杜絶交
好少得見者御史中丞任昉欲造之而不敢
進覩鹿林謂其兄履曰其室則邇其人甚遠
太中大夫殷芸贈以詩任昉止之曰趣舍苟
異何用相干於是朝貴絶於造請唯與裴貞
子爲交（貞子即子野之謚）天監十二年秘書監傳昭
薦焉並不到天子以爲苟立虛名以要顯譽
自是不復徵聘故何胤孝緒並得遂其高志
南平元襄謂履曰昔君大父舉不以來遊取
累賢弟獨執其志何也孝緒曰若麏麚盡可

驂駁何以異夫騄驥哉王作二閣及性情義並以示之請爲潤色世祖著忠臣傳集釋氏碑銘丹陽尹録姸神記並先簡居士然後施行鄱陽忠烈王孝緒姊夫也王及諸子歲時致饋一無所受嘗自筮死期云與劉著作同年是秋劉杳卒孝緒睨曰吾其幾何數旬果亡年五十八皇太子遣使弔祭賻贈甚渥子恕追述先志固辭不受門人諡曰文貞處士孝緒甚博極羣書無一不善精力强記學者所宗著七録削繁等諸書一百八十一卷並行於世編次佛道以爲方外之篇起於是矣

廣弘明集卷第三

音釋

涬 下頂切溟涬大水貌 媧 古華切女媧古之神聖女 涿 竹角切涿鹿地名 羿 研計切 斃 毗祭切死也 夸 苦瓜切 殤 式羊切未成人喪也 豢 胡慣切養也 洮 徒刀切臨洮郡名 簴 其呂切懸鐘柎也 倭 烏禾切國名 裸 郎果切赤體也 濟 視沟切水厓也 垠 五申切崖也 跂 丘智切舉踵也 脛 胡定切脚脛也 醼 於甸切合飲也 慝 惕德切惡也 渫 先結切漏洩也 汐 音夕海潮早曰潮晚曰汐 躔 直連切躔次星所履行也 夥 胡果切多也 趾 諸市切 餧 奴罪切饑也 跖 之石切 蹻 訖約切 雕 杜回切 詭 居委切詐也 髦 莫袍切髮也 儴佉 梵語也此云貝儴汝羊切佉丘伽切 矇 莫紅切目有童子而無見也 頡 胡結切 淆 胡交切混雜也 朏 音斐 昉 甫往切 暅 古鄧切 緗 息良切淺黃色也 据 居蘊切取也 紕繆 紕匹夷切踈也繆靡幼切戾也 笇 蘇貫切與算同 蔘 所今切人蔘藥名 睨 五計切斜視也 麢 居筠切鹿屬 麚 古牙切牡鹿也 騄驥 騄力足切驥几利切騄駬騏驥並駿馬名 賻 音附贈死曰賻 單閼 單時連切閼音謁單閼太歲在卯也

廣弘明集卷第四

唐　終　南　山　釋　道　宣　撰

歸正篇第一之四

梁高祖武皇帝

捨事李老道法詔十三

梁高祖武皇帝年三十四登位在政四十九年雖億兆務殷而卷不釋手内經外典罔不厝懷皆爲訓解數千餘卷而儉約自節羅綺不緣寢處虛閑晝夜無怠致有布被莞蓆草屨葛巾初臨大寶即備斯事日唯一食永絕辛羶自有帝王罕能及此舊事老子宗尚符圖窮討根源有同妄作帝乃躬運神筆下詔捨道文曰維天監三年四月八日梁國皇帝蘭陵蕭衍稽首和南十方諸佛十方尊法十方聖僧伏見經云發菩提心者即是佛心其餘諸善不得爲喻能使衆生出三界之苦門入無爲之勝路故如來漏盡智凝成覺至道通機德圓取聖發慧炬以照迷鏡法流以澄垢啓瑞迹於天中爍靈儀於象外度羣迷於慾海引含識於涅槃登常樂之高山出愛河之深際言乖四句語絕百非應迹娑婆示生淨飯王宮誕相步三界而爲尊道樹成光普大千而流照但以機心淺薄好生猒怠自期二月當至雙林遂乃湛說圓常且復潛輝鶴樹閣王滅罪婆藪除殃若不逢值大聖法王誰能救接在迹雖隱其道無虧弟子經遲迷荒躭事老子歷葉相承染此邪法習因善發

棄迷知返今捨舊醫歸憑正覺願使未來世中童男出家廣弘經教化度含識同共成佛寧在正法之中長淪惡道不樂依老子教暫得生天涉大乘心離二乘念正願諸佛證明菩薩攝受弟子蕭衍和南

于時帝與道俗二萬人於重雲殿重閣上手書此文發菩提心至四月十一日又勑門下大經中說道有九十六種唯佛一道是於正道其餘九十五種名爲邪道朕捨邪外以事正內諸佛如來若有公卿能入此誓者各可發菩提心老子周公孔子等雖是如來弟子而化迹既邪止是世間之善不能革凡成聖其公卿百官侯王宗族宜反僞就眞捨邪入正故經教成實論云若事外道心重佛法心輕卽是邪見若心一等是無記性不當善惡若事佛心强老子心弱者乃是清信言清信者清是表裏俱淨垢穢惑累皆盡信是信正不信邪故言清信佛弟子其餘諸信皆是邪見不得稱清信也門下速施行

至四月十七日侍中安前將軍丹陽尹邵陵王上啓云臣綸聞如來嚴相巍巍架于有頂微妙色身蕩蕩顯乎無際假金輪而啓物託銀粟以應凡砥般若之利刀牧涅槃之妙果汎生死之苦海濟常樂於彼岸故能降慈悲雲垂甘露雨七處八會教化之義不窮四諦五時利益之方無盡爰水清日盛霧豁雲除爝火翳光塵熱自靜可謂入俗化於𫎇底出世冥此眞如使稠林邪逕之人景法門而無倦渴愛聾瞽之士慕探賾而知迴道樹始於迦維德音盛于京洛恒星不見周鑒娠徵滿

月圓姿漢感宵夢五法用傳萬德方兆華俗潛啓競扇高風資此三明照迷途之失憑玆七覺拔長夜之苦屬值皇帝菩薩應天御物負扆臨民含光宇宙照清海表垂無礙辯以接黎庶以本願力攝受衆生故能隨方逗藥示權因顯崇一乘之旨廣十地之基是以萬邦迴向俱稟正識幽顯靈祇皆蒙誘濟人與等覺之願物起菩提之心莫不翹勤歸宗之境悅懌還源之趣共保慈悲俱修忍辱所謂覆護饒益橋梁津濟者矣道既光被民亦化之於是應眞飛錫騰虛接影破邪外道堅持正國伽藍精舍寶刹相望講道傳經德音盈耳臣昔未達理源稟承外道如欲須甘果翻種苦栽欲除渴乏反趣醎水今啓迷方粗知歸向受菩薩大戒戒節身心捨老子之邪風入法流之眞教伏願

天慈曲垂矜許謹啓

至四月十八日中書舍人臣任孝恭宣勅云能改迷入正可謂是宿植勝因宜加勇猛也

廢李老道法詔十四

北齊高祖文宣皇帝

昔金陵道士陸修靜者道門之望在宋齊兩代祖述三張弘衍二葛郄張之士封門受籙遂妄加穿鑿廣制齋儀糜費極繁意在王者遵奉會梁祖啓運下詔捨道修靜不勝其憤遂與門人及邊境亡命叛入北齊又傾散金玉贈諸貴遊託以襟期冀興道法帝惑之也於天保六年九月乃下勅召諸沙門與道士學達者十人親自對校于時道士呪諸沙門衣鉢或飛或轉呪諸梁木或橫或竪沙門曾

不學方術黙無一對士人擁閙貴賤移心並以靜徒爲勝也諸道士等雀躍騰倚魚睨雲漢高談自矜誇衒道術仍又唱言曰神通權設抑挫强禦沙門現一我當現二令薄示小術並辭退屈事亦可見帝令上統法師與靜捔試上統曰方術小伎俗儒恥之況出家人也雖然天命令拒豈得無言可令最下座僧對之即徃尋覓有僧佛佼一名曇顯者不知何人遊行無定飲噉同俗時有放言標悟宏遠上統知其深量私與之交于時名僧盛集顯居末座酣酒大醉昂兀而坐有司不敢召之以事告於上統上統曰道士祭酒常道所行止是飲酒道人可共言耳可扶輿將來於是合衆皆憚而怯上統威權不敢有諫乃兩人扶顯令上高座既上便立而含笑曰我飲酒大醉耳中有所聞云沙門現一我當現二此言虛實道士曰有實顯即翹一足而立云我已現一卿可現二各無對之顯曰向呪諸衣物飛颺者我故開門試卿術耳命取稠禪師衣鉢呪之諸道士一時奮發共呪一無動摇帝敕取衣乃至十人牽舉不動顯乃令以衣置諸梁木又令呪衣都無一驗道士等相顧無賴猶以言辯自高乃曰佛家自號爲内内則小也詺我道家爲外外則大也顯應聲曰若然則天子處内定小百官處外爲大矣靜與其屬緘口無言帝目驗臧否便下詔曰法門不二眞宗在一求之正路寂泊爲本祭酒道者世中假妄俗人未悟仍有祇崇麴蘖是味清虛焉在胸腑斯甘慈悲永隔上異仁祠下乖祭典皆宜禁絶不復遵事頒勑遠近

咸使知聞其道士歸伏者並付昭玄大統上法師度聽出家未發心者可令染剃爾日斬首者非一自謂神仙者可上三爵臺令其投身飛逝皆碎屍塗地僞妄斯絶致使齊境國無兩信迄于隋初漸開其術至今東川此宗微末無足抗言帝諱洋即元魏丞相高歡之第二子也嫡兄澄急性爲奴所害洋襲其位代爲相國魏曆將窮洋築壇於南郊筮遇大横大吉漢文之卦也乃鑄金像一寫而成魏收爲禪文魏帝署之即受其禪爲大齊也凡所行履不測其愚智委政僕射楊遵彦帝大起佛寺僧尼溢滿諸州冬夏供施行道不絶時稠禪師箴帝曰檀越羅刹治國臨水自見帝從之覩羣羅刹在後於是遂不食肉禁鷹鷂去官漁屠辛葷悉除不得入市帝恒坐禪竟日不出禮佛行繞其疾如風受戒於昭玄大統法上面掩地令上履髮而授焉先是帝在晉陽使人騎駝勑曰向寺取經函使問所在帝曰任駝出城及出奄如夢至一山山半有佛寺羣沙彌迓曰高洋駝來便引見一老僧拜之曰高洋作天子何如曰聖明曰爾來何如曰取經函僧曰洋在寺嬾讀經令北行東頭與之使者反命初帝至谷口木井佛寺有捨身癡人不解語忽謂帝曰我去爾後來是夜癡人死帝尋崩於晉陽

通極論十五

隋沙門釋彦琮

原夫隱顯二途不可定榮辱眞俗兩端孰能判同異所以大隱則朝市匪諠高蹈則山林無悶空非色外天地自同指馬名不義裏肝

膽可如楚越或語或默良踰語默之方或有或無信絶有無之界若夫雲鴻震羽孔雀謝其遠飛淨名現疾比丘憚其高辯發心即是出家何關落髮棄俗方稱入法豈要抽簪此即染淨之門權實而莫曉倚伏之理吉凶而未悟遂使莊生宗齊一之論釋子說會三之旨大矣哉諒爲深遠寔難鉤致竊聞陰陽合而萬物成鹹淡和而八珍美何廢四時恒序五味猶別以此言之豈眞俗之混淆隱顯之云異或有寡聞淺識則欲智凌周孔微庸薄宦便將位比帝王强自大以立身謂一人而已矣不信有因果遂言無佛法輕毀泥洹賤懱沙門愚聾腐儒戲招冥禍或有始除俗服狀如德冠天人繞掛僧名意似聲高海域傲然尊處詳爲極聖豈知十纏猶障三學靡聞不隨機而接物竟抱愚而自守悲夫二子殊途一何嗜駮高懷達士孰可然哉冀欲解紛挫銳假設旗鼓雖復俱有抑揚終以道爲宗致其猶五色綺錯近須彌而會同萬像森羅依虛空以總集歸根自芸芸之物呑谷實茫茫之海斯誠光賛於佛道述奬於玄門庶令無我無邪允謙允敬式貽後進論之云爾

有梵行先生者高屏塵俗獨栖丘壑英明逸九天之上志氣籠八紘之表藉茅枕石落髮灰心冀衣殊羊續之袍繩床異管寧之榻自隱淪西嶽數十年矣確乎不拔澹然無爲每而歎曰窮則獨善其身達則兼濟天下但蒼生擾擾繫以愛羅不可自致清昇坐觀塗炭復須棄置林藪分衛人間於是屈跡暫遊方踐京邑次於灞上有行樂公子者控龍媒於

流水飛鶴蓋於浮雲繡衣侯服薰風合氣璁勒金鞍爭光炫日定知擲果之愛是屬潘生割袖之寵已迷漢帝接軫城隅陪曹王之席連鑣池側追山公之賞道逢先生怪而問曰先生貌若燕趙之士髮如吳越之賓容色似困陳蔡衣製不闚楚魯徐行低視細語顰眉瓦鉢恒持無異顏回之瓢器錫音乍振何殊原憲之藜杖此地未之覩我嘗所不聞敢問先生何方而至先生靜黙良久徐而對曰觀子馳騁於名利荒昏於色聲戴天猶不測其高履地尚不知其厚吾聞坎井之內本無吞舟之鱗榆枌之間詎有垂雲之翼吾非子之徒歟其可識乎試當為子言之幸子暫留高聽吾師也德本深搆樹自三祇之初妙果獨高成於百劫之末總法界而為智竟虛空以作身寧唯氣稟二儀道周萬物而已斯故身無不在量極規矩之外智無不為用絕思議之表不可以人事測豈得以處所論將啓愚夫之視聽須示眞人之影跡其猶谷風之隨嘯虎慶雲之逐騰龍感應相招抑惟常理於是降神兜率之宮垂像迦毗之域氏曰瞿曇種稱刹利俗名悉達道字能仁乃白淨王之太子也家世則輪王迭襲門風則聖道相因地中三千既殊於雒邑國朝八萬有踰於稽嶺宗規藉甚孰可詳焉暨吾師生也坤形六動方行七步五淨雨華滿國二龍灑水遍空神瑞畢臻吉徵總萃觀諸百代曾未之有然復孕異堯軒產殊禹偰至如黑帝入夢之兆白光滿室之徵徒曰嘉祥詎可擬議身邊則金色一丈眉間則白毫五尺開卍字於胷前

躡千輪於足下大略以言三十有二非可以龍顔虎鼻八彩雙瞳方我妙色校其昇降者也雖復吕公之相高帝世謂知人若譬私陀之視吾師未可同日於是崇業大寶正位少陽甲觀洞開龍樓迥建至如多才多藝允文允武非闕師保自因天骨或於太子池臨泛之辰博望苑馳射之際力格香象氣冠神功試論姬發曹丕莫之與擬漢盈夏啓寧足涉言父王宿衞甚嚴喻視彌篤九重禁闥聲聞則四十里三時密殿姬麗則二萬人然以道性恬凝志願沖固雖居三惑之境不改一心之節歷王城之四門哀老病之三苦乃自嗟曰人生若此在世何堪脱屣尋眞其於斯矣于時桃則新花落雨青春始仲月則半輪低閣永夜方深觀妓直之似横屍悟宫闈之如敗冢天王捧白馬而踰城給使持寶冠而詣闕雖復秦世蕭史周時子晉許由洗耳於箕山莊周曳尾於濮水方兹去俗何其蔑如是以仙林始抽髾之地禪河起苦行之跡沭金流之淨水遊道場之吉樹食假獻糜座因施草於是十力智圓六通神足魔兵廣巻大業剋成獨稱爲佛是吾師也法輪則柰國初轉僧侶則憍陳始度至於迦葉兄弟目連朋友西域之大勢東方之遍吉二十八天之主一十六國之王莫不服道而傾心餐風而合掌於是他化宫裏乃弘十地耆闍山上方會三乘善吉談無得之宗淨名顯不言之旨伏十仙之外道制六羣之比丘胷前則吐納江湖掌内則摇蕩山谷論刧則方石屢盡辯數則微塵可窮斯乃三界之大師萬古之獨步吾

自庸才談何以盡縱使周公之制禮作樂孔子之述易刪詩予賜之言語商偃之文學爰及左元放葛孝先河上公柱下史並驅驅於方内何足道哉自我含靈福盡法王斯逝遂使比首提河春秋有八十矣應身粒碎流血何追爭決最後之疑競奉臨終之供嗚呼智炬消慈雲滅長夜諸子誠可悲夫於是瞻相好於香檀記筌蹄於貝葉三藏受持四依補處而我師風無墜特恃斯乎但世道紛華羣情矯薄人代今古曁于像運既當徂比稍復東漸所以金人夢劉莊之寢摩騰竺蔡愔之勸遺教之流漢地創發此焉迄今五百餘年矣自後康僧會竺法護佛圖澄鳩摩什繼踵來儀盛宣方等遂使道生道安之侶慧嚴慧觀之徒並能銷聲掛冠翕然歸向緇門繁熾焉可勝道吾少長山東尚素王之雅業晚遊關右慕黃老之玄言俱是未越苦河猶淪火宅可久可大其唯佛教也歟遂乃希前代之清塵仰羣英之遠跡歸斯正道拔自沉泥本號離欲之逸民摧邪之大將吾之儔黨其謂此乎公子慼頞而言曰觀先生之辯雖可談天然其所說何太虛誕竊尋佛本啓化之辰當我宗周之運自云娑婆總攝靡所不歸或復光照無際聲震有頂或復八部雲臻十方輻湊計天竺去我十萬里餘俱在須彌之南並是閻浮之内那忽此間士庶無至佛所如來亦何獨簡不賜餘光弗生我秦漢靡載我墳籍詳此二三疑惑逾甚僕聞貞不絶俗隱不違親所以和光於塵裏披蓮於火内至若束帶垂纓無妨修德留鬚長髮足可閑居且

道本虛通觸無不是何必絕棄於冠簪專在於錫鉢竊以不傷遺體始著孝心莫非王臣終從朝命今既赭衣髠髮未詳其罪不仕天子無乃自高敢諮先生請當辨析

先生曰吾聞大音不入於俚耳其驗茲乎猶欲以寸管窺天小螺量海而我法門奠出非吾子之能極吾且仰憑神力更爲言之吾師化道含弘靈鈞遠被但衆生緣薄自爲限礙耳何關佛威之不大聖澤之無均其猶日月垂像麗天雷霆發音動地而簡於聾瞽豈光微聲小者哉然佛遊舍衛有餘二紀三億之家猶不聞見何怪邊地十萬里乎竊以周孔之生本惟華夏之邑夷狄不信其理何耶至於東方朔之昇天淮南王之入籙然乘鸞排霧世有其人欲不長於神仙猶密之而弗載寧解味吾師之道術書之於惇史乎況值秦皇焚典經籍不全何容守此局文遂無大見然有惑彼正真甘茲隨俗未悟身之非潔豈達命也無常服翫則數重不止慳貪則一毛難落屑屑頑民可悲之甚吾已無保於形骸誰有營於炫好鬚髮既剪我心自伏衣惟壞色愛情何起所以五綴而持想六時而繫念蕭然物外是曰逆流竊聞夏禹疏川則有勞手足墨翟利物則不悋頂踵殺身以成仁餓死而存義此並有違於大孝然猶盛美於羣書吾養性栖玄立身行道方欲廣濟六趣高希萬德豈學子拘之於小節顧在膚髮之間哉扇逐榮名餘事從北面之朝也其若効淺祿微唯勞諸走無暇功高位極常懼危溢不安千仞棄珠一何賤寶但火内之蓮非吾所

發染而不染何爾能知

公子曰先生强誇華以飾非護墻茨而不掃請聽逆耳之篤論略條其弊也四焉僕聞王樹不林於蒹葭威鳳不羣於燕雀先生道雖微妙門人獨何庸猥或形陋族微或類卑神闇無三端可以參多士無十畝可以為匹夫憧王事之不閑恥私門之弗立寄逃役於佛寺之内纔容身於法服之下見人不能叙寒温讀經不解立正義空知高心於百姓背禮於二親非所以自榮其弊一也僕聞釆椽土堦之儉唐堯之所以字民瓊室玉臺之盛商辛之所以敗俗況如來行惟少欲德本大悲只應宴坐於塚間經行於樹下何宜飾九層之刹建七寶之臺不愍作者之勞不慚居者之逸非所以自約其弊二也僕聞無自伐功老聃之極教不讚己德唯佛之格言勞謙則君子終吉克讓則聖人上美必若内德充盛自然外響馳應賔侶坐致揄揚豈況佛心澄靜亡諸得失之咎如何獨許世尊之號不欲推人然彼羣經莫二之宗各談第一之稱自生矛盾將何以通非所以自遜其弊三也僕聞情存兩實心慎四知方曰通人之雅懷廉士之高節或散之於宗族或棄之於山水況玄道清淨反俗沙門而復縱無猒之求貪有爲之利勸俗人則令不留髓腦論賙施則便無讓分毫或勝貴經過或上客至止不將虛心而接待先陳出手之倍數此乃有識之同疾海内之共知非所以自廉其弊四也僕直言雖苦可爲藥石惟先生高見覽以詳之

先生曰吾子不笑何謂道耶子但好其所以

同寧知其所以異徒欲圯毀未損金剛吾道弘邃豈可輕矣吾聞萬機斯總聖皇所以稱大百川是納巨壑所以爲深王則不恥於細民海則無逆於小水況吾師大道曠無不濟有心盡攝未簡怨親自當品戒德之小大混族類之高下故有除糞庸人翻涉不生之位應書貴士倒墜無間之獄內秘難識外相孰知子何自擅爲銓衡吾未相許爲水鏡若但以貌取人失之遠矣遂使叔向伏鬷蔑之語長者悟沙彌之說且復窮通有運否泰無恒或始榮而後辱或初微而後盛異轍紛綸可略言也至如立錐無地非慕堯舜之德餘苗不紹豈傳湯武之聖詎知吞併六國其先好馬牧人約法三章則唯亡命亭長樊灌起販屠之肆伊呂出厨釣之間歷代因循高門相襲遂爲四海强族五陵貴氏冠冕陵雲風流蓋世暨若朝陽晞露萎皂隸之難留宿草負霜混螻蟻之莫別是知用與不用虎鼠何常尋末窮本人倫一槩那忽輕以乘軒蔑茲甕牖雖復才方周旦亦何足觀嘗試言之朝市虛煩身心空弊智者同棄賢人共鄙但覺斯懷之可入所以避地而歸來吾則猒來苦而知昨非子便躭徃欲而惑今是寧自安貧樂道少賤多能奚用太廟之犧牲豎子之烹鴈吾今素質自居黙念無雜不假導於仁義豈亂想於繁華固亦騎遺牝牡自忘寢膳詎守寒温之小才音義之薄伎修心可以報德何局定省之儀弘化可以接引寧止俯仰之事此吾所謂一勝也吾師空閑樂處不唯聚落輕微務納豈獨珠瓔是以栖形五山遊神三

徑或受童土或餐馬麥讚淨心之小施讖雜相之多捨庶令藉此而建善根因茲而表誠信斯自東脩大體供養恒式豈佛身之欲須乃含生之達志便以凡俗難悟憍嫉未除競獻名寶利收多福所以玉槃高刹掩日聳於半天繡桷飛甍連雲被於寓內爭名好尚善將焉在著相寡識遂及乎斯雖乖至眞之理足感榮華之樂生民唯此爲功如來亦何抑說此吾所謂二勝也吾聞談無價之奇寶冀欲拯貧讚不死之神香只將愈疾但衆生信邪巫之狂藥捨正覺之甘露困毒巳深懷迷自久吾師之出世也本許救濟爲功知我者希無容緘默使物識眞以迴向何是非而自取若夫二佛不並於世兩日不共於天厥號無等庶弘至教非如君子之小聖事謙讓之風者巳然至理同歸逐情異說是經稱最各應宜聞此吾所謂三勝也吾聞不趍四民之利莫致百鎰之金但大患未亡有待須養吾稱乞士則受之以知足子名施主則傾之以國城何容責我之貪非不自揣巳之慳蔽是驗分財相得獨應管鮑乎吾聞天王武庫出給尚不由臣下況吾師福物取與寧獨任凡僧本雖四輩而來今屬三寶而用爲道與供義乖行福旣爲十方常住非曰私擬諸巳自專則法律不許請衆則和合無由不知子何德以能銷吾何情而敢擅只懼我之同咎豈欲貪利者哉竊以粒重七斤投水則烟火騰沸飯餘一鉢與人則羣類充滿佛猶無恪於飢犬寧有惜於餓烏是知輒用固以招愆迴施許而獲益眞是衆生之薄福則非吾師之

褊心至如餓鬼不覩川流病人弗覺美味罪闗於餓病豈流味之無也竊聞功臣事主粟帛不次而酬勲明主責躬蒼旻不言而効德子弗能自慨之無感專謗吾師之不惠持此饕餮何以爲人至若鄭侯傾産於交遊田君布心於賔客空規豪蕩之聲勢詎擬福田而推揚此吾所謂四勝也吾雖言不足而理有餘子但驚所未聞或於所不見吾之所說子可悟矣

公子曰先生雖高談白雪終類守株所論報應何其悠邈儻聞開闢混元分剖清濁薄渟異禀愚聖派流至如首足之方圓翔潛之鱗羽命分脩短身名寵辱莫非自然之造化詎是宿業之能爲竊見景行不虧夭身世而嬰禍狂勃無禮竟天年而饗福遭隨若斯因果何驗且氣息則聚生散死形神則上歸下沉萬事寥廓百年已矣何處天宮誰爲地獄庸人之所信達士未之言先生猶或繫風請更量也

先生曰公子辯士哉見何庸淺所談不踰百世所歷無越八荒詎能曉果報之終期察因緣之本際不可局凡六識罔聖三明者也吾聞播植百穀非獨水土之功陶鑄四生詎止陰陽之力既有根於種類亦無離於集起竊見或體合夫妻子孫不孕或身非鰥寡男女莫均至於螢飛蟬化蜂巢蟻卵非構兩精之産豈從二藏之妊若但禀之於乾坤人亦奚賴於父母一須委運慈孝何歸是知因自參差果方環互支分三報星羅萬品或今身而速受或來世而晚成此理必然亦何而朽竊

以賞罰不濫王者之明法罪福無舛業道之大功政治則五刑罰禄位賞幽祇則三塗罪人天福目前可以爲鑒誡豈伊吾之構虛論哉子未陷囹圄誰信有廷尉不遊岱宗便謂無鬼府但善惡積成則殃慶有餘被之茂典爾所未悉至如疏勒涌泉之應大江横石之感羊公白玉郭巨黄金驄標鮑宣之馬珠降噲叅之鶴爰及宣王之崩於杜伯襄公之懼於彭生白起甘死之徵李廣不侯之驗陸抗殃則遺後郭恩禍則止身斯甚昭著孰言冥杳雖有知無知六經不説然祭神祭鬼三代攸傳必也死而寂寥何求存以仁行無宜棄儒墨之小教失幽明之大理子可惜良才太甚愚僻早須歸悔體我眞言

公子曰先生雖懸河逸辯猶有所蔽僕聞天生烝民剛柔爲匹所以變化形器舍養氣靈婚姻則自古洪規嫁娶則列代恒禮罪應不關於子胤道亦無礙於妻妾遂使善慧許賣華之約妙光納施珠之信衆香六萬尚曰法師毗耶二千猶名大士何獨曠茲仇偶擁此情性亢龍有悔其欲如之品物何以生佛種誰因續此先生之一蔽也僕聞猛獸爲暴民之業毒蟲含傷物之性所以順氣則秋獮除害則夏苗天道之常何罪而畏至於牛豕充犧羔鴈備禮運屬厨人之手體葬嘉賓之腹本天所生非此焉用然復鳥殘自死班聽內律如何闕養形命空作土塵此先生之二蔽也僕聞天列箕星地安泉郡酒之爲物其來尚矣銷愁適性獨可茲乎所以嵇阮七賢與情於斗石之量勛華兩聖盛德於鍾壺之飲

管則藉此而談玄于則因茲而斷獄聞諸往哲未嘗不醼但自持之於禮何用阻衆獨清此先生之三蔽也僕聞八政著民天之食五味資道器之身降茲呼吸風霞餌飲芝露敢爲生類罔弗由之自可飽食用心無廢於道業何假持齋倦力有乏於勤修此先生之四蔽也先生若改斯蔽僕亦慕焉

先生曰吾聞剛强難化固當爾耳子之蔽乎自不知其蔽吾之通也子豈識其通由此觀之未可與言道也竊以鄙言無遜尚避至親邪行不仁猶慚先達然其男則纔離襁褓羡雙飛以求耍女則僅辭乳哺悲空房而感情茍貪小樂公行世禮積習生常混然誰怪此而無恥尤類鶉鶡勿將羣小之制婚敢非高尚之敦雅且婚者昏也事寄昏成明非昌顯之裁範諒是庸鄙之危行獨有展禽柳下之操可以厲淫夫彭祖獨卧之術可以養和性斯固播之於良書美之於方策況乃吾師之成教也弘淨行之宗經豈復順彼邪風嬰茲欲網將出六天之表猶無攜妓妾既超四空之外焉可挾妻孥唯有二果白衣繫業通許一床居士精而難混但品物之生自有緣託何必待我之相配方嗣於吾師獨不聞同一化生士無女業咸屏四大法喜資形此吾所謂一通也吾聞生死去來本方步蹕顯晦上下無異循環業之所運人畜何准是以衞姬蜀帝之徒牛哀伯奇之類狐爲美女狸作書生抑亦事歸難思豈易詳也竊以持戒無畏毘龍含德不懼蜂蠆怖鴿投影猛虎越江我善則報之以明珠人惡則應之以毒氣諒由

息之生殺豈禽獸唯害物耶雖復飛走別形惜身莫異輪迴無始誰非所親恕已爲喻亦何不忍詎可宰有生之血肉充無用之肌膚至若死而歸土物我同致所以黄不食黿孔猶覆醢況吾仁慈之隱惻孰甘美於肥鮮但五律漸開雙林永制此吾所謂二通也吾聞酒池牛飲著乎在昔雖百六數窮亦亂國斯起三十五失抑有由之但令身酩酊是焉可驗來生幽暗將復何已至如文舉之罇不空玄石之瞑難悟蓋惟耽酒之狂客曷可以論至道哉但使深酣則過多微醺則愆薄欲言飲而無失未之有也往賢之所嚴戒良以此乎縱不關物命亦無宜舉酌此吾所謂三通也吾聞戒自禁心齋唯齊志可謂入道之初行教民之本法但支立而已身亦何知若縱情嗜欲終爲難滿所以節限二時足充四大覺翳螳之附後見野狼之對前危亡之期既切飢渴之情遂緩自忻道勝而肥何嗟食短而倦竊以帝王之祠宗廟夫子之請伯陽猶須絶味辛葷清居齋室況吾欲亡身而訪道寧復留心於美膳者哉此吾所謂四通也莫謂子所不能謂吾爲蔽吾之所辯幸子擇以從之公子於是接足叩頭百體皆汗䰟飛膽喪五色無主既如料虎復似見龍悦焉若狂莫知所對先生摩頂勞曰吾惟愍物子何怖耶公子稍乃自安泣而對曰僕本生下邑無聞大覺之名稟性踈野翻踵外邪之見不遇先生幾將禍矣比承下風之末精義入神仰恃大慈追收前失請容剃落受業於先生之門也先生曰子悟迷知返善矣哉

廣弘明集卷第四

音釋

莞 古丸切小蒲也可以爲席
爝 即畧切火炬也
娠 失人切妊也
扆 隱豈切畫斧屛風也
懌 羊益切悅也
麴糵 麴驅匊切糵魚傑切麴糵酒媒也
胊 其俱切脯脡也申曰脡曲曰胊
踳駮 踳尺尹切駮北角切踳駮相乖舛也
縶 陟立切絆也
鑣 悲嬌切馬銜外鐵也
揄枌 揄羊朱切枌符云切揄枌木名
偰 音薛與契同
赭 章也切赤也
夐 兄詠切遠也
惇 都昆切厚也
蒹葭 蒹音兼葭音加蒹葭葦屬
騣蔑 騣子紅切蔑莫結切騣蔑人名
桷 古岳切椽也
甍 眉耕切屋棟也
饕餮 饕吐刀切貪財也餮他結切貪食也
鯀 古還切無婦曰鯀
蠖 憂縛切屈伸蟲也
酩酊 酩莫迥切酊都挺切酩酊醉甚也

廣弘明集卷第五

唐　終南山釋道宣　撰

辨惑篇序

俗之惑者大略有二初惑佛爲幻僞善誘人心二惑因果沉冥保重身世且佛名大覺照極機初審性欲之多方練病藥之權道故能俯現金姿垂丈六之偉質流光遍燭通大千而闡化致使受其道者獲證塵沙内傾十使之纒外蕩八魔之弊故能履水火而無礙懾龍鬼而怡神三明六通暢靈襟之妙術四辯八解演被物之康衢其道顯然差難備叙至於李叟稱道纔闡二篇名位周之史臣門學周之一吏生於厲鄉死於槐里莊生可爲實録秦佚誠非妄論而史遷褒之乃云西遁流沙漢景信之方開東夏道學爾後宗緒漸布終淪滯於神州絶智守雌全未聞於環海黨俗信受飾詐揚眞乃造老子化胡等經比擬佛法四果十地劫數周循結土爲人觀音侍老黄書度命赤章厭祝斯言孟浪無足可稱方欲陵佛而跨法僧矯俗而爲尊極通鑒遠識者自絶生常瑣學迷津者或同墜溺且道德二篇淯子所説伯陽爲尹而傳是則述而不作至於四果以下全非道流斯乃後學門人廣開衢術言輒引類翻累本宗故神仙傳云無識道士妄傳老子代代爲國師者濫也葛洪可謂生知之士千載之一遇也諸餘碌碌等駕齊驅佛經無叙於李聃道書多渉於釋訓人流慕上古謏之常言惡居下徒今俗之行事所以隨有相狀無不擬儀道本氣也無像可圖今則擬佛金姿峙列天堂地獄連

寫施行五戒十善曾無異迹終是才用薄弱不能自立宗科竊經盜義倚傍稱道至如楊雄太玄退然居異抱樸論道邈爾開權道莊惠之流可爲名作南華近出亦足命家豈若上皇之元密取漢徹之號剖生左腋用比能仁之儀斯途衆矣具如後顯又俗惑三際之業時輕四趣之報人死極於此生生亦莫知何至由斯淪滯出竟無緣若不統叙長迷逾遠深嫌繁委何得略之

又序曰夫解惑之生存乎博見義舉傳聞闇記信爲難辨舟師故四不壞淨位居入流之始一正定聚方稱涉正之域餘則初染輕毛隨風揚扇不退漆木雖磨不磷是以辨惑履正開於悟達之機宅形安道必據稽明之德自法流震旦信毀相陵多由臆斷師心統決三際必然之事乃謂寓言六道昭彰之形言爲虛指夫以輪迴生死隨業往還依念念而賦身逐劫劫而傳識所以濠上英華著方生之論柱下睿哲稱其鬼不神可謂長時有盡生涯不窮禹父既化黃能漢王變爲蒼犬彭生豕見事顯齊公元伯纓垂名高漢史斯途衆矣難備書紳無識之倫妄生推託便言三后在天勸誘之高軌陳祭鬼饗孝道之權猷斯則乖人倫之典謨越天常之行事詭經亂俗不足言之若夫繫述遊蒐之談經叙故身之務昭穆有序尊祖重親追遠愼終由來之同仰踐霜興感列代之彝倫安有捐擲所生專存諸已橫陳無鬼之論自許有身之術前集已論今重昌顯固須讎校名理尋討經論卷部五千咸經目閱義通入藏妙識宗歸若

斯博詣事絶迴惑竊以六因四縁乘善惡而成業四生六道紹昇沉之果報兹道坦然非學不達豈可信凡庸之臆度排大聖之明略哉況復列十度之仁舟濟大心於苦海分四諦之階級導小智之邪山三學以統兩乘四輪而摧八難梗概若此無由惑之又以寺塔崇華糜費於財帛僧徒供施叨濫於福田過犯滋彰譏嫌時俗通汙佛法咸被湮埋故周魏二武生本幽都赫連兩君亂唯獫狁鄉非仁義之域性絶陶甄之心擅行殲殄誠無足怪今疏括列代編而次之庶或迷沒披而取悟序之云爾

辨惑篇總目

魏陳思王辨道論

晉孫盛聖賢同軌老聃非大賢論

孫盛敘道反訊老子疑問

南齊沈休文均聖論并難及解

敘列代王臣滯惑解上下

元魏太武廢佛法詔

周高祖集僧論廢立

沙門釋道安二教論

甄鸞笑道論

高祖廢二教詔

武平齊集僧論廢立

前沙門任道林抗帝論

前沙門王明廣請興法表

唐傅弈上廢佛法表事

李仲卿十異九迷論并書

沙門釋法琳上破邪論并表啓

沙門釋明槩上立佛法事

李師政內德論

辯惑篇第二之一

辯道論

聖賢同軌老聃非大賢論

老子疑問反訊

均聖論

辯道論

魏陳思王曹植子建

夫神仙之書道家之言乃云傅說上爲辰尾宿歲星降爲東方朔淮南王安誅於淮南而謂之獲道輕舉鉤弋死於雲陽而謂之屍逝樞空其爲虛妄甚矣哉中興篤論之士有桓君山者其所著述多善劉子駿嘗問人言誠能抑嗜欲闔耳目可不衰竭乎時庭中有一老榆君山指而謂曰此樹無情欲可忍無耳目可闔然猶枯槁腐朽而子駿乃言可不衰竭非談也君山援榆喻之未是也何者余前爲王莽典樂大夫樂記云文帝得魏文侯樂人竇公年百八十兩目盲帝奇而問之何所施行對曰臣年十三而失明父母哀其不及事教臣鼓琴臣又能導引不知壽得何力君山論之曰頗得少盲專一內視情不外鑒之助也先難子駿以內視無益退論竇公便以不鑒證之吾未見其定論也君山又曰方士有董仲君者繫獄佯死數日目陷蟲出死而復生然後竟死生之必死君子所達夫何喻乎夫至神不過天地不能使蟄蟲夏潛震雷冬發時變則物動氣移而事應彼仲君者乃能藏其氣屍其體爛其膚出其蟲無乃大怪乎世有方士吾王悉所招致甘陵有甘始盧

江有左慈陽城有郄儉始能行氣導引慈曉房中之術儉善辟穀悉號三百歲卒所以集之於魏國者誠恐斯人之徒接姦詭以欺衆行妖慝以惑人故聚而禁之甘始者老而有少容自餘術士咸共歸之然始詞繁寡實頗竊有怪言若遭秦始皇漢武帝則復徐福欒大之徒矣桀紂殊世而齊惡姦人異代而等僞乃如此耶又世虛然有仙人之說仙人者儻猱猨之屬與世人得道化爲仙人乎夫雉入海爲蛤燕入海爲蜃當其徘徊其翼差池其羽猶自識也忽然自投神化體變乃更與黿鼉爲羣豈復自識翔林薄巢垣屋之娱乎而顧爲匹夫所調納虛妄之詞信眩惑之說隆禮以招弗臣傾産以供虛求散王爵以榮之清閑館以居之經年累稔終無一効或殁於沙丘或崩乎五柞臨時雖誅其身滅其族紛然足爲天下笑矣然壽命長短骨體强劣各有人焉善養者終之勞擾者半之虛用者殀之其斯之謂歟植字子建魏武帝第四子也初封東阿郡王終後謚爲陳思王也幼含珪璋十歲能屬文下筆便成初無所改世間術藝無不畢善邯鄲淳見而駭服稱爲天人也植每讀佛經輒流連嗟翫以爲至道之宗極也遂製轉讀七聲升降曲折之響故世之諷誦咸憲章焉嘗遊魚山聞空中梵天之讚乃摹而傳于後則備見梁法苑集然統括道源精究仙録詐妄尤甚故著論以詳云

聖賢同軌老聃非大聖論第二

晉祕書監孫盛安國

頃獲閑居復伸所詠仰先哲之玄微考大賢

之靈術詳觀風流究覽行止高下之辨殆可髣髴夫大聖乘時故迹浪於所因大賢次微故與大聖而舒卷所因不同故有揖讓與干戈迹乖次微道亞故行藏之軌莫異亦有龍虎之從風雲形聲之會影響理固自然非召之也是故箕文同兆元吉於虎兕之吻顏孔俱充逍遥於匡陳之間唐堯則天稷偰翼其化湯武革命伊吕贊其功由斯以言用舍影響之論惟我與爾之談豈不信哉何者大賢庶幾觀象知器觀象知器預籠吉凶預籠吉凶是以運形斯同御治因應對接群方終保元吉窮通滯礙其揆一也但欽聖樂易有待而享欽冥而不能冥悅寂而不能寂以此爲優劣耳至於中賢第三之人去聖有間故冥體之道未盡自然運用自不得玄同然希古存勝高想頓足仰慕淳風專詠至虛故有栖峙林壑若巢許之倫者言行抗轡如老彭之徒者亦非故然理自然也夫形躁好靜質柔愛剛讀所常習慢所希聞世俗之常也是以見偏抗之辭不復尋因應之適覩矯誑之論不復悟過直之失耳按老子之作與聖教同者是代大匠斲斛拇巇指之喻其詭乎聖教者是遠救世之宜違明道若昧之義也六經何常闕虛靜之訓謙沖之誨哉孔子曰述而不作信而好古竊比我於老彭尋斯旨也則老彭之道以籠罩乎聖教之内矣且指說二事而不非實言也何以明之聖人淵寂何不好哉又三皇五帝已下靡不制作是故易象經墳爛然炳著棟宇衣裳與時而興安在述而不作乎故易曰聖人作而萬物覩斯言之

證蓋指說老彭之德有以髣髴類已形迹之處所耳亦猶匿怨而友其人左丘明恥之丘亦恥之豈若於吾言無所不說相體之至也且顏孔不以導養為事而老彭養之孔顏同乎斯人而老彭異之凡斯數者非不亞聖之迹而又其書往往矛盾粗列如左大雅搢紳幸袪其弊盛又不達老聃輕舉之旨為欲著訓戎狄宣導殊俗乎若欲明宣導殊類則左袵非玄化之所孫遊非嘉遁之舉諸夏陵遲敷訓所先聖人之教自近及遠未有譸張避險如此之遊也若懼禍避地則聖門可隱商朝魯邦有無如者矣苟得其道則遊刃有餘觸地元吉何違天心於戎貊如不能然者得無庶於朝隱而神仙之徒乎昔裴逸民作崇有貴無二論時談者或以為不虛達勝之道者或以為矯時流遁者余以為尚無既失之矣崇有亦未為得也道之為物唯怳與惚因應無方唯變所適值澄渟之時則司契垂拱遇萬動之化則形體勃興是以洞鑒雖同有無之教異陳聖致雖一而稱謂之名殊自唐虞不希結繩湯武不擬揖讓夫豈異哉時運故也而伯陽以執古之道以御今之有逸民欲執今之有以絕古之風吾故以為彼二子者不達圓化之道各矜其一方者耳

老子疑問反訊第三

晉祕書監孫盛安國

道經云故常無欲以觀其妙故常有欲以觀其徼此兩者同出而異名同謂之玄玄之又玄衆妙之門

舊說及王弼解妙謂始徼謂終也夫觀始要

終覩妙知著達人之鑒也既以欲澄神昭其妙始則自斯以已宜悉鎮之何以復須有欲得其終乎宜有欲俱出妙門同謂之玄若然以往復何獨貴於無欲乎天下皆知美之爲美斯惡已皆知善之爲善斯不善已盛以爲夫美惡之名生乎美惡之實道德淳美則有善名頑嚚聾昧則有惡聲故易曰惡不積不足以滅身又曰美在其中暢於四支而發於事業又曰韶盡美矣未盡善也然則大美大善天下皆知之何得云斯惡乎若虛美非美爲善非善所美過美所善違中若此皆世教所疾聖王奮誠天下亦自知之於斯談

不尚賢使民不爭不貴難得之貨使人不爲盜常使民無知無欲使知者不敢爲（此亦道經語也）

又曰絕學無憂唯之與阿相去幾何善之與惡相去何若下章云善人不善人之師不善人善人之資不貴其師不愛其資雖智大迷盛以爲民苟無欲亦何所師於師哉既相師資非學如何不善師善非尚賢如何貴愛既存則美惡不得不障非相去何若之謂又下章云人之所教我亦以教人吾言甚易知而天下莫能知又曰吾將以爲教父原斯談也未爲絕學所云絕者堯孔之學耶堯孔之學隨時設教老氏之言一其所尚隨時設教所以道通百代一其所尚不得不滯於適變此又闇弊所未能通者也道沖而用之或不盈和其光同其塵盛以爲老聃可謂知道非體道者也昔陶唐之莅天下也無日解哉則維照任衆師錫匹夫則駁然禪授豈非沖而用之光塵同波哉伯陽則不然既處濁位復遠

導西戎行止則倡狂其迹著書則矯誑其言和光同塵固若是乎余固以爲知道體道則未也

道經云三者不可致詰混然爲一繩繩兮不可名復歸於無物無物之象是謂惚怳下章云道之爲物唯怳與惚惚兮怳兮其中有象怳兮惚兮其中有物此二章或言無物或言有物先有所不宜者也執古之道以御今之有下章執者失之爲者敗之而復云執古之道以御今之有或執或否得無陷矛盾之論乎絶聖棄知民利百倍孫盛曰夫有仁聖必有仁聖之德迹此而不崇則陶訓焉融仁義不尚則孝慈道喪老氏既云絶聖而每章輒稱聖人既稱聖人則迹焉能得絶若所欲絶者絶堯舜周孔之迹則所稱聖者爲是何聖之迹乎即如其言聖人有宜滅其迹者有宜稱其迹者稱滅不同吾誰適從絶仁棄義民復孝慈若如此談仁義不絶則不孝不慈矣復云居善地與善仁不審與善之仁是向所云欲絶者非耶如其是也則不宜復稱述矣如其非也則未詳二仁之義一仁宜絶一仁宜明此又所未達也若謂不聖之聖不仁之仁則教所誅不假高唱矣逮至莊周云聖人不死大盗不止又曰田常竊仁義以取齊國

夫天地陶鑄善惡兼育各禀自然理不相關梟鴆縱毒不假學於鸞鳳豺虎肆害不借術於麒麟此皆天質自然不須外物者也何至凶頑之人獨當假仁義以濟其姦乎若乃冒頓殺父鄭伯盜鄶豈復先假孝道獲其終害

乎而莊李培擊殺根毀駁正訓何異疾盜賊而銷鑄干戈覩食噎而絶棄嘉穀乎後之談者雖曲爲其義辯而釋之莫不艱屯於殺聖困躓於忘親也知我者希則我貴矣上章云聖人之在天下也百姓皆注其耳目師資貴愛必彰萬物如斯則知之者安得希哉知希者何必貴哉即己之身見貴九服何得佩實抗言云貴由知希哉斯蓋欲抑動恒俗故發此過言耳聖教則不然中和其詞以理訓導故曰在家必聞在邦必聞也是聞必達也不見善而無悶潛龍之德人不知而不愠君子之道衆好之必察焉衆惡之必察焉旣不以知多爲顯亦不以知少爲貴誨誘綽綽理中自然何與老聃之言同日而語其優劣哉禮者忠信之薄而亂之首前識者道之華而愚之始是以大丈夫處其厚不處其薄處其實不處其華也孫盛曰老聃足知聖人禮樂非玄勝之具不獲已而制作耳而故毀之何哉是故屛撥禮學以全其任自然之論豈不知叔末不復得返自然之道直欲伸己好之懷然則不免情於所悅非浪心救物者也非唯不救乃獎其弊矣

或問莊老所以故發此唱蓋與聖教相爲表裏其於陶物明訓其歸一也矣盛以爲不然夫聖人之道廣大悉備矣猶日月懸天有何不照者哉老氏之言皆駁於六經矣寧復有所徯之俟佐助於聃周乎即莊周所謂日月出矣而爝火不息者也至於虛誑譎怪矯詭之言尚拘滯於一方而横稱不經之奇詞也王侯得一以爲天下貞貞正也下章云孰知

其極其無正正復爲奇善復爲妖尋此二章或云天下正或言無正旣云善人不善人師而復云爲妖天下之善一也而或師或妖天下之正道一也而云正復爲竒斯反鄙見所未能通也

盛字安國仕晉爲給事中祕書監少遊涉墳索而以史籍爲懷故曰賢聖玄邈得諸言表而仁愛自我陶染庶物漸漬之功莫過乎經史著晉陽春秋三十餘卷評老氏中賢之流故知爲尹述書乃祖承有據嵇子云老子就涓子學九仙之術尋乎導養斯言有徵至於聖也則不云學故語曰生知者上學知者次王何所位典達鴻猷故班固序人九等之例孔丘等爲上上類例皆是聖李聃等爲中上類例皆是賢聖有至聖亞聖賢有大賢中賢並以神機有利鈍故智用有漸頓也盛叙老非大賢取其閑放自牧不能兼濟於天下坐觀周衰遁於西裔行及秦壞死於扶風葬於槐里非遁天之仙信矣

均聖論第四

齊常侍沈約休文

自天地權輿民生攸始遐哉眇邈無得而言焉無得而言因有可言之象至於太虛之空曠無始之杳茫豈唯言象莫窺良以心慮事絕及天地聚爾來宅其中毫端之泛巨海方斯非譬然則有此天地巳來猶一念也我之所久莫過軒犧而天地之在彼太虛猶軒犧之在彼天地齷齪之徒唯謂赫胥爲遠何其瑣瑣爲念之局耶世之有佛莫知其始前佛後佛其道不異法身湛然各由應感感之所

召跨大千而咫尺緣苟未應雖蹤迹而弗覩娑婆南界是曰閻浮葱嶺以西經塗密邇緣運未開自與理隔何以言之夏殷已前書傳簡寡周室受命經典備存象寄狄鞮隨方受職重譯入貢總括要荒而八蠻五狄莫不愚鄙文字靡識訓義不通咸納贄王府登樂清廟西國密塗厥路非遠雖葉書橫字華梵不同而深義妙理於焉自出唐虞三代不容未有事獨西限道未東流豈非區區中國緣應未啓求其會歸尋其旨要寧與四夷之樂同日而語乎非爲姬公所遺蓋由斯法宜隱故也炎昊之世未火未粒肉食皮衣仁惻之事弗萌懷抱非肉非皮死亡立至雖復大聖殷勤思存救免而身命是資理難頓奪寔宜導之以漸稍啓其源故燧人火化變腥爲熟腥熟既變蓋佛教之萌兆也何者變腥爲熟其事漸難積此漸難可以成著迄乎神農復垂汲引嘉穀肇播民用粒食歉腹充虛非肉可飽則全命減殺於事彌多自此已降矜護日廣春蒐免其懷孕夏苗取其害穀秋獮冬狩所害誠多頓去之難已備前說周孔二聖宗條稍廣見其生不忍其死聞其聲不食其肉草木斬伐有時麛卵不得妄犯漁不竭澤畋不燎原釣而不綱弋不射宿肉食蠶衣皆須耆齒牛羊犬豕無故不殺此則戒有五支又開其一也逮于酣醟于酒淫迷乎色詭妄於人攘濫自已外典所禁無待釋教四者犯人人爲含靈之首一者害獸獸爲生品之末上聖開宗宜有次第亦由佛戒殺人爲業最重也內聖外聖義均理一而蔽理之徒封著外

教以爲烹羊豢豕理固宜然惑者又云若如釋氏之書咸有緣報之業則禹湯文武並受刲割周公孔子俱入鼎鑊是何迷於見道若斯之篤耶試尋斯證可以有悟矣

華陽先生難

鎮軍均聖論

山民陶隱居仰諮

論云前佛後佛其道不異周室受命象寄狄鞮隨方受職西國密塗厥路非遠唐虞三代不容未有事獨西限道未東流非爲姬公所遺蓋由斯法宜隱燧人火粒變生爲熟蓋佛教之萌兆周孔二聖宗條稍廣見生不忍其死聞聲不食其肉草木斬伐有時麛卵不得妄犯又戒有五支四者犯人人爲含靈之首一者害獸獸爲生品之末內聖外聖義均理

一諮曰謹桉佛經一佛之興動踰累劫未審前佛後佛相去宜幾釋迦之現近在莊王唐虞夏殷何必已有周公不言恐由未出非關宜隱育王造塔始敬王之世既閻浮有四則東國不容都寡夫子自以華禮興教何宜乃說夷法故歎中國失禮求之四夷亦良有別意且四夷之樂裁出要荒之際投諸四裔亦密邇危羽之野禹迹所至不及河源越裳白雉尚稱重譯則天竺罽賓久與上國殊絕衰周已後時或有聞故鄒子以爲赤縣於宇內止是九州中之一耳漢初長安乃有浮圖而經像眇昧張騫雖將命大夏甘英遠屆安息猶弗能宣譯風教闡揚斯法必其發夢帝庭乃稍就興顯此則似如時致通閡非關運有起伏也若必以緣應有會則昔之淳厚羣生

何辜今之澆薄羣生何幸假使斯法本以救濟者夫爲罪莫過於殺肉食之時殺孰甚焉而方俟火粒甫爲教萌於大慈神力不有所蹟乎若粳粮未播殺事難以息未審前時過去諸佛復以何法爲教此教之萌起在何佛兼四戒犯人爲報乍輕一殺害獸受對更重首輕末重亦爲未達夫立人之道曰仁與義周孔所云聞聲不食斬伐有時者蓋欲大明仁義之道於鳥獸草木尚曰其然況在乎人而可悖虐非謂内惕寡方意有緣報覩迹或似論情碩乖不審於内外兩聖其事可得是均以不此中參差難用頓悟謹備以諮洗顧具啓諸蔽

難云釋迦之現近在莊王唐虞夏殷何必已有周公不言恐由未出非關宜隱育王造塔始敬王之世閻浮有四則東國不容都無

答曰釋迦出世年月不可得知佛經既無年曆注記此法又未東流何以得知是周莊之時不過以春秋魯莊七年四月辛卯恒星不見爲據三代年既不同不知外國用何曆法何因知魯莊之四月是外國之四月乎若外國用周正耶則四月辛卯長曆推是五日了非八日若用殷正耶周之四月殷之三月用夏正耶周之四月夏之二月都不與佛家四月八日同也若以魯之四月爲證則日月參差不可爲定若不以此爲證則佛生年月無證可尋且釋迦初誕唯空中自明不云星辰不現也瑞相又有日月星辰停住不行又云明星出時墮地行七步初無星辰不現之語與春秋恒星不現意趣永乖若育王造

塔是敬王之世閻浮有四此道已流東國者敬王已來至於六國記注繁密曾無一槩育王立塔非敬王之時又分明也以此而推則釋迦之興不容在近周世公旦之情何得未有

難云夫子自以華禮興教何宜乃說夷法故歎中國失禮求之四夷亦良有別意

答曰弘教次第前論已詳不復重辨

難云四夷之樂裁出要荒之際投諸四裔亦密邇危羽之野禹跡所至不及河源越裳白雉尚稱重譯則天竺罽賓久與上國殊絕衰周已後時或有聞故郯子以爲赤縣於宇内止是九州中之一耳漢初長安乃有浮圖而像盻昧張騫雖將命及夏甘英遠届安息猶弗能宣譯風教必其發夢帝庭乃稍興顯此則似時有通礙非關運有起伏也

答曰本以西域路近而大法不被此蓋由緣應未發非謂其途爲遠也其路既近而此法永不東流若非緣應未至何以致此及後東被皆由緣應宜發通礙各有其時前論已盡也

難曰若必以緣應有會則昔之淳厚羣生何辜今之澆薄羣生何幸假使斯法本以救澆者夫爲罪莫過於殺肉食之時殺孰甚焉而方侯火粒甫爲教萌於大慈神力不有所躓乎若杭粮未播殺事難息未審前時過去諸佛復以何法爲教此教之萌起在何佛兼四戒犯人爲報乍輕一殺害獸受對更重首輕未重亦爲未達夫立人之道曰仁與義周孔所云聞聲不食斬伐以時者蓋欲大明仁義

之道於鳥獸草木尚曰其然況在乎人而可
悖虐非謂內惕寡方意在緣報覩迹或似論
情頑乖不審於內外兩聖其事可得是均以
不此中參差難用頓悟謹備以諮洗領具啓
諸蔽
答曰民資肉食而火粒未啓便令不肉教豈
得行前論言之已具不復重釋衆生緣果所
遭各有期會當昔佛教未被是其惡業盛時
後之聞法是其善業萌時善惡各有其時何
關淳厚之與澆薄五支之戒各有輕重非殺
戒偏重四支並輕且五業雖異而互相發起
犯人之戒人重故先出犯獸之戒獸輕故後
被訓戒之道次第宜然周公孔子漸弘仁惻
前論已詳請息重辨若必以釋教乖方域之
理外此自一家之學所不敢言

廣弘明集卷第五

音釋

懾之涉切怖也獫狁獫音險狁音允獫狁北狄也猱奴刀切猿屬
柞音昨木也五作官名邯鄲邯音寒鄲音丹邯鄲複姓也因國名立姓兕
詳里切獸名似牛一角尣皮彼切與不同褫也惕許葛切恐也拇莫厚
切將指也齩五巧切齧也祛去魚切却也逐也聃丁含切衽汝鴆
切衣襟也譸竹流切譸張誑也貊莫白切北方國豸種怳兄往切怳惚不
明貌渟特丁切水止也馺蘇合切疾也梟鴆梟堅堯切鳥名鴆直禁切
毒鳥也鄶古外切國名蕞在外切小貌齷齪齷於角切齪楚角切
齷齪急促局陿貌鞮音低狄鞮西方戎種贄職吏切玉帛也歉苦點切食
不飽也獮息淺切秋獵曰獮麛音迷鹿子也醟音詠酒失也刲
口圭切割也躓陟利切跲也黄能能曩來切獸名黄能卽黄熊也

廣弘明集卷第六

唐終南山釋道宣撰

辯惑篇第二之二

敘列代王臣滯惑解上

有唐太史傅奕者本宗李老猜忌釋門潛圖芟剪用達其部武德之始上書具述既非經國當時遂寢奕不勝其憤乃引古來王臣訕謗佛法者二十五人撰次品目名爲高識傳一帙十卷抄於市賣欲廣其塵又加潤飾增其罪狀至於張魯據於漢中黃巾反於天下斯並李門勃逆皆覆而不顯非謂篤論之文乎若夫城高必頹木秀斯拔推我清峻故有異道嫉之不足怪其鄙吝未見斯徒皂隸有加惱辱明非目翳何事屏除故因其立言仍隨開喻此則古來行事釋判天分未廣見者謂爲新致聊陳舊解略顯由途資此神開可稱高識又傅氏寡識才用寄人集敘時事廢興太半坑殘焚蕩之事可號非政所須沙汰括撿之條斯寔王化之本故僧條俗格代代滋彰此乃禁非豈成除毀傅氏通入廢限是謂披毛之夫終淪塗炭可悲之甚矣奕學周子史意在誅除搜揚列代論佛法者莫委存廢通疏二十五人大略有二初則崇敬佛法恐有淫穢故須沙汰務得住持其二則憎嫉昌顯危身挾怨故須除蕩以暢胷襟初列住持王臣一十四人傅奕高識傳通列爲廢除者今簡則興隆之人

宋世祖　唐高祖　王度

顏延之　蕭摹之　周朗

虞愿　張普惠　李瑒

衞元嵩　顧歡　邢子才
高道讓　盧思道
二列毀滅王臣一十一人傳奕高識傳列爲
高識之人今尋乃是廢滅者
魏太武　周高祖　蔡謨
劉晝　陽衒之　荀濟
章仇子陀　劉惠琳　范縝
李緒　傅奕減省除滅半之
王文同
初序沙汰僧衆者夫以稊稂之穢青田桀華
之弊白首者良有以也故六羣之過興舍衛
十濫之僞起毗離大聖因立條章無學由而
正犯遂有七擯量其小失四法拔其大愆張
綱目而示三千顯律儀而陳八萬故得正像
咸稱有道内外同號無塵自法漸王門金科
之刑無墜僧羅海岳藏疾之隙滋彰舉統以
法繩之烹鮮之儀可覩隨機以時勸勉握泥
之喻自隣人誰無過垂珠之誡有津醜迹昜
欣掩耳之失難覩所以宋唐兩帝王顏等賢
鑒物性之昏明曉時縁之淳薄縱釋門之紛
蕩則淄澠一亂彈僧徒之得失則涇渭殊流
斥貪競之鄙夫毀藏積之僧滓存高尚之道
德延重惠以攝人至如漢魏齊梁之爲政也
恢恢天網取漏呑舟察察王政事兼苛濫所
以大弘佛法通濟於五乘該洽明時陶漸於
清濁使濁者知歸令自新於大造清者容養
悟適化之多方其猶大赦天下逋逃因之改
容忘瑕納衆羣小以之遷善堯舜豈非聖主
而化不及丹朱漢祖焉樂亂階而亮貫高之
逆孔門季路雖僻而預昇堂釋種達多乃邪

而參清衆是知權道抑揚神幾利用或收或縱事出乘時後序除廢三寶意者夫以保形存命有生之所貴重財愛食鄙俗之共珍故位稱大寶無以摧於死生力拔青山莫有亡於老病斯佛教也故四山常逼王位非常三相恒遷生涯有數斯實録也俗有讖記之傳不知由何而得或云口授或述符圖虛然顯密布露士俗竊以五運更襲帝者一人自餘凡叟誰之顧録周祖已前有忌黑者云有黑人次膺天位故齊宣惶怖欲誅稠禪師稠以情問云有黑人當臨天位稠曰斯浪言也黑無過漆漆可作耶齊宣妄解手殺第七弟渙故可笑也周太祖初承俗讖我名黑泰可以當之既入關中改爲黑皂朝章野服咸悉同之令僧衣黃以從讖緯武帝雄略初不齒之張賓定霸元嵩賦詩重道疑佛將行廢立有實禪師者釋門之望帝亦欽重私問後運是誰應得實曰非僧所知帝曰如讖所傳云黑者應得僧多衣黑竊有所疑實曰僧但一身誰所扶翼決非僧也帝曰僧非得者黑者是誰實曰至尊大人保信浪語外相若聞豈言至聖黑者大有老烏亦黑大豆亦黑如是非一可亦得耶帝聞有姓烏姓竇者假過誅之元其情本疑意在釋遂即蕩除魏太武本是戎鄉素無文墨八歲登位一信崔浩故兩帝厚身信讒信讖陵殘佛化自取殃及旋踵更興興由時來不在人力故經傳云佛化惟遠終於六萬歲時住持小聖功在九億無學不可削也蔡謨已下上事諸賢並挾私忿於僧有隙發憤忘身何況佛法極筆而書罪狀深

文而挂刑網禿賊以驚視聽妖胡而動王臣且律令條章未若凝脂之密滔滔天網自有陷目之夫言賊斯即盜科述妖乃當死例書表盛云妖賊未識妖賊是誰可謂匿名之書足投諸火如須勘撿虛迹自形前後上事雖有十賢荀濟一夫差有才用自餘連寫未足人聞傅奕後來謂自䏜頴言無典據才氣虛劣瓦礫云寶賢愚所輕然奕素本道門起家貧賤投僧乞貸不遂所懷蓄憤致嫌固其本志武德之始西來入京投道士王䶂䶂左道之望都邑所知見其飢寒延居私宅䶂通人也待以上賓三數日間遂通其婦入堂宴語曾不避人䶂有兄子爲僧寺近䶂宅因往見之奕大瞋怒僧便告䶂䶂初不信曰傅奕貧士我將接在宅豈爲不軌耶僧曰叔若有疑可一往視相將至宅果如所言䶂掩氣而旋䶂有女壻爲果毅常以爲言奕既竊妻而傳妖不可筭矣如唐吏部唐臨冥報所傳神爲泥人固其宜哉如别所顯

隋大業八年天子在遼有王文同者郊東王堡人也夙與僧爭水碓之利勑令巡問軍實乃矯詔集僧三木加身考令臣反并令引邑義同謀遂誅翦僧徒於河間郡殺道俗近一千人傳符達於蒲州酷聲遍於天下時竇慶爲河東太守以狀奏聞帝大怒於河間戮之未及加刑百姓臠之生噉乃及於土地以此反例下述及僧亦相符此然初因僧起謗毁佛法感因宿忿不思累劫之淵而欲一時泄之泄在帝臣非關上事非位不謀已如前咎徒爲舉斧終陷磨胷故集者隨傳敘之庶後

葉之龜鏡也

後魏世祖　周高祖　宋世祖
唐高祖　趙王度　晉蔡謨
宋顔延之　宋蕭摹之　宋周朗
宋虞愿　魏張普濟　魏李瑒
齊劉晝　魏楊衒之

後魏世祖太武皇帝初立道學置道壇廢佛宗帝姓託跋氏諱伏釐後名燾鮮卑胡人之別種也西晉之亂有託跋盧據有朔方晉就封爲代王盧孫什翼犍或云珪部落逾盛衆十萬北連雲中西據陰山雲中南去漢塞四千里以東晉孝武太元初南至朔東三百里平城爲都二十餘歲依華造殿宗事佛道登位三十四年至晉帝隆安中第三主託跋燾立時年八歲尚在幼沖信任司徒崔浩浩尤不信佛情重李老仙術以道德經授帝令諷味因便重之登位二年召天下方士有道士寇謙之者道門之魁傑也自云於嵩高值天尊飛下召謙賜以天師之號令奉太平眞君置靜輪天宮可獲仙道列辟聞之若遺而浩深信之帝由是於平城郊置道場方二百步重層崇峻并備厚禮具如釋老志所述後改號太平眞君以遂寇謙之道命也因蓋吳作亂關中有沙門畜弓矢浩便進說與吳通謀遂誅長安沙門焚破佛像四方亦然唯留臺下至眞君七年遂一切蕩除坑僧破像自以爲得志也爲讒所黷幽殺太子惡疾殃身方族誅崔浩何嘵及矣不久爲閹人宗慶所殺便崩其孫嗣立即開佛法天下大明第六帝孝文是稱文祖改姓爲元改代爲魏去胡服

定官名衣冠華夏移都河洛佛法大興然世
祖勇於武略怯於文雅輕於自審重於信偽
而奕叙爲命世之明后寔誣也哉尋奕搜檢
列代上事言及釋門者大略五焉前已顯之
今重昌辨一以業運冥昧報果交加二以教
指俗偽終歸空滅三以寺宇崇麗饋陵嫉之
四以僧有雜行抄掠財色五以僧本緣俗位
隆抗禮五相雖惑多以雜行者爲言焉斯不
達之曲士也夫出家者取其發足超方形心
異俗執持聖種震攝魔王天帝尚來下拜龍
神無不奉者非無五三雜行犯法負心婆娑
於色味貪餮於名利斯等行乖佛化正法稊
稂涅槃謂爲禿人梵網呼爲大賊戒海如屍
不納僧條財法絕之斯禁顯然妄咎於佛深
不可也至如俗士純臣有國常有行貞潔者

重之爲貪競者罪之可以見一士乖僻合國
並誅一官濁濫舉朝同翦斯不可也事見後
魏書及十六國春秋世祖見一寺過起通國
斬僧無問少長一時殘戮可謂虜官長也判
事雷同奕引以爲明略明者逃矣又以見僧
受供厚禮頻繁自不能拔妬而增狀僧爲福
田奉之自獲其報官是攝政祿之以盛其功
令王賜臣下讓祿者是誰俗施僧財不受者
常有無祿之官不聞於國受俸之士充牣九
州豈以一士受賕朝廷爲之廢務一僧濫施
釋門由此致嫌又不可也是知清濁異途道
俗通有憲臺繩糺於失法詳刑科處於重輕
斯俗政也戒律以檢於七非擯罰以正於三
格僧制以遮其外犯法令以勗其內心此佛
教也是則道俗律令具足光明昭彰於四俗

顯昌於五衆有何不盡須爾上言所以
上帝高居於九重殷鑒四海列辟靡監於王
事職司其憂爾非其司妄行干政徒爲濫職
何用當官故後之上事希有從之者故經說
四依擬分僞濫人識難辨法智易明何得見
一僧行過上累佛宗見一戒虧便輕正法
止可以道廢人以人不弘道也不可以人廢
道以道高出天人抑又詳之今以五常撿人
何人能具五孝檢士何士備之讀易而忽陰
陽講禮而存倨傲闇君賊臣代代常有尸禄
亂政時時更繁孔門三千顏生獨爲德行君
人二十九代唐堯常據其言初略述統詳則
釋門藻鏡者殷矣
周祖武皇帝志存道學躬受符籙猜忌佛門
帝姓宇文氏諱邕太祖魏丞相黒泰之第三
子也族本鮮卑元魏之末太祖挾魏平陽王
西頓關中經魏四帝二十三年薨世子洛陽
公受魏禪稱周當年被廢立弟寧都公爲帝
四年崩謚明帝兒小立弟魯國公爲帝即高
祖也改號保定元年深謀獨斷猜忌爲心晦
迹親踈以蒙智術保定六年改元天和前後
經于一紀大冢宰晉國公宇文護太祖之猶
子也躬受遺詔輔翼帝圖雄略攝御光時佐
國恐有廢立便引入内殺之并子十人族大
臣六家改元建德誅除雄武摧翦扞城慮遠
權衡英威自若而能克已勵精露懷臣下布
袍菲食勞謙自持躬履行陣歩涉山谷故得
士卒之心死而不猒時有讖記忌於黒衣謂
沙門中次當襲運故帝初大信佛以事逼身
遂行廢蕩以建德三年納道士張賔倿辯便

滅二教更立通道觀用暢本懷至建德五年平齊既訖自以爲滅法之福祐也改元宣政至五月因癘而崩於雲陽子賛嗣位殺齊王父子十人正月一日改元大成禪位其子衍改元大象自號天元皇帝便開佛法然則禍深福淺過掩其功明年五月崩謚曰文宣後年正月改元大定二月内禪位有隋故奕述云觀武帝爲政果決能斷此其志也既除妖邪之教唯務强兵五年之間大勳斯集盛矣其有成功也集者曰奕云無佛則國安祚遠如何周祖誅除纔了凶崩忽臨則奕爲狂矣然則武帝唯武曾不遲疑隨心快意便行誅戮害叔毁佛欺誷已深祚促曆移固其宜矣況復癘及其身呼嗟何及殃鍾禍集又可悲凉乃以指正佛爲妖邪指僞道爲師奉闇君荒主豈待夏殷固謚法之司魏周滅法之主俱爲武者不亦宜乎餘有除毁相狀感於苦報如别具述

宋世祖孝武皇帝沙汰僧徒并致政事帝姓劉氏諱駿文帝之第三子也爲父討逆斬兄邵於南郊并子三十一人自立改元孝建三年誅叔義宣大明二年誅王僧達父子有羌人高闍反事及沙門曇標下詔曰佛法訛替沙門混雜未足扶濟鴻教而專成通藪加以姦心頻發凶狀屢聞敗道亂俗人神交忿可付所在精加沙汰後有違犯嚴其誅坐遂設諸條禁自非戒行精苦並使還俗詔雖嚴重竟不施行先是晉成帝時庚氷專政欲令沙門致敬王者何充王謐等駮議不同及桓玄簒位復述前議俱不果行備如别述世祖以

大明六年使有司奏議令僧致敬既行刳斮之虐鞭顏皴面而斬之人不勝其酷也且僧拜非經國之典亦不行之大明八年崩子業立尋爲明帝所奪而傳奕叙爲高識之帝濫刑何識之可高耶倏忽絶嗣身名俱滅可爲殷鑒矣案蕭子顯述曰宋氏自稱水德承運典午正位八君十年五紀四經絶嫡三號中興閒闕禍難相陵骨肉何可言哉

大唐高祖太武皇帝沙汰釋李二宗詔帝以武德末年僧徒多僻下詔澄簡肅清遺法非謂除滅尤爲失旨故詔云朕膺期馭宇興隆教法深思利益情在護持使玉石區分薰蕕有辨長存妙道永固福田正本澄源宜從沙汰斯正詔也而奕叙爲滅法則誣君罪囚值容養寬政網漏吞舟故存其首領耳餘如後述

奕又引元魏尚書令任城王澄奏議不許邑里更造伽藍妨人居住又引尚書令高肇奏僧祇戸粟散給貧人閲其表奏無餘毀狀但在匡政理教除其僻險斯之詳糺弘護之規諫矣

後趙中書太原王度奏議序石虎下書問曰佛號世尊國家所奉閭里小人無爵秩者爲應得事佛不又沙門皆應高潔貞正行能精潔然後可爲道士今沙門甚衆或有姦宄避役多非其人可料簡詳議度奏以王者郊祀天地祭奉百神故禮有恒饗佛生西域非中華所奉漢氏初得其道唯聽西域人立寺都邑魏承漢制趙由舊章請趙人不聽詣寺已爲沙門者遣還初服朝士多同此議虎下詔

曰度議佛是外神非諸華所奉朕出邊戎宜從本俗夫制由上行永世作則苟允事無虧何拘前代其夷趙爲道士樂事佛者悉聽餘有奕爲潤飾多陳妖詐道家之書僞妄自昔黃書合氣士女淫行赤章厭禱幽明亂起是知妄作者亂俗者殺罪有餘矣何者奕云佛圖澄令弟子遊說郡國支遁之徒爲其股肱翻三玄妙旨文飾邪教斯言訕謗天地不容何者佛圖澄者得聖之人也乳孔流光不假燈炬之照占鈴映掌坐觀成敗之儀兩主奉之若神百辟敬之如佛預啓東儲之貳前表石葱之禍及難生妖現諫虎以刑濫法深饗壽不遐斯言甚切而奕乃云令虎殺姪取其帝位何斯言之過歟又云支遁之徒爲其羽翼晉氏南度止一道林雖是同時江山胡越安得散身奔北股肱趙朝又云翻三玄妙旨文飾邪教此亦虛言何得妄旨且道之述作止在五千自餘千卷都是虛詐備詳魏日姜斌事乎然則自忖者審謂僧亦然且佛之教義綸綜有歸前後文理無相乖競尋繹道經濫竊何甚不能自立一義並傍佛宗或四果十地連寫內經或地獄天堂全書佛旨斯並業行之昇沉報因之盛則也問以位行階級則事逾河漢如何敘集圖傳迷俗亂眞無纖毫以助化有山嶽之負犯枉沒卒歲又可悲夫

蔡謨字道明陳留人晉太常彭城王紘表以肅祖好佛道手畫形像於樂賢堂經歷寇難而堂猶存宜勑著作咸使作頌顯宗出紘表博議謨曰佛者夷人唯聞變夷從夏不聞變

夏從夷先帝天縱多才聊畫此像未是大晉盛德之形容今欲發王命勑史官上稱先帝好佛之志下爲夷狄作一像之頌於義有疑焉康帝即位拜司徒永和四年五月詔書下固執不就上疏乞骸骨及孝宗臨軒徵謨不至自旦至中皇太后詔罷朝公卿奏送謨廷尉以正刑書謨率子弟素服詣廷尉待罪詔免爲庶人便杜門不出斯並剛愎之鄙夫井坎之固量也而奕叙爲純臣未爲篤論何者謨之諷議局據神州一域以此爲中國也佛則通據閻浮一洲以此爲邊地也即目而叙斯國東據海岸三方則無無則不可謂無邊可見也此洲而談四周環海天竺地之中心夏至北行方中無影則天地之正國也故佛生焉況復隄封所及三千日月萬億天地之中央也唯佛所統非謨能曉且庸庶生常保局氷執自古同謂家自爲我土樂人自以爲我民良不足怪也中原嵩洛土圭測景以爲中也乃是神州之别中耳至時餘分不能定之江表島夷地卑氣厲情志飛揚故曰揚州晉氏奄之更稱文國變夷從夏斯言有由則孔子居九夷非陋也且有德則君人無道則勦亂故夏禹生於西羌文王長於東夷元魏託跋宗族北狄並君臨瀆嶽嚮明南面豈以生不在諸華而逆其風化也至如由余西戎孤臣秦穆因而霸立日磾玁狁微類漢武納而位存故知道在則尊未拘於夷夏也蔡謨堅固自守未曰通人拒詔違命負罪殿廢正刑可矣抑又詳之盈尺徑寸之珠璧本惟絶域窮神達理之睿聖不限方維故崆峒非九

州之限崑崙乃五竺之地而黄帝軒轅並西奔而趣之李老尹喜又接武而登之斯何故耶知可歸矣且見機而作無俟准的至如夏桀之爲政也焚黄圖誅龍逄秦政之酷暴也燒經籍坑儒士時俗傳之無道之君也然埏埴塼瓦非曰桀功起予皇帝未尊呂德然累葉盛行義須褒貶古人有言堯舜未必全聖桀紂何能極愚然而並歸咎於夏殷尊嚴於唐虞者偏黨不倫之詭經也蔡氏褊隘何足可稱唐特進鄭公魏徵策有百條其一條曰問佛經興行早晚得失答珠星夜隕佛生於周辰白馬朝來法興於漢世故唐堯虞舜靡得詳焉孔子周公安能述也然則法王自在變化無窮納須彌於芥子之中覆日月於蓮華之下法雲慧雨明珠寶船出諸子於火宅濟群生於苦海砮得砥則截骨而斷筋車得膏則馬利而輪疾誠須精心迴向執志歸依宜信傅毅之言無從蔡謨之議斯國之重臣也可謂高識有歸故太宗敬而制碑手書其石祔塋于昭陵爲萬代之模楷也蔡謨年事俱盡功用罕施自揣無能而固辭於公政可也而叙華夷事隔未曰通人又不足可稱焉宋顏延之琅瑘人有文章好飲酒放達不護細行宋元嘉中遷太常沙門慧琳以才學迥拔爲太祖所賞每升獨榻之禮延之嫉焉曰此三台之座豈可使刑餘居之帝變色奕叙之爲名士斯可知也以琳得寵於文帝延之非莅政之能官嫉而譏之既不預朝廷退居里閈子皴爲楊州剌史乘軒還宅延之負杖避而譏之不營產業布衣蔬食獨遊野外時

謗以其不參朝賢而顯論所不及豈不以無預獨榻之榮嫉琳而謂刑餘也餘如達性論所評議也然顏公著論褒讚極多至如通佛影迹通佛頂齒爪通佛衣鉢杖通佛二氎不然皆置言高拔羣英之所模楷者刑餘之言一時之貶琳耳其四論並見宋陸澄續法論

蕭摹之蘭陵人宋元嘉十二年爲丹陽尹奏稱佛化被於中國已歷四代塔寺形像所在千計進可以繫心退足以招勸自頃已來敬情浮末不以精誠爲至更以奢競爲重違中越制宜加檢裁不爲之防流遁未已請今後鑄銅像造塔寺先詣所在陳事列言待報聽造觀斯奏狀抑止奔競非曰除滅斯寔住持之相居然昌顯矣

周朗汝南人宋世祖時仕廬陵王史上書曰自釋氏流教其來有源舒引容潤既亦廣矣而假糅醫術託以卜數外刑不容內教不悔而横天地之間莫之糺察今宜伸嚴佛律裨重國令其疵惡顯著者悉宜罷遣餘則隨其藝行各爲之條例使禪義經誦人能其一食不過蔬衣不出布若更度者則令先習義行本其神心必能草腐人天竦精已往者雖侯王家子亦不宜拘意同前矣

虞愿會稽人事宋明爲中書善容止直忤言帝好奕頗廢政事愿曰堯以此教丹朱非人主所好帝怒令拽下殿初無懼色二三日復召來明帝以下所居故第起湘宮寺制置宏壯愿曰此寺穿掘傷螻蟻塼瓦焚虫豸勞役之苦百姓筋力販妻貨子呼嗟滿路佛若有知念其有罪佛若無知作之何益忤旨出守

晉安此寔大慈之本懷得佛之遺寄而奕謂爲除彈匪其意乎

魏張普濟常山人善百家之説太和中遷諫議大夫至孝明立不親視朝過崇佛法郊廟之事多委有司營造寺像略無休息乃上諫略云

伏願淑慎威儀萬邦作式躬致郊廟之虔親紆朔望之禮則一人有慶兆民賴之然後精進三寶信心如來道由化深故諸漏可盡法隨禮積故彼岸可登書奏不報濟諫如此而奕弄筆妄加荒穢之婬僧遊於宫内恣行非法凡是妃主莫不通婬百姓苦之而上不覺斯言姦蕩何得妄施宫禁有限防禦有則擅言婬僻縱筆陳妄據太史之任總清慎之機專構私憤顯行輕毀梟能食母君子恥聞亭

曰栢人漢后夜遁非狂非醉斯言難玷但奕自行婬穢其黨例有妻孥故李耳李思王之編户張衡張魯天師子孫宗胤顯然無宜不有不知今日道士何爲劾僧遠財絶色清高獨往不拘俗累甚可怪也故奕重其財色毀僧同之如老子化胡經云既化胡王令尹喜爲佛性强梁者毀形絶好斷其妻娶不令紹嗣故名沙門自餘輭善任從其本則妻子不絶也約斯論事觀中道士衣冠容制不異俗流妻子承嗣義依道法不可怪也是以仙童玉女侍老君之側黄庭朱户述命門之事深欲擬僧斯蹤難泯遂行流謗固其然哉

魏李瑒趙人魏延昌末爲高陽王友于時人多絶户爲沙門瑒上言曰禮以教世法導將來迹用既殊區分亦别故三千之罪莫大於

不孝不孝之大無過於絶嗣然則絶嗣之罪大莫甚焉安得輕縱背禮之情而肆其向法之意也寧有棄堂堂之政而從鬼教乎靈太后責以鬼教謗毀佛法瑒曰竊欲清明佛法使道俗兼通非敢排棄眞學妄爲訾毀且鬼神之名皆是通靈達稱三皇五帝皆號爲鬼易曰知鬼神之情狀周公自美亦云能事鬼神禮曰明則有禮樂幽則有鬼神佛非天非地本出於人應世導俗其道幽隱名之爲鬼愚謂非謗靈太后不罪後遇害於河陰詳瑒上言欲沙汰僻左非爲疵謗矣

劉晝渤海人才術不能自給齊不士之著高才不遇傳以自況也上書言佛法詭誑避役者以爲林藪又詆訶詭蕩有尼有優婆夷實是僧之妻妾損胎殺子其狀難言今僧尼二百許萬并俗女向有四百餘萬六月一損胎如是則年族二百萬戸矣驗此佛是疫胎之鬼也全非聖人之言道士非老莊之本籍佛邪說爲其配坐而已詳晝此言殊塵聽視專言墮胎殺子豈是正士言哉孔子見人一善而亡其百非鮑生見人一惡而終身不忘弘嗌之迹斷可知矣狂哲之心相去遠矣然則天下高尚沙門有逾百萬財色不顧名位莫緣斯德隱之妄張婬殺一年誅二子沙門且然一歲有二男編戸誰是吐言孟浪未足廣之而奕重爲正諫及後上事還陳此略考校則劉晝之門人矣

陽衒之北平人元魏末爲祕書監見寺宇壯麗損費金碧王公相競侵漁百姓乃撰洛陽伽藍記言不恤衆庶也後上書述釋教虛誕

有爲徒費無執戈以衛國有飢寒於色養逃役之流僕隸之類避苦就樂非修道者又佛言有爲虛妄皆是妄想道人深知佛理故違虛其罪啓又廣引財事乞貸貪積無猒又云讀佛經者尊同帝王寫佛畫師全無恭敬請沙門等同孔老拜俗班之國史行多浮險者乞立嚴勤知其眞僞然後佛法可遵師徒無濫則逃兵之徒還歸本役國富兵多天下幸甚衒之此奏大同劉晝之詞言多庸猥不經周孔故雖上事終委而不施行而奕美之徹於府㫖致使浮遊浪宕之語備寫不遺斯乃曲士之沉鬱非通人之留意也

廣弘明集卷第六

音釋

芟師銜切除也 廝息茲切賤役也 稊稂稊徒兮切稊稗也稂音郎稂莠也 灑武盡切水名 苛賀多切虐也 巋丘水切 堡傳抱切 磑五對切磨也 臠力兖切塊切肉也 瑒音陽 燾徒到切 鞬居言切 黷徒谷切蒙也 賕音求枉法受財也 盬音古堅固也 薨呼肱切公侯死曰薨 扞侯肝切衛也 簒初患切逆而奪取之曰簒 斮職略切與斫同 皴七倫切皮細起也 薰蕕薰許云切香草蕕與周切臭草 訿子爾切與訾同毀也 紘惠萌切 愎蒲逼切剛慠自周也 日磾日音密磾都奚切金日磾人名 埏埴埏式連切埴常職切埏埴和黏土也 砮乃乎切石名可爲箭鏃 豸池爾切有足曰蟲無足曰豸

廣弘明集卷第七

唐終南山釋道宣撰

辯惑篇第二之三

敘列代王臣滯惑解下

梁荀濟　齊章仇子陀
周衛元嵩　宋劉慧琳
范縝一篇看文　齊顧歡
魏邢子才　涼高道讓
齊李公緒　隋盧思道
唐傅奕

梁荀濟潁川人後居江左博步衆書志調矯俗初與梁武帝布衣相知及帝登位仕不及之濟負氣曰會盾鼻上磨墨作檄耳帝深不平之梁州刺史陰子春左遷濟作大詩贈之文傳時俗或稱于帝者帝曰箇人雖有才亂俗好反不可用濟以不得志常懷悒怏二十餘載見帝信重釋門寺像崇盛便于時上書論佛教貪淫奢侈妖妄又譏造同泰寺營費太甚必爲災患其表略以三墳五典帝皇之稱首四維六紀終古之規模及漢武祀金人莽新以建國桓靈祀浮圖閹豎以控權三國由茲鼎峙五胡仍其荐食衣冠奔於江東戎教興於中壤使父子之親隔君臣之義乖夫婦之和曠友朋之信絶海内殽亂三百年矣濟所控詞述於僻者至於貞槩絶俗固莫敘之斯偏黨也述金人之初降致莽新之篡等並妄擬也至如周斬紂首豈見佛經秦坑儒士非關釋化禮崩樂壞未覩浮圖戰國無主何關僧僞乃云綱紀之亂何能亂之夫婦父子何人不是但妄言耳不足述之然濟極言

罔僧深訾佛者統知上書必不會旨亦知不能排除佛法直是恨帝不拔於微流無榮官於朝廷也所以鄙詞罵僧深文毀佛其實寄意罵於上帝也後之醜詞並擬斯矣

濟表云稽古之詔未聞崇邪之命重沓歲時禘祫未嘗親享竹脯麪牲欺誣宗廟違黄屋之尊就蒼頭之役朝夕敬妖怪之胡鬼曲躬供貪淫之賊秃觥信邪胡諂祭淫祀恐非聰明正直而可以福祐陛下者也濟吐斯言故動怒也梁祖享祀於晦朔四時交易於温清流涕動於臣下興言賦於孝思故景陽臺至敬殿咸陳文祖獻后之奠何得言未嘗親享故反前事肆情罵之竹脯麪牲用替犧粟蘋藻礿祭豈雅有梁之時屈尊就卑乃萬代之希有遺若脫屣豈百王之虛構哉自非行總八恒位隣上忍安能行慈絶欲於盛年長齋竭誠於終事哉

又曰臣請言得失推校是非案釋氏源流本中國所斥投之荒裔以御魑魅者也乃至舜時竄檮杌於三峗左傳允(音捐)姓之姦居于瓜州是也杜預以允姓陰戎之别祖與三苗俱放於三峗漢書西域傳塞種本允姓之戎世居燉煌爲月氏迫逐遂住葱嶺南奔又謂懸度賢豆身毒天毒仍訛轉以塞種爲釋種其實一也允姓與三苗比居教迹和洽其釋種不行忠孝仁義貪詐甚者號之爲佛佛者戾也或名爲勃勃者亂也而陛下以中華之盛冑方尊姚石羌胡之軌躅竊不取一也案允姓之居燉煌西戎也懸度賢豆等南梵也西戎即叙禹貢所傳懸度已下荀濟加謗不讀

三史奚以定之尋夫懸度乃北天之險地乘索而度也賢豆天竺仁風所行四時和於玉燭土絶流霜七衆照於金鏡神機猛利人傳天語字出天文終古至今無相篡奪斯是地心號中國也人行忠孝何謂無之濟之所言同田龍罪三皇非五帝者詎可聞哉

又案釋迦出戎剖脇而誕摩耶遂殂事符梟獍年長爭立内不自安背父叛君逆節彌甚達多投石難陀引弓變革常道自餓形骸安能濟物聚合兇徒易衣削髮設言虛誕不足承稟九十六道此道最貪叶彼淫愚衆多崇信至如瑠璃誅釋瞿曇路左視之在生親尚不存既歿踈何能救斯即不行忠孝若天下習之陛下則無以自處不取者二也尋經剖腋而誕義出前經以壞天師功德大故非諸人供可以奉之又知毋人命將欲終故生七日已上報天中然則脇誕背剖此亦有之不同梟獍如何濫委引弓投石事出權行叛君逆節一何誣謗自餓以化外道變俗以靜貪門而云諸道佛道最貪全成毀訾誅國而不護國示業難亡羣典廣之理路蕪沒濟巧於全會補貼成文斯曰有才不妨無狀

濟又云今僧尼不耕不偶俱斷生育傲君陵親違禮損化一不經也觀濟此指專擬帝躬深知僧尼絶欲用則超生斯義可從固所不逆然不偶斷育斥帝行之無容顯論寄僧罵上也又云凡在生靈夫婦配合產育男女胡法反之多營泥木專求布施寧非巨戾二不經也濟之不經斯事顯也胡法不淫胡從何有泥木布施舉事見譏然佛之非胡乃爲天

種胡乃戎類本異梵鄉猶言神州號爲漢地今檢漢者止可方于梁漢雖曰初封帝都在於京洛自餘吳楚未曰中華陸渾觀戎又戎變夏矣唯佛一法教絶色心胡梵二種生生常習濟云姦胡矯詐自稱大覺而比丘徒黨行婬殺子僧尼悉然害螻蟻而起浮圖費財力而角堂宇若牟尼能照而故縱婬殺便是詐稱慈悲徒能照而不能救又是大覺於羣生無益而天下不覺三不經也斯又巨謗之大怪通人達士豈其言哉猥曲醜事豈照此矣然大盜取國天下之罪人行婬殺子自是佛法之賊濁現則擯於四國來報則沉於三塗而謂僧尼悉然加誣之大甚也又云大覺無慈又云於生無益斯並以愚量智以聖齊凡抗大覺之成化失淳人之弘善可謂螗蜋有拒輪之勇井蛙滯坎井之心哉

濟云胡法慳貪唯財是與直是行三毒而害萬方未見修六度而隆三寶四不經也且財食厚生貪夫之所沒積而能散廉士之恒情六度檀捨爲初唯佛宗而立位三寶佛爲教主及正覺之流慈無佛法安知六度之功絶慈風豈識三寶爲正化濟以不得其志沒齒陷之但增貪競以咎人未顯猷身以袪滯俗中恒士尚不虛言濟寔鄙夫輕馳才筆獨不聞顧雍拜萬户封家人不知葛亮受三都賞庫無尺絹謝安平百萬賊愀然改容能仁捨四有帝遺如涕唾斯實録也況復捨身受身觀三界如牢獄唯財唯食誠八微之毒蛇衣鉢自隨若鳥之遊空府去留無滯類鳧之泛長川此等之徒名沙門也故經云僧無犯戒

不清淨者若反於此不名爲僧豈得以賊臣虐主等稷契與唐虞稊莠荊棘比嘉苗及美木夫立言設諫清濁兩分全調以昏咒都奄諸髦彥理不可也于時有梁之爲政也仁育爲初帝則絶欲蔬食僧則詞林義窟胃行蠅點足可投俾豺虎矣通人爲論理則統之去瑕掩過士之恒務故魯之儒行唯孔一人濫吹竊服時唯傾國僧之真僞權實難分唯佛得知餘存視聽故濟不達無足煩論恨其早被火灰面陳豈不知返

濟云佛家遺教不耕墾田不貯財穀乞食納衣頭陀爲務今則不然數十萬衆無心蘭若從教不耕者衆天下有飢乏之憂遺教設法不行何須此法進退未爲盡理五不經也然濟知有遺教則知有蘭若之徒未知教有張弛豈委三寶基業但佛德宏大天供尚自下臨僧田福廣神壤義當上涌教有開合隨根制宜不可局以粮粒用道以通利物故經云若我弟子如法修行如來白毫相中無量功德百千萬分取一分供我弟子受用無盡故知爲道出家爲道與供爲道而受爲道弘福道本虛通非俗籌議故受四事還宗佛德經云如法受施千金納之必乖佛化杯水不許何得妄言惟貪財食又經云住我施受入闇無見反此而行如空無盡者是也是知心外無境見境是心故使供施隨心積散非外經云六度在心不在事斯正言也引證可知

濟云涅槃發問世尊滅後經教若爲得與波旬經別觀此發問則瞿曇存日門徒不能分辨真僞況中華避役姦詐之侶焉不迷惑者

尋濟此言全非有識文明滅度魔佛難分豈述佛世門人不識經中三種四依考定魔佛邪正非濟所知彼亦不述又云中華避役姦侶焉不迷惑者斯是讜言誠非所解非避役者堪能辨之爾何不論掩善揚惡專爲務也涅槃經云避役出家無心志道我當罷令還俗爲王策使斯正言也如何不錄以上之濟又云涅槃闍王害父耆婆叙狀佛以理除令其迷解俗唯事結惑網逾深故以陰界入中求父不得本唯妄想謂父實人横生圖害取其重位若先達解知父本空何心起逆國亦非有由佛開化達悟妄心退悔慚謝獲無根信濟不達此以事徵理斥天子注經譏臣下逆亂謂佛說無父無父須除執迹毁教不足怪其愚闇也餘有瑣碎似像之事比擬繁論固同此例又引張融范縝三破之論前集備詳有抗融縝之詞見於後述乃云融縝立論無能破之是虛言也

濟云自古帝師諸侯賓友千載一逢猶如旦暮賢明希世宇宙獨立今乃削髮千羣不臣萬衆稱爲帝師未之可也姚石王食三千佛寺璵宫八百供敬厚矣終獲苗胤屠滅宋齊已降莫懲前失餘有罵僧醜詞足可掩耳畢寄詛帝之語同莊蒙之寓言焉又曰僧出寒微規免租役無期詣道志在貪淫竊盜華典傾奪朝權凡有十等一曰營繕廣廈僭擬皇居也二曰興建大室莊飾胡像僭比明堂宗祀也三曰廣譯妖言勸行流布轢帝王之詔勑也四曰交納泉布賣天堂五福之虛果奪大君之德賞也五曰豫徵收贖免地獄六極

之謬殃奪人主之刑罰也六曰自稱三寶假託四依坐傲君王此取威之術也七曰多建寺像廣度僧尼此定霸之基也八曰三長六紀四大法集此別行正朔密行徵發也九曰設樂以誘愚小俳優以招遠會陳佛土安樂斥王化危苦此變俗移風徵租稅也十曰法席聚會邪謀變通稱意贈金毀破遭謗此呂尚之六韜祕策也凡此十事不容有一萌兆微露即合誅夷今乃恣意流行排我王化方又擊鴻鐘於高臺期闕庭之箭漏挂旛蓋於長剎放充庭之鹵簿徵玉食以齋會雜王公之享燕唱高越之贊唄象食舉之登歌嘆功德則比陳詞之祝史受儭施則等束帛之等差設威儀則効旌旂之文物凡諸舉措竊擬朝儀云云陛下方更傾儲供寺萬乘擬附庸之儀肅拜僧尼三事執陪臣之禮寵既隆矣侮亦劇矣臣不取者四也

觀濟所列十條同歸一僞牽引構合增動帝心素違帝之機神深衒帝之不齒無可以通蓄憤假謗以暢面識言雖若臣意寔輕侮何者上列僧僞無惡不揚言帝重之明帝無識斯則獨夫闇主不言自形飾詞覆詐迹昌露形矣故曰知人唯難人實難知知其難者千載惟一梁祖深知濟情無堪莅政故白有才而好反豈徒言哉然後所上之事皆則濟之才辯相去懸矣故呈拙矣

濟云陛下以因果有必定之期報應無遷延之業故崇重像法供施彌隆勞民伐木燒掘螻蟻損傷和氣豈顧大覺之慈悲乎胡鬼堪能致福可廢儒道釋禿足能除禍屏絕干戈

令乃重闢以備不虞擊柝以爭空地殺螻蟻而營功德既乖釋典崇妖邪而行諂祭又虧名教五尺牧豎猶知不疑四海之尊義無二三其德臣爲陛下不取五也

詳濟以事徵理今則以理通事夫因果報應事同影響若不信因前果後則不謂形動影隨物理顯然如何致惑伐木掘地天常之舊規造寺興供人倫之厚敬勞民損蟻何帝無之是以福不自資四俗不辭勞役罪不及他百蟲死而非罪謂正法爲妖書以潔齋爲諂祭斯並幽明之所切齒賢聖之所哀矜然濟不知嶽瀆大神奉佛而祈福賜天地靈聖拜首而請玄章故能峙立宇宙之中獲四無畏獨居空有之界具四辯才非濟所知或知而故謗以動帝情也

濟曰秦政受誑於三山漢徹見欺於五利信順妖訛一至於此不察情僞豈懲前失又引五事明宋齊兩代重佛敬僧國移廟改者但是佛妖僧僞姦詐爲心墮胎殺子昏婬亂道故使宋齊磨滅今宋齊寺像見在陛下承事則宋齊之變不言而顯矣今僧尼坐夏不殺螻蟻者愛含生之命也而傲君父妄仁於蜫蟲也墮胎殺子及養於蚊虻也夫易者君臣夫婦父子三綱六紀也今釋氏君不君乃至子不子綱紀紊亂矣濟引宋齊信佛而早亡斯欺帝也何獨毀佛亦毀神祇夫運業廢興天之常數禪讓放誅有國變通前王自享於萬年後帝無宜而取位此乃交謝之恒理生滅之大期何得執一代之常存而迷百王之華運都不可也齊宋諸帝所以重佛敬僧者

知帝位之有由故銜恩而酬厚德也又知帝位之無保故行因而仰長果也昔因既短不可延以萬年故有梁之受禪也今因未就不可即因而成果故受報於未來也是則業運相循四序無失如何輕佛無報應乎若輕無報應則郊廟諸神昊天圓丘地祇方澤山川望秩一切須除豈獨佛僧濫受誣罔乃云墮胎殺子今存好仇爾亦好仇何爲干政自不見也

書奏梁武大怒集朝士將加顯戮濟竊逃於魏欲匡靜帝事露爲齊文襄燒殺之年八十餘矣濟所行非理妄逞才術干政冒禁圓智自滅古云不在其位不謀其政濟布衣之人而謀廟堂之事濫矣佛行仁化無損王臣守戒潔心除邪滅惑此佛教也故三學八正以道出家六度四弘用開士俗其中通局適化隨緣悟達爲宗餘非佛意而濟不談正行之士專述亂業之夫以僞排眞以邪陵正以寡伐衆以僻亂全禍不謀身竊陳無上之典餘殃不盡終被焚身之酬深可悲矣

齊章仇子陀者魏郡人齊武平中爲儒林學士于時崇重佛法造制窮極凡厥良沃悉爲僧有傾竭府藏充佛福田俗士不及子陀徹官固非所幸乃上䟽陳曰帝王上事昊天下字黎庶君臣夫婦綱紀有本自魏晉已來胡妖亂華背君叛父不妻不夫而姧蕩奢侈控御威福坐受加敬輕欺士俗妃主晝入僧房子弟夜宿尼室又云臣不惶不恐不避鼎鑊輒沐浴輿櫬奉表以聞有十餘紙書奏帝震怒欲殺之髙那肱曰此漢覓名欲得死陛下

若斫伊頭落漢術內可長禁令自死徒之經
二年周武平齊出之隋初猶存不測其終今
讀子陀表奏惟述僧之妖淫蓄積財事更無
別致吐言繁重隨事廣張無識者謂上事極
多通贍者止唯二轍謂財色也大同荀濟之
言才理雲泥不及于時魏齊兩代名僧若林
舉十統以綰之立昭玄以司之清衆暐如不
可陷溺子陀家素貧煎投庇莫從形骸所資
唯衣與食困此終窶長弊飢寒嫉僧厚施致
陳抗表終被抑退不遂其心可謂澹漢博士
詞費而無鎔檢傳奕又加粉墨言轉浮碎爲
下愚者所笑何況上達者哉
周衛元嵩本河東人遠祖從宦遂家于蜀梁
末爲僧佯狂浪宕周氏平蜀因爾入關天和
二年上書略云唐虞無佛圖而國安齊梁有
寺舍而祚失者未合道也但利民益國則會
佛心耳夫佛心者大慈爲本安樂含生終不
苦役黎民虔恭泥木損傷有識蔭益無情令
大周啓運遠慕唐虞之化無浮圖以治國而
國得安齊梁之時有寺舍以化民而民不立
者未合道也若言民壞不由寺舍國治豈在
浮圖但教民心合道耳民合道則國安道滋
民則治立是以齊梁竟像法而起九級連雲
唐虞憂庶人而累土堦接地然齊梁非無功
於寺舍而祚不延唐虞豈有業於浮圖而治
得久而大周啓運繼曆膺圖總六合在一心
齊日月而雙照養四生如厚地覆萬姓同玄
天實三皇之中興嗟兆民之始遇成五帝之
新立慶黎庶之逢時豈不慕唐虞之勝風遺
齊梁之末法嵩請造平延大寺容貯四海萬

姓不勸立曲見伽藍偏安二乘五部　夫平延寺者無選道俗罔擇親踈以城隍為寺塔即周主是如來用郭邑作僧坊和夫妻為聖衆推令德作三綱遵耆老為上座選仁智充執事求勇略作法師行十善以伏未寧示無貪以斷偷劫是則六合無怨紂之聲八荒有歌周之詠飛沉安其巢穴水陸任其長生云云嵩此上言有所因也曾讀智論見天王佛之政令也故立平延然述佛大慈含生安樂斯得理也事則不爾夫妻乃和未能絕欲城隍充寺非是聖基故不可也即色為空非正智莫曉即凡為聖豈凡下能通故須兩諦雙行二輪齊運以道通俗出要可期嵩云不勸立曲見伽藍者以損傷人畜故也若作則乖諸佛大慈昔育王造塔一日而役萬神今造浮圖累年而損財命況復和土作泥塼瓦成日為草蟲而作火劫助螻蟻而起天災仰度仁慈未應垂許斯誠戒也故比丘造房先除妨難有損命者必不得為重物起慈即為仁塔理極正矣事罕行之又云請有德貧人免丁輸課無行富僧輸課免丁輸課免丁則諸僧必望停課爭斷慳貪貧人免丁衆人必望免丁競修忠孝此則與佛法而安國家實非滅三寶而危百姓也有十五條總是事意

勸行平等非滅佛法

勸不平等是滅佛法

勸行大乘　勸念貧窮　勸捨慳貪

勸人發露　勸益國民　勸獠為民

勸人和合　勸恩愛會　勸立市利

勸行敬養　勸寺無軍人

勸立無貪三藏　勸少立三藏　勸僧訓僧
勸敬大乘戒
上列事條反則滅法順則興道并陳表狀及
佛道二論立主客論小大嵩以理通我不事
二家唯事周祖以二家空立其言而周帝親
行其事故我事帝不事佛道立詞煩廣三十
餘紙大略以慈救爲先彈僧奢泰不崇法度
無言毀佛有叶眞道也故唐吏部唐臨冥報
記云云
劉慧琳秦郡人出家住楊都治城寺有才學
爲宋廬陵王所知著均聖論一云白黑論其論難
窮通後法義篇備之矣大較云但知六度與
五教並行信順與慈悲齊立殊塗同歸不得
守其發足之轍也
范縝南郡人少孤貧學於沛國劉瓛而卓越
不羣在門下積年芒屩布衣徒行而危言高
論盛稱無佛有於自然其詞亦備後法義篇
沈休文難之故不繁載
顧歡吳郡人以佛道二教互相非毀歡著夷
夏論以統之略云在佛曰實相在道曰玄牝
道之大象即佛之法身佛則在夷故爲夷言
道旣在華故爲華語獨立不改絕學無憂曠
劫諸聖共遵斯一老釋未始分迷者分未合
億善遍修修遍成聖雖十號千稱終不能盡
然其文中抑佛而揚道斯門人也不足評之
又張融門律意亦同歡前集已詳後更略引
亦備法義篇且佛則金姿丈六道則白首同
凡佛則捨王位道則臣王者佛化無國不有
道則不出神州佛則塔遍閻浮道則冢居槐
里全不同也何得輒引以擬倫乎

魏邢子才河間人仕魏著作郎遷中書黄門郎以爲婦人不可保謂元景曰卿何必姓王元景變色子才曰我亦何必姓邢能保五世耶然佛是西域聖人尋已冥滅使神更生安能勞苦今世邢子才爲後身張阿得邪亦有難解如法義篇自尋之

涼高道讓者涼書述云釋氏之化聞其風而悦之義生天地之外詞出耳目之表斯奬教之洪致九流之一家而好之既深則其術亦高而圖寺極壯窮海陸之財造者弗恪金碧殫生民之力豈大覺之意乎然至敬無文至神不飾未能盡天下之牲故祭天以繭栗未能極天下之文故藉神以稾秸苟有其誠則蘋藻侔於百品明德匪馨則烹牛下於礿祭而況鷲山之術彼岸之奇而可以虛求乎乃有浮遊都鄙避苦逃劇宗其誠心百裁一焉既朱紫一亂城社狐鼠穢大法之精華損農蠶之要務執契者不以爲患當衡者不以爲言有國者宜鑒而節之此則讓爲護法之純臣矣奕又何爲哉之可謂高識之人而載于高識之傳者可也

齊李公緒趙郡人通經史善陰陽見有喪之家憂齋供福利便曰佛教者脫略父母遺棄帝王捐六親捨禮義赭衣髡剔自比刑餘妄説眩惑唯利是親陰陽名墨雖紕繆奇察而四時節用有取至如茲術則傷化託幽滋爲鬼道惜哉舉國皆迷彼衆我寡悲哉吾之死也福事一切罷之棄華即戎有識不許弟槩字季節屬文讀佛經脚指夾之斯北邊士俗自保專執之大魁者惜哉生爲徒生無上善

以資神死爲徒死有下惡以沉報冥冥隨業反本何期來際莫知現在焉識與夫羣盲愚叟奚以異哉

隋盧思道范陽人仕齊黄門郎周武平齊詣京師作西征記略云姚興好佛法羅什譯經論佛圖遍海内士女爲僧尼者十六七糜費公私歳以巨萬帝獨運遠略罷之强國富民之上策也又作周齊興亡論略云周祖始位大冡宰宇文護太祖之猶子也負圖作宰親受顧命周祖高居深視一朝折首凡厥黨與咸見夷戮乃棄奢淫布公道屏重内躬大布始自六宫被於九服以爲釋化立教本貴清靜近世已來糜費財力遂下詔削除之亦前王之所未得也思道爲論紀其糜費罷之則謂强國富民之策斯一代之小識未遠大之弘略也夫佛法之行化也要在清神滅惑也彼費財崇福者知身命財終歸散滅徒爲保愛此厚生守財之奴也故俗云多藏厚亡積而能散石崇以財色而受誅殷辛亦同之而早戮自古咸爾溢於見聞而不能止者乃貪惑使之然也昔漢武壽陵秦皇終隴財寶充牣畢被侵開何若捨貪積而興上福以崇敬仰之至割形骸而從道化以襲全正之極者可也不然藏積空勞自他形神校計晨夕無暇身死名滅卒從他手今昔如此習俗相仍略舉近代齊代之行福也寺塔崇盛僧衆雜聚不能節之以道縱其淆亂斬斛律明月虚聽讒詞周軍聞便解甲齊后斯暗主也權守國資不能周給宇文既破帑藏充盈不解身用衛紲而詣軍門財寶並爲周有周祖既廢

二教自以爲萬代之上策也西平東討無往不剋以爲滅法之妙略也固天宥之統牧齊餘泉貨鵂拾素是貧國縑纊全希一旦獲之塡胷滿目連手運帛接軫長途斯爲大盜之滅國乃以爲興師之盛業也生滅得失曾不籌之惟疑目前快意莫慮於後我旣破他他亦破我自古恒爾無得不思周祖謂以萬代常存與天地而齊壽也窮討巖穴務存藏積守儉保素剋已勵俗亦萬代之一人也當年崩背而其子用之大張文物高陳聲勢即開佛法以從百姓之歡心又顯勝相用呈大國之威雄也立四皇后表八柱國前後鹵簿隊仗倍常各二十四自古皇王莫之比擬立元宣政禪位小兒時在襁褓正位斯及自號天元皇帝也春秋方富未許喪身不盈一載又從萬古兒小不立后父控衡曆移運從隋高受禪位及國財並爲隋有斯可師也而不師之隋雖重法廣陳寺塔至於財事無足稱言故使蓄積穀帛遍於國中倉庫殷實不能散施故福門雖開示存而已及煬帝之末天下沸騰郊壘風驚織甸霧結初登位也歌帝德而曰萬年後陵遲也咸面駡而揚諸咎倉廩資於羣盜糜爛著無窮形骸執於賊臣百辟困於黔首舉斯以統無得守株佛之誠言信而可驗何以知其然耶自古登臨無不高稱萬歲歲之有萬斯即有期況滅於萬何代不有旣前王不守於萬固知後帝義不逾之各取萬歲今何所在五運相襲可不鏡諸是以明后英賢知五家之必散上智高識鑒三堅之可修已用之財則如影之相逐未用之物

不可賜及怨親所以於國於家遺之如脫屣若財若命棄之若遊塵莊嚴性識使早備法身成就善權務津梁諸有斯至教也餘諸幻有知何所論故經云劫燒終訖乾坤洞然須彌巨海都爲灰揚天龍人鬼於中凋喪二儀尚殞國有何常如斯法句可以尋眞自外凡鄙固非其務

唐傅奕北地范陽人其本西涼隨魏人伐齊平入周士通道觀隋開皇十三年與中山李播請爲道士十七年事漢王及涼反還于岐州皇運初授太史令武德四年上減省寺塔僧尼益國利民事十一條高祖聞之竟不行下奕乃多寫表狀遠近流布京師諸僧作破邪論以抗之如後所列奕表云一僧尼六十已下簡令作民則兵强農勸易曰男女搆精萬物化生此則陰陽父子天地大象不可乖也今衛壯之僧婉孌之尼失禮不婚夭胎殺子減損戶口不亦傷乎今佛家違天地之化背陰陽之道未之有也請依前條尋老子至聖尚謁帝王孔丘聖人猶跪宰相況道人無取德義未隆下忽公卿抗衡天子如臣愚見請同老孔弟子之例拜謁王臣編於朝典者

奕奏如此未足理論出處殊途不可一述易稱構精佛則絕欲固知李氏道門相結伉儷日夕共會順易陰陽不順則與佛何殊若順固其恒俗何爲學僧守靜絕欲無爲以事討論纏綿自顯如上已述迷者未尋且李耳子孫遍於天下張陵餘胤散列諸州祖宗遺緒如何輒異若異其先斯爲絕嗣三千之罪莫有高之況復黃書服氣三五七九之經上下

相和四眼二舌之教不可削也佛教不爾欲是過原先必戒之方祛俗滯此則佛道之分途也高識者體之

又云請同孔老門人拜謁王臣者不知奕出此語何以自陳毁僧傲親抗君非爲忠孝固知道士常拜君親如何目見道士從僧抗禮不能自化其類何用彈人實而言之道士由來拜謁竊形濫吹冐入出俗之儔致有黄巾乃張角之風也法儀抗禮是緇徒之範也至如李老之服本襲朝章冠屨同蘭臺太史揖讓等大夫之儀也如何門人高抗先師之位仰則沙門之法都不可也會逢寛政置不繩之以法徵劾於何逃責但奕上事碎亂不經或言胡佛邪教退還西域云或三萬戸州且存一寺不足校也

一奕云唐丁壯僧尼二十萬衆共結胡心可不備預之哉請一配之則年産十萬此亦劉生之古計也無用陳之如前已顯斯則女子帶甲鰥夫執戈餌敵負國一何可笑入大唐寺籍佛道二衆不滿七萬如何面欺上帝二十萬衆乎斯即自刑無勞他處二明寺作草堂土舍則秦皇漢武爲有德之君良以佛縱奢侈寺塔八萬四千此國劾之又增其倍凡百士庶暗愁往罪虛規來福浪説天堂地獄誑我華人至如秦皇阿閣漢武甘泉古迹宫觀不過十數史官書之號曰無道曾不言佛無道過之又引張融三破之言廣如前集今重顯之佛之化也依樹爲家形骸有累權開小室寺塔崇廣信心所營請增福田非僧課造至如天堂地獄善惡之報殊焉品類區分

昇沉之義天別不知道經往往亦述地獄須數天堂有幾地獄何所云云故道步虛云天人同其願飄飄入紫微七祖生天堂我身白日昇如是乃非一述天堂也不許僧云是誰過乎三明請減寺塔則民安國治者曰妖胡虛說造寺之福庸人信之爭營寺塔小寺百僧大寺二百以兵率之五寺强成一旅總計諸寺兵多六軍侵食生民國家大患請三萬戶州且留一寺又引自古已來僧反十餘自餘凶黨至今猶在請必除蕩用消胡氣浹旬之間宇宙廓清奕奏如此妄述兵多于時二衆不滿七萬半爲尼女豈等大國之六軍乎又云反僧凶黨猶在者僧之從逆爲俗所拘一身獨立如何動衆虛引飾詐亂俗罔君天地不容故早磨滅又統詳之賊臣酷吏何代不無濁濫當官何時不有堯放四凶非由事佛舜既絕嗣豈是僧風不可以一臣逆節擧朝同誅一僧爲過全宗族滅奕奏狀曰望即依行明明作辟固絕其議四明僧尼衣布省齋則貧人不飢蠶無橫死者臣聞佛戒僧尼糞掃衣五綴鉢望中一食獨坐山中清居禪誦此佛之章法也若殺蠶作衣佛戒不許今則知佛理虛故生違犯（此是荀濟語）餘則鄙罵惡類厮下之言不足聞也五明斷僧尼居積利百姓豐滿將士皆富者六明帝王無佛則大治年長有佛則虐政祚短者七明封周孔之教送與西域胡必不行者八明純論佛教虛多實少者九明隱農安近市廛處中國富民饒者十明帝王受命皆革前政者十一明直言忠諫古來出口禍及其身者此之十一條通

釋甚衆爲存詞費約同諸異解奏之高祖覽之大悅詔廢諸州寺塔至九年六月四日後上謂曰你大直奏事怕殺人今日後勿懼貞觀六年又上書令僧吹螺不合擊鐘又言佛法妖僞勑示蕭瑀瑀曰傅奕非聖人者無法奕駮曰瑀先相已來不事宗廟專崇胡鬼非孝者無親因集佛教入中華已來士人識見高遠有駮議其妖惑者爲高識傳云奕傳如此云高祖從其言而廢寺者斯罔君也豈有四年上事九年方廢省諸州寺塔乎竟無此詔如何信之一條假誑萬途可悉奕身死後出傳貨之言雖矯詔無命可死又云上書不許擊鍾斯妄作也經云擊鼓戒兵鳴槌集衆又云撞擊佛鐘斯非教耶又述蕭瑀不事宗廟專事胡佛斯面欺於宰伯也梁典云高祖七廟每祭畢涕泗滂沱是何言也今京師東西兩第俱有宗廟四時饗祀相仍即目義不濫聽私爲此傳又可笑也止可誑緣邊小議未足以示中華惜哉淨識一從汙染頓爾沉滯反本何期上所列人亦如前評與亡太半隨類詳焉

檢唐臨冥報記云云太史令傅奕自武德初至貞觀十四年常誹毀佛僧以其年秋暴病卒初奕與道士傅仁鈞薛賾善後傳薛俱受官傳鈞先亡賾夢見鈞曰先所負錢可付泥人賾問誰耶曰即傅奕也是夜少傅馮長命又夢在一處多見先亡長命問佛經罪福之事有實乎曰皆定實也又問如傅奕生平不信佛死受何報答曰傅奕已配越州作泥人矣長命旦入殿庭見薛賾說所夢賾又說之二

夢符合臨在其側同嗟歎之蹟即送錢付奕并說所夢後數日而奕卒案泥人者謂泥犂中人也泥犂即地獄之別名矣八大地獄在於地下餘諸雜獄散在山中海內而受苦也深可痛哉

廣弘明集卷第七

音釋

祫何夾切合祭也　礿餘灼切夏祭曰礿　檮杌檮音桃杌音兀　嶮虞爲切三嶮山名　燉煌燉徒渾切煌户光切燉煌郡名　獍居慶切獸名　愀七小切色變也　縝章忍切　轢郎擊切踐也　儭初覲切　櫬初覲切　暐于鬼切光盛也　宕徒浪切放宕也　獠力道切夷也　瓛胡官切　秸訖黠切禾稈也　帑他曩切金帑所藏也

廣弘明集卷第八

唐終南山釋道宣撰

辨惑篇第二之四

擊像焚經坑僧詔

滅佛法集道俗議事

二教論

擊像焚經坑僧詔

元魏世祖太武帝

帝諱燾以明元帝泰常八年即位時年八歲尚在幼沖資政所由唯恃台輔時司徒崔浩尤不信佛帝訪國事每以爲懷言佛法虛誕爲俗費害黄老仙道可以存心浩既稚信仙道授帝老經隨言信用曾無思擇即立道壇四追方士當時佛法隆盛浩内嫉之常求瑕釁會蓋吳反於杏城關中騷動帝乃西伐時浩從焉既至長安有沙門種麥於寺中御騶牧馬帝入觀馬從官入其僧室見有弓矢出以奏聞帝怒曰此非沙門所用當與蓋吳通謀規害人耳命有司案誅一寺閱其財產及州郡牧守富人所寄藏物蓋以萬計詔乃焚破佛像敕留臺下四方一依長安行事太平眞君五年帝年二十有九春秋方富盛於武功又崔浩邪謀相接交扇方士仙觀日有登臨釋門清衆將事殲殄又下詔曰愚民無識信僞惑妖私養師巫挾藏讖記沙門之徒假西域虛誕坐致妖孽非所以一齊政化布淳德於天下也自王公已下至於庶人有私養沙門者限今年二月十五日過期不出沙門身死容止者誅一門時恭宗爲太子監國素敬佛法頻上表陳刑殺沙門之濫又非圖像

之罪令罷其道杜諸寺門世不修奉土木丹青自然毀滅如是再三不許時有沙門玄高者空門之秀傑也太子晃師之晃敬事如佛崔浩得倖於帝恐晃攝政或見危遂密譖於帝晃有異圖若不先慮後悔無及又晃結納玄高高又通靈鬼物善得人心可不猜耶帝初不從且幽之又夢其先祖云太子無事又問百官咸云太子仁孝枉見幽辱帝乃出晃以政歸之浩又重譖帝信之便幽死晃於禁中縊高於郊南浩得志於朝廷也列辟莫敢致言便以太平眞君七年三月下詔一切蕩除所有圖像胡經皆擊破焚毀沙門無少長悉坑之斯並崔浩之意致也及後帝遭癘惱浩被族誅呼嗟長慨無所及矣事迹如前釋老志廣之

滅佛法集道俗議事

周高祖猜忌爲心安忍嫌郄太冢宰晉國公護權衡百揆決通庶政帝竊嫉之恐有陵奪召護入内親自誅之并大臣六家並從族滅帝以得志於天下一無所慮也然信任讖緯偏以爲心自古相傳黒者得也謂有黒相當得天下猶如漢末訛言黄衣當王以黄代赤承運之像言黒亦然所以周太祖挾𠩺西奔衣物旗幟並變爲黒用期訛讖之言斯亦漢光武之餘命也昔者高洋之開齊運流俗亦有此謡洋言黒者稠禪師黒衣天子也將欲誅之會稠遠識悟而得免備如別說故周祖初重佛法下禮沙門並著黄衣爲禁黒故有道士張賔譎詐罔上私達其黨以黒釋爲國忌以黄老爲國祥帝納其言信道輕佛親受

符籙躬服衣冠有前僧衞元嵩與賓脣齒相扇惑動帝情云僧多怠惰貪逐財食不足欽尚帝召百僧入内七宵行道時既密知各加懇到帝亦同僧寢處覘候得失或爲僧讀誦或讃唄禮悔僧皆懔厲莫不訝帝之微行也既期已滿無何而止至天和四年歲在己丑三月十五日勑召有德衆僧名儒道士文武百官二千餘人帝御正殿量述三教以儒教爲先佛教爲後道教最上以出於無名之前超於天地之表故也時議者紛紜情見乖咎不定而散至其月二十日依前集論是非更廣莫簡帝心帝曰儒教道教此國常遵佛教後來朕意不立僉議如何時議者陳理無由除削帝曰三教被俗義不可俱至四月初更依前集必須極言陳理無得面從又勑司隸大夫甄鸞詳度佛道二教定其深淺辨其眞僞天和五年鸞乃上笑道論三卷用笑三洞之名五月十日帝大集羣臣詳鸞上論以爲傷蠹道法帝躬受之不愜本圖即於殿庭焚蕩時道安法師又上二教論云内教外教也練心之術名三乘内教也救形之術名九流外教也道無別教即在儒流斯乃易之謙謙也帝覽論以問朝宰無有抗者於是遂寢乃經五載至建德三年歲在甲午五月十七日勑斷佛道兩教沙門道士並令還俗三寶福財散給臣下寺觀塔廟賜給王公餘如別述于時衞王不忍其事直入宮燒乾化門攻帝不下退至虎牢捉獲入京父子十二人并同謀者並誅

二教論

沙門釋道安

歸宗顯本第一

有東都逸俊童子問於西京通方先生曰僕聞風流傾墜六經所以緝修誇尚滋彰二篇所以述作故優柔弘潤於物必濟曰儒用之不匱於物必通曰道斯皆孔老之神功可得而詳矣近覽釋教文博義豐觀其汲引則恂恂善誘要其旨趣則亹亹慈良然三教雖殊勸善義一塗迹誠異理會則同至於老嗟身患孔歎逝川固欲後外以致存生感往以知物化何异釋典之猒身無常之說哉但拘滯之流未馳高觀不能齊天地於一指均是非乎一氣致令談論之際每有不同此所謂匿摩尼於胎𣫍掩大明於重夜傷莫二之淳風塞洞一之玄旨祈之彌劫奚可值哉敬請先生爲之開闢

通方先生曰子之問也激矣哉可謂窮辨未盡理也僕雖不敏稽疑上國服膺靈章陶風

下席今當爲子略陳其要夫萬化本於無生而生生者無生三才兆於無始而始始者無始然則無生無始物之性也有化有生人之聚也聚雖一體而形神兩異散雖質別而心數弗亡故救形之教教稱爲外濟神之典典號爲内是以智度有内外兩經仁王辯内外二論方等明内外兩律百論言内外二道若通論内外則該彼華夷若局命此方則可云儒釋釋教爲内儒教爲外備彰聖典非爲誕謬詳覽載籍尋討源流教唯有二寧得有三何則昔玄古朴素墳典之誥未弘淳風稍離丘索之文乃著故包論七典統括九流咸爲治國之謨並是修身之術故藝文志曰

儒家之流蓋出於司徒之官助人君順陰陽明教化者也遊文於六經之中留意於五德之際祖述堯舜憲章文武宗師仲尼其道最高者也

道家者流蓋出於史官清虛以自守卑弱以自持此君人者南面之術合於堯之克讓易之謙謙是其所長也

陰陽家者流蓋出於羲和之官敬順昊天曆象日月星辰敬授民時此其所長也

法家者流蓋出於理官信賞必罰以輔禮制易曰先王以明罰勑法此其所長也

名家者流蓋出於禮官古者名位不同禮亦異數孔子曰必也正名乎名不正則言不順言不順則事不成此其所長也

墨家者流蓋出於清廟之官茅屋採椽是以貴儉養三老五更是以兼愛選士大射是以上賢宗祀嚴父是以有鬼此其所長也

縱橫家者流蓋出於行人之官孔子曰誦詩三百使乎四方不能專對雖多亦奚以爲又曰使乎使乎言其當權事制宜受命而不受詞此其所長也

雜家者流蓋出於議官兼儒墨合名法知國體之有此見王治無不貫此其所長也

農家者流蓋出於農稷之官播五穀勸耕桑以足衣食故八政一曰食二曰貨此其所長也若泒而別之則應有九教若總而合之則同屬儒宗論其官也各王朝之一職談其籍也並皇家之一書子欲於一代之內令九流爭川大道之世使小成競辨豈不上傷皇極莫二之風下開拘放鄙蕩之弊眞所謂巨蠹鴻猷眩曜朝野矣

佛教者窮理盡性之格言出世入眞之軌轍論其文則部分十二語其旨則四種悉檀理妙域中固非名號所及化擅繫表又非情智所尋至於遣累落筌陶神盡照近超生死遠證泥洹播闡五乘接羣機之深淺該明六道辨善惡之昇沉覺期出世而理無不周邇比王化而事無不盡能博能要不質不文自非天下之至慮孰能與斯教哉雖復儒道千家墨農百氏取捨驅馳未及其度者也唯釋氏之教理富權實有餘不了稱之曰權無餘了義號之爲實通云善誘何成妙賞子謂三教雖殊勸善義一余謂善有精麤優劣宜異精者超百化而高昇麤者循九居而未息安可同年而語其勝負哉又云教迹誠異理會則同爰引世訓以符玄教此蓋悠悠之所眛未暨其本矣教者何也詮理之謂理者何

也教之所詮教若果異理豈得同理若必同教寧得異筌不期魚蹄不爲兎將爲名乎理同安在夫厚生情篤身患之誠遂興不悟遷流逝川之歎乃作並是方內之至談諒非踰方之巨唱何者推色盡於極微老氏之所未辨究心窮於生滅宣尼又所未言可謂瞻之似盡察之未極者也故涅槃經曰分別色心有無量相非諸聲聞緣覺所知且聲聞之與菩薩俱越妄想之鄉菩薩則惠兼九道聲聞則獨善一身其猶露潤之方巨壑微塵之比須彌況凡夫識想何得齊乎故淨名曰無以日光等彼螢火若夫以齊而齊不齊者未齊矣以齊而齊於齊者未齊焉余聞善齊天下者以不齊而齊天下者也何須夷嶽實淵然後方平續鳬截鶴於焉始等此蓋猶夫之野議豈達士之貞觀故諺曰紫實眛朱狂斯濫哲請廣其類更曉子懷上至天子下至庶民莫不資色心以成軀稟陰陽以化體不可以色心是等而便混以智愚安得以陰陽義齊則使同之貴賤此之不可至理皎然雖強齊之其義安在

儒道昇降第二

儒通六典道止兩篇 昇降二事備彰四史

問曰先生涇渭孔釋清濁大懸與奪儒道取捨尤濫史遷六氏道家爲先班固九流儒宗爲上討其祖述並可命家論其憲章未乖典式欲言俱非情謂未可讜其都是何宜去取

答曰塗軌乖順不可無歸朱紫之際乆宜有在漢書十志並是古則藝文五行豈今始有農爲治本史遷不言安毀縱橫官典俱漏故

孟堅之撰今古褒其是子長之論襃見貶其非是以前漢書曰史遷序墳籍則先黄老後六經論遊俠則退處士進姦雄述貨殖則崇勢利羞貧賤此其爲弊也

後漢書曰太史令司馬遷採左氏國語刪世本戰國策據楚漢春秋列時事上自黄帝下訖獲麟作本紀三十家列傳書表凡百三十篇而十篇缺焉至於採經摭傳分散百家之事甚多疎略不如其本務欲以多聞廣載爲功論義淺而不篤其論術學也則崇黄老而薄五經輕仁義而賤守節此其大弊傷道所過極形之咎也又晉書禮樂志曰世稱子長史記奇而不周奇謂博古遠達不周謂弊於儒道儒道既弊聖教不興何王摹之尚道廢儒惑亂天下變風毀俗遂使魏晉爲之陵遲四夷交侵中國微矣此皆國史實錄之文奚獨可異校其得失詳列典志取捨昇降何預鄙懷○問老子之教蓋修身治國絶棄貴尚論大道則爲三才之元辨上德則爲五事之本猶陶埏之成造譬槖籥之不窮先生何爲抑在儒下答曰余聞恬志大和者不務變常安時處順者不求反古故詩曰不愆不亡率由舊章唯藝文之盛易最優矣吾子謂老與易何若昔宓羲氏仰觀象於天俯察法於地近取諸身遠取諸物於是始作八卦以通神明之德以類萬物之情文王重六爻孔子弘十翼故曰易道深矣人更三聖世歷三古故繫詞曰易有太極是生兩儀易説曰夫有形生於無形故曰有太易有太初有太始有太素太易者未見氣也太初者氣之始太始者

形之始太素者質之始夫氣形質而未相離故曰渾混視之不見聽之不聞修之不得故曰易也孝經説曰奇者陽節偶者陰基得陽而成合陰而居數相配偶乃爲道也故曰一陰一陽之謂道陰陽不測謂之神此而遐瞻足賢於老也子謂仁由失德而興禮生忠信之薄安其所習毀所不見且大樂與天地同和大禮與天地同節豈在飾敬之年責報之歲哉然老氏之旨本救澆浪虛柔善下修身可矣不尚賢能於治何續既扶易之一謙更是儒之一派幸勿同放兼棄五德

君爲教主第三 世謂孔老爲弘教之人訪之典謨則君爲教主

問敬尋揩製剖析離合云派而別之應有九教統而合之同一儒宗採求理例猶謂未當何者名雜鄧尹法參悝商墨出由胡農輿野老斯皆製通賢達不可以爲教首孔老聖歟可以命教故九流之中唯論其二儒教道教豈不婉哉

答曰子之問也似未通遠夫帝王功成作樂治定制禮此蓋皇業之盛事也而左史記言右史記事事爲春秋言爲尚書百王同其風萬代齊其軌若有位無才猶虧弘闡有才無位灼然全闕昔周公攝政七載乃制六官孔老何人得爲教主孔雖聖達無位者也自衛迴輪始弘文軌正可修述非爲教源柱史在朝本非諧贊出周入秦爲尹言道無聞諸侯何況天子既是仙賢固宜雙缺道屬儒宗巳彰前簡

問孔子問禮於老聃則師資之義存矣又論

語孔子自稱曰吾述而不作信而好古竊比我於老彭子云孔聖而云老賢比類之義義將焉在褒貶乖中諒爲侮聖

答曰余既庸昧奚敢穿鑿廢智任誠唯依謨典嵇子云老子就涓子學九仙之術尋乎練餌斯或有之至於聖也則不云學論語曰生而知之者上也學而知之者次也依前漢書品孔子爲上上類皆是聖以老氏爲中上流並是賢又何晏王弼咸云老未及聖此皆典達所位僕能異乎孔子曰吾無常師問禮於老聃斯其義也有問農云吾不如老農又問圃云吾不如老圃入太廟每事問豈農圃守廟之人而賢於孔丘乎竊比遜詞斯其類也故知他評近實自謙則虛侮聖之談恐還自累孔子問樂於萇弘學琴於師襄子豈弘子之流皆賢於孔丘乎聖人之迹於斯可見也

問魯隱公者蓋是讓國之賢君而人表評爲下下老子者乃無爲之大聖漢書品爲中上故知斑彪父子詮度險巇先生何乃引之爲證

答曰吾子近取杜預之談遠忽春秋之意隱公者桓公之庶兄也桓公幼小攝行政事及桓長大歸政桓公雖能歸政不能去猜譖毒於是縱橫遂爲桓公所弒既不自全陷弟不義讓國之美竟復何在此而非下孰有下乎漢書之評於是乎得且孔子受命遂號素王未聞載籍稱老爲聖言不關典君子所慙

問尚書云惟狂克念作聖惟聖罔念則狂子云聖也則不關學是何言歟

答曰孔語生知學言積習向者論儒未云釋

也上智下愚本不隨化中庸之類乃順化遷聖可爲狂則非上智狂可爲聖復非下愚書辨狂聖皆中庸也老子曰絕聖棄智民利百倍此蓋中才之聖非上智也

詰驗形神第四

形神之教初篇已言今則詰之驗其典證也

問曰先生云救形之教教稱爲外敬尋雅論寔爲未允易云知幾其神乎寧得雷同七典皆爲形教釋辨濟神義將安在

答曰書稱知遠遠極唐虞春秋屬詞詞盡王業至若禮樂之敬良詩易之温潔皆明夫一身豈論三世固知教在於形方者未備洪祐示逸乎生表者存而未議易曰幾者動之微也能照其微非神如何此言神矣而未辨練神練神者閑情關照期神曠劫幽靈不亡積習成聖階十地而逾明邁九宅而高蹈此釋教所弘也經曰濟神拔苦莫若修善六度攝生淨心非事故也

仙異涅槃第五

仙明延期之術不無其終涅槃常住之果居然乖異

問釋稱涅槃道言仙化釋云無生道稱不死其揆一也何可異乎

答曰靈飛羽化者並稱神丹之力無疾輕强者亦云餌服之功哀哉不知善積前成生甄異氣壽夭由因脩短在業佛法以有生爲空幻故忘身以濟物道法以吾我爲眞實故服餌以養生生生不貴存存何勣縱使延期不能無死故莊周稱老子曰古者謂之遁天之形始以爲其人今則非人也尚非遁天之仙故有秦佚之弔死扶風葬槐里涅槃者常

恒清涼無復生死心不可以智知形不可以像測莫知所以名强謂之寂其爲至也亦以極哉縱其雙林息照而靈智常存體示闍維而舍利恒在雖復大椿遐壽以彭年爲殤非想多劫與無擇對戶凡聖理懸動寂天異焉可同時而辨昇降吾子何爲抗餘燎於日月之下而欲與曦和爭暉至於猶也何至甚乎

道仙優劣第六

道以恬虛寡欲優在符於謙德仙則餌服紛紜劣在徒勤無効

問先生高談壽夭善積前生業果雖詳芝丹仍略且道家之極極在長生呼吸太一吐故納新子欲劣之其可得乎

答曰老氏之旨蓋虛無爲本柔弱爲用渾思天元恬高人世浩氣養和得失無變窮不謀通達不謀已此學者之所以詢仰餘流其道若存者也若乃練服金丹餐霞餌玉靈升羽蛻屍解形化斯皆尤乖老莊立言本理其致流漸非道之儔雖記奇者有之而言道者莫取昔漢武好方技遂有欒大之妖光武信讖書致有桓譚之議書爲方技不入墳流人爲方士何關雅正吾子曷爲捨大而從小背理而趣誕乎

孔老非佛第七

佛生西域孔氏高推商宰致問列子書記

問西域名佛此方云覺西言菩提此云爲道西云泥洹此言無爲西稱般若此飜智慧准此斯義則孔老是佛無爲大道先已有之

答曰鄙俗不可以語大道者滯於形也曲士不可以辨宗極者拘於名也案孟子以聖人爲先覺聖王之極寧過佛哉故譯經者以覺

翻佛覺有三種自覺覺他及以滿覺孟軻一辨豈具此三菩提者案大智度譯云無上慧然慧照靈通義翻爲道道名雖同道義尤異何者若論儒宗道名通於大小論語曰小道必有可觀致遠恐泥若談釋典道名通於邪正經曰九十有六皆名道也聽其名則眞僞莫分驗其法則邪正自辨菩提大道以智度爲體老氏之道以虛空爲狀體用既懸固難影響外典無爲以息事爲義內經無爲無三相之爲名同實異本不相似故知借此方之稱翻彼域之宗寄名談實何疑之有准如茲例則孔老非佛何以明其然昔商太宰問於孔丘曰夫子聖人歟對曰丘博聞强記非聖人也又問三王聖人歟對曰三王善用智勇聖非丘所知又問五帝聖人歟對曰五帝善用仁信聖非丘所知又問三皇聖人歟對曰三皇善因用時聖非丘所知太宰大駭曰然則孰者爲聖人乎孔子動容有間曰丘聞西方之人有聖者焉不治而不亂不言而自信不化而自行蕩蕩乎民無能名焉若老氏必聖孔何不言以此校之理當推佛（老子西昇經云天下大術佛術第一又西昇玄經云吾師化由天竺善入泥洹又符子曰老氏之師名釋迦文今就道書咸皆師佛）

釋異道流第八（出世三乘域中四大懸如天地異過塵嶽）

問後漢書云佛道神化興自身毒（案山海經西方有天毒國郭景純注云即天竺國也而漢書西域傳云天竺國又名身毒國也）詳其清心釋累之訓空有兼遣之宗道書之流也以此推之則道教收佛又佛經云一切文字悉是佛說非外道書而先生高位釋教在儒道

之表將不自局而近誣聖乎
答曰吾子援引漢書而問余亦還以漢書而答後漢西域傳曰張騫之著天竺惟云地多濕暑班勇之列身毒正言奉佛不殺而精文善法導達之功靡所傳記余聞之後記也其國中殷平中土王燭和氣靈智之所降集賢哲之所挺生神迹詭怪則理絕人區感驗明顯則事出天外而騫超無聞者豈其道閉往運數開叔葉乎不然何經典之甚也漢自楚英始盛齋戒之祀桓帝大修華蓋之飾將微義未譯但神明之耶且好仁惡殺蠲弊崇善所以賢達君子多受其法焉然好大不經奇譎無已雖鄒衍談天之辨莊周蝸角之論未足以槩其萬一尋漢書之錄兼而有徵取其微義未譯則云道書之流談其神奇感驗則言理絕天表准四藏贍博二諦並陳總論九道則無非佛說別明三乘則儒道非流此乃在我之明證非吾子之清決乎

服法非老第九

絕聖棄智老氏之心
黃巾禁獸張家之法

問經云釋迦成佛已有塵劫之數或為儒林之宗或為國師道士固知佛道冥如符契又清淨法行經云佛遣三弟子震旦教化儒童菩薩彼稱孔丘光淨菩薩彼稱顏淵摩訶迦葉彼稱老子先生辨異似若自私
答曰聖道虛寂圓應無方無方之應逗彼羣品器量有淺深感通有厚薄故令無像之像像遍十方無言之言言充八極應實塵砂大略有二八相感成雙林現滅斯其大也權入六道晦迹塵光斯其小也小則或畫卦以御

時或播殖以利世或修正以定亂或行禮以誠物或談無而傲榮或説有而重爵何爲老生獨非一迹故須彌四域經曰寶應聲菩薩名曰伏犧寶吉祥菩薩名曰女媧但令之道士始自張陵乃是鬼道不關老子何以知之李膺蜀記曰張陵避病瘧於丘社之中得呪鬼之術書爲是遂解使鬼法後爲大蛇所噏弟子妄述昇天後漢書稱沛人張魯母有姿色兼挾鬼道往來劉焉家益州刺史劉焉遂任魯以爲督義司馬魯遂與别部司馬張修將兵掩殺漢中太守蘇固斷絶斜谷殺漢使者魯既得漢中遂殺張修而并其衆焉於漢爲逆賊戴黄巾服黄布褐魯字公旗初祖父陵順帝時客於蜀學道鵠鳴山中造作符書以惑百姓受其道者輒出米五斗故世謂之米賊陵傳其子衡衡傳於魯魯遂自號天師君其來學者初名鬼卒後號祭酒祭酒各領部衆多者名曰治頭皆教以誠信不聽欺妄有病但令首過而已諸祭酒各起義舍於同路同路懸亭置米肉以給行旅食者量腹取足過多則鬼能病人犯法者先加三令然後行刑不置長吏以祭酒爲治民夷信向朝廷不能討遂就拜魯鎮夷中郎將通其貢獻自魯在漢垂三十年獻帝建安二十年曹操征之至陽平魯欲舉漢中降其弟衛不聽率衆數萬拒關固守操破衛斬之魯聞陽平已陷將稽顙歸降閻圃説曰今以急往其功爲輕不如且依巴中然後委質功必多也於是乃奔南山左右欲悉焚寶貨倉庫魯曰本欲歸命國家其意未達今日之走以避鋒鋭非有

惡意遂封藏而去操入南鄭甚嘉之又以魯本有善意遣人慰安之魯即與家屬出迎拜鎮南將軍封閬中侯而張角張魯等本因鬼言漢末黃衣當王於是始服之曹操受命以黃代赤黃巾之賊至是始平自此已來遂有茲弊至宋武帝悉皆斷之至寇謙之時稍稍還有今既大道之世風化宜同小巫巾色寔宜改復且老子大賢絶棄貴尚又是朝臣服色寧異古有專經之學而無服象之殊黃巾布衣出自張魯國典明文豈虛也哉夫聖賢作訓弘裕溫柔鬼神嚴厲動爲寒暑老子誡味祭酒皆飲張製鬼服黃布則齊眞僞皎然急緩可見自下略引張氏數條妄說用懲革未聞

或禁經止價玄光論云道家諸經制雜凡意教迹邪險是故不傳但得金帛便與其經貧者造之至死不覩貪利無慈逆莫過此又其方術穢濁不清乃有扣齒爲天鼓咽唾爲醴泉馬屎爲靈薪老鼠爲芝藥資此求道焉能得乎

或妄稱眞道蜀記曰張陵入鵠鳴山自稱天師漢嘉平末爲蟒蛇所噏子衡奔出尋屍無所畏負清議之譏乃假設權方以表靈化之迹生縻鶴足置石崖頂到光和元年遣使告曰正月七日天師昇玄都米民之山獠遂因妄傳販死利生逆莫過此之甚也

或含氣釋罪妄造黃書呪癩無端乃開命門抱眞人嬰兒迴龍虎戲備如黃書所說三五七九天羅地網士女溷漫不異禽獸用消災禍其可然乎

或挾道作亂黃巾鬼道毒流漢室孫恩求仙禍延黃晉破國害民惑亂天下

或章書代德還達七祖乞免擔沙橫費紙筆奏章太上戊辰之日上必不達不達太上則生民枉死嗚呼哀哉

或畏鬼帶符左佩太極章右佩昆吾鐵指日則停暉擬鬼千里血若受黃書赤章即是靈仙

或制民輸課蜀記曰受其道者輸米肉布絹器物紙筆薦席五彩後生邪濁增立米民

或解除墓門左道餘氣墓門解除春秋二分祭竈祠社冬夏兩至祀祠同俗先受治錄兵符社契皆言軍將吏兵都無教誡之義

或苦妄度厄塗炭齋者事起張魯驢輾泥中黄土塗面摘頭懸柳埏埴使熟至義熙初王公期省去打拍吳陸修靜猶泥額反縛懸頭而已資此度厄何癡之甚

或夢中作罪夢見先亡輒云變怪召食鬼神軍將吏兵奏章斷之

或輕作兇佞造黄神越章用持殺鬼又造赤章用持殺人取悅世情不計殃罪陰謀懷嫉兇邪之甚

斯皆三張之鬼法豈老子之懷乎自於上代爰至符姚皆呼衆僧以爲道士至寇謙之始竊道士之號私易祭酒之名曹簡姚書略可詳究然法行經者無有人翻雖入疑科未傷弘旨摩訶迦葉釋迦弟子稟道闡猷詎希方駕三張符籙詭託老言捃採讇詞以相扶助復引實談證其虛說嗚呼可歎幸深察焉

問敬尋道家厥品有三一者老子無爲二者神仙餌服三者符籙禁厭就其章式大有精麤麤者厭人殺鬼精者練屍延壽更有青籙受須金帛王侯受之則延年益祚庶人受之則輕健少疾君何不論唯貶鄙者

答曰子之所言何其陋矣唯王者興作非詐力所致必有靈命以應天人至於符瑞不無階降上則河圖洛書次則龜龍麟鳳此是帝皇之符籙也今大周馭宇膺曆受圖出震爲神電軒流景上宣衢室下闢靈臺列彼三光搖玆二柄而德侔終古動植効靈仁並二儀幽明薦祉故眞容表相不假尋於具茨澄照淵猷無惑求於象罔牢籠語默彈壓名言超絕有無逈踰彼此芻狗萬機不可謂之爲有孝慈兆庶不可謂之爲無四海一家不可謂之爲彼九州遼曠不可謂之爲此故遊之者

莫測其淺深蹈之者未窮其厚薄加以三足九尾赤雀緑龜嘉瑞相尋不時而至玆乃大道弘仁光盈四表慶靈緫萃厚祚無疆豈聖德之清寧天朝之多士尚信鬼籙之談猶傳巫覡之説者哉昔神賜虢田若始求田之義民供趙雀由初受爵之徵此皆委巷鄙言子從所不許也然皇帝之號尊極天人之義王者之名大盡霸功之業當受命神宗廟風化於寰宇封禪山岳報成功於天地不見鬼言預經綸之始曾無詭説達致遠之宗徒詭惑生民敗傷王教眞俗擾動歸正無從唯孔子貴知命伯陽去奇尚奚取鬼符望致其壽若言受之必益今佩符道士悉可長年無籙生民並應短壽事既不徵何道之有

明典眞僞第十

兩經實談爲眞
三洞誕謬爲僞

問老經五千最爲淺略上清三洞乃是幽深且靈寶尊經天文玉字超九流越百氏儒統道家豈及此乎

答曰老子道經朴素可崇莊生内篇宗師可領曁玆已外製自凡情黄庭元陽採撮法華以道換佛改用尤拙靈寶創自張陵吳赤烏之年始出上清肇自葛玄宋齊之間乃行尋聖人設教本爲招勸天文大字何所詮談始自古文大小兩篆以例求之都不相似陽平鬼書於是乎驗晉元康中鮑靖造三皇經被誅事在晉史後人諱之改爲三洞其名雖變厥體尚存猶明三皇以爲宗極斯皆語出凡心寔知非教不關聖口豈是典經而張葛之徒皆雜符禁化俗怪誕違爽無爲哀哉吁何

乃指蟲迹欲比倉文以毒乳而方甘露乎依張魯蜀記凡有二十四治而陽平一治最爲大者今道士上章及奏符馱皆稱陽平重其本故也以上清爲洞玄靈寶爲洞眞三皇爲洞神故曰三皇

問道經幽簡本接利人佛經顯博源拔鈍士窮理徵事皎然可見

答曰釋典汪汪幽顯並蘊玄章浩浩廣略俱通大智度曰爲利人略說爲解義故爲利人廣說爲誦持故爲鈍人略說爲誦持故爲鈍人廣說爲解義故如般若一座敷玄鷲嶽及其皆益乃數十周智典既然餘經皆爾通言博在其鈍何誣之甚香城金簡龍宮玉牒天上人間經典何量八音部帙其數無邊十二該之罄無不盡可謂詩篇三百蔽者一言以此例之廣略可見詳其道經三十六部廣則定廣無略可收即是純鈍何利之有廣而可略則非定廣略而可廣則非定略釋典之深於是乎在

敎指通局第十一典康世治而不出生死爲局近比王化而遠期出世爲通

問姬孔立敎可以安上治民移風易俗老莊談玄可以歸淳反素息尚無爲爲化足矣何假胡經又簪抽髮削毀容易姓可以化彼强夷不可施之中夏其猶車可陸運不可汎流船可水行不宜陸載佛經怪誕大而無徵怖以地獄則使怯者寒心誘以天堂則令愚者虛企豎說塵劫尚云不遥傍談沙界猶言未遠或說貧由慳至富藉施來貴因恭恪賤與侮慢慈仁不殺則壽命延長多殘掠漁獵則年算減夭尋討云云難相符允竊見好施不害貧而早終慳貪多殺富而長壽禪戒苦節

嬰羅疾患坑殘至廣封賞始隆信謂苦惱由惑而生爵禄因殺而得其猶種角生葦毋子乖張牛毛生蒲因果不類雖言業報無以愜心徒說將來何殊繫影未若陶甄稟於自然森羅均於獨化忽焉自有怳爾而無吉凶任運離合非我人死神滅其猶若燈膏明俱盡知何所至胡勞步驟於空談之際馳騁於無驗之中

答曰異哉子之所陳何其鄙也果以拘纒宿井封守一方故耳孟子曰人之所知未若人之所不知信矣吾當告子古之明大道者五變而形名可舉九變而賞罰可言所以方内階漸猶未可頓者也至於鈎七順時禁四民之暴三驅之禮顯王迹之仁可謂美矣未盡善也尋先生制作局云寰宇天分十二野極流沙地列九州西窮黒水談遺過去辨略未來事盡一生未論三世豈聖達之不知信嘉緣之未搆釋迦發窮源之眞唱演大哀之洪慈上極聖人下及蜫蟻等行不殺仁人之至也若乃道包眞俗義冠精靈移仁壽於菩提徙教義於權實使宗虛者悟空空之旨存有者進戒定之權於是慧光遐炤莊王因覩夜明靈液方津明帝以之神夢（春秋左傳曰魯莊公七年歲次甲午四月辛卯夜恒星不見星隕如雨即周之莊王十年也莊王別傳曰遂即易筮之云西域銅色人出也所以夜明非中夏之災也案佛經如來四月八日入胎二月八日生亦二月八日成道生及成佛皆放光明而云出世即成佛年也周以十一月爲正春秋四月即夏之二月也依天竺用正與夏同杜預用晉曆算辛卯二月五日也安共董奉忠用魯曆算即二月七日用前周曆算即二月八日也又依什法師年紀及石柱銘並與春秋符同如來周桓王五年歲次乙丑生桓王二十三年歲次癸未出家莊王十年歲在甲午成佛襄王十五年歲在甲申而滅度至今一千二百五年也）

良謂遂通資感悟涉藉緣運值百齡齊均萬劫於是秦景西使而摩騰東逝道暢皇漢之朝訓敷永平之祀物無爝螢人斯草偃始知放華猶昬而文宣未旭者也吾子初云其同而未識其異故知始之所同者非同未之所異者非異何則修淳道者務在反俗俗既可反道則可淳反俗之謨莫先剃洛而削髮毀容事存高素辭親革愛趣聖之方袪嗜欲於始心忘形骸於終果何眷戀乎三界豈留連於六道太伯文身斷髮匪是西夷范蠡易姓改名寧非東夏近讓千乘論語稱其至德遠辭九宅寧羅氏族之拘故阿含經曰四姓出家同一釋種莊子舟車之喻譬以古今猶禮有損益樂有相沿吾子何爲濫云國土唯聖化無方不以人天乖應妙化無外豈以華戎阻情是以一音演唱萬品齊悟豈以夷夏而爲隔哉維摩經曰佛以一音演說法衆生隨類各得解夫纖介之惡歷劫不亡毫釐之善永爲身用但禍福相乘不無倚伏得失相襲輕重冥傳福成則天堂自至罪積則地獄斯臻此乃必然之數無所容疑若造善於幽得報於顯世謂陰德人咸信矣造惡於顯得報於幽斯理盡然寧不信也易曰積善必有餘慶積惡必有餘殃而商臣肆惡乃獲長壽顔子庶幾而致早終伯牛含沖和而納疾盜跖抱凶悖而輕彊斯皆善惡無徵生茲網惑若無釋教則此塗永躓矣

經曰業有三報一者現報二者生報三者後報現報者善惡始於此身苦樂即此身受生報者次身便受後報者或二生或三生百千

萬生然後乃受受之無主必由於心心無定司必感於事緣有強弱故報有遲速故經曰譬如負債強者先牽此因果之賞罰三報之弘趣自非通才達識罕得其門世或有積善而得殃或有凶邪而致慶此皆現業未熟而前報已應故曰禎祥遇禍妖孽享福疑似之嫌於是乎在斯則顏子短壽運鍾在昔今之積德利在方將盜跖長年酬於往善今之肆惡衰在未來注曰楚穆王字商臣楚成王之太子世有殺父之愆謚之爲穆名實之差起於此矣此皆生後一報非現報也故經曰雜業故雜受如歌利王之刖羼提現被霹靂末利夫人供養須菩提見爲王后若斯之流皆現報也子云多殘爲富貴之因持戒爲患疾之本經有成通可得而言矣或有惡緣發善業多殺而致爵或有善緣發惡業多禪戒而獲病病從惡業而招豈修善而得貴從善業而興非坑殘所感故論曰是緣不定非受不定受定者言因不可變也其猶種稻得稻必不生麥麥雖不生不可陸種地爲緣也稻即因矣然因果浩博諒難詳究依經誠言略標二種一者生業二者受業俱行十善同得人身生業也貧富貴賤聰鈍短長受業也故施獲大富慳致貧窮忍得端正瞋招醜陋相當因果也唯業報理微通人尚昧思不能及邪見是興或說人死神滅更無來生斷見也或云聚散莫窮心神無間常見也或言吉凶苦樂皆天所爲他因外道或計諸法自然不由因得無因外道果以禍福之數交謝於六府苦樂之報迭代而行遂使遇之者非其所對乃謂名教之書

無宗於上善惡報應無徵於下若能覽三報以觀窮通之分則尼父不答仲由斷可知矣是故文子稱黃帝之言曰形有靡而神不化以不化乘其變無窮又嬴博之葬曰骨肉歸乎地而神氣不無之釋典曰識神無形假乘四蛇形無常主神無常家斯皆神馳六道之明證形盡一生之朗說未能信經希詳軒昊因茲而觀佛經所以越六典絕九流者豈不以踈神達要陶鑄靈府窮源盡化水鏡無垠者矣

依法除疑第十二　法有常楷人無定則若能依法則衆疑自除也

於是童子愀然而怒曰僕聞釋典沖深非名教所議玄風悠邈豈器象所該故染漬風流者脫形梏於始心研窮理味者蕩心塵於終慮抗志與夷皓齊蹤潔已與嚴鄭等迹忽榮譽去嗜欲然釋訓稍陵競爲奢侈上減父母之資下損妻孥之分齋會盡肴膳之甘塔寺極莊嚴之美罄私家之年儲費軍國之資實然諸沙門秀異者寡受茲重惠未能報德或墾植田圃與農夫等流或估貨求財與商民爭利或交託貴勝以自矜豪或占筭吉凶徇於名譽遂使澄源漸濁流浪轉渾僕所以致怪良在於斯覬欲清心佛法鑚仰餘風覩此悵然洗心無託先生憮然而笑曰余聞鱗介之物不達皐壤之事毛羽之族豈識流浪之形類異區分固其宜耳惟十性淵博含生等有二諦該深物我斯貫辨有也則九道森然談空也則萬像斯寂故般若曰色即薩婆若薩婆若即色然色是無知之頑質薩婆若諸

佛之靈照論有居然無別言無一而莫異極矣哉極矣哉老氏之虚無乃有外而張義釋師之法性乃即色而遊玄遊玄不礙於器象何緣假之可除即色而冥乎法性則境智而俱寂般若曰不壞假名而説諸法實相維摩曰但除其病而不除法信哉此道孰可逮乎故能拯溺俗於沉流拔幽根於重劫遠開三乘之津廣闢天人之路夫大士建行以檀度爲先標牓宗極以塔寺爲首施而有報匪成虚費惠而有德豈曰空爲且精微稍薄華侈漸興失在物懷何關聖慮故崇軒玉璽非堯舜之心翠居麗食豈釋迦之意今大周馭宇淳風遐被震道綱於六合布德綱於八荒川無扣浪之夫谷無含歎之士四民咸安其業百官各盡其分嘉穀秀於中田倉庫積而成

朽方將擊壤以頌太平鼓腹而觀盛化吾子何拘妄慮窮竭古人歎曰才之爲難信矣孔門三千並海内翹秀簡充四科數不盈十其中伯牛惡疾回也六極商也慳悋賜也貨殖求也聚斂由也凶頑而舉世推戴爲人倫之宗欽尚高軌爲搢紳之表百代慕其遺風千載仰其景行至於沙門苦相駮節蓋髮膚徽嗣世人之所重而沙門遺之如脱屣名位財色有情之所滯而沙門視之如秕穢斯乃忍人所不能忍去人所不能去可謂超世之津梁弘道之勝趣也録其脱俗之誠足消四事採其高尚之迹可報四恩況優於此者乎夫崑山多玉尚有礫沙浮水豐金寧無土石沙門之中禪禁寔多不無五三鈌於戒律正可以道廢人不應以人廢道子何覩此遂替釋

教故經曰依法不依人依智不依識不可見紂跖之蹤而忽堯孔之軌覽調達之迹而忘妙德之風今當爲子撮言其致三乘俱出生死而幽篤大有淺深九流咸明宇内沖曠寧無總別儒經曰夫孝德之本教之所由生也既云德本道高仁義之迹教之由生墳典因之以弘然則同歸而殊塗一致而百慮孝慈爲總子何惑焉儒之爲統子何疑焉於是童子莞然而悦曰夫栢梁之構與乃知茆茨之仄陋仰日月之彌高何丘陵之可窄覩眞筌之遼廓覺世訓之爲近尋二經之實談悟三張之詭妄佛生西域形儀罔覿教流東土得聽餘音然神蹤曠遠理乖稱謂因果寂遼信絕名言今以淺懷得聞高論銷疑散滯渙若春水始知釋典茫茫該羅二諦儒宗硌硌總括九流信侅常談無得而稱者矣僕誠不敏謹承嘉誨

廣弘明集卷第八

音釋

騶側留切麁御也　殲將廉切滅也　覘癡廉切窺視也　蠹當故切壞也　恂須倫切恂恂溫恭皃　亹無匪切亹亹不倦之意　㱿苦角切鳥卵也　狷姑泫切狂狷也　讜多朗切直言也　摭之石切拾也　槖籥槖他各切籥以灼切槖籥鞴囊也　悝枯回切　巇許羈切險也　勣則歷切功也　噏許及切與吸同猶呑也　𡨥苦侯切與寇同　憮罔甫切憮然怪愕之辭　秕穅秕卑委切不成粟也穅苦郎切穀皮也　仄阻力切仄陋卑隘也　硌盧各切硌硌石堅不相入皃　侅胡改切奇侅非常也

廣弘明集卷第九

唐終南山釋道宣撰

辨惑篇第二之五

笑道論九 其文廣抄取可笑者上中下共三十六條

臣鸞啓奉勑令詳佛道二教定其先後淺深同異臣不揆踈短謹具録以聞臣竊以佛之與道教迹不同出没隱顯變通亦異幽微妙密未易詳度且一往相對佛者以因緣爲宗道者以自然爲義自然者無爲而成因緣者積行乃證守本則事靜而理均違宗則意勃而教僞理均則始終若一教僞則無所不爲案老子五千文辭義俱偉諒可貴矣立身治國君民之道富焉所以道有符書猒詛之方佛禁怪力背哀之術彼此相形致使世人疑其邪正此豈大道自然虛寂無爲之意哉將以後人背本妄生穿鑿故也又道家方術以昇仙爲神因而誑惑偷潤目下昔徐福欺妄分國於夷冄文成五利妖僞於漢世三張詭惑於西梁孫恩播擾於東越此之巨蠹自古稱誣以之匡政政多邪僻以之導民民多詭惑驗其書典卷卷自違論其理義首尾無取昔行父之爲人也見有禮於其君者敬之如孝子之養父母見無禮於其君者惡之如鷹鸇之逐鳥雀宣尼云君子之事上也進思盡忠退思補過將順其美匡救其惡故上下能相親也春秋傳曰君所謂可而有否焉臣獻其可以去其否臣亦何人奉勑降問敢不實答其道德二卷可爲儒林之宗所疑紕繆者去其兩端請量刪定案五千文曰上士聞道勤而行之中士聞道若存若亡下士聞道大

笑之不笑不名爲道臣輒率下士之見爲笑道論三卷合三十六條三卷者笑其三洞之名三十六條者笑其經有三十六部戰汗上呈心寬失守謹啓

周天和五年二月十五日前司隸
母極縣開國伯臣甄鸞啓

笑道論卷上

造立天地一　年號差舛二
氣爲天人三　結土爲人四
五佛並出五　五練生尸六
觀音侍老七　佛西法陰八

笑道論卷中

日徑不同九　崑崙飛浮十
法道立官十一　稱南無佛十二
鳥迹前文十三　張騫取經十四
日月普集十五　太上尊貴十六
五穀命鑒十七　老子作佛十八
敕使瞿曇十九　事邪求道二十
邪氣亂政二十一

笑道論卷下

誡木枯死二十二
北方禮始二十三
害親求道二十四
延生年符二十五
椿與劫齊二十六
隨劫生死二十七
服丹金色二十八
改佛爲道二十九
偷佛因果三十
道經未出言出三十一

五億重天三十二
出入威儀三十三
道士奉佛三十四
道士合氣三十五
諸子道書三十六

造立天地第一

一太上老君造立天地初記稱老子以周幽王德衰欲西度關與尹喜期三年後於長安市青羊肝中相見老子乃生皇后腹中至期喜見有賣青羊肝者因訪見老子從母懷中起頭鬢皓首身長丈六戴天冠捉金杖將尹喜化胡隱首陽山紫雲覆之胡王疑妖鑊煑而不熱老君大瞋考殺胡王七子及國人一分並死胡王方伏令國人受化髠頭不妻受二百五十戒作吾形像香火禮拜老子遂變形左目爲日右目爲月頭爲崑崙山髮爲星宿骨爲龍肉爲獸腸爲蛇腹爲海指爲五嶽毛爲草木心爲華蓋乃至兩腎合爲眞要父母

臣鸞笑曰漢書云長安本名咸陽漢祖定天下將都雒邑因婁敬之諫乃歎曰朕當長安於此因爾名之周幽王未有何得老子預知長安與尹喜期乎又案三天正法混沌經云混沌之始清氣爲天濁氣爲地便有七曜萬像之形其來久矣豈有化胡之後老子方變爲日月山川之類乎若爾者是則幽王之前天地未生萬物云何道經有三皇五帝三王乎然則天地起自幽王矣又造天地記云崑崙山高四千八百里上有玉京山大羅山各高四千八百里三山合則高一萬四千四百

里又廣說品云天地相去萬萬五千里計紫微宮在五億重天之上是則高於崑崙山數百萬里而老君以心爲華蓋肝爲青帝宮脾爲紫微宮頭爲崑崙山不知老君何罪倒豎於地頭在下肝在上以顛倒故見亦倒乎以長安爲度關之年幽王爲開關之歲將以化物詎可承乎

二年號差舛者道德經序云老子以上皇元年丁夘下爲周師無極元年癸丑去周廣關臣笑曰古先帝王立年無號至漢武帝創起建元後王因之遂至今日上皇孟浪可笑之深又文始傳云老子從三皇已來代代爲國師化胡又云湯時爲錫壽子周初爲郭叔子旣爲國師應傳典籍何爲不述但列伊尹傳說呂望康郘之人乎而傳說者唯注老子爲柱下史道家注爲周師便是俗官如何史傳不說又上皇元年歲在丁夘計姬王一代七百餘年未聞上皇之號檢諸史傳皆云老子以景王時度關魯哀公十六年孔丘卒即周敬王時敬王即景王之子景王即幽王之後一十餘世此則孔老同時而化胡經乃云幽王之日度關不聞更返何得與孔子相見乎化胡又云爲周柱史七百年計周初至幽王止有三百餘年何得妄作然上皇之年道門詭號故靈寶云我於上皇元年半劫度人其時人壽萬八千歲如何超取半劫前號將來近世用乎一何可笑且上皇無極並是無識穿鑿作者欲神其術仍以年號加日冀有信者從之又云代代爲國師葛洪神仙序中具說前聖人旣出匡救爲先而夏桀陵虐塗炭

生民成湯武丁思賢若渴老子何以賢君不輔虐政不師修身養性自守而已期頤將及自知死至潛行西度獨爲尹說直令讀誦不覲授人身死關中墳隴見在秦佚弔之三號而出究前傳經後人妄論雖曰尊崇翻成辱道

三氣爲天人者太上三元品云上元一品天官元氣始凝三光開明青黃之氣置上元三宮第一宮名玄都元陽七寶紫微宮明則有青元始陽之氣總主上真自然王宮靈寶上皇諸天帝王上聖大神其宮皆五億五萬五千五百五十五億萬重青陽之氣其中神仙官僚人衆各有五億五萬乃至如上萬重皆結自然青元之氣而爲人也其九宮重數官僚人衆皆同紫微

臣笑曰三天正法經云天光未朗蔚積未澄七千餘劫玄景始分九氣存焉一氣相去九萬九千九百九十里青氣高澄濁混下降而九天真王元始天王生於九氣之中氣結而形焉便有九真之帝皆九天清氣凝成九字之位三元天人從氣而生在洞房宫玉童玉女各三千而侍以天爲父以氣爲母生於三元之君

又案靈寶罪報品云太上道君禮元始天尊問十善等法於是天尊命召神仙各說因緣恒沙得道已成如來其未成者亦如恒沙又文始傳云天堂對地獄善者升天惡者入地若如此說理則不然何者元始天王及太上道君諸天神人皆結自然清元之氣而化爲之本非修戒而成者也彼本不因持戒而成

者何得令我獨行善法而望得之乎
又案度人本行經云太上道君言我無量劫
度人無數元始天尊以我因緣之勳賜我太
上之號推此有疑如有無生成品云空爲萬
物母道爲萬物父此則先有於道乃有衆生
然此爲道之父非衆生所作道既如此衆生
何用修善而作乎又道生萬物生物之初是
則始也我既始生未有染習何得有六道四
生苦樂之别乎又不可也又云衆生神識本
來自有非道生者道既能生萬物神識豈非
物乎又不可也
四結土爲人者三天正法經云九氣既分九
眞天王乃至三元夫人三元之君太上道君
於是而形逮至皇帝始立生民結土爲像於
曠野三年能言各在一方故有傖秦夷羌五
情合德五法自然承上眞之氣而得爲人也
臣笑曰三元品善惡業對皆由一身又文始
傳云若婬盜不孝死入地獄受五苦八難後
生六畜邊夷之中推此而言乖違大甚且皇
帝土像之日經于三年上眞氣入乃能言語
此上清之氣與太上同源論先未有惡善何
爲入土像中即墮八難爲蠻夷乎此土爲像
先亦無因云何造作之後乃有中邊之别乎
又上眞之氣爲癡爲黠若其癡也不應入土
能言如其黠也應識五苦八難如何不樂善
樂而貪爲苦難乎推此諸條可笑之深也
五明五佛並興者文始傳云老子以上皇元
年下爲周師無極元年乘青牛薄板車度關
爲尹喜說五千文曰吾遊天地之間汝未得
道不可相隨當誦五千文萬遍耳當洞聽目

當洞視身能飛行六通四達期於成都喜依言獲之旣訪相見至罽賓檀特山中乃至王以水火燒沉老子乃坐蓮華中誦經如故王求哀悔過老子推尹喜爲師語王曰吾師號佛佛事無上道王從受化男女髡髮不娶於妻是無上道承佛威神委尹喜爲罽賓國佛號明光儒童

臣笑曰廣説品云始者國王聞天尊説法與妻子俱得須陀洹果清和國王聞之與羣臣造天尊所皆白日昇天王爲梵天之首號玄中法師其妻聞法同飛爲妙梵天王後生罽賓號憒陀力王殺害無道玄中法師須化度之乃化生李氏女之胎八十二年剖左腋生而白首經三月乘白鹿與尹喜西遊隱檀特三年憒陀力王獵見便燒沉老子不死王伏便剃髮改衣姓釋名法號沙門成果爲釋迦牟尼佛至漢世法流東秦又文始傳老子化胡推尹喜爲師而化胡消冰經云尹喜推老子爲師文始傳云吾師號佛佛事無上道又云無上道承佛威神委喜爲佛推此衆途師弟亂矣何名教之存乎又化胡消冰經皆言老子化罽賓身自爲佛廣説品憒陀力王老之妻也得道號釋迦牟尼佛即秦漢所流者玄妙篇云老子入關至天竺維衛國入於夫人清妙口中至後年四月八日剖左腋而生擧手曰天上天下唯我爲尊三界皆苦何可樂者尋罽賓一國乃有五佛俱出一是尹喜號儒童者二是老子化罽賓者三老子之妻憒陀王號釋迦者四老子在維衛作佛亦號釋迦五白淨王子悉達作佛復號釋迦案文

始傳云五百年一賢千年一聖今五佛並出不覺煩乎若言聖人能分身化物說經亦必多方何爲老化則多經唯二卷不變至於儒童尹喜憤陀佛經無聞於今但是白淨王子所說以此推之老喜爲佛虛妄可笑且老經祕說不許人聞前後相畨誠有遠意然老子能作佛止是一人道士不知奉佛惑之甚矣如父爲道人子爲道士豈以道人故而不認其父乎

六五練生尸者五練經云滅度者用色繒天子一匹公王一丈庶民五尺上金五兩而作一龍庶民用鐵五色石五枚以書玉文通夜露埋深三尺女青文曰九祖幽魂即出長夜入光明天供其廚飯三十二年還其故形而更生矣

臣笑曰三元品中天地水三宮九府九宮一百二十曹罪福功行考官書之無有差錯善者益壽惡者奪算豈有不因業行直用五尺繒而令九祖幽魂入光明天三十二年還故形耶不然之談於斯可見計五練之文出天地未分之前至今亦應用者則三十二年後穿塚而出耳目所知何爲犧皇已來不聞道士死屍九祖從地出者不然之狀又可笑也今郊野古塚亦有宂開焉非道士祖父更生之處乎亦可啓齒

七觀音侍道者有道士造老像二菩薩侍之一曰金剛藏二曰觀世音又道士服黃巾帔或以服帔通身被之偷佛僧袈裟法服之相其服黃帔乃是古賢之衣橫披加前兩帶者今悉削除學僧服像

臣笑曰案諸天内音八字文曰梵形落空九靈推前天真皇人解曰梵形者元始天尊於龍漢之世號也至赤明年號觀音矣又案蜀記云張陵避瘧丘社中得呪鬼之術自造符書以誑百姓爲大蛇所吞弟子恥之云白日昇天陵子衡爲係師衡子魯爲嗣師以祖妖法惑亂天下漢書云劉焉以魯爲督義司馬遂殺漢中太守蘇固便得漢中鬼道化人時傳黃衣當王魯遂令其部衆改著黃衣巾帔代漢之徵自爾至今黃服不絶像服沙門良可悲也且立身之本忠孝爲先子像父侍天地不立觀音極位大士老子不及大賢而令祖父立侍子孫是不孝也又龔張魯逆人之服是不忠也既挾不忠不孝何足踵焉

八佛生西陰者老子序云陰陽之道化成萬物道生於東爲木陽也佛生於西爲金陰也道父佛母道天佛地道生佛死道因佛緣並一陰一陽不相離也佛者道之所生大乘守善道者自然無所從生佛會大坐法地方也道會小坐法天圓也道人不兵者乃是陰氣女人像也故不加兵役道作兵者可知道人見天子王侯不拜像女人深宫不干政也道士見天子守令拜者以干政爲臣僚也道會飲酒者無過也佛會不飲以女人飲酒犯七出也道會不齋以主生生須食也佛會持齋以主死死不食又以女人節食也道人獨卧以女人等守一也道士聚宿故無制也

臣笑曰文始傳云道生東木男也佛生西金女也今以五行推之則金能刻木木以金爲官鬼金以木爲妻財推此則佛是道之官鬼

道是佛之妻財也又云道生佛者理則不然陰陽五行豈有生金之木故知道不生佛道人大坐以是道之官府道士小坐以上逼於官也道人不兵租者以本王種故免也道士庶賤兵租是常道經若此若免兵租便違道教又靈寶大誡云道士不飲酒不干貴如何故違犯大誡乎後之紜紜全無指的又云道士以齋爲死法故不齋者何不飽食終日養此形骸而與絶粒服氣以求長生之術乎卒不見之終爲捕影之論矣又云道人獨卧道士聚宿據此合氣黄書不亦妄乎

笑道論卷中

九日月周徑者文始傳云天去地四十萬九千里日月直度各三千里周迴六千里天地午子相去九千萬萬里卯酉西隅亦令轉形濟苦經云崑崙山高一萬五千里

臣笑曰依濟苦經云天地相去萬萬五千里與前文始全所不同文始傳云日月周圍六千里徑三千里據法則圍九千里如何但止六千耶又天圓地方道家恒述今四隅與方等量則天地俱圓矣化胡云佛法上限止極三十三天不及道之八十一天上也又云崑崙山九重重相去九千里山有四面面有一天故四九三十六天第一重帝釋居之今計崑崙山高一萬五千里而有九重重高九千則高八萬一千而言萬五千者何太乖角大可笑也

十崑崙飛浮者文始傳云萬萬億萬萬歲一大水崑崙飛浮爾時飛仙迎取天王及善民安之山上復萬萬億萬萬歲大火起爾時聖

人飛迎天王及人安于山上
臣笑曰濟苦經云天地劫燒洞然空蕩清氣爲天濁氣爲地乃使巨靈胡亥造立山川日月如前崑崙山飛浮容可迎人安山之上若天地洞然山爲火焚義不獨立如何迎取王人安山上乎又度人妙經云五億重天之上大羅之天有玉京山災所不及計太上慈愍何不迎之以在玉京乎若看死不迎是不慈也若不能迎是欺詐也又度人本行經云道言我隨劫生死然太上道君居大羅之上災火不及猶云隨劫生死自餘飛仙如何迎取天王善人安于山上令免死者深大愚騃又可笑也

十一法道天置官者五符經云中黃道君曰天生萬物人爲貴也人身包含天地無所不法立天子置三公九卿二十七大夫八十一元士九州百二十郡千二百縣也膽爲天子大道君脾爲皇后心爲太尉左腎爲司徒右腎爲司空封八神及臍爲九卿珠樓神十二胃神十二三焦神三合爲二十七大夫四肢神爲八十一元士合之百二十以法郡數也又肺爲尚書府肝爲蘭臺府
臣笑曰檢道經州縣之名文似近代所出古縣大而郡小見于春秋及周書洛誥今反以郡大於縣是則非春秋已前道經乎誣罔迷謬不可觀而可笑也

十二稱南無佛者化胡經云老子化胡王不受其教老子曰王若不信吾南入天竺教化諸國其道大興自此已南無尊於佛者胡王猶不信受曰若南化天竺吾當稽首稱南無

佛又流沙塞有加夷國常爲劫盜胡王患之使男子守塞常憂因號男爲優婆塞女子又畏加夷所掠兼憂其夫爲夷所困乃因號優婆夷

臣笑曰梵言南無此言歸命亦云救我梵言優婆塞此言善信男也優婆夷者云善信女也若以老子言佛出於南便云南無佛者若出於西方可云西無佛乎若言男子守塞可名憂塞女子憂夫恐夷可名爲憂夷未知婆者復可憂其祖毋乎如此依字釋詁醜拙困辱大可笑也

十三鳥迹前文者洞神三皇經稱西域仙人曰皇文者乃是三皇已前鳥迹之始文章也又云三皇者則三洞之尊神大有之祖氣天皇主氣地皇王神人皇主生三合成德萬物化生

臣笑曰南極眞人問事品稱靈寶眞文三十六卷在玉京山玄臺玉室眞文大字滿中天地淪没萬成萬壞眞文獨明此之眞文即三洞文也三皇即三洞之尊神必不在三洞之後爾時未有鳥獸何得云三皇已前鳥迹之始文也若以伏犧爲三皇者案淮南子云皇帝使倉頡覩鳥迹造文字此則止在皇帝之時何得云三皇已前鳥文之始乎

十四張騫取經者化胡經曰迦葉菩薩云如來滅後五百歲吾來東遊以道授韓平子白日昇天又二百年以道授張陵又二百年以道授建平子又二百年以道授干室爾後漢末陵遲不奉吾道至漢明永平七年甲子歲星晝現西方夜明帝夢神人長一丈六尺項

有日光旦問羣臣傅毅曰西方胡王太子成道佛號明帝即遣張騫等窮河源經三十六國至舍衛佛已涅槃寫經六十萬五千言至永平十八年乃還

臣笑曰漢書云張陵者後漢順帝時人客學於蜀入鵠鳴山爲蛇所呑計順帝乃是明帝七世之孫理不在明帝之前百餘年也

又云明帝遣張騫尋河源者此亦妄作按漢書張騫爲前漢武帝尋河源云何後漢明帝復遣尋耶不知騫是何長壽仙乎代代受使一何苦哉又可笑其妄引也

十五日月普集者諸天内音第三宗飄天八字文曰澤落覺菩臺緑大羅千天眞皇人解曰澤者天中山名衆龍所窟落覺者道君之内名菩臺者眞人之隱號玉臺處澤山之陽三萬日月明其左右羅漢月夫人大劫旣交諸天日月會玉臺之下大千世界之分天下改易大千洞然

臣笑曰濟苦經云乾坤洞然之後乃使巨靈胡亥造山川玄中造日月昆山南三十兆里復有昆山如是次第有千昆山名小千界復有千小千名中千界復有千中千名一大千世界計大千世界中有百億日月又經云大劫旣交天地改易日月星辰無有存者若其普集則百億俱來何爲但三萬而至若餘不集者爲是災所不及爲是本界闕少若必少者地上凡人尚蒙日月之照天上福勝如何獨無照乎又日月之下乃是欲界下人不名大羅上界災所不及今所不來者理在然乎將知造此經者唯聞大千之名迷於日月之

數故其然哉

十六太上尊貴者文始傳稱老子與尹喜遊天上入九重白門天帝見老便拜老命喜與天帝相禮老子曰太上尊貴尅日引見太上在玉京山七寶宫出諸天上寂寂冥冥清遠矣

臣笑曰神仙傳云吴郡沈羲白日登仙四百年後還家說云初上天時欲見天帝天帝尊貴不可見遂先見太上在正殿坐男女侍立數百人如此狀明則知太上劣於天帝矣言太上尊貴治在衆天之上者妄也今據九天生神章太上住在玄都宫也其玉清宫在玄都之上何重宫復在玉清之上便高玄都兩重矣而老子云太上治在衆天之上者何謬如斯

十七五穀爲刳命之鑿者化胡經云三皇修道人皆不死上古之時天生甘露地生醴泉食飲長生中古世來天生五氣地出五味食之延年下古世薄天生風雨地養百獸人捕食之吾傷此際故嘗百穀以食兆民於是三皇各奉粟五斗爲信求世世子孫不絕五穀生神州

臣笑曰五符經云三仙王告皇帝曰人所以壽老者不食五穀故也大有經曰五穀刳命鑿臭五藏命促縮此粮入腹無希久壽汝欲不死腸中無屎五府經云黄精者三陽之氣上入太清之宫食之甘美又長生也未解老子何不嘗此而嘗五穀腐人之腸乎又三皇者皆神人也何以不令子孫王於長生之國而以五斗之穀請子孫王於神州求刳命腐

腸之短壽乎又可笑也
十八老子作佛者玄妙内篇云老子入關往維衛國入清妙夫人口中後剖左腋生行七步曰天上天下唯我爲尊於是乃有佛法
臣笑曰化胡經云老子化罽賓一切奉佛老曰却後百年兜率天上更有眞佛託生舍衛白淨王宫吾於爾時亦遣尹喜下生從佛號曰阿難造十二部經老子去後百年舍衛國王果生太子六年苦行成道號佛字釋迦文四十九年欲入涅槃老子復見於世號迦葉在雙樹間爲諸大衆咨請如來三十六問訖佛便涅槃迦葉菩薩焚燒佛屍收取舍利分國造塔阿育王又起八萬四千塔即以事推老子本不作佛若作佛者豈可老還自燒老屍而起塔耶且可一笑且老子諸經多云作佛或作國師豈可天下國師與佛必待伯陽乎度人化俗要須李耳耶若云佛不能作要須道者從始氣已來獨一老子不許餘人悟大道而爲國師耶是則老爲自伐惟我能也然佛經人人修行皆得佛果道經不述唯一老君如何佛教如此之弘道經如斯之隘乎且妄言虚述首尾無據蜀記張陵被蛇噉注而白日昇天漢書劉安伏鉞乃言長生不死道家誣老子作佛詎可怪哉
又造天地經云西化胡王老子變形而去左目爲日右目爲月案玄妙經云老子乘日精入清妙口中是則老子乘一目之精而入口也計大道洞神何所不在乃要憑一精而入胎乎若必藉精精依於首若乘頭入者兩眼俱來今乃乘一眼而入便成偏見之大道乎

亦可笑也

十九勑瞿曇遣使者老子化胡歌曰我在舍衞時約勑瞿曇身汝共摩訶薩齎經來東秦歷洛神州界迫至東海間廣宣世尊法教授聾俗人與子威神法化道滿千年年滿時當還慎莫戀東秦無令天帝怒太上蹋地瞋

臣笑曰案瞿曇者即釋迦也化胡經云周莊本初三年太歲丙辰白淨王子既得正覺號佛釋迦老子見其去世恐人懈怠復下多羅聚落號曰迦葉親近於佛焚屍取骨起塔分布若如上文釋迦未生不得預遣瞿曇往東土也如其已生成佛者中間無容得受迦葉之約勑充千年之使乎豈有菩薩親侍於佛而勑佛爲使乎

又周莊一政止有一十五年元年乙酉全無丙辰本初之號何謬如斯足令掩耳亦使太上蹋地而瞋乎

二十以酒脯事邪求道者度人妙經稱三界魔王各有歌辭誦之百遍名度南宮千遍魔王保迎萬遍飛昇天空過三界登仙公又玄中精經道士受戒符籙置五嶽位設酒再拜

臣笑曰觀身大戒云道學不得祠祀鬼神及向禮拜既是欲界魔王未度諸有焉能誦通百遍度南宮耶

又案三張之法春秋二分祭社祠竈冬夏兩至同俗祠祀兵符社契軍將吏兵都無誠勸之文此之神社爲神爲道若是神者道士不拜如其道也不設酒脯豈有口誦魔言身行禮祭求出三界諒可悲夫

二十一佛邪亂政者化胡經云佛興胡域西

方金氣剛而無禮神州之士効其儀法起立浮圖處處專尚佛經背本趣末言辭迂蕩不合妙法飾彫經像以誑王臣致天下水旱兵革相伐不過十年災變普出五星失度山河崩竭王化不平皆由佛亂帝主不事宗廟庶人不享其先所以神祇道氣不可復理

臣笑曰智慧罪根品云元始天尊曰我於上皇元年半劫度人延命萬八千年我去後人心頹壞淫祀邪神殺生禱祈更相殘害自取夭傷壽無定年以此推之淫祀邪神萬神歡喜氣與道合應獲福利云何命促壽無定年又漢明已前佛法未行道氣隆盛何乃兵戈屢作水旱相尋雨血山崩飢荒荐集更有桀紂炮烙生靈自明帝後佛法行來五百餘年寧有妖災虐政甚於前者以今驗古誰有誑欺事彰竹帛不可掩也鸞乃庸踈頗尋兩教道法謙退行偽以顯佛真佛法澄正存理而開物性若不如此通道則可笑殺人

二十二樹木聞戒枯死者老子百八十戒重律云吾戒大重向樹說之則枯向畜說之則死

又靈寶經云玄素之道古人修之延年益壽今人修之消年損命又道士受三五將軍禁猒之法有怨憎者癲狂殞命

又度國王品東方開明招真神身著黑衣有赤文足廣百步頭拄天主食邪魔口容山朝食五百暮噉三千十十五五合衣吞

臣笑曰三元大戒云天尊說十戒十善等法無量人得道戒云不得懷惡心聞戒不信生謗生謗皆得罪今樹木無情不慮獲罪起謗

何須戒之令枯若必枯死此則有知若有知者聞法應悟然無此理何用斯言公知令人修則損命災毒已行大道寬容檢而不檢致令殃延後代而不收録之耶又案三張之術畏鬼科曰左佩太極章右佩昆吾鐵指日則停空擬鬼千里血又造黄神越章殺鬼朱章殺人或爲塗炭齋者黄土泥面驢輾泥中懸頭著柱打拍使熟自晉義熙中道士王公期除打拍法而陸修靜猶以黄土泥額反縛懸頭如此淫祀衆望同笑又案漢婕妤帝疑其詛對曰若鬼神有知不受無理之詛如其無知請之何益故不爲此以事推測常人之智尚識達之況鬼有靈聰明正直而受愚猷者未之有也今觀其文詞義無取有同俗巫解奏之曲何期大道若此容而不非乎將不耽嗜糟汁湎淫終歳以理推誠豈得爾耶

笑道論卷下

二十三起禮北方爲始者依十戒十四持身經云北方禮一拜北方爲始東向而周十方想見太上眞形

臣笑曰文始傳云老子與尹喜遊天上喜欲見太上老曰太上在大羅天玉京山極幽遠可遥禮闕遂不見而還以此推之玄都玉京太上所住今在上方何不以上爲首而浪禮北方耶然道生東陽也何不從東方爲始佛生西陰也北亦陰也前已鄙之今復尊重而前禮乎又罪根品云太上道君同陽舘中稽首禮元始天尊問十善等法此戒乃天尊所説何以不禮天尊而想見太上乎捨本逐末誰之咎也

二十四害親求道者老子消冰經云老子語尹喜曰若求學道先去五情一父母二妻子三情色四財寶五官爵若除者與吾西行喜情銳因斷七人首持來老笑曰吾試子心不可爲事所殺非親乃禽獸耳伏視七頭爲七寶七尸爲七禽喜疑反家七親皆存又造立天地記云老子化胡胡王不伏老子打殺胡王七子國人一分

臣笑曰三元誡云道學不得懷挾惡心不孝父母不愛妻子計喜所殺父母如知是幻何得懷疑反視如其實心依誡懷惡已犯重罪何況斬二親之首乎又胡王不伏殺其七子亦以甚矣又殺國人一分何斯不仁之深乎若作法於後代則令求道者皆殺二親妻子矣又不可以一王不伏而濫誅半國之人乎進退二三可笑怪也

二十五延生符者三元品云紫微宫有延生符爪書八方則八氣應之便成人毀符以燒者人隨煙化爲氣其文四萬劫一出

臣笑曰文始傳云萬萬億億歲一大水崑崙飛浮有仙飛迎大王善人安之山上乃至前萬萬歲天地混沌如雞子黄名曰一劫按大水之日天人不死不應迎之山上又濟苦經云乾坤洞然之後潰然空蕩計一劫之時人物不存其延生符四萬劫乃出豈可四萬劫中絶無天人幽幽冥冥何其遠也又萬萬止是一億億止是一兆止言一億兆年而云萬萬億億者蓋新學造經不知數之大小耳

二十六椿與劫齊者洞玄東方青帝頌曰九五不常居天地有傾危大劫終一椿百六乘

運迴
臣笑曰大水既漂崑崙飛浮後有大火金鐵融地無草乃至萬萬億歲天地如雞子黃總名一劫然椿是世木以世火燒之則灰值劫火便絕而言大劫齊椿者一何謬歟亦可笑矣
二十七隨劫生死者如度命妙經云大劫交周天崩地淪欲界滅無太平道經佛法華大小品周遊上下十八天中在色界内至大劫交其文乃没其玉清上道三洞神經眞文玉字出於元始在二十八天無色界上大羅玉京山玄臺災所不及故自然之文與運同生同滅能奉之七祖生天轉輪聖王代代不絕
臣笑曰度人本行經云道言自元始開光已來赤明元年經九千餘億劫度一恒沙衆生爾後至上皇元年度人無量我隨劫生死世世不絕恒與靈寶同出經久劫終九氣改運託胎洪氏積三千餘年至赤明開通歲在甲子誕於扶力蓋天復與靈寶同出度人元始天尊以我因緣賜我太上之號在玄都玉京以此推之眞文在玉京之山災所不及而云自然之文與運同生同滅同生同滅豈非災也又云我與靈寶同時出没又云我隨劫生死計靈寶運滅太上隨亡而云長生不死此爲妄也又玉京在衆天之上災所不及理合可疑一切形色無有存者玉京玉臺斯爲色界色界非常玉京豈存又赤明甲子之號殊同河漢之實矣
二十八服丹成金色者神仙金液經云金液還丹太上所服而神今燒水銀還復爲丹服

之得仙白日昇天求仙不得此道徒自苦耳燒丹成水銀燒水銀成丹故曰還丹昔韓終服之面作金色又佛身黄金色者蓋道法驗也令身内外剛堅如金故號佛金剛身也

臣笑曰文始傳云太上老子太一元君此三聖亦可爲一身金液經云太一者唯有中黄丈夫及太一君此二仙人主也飲金液昇天爲天神調陰陽矣尋韓終未服金液止是常人既服昇天即老君是也而老君爲太上萬真之主何所不能而乃須服金液後調陰陽乎又太一大神成者多少調陰陽者復須幾人若言服者皆得何其多耶又丹與水銀遍地皆有火燒成丹作之不難何爲道士不服白日昇天爲天仙之主而辛苦叩齒虚過一生良可哀哉若不服者明知爲丹所悞故捕影之談耳又云佛身金色由丹所成此乃不須行因一任丹得邪見之重可爲悲矣

二十九偷改佛經爲道經者如妙真偈云假使聲聞衆其數如恒沙盡思共度量不能測道智

臣笑曰此乃改法華佛智爲道智耳自餘並同諸文非一昔有問道士顧歡歡答靈寶妙經天文大字出於自然本非法華乃是羅什妄與僧肇改我道經爲法華也且靈寶偷於法華可誑東夏法華之異靈寶不殊西域今譯人所出不爽經文以此推之故知偷改爲靈寶且佛經博約詞義宏深千卷百部無重文者不同老經自無别計倚傍佛經開張卷部且五千之文全無及佛佛之八藏亦不論

道自餘後作皆竊佛經後自明之不廣其類是以古來賢達諷誦佛經至今流傳代代不絕道法必勝何不誦持舉國統括誦道誰是是故知非可爲准的

三十偷佛經因果者度王品云天尊告純陀王曰得道聖衆至恒沙如來者莫不從凡積行而得也十仙者無數亦有一興而致一仙位復有積劫而登由功高則一舉功畢則十昇有十階級從歡喜至法雲相好具足於是諸王聞說即得四果又度身品尼乹子於天尊所聞法獲須陀洹果又文始傳老子在罽賓彈指諸天王羅漢五通飛天俱至遣尹喜爲師得道菩薩爲老子作頌

臣笑曰佛之與道教迹不同變通有異道以自然爲宗佛以因緣爲義自然者無爲而成因緣者積行乃證是以小乘列四果之梯大乘有十等之位從凡入聖具有經論未知道家所引四果十仙名與佛同修行因緣未見其說然道家所修吸氣沖天飲水證道聞法飛空餌草尸解行業既殊證果理異且說天有五重或三千六千或八十一天或六十大梵或三十六天或三十三天或五億五萬餘天或九眞天王九氣天君四方氣君三元三天九宮天曹玉清太有玄都紫微三皇太極諸如此類理有所緣豈有虛張自取矯異請說此天爲重爲橫爲虛爲實服何丹草而獲此天脫所未詳則徒爲虛指更來可笑矣

三十一道經未出言出者案玄都道士所上經目取宋人陸修靜所撰者目云上清經一百八十六卷一百一十七卷已行始清已下

四十部六十九卷未行於世檢今經目並云見存乃至洞玄經一十五卷猶隱天宮今檢其目並注見在

臣笑曰修靜宋明帝時人太始七年因勑而上經目既云隱在天宮爾來一百餘年不聞天人下降不見道士上昇不知此經從何至此昔文成書以飯牛詐言王母之命而黄庭元陽以道換佛張陵創造靈寶吳赤烏時始出上清起於葛玄宋齊之間乃行鮑靜造三皇事露而被誅文成書飯牛致戮於漢世今之學者又踵其術又可悲乎漢書張魯祖父陵桓帝時造符書以惑衆受道者出米五斗俗謂米賊陵傳子衡衡傳子魯號曰三師三人之妻為三夫人皆云白日昇天初受道名鬼卒後號祭酒妖鄙之甚穿鑿濫行皆此例矣

三十二五億重天者文始傳云天有五億五萬五千五百五十五重地亦如之厚一萬里四角有金柱金軸方圓三千六百里神風持之以四海為地脉天地山川河漢通氣風雲皆從山出

臣笑曰三天正法經云天光未明七千餘劫玄景始分九氣存焉九眞天王元始天王禀自然之胤置九天之號上中下眞眞為一元元有三天上元宮即太上大道君所治計一天相去九萬九千九百九十里則九天相去七十九萬九千九百二十里一里有三百步一步有六尺則有一十四億三千九百八十五萬六千尺以五億重天分之則天天相去二尺豈有厚萬里之地上載二尺之天乎文

始傳云老子引四天王大衆皆身長丈六短者丈二計人大而天小何以自容常卧不起愕然大怪

三十三道士出入儀式玄中經說道士執簡者用金玉廣一寸長五寸五分執之爲況中古王執朝師君下古金玉隱執雜木長九寸名爲手簡執以去慢誡於道士若入王宮聚落人室在舍外十步著巾帔執簡而入勿有側背出舍外脫巾帔著素服行勿自顯損道法若入俗家整威儀執簡坐勿使俗怪道士行百里外執杖巾帔香爐銅鑵鉢盂出家之具自隨威儀具足得十種功德

臣笑曰自然經云道士巾褐帔法褐長三丈六尺三百六十寸法年三十六旬年有三百六十日一身兩角角各有六條兩袖袖各六條合二十四條法二十四氣二帶法陰陽中兩角法兩儀乃至冠法蓮華巾也自然經旣有科律何以不依乃法張魯黃巾之服違律而無識也

三十四道士奉佛者化胡經云願將優曇華願燒栴檀香供養千佛身稽首禮定光又云佛生何以晚泥洹何以早不見釋迦文心中大懊惱又大戒云道學當念遊大梵流景宮禮佛

臣笑曰敷齋經天尊令右玄眞人曰釋迦文以轉輪生死法化世使天老右玄眞人以仙度之道不死之大法又老子序云道主生佛主死道忌穢佛不忌道屬陽生忌穢佛則反之據此清濁天分死生大判何爲不念清虛大道而願生死穢惡佛乎故昔殷太宰問孔

子聖人孔答三皇五帝三王及丘俱不聖也西方之人有聖者焉故知孔子以佛爲聖不以道爲聖也化胡經云天下大術佛術第一昇玄云吾師化遊天竺符子曰老氏之師名釋迦文此道齊經又云稱仙梵天稱佛隱文外國讀經多是梵天道士所好梵即佛也此即學佛久矣由稱梵也

又靈寶三十二天大梵隱語天各八字誦之萬遍即飛行七祖同昇南宮此又道士學佛之證也然道士止知學梵亦不知梵是何佛愚而信之亦應有福不知可笑以不

三十五道士合氣法眞人内朝律云眞人日禮男女至朔望日先齋三日入私房詣師所立功德陰陽並進日夜六時此諸猥雜不可聞說

又道律云行氣以次不得任意排醜近好抄截越次又玄子曰不鬲戾得度世不嫉妬世可度陰陽合乘龍去云云

臣笑曰臣年二十之時好道術就觀學先教臣黃書合氣三五七九男女交接之道四目兩舌正對行道在於丹田有行者度厄延年教夫易婦唯色爲初父兄立前不知羞恥自稱中氣眞術今道士常行此法以之求道有所未詳

三十六諸子爲道書者玄都經目云道經傳記符圖論六千三百六十三卷二千四十卷有本須紙四萬五十四張其一千一百餘卷經傳符圖其八百八十四卷諸子論其四千三百二十三卷陸修靜錄有其數目及本並未得

臣笑曰道士所上經目陸修靜目中見有經書藥方符圖止有一千二百二十八卷本無雜書諸子之名而道士今列二千餘卷者乃取漢藝文志目八百八十四卷爲道之經論據如此狀理有可疑何者至如韓子孟子淮南之徒並不言道事又有八老黄白之方陶朱變化之術翻天倒地之符辟兵殺鬼之法及藥方呪猒得爲道書者可須引來未知連山歸藏易林太玄皇帝金匱太公六韜何以不在道書之例乎修靜目中本無諸子今乃乘安不知何據且去年七月中道士所上經目止注諸子三百五十卷爲道經今云八百餘卷何以前後不同又人之有惡唯恐人知已之有善慮人不見故道士自書云不受道戒者不得讀道經即如此狀恐人知其醜乎若以諸子爲道書者人中諸子悉須追取何得遺之且道士引例我老子道德本是諸子今尊爲經流例相附有何過歟若爾則知老子黄子諸子之流如何得與儒流七經而相抗乎斑固先六經後二篇序道爲中上賢類斯實録矣

又陶朱者即范蠡也旣事越王勾踐君臣囚吳石室嘗糞飲尿亦以甚矣今尊崇其術不亦昧乎又蠡子被戮於齊何爲不行父術變化而自免乎

又造天地經老子託幽王皇后腹即幽王之子也身爲柱史即幽王之臣也化胡經云老子在漢爲東方朔若審爾者幽王爲犬戎所殺豈可不授君父與神符令不死乎

又漢武窮兵疲役中國天下户口至減太半

老子爲方朔者何忍不與辟兵辟穀之符猒人呪鬼之方以護漢國乎眼看流弊若此無心取救將非欺誑之謬乎又統收道經目録乃有六千餘卷覈論見本止有二千四十卷餘者虛指未出將非鉛墨未備致經本未成乎自餘孟浪紛綸無足更廣

廣弘明集卷第九

音釋

鸇之然切鶻也傖仕衡切吳謂中州人曰傖又吳人罵楚人曰傖帔披僞切裠帔也帊匹嫁切與帕同剞苦胡切剖也鉞王伐切大斧也荐才線切再也婕妤婕即涉切妤以諸切婕妤婦官名湎彌典切溺也鬲古伯切與隔同蠡里弟切鉛與專切黑錫也

廣弘明集卷第十

唐終南山釋道宣撰

辨惑篇第二之六

周祖廢二教已更立通道觀詔十

周祖平齊召僧叙廢立抗拒事十一

周祖巡鄴除殄佛法任道林請開佛法事十二

周天元立王明廣上事對衛元嵩十三

周祖廢二教已更立通道觀詔十

周武帝宇文邕

武帝猜忌黑衣受法黄老欲留道法擯滅佛宗僉議攸同咸遵釋教帝置情日久殊非本圖會道安法師上二教論無聞道法意彌不伏無桼理通衆口義難獨留遂二教倶除憤發於内外未逾經月下詔曰至道弘深混成無際體包空有理極幽玄但岐路既分流源逾遠淳離樸散形器斯乖遂使三墨八儒朱紫交競九流七略異說相騰道隱小成其來久矣不有會歸爭驅靡定自今可立通道觀聖哲微言先賢典訓金科王篆祕賾玄文所以濟養黎元扶成教義者並宜弘闡一以貫之俾夫翫培塿者識嵩岱之隆崛守磧礰者悟渤澥之泓澄不亦可乎所司量置員數俸力務異恒式主者施行

于時負置百二十人監護吏力各有差並選擇李門人有名當世者著衣冠笏履名通道觀學士有前沙門京兆樊普曠者憿悖譎詭調笑動人帝頗重之召入通道雖被抑退常剪髮留鬚帝問何事去留曠曰臣學陛下二

教雖除猶存通道鬚爲俗飾故留髮非俗教故遣帝曰俗有留髮上加以冠何言非教曠曰無髮之士豈是教乎臣預除之加冠何損帝笑之自爾常淨剃髮著冠纓領人有問者曰我患熱也云云

周祖平齊召僧叙廢立抗拒事

沙門慧遠

周武帝以齊承光二年春東平高氏召前修大德並赴殿集帝昇御座序廢立義云朕受天命寧一區宇世弘三教其風逾遠考定至理多愆陶化今並廢之然其六經儒教之弘政術禮義忠孝於世有宜故須存立且自眞佛無像遥敬表心佛經廣歎崇建圖塔壯麗修造致福極多此實無情何能恩惠愚人嚮信傾竭珍財徒爲引費故須除蕩故凡是經像皆毀滅之父母恩重沙門不敬悖逆之甚國法不容並退還家用崇孝始朕意如此諸大德謂理何如于時沙門大統等五百餘人咸以王威震赫決諫難從關內已除義非孤立衆各默然下敕催答並相顧無色俛首垂淚有慧遠法師聲名光價乃自惟曰佛法之寄四衆是依豈以杜言謂能通理遂出對曰陛下統臨大域得一居尊隨俗致詞憲章三教詔云眞佛無像誠如天旨但耳目生靈賴經聞佛藉像表眞今若廢之無以興敬帝曰虛空眞佛咸自知之未假經像遠曰漢明已前經像未至此土含生何故不知虛空眞佛帝時無答遠曰若不藉經教自知有法者三皇已前未有文字人應自知五常等法當時諸人何爲但識其母不識其父同於禽獸帝

又無答遠曰若以形像無情事之無福故須廢者國家七廟之像豈是有情而妄相遵事帝不答此難乃云佛經外國之法此國不須廢而不用七廟上代所立朕亦不以爲是將同廢之遠曰若以外國之經非此用者仲尼所說出自魯國秦晉之地亦應廢而不行又以七廟爲非將欲廢者則是不尊祖考祖考不尊則昭穆失序昭穆失序則五經無用前存儒教其義安在若爾則三教同廢將何治國帝曰魯邦之與秦晉封域乃殊莫非王者一化故不類佛經七廟之難帝無以通遠曰若以秦魯同遵一化經教通行者震旦之與天竺國界雖殊莫不同在閻浮四海之內輪王一化何不同遵佛經而今獨廢帝又無答遠曰詔云退僧還家崇孝養者孔經亦云立身行道以顯父母即是孝行何必還家帝曰父母恩重交資色養棄親向踈未成至孝遠曰若如來言陛下左右皆有二親何不放之乃使長役五年不見父母帝曰朕亦依番上下得歸侍奉遠曰佛亦聽僧冬夏隨緣修道春秋歸家侍養故目連乞食餉母如來擔棺臨葬此理大通未可獨廢帝又無答遠抗聲曰陛下今恃王力自在破滅三寶是邪見人阿鼻地獄不簡貴賤陛下何得不怖帝勃然作色大怒直視於遠曰但令百姓得樂朕亦不辭地獄諸苦遠曰陛下以邪法化人現種苦業當共陛下同趣阿鼻何處有樂可得帝理屈言前所圖意盛更無所答但云僧等且還有司錄取論僧姓字帝已行虐三年關隴佛法誅除略盡既克齊境還准毀之爾時魏

齊東川佛法崇盛見成寺廟出四十千並賜王公充爲第宅五衆釋門減三百萬皆復軍民還歸編户融刮佛像焚燒經教三寶福財簿録入官登即賞賜分散蕩盡帝以爲得志於天下也未盈一年癘氣内蒸身瘡外發惡相已顯無悔可措遂隱於雲陽宫纔經七日尋爾傾崩天元嗣曆於東西二京立陟岵寺置菩薩僧用開佛化不久帝崩國運移革至隋高祖方始大通如後所顯近見大唐吏部尚書唐臨冥報記云外祖隋左僕射齊公親見文帝問死者還活人云初死見周武帝云爲我相聞大隋天子昔與我共食倉庫玉帛亦我儲之我今爲滅佛法極受大苦可爲我作功德也文帝出勑普及天下人出一錢爲之追福焉

周高祖巡鄴除殄佛法有前僧任道林上表請開佛法事十二

周建德六年十一月四日上臨鄴宫新殿内史宇文昂上士李德林收上書人表于時任道林以表上之上士覽表曰君二教也聖主機辯特難酬荅可思審之對曰主上鋒辯名流十方林亦早聞矣正以聞辯故來得辯無爽云云乃引入上階御座西立詔曰御既上事助匡治政朕甚嘉尚可條别目申勿廣詞費林乃上安撫齊餘省減賦役事帝備納之又曰林原誓弘佛道向且專論俗政似欲謟附宫义其實天心護法自釋氏弘訓權應無方智力高奇廣宣正法救兹五濁特抜三有人中天上六道四生莫不皈依迴向受其開悟自漢至今踰五百載王公卿士遵奉傳通

及至大周頓令廢絶陛下治襲前王化承後帝何容偏於佛教獨不師古如其非善先賢久滅如言有益陛下可行廢佛之義臣所未曉詔曰佛生西域寄傳東夏原其風教殊乖中國漢魏晉世似有若無五胡亂治風化方盛朕非五胡心無敬事旣非正教所以廢之奏曰佛教東傳時過七代劉淵篡晉元非中夏以非正朔稱爲五胡其漢魏晉世佛化已弘宋趙符燕久習崇盛陛下耻同五胡盛修佛法請如漢魏不絶其宗詔曰佛義雖廣朕亦甞覽言多虛大語好浮奢罪則喜推過去無福則指未來事者無徵行之多惑論其勸善未殊古禮研其斷惡何異俗律昔甞爲廢所以暫學決知非益所以除之奏曰理深語大非近情所測時遠事深寧小機欲辨豈以一世之局見而拒久遠之通議封迷忽悟不亦過乎是以佛理極於法界教體通於外內談行自他俱益辨果常樂無爲樹德恩隆天地授道廣利無邊見奇則神通自在布化則萬國同歸救度則怨親等濟慈愛則有識無傷戒除外惡定止內心非慧照古今智窮萬物若家家行此則民無不治國國修行之則兵戈無用今雖不行何處求益因重奏曰臣聞孝者至天之道順者極地之養所以通神明光四海百行之本孰先此孝昔世道將傾魏室崩壞太祖奮威補天夷難創啓王業陛下因斯鴻緒遂登皇極君臨四海德加天下追惟莫大終身無報何有信己心智執固自解倚恃爪牙任從王力殘壞太祖所立寺廟毀破太祖所事靈像休廢太祖所奉法教退

落太祖所敬師尊且父母牀几尚不敢損虧況父之親事輒能輕壞國祚延促弗由於佛政治興毀何關於法豈信一時之慮招萬世之譏愚臣冒死特爲不可詔曰孝道之義寧非至極若專守執惟利一身是使大智權方反常合道湯武伐主仁智不非尾生守信禍至身滅事若有益假違要行儻非合理雖順必剪不可護已一名今四海懷惑外乖太祖內潤黔元令沙門還俗省侍父母成天下之孝各各自活不惱他人使率土獲利捨戎從夏六合同一即是揚名萬代以顯太祖即孝之終也何得言非奏曰若言壞佛有益毀僧益民昔太祖康日玄鑒萬理智括千途必佛法損化即尋除蕩寧肯積年奉敬興遍天下又佛法存日損處是何自破已來成何利潤若實無益寧非不孝詔曰法興有時道亦難准制由上行王者作則縱有小利尚須休廢況佛無益理不可容何者敬事無徵招感無効自救無聊何能益國自廢已來民役稍希租調年增兵師日盛東平齊國西之妖戎國安民樂豈非有益若事有益太祖存日屢嘗討齊何不見獲朕壞佛法若是違害亦可亡身既平東夏明知有益廢之合理義無更與奏曰自國立政唯貴於道制化養民寧高於德止見道消國喪未有兵強作久是以虐紂恃衆禍傾帝業周武修德福集皇基夫差驕戰遂至滅身勾踐以道危而更安以此論之何關壞佛退僧方平東夏直是毀佛當此託定之時偶然斯會妄謂壞法有益若爾湯伐有夏文王滅崇武王誅紂秦并天下亦漢滅

項此等諸君豈由壞佛自後交論譏毀人法或以抗禮君親或謂妄稱佛性或譏辯析色心或重見作非業或指身本陰陽林皆隨難消解帝雖構難重疊三番五番窮理盡性林則無疑不遣有難斯通帝曰卿言業不乖理凡有入聖之期性非業外道有通凡之趣此則道無不在凡聖該通是則教無孔釋虛崇如是之言形通道俗徒加剃翦之飾是知帝王即是如來宜停丈六王公即是菩薩省事文殊耆年可爲上座不用賔頭仁惠眞爲檀度豈假棄國和平第一精僧寧勞布薩貞謹即成木叉何必受戒儉約實是少欲無假頭陀蔬食至好長齋豈煩斷穀放生妙同無我何藉解空忘功全過大乘寧希般若文武直是二智不觀空有權謀終成巧便豈待變化加官眞爲授記無謝證果爵祿交獲天堂何待上界罰戮見感地獄不指泥犂以民爲子可謂大慈四海爲家即同法界治政以理何異匡救安樂百姓寧殊拔苦翦罰殘害理是降魔君臨天下眞成得道汪汪何殊於淨土濟濟豈謝於迦維卿懷異見妄生偏執即事而言何處非道奏曰伏承聖旨義博言深融道混俗移專散執乃令觸處乘眞有情俱道物我咸適千徒齊一羨則美矣愚臣尚疑若使至道唯一則無二可融若理恒外內則自可常別若一而非一則半是半非二而無二則乍道乍俗是則緇素錯亂儒釋失序外內交雜上下參倫何直遠沉清化亦是近惑氓俗是以陰陽同氣生殺恒殊天地齊形高卑當異不可以其俱形而使地動天靜或者見

其並氣而令陰生陽殺即事永無此理虛言難可成用所以形齊氣一可得言同生殺高卑義無不別故使同而不同一而不一道俗之理有齊無與無爲自別又若王名雖一凡聖天殊形事微同寬狹全異是故儒釋與無始俱與道俗共天地同化若欲泯之爲一正可以道廢俗如其俱益於世則兩理幽顯齊明今則與一廢一眞成不可詔曰卿言道俗天殊全乖内外亦可道應自道無預於俗釋應自釋莫依儒生道若唯道道何所利佛若獨佛化有何功故道俗相資儒釋更顯卿不因朕言卿欲何論是以内外抑揚廢興彼此今國法不行王法所斷廢興在數常理無違義無常興廢有何咎奏曰仰承聖旨如披雲覩日伏聽勑訓實如聖説道不自道非俗不顯佛不自佛唯王能興是以釋教東傳時經五百弘通法化要依王力是知道藉人弘神由物感佛之成毀功歸聖旨道有興廢義無恒久法有隱顯理難常存比來已廢義無即行休斷既久興期次及興廢更迭理自應機並從世運不亦宜乎詔曰帝王之法善決取捨明斷去就審鑒同異妙察非常朕於釋教以潛思於府内校量於今古驗之以行事算之以得失理非常而不要文高奇而無用非無端而棄廢何愛憎於儒釋奏曰弘法之本必留心於達人通化之首要存志於正道勿見忤已以惡者懷之以跡隔容已以美者歡心以親近是則自惑於所見自亂於所聞不可數聞有謗正之言遂便信納從唱而和乘生是非尋討愆短日懷憎薄是則以僞移眞

衆聲惑志故令當踈者更進之當親者更遠之遂使談論偏駁取捨専非斯乃害真之禍患喪懷之妖累於是帝不答乃更開異途以發論端問曰朕聞君子舉厝必合於禮明哲動止要應於機比頻賜卿食言不飲酒食肉且酒是和神之藥肉爲充肌之膳古今同味卿何獨鄙若身居喪服禮制不食即如今賜自可得食可食不食豈非過耶奏曰貪財喜色貞夫所鄙好膳嗜美廉士所惡割情從道前賢所歎抑欲崇德往哲同嗟況肉由殺命酒能亂神不食是理寧可爲非詔曰肉由害命斷之且然酒不損生何爲頓制若使無損計罪無過言非飲漿食飯亦應得罪而實不爾酒何偏斷奏曰結戒隨事得罪據心肉體因害食之即罪酒性非損過由弊神餘處生過過生由酒斷酒即除過所以遮制不同非謂酒體是罪詔曰罪有遮性酒體生罪今有耐酒之人能飲不醉又不弊神亦不生罪此人飲酒應不得罪斯則能飲無過不能招咎何關斷酒以成戒善可謂能飲耐酒常名持戒少飲即醉是大罪人奏曰制過防非本爲生善戒是正善身口無違緣中止息遮性兩斷乃名戒善今耐酒之人既不亂神未破餘戒實理非罪正以飲生罪酒外違遮教緣中生犯仍名有罪以乖不飲猶非持戒詔曰大士懷道要由妙解至人高達貴其不執融心與法性齊寬肆意共虚空同量萬物無不是善美惡何有非道是則居酒卧肉之中寧能有罪帶婦懷兒而遊豈言生過故使太子以取婦得道周陀以捨妻沉淪淨名以處俗高

達身子以出家愚執是故善者未可成善惡者何足言惡禁酒斷肉之奇殊乖大道奏曰龍虎以銛牙爲能猨鳥以超翔爲才君子以解行爲道賢哲以眞實成德故使內外稱奇緇素高尚若唯解而無行同沙井之非潤專虛而不實似空雲而無雨是以匠萬物者以繩墨爲正御天下者以法理爲本故能善防邪萌防察姦宄故使一行之失痛於割肌一言之善重於千金若使心根妙解則居惡爲善神智虛明處罪成福亦可移臣賤質居天重任迴聖極尊處臣卑下是則君臣雜亂上下倒錯即事不可古今未有何異詞談忠孝身恒叛逆語論慈捨形常殺盜口閑百技觸事無能言通萬里足不出戶斯皆情切事奢虛高無用是以才有大而無用理有小而必

適執此爲道誠難取信詔曰執情者未可論道小智者難與談眞是以井坎之魚寧知東海深廣鷃雀籬翔詎羨鵬鳳之遊斯皆固小以違大趣守文以害通途若以我我於物無物而非我以物物於我無我而非物我既不異於物物復焉異於我我物兩亡自他齊一虛心者是物無不同遺功者無事而不可奏曰仰承聖旨名義深博宗源浩汗究察莫由事等窺天誰測其廣又同測海寧識其深若以小小於大無大而不小以大大於小無小而非大大無不小則秋毫非小小無不大則太山非大大故使大大非大小小小非小大是則小大異於同大小同於異無大小之異同何小大之同異方知非異可異同寧有同可同異無同可同異非異同無異可異同

無同異是故無同而同非同無異而異非異何同異而可異同非異同而可同異帝遂不答於是君臣寂然不言良久詔乃問卿何寂漠乃欲散有歸無勿以談不適懷遂息清辯奏曰古人當言而懼發言而憂是以古有不言之君世傳忘功之士所以息言表知非為不適詔曰至人無為未曾不為知者不言未曾不言亦有鸚鵡言而無用鳳凰不言成軌木有無任得存鴈有不鳴致死卿今取捨若為自適又曰士有一言而知人有目擊而道存亦有覩色審情復有聽言辨德朕與卿言為日既久其間旨趣寧不略委卿可為朕記録在所伸陳令諸世人知朕意焉是則助朕何愧忠誠

林以佛法淪陷冐死申請帝情較執不遂所論辨論雖明終非本意承長安廢教後別立通道觀其所學者唯是老莊好設虛談通伸三教冀因義勢登明釋部乃表鄴城義學沙門十人並聰敏高明者請預通道觀上覽表即曰卿入通道觀大好學無不有至論補已大為利益仍設食訖曰卿可裝束入關衆人前却至五月一日至長安延壽殿奉見二十四日帝往雲陽宮至六月一日帝崩天元登祚在同州至九月十三日長宗伯岐公奏訖帝允許之曰佛理弘大道極幽微興施有則法須研究如此累奏恐有稽違奏曰臣本申事止為興法數啓殷勤惟願早行今聖上允可議曹奏決上下含和定無異趣一日頒行天下稱慶臣何敢言至大成元年正月十五日詔曰弘建玄風三寶尊重特宜修敬法化

弘廣理可歸崇其舊沙門中德行清高者七人在正武殿西安置行道二月二十六日改元大象又𠡠佛法弘大千古共崇豈有沉隱捨而不行自今已後王公已下并及黎庶並宜修事知朕意焉即於其日殿嚴尊像具修虔敬于時佛道二衆各詮一大德令昇法座歎揚妙典遂使人懷無畏伸吐微言佛理汪洋沖深莫測道宗漂泊清淺可知挫銳席中王公嗟賞至四月二十八日下詔曰佛義幽深神奇弘大必廣開化儀通其修行崇奉之徒依經自檢導道之人勿須翦髮毀形以乖大道宜可存鬚髮嚴服以進高趣今選舊沙門中懿德貞潔學業沖博名實灼然聲望可嘉者一百二十人在陟岵寺爲國行道擬欲供給資須四事無乏其民間禪誦一無有礙唯京師及洛陽各立一寺自餘州郡猶未通許周大象元年五月二十八日任道林法師在同州衛道虔宅修述其事呈上內史沛公宇文澤親覽小內史臨涇公宇文弘披讀掌禮上士拓跋行恭委壽都上士叱冠臣審覆

周天元立有上事者對衛元嵩十三

前僧王明廣大象元年二月二十七日王明廣答衛元嵩上破佛法事鄴城故趙武帝白馬寺佛圖澄孫弟子王明廣誠惶誠恐死罪

上書

廣言爲益州野安寺僞道人衛元嵩既鋒辯天逸抑是飾非請廢佛圖滅壞僧法此乃偏辭惑上先主難明大國信之諫言不納普天私論兆庶怪望是誠哉不便莫過斯甚廣學非幼敏才謝生知嘗覽一志之言頗讀多方

之論訪求百氏復審六經驗考萬言全不符會嗚呼佛法由來久矣所悲今日枉見陵遲夫諂諛苟免其身者國之賊也直言不避重誅者國之福也敬憑斯義敢死投誠件對元嵩六條如左伏惟天元皇帝開四明達四聰暫降天威微迴聖慮一垂聽覽恩罰之科伏待刑憲謹上

臣廣謹對詩云無德不報無言不酬雖則庸愚聞諸先達至道絕於心慮大德出於名聲君子不出浮言諸佛必爲篤論去迷破執開導羣冥天人師敬由來久矣善言教物凡聖歸仁甘露蘭芝誰其見德縱使堯稱至道不見金夢平陽舜號無爲尚隔瑞光蒲坂悲夫虛生易死正法難聞淳勝之風頗違諂曲之言難用若使齊梁坐與佛法國祚不隆唐虞豈爲業於僧坊皇宗絕嗣人飢菜色詎聞梁史浮天水害著自堯年全道何必唐虞之邦民壞豈止齊梁之域至如義行豐國寶殿爲起非勞禮廢窮年土階處之爲逸故傅毅云世人稱美神農親耕堯舜茅茨蓋依周之言非先王之道也齊梁塔寺自開福德之因豈責交報之祐故曾子曰人之好善福雖未至去禍遠矣人之爲惡禍雖未至去福遠矣抱朴子曰賢不必壽愚不必殘善無近福惡無交禍焉責斯近驗而遠棄大徵者乎今古推移質文代變治國濟俗義貴適時悲夫恐唐虞之勝風言是不獨是齊梁之末法言非不獨非

臣廣又對詩云有覺德行四國順之造化自然豈關人事六天勸請萬國皈依七處八會

之堂何量豈止千僧之寺不有大賢誰其致敬不有大聖誰其戾止涅槃經云不奪他人財常施惠一切造招提僧房則生不動國詩經既顯庶事有由不合佛心是何誣罔寺稱平延嵩乃妄論佛立伽藍何名曲見斯乃校量過分與奪乖儀執行何異布鼓而笑雷門對天庭而誇蟻穴勸以夫妻爲聖衆苟恣婚婬言國主是如來冀崇諂諛清謙之士如此異乎何別魏陵之覓交龍勸楚王奪子之妻宰嚭求於近利爲吳主解蒼蒼之夢心知不順口說美詞彼信邪言由斯滅國元嵩必爲過罪僧官驅擯忿羞恥辱謗首因生覆巢破寺恐理不伸扇動帝心名尊爲佛曲取一人之意埋没三寶之田凡百聞知孰不歎惜有佛法來永久無際天居地止所在遵崇前帝後王誰不重異獨何此國賤而者哉昔卞和困楚孔子厄陳方今擬古恐招嗤論

臣廣又對佛爲慈父調御天人初中後善利安一切自潛神雙樹地動十方髮授四天軀分八國涅槃經云造像若佛塔猶如大拇指常生歡喜心則生不動國明知資父事師自闕古典東脩發起孔教誡論臣有衞嵩橫加非難入堂不禮豈勝不言昔唐堯則天之治天有逸水之災周置宗廟之禮廟無降雨之力如謂塔無交福以過則歸亦可天廟虛求例應停棄若以理推寘運瘠天廟之恩亦可數窮命也豈堂塔而能救設使費公縮地魯子迴天不柰必死之人豈續已休之命命而不定福也能排義異向論必須慈祐至如遍吉像前病癩歸之得愈祇洹精舍平服殘患

之人濟苦禳災事多非一更酬餘難不復廣論若夫道不獨偏德無不在千途一致何止內心至若輸伽之建寶塔百鬼助以日功雀離之起浮圖四天扶其夜力大矣哉感天地動鬼神外修無福是何言也此若課貧抑作民或嗟勞義出包容能施忘倦若必元由塔寺敗國窮民今既廢僧貧應卒富儉困城市更甚昔年可由佛之者也鬼非如敬謂之爲諂拜求社樹何惑良多若言社樹爲鬼所依資奉而非咎亦可殿塔爲佛住持修營必應如法若言佛在虛空不處泥木亦應鬼神冥寂豈在樹中夫順理濟物聖教尤開非義饒益經言不許頗有天宮佛塔撤作橋屏之牆繡像旛經用衣臐血之服天下日日飢窮百姓年年憔悴鬼神小聖尚或叵欺諸佛大靈何容可負詩云浩浩昊天不駿其德降喪飢饉此之謂也更別往代功臣今時健將干戈討定清息遐方生乃偏受榮勳朱門紫室死則多使民夫樹廟興墳祭死殺生崇虛損實有勞無益初未涉言況釋迦如來道被三千化隆百億前瞻無礙後望誰勝能降外道之師善伏天魔之黨不用寸兵靡勞尺刃五光遍照無苦不消四辯橫流怨家安樂爲將爲帥名高位大寺存廟立義有何妨土龍不能致雨尚遵之以求福泥佛縱使不語敬者豈得無徵昔馬卿慕藺孔父夢周故人重古敬遵舊德況三世諸佛風化理同就使彌勒初興不應頓棄釋迦遺法

臣廣又對今無行富僧從課有理有德貧僧奪寺無辜至如管蔡不臣未可姬宗悉戮卜

商鄙悟詎可孔徒頓貶牧馬童兒先去亂羣之馬放牛豎子由寵護羣之牛莊子曰道無不在契之者通適得怪焉未合至道唯此而已至如釋迦周孔堯舜老莊發致雖殊宗歸一也豈得結繩之世孤稱正治剃髮之僧獨名權道局執之情甚矣齊物之解安寄老子曰上士聞道勤而行之中士聞道若存若亡下士聞道大笑毀之元嵩既是佛法下士偷形法服不識荆珍謬量和寶醜詞出自僞口不遜費於筆端若使關西之地少有人物不然之書誰肯信也廣嘗見逃山越海之客東夷北狄之民昔者慕善而來今以破法流散可謂好利不愛士民則有離亡之咎矣然外國財貨未聞不用外國師訓獨見不祗天下怪望事在於此廣旣志誠在念忠信爲心理自可言早望申奏但先皇別解可用嵩言已往難追遂事不諫三年久矣三思乃言有一可從乞尋改革

臣廣又對竊以山包蘭艾海蘊龍蛇美惡雜流賢愚亂處若龍蛇俱寵則無別是非若蘭艾並挫誰明得失若必存留有德簡去不肖一則有潤家風二則不惑羣品三則天無譴善之譏四則民德歸厚矣我大周應千載之期當萬機之位述禮明樂合地平天武烈文昭翼眞明俗賢僧國器不弊姚氏之兵聖衆歸往豈獨龜茲之陣或有慈悲外接聰辯內明開發大乘舟航黎庶或有禪林戢翼定水游鱗固守浮囊堅持忍鎧或有改形換服苟異常人婬縱無端還同愚俗元嵩乞簡差當有理夫天地至功有時動靜日月延縮猶或

短長今莊老之學人間罕遇若使合國共行必應違式者罪何以得知現見時人受行儒教克己復禮觸事多違禮云餚乾不食未見與肉而求菜者乎爵盈不飲未見危滿而不勸者禮極飲不過三爵未見酣酒而不醉者天子不合圍諸侯不掩羣庶民不麛卵廣既少染玄門不閑掩圍之事舉目盡見麛卵之民復云何彼不合禮不罷儒服者乎夫化由道洽政以禮成榮辱所示君子刑罰所御小人類野耘田之法禾莠須分條桑杋樹豈當盡杌

臣廣又對忠臣孝子義有多塗何必躬耕租丁爲上禮云小孝用力中孝用勞大孝不匱沙門之爲孝也上順諸佛中報四恩下爲含識三者不匱大孝一也是故詩云愷悌君子求福不回若必六經不用反信浮言正道廢虧竊爲不願若迺事親以力僅稱小孝租丁奉上黍是庸民施僧敬像俱然合理以嵩向背矛盾自妨上言慢人敬石名作癡僧敬像還成愚俗婬妻愛子畜生亦解詠懷尅念何其陋哉孝經云身體髮膚受之父母不敢毀傷孝之始也立身行道揚名於後世以顯父母孝之終也若言沙門出家即涉背親之譏亦可曾參事於孔丘便爲不孝之子夫以道相發聞之聖典東脩合禮僧有何愆老子曰四象不行大象無以暢五音不聲大聲無以至若欲永滅二乘亦可大乘無以暢元嵩若志明出家不悔志若不明悔何必是昔丁公入漢先獲至戮之殘馬毋叛姜自招覆水之逝是驗敗國之師不任忠臣之用逭夫之婦

終失貞淑之名嵩本歸命釋迦可言善始歆
道還俗非是令終與彼孌女亂臣計將何別
天無長惡何久全身背眞向俗取返何殊
請簡僧立寺者廣聞金玉異珍在人共寶玄
儒別義遐邇同遵豈必孔生自國便欲師從
佛處遠邦有心捐棄不勝事切輒陳愚亮是
非之理不敢自專昔孔丘詞逝廟千載之規
模釋迦言往寺萬代之靈塔欲使見形剋念
面像歸心敬師忠主其義一也至如丁蘭束
帶孝事木母之形無盡解瓔奉承多寶佛塔
眇尋曠古邈想清塵既種成林於理不越又
案禮經天子七廟諸侯五廟大夫卿士各有
階級故天曰神祭天於圓丘地曰祇祭地於
方澤人曰鬼祭之於宗廟龍鬼降雨之勞牛
畜挽犂之効猶或立形村邑樹像城門豈況

天上天下三界大師此方他方四生慈父威
德爲百億所尊風化爲萬靈之範故善人迴
向若羣流之歸溟壑大光攝受如兩曜之伴
衆星自月支遺影那竭灰身舍利遍流祇洹
遂造乃賢乃聖憑兹景福或尊或貴冀此獲
安忽使七層九架頹龕墜構四戶八窻可無
於失道不令而治形教隨時損益至理不言
而得經像自可令行通人達士隨方顯用翼
眞明俗聖感應時若待太公爲卿相千載無
太公要得羅什爲師訓萬代無羅什法不自
顯弘必由人豈使大周法輪永滅聖上六條
御物九德自明曲理莫施直言必用昔秦始
皇發孔丘墓禍鍾三日魏太武滅僧伽藍災
起七年崔皓之說可知衞嵩之言難用仁者
不損他自利智者不樂禍邀名元嵩天喪無

祐只然一罷人身當生何處廣識謝指南言慚信正此如不對恐傷衆善夫恕人之短者厚之行也念存物德者仁之智也今僧美惡假令相半豈宜驅擯一切不留普天失望率土嗟傷愚謂此塗未光周德何爲敬儒士以顯尊重賤釋子以快其意賤金貴石有何異乎計王道蕩蕩豈理應然土以負水而平木以受繩故直明君納諫不諱達士好聞其非智不輕怒下愚之見得申仁不輕絕三寶之田頓立天無不覆地載寬勝山包海納何所不容十室之內必有忠信一國之裏可無賢僧伏惟天元皇帝舉德納賢招英簡俊去繁就省州存一寺山林石窟隨便聽居有舍利者還令起塔其寺題名周中興寺使樂慧之士抑揚以開導志寂之侶息言以求通內外兼益公私無損即是道俗幸甚玄儒快志隆周之帝葉重百王大象之君光於四海天高聽遠輕舉庸言氣悖竜浮以生冒死乞降雷電之威布其風雨之德謹上二月二十七日納言韓長鸞受書內史上大夫歸昌公宇文譯內史大夫拓跋行恭等問廣曰佛圖澄者乃三百年人觀卿不過三十遠稱上聖弟子不乃謬乎廣答曰其或繼周者雖百世亦可知先師雖復三百許年論時不過十世何足可惑譯曰元嵩所上曲見伽藍害民損國卿今勸立有何意見廣答曰桀紂失國殷士歸周亡國破家不由佛法內外典籍道俗明文自古及今不可停棄是故請立

譯又問齊君高偉豈不立佛法國破家亡摧殘若此廣答曰齊君失國有兩義不由佛法

一則曆數有窮開闢已來天下未見不亡之國二則寵罰失忠君子惡居下流是以歸周不由佛法譯又問經者胡書幻妄何得引爲口實廣又答曰公謂佛經爲妄廣亦謂孔教不眞

譯又問曰卿據何爲驗言孔教不眞廣答曰莊周有孔子之行古往事同已陳芻狗猶使百代歌其遺風千載詠而不絶遍尋諸子未見一人名佛幻妄矣

譯又問丁蘭木母卿引不類何者昔人蹪頓木母木母爲之血出高祖破寺已來泥佛石像何箇出血廣答曰昔夏立九鼎以鎭九州一州不靜則一鼎沸九州不靜則九鼎都沸比來見二國交兵四方擾動不見一鼎有沸今日殿前尚依古立鼎獨偏責泥木石像不出血即便停棄三月一日勑賜飲食預坐北宮食訖駕發還京皇帝出北宮南門與上書人等面辭受拜拜訖内史拓跋行恭宣勑旨日月雖明猶假衆星輔曜明王至聖亦尚臣下匡救朕以闇德卿等各獻忠謀深可嘉尚文書旣廣卒未尋究即當披覽別有檢校卿等並宜好住至四月八日内史上大夫宇文譯宣勑旨佛教興來多歷年代論其至理實自難明但以世漸澆浮不依佛教致使清淨之法變成濁穢高祖武皇帝所以廢而不立正爲如此朕今情存至道思弘善法方欲簡擇練行恭修此理令形服不改德行仍存敬設道場敬行善法王公已下並宜知委

廣弘明集卷第十

音釋

培塿（培薄口切塿郎斗切培塿小阜也）磧礰（磧七迹切礰郎擊切磧礰水中沙石渚也）渤澥（渤蒲沒切澥下買切渤澥海之別名）憉悖（憉步行切悖許庚切憉悖自強也）譎（古穴切譎詭詐也）擯（必刃切擯斥也）嗤（赤脂切笑也）餚（胡交切凡非穀而食曰餚）逭（胡玩切逃也）杒（都勞切木名）嬖（甲義切賤而獲卒也）邈（莫角切遠也）悸（其季切動也）拓（他各切）

廣弘明集卷第十一

唐 西 明 寺 釋 道宣 撰

辯惑篇第二之七

唐上廢省佛僧表

廢省佛僧箴附前表彈

破邪論并序

唐上廢省佛僧表并箴附

太史令朝散大夫臣傅奕上減省寺塔廢僧尼事十有一條

臣奕言臣聞羲農軒項治合李老之風彈曰詩云上以風化下下以諷刺上老子在周爲守書藏吏如令秘書官也本非天子有何風化令羲農上帝與之合治虞夏湯姬政符周孔之教彈曰周公孔子竝是國臣上述虞夏之教下化澆薄之民亦非人王不得自爲教主豈令虞夏四君卻符周孔之教耶雖可聖有先後道德不別君有沿革治術尚同竊聞八十老父擊壤而歌十五少童鼓腹爲樂耕皆讓畔路不拾遺孝子承家忠臣滿國然國君有難則徇命以報讎彈曰既國竝忠臣何得有難田常六卿之徒不應起逆也父母有痾則終身以側侍豈非曾參閔子之友庠序成林墨翟耿恭之儔相來羽翊彈曰二十九代止一曾參漢高已前獨推閔子成林之言無實羽翊之奏本虛事太過矣乃有守道含德無欲無求彈曰州吁叔段不能守道夏桀殷紂唯事貪求寵辱若驚職參朝位彈曰潘崇羿浞未肯若驚季氏陽貨亦居朝位荆山鼎上攀附昇龍緱氏壇邊相從駕鶴瑤池王母之使具禮來朝碧海無夷之神周行謁帝所以然者當此之時共遵李孔之教彈曰黃帝昇龍蓋是三皇之世瑤池王母復是周穆之時計此李老未出之前孔丘無名之日不應返遵老教卻習孔書者也而無胡佛故也彈曰汝既稱無佛亦不得有道自漢明夜寢金人入夢傅毅對詔辯曰胡神彈曰周世不來傳毅豈知有佛量已先來早有傅氏得知先祖言佛汝反稱無五逆重殃自貽永劫也後漢中原

未之有信彈曰虛辭太過魏晉夷虜信者一分彈曰禮樂衣冠晉朝始備汝既謗言夷虜中夏是誰矣笮融託佛齋而起逆逃竄江東呂光假征胡而叛君峙立西土彈曰時人嫉融謗云結聚呂光征還符主國破遂居河右覇在涼州亦不內僧叛居西土也降斯已後妖胡滋盛太半雜華箴曰慈悲所熏出于末劫惡世有緣得度正在於斯搢紳門裏翻受禿丁邪戒儒士學中倒說妖胡浪語箴曰搢紳遵忍辱之服儒士貴金口之談曲類蛙歌聽之喪本臭同鮑肆過者失香彈曰發汝蛙聲揚汝鮑肆聽之必知喪本過者寧不失香仰面唾天自受其辱斯言信矣兼復廣置伽藍壯麗非一箴曰造生天之業種脫苦之因勞役工匠獨坐泥胡箴曰爭運身手儀像聖尊也撞華夏之洪鍾集蕃僧之僞衆箴曰鳴百練之神鍾召三千之聖衆動淳民之耳目索營私之貨賄箴曰感信心之耳目發貪癡之貨賄也女工羅綺剪作淫祀之旛巧匠金銀散雕舍利之塚箴曰女工羅綺造續命之旛巧匠金銀起碎身之塔也秔粱麵米橫設僧尼之會香油蠟燭枉照胡神之堂箴曰秔粱米麵爭陳福田之會香油蠟燭永照慈悲之堂剥削民財割截國貯朝廷貴臣曾不一悟良可痛哉彈曰朝廷稽古捨俗歸眞崇敬釋門不同邪見伏惟陛下定天門之開闔更新寶位通萬物之屯否再育黔黎布李老無爲之風而民自化執孔丘愛敬之禮而天下孝慈且佛之經教妄說罪福箴曰原教所由示人斷惡之門開人行善之路軍民逃役剃髮隱中不事二親專行十惡箴曰捨二親之恩愛修十善之仁風忍其小違以成大順也已歲月不除姦僞逾甚臣閱覽書契爰自庖犧至於漢高二十九代四百餘君但聞郊祀上帝彈曰圓丘南郊不免殺牲豈如佛戒不殺爲先校量是非斷可知矣官治民察未見寺堂銅像建社寧邦請胡佛邪教退還天竺箴曰緣感則興事濟便息來往應物隱顯隨時凡是沙門放歸桑梓令逃課之黨普樂輸租避役之曹恒忻効力

刎度小秃長揖國家彈曰昔嚴子陵不拜天子趙元叔長揖司空典籍稱其美也況沙門是出世福田釋氏爲物外高士欲令拜謁違損處深理不可也自足忠臣宿衛宗廟則大唐廓定作造化之主百姓無事爲羲皇之民彈曰造化之世人不輸租羲皇之民鼓腹而臥聖明在上豈信崔皓姜斌之詞者臣奕誠惶誠恐彈曰事君盡忠言而有信聞奏不實罪有所敗誣罔國家終須伏紉豈誠惶誠恐能了者矣謹上益國利民事十有一條如左謹言彈曰如汝所奏損國害民事不可也

武德四年六月二十一日

上秦王論啓

沙門法琳等啓琳聞情切者其聲必哀理正者其言必直是以窮子念達其言勞人願歌其事何者竊見大業末年天下喪亂二儀黲黷四海沸騰波震塵飛丘焚原燎五馬絕浮江之路七重有平壘之歌烽燧時警羽檄競馳闍塞多虞刁斗不息道消德亂運盡數窮轉輸寔繁頭會箕斂積屍如莽流血爲川人不聊生物亦勞止控告無所投骸莫從百姓苦其倒懸萬國困其無主豈圖法輪絕響正教陵夷聖上與弔俗之心百姓順昊天之命爰舉義旗平一區宇當時道俗蒙賴華戎胥悦於是叶天地而通八風測陰陽而調四序和邦國序人倫功蓋補天神侔立極降雲雨而生育開日月以照臨發之以聲明紀之以文物恩霑行葦施洽蟲魚方欲重述九疇再敷五教興石渠之學布庠序之風遠紹軒羲近同文景功業永隆不知手之舞之足之蹈之者矣竊見傅奕所上之事披覽未遍五內分崩尋讀始周六情破裂嗚呼邪言惑正魔辯逼眞猶未足聞諸下愚況欲上干天聽但

奕職居時要物望所知何容不近人情無辜起惡然其文言淺陋事理不詳辱先王之典謨傷人倫之風軌何者夫人不言言必有中夫子曰一言合理則天下歸之一事乖常則妻子背叛觀奕所上之事括其大都窮其始末乃罔冒闕庭處多毀辱聖人甚切如奕此意本欲因兹自媒苟求進達實未能益國利人竟是惑弄朝野然陛下應天順時握圖受籙赴萬國之心當一人之慶扶危救世之力夷兇靜難之功固以威蓋前王聲高往帝爰復存心三寶留意福田預是出家之人莫不感戴天澤但由僧等不能遵奉戒行酬報國恩無識之徒非違造罪致令傅奕陳此惡言躃踊痛心投骸無地然僧尼有罪甘受極刑恨奕輕辱聖人言詞切害深恐邪見之者因

此行非案春秋魯莊公七年夏四月恒星不現夜明如日即佛生時之瑞應也然佛有真應二身權實兩智三明八解五眼六通神曰不可思議法號心行處滅其道也運衆聖於泥洹其力也接下凡於苦海自後漢明帝永平三年夢見金人已來像教東流靈瑞非一具在漢魏諸史姚石等書至如道安道昱之輩圖澄羅什之流並有高行深解當世名僧盡被君王識知貴勝崇重自五百餘年已來寺塔遍於九州僧尼溢於三輔並由時君敬信朝野歸心像教興行於今不絕者寔荷人王之力也世間君臣父子猶謂恩澤難酬昊天不報況佛是衆生出世慈父又爲凡聖良醫欲抑而挫之罪而辱之不可得也仰尋如來智出有心豈三皇能測力包造化非二儀

可方列子云昔商太宰嚭問孔丘曰夫子聖人歟孔子對曰丘博識强記非聖人也又問三王聖人歟對曰三王善用智勇聖非丘所知又問五帝聖人歟對曰五帝善用仁信聖亦非丘所知又問三皇聖人歟對曰三皇善用時政聖亦非丘所知太宰大駭曰然則孰爲聖人乎夫子動容有間曰西方之人有聖者焉不治而不亂不言而自信不化而自行蕩蕩乎民無能名焉若三王五帝必是大聖孔丘豈容隱而不説便有匿聖之愆以此校量推佛爲大聖也老子西昇經云吾師化遊天竺善入泥洹符子云老氏之師名釋迦文直就孔老經書師敬佛處文證不少豈奕一人所能謗讟昔公孫龍著堅白論罪三王非五帝至今讀之人猶切齒已爲前鑑良可悲夫主上至聖欽明方欲放馬休牛式閭封墓興皇王之風開釋老之化狂簡之説尤可焚之若言帝王無佛則大治年長有佛則虐政祚短者案堯舜獨治不及子孫夏殷周秦王政數改蕭墻内起逆亂相尋爾時無佛何因運短但琳預居堯世日用莫知在外見不便事恐蕃國遠聞謂華夏無識夫子曰言滿天下無口過行滿天下無怨惡言之者欲使無罪聞之者足以自誡傅奕出言不遜聞者恐驚有穢國風特損華俗謹録丹款冒以啓聞伏惟大王殿下天挺英靈自然岐嶷風神頴越器局含弘好善爲樂邁彼東平温易是歡更方西楚加以阿衡百揆式序六條德既褰帷仁兼裂網開康莊之第坐荀卿之賓起脩竹之園讌文雅之客莫不詩極緣情而賦窮

體物信可譽形朝野美貫前英者焉但琳等內顧闇如方圓寡用念傳奕下愚之甚媿凡僧禿丁之呵惡之極也罪莫大焉自尊盧赫胥已來天地開闢之後未有如奕之狂勃也不任斷骨痛心之至謹録奕害事輙述鄙詞件答如左塵黷威嚴伏增殞絕謹啓

武德五年正月

奕云海內勤王者少樂私者多乃外事胡佛內生邪見剪剃髮膚迴換衣服出臣子之門入僧尼之戶立謁王庭坐看膝下不忠不孝聚結連房且佛在西域言妖路遠統論其教虛多實少捨親逐財畏壯慢老重富强而輕貧弱愛少美而賤耆年以幻惑而作藝能以矯誑而爲宗旨然佛爲一姓之家鬼也作鬼不兼他族豈可催驅生漢供給死胡賤此明珠貴彼魚目違離嚴父而敬他人何有跪十箇泥胡而爲卿相置一盆殘飯得作帝王據佛邪說不近人情且佛滑稽大言不及旃孟奢侈造作罪深桀紂入家破家入國破國者也

對曰夫出家者內辭親愛外捨官榮志求無上菩提願出生死苦海所以棄朝宗之服披福田之衣行道以報四恩立德以資三有此其之大意也若言佛爲胡鬼僧是禿丁者案孔子經書漢魏以來內外史籍略引孔老師敬佛處文證如左以杳邪人冀其伏罪

道士法輪經云若見沙門思念無量願早出身以習佛眞又云若見佛圖思念無量當願一切普入法門太上清淨消魔寶眞安志智慧本願大戒上品經四十九願云若見沙門

尼當願一切明解法度得道如佛老子昇玄經云天尊告道士張陵使往東方詣佛受法道士張陵別傳云陵在鶴鳴山中供養金像轉讀佛經

昇玄又云東方如來遣善勝大士詣太上曰如來聞子爲張陵說法故遣我來看子語張陵曰卿隨我往詣佛所當令子得見所未見聞所未聞陵即禮大士隨往佛所

老子西昇經云吾師化遊天竺善入泥洹智慧觀身大戒經云道學當念旋大梵流影宮禮佛昇玄經云若有沙門欲來聽經觀齋供主不得計飲食費遏截不聽當推置上坐道士經師自在其下昇玄又云道士設齋供若比丘來者可推爲上座好設供養道士經師自在其下若沙門尼來聽法者當隱處安置推爲上座供主如法供養不得遮止也化胡經云願採優曇華願燒旃檀香供養千佛身稽首禮定光

又云我生何以晚泥洹一何早不見釋迦文心中常懊惱靈寶消魔安志經云道以齋爲先勤行當作佛(新本並改云勤行登金闕)故設大法橋普度諸人物老子大權菩薩經云老子是迦葉菩薩化遊震旦又靈寶法輪經云葛仙公生始數日有外國沙門見仙公禮拜兩手抱持而語仙公父母曰此兒是西方善思菩薩今來漢地教化衆生當遊仙道白日昇天仙公自語弟子云吾師姓波閱宗字維那訶西域人也

仙公請問衆聖難經云葛仙公告弟子曰昔與釋道微竺法開張太鄭思遠等四人同時

發願道徵法開二人願爲沙門張太鄭思遠願爲道士

仙公起居注云于時生在葛尚書家尚書年逾八十始有此一子時有沙門自稱天竺僧於市大買香市人怪問僧曰我昨夜夢見善思菩薩下生葛尚書家吾將此香浴之到生時僧至燒香右遶七帀禮拜恭敬沐浴而止

仙公請問上經云與沙門道士言則志於道上品大戒經校量功德品云施佛塔廟得千倍報布施沙門得百倍報

昇玄内教經云或復有人平常之時不肯作福見沙門道士說法勸善了無從意云云

道士陶隱居禮佛文一卷

智慧本願大戒上品經曰施散佛僧中食塔寺一錢已上皆二萬四千倍報功少報多世世賢明翫好不絕七祖皆得入無量佛國

仙公請問經云復有凡人行是功德願爲沙門道士大慱至後生便爲沙門大學佛法爲衆法師

復有一人見沙門道士齋靜讀經乃笑曰彼向空吟經欲何希耶虛腹日中一食此罪人也道士乃慈心喻之故執意不釋死入地獄考毒萬苦

仙公請問經云五經儒俗之業道佛各歎其教大歸善也

太上靈寶真一勸誡法輪妙經云吾歷觀諸天從無數劫來見道士百姓男子女人已得無上正真之道高仙真人自然十方佛皆受前世勤苦求道不可稱計

法輪妙經云道言夫輪轉不滅得還生人中

大智慧明達者從無數劫來學已成眞人高仙自然十方佛者莫不從行業所致也

右錄道經師敬佛文如前

案周書異記云周昭王即位二十四年甲寅歲四月八日江河泉池忽然泛漲井泉並皆溢出宮殿人舍山川大地咸悉震動其夜五色光氣入貫太微遍於西方盡作青紅色周昭王問太史蘇由曰是何祥也由對曰有大聖人生於西方故現此瑞昭王曰於天下何如由曰即時無他一千年外聲教被及此土昭王即遣鐫石記之埋在南郊天祠前當此之時佛初生王宮也穆王即位三十二年見西方數有光氣先聞蘇由所記知西方有聖人處世穆王不達其理恐非周道所宜即與相國呂侯西入會諸侯於塗山以禳光變當此之時佛久已處世至穆王五十三年壬申歲二月十五日平旦暴風忽起發損人舍傷折樹木山川大地皆悉震動午後天陰雲黑西方有白虹十二道南北通過連夜不滅穆王問太史扈多曰是何徵也對曰西方有大聖人滅度衰相現耳穆王大悅曰朕常懼於彼今已滅度朕何憂也當此之時佛入涅槃也史錄曰吳太宰嚭問於孔子曰孰爲聖人乎孔子曰西方之人有聖者焉不治而不亂不言而自信不化而自行蕩蕩乎民無能名焉

右録孔書稱歎佛文如前

奕云僧尼六十已下簡使作民則兵强人衆奕云寺多僧衆損費爲甚絓是寺舍請給孤老貧民無宅義士三萬戶州唯置一寺草堂

土塔以安經像遺胡僧二人傳示胡法奕云西域胡者惡泥而生便事泥九今猶毛臊人面而獸心土梟道人驢騾四色貪逆之惡種佛生西方非中國之正俗蓋妖魅之邪氣奕云庖犧已下二十九代父子君臣立忠立孝守道履德生長神州得華夏正氣人皆淳朴以世無佛故也

奕云秦起秦仲三十五世六百三十八年

奕云帝王無佛則大治年長有佛則虐政祚短自庖犧已下二十九代而無佛法君明臣忠國祚長久

奕云未有佛前人民淳和世無簒逆者

奕云佛來漢地有損無益入家破家入國破國

奕云趙建武時有道人張光反梁武時僧先反況今僧尼二十萬衆須早廢省

一答廢省僧尼事者

對曰夫形迹易察而真僞難明自非久處未可知矣昔遠法師答桓玄書云經教所述凡有三科一者禪思入微二者諷詠遺典三者興建福業然有興福之人不存禁戒而迹非阿練者或有多誦經文諷詠不絶而不能暢説義理者或有年已宿長雖無三科可紀而體性真正不犯大非者以此校量取捨難辨案出家功德經云度一人出家勝起寶塔至于梵天何者人能弘道自利利他潔已立身住持三寶津梁七世資益國家請有罪者依法苦治無過者爲國行道

一答毀寺給民草堂安像

對曰法流漢地五百餘年寺舍僧尼積世已

有龕塔堂殿皆是先代興營房宇門廊都由信心起造或爲存歿二親及經生七世求將來勝報種見在福田咸出彼好心非佛僧課立書云成功不毀故子産不毀伯夷之廟夫子謂之仁人況佛爲三界良田四生父母唯可供養不可毀除佛雖去世法付人王伏惟陛下再造生民重興佛道即是如來大檀越主請遵漢明永平之化近同文帝開皇之時

一答西域胡者人面獸心貪逆惡種佛生西方妖魅邪氣者

對曰案史記歷帝記王儉目錄及陶隱居年紀等云庖犧氏蛇身人首大庭氏人身牛頭女媧氏亦蛇身人頭秦仲衍鳥身人面夏禹生於西羌文王亦生西羌簡狄吞鷰卵而生偰伯禹剖毋胷背而出伊尹託自空桑元氏魏主亦生夷狄然並應天明命或南面稱孤或君臨萬國雖可生處僻陋形貌鄙麤而各御天威人懷聖德者子亦託牧毋生自下凡何得以所出庸賤而無聖者乎夫子云君子之居何陋之有信哉斯言也僉曰有道則尊豈簡高下故知聖應無方隨機而現尋釋迦祖禰蓋千代輪王之孫刹利王之太子期兆斯赴物感則形出三千世界之中乃南閻浮提之大國垂教設方但以利益衆生爲本若言生在羌胡出自戎虜便爲惡者太昊文命皆非聖人老子文王不足師敬

案地理志西域傳言西胡者但是葱嶺之東三十六國不關天竺佛生之地若知妄說何罪之深若不知浪言死有餘責

一答庖犧已下二十九代父子君臣立忠立

孝守道履德稟華夏正氣者
對曰史記淮南等云黃帝時蚩尤銅頭鐵額作亂天下與黃帝戰于坂泉以登帝位蚩尤逆命復戰涿鹿之野凡經五十二戰顓頊時龔公作亂頭觸不周山天柱折地傾危顓頊又誅三苗於左洞庭右彭蠡汲冢竹書云舜囚堯於平陽取之帝位今見有囚堯城舜又與有苗戰于丹水之浦堯上射九日落其烏羽（楚詞十日代出流金鑠石）繳大鳳於青丘斬脩蛇於洞庭殺封豕於大澤殺九嬰於凶水尚書云洪水滔天懷山襄陵黎民阻飢百姓昏墊禹時百姓各以其心而栢谷子退耕於野三苗不修德政禹親滅之夏桀之居左河濟右太華伊闕在其南羊腸背其北焚皇圖殺龍逄囚成湯縱妹喜修政不仁湯放滅之湯凡九征二十七戰大旱七年河洛竭流銷金爍石高宗伐鬼方三年殷紂辛迷惑妲己恣十惡之害流五虐之刑剖賢人之心刳孕婦之腹囚文王禁箕子周武王伐紂於牧野血流漂杵誅之鹿臺王親射紂躬懸頭太白之旗而夷齊非之不食其粟孔子曰武盡美矣未盡善也武王之世三監作亂成王之日二叔流言宣王六月出征詩云薄伐玁狁至于太原採薇遣戍役云北有玁狁之難西有昆夷之患採芑又云宣王南征

對曰上來所道並是三皇已下三王之時必能守道履德懷忠奉孝爾時無佛足可清平何為世世興師兵戈不息至於毒流百姓殃及無辜乃為姚石慕容永嘉之世豈名蕩蕩無為之時邪見失言一何謬矣

一答秦仲巳下三十五世六百餘年者

對曰史記云自殷巳前諸侯不可得而譜爲多失次第年代難知故尚書但以甲子爲次第而無年月者良以史闕不記也邪見乃始於秦仲迄于二世有六百餘年者一往似長出何的證案春秋巳前秦本未有春秋巳來始有秦伯當春秋時秦仲時雖漸霸但是周之小邑孝王之世令非子放馬於汧渭之間不承天命未有正朔曾孫秦仲宣王之世始受車馬侍御之臣仲孫襄公以送平王東遷進爵爲伯文公巳下始見史記自茲訖滅不過二百餘年史記竹書及陶公年紀皆云秦無曆數周世陪臣故隱居列之在諸國之下何因得有年紀續至胡亥史記但從厲公列之一百一年終于二世縱有年代皆附春秋自無別紀赧王之末秦昭襄王因周微弱始滅周國僭號稱王諸史相承秦唯五世四十九年齊祕書楊玠史目云秦自始封至滅凡三十五世六百餘年者蓋取始封秦號經六百餘年非霸統中國經多年也邪見乃延秦短祚冒上長年一何虛妄哉

一答帝王無佛年長有佛祚短自庖犧巳下爰至漢高二十九代君明臣忠者

對曰夫理貴深據言資實錄何故庖犧獨治不及子孫堯舜二君位居五帝堯則翼善傳聖舜亦仁盛聖明如尚書二典論其化民治道功業最高民無能名則天之明君也堯又廢兄自立其子丹朱不肖舜則父頑母嚚並止一身不能及嗣爾時無佛何不世世相傳遽早摩滅

隱居年紀云
夏禹治九年　羿篡十五年
浞篡十二年　夏皐十一年
夏發十二年
對曰書云舜禹之有天下也巍巍乎其有成功煥煥乎其有文章大禹謨云禹能卑宮菲食皁帳縟衣而盡力於溝洫爲民治水於民有功若皇天輔德何爲天祚不永治止九年勘年紀云夏后相及少康之世其臣有窮羿寒浞及風夷淮夷黃夷斟尋等國並相次作亂凡二十六年篡夏自立當時無佛篡逆由誰
殷湯治十三年　外丁治三年
仲壬治四年　太甲治十年
沃丁治十三年　太戊治十年
外壬治三年　沃甲治四年
盤庚治九年　小辛治七年
對曰湯仁不殺開三面之網放夏桀於鳴條之野甚有仁德爾時無佛何以天曆不長外丁外壬其年轉促尚書云湯行九伐太甲五征伊尹立湯子勝又立勝弟仲壬又放太甲于桐宮汲冢書云伊尹自篡立後太甲潛出親殺伊尹而用其子既稱忠朴之世爾時無佛何爲釁起蕭牆君臣無道
周武王治十一年　懿王三年絶嗣
僖王五年絶嗣　頃王六年
匡王六年　元王八年
烈王七年　靜王六年
貞王八年　悼王一百一日
哀王三月　思王五月

對曰武王伐紂師渡孟津白魚入舟應天嘉命謚法曰剋定禍亂曰武民賴來穌式閭封墓休牛放馬治致太平汝言無佛年長何因祚短治十一年懿王僖王更復絕嗣周武滅佛壽祚更窮子孫披猖須臾運徙

秦五世六君四十九年

昭王五年（滅周後始稱王在位五年）

孝文王式一年　襄王楚三年

始皇政三十七年　胡亥三年

殤帝子嬰四十六日

對曰周顯王五年秦穆公始霸三十四年秦權周政竹書云自秦仲之前本無年世之紀陶公並云秦是篡君不依德政次第不在五運之限縱年長遠終非帝王以短爲長指虛爲實有何意見秦時北築長城備胡僞殺扶蘇矯立二世陳勝蟻聚作亂關東

漢高祖十二年　惠帝七年

文帝高祖第四子非嫡

武帝本膠東王景帝第六子非嫡

漢初凶奴入塞烽火照甘泉宮南越不賓乃習水戰

孝景時吳楚七國皆反昭帝崩立兄子昌邑王即位二十七日凡有一千一百二十七罪霍光廢之後立宣帝此時無佛何爲乃爾

後漢凡十二帝一百九十五年

光武三十三年　孝明十八年

章帝十三年　和帝十七年

安帝十九年　順帝十九年

桓帝二十一年　靈帝三十一年

獻帝三十年

對曰後漢書云光武撥亂反政明帝致治升平民無百里之憂吏無出門之役麒麟入囿神鳳栖桐赤雀文龜蒼烏白鹿嘉瑞備臻兆民胥悅慶垂汾汨磅礴之恩布通天漏泉之澤論衡等書並云後漢嘉祥不尠周夏汝言有佛祚短何故長年

隱居云自魏皇初元年至蕭齊之末凡二百八十二歲

拓跋元魏一十七君合一百七十九年爾時佛來何故年久

一答佛未出前世無篡逆者

對曰何故周烈王弟顯王篡位四十八年悼王立一百一日爲庶弟子朝所害敬王弟哀王治三月思王外哀王弟治五月思王殺之孝王復殺思王三王共立一年出陽玠史目陶公年紀

奕云西域胡旦末國兵三百二十人小宛國兵二百人戎盧國兵三百人渠勤國兵三百人依耐國兵三百五十人郁立師國兵三百三十一人單相國兵四十五人孤胡國兵四十五人凡八國胡兵合有一千八百九十一人皆得紹其王業據其土地自相征伐屠戮人國況今大唐僧尼二十萬衆共結胡法足得人心寧可不備預之哉

對曰檢漢書西域傳云旦末小宛等八國並是葱嶺已東漢域胡國計去長安不經萬里本非天竺佛生之地又無僧尼在中謀逆縱彼造惡何關此僧但奕狂鬼入心外興邪說虛引往事假謗今賢達者知其浪言愚人必生異見惑亂朝野深可痛哉

一答佛來漢地有損無益入家破家入國破國漢明之時佛法始來者

大唐聖朝正信君子論曰諸佛大人遊涅槃之妙苑住般若之眞空不可以言象求不可以情慮揆形同法性壽等太虛但應物現身如水中月所以瞿師見三尺之貌羅漢覩丈六之容大滿虛空小入絲忽隨緣應質化無常儀尋釋迦之肇依後漢郊祀晉魏等書及王儉史録費長房三寶録考校普曜本行等經並云佛是周時第十五主莊王他九年癸巳之歲四月八日乘栴檀樓閣現白象形從兠率下降中天竺國迦毗羅城刹利王種淨飯大王第一夫人摩耶之胎至十年甲午二月八日夜鬼宿合時於嵐毗園波羅樹下從摩耶夫人右脇而生放大光明照三千世界瑞應經云沸星下現侍太子生本行又云虛空無雲自然而雨左傳云星隕如雨杜氏注解云蓋時無雲然與佛經符合信知佛生時也十九出家三十成道四十九年處世說法至周匡王四年壬子二月十五日後夜於拘尸城入般涅槃自滅度已來至大唐武德五年壬午之歲計得一千二百二十一歲滅後一百一十六年東天竺國有阿育王收佛舍利役使鬼兵散起八萬四千寶塔遍閻浮提我此漢土九州之內並有塔焉育王起塔之時當此周敬王二十六年丁未歲也塔興周世經十二王至秦始皇三十四年焚燒典籍育王諸塔由此淪亡佛家經傳靡知所在如釋道安朱士行等經録目云始皇之時有外國沙門釋利防等一十八賢者賫持佛經來

化始皇始皇弗從乃囚防等夜有金剛丈六人來破獄出之始皇驚怖稽首謝焉問曰雖有此說年紀莫知以何爲證請陳其決答曰前漢成帝時都水使者光祿大夫劉向傳云向博觀史籍備覽經書每自稱曰余遍尋典策往往見有佛經及著列仙傳云吾搜檢藏書緬尋太史創撰列仙圖自黄帝已下六代迄到于今得仙道者七百餘人向檢虛實定得一百四十六人又云其七十四人已見佛經矣推劉向言藏書者葢始皇時人間藏書也或云夫子宅内所藏之書據此而論豈非秦漢已前早有佛法流行震旦也尋道安所載十二賢者亦在七十四人之數今列仙傳見有七十二人

案文殊師利般涅槃經云佛滅度後四百五十年文殊至雪山中爲五百仙人宣說十二部經訖還歸本土入于涅槃恒星之瑞即其時也案地理志西域傳云雪山者即葱嶺也其下三十六國先來屬秦漢以葱嶺多雪故號雪山焉文殊往化仙人即其處也詳而驗之劉向所論可爲證矣雖遭秦世爇除漢興復出所以荆楊吳蜀扶風洛陽有寶塔處皆發神瑞具在衆書依檢成帝鴻嘉三年歲在癸卯劉向撰列仙傳明矣故知周世佛法久來生盲人云有佛祚短良可悼矣依經律云釋迦正法千年像法千年末法萬年五千年已還四衆學者得三達智證四道果末法已去猶披袈裟勘周書異記云穆王聞西方有佛遂乘騂騮八駿之馬西行求佛因以攘之據此而推同齊時統上法師答高麗使云佛

是西周第五主昭王二十四年甲寅歲生至武德五年得一千五百七十七年也信穆王之世法已東行劉向之言益爲明證矣又漢武帝鑿昆明池得黑灰以問東方朔朔云非臣所知可問西域胡人後外國沙門竺法蘭來因以事問蘭云是刼燒餘灰也方朔既博識通人生知儁異無問不酬無言不答豈容不達逆記胡人蓋是方朔久知佛法興行勝人必降故有斯對也佛既去世阿難總持一言不失迦葉結集羅漢千人咸書皮紙並題木葉致令五百中國各共奉持十六大王同時起塔逮于漢世東流二京所經帝王十有六代翻梵經本爲漢正言相承至今垂六百祀是以佛日再曜起自永平之初經像重興發于開皇之始魏人朱士行沙門衛道安等並爲記録總其華戎道俗合有一百八十二人所譯經律論或大小乘三藏雜記等凡二千一百七十一部總有六千四百四十六卷莫不垂甘露於四魔之境流慧日於三有之中汲引將來永傳勝業教人捨惡行善佛法最先益國利民無能及者汝言破家破誰家破國破誰國邪見竪子無角畜生夙結豺心久懷蠆毒無絲髮之善負山岳之辜長惡不悛老而彌篤乃以生盲之慮忖度聖尊何異尺鷃之笑大鵬井蛙不信滄海可謂闡提逆種地獄罪人傷而憫之故爲論也尋夫七十二君三皇五帝孔丘李聃漢地聖賢莫不葬骨三泉橫屍九壤未有如佛舍利現瑞放光火燒不然砧鎚不碎於今見在立試可明且據此一條足知佛法之神德也震旦諸聖孰

與爲儔乃欲毀而滅之事難容忍傷風敗俗虧損福田誑惑生民污黷朝野實可歎矣傅奕云佛法來漢無益世者

對曰準上以談此土先聖亦未可弘矣至如孔子周靈王時生敬王時卒計其在世七十餘年旣是聖人必能匡弼時主何以十四年中行七十國宋伐樹衛削迹陳絶粮避桓魋之殺慙喪狗之呼雖應聘諸國莫之能用當春秋之世文武道墜君暗臣姦禮崩樂壞爾時無佛何因逆亂滋甚簒弑由生孔子乃俯俛順時逡巡避患難保妻子終壽百年亦無取矣或發匏瓜之言與逝川之嘆然復遜詞於季氏傷鳳鳥不至河不出圖及西狩獲麟遂返袂拭面稱吾道窮雖門徒三千删詩定禮亦疾没世而名不稱吾何以見於後世矣遭盜跖之辱被丈人之譏校此而論足可知也若以無利於世孔老二聖其亦病諸何爲訥其木舌而不陳彈也

一荅寺饒僧衆妖孽必作如後趙沙門張光後燕沙門法長南涼道密魏文孝時法秀太和時惠仰等並皆反亂者

對曰檢崔鴻十六國春秋並無此色人出何史籍苟生誣枉誑惑君王請勘國史知其妄奏案前後漢書即有昆陽常山青泥緑林黒山白馬黄巾赤眉等數十羣賊並是俗人不關釋子如何不論後漢書云沛人道士張魯母有姿色兼挾鬼道往來劉焉之家焉後爲益州刺史任魯爲督義司馬魯共別部司馬張修將兵掩殺漢中太守蘇固斷絶斜谷殺漢使者魯旣得漢中又殺張修而幷其衆于

時假託神言黃衣當王魯因與張角等相應合集部衆並戴黃巾披道士之服數十萬人賊害天下自據漢中垂三十載後爲曹公所破黃衣始滅爾時無一沙門獨饒道士何默不論然漢魏名僧德行者衆益國甚多何以不説但能揚惡專論人短豈是君子乎魏志曰張魯字公旗祖父陵客蜀學道在鶴鳴山造作道書以惑百姓從受道者出米五斗世號米賊陵死子衡傳業衡死魯復傳之陵爲天師衡爲嗣師魯爲係師自號三師也素與劉焉善焉死子璋立以魯不順殺魯母及家室魯遂據漢中以鬼道化民符書章禁爲本其來學者初名鬼卒受道者用金帛之物號爲祭酒各領部衆衆多者名治頭有病者令首過大都與張角相似

後漢皇甫嵩傳云鉅鹿張角自稱大賢良師奉事黃老行張陵之術用符水祝法以治病遣弟子八人使於四方以行教化轉相誑惑十餘年間衆數十萬自青徐幽冀荊楊兖豫八州之民莫不必應遂置三十六方方猶將軍號也大方萬餘人小方六千人訛言蒼天死黃天當立歲在甲子天下大吉以白土書京邑寺門皆作甲子字中平元年三月五日内外俱起皆著道士黃服黃巾或殺人祠天于時賊徒數十萬衆初起潁川作亂天下並爲皇甫嵩討滅

南鄭反漢而蜀亡（出魏書）

孫思習仙而敗晉（出晉書）

道育醮祭因而禍宋（出宋書）

于吉行禁殆以危吳（出吳書）

公旗學仙而誅家出華陽國志
陳瑞習道而滅族事在晉陽春秋
魏華叛夫出靈寶經序
張陵棄婦見陵傳
子登背父衛叔去兄出神仙傳
右古來道士破家破國爲逆亂者略引
如前
對曰自陵三世專行鬼道符書章醮出自道家禁厭妖孽妄談吉凶姦由茲起然吳魏已下晉宋已來道俗爲妖數亦不少何以獨引衆僧不論儒道二教至如大業末年王世充李密建德武周梁師都盧明月李軌朱粲唐弼薛舉等並是俗人曾無釋氏何爲不道事偏理局黨惡嫉賢爲臣不忠明矣
奕云請胡佛邪教退還西域凡是僧尼悉令歸俗者
對曰莊周云六合之內聖人論而不議六合之外聖人存而不論老子云域中有四大而道居其一者詩書禮樂之致但欲修序彛倫明忠列孝慈之先意在敬事君父縱稱至德唯是安上治民假令要道不出移風變俗自衛反魯詛述解脫之言六府九疇未宣究竟之旨及養生齊物之談龍圖鳳紀之說亦可懷仁抱信導厲鄉之志刪經讚象肆闕里之文次曰九流末云七略案前漢藝文志所紀衆書一萬三千二百六十九卷莫不功在近益但未暢遠途皆自局於一生之內非迥拔於三世之表者矣遂使當現因果理涉旦而猶昏業報吉凶義經丘而未曉故知逍遙一部猶迷有有之情道德二篇未入空空之境

斯乃六合之窠塊五常之俗謩詎免四流浩汗爲煩惱之塲六趣諠譁造塵勞之業也原夫實相杳冥逾要道之要法身凝寂出玄之又玄惟我大師體斯妙覺二邊頓遣萬德俱融不諠不寂安能以境智求非爽非昧胡可以形名取爲小則小也而無內處大則大也而無外故能量法界而興悲揆虛空而立誓所以見生穢土誕聖王宮示金色之身吐玉毫之相布慈雲於鷲嶺則火宅餤銷扇慧風於雞峯則幽途霧卷行則金蓮捧足坐則寶座承軀出則帝釋居前入則梵王從後左輔密迹以滅惡爲功右弼金剛以長善爲務聲聞菩薩儼若侍臣八部萬靈森然翊衛演涅槃則地現六動說般若則天雨四華百福莊嚴狀滿月之臨滄海千光照曜猶聚日之暎

寶山師子一吼則外道摧鋒法鼓暫鳴則天魔稽首是故號佛爲法王也豈得與衰周迦葉比德爭衡末世儒童輒相聯類者矣是以天上天下獨稱調御之尊三千大千咸仰慈悲之澤然而理深趣遠假筌蹄而後悟教門善巧憑師友而方通統其教也八萬四千之藏二諦十地之文祇園鹿苑之談海殿龍宮之旨玉諜金書之字七處八會之言莫不垂至道於百王扇玄風於萬古如語實語不思議也近則安國利民遠則超凡證聖故能形遍六道教滿十方實爲世界福田蓋是蒼生歸處於時敬信之侶猶七曜之環北辰受化之徒如萬川之投巨海考其神變功業利益人天故無得而名也既滿恒沙之因故得常樂之果善矣哉不可測也但以時運未融遂

令梵漢殊感所以西方先音形之奉東國暫見聞之益及慈雲卷潤慧日收光迺夢金人於永平之年覩舍利於赤烏之歲於是漢魏齊梁之政像教勃興燕秦晉宋已來名僧間出或晝滿月於清臺之側表相輪於雍門之外逮河北翻辭漢南著錄道興三輔信洽九州跨江左而彌殷歷金陵而轉盛渭水備道遥之苑盧岳總般若之臺深文與旨發越來儀碩學高僧蟬聯遠至暨梁武之世三教連衡五乘並鶩雖居紫極情契汾陽屏酒正而撤饔人薰戒香而味法喜恐四流而難拔躬七辯以能持乃輕衮飾而御染衣捨雕輦而敷草座於時廣創慧臺之業大啓寶塔之基（梁記云東臺西府在位八十餘年都邑大寺七百餘所僧尼講衆常有萬人討論內典共遵聖業孜孜無倦各猒世榮也）遂令五都豪族猒冠冕而歸依四海名家棄榮華而入道自皇王所居之土聲教所覃之域莫不頂禮廻向五體歸依利物之深其來久矣孔老垂化安能與京寀三十六國春秋高僧名僧牟子等紀傳始後漢永平十年已來佛法東流政經十代年將六百名僧大德世所尊敬者凡二百五十七人傍出附見者及燕趙王公齊梁卿相等凡二百五十一人陳其行業大開十例一曰譯經二曰義解三曰神異四曰習禪五曰明律六曰遺身七曰誦經八曰興福九曰經師十曰唱導此例高僧皆德効四依功備三業法傳震旦寔所賴焉邪見隱而不論但說五三惡者夫雪山之内本多甘露亦有毒草大海之中既有明珠亦饒羅刹喻崑岳鈇於片石鄧林損其一枝耳復何可怪之哉

廣弘明集卷第十一

音釋

軒頊頊許玉切軒頊軒轅顓頊也顓音專姬居宜切周姓也徇松閏切
痾音阿羿泥羿音詣泥助角切羿泥並人名緱古侯切緱氏山名黲
黷黲七感切黷音獨黲黷昏濁也嚭疋美切人名讟音讀謗也岐嶷
岐渠移切嶷宜力切小兒有知識曰岐嶷醼於甸切合飲也闕去月切與闕同
滑稽滑音骨稽音鷄滑稽辯捷不窮之狀鐫子全切刻也梟古堯切鳥
也篡初患切逆而奪取之曰篡媧音瓜女媧古之神聖女偰音薛殷之
祖也蚩尺之切蚩尤人名坂音反繳音酌絲繫矢而射也癭幺郢切
汹兄拱虛容二切墊音店溺也妲丁達切妲己紂妃刳音枯剖也獫
狁獫音險狁音尹獫狁北狄也芑音起菜屬渭汧音牽渭音謂汧渭水名

赧乃版切周王名玠音介綈音啼厚繒色洫兄域切洫也釁許覲
切禍也謚音示誄行易名曰謚猖齒良切殤音傷沕汨沕音宻汨
于筆切沕汨水流貌磅礴磅普郎切礴音薄磅礴廣被也拓跋拓音託跋
蒲末切拓跋元魏姓豺音柴狼屬蠆丑芥切長尾毒蟲悛七全改也
鷃音晏尺鷃小鳥名聃土甘切老子名砧鎚砧之林切鎚直追切魋
徒回切桓魋人名逡七旬切逡巡行不進貌匏步交切匏瓜瓠也跖
音隻盜跖柳下季也孽魚列切怪孽也璋音章訛愚和切謬也謩與謨
同筌七全切魚笱也諜與牒同鶩音務馳也撤饔撤直列切去也
饔紆容切饔人割烹煎和之稱也孜音玆孜孜不息之意也覃徒南切及
也

廣弘明集卷第十二

唐 西明寺釋道宣 撰

辨惑篇第二之八

決對傅奕廢佛法僧事 并表

綿州震響寺沙門釋明槩

僧明槩言槩聞三皇統天五帝御寓道含弘而遠大德普覆而平均敷善教以訓民布慈心而育物逮乎中古其道弗虧故漢武欽明見善而弗及顯宗睿哲體道而弗居遂能紆屈尊儀甘泉禮金人之瑞翹想夢寐德陽降銅像之徵於是秦景西遊越流沙而訪道摩騰東入跨葱嶺而傳眞遂得化漸漢朝寺興白馬之號道流晉世刹建青龍之名其間盛寫尊儀競崇寺塔騰慧雲於落仞涌法水於窮源驅有識於福林登蒼生於善地開闡佛法昭化愚矇故得永平季年嘉瑞臻集慶雲流潤湛露凝甘澤馬騰驤神雀翔集朱英吐合穎之秀紫葩生連理之枝可謂不世之奇徵非常之嘉瑞者也於是西域入侍南越歸仁偃革休兵銷金罷刃豈不由感聖降靈奉戒行善精誠昭著貫達幽明者哉故書云天生神物以祚聖人無德斯隱有道則見著之惇史可得而詳惟我大唐膺期啓運握機御曆誕命建家初起義則道叶百靈始登圖則威加萬國故世充化及授首於東都建德武周櫬身於北朔荆吳剋定秦隴廓清方應駕七寶而飛行道千輪而輕舉巍巍弗與蕩蕩誰名功既成焉事亦畢矣加以留心佛法眷言匡護故莊嚴總持再興九級沙門釋子更度千人像化彌盛於前朝寺塔更興於聖世

方頂戴三寶弘護四依合掌低頭忘帝王之貴歛心屈膝盡至敬之誠槩自慶遭逢屬此嘉運方願息心淨刹畢志玄門懔厲六時以酬聖世之德翹勤五體用報罔極之恩而奕忽肆狂言上聞朝聽輕辭蔑聖利口謗賢出語醜於梟音發聲毒於鴆響專欲破滅佛法毀廢衆僧割斷衣粮減省寺塔其故何也奕曾爲道士惡妬居懷故毀聖劣凡讃愚勝智以下誇上用短加長違理悖情一至於此但讒言害德偏聽傷賢故宋受子罕之言囚於墨翟魯信季孫之說逐於尼丘二子之賢弗能自免八條之謗或累於人然主上欽明弗容讒慝縱其三至寧致一疑但浮雲在天白日有時虧照遊翳拂日陽精爲之不明而傅奕浮辭迷於視聽情理眩惑言語混淆弗可專聽豈應偏信請共決對存毀分甘槩忝在緇徒預參法侶忽聞誹謗寧不深傷縱迴刄刳心未以爲痛抽刀斮髓詎以爲殘謗讟之深傷酷甚此經云亡身護法沒命弘道此其時也方抽腸瀝膽報邪逆之仇讎申表獻誠雪師父之謗辱冒昧忤聽追用驚惶謹言

謹奏決破傅奕謗佛毀僧事八條列之如左

第一決破僧尼六十已還簡令作丁兵强農勸事

槩聞至理絶言本出毀譽之外玄宗離說寔超語默之端然物情不悟寄言深淺世道多惑假示精麤故有内外道殊邪正說異凡聖位別大小教分若以同會一乘豈執之以謗佛終趣極果不封之以謬眞譬千川之赴滄溟萬流之歸巨海内外明證豈虛言哉故法

華言於諸過去佛現在或滅度若有聞法者無一不成佛又涅槃經言一切衆生皆有佛性究竟皆當成得佛道又道家法輪云若見沙門思念無量願早出身以習佛眞若見佛圖思念無量當願一切普入法門又靈寶洞玄眞一經云衆眞高仙已得佛道又靈寶太上秘要經云各於現在同得佛道故知不二妙門終須齊入唯一極果要必同登苟執異端自貽迷墜近代學者率意庸愚偷竊眞言安置僞典故五道輪轉託作仙經三千威儀假稱道戒詒佛受法改作天尊勤行作佛轉爲金闕本行迴爲本相佛言題作道言横託佛法之威儀倣習衆僧之法式或持眞當僞詎識是非翻正入邪豈知顛倒事同癡賊竊狐裘而反披有類愚夫盜珠瓔而倒著如斯條類數亦衆多略舉二三不可覼縷但傳奕曾爲道士身服黄衣不遵李老無爲之風專行張陵兵吏之法或身爲米賊聚斂無端名稱鬼卒呪咀寧忌湯沐梳櫛與俗旣同耽荒愛慾將世何别加以内懷嫉意外肆狂言誹謗紛紜罵詈重疊此而可忍孰不可容今依事條次第決破願垂聖鑒少詳覽焉奕言衆僧剃髮染衣不謁帝王違離父母非忠孝者今之道士戴幘冠巾應拜時君在家侍養爲忠孝不今旣不然豈獨偏責夫論忠者事君以盡命徇義以忘身孝者奉親竭誠存没以資濟故道安直諫以輔秦佛圖忠言以匡趙目連捧鉢而飼母釋迦擔棺而葬親寧國濟家豈非忠孝也不如道士張魯亂於漢朝孫恩反於晉國陳瑞習道而夷族公旗學仙而

滅門亂國破家豈有忠孝也
又言衆僧仇疋內通衣形外隔夭胎殺子違禮逆天者今道士既含氣修齋交接受道應護胎生子順禮合天此則伉儷久成陰陽本合而無産孕眞是夭胎宜簡令作民使其養子增加戶口添足兵丁豈非益國利民者乎
又言僧有十萬六十巳還簡令作丁則兵强農勸者夫論兵强者尋衆僧之類稟如來之教食唯米麵之素供唯芋蒻之質體瘠力羸心虛氣弱不折生草詎踐蜫虫習忍修慈好生惡殺對敵多怯下手必疑徒勞行陣無益兵勢也如論道士人足數萬祭三事五受禁行符章奏必宰雞肫祭醮要求酒脯臠膾酺醪恣其醉飽體肥力壯心勇氣强安忍無親惡生好殺臨陣必勇下手不疑列以軍伍決强兵勢若校其力則道士强論其德衆僧勝去取之宜斷可知矣若言躬耕力作以爲農勸者此由局見未是通途夫俗不可以一禮齊政不可以一道治士不可以一行取民不可以一業成故漢書貨殖部云古之四民不得雜處士相與言仁義於閑宴工相與議伎巧於官府商相與語財利於市井農相與議稼穡於田野此四者各安其居而樂其業故得財成天地之宜用資國家之利今者衆僧亦各有業論其內以慈忍推心即是士之仁義語其外權巧化物即是工之伎能談其行以施報相酬即是商之市井語其道以自他兼濟即是農之力田此則克誠可以感鬼神唯德能以動天地運慈心以降澤布恩惠以潤時故善政者驟雨隨車飛螟避境隴麥雙

穟成禾九穗蓋由善政之功匪唯懃農之力者矣

又言欲令衆僧拜謁帝王編於朝典者此之一見迷倒最深既自落坑引他墜井欲令同陷其可得乎昔桓玄篡逆狂勃無道已有此論朝議不從云沙門釋子剃髮染衣許其方外之人不拘域中之禮故袈裟偏袒非朝宗之服鉢盂錫杖豈廊廟之器而玄悖逆固執不悛既屈辱三尊飄蕩七廟民怨神怒衆叛親離軍敗於東陵身喪於西浦覆車明鑒孰不誡哉我大唐皇帝命聖挺生應休明之期當會昌之運止塗炭拔溺濟沉弘聖教以訓民垂至仁以育物年和歲稔氣阜時昌至德玄功疇能彈紀加以內懷四信外奉三尊屈乘轝而歸依降冕旒而迴向故得八方稽顙萬國朝風豈責離俗之人令備在家之禮令道士披褐執板戴幘冠巾既服臣吏之衣須行朝謁之禮昔天師貴士尚拜帝王今鬼卒賤夫須跪卿相宜令道士習其師法朝謁帝王參拜官長編於朝典不亦宜乎

論言案漢魏已來時經九代其間道士左道亂朝妖言犯國者披閱圖史何世而無後漢獻帝張陵張魯詐說鬼語假作讖書云漢祚滅後黃衣得天下遂與鉅鹿張角遠爲外應造黃巾披黃帔聚合徒衆誑誘愚民謀危社稷尋被誅滅故禮云左道亂羣者殺之今者道士不著李老參朝之服乃披張魯亂國之衣師弟相承賊行不改人數既多共結賊黨或致窺覦寧不備預計數有五萬簡令作丁年稅貲租歲産男女則利國益民強兵農勸

如槃愚見其如法者遵而奉之其違禁者廢而使之庶莠稗一除田苗鬱茂姦邪既遣徒衆肅清豈不善歟

第二決破寺作草堂土舍則秦皇漢武爲有德之君者

槃聞法身無象應物有方故假現全身置于多寶之塔權分碎質流乎阿育之龕故能聚散隨緣存亡任物聖力權變不可思議但佛生天竺隨其土風葬必闍維收必起塔塔即是廟廟者貌也祭祀承事如貌存焉今之國家宗廟社稷類皆然也但如來滅度一百年後有阿輸伽王鐵輪御世以威德使鬼神修相力興靈廟故八萬四千之塔不日而成千柱百梁之堂匪朝而就詎勞人力自是神功豈以凡夫之情而疑聖賢之事何異斗筲測大海尺寸量虛空其可得乎舍利東流吴王創感僧會稽請丹誠至而忽臨孫權驗試砧碓陷而彌固於是騰光上徹照灼奕辰之間發彩傍通鬱映巖廊之下會時欣躍廣讚威靈爰及朝臣聞皆信伏即爲建塔并置伽藍緣是江左大弘佛事豈若太上骨朽於關中別無舍利天師體葬於蛇腹詎有遺身靡所依憑便生妖詐聞佛有舍利八斛用表遺身遂畜小石二枚以代仙卵然仙卵本狂豕之陰玄壇乃老鬼之廟若言舍利胡骨理勝狂豕之陰佛圖胡塚寧同老鬼之廟豈可以高下相況等級寄言故今道士見舍利如眼梗詎肯歸依覩浮圖若心刺專謀破毀徒懷邪惡其可得乎歷代已來爲帝王者並夙種善根多懷正信傾珍造塔撤寶崇眞皆欲伸其

追遠之誠致其如在之敬故繕輿九級備盡莊嚴式構百梁窮其壯麗致使貧人棒輿則梵宮立成長者絣繩天堂即現因果之道斯理皎然闇識之徒弗能悟矣

論言案仁王經世間帝王有其五種一粟散王威德最劣二鐵輪王治閻浮提三銅輪王兼二天下四銀輪王化三天下五金輪王統四天下此之五王論其位上下不同語其德勝劣有異推秦皇漢武閻浮提内唯王震旦五種王中粟散王也斯乃德劣而居勝殿位卑而處高臺不以恩惠感人專以鞭撻使物致神祇憤責民庶呼嗟故史官貶之以爲無道又身没之後盛造墳陵費損萬金勞役百姓於是骨肉消散靈影滅無年代寂寥威福何在我釋迦應世德位獨高道冠百靈神超萬億聖中極聖德過千聖之前王中法王位居百王之上豈伊秦皇漢武而校其優劣者哉佛則德高而居勝殿位極而處高臺唯以德化感人不用鞭撻使物自有帝王喜捨靈神影助滅度之後爲興塔廟舍利不滅威靈尚存毁之立見惡徵破之眼看致禍故吴主孫皓奢淫苛虐不忌罪福言無報應掘得銅像令置厠前至四月八日小便像頭云今八日以灌爾頂須臾之間即患陰痛苦毒難堪太史占之云犯大神遍禱靈祇都無降異後聞説佛方乃驚惶自慨前過即遣迎像香湯沐浴叩頭謝過應聲即愈緣是生信戒懼終身又宋臣謝晦身臨荆州城内有五層寺寺有舍利塔晦性凶勃先無誠信云寺塔不宜在城令毁而出之於是自領軍士直至塔前

衆皆戰慄莫敢舉手晦遂嚴鼓駈逼軍人撞擊龕門破斫尊像俄而雲霧闇地風塵漲天晦及軍人身蒙灰土以手拭之皮肉隨落遂成惡疾遍身癩瘡不久叛逆尋被誅滅此事並如宋宣驗記說略依記傳䟽此事條示諸未悟曉其心目耳如槩愚見釋迦應世物共尊崇在昔之時已有寺塔今之造者請而存之李老棄世止尚虛無在世之時全無館舍今之奢競請宜省之

第三決破諸州及縣減省寺塔則民安國治者

槩聞在昔明王恭已南面智擬天地不自慮也辯雕萬物不自說也何則勞於求士逸於驅使之任役得其人天下自治故訪道宣室思政明堂揆務分司沿方授職八愷並列十亂當朝用能保乂國家克寧社稷於是弘慈悲之化緩賦而恤貧行至仁之教省刑而慎獄敷德澤遠至而邇安定成功制禮而作樂斯爲至治可得而稱故書云治國以安民爲基安民以良吏爲本若得其人則國安非其人則民亂故知忠臣良吏可以治國安民者也然須崇善建福樹果修因敬事神明承奉靈廟豈可毀塔廢廟併寺逐僧靈祇爲徵禍福須慎而奕凶勑專肆狂言聖朝明鑒理無致感

論言竊見標樹爲社立塼石以稱君累土成壇束茅纂而爲飾至於急危求請徵有威靈雨旱祈誠片致恩福況佛神儀凝爾靈相儼然而欲輕毀其可得也自漢明感夢寺興白馬之名孫權驗瑞塔始建初之號自斯厥後

相係而興向若神道泯無帝王豈應敬事威靈歆滅國主寧復遵承並以目驗身臨故使歸依迴向未若道家都無承據李老事周之日未有玄壇張陵謀漢之晨方興觀舍故後漢順帝中有沛人張陵客遊蜀土聞古老相傳云昔漢高祖應二十四氣祭二十四山遂王有天下陵不度德遂搆此謀殺牛祭祀二十四所置以土壇戴以草屋稱二十四治治館之興始乎此也二十三所在於蜀地尹喜一所在於咸陽於是誑誘愚民招合兇黨斂租稅米謀爲亂階時被蛇吞逆疊弗作至孫張魯禍亂方興起於漢中爲曹操誅滅自爾迄今群孽相係依託治館恒作妖邪故漢順帝中平元年鉅鹿人張角自稱黃天部師有三十六將皆著黃布巾遠與張魯相應衆至十萬焚燒鄴城漢遣河南尹何進將兵討滅又晉武帝咸寧二年爲道士陳瑞以左道惑衆自號天師徒附數千積有歲月爲益州刺史王濬誅滅又晉文帝太和元年彭城道士盧悚自號大道祭酒以邪術惑衆聚合徒黨向晨攻廣漢門云迎海西公殿中桓秘等覺知與戰尋並誅斬又梁武帝大同五年道士袁矜妖言惑衆行禁步崗官軍收掩尋被戮滅至隋開皇十年綿州昌隆縣道士蒲童與左童二人在崩漢館自稱得聖誑惑人民重床至屋却坐其上云十五童女方堪受法令女登床以幕圍繞遂便姦匿如此經月計所姦女出數百人後事發覺因遂逃亡又開皇十八年益州道士韓朗綿州道士黃儒林扇惑蜀王令與惡逆云欲建大事須藉勝緣遂

教蜀王傾倉竭庫造千尺道像建千日大齋晝先帝形反縛頭手呪而厭之河北公趙仲御檢察得實送身京省被問伏罪出市被刑今大唐革命妖惑尚興以去武德三年綿州昌隆縣民李望先事黃老恒作妖邪去大業季年有道士蒲子真微閑道術被送東京至梁漢身死因葬在彼而李望矯假云子真近還又彼縣山側有一石室巖穴幽闇人莫敢窺望乃依憑以作妖詐在明則張喉大語領納通傳入闇則噎氣小聲詐說禍福遂令正直檀越幾致迴向邪曲愚夫理宜尋信道士傳說達縣聞州官人初檢並皆信受後刺史李大禮云此事非輕必須申奏要假親驗方定是非遂與闔州官人并道士等一百餘騎同乘鞍馬競飾衣巾多料祭盤倍科醮物酒脯雜味任彼所須同至窟前再拜祈請望時詐答聞者傾心唯巴西縣令樂世質深達機情知其詐詐入闇容候見望咽聲質時呵之望即欵伏收禁州獄方欲科罪未經數日服藥而終槩細尋圖史傳究古今記傳所聞眼目所見左道亂政世有其人略出五三以爲鑒誡願垂照覽宜簡除之如槩愚見若行李老清虛之道依而存之若習張陵雜穢之法糺而廢之此則蕩彼妖邪去其殘賊可謂止暴息亂豈非治國安民者乎

第四決破僧尼衣布省齋則蠶無橫死貧人不飢

槩聞稟和合之氣成虛假之身外命所須藉衣食以資養內報所恃依形神以存立形神不可孤立藉衣食以資之衣食不可過費行

廉恥以節之故遺教經云比丘受食趣得支身又言著壞色衣以捨飾好斯爲明訓孰不遵行但如來制戒對根不同人有上下制有寛急上則制之以急使其頓修下則授之以寛令其漸進上制急者日唯一食食止菜蔬身止三衣衣唯糞掃下制寛者食許兩時味通酥乳衣開十長服許繒綿或有老病之僧身兼凍餒沉痾之士體困飢寒須給其衣裘資其藥石此則上根不假衆具自爾證眞下輩要藉資緣方得悟道欲令一准其可得乎若節僧尼衣布省齋濟貧活饑者計僧尼一齋止餐一鉢一著唯衣數縑而言損田夫十口殺蠶十萬者計道士一醮酒脯百盤一年命綾千疋應損千軍之食殺萬億之蠶而奕知道士損多揚癡不計僧尼費少子細編論此全黨言君子弗聽如槩愚見宜斷道士醮祭及以命綾此則有益於國家不損於民物若縱而不禁損國害民聖上欽明寧不鑒照論言尋道士盟經先受十戒次八十戒後一百八十戒及三百大戒乃至坐起卧息三千威儀皆云秘要不妄授人尋靈寶智慧上品十戒創首即言不色不欲心無放蕩又消魔智慧經言見人妻子願出愛獄道士禀承理應遵用而建首不行專事違犯何者戴巾執板似欲依經而畜婦養兒還成破戒此則公行色欲竟不知慙故違經戒寧應有愧何異雞雀對户交欲而無羞狗豕當衢行婬而無恥多飲醎水忘失思微縱恣六情違犯十戒初之一戒既破不持後之三千理廢無用符録科禁何所施行又依老子金丹之經眞人

內朝之律朔望之際侍師私房情意相親男女交接使四目二鼻上下相當兩口兩舌彼此相對陰陽既接精氣遂通此則夫婦禮成男女道合以斯修道道不可修以此出家家寧可出顛倒迷惑何其甚哉又言佛是黠兒五豐智慧觀音戲伎實足權奇不同祭酒亂朝癡無智慧天師蚢螫詎有神通夫免禁釋囚諸佛大慈拔苦除害觀音至行祈恩自施非詐誘而覔財報德出心豈迫憎而取物若觀音慈悲拔獄即是該囚天師行禁殺怨應爲斬士然佛覩善則勸聞惡則憐慈悲平等怨親無二老子亦言其善者吾亦善之其不善者吾亦善之不如天師事五將三神四司九府受呪咀之法行禁厭之符怨者令顛狂失心憎者使驚怖失命此眞世俗之惡神人間之殺鬼也如槩愚見今時道士塗炭合氣禁呪章符此並非李老正言乃是張陵邪法妖惑誑詐損國害民請宜禁斷息其邪僞也

第五決破斷僧尼賠貯則百姓豐滿將士皆富

槩聞八大覺行以少欲標先五比丘名以乞士爲最故少欲省事無復經營之憂乞士任緣寧有藏積之累老子云多藏必亡又周禮云積而能散積而能散則行合檀那多藏必亡則言符聖旨尋老子行無爲之道專任清虛修寂靜之心弗營世務然今道士都不遵承故一録大齋三元慶會招合愚黨誘誑迷徒設廚食以邀賓置酒鮭以待客遂使監齋分肉事等庖丁觀主典鮭還如屠士肉須乾腊雜血便吞酒使清醇半糟即歠饕餮難滿

縱恣無猒加以多料紬綾以爲命綵廣科黍麥持作道租傍此興生積聚盈庫因斯番轉賬貯連倉溪壑之心寧知滿極至於高門仕族判不歸從下姓田夫偏來湊集非是崇其道法直爲貪其酒鮭猥雜繁多弗可殫述加以徒衆卑末人品凡庸故出家沙門多是貴勝在觀道士例是卑微故梁武帝登祚之後施身入寺供養衆僧隋帝之時秦孝王兒捨位出家修行佛法未曾聞一帝王施身入觀未曾見一王子出家事道自餘高門士族貴勝豪家或有夫婦相辭俱時離俗男女相勸同共出家目見耳聞何待言說若言斷僧尼賬貯令軍民富足者夫論貧富皆是業緣貴賤並關運命愚智不可易處姸醜弗可換身故經云果報好惡定之於業書云命相吉凶懸之於天以此言之軍民業貧者與之而弗得必其相富者任置而恒豐故漢文帝以夢而寵鄧通相者占通貧而餓死帝曰能富在我何謂貧乎與之銅山專任冶鑄後遭事逃避餓死人家又寧稟離王侍婢有娠相者占之貴而當王王曰非我之胤便欲殺之婢曰氣從天來故我有娠及子之産王謂不祥捐圈則猪噓棄欄則馬乳而得不死卒爲夫餘之王故知業緣命運定於冥兆終然不變弗可與奪也

論言案經所明業果不謬作善得福爲惡受殃斯理皎然如何致感今若引經據理彌益其深迷且依書指事以開其淺識何者昔武丁之時亳有桑穀共生于朝太史占曰野草生朝朝其亡矣武丁恐懼側身修善桑穀枯

死殷道中興豈非爲善而有福也又帝辛之時有雀生烏在城之隅太史占曰以小生大國家必昌帝辛驕暴不修善政殷國遂亡豈非爲惡之有殃也如奕所言將生時之實貨買死後之虛名意謂生時布施死後無報愚闇之甚矣可與言眼見春時種殖空竭倉儲秋收冬藏充物府庫故施有來報感胎氈之與掌錢德必現酬致銜珠之與負鹿此並經籍明證何可致疑又言禮佛不得尊豪設齋不得富貴者尋國家太廟先皇之靈百神陪侍萬民恃賴至尊拜跪故得居大位而處尊名臣吏鞠躬荷寵靈而享富貴況佛法王威神高遠德過千聖道冠百靈禮拜祈誠理當富貴歸依懇至必致尊豪昔人一瓢以濟餓夫尚得扶輪相報今一齋以供大聖寧無福祿相酬科類而言理無致惑如奕所見賭貯有二一則是衆佛已先聽二則是私如來久制此開衆禁私大聖明訓宜令道士習此成規禁私開衆漸學佛法故春秋云齊桓公問禮於左師與子産左師曰夫禮者天之經地之義民之行也大國用之小國習之今道習於佛類同此也

第六決破帝王無佛則大治年長有佛則虐政祚短

槩聞中國者三千日月萬二千天地之中央也故有輪王迭出聖主繼興御七寶而王四天行十善而被萬國開平等之化和怨以睦親翕慈悲之風勝殘而去殺故得不威不怒物以之行不役不勞民以之治自大劫將邁淳風漸澆至德云衰正氣斯殄於是五濁鼎

沸三災競起十六大國各擅尊名八十聚落咸據封域競尋戈劍爭事發興彼此貪殘更相屠害故釋迦愍斯塗炭哀其沉溺陳經教勸善以誘賢制戒律禁惡以懲罪皆令息妄歸真還源返本比乎中原之地上古之初世朴時淳書契未作民澆俗僞典籍方興故周公不出於上皇孔子唯生於下代制禮作樂導俗訓民致治興風匡時救弊皆欲令止澆息競返素還淳比於釋迦其揆一也若見言帝王未有佛法之前則大治年長有佛法之後則虐政祚短不得事佛像不得讀佛經者科類而言帝王未有周孔之前則大治年長有周孔之後則虐政祚短亦不得祭周孔神行周孔教理豈然乎但無佛無法人不知遠惡以修善無禮無教世不識事君以養親以此而推禮教不可一日而虧佛法豈得暫時而廢也

論言尋奕所引自後漢光武已前無佛法則祚久長年子必嗣父臣不簒君從漢明已後爲有佛法子弗嗣父臣多簒君驗奕此言知其庸闇雖引圖史弗究始終緬尋上代已來爲帝王者或一身而絕或累世而亡如帝摯少昊治政繁雜九黎作亂其嗣不肖一世即亡帝摯亦無正嗣治不滿朞一身而滅自後唐堯虞舜子皆不肖一身絕滅夏桀殷紂並皆暴虐爲臣所誅其間或爲臣而簒君如羿之與寒浞或爲弟而奪兄如仲壬之與雍已至乎周世子朝之逐敬王子廢父也暨乎秦室趙高之殺二世臣殺君也至前漢呂后亂朝王莽簒政此豈有佛法使之然也若言自

漢明巳後迄乎蕭齊皆爲崇佛法虐政祚短至於宇文既破滅佛法應善政祚長而奕盡蕭齊則論至宇文不説非但誑惑民庶亦乃欺罔聖朝以此而論事合繩劾但宇文篡魏而立虐政無道君臣猜貳兄弟相誅陵蔑聖賢毀破佛法治唯五主二十四年推此一條帝王無佛法則虐政祚短有佛法則善政祚長近代同知寧不信也但奕太史之官委任處重須愼機密無得妄言故古者聖人當言而懼發言而憂而奕不慮禍福專事妖邪或置後引初或隱首露尾藏護道法謗毀佛僧唯事偏辭竟無正語聖朝明鑒寧不察哉如槃愚見帝王欲得祚久年長者必須興隆佛法樹善修功慈育群民勝殘去殺明死生之分守止足之心納忠諫之言遠佞諂之説如此則三十之期自遠七百之祚悠長故淮南子曰夫天下有貴而非位勢有壽而非千歲適情知足則貴矣明死生之分則壽矣

第七決破封周孔之教送與西域而胡必不肯行用

槃聞仲尼逝而微言絶弟子喪而大義乖自爾詩書紛然淆亂至秦皇焚滅典籍散亡漢武聿興文藝還闡至於處大庭之館居玄宮之室習無爲之道行不言之教以謙挹爲德卑弱爲心專任清虚杜絶仁義務存嘉遁委棄身名九流之中則道家之流也故漢書藝文志云道流者蓋出於史官歷記成敗古今之道有三十七家今之李老蓋一家耳至於建康莊之第築碣石之宫闡儒學之宗弘文藝之術與邦制治導俗訓民禮樂緝修憲章

攸序九流之內儒學之流也故漢書藝文志云儒流者蓋出於司徒之官辦陰陽明教化宗堯舜師仲尼有五十二家今儒學所傳也九流之中二化爲最百家之內兩學爲先用各有宜弗可廢也何者道法是虛無之唱而違俗不可以救弊儒術乃教化之談而順民可以導物考而言之非無優降尋李老專任無爲止求自度心無廣濟行闕兼他片同聲聞之自利也故清淨法行經云摩訶迦葉化爲老子迦葉旣是小心老子又無大志法行之言信而非謬也孔子以術藝訓人禮教齊俗少習利他漸學兼濟片同菩薩之利他也故清淨法行經云儒童菩薩化作孔丘儒童旣是大心孔丘復有兼濟法行之說理豈虛哉考乎李典爰及孔經教迹乃分理致終一

若言封周孔之教送與西域而胡必不行奕意豈不云胡教來此漢人亦不得受科類而言昇降懸矣尋佛是大聖化滿十方遠降感靈漢明親覩君臣欣感民庶歸心故遣使西行遠到天竺摩騰隨至傳化迄今周孔少聖德局一方不能遠降感靈使彼親感故西域之人無緣生信亦不遠此迎周孔之經爲此禮教不行西土以此而推抑可知矣

論言尋辛夘夜明魯史傳其化迹丙子星孛漢册記其感靈然後像教西移法流東漸自摩騰降漢創譯眞言爰多入隋盛翻釋典藤皮貝葉遠傳天竺之文玉牒金牋近翻震旦之語爾來流演迄至于今從漢明已來時經一十五代譯人一百九十有六所出經律記論二千一百四十五部合有六千一百五十

二卷此並梵音所演天竺所傳論其龍宫經厨十分而未盡鷲山法藏萬倍而何窮今之所翻蓋少多耳考其帝代尋其圖史典誥明據奚可致疑緬尋道家所注經籍昔無今有眞少僞多如藝文志明於道流雖有三十七家七百九十三篇唯七家八十二篇明李老清虛自守之道自餘三十家七百一十一篇乃明帝王治化古今之道故後漢書法本内傳云漢明帝永平十四年正月一日朝正之次五岳十八觀諸山道士褚善信等六百九十人聞攝摩騰竺法蘭等將佛經像來到洛陽傾國敬崇率土歸向信等内懷惡嫉求欲校量盡將道家經書合三十七部七百四十四卷當時對燒並皆焚燼善信等慚憤感激而死以此而推漢明之時道家經書只有三十七部七百四十四卷雖有多軸非盡道經唯五百九卷是天尊道君所説餘二百三十五卷乃黄老等諸子之書自爾已來過此數者並是道士增加妄造不可承信爰至宋朝道士陸修靜答宋明帝云道家經書并藥方符圖總有一千二百二十八卷唯此爲正餘者並非而今道士或出情製造或改換佛經添足目録增加部袠云有二千四十卷復過前數幾許浪言請問道士後出之經爲是天尊更説爲是老子前陳縱使説經應有處所爲是何帝何時何年何月如必有據容得流傳如其詐妄理合刊削又俗士所製取作道經此之流類數亦多矣如太玄經楊雄所造洞玄經王褒所製指歸經嚴君平造三皇經鮑靜所製開天經張泮所造化胡經王浮所

製或取盤古之傳或取諸子之篇假認俗書以爲道教偷竊釋典持作老經前已略陳不能重述似貧人盤窖盜他寶爲家財飢者困窮噉芻豢爲美食如槩所見老子二篇正是道經依令行之自餘諸部皆是妄認事須正之庶知道與佛殊李將釋別則使鼠璞不濫雉鳳條分後學之徒豈應謬歟

第八決破統論佛法虛多實少道人假說

槩聞眞身絕待非形方質礙可求至理出情豈言談語論可得大矣哉蕩蕩乎大道之外妙矣哉超絕乎眞一之表於是四句頓亡百非洞遣窮言極慮物莫能名者哉但妄識悠悠迷情蠢蠢縱四狂而弗悝耽五醉而長昬故大聖垂慈志存拯拔於是開五乘之迹通四辯之音非身現身滿於法界無說示說說遍乎大千故有微塵化身分散而莫盡恒沙法藏流演而無窮故須彌圖經云寶應聲菩薩化爲伏羲吉祥菩薩化作女媧儒童應化作孔丘迦葉化爲李老妙德託身開士能儒誕孕國師又涅槃經云所有經書記論伎藝文章皆是佛法以此而推三皇五帝孔李周莊皆是菩薩化身所收文字圖書詩章禮樂並是諸佛法藏所攝文理昭然豈爲虛妄而奕執言謬理覩化迷眞專以形迹見識名器相局將泥木以毀聖持觿畫以難眞然觿畫代眞寧是眞佛泥木表聖非即聖人故佛有覺名假名非實佛有形像假像非眞非眞而立像爲令因像以悟眞非實以施名爲令因名以悟實無名無實悟者所以豁虛非像非眞造人所以玄會妙哉斯言之至也深矣

斯理之極也而奕闇於深理迷於業報弗論
身後唯計眼前若言欲求富貴唯須壯馬負
鐵効力疆場不須造像修功以祈福力者武
周壯馬最多世充厚鉀不少効力征戰固守
疆埸常應富貴今者何在若言欲得布絹豐
饒穀米成熟但栽蒔桑麻積聚爛糞不須寫
涅槃千部誦法華百遍以祈福力者建德廣
占桑田薛舉大足馬糞長應積殖多納倉廚
今復何在若言欲得粮貯充牣耕穫弗愆但
開渠引水灌畦注埠不須轉海龍王經十部
以求雨潤者蕭銑據有荊州堤堰倍常沃潤
應課收納保據封疆今復何在以此而推我
大唐皇帝內則樹善憑福外則應天順民故
得華戎率從羣兇授首倉庫充牣封域廓清
若非內外福饗豈能剋定艱難者也若言欲
求忠臣孝子佐世治民唯讀孝經一卷孝子
二篇不須廣讀佛經者尋此經但明世間忠
孝未及出世忠孝何者夫處俗躬耕奉親以
竭力出家修道遵法以興慈竭力者答現前
之小恩興慈者報將來之大德雖暫乖敬養
似若慢親終能濟拔方爲至孝斯則利沾三
世豈唯旦夕之勞恩潤百生寧責晨昏之養
校其在生勝劣明矣若言老子二篇足明忠
臣孝子佐世治民者尋老子絕慮守真亡懷
猒俗捐親弗顧棄主如遺豈論奉孝守忠治
民佐世也故老子云吾所以有大患者爲吾
有身及吾無身有何患乎此全猒身棄世弗
可佐世也又言貴身有天下者可以暫託不
可久也河上公注云人君貴身而賤人欲爲
天下主則可暫寄不可久居此今捨俗遺榮

不可以治民也尋傅奕負恃凶頑輕弄脣吻辭繁理寡語少罵多縱瞋毒以中人逞惡言以迷俗於是梟音醜氣稍滿村閭鴆響毒聲漸喧行路遂令無識邪黨唱快相傳達見士流傷嘆憐愍而偏護道法憎惡佛僧物類相感人畜同爾有類蚩尤之犬吠於軒轅盜跖之徒惡於夫子弗可怪也但奕覩佛法尊高衆僧貴勝坐必居上行要在先帝王盛崇朝臣頂戴寺塔宏壯齋供充盈民庶爭歸士女奔湊至於玄壇之內事等荒村治觀之中還同廢社時因祭醮託酒肉以招人或賴吉凶假送餉以來物故微沾識解弗受欺誣少有信心豈從迎請愧斯寂寞恒有嫉心致使虛構浮辭強相挫辱罵詈極其醜氣呪詛窮其惡言誹謗弗忌殃尤譏毀寧計罪福縱令眼前焚蕩不稱其心手下屠刑寧猒其快書云民惡其上獸惡其網斯之謂歟昔崔晧説魏太武令破滅佛法殺害僧尼自於家內禮事尊像太武察得忿其矯誑即便誅戮曝屍都市勅令行人咸糞其口太武還興佛法敬事如初又周武帝狂悖無道毀滅佛法焚燒經像破壞塔寺罷廢衆僧遂身生癩瘡惡疾而死斯並近代殊驗靈祟著明聖上文思久已玄鑒奕之罪業方墜泥犂永劫沉淪深可憐愍槩矜其邪謬曉以正言儻或返迷去道何遠望諸同志咸識此心龍朔三年七月十九日長安令清河公李義節於西明寺索破邪論往光明寺經坊所立抄演訖以其月二十一日進了

廣弘明集卷第十二

音釋

櫬初覲切棺也　懍呂錦切懍厲危懼貌　蔑莫結切相陵蔑也　鴆直禁切毒鳥也　斮側畧切斫也　忤五故切犯也　覼縷覼郎和切縷力主切覼縷委曲也　咀莊跍切與詛同　櫛阻瑟切梳鈚也　紛紜紛音芬紜音云擾亂也　詈力翅切罵詈正斥曰罵旁及曰詈　伉儷伉苦浪切儷零帝切配合也　芊蒻芊于句切蒻日灼切　瘠才亦切瘦也　臠呂轉切塊肉也　膾音檜細切肉曰膾　酳醪酳息呂切醪音勞酳醪並酒也　稼穡稼音嫁種也穡音色斂也　穟音遂垂穎也　帔彼義切裠帔也　覦音逾覬覦欲得也　莠稗莠音酉稂莠也稗旁卦切稊稗也　筲所交切斗筲小竹器　斧扆斧音甫扆於豈切斧扆天子南鄉所倚之屛風也　絣補耕切以繩直物也　苛虐苛音呵虐魚却切酷毒也　篹子管切以茅剪樹爲篹尊卑之次也　旍咨盈切　噎於結切氣窒也　闔胡答切總合也　愶虛業切威力相恐也　詃胡犬切詐誘也　⿰貝居貯⿰貝居音居貯展呂切⿰貝居貯聚積也　鮭音圭魚名　腊音昔肉脯也　歠昌劣切飲歠也　饕餮饕音叨貪財也餮音鐵貪食也　紬直由切紡絲繒　圈其卷切猪圂也　嘘音虛吹也　牣音刃滿也　餒奴罪切飢也　摯音至　淆戶交切混淆也　窘巨隕切窮迫也　蒔時吏切種也　銑先典切　堰於扇切埭也　亳弼角切音泊州名

廣弘明集卷第十三上

唐西明寺釋道宣撰

辨惑篇第二之九

辨正論十喻九箴篇

釋法琳

十喻篇上荅李道士十異論

有黄巾李仲卿學謝管窺智慙信度矜白鳥之翼望駭嵩華負爝火之光爭輝日月乃作十異九迷貶量至聖余慨其無識念彼何辜聊爲十喻曉之九箴誡之用指諸掌庶明達君子詳兹而改正焉

外一異曰

太上老君託神玄妙玉女剖左腋而生

釋迦牟尼寄胎摩耶夫人開右脇而生

内一喻曰

老君逆常託牧女而左出

世尊順化因聖母而右生

開士曰案盧景裕戴詵韋處玄等集解五千文及梁元帝周弘政等考義類云太上有四謂三皇及堯舜是也言上古有此大德之君臨萬民之上故云太上也郭莊云時之所賢者爲君材不稱世者爲臣老子非帝非皇不在四種之限有何典據輙稱太上耶檢道家玄妙及中台朱韜玉劄等經并出塞記云老是理母所生不云有玄妙玉女既非正說尤假謬談也仙人玉籙云仙人無妻玉女無夫雖受女形畢竟不産若有兹瑞誠曰可嘉何爲史記無文周書不載求虚責實信矯妄者之言乎

禮云退官無位者左遷論語云左衽者非禮

也若以左勝右者道士行道何不左旋而還右轉耶國之詔書皆云如右並順天之常也
外二異曰
老君垂訓開不生不滅之長生
釋迦設教示不滅不生之永滅
内二喻曰
李聃禀質有生有滅畏患生之生反招白首
釋迦垂象示滅示生歸寂滅之滅乃耀金軀
開士曰老子云有大患莫若有身使吾無身吾有何患患之所由莫若身矣老子既患有身欲求無惱未免頭白與世不殊若言長生何因早死
外三異曰
老君應生出茲東夏
釋迦降迹挺彼西戎
内三喻曰
重耳誕形居東周之苦縣
能仁降迹出中夏之神州
開士曰智度論云千千重數故曰三千二過復千故曰大千迦維羅衛居其中也婁炭經曰葱河以東名爲震旦以日初出耀於東隅故得名也諸佛出世皆在中州不生邊邑邊邑若生地爲之傾案法苑傳高僧傳永初記等云宋何承天與智嚴法師共爭邊中法師云中天竺地夏至之日日正中時竪晷無影漢國影臺至期立表猶餘陰在依筭經天上一寸地下千里何乃悟焉中邊始定約事爲論中天竺國則地之中心方別巨海五萬餘

里若准此土東約海濱便可震旦本自居東
迦維未肯爲西其理驗矣
外四異曰
老君文王之日爲隆周之宗師
釋迦莊王之時爲罽賓之教主
內四喻曰
伯陽職處小臣忝充藏吏不在文王之日
亦非隆周之師
牟尼位居太子身證特尊當昭王之盛年
爲閻浮之教主
開士曰前漢書云孔子爲上上流是聖老子
爲中上流是賢何晏王弼云老未及聖二教
論云柱史在朝本非諧贊出周入秦爲尹言
道無聞諸侯不見天子若爲周師史無明證
不符正說其可得乎案史記王儉百家譜云
李者高陽之後始祖咎繇爲舜理官因遂氏
焉李氏之興起於耼也自耼之前未有李姓
唯氏理焉以樹下生乃稱李氏老子之子名
宗仕魏文侯蓋春秋之末六國時人也文王
之世既無李姓何得有耼出爲周師年代參
差無的依據抱朴云出文王世嵇康皇甫謐
並生殷末者蓋指道之僞文非國典所載
外五異曰
老君降迹周王之代三隱三顯五百餘年
釋迦應生梵國之時一滅一生壽唯八十
內五喻曰
李氏三隱三顯既無的據可依假令五百
許年猶慙龜鶴之壽
法王一滅一生示現微塵之容八十年間
開誘恒沙之衆

開士曰撿諸史正典無三隱三顯出没之文唯臧兢諸操等考義例云爲孔說仁義禮樂之本爲一時赧王之世千室以疾病致感老君受百八十戒并太平經一百七十篇爲二時至漢安帝時授張天師正一明威之教于時自稱周之柱史爲太上所遣爲三時也夫應形設教必藉有緣觀化度人皆資徒衆豈可五百年間全無弟子三出三隱不見門人禀學親承杳然河漢爲有之說委巷空傳在周劣駕小車鬢垂絲髮來漢即能簫鼓雲萃雨從于寶搜神未聞其說齊諧異記不載斯靈撫臆論心詭妄尤甚

外六異曰

老君降世始自周文之日訖乎孔丘之時

釋迦下生肇於淨飯之家當我莊王之世

內六喻曰

老聃生桓王丁卯之歲終景王壬午之年雖訖孔丘之時不出姬昌之世

調御誕昭王甲寅之年終穆王壬申之歲是爲淨飯之胤本出莊王之前

開士曰孔子至周見老聃而問禮焉史記具顯爲文王師則無典證出於周末其事可尋若在周初史文不載又檢周禮官儀文武成康之世並無柱史藏吏之名當是正品闕條周末小吏耳

外七異曰

老君初生周代晚適流沙不測所終莫知方所

釋迦生於西國終彼提河弟子摣胷羣胡大叫

內七喻曰

老子生於賴鄉葬於槐里詳乎秦佚之弔
　　責在遁天之形
瞿曇出彼王宮隱茲鶴樹傳乎漢明之世
　　秘在蘭臺之書

開士曰莊子內篇云老聃死秦佚弔之三號而出弟子恠問非夫子之徒歟秦佚曰向吾入見少者哭之如哭父老者哭之如哭其子古者謂之遁天之形始以爲其人也而今非也遁者隱也天者免縛也形者身也言始以老子爲免縛隱形之仙今則非也嗟其諂曲取人之情故不免死非我友也

外八異曰

老君蹈五把十美眉方口雙柱叅漏日角
　　月懸此中國聖人之相
釋迦鼻如金鋌眼類井星精若青蓮頭生
　　螺髮此西域佛陀之相

內八喻曰

李老美眉方口蓋是長者之徵蹈五把十
　　未爲聖人之相
婆伽聚日融金之色既彰希有之徵萬字
　　千輻之奇誠標聖人之相

開士曰老子中胎等經云老聃黃色廣顙長耳大目踈齒厚脣手把十字之文脚蹈二五之畫止是人間之異相非聖者之奇姿也傳記並云老子鼻隆薄頭尖口高齒踈眼睫耳擿髮蒼黧色厚脣長耳其狀如此豈比佛耶如來身長丈六方正不傾圓光七尺照諸幽冥頂有肉髻其髮紺青耳覆垂埵目視開明師子頰車七合網盈口四十齒方白齊平舌

能掩面蓮華葉形手内外握掌文皆成其語雷震八種音聲胷上萬字足輪千縈色融紫磨相好難名具三十二八十種禎放一光而地獄休息演一法使苦痛安寧備列衆經不煩委指

外九異曰

老君設教敬讓威儀自依中夏

釋迦制法恭肅儀容還遵外國

内九喻曰

老是俗人官居末品衣冠拜伏自奉朝章

佛爲聖主道與俗乖服貌威儀豈同凡制

開士曰昔丹陽余玠與撰明真論以駮道士出其僞妄詳彼論焉言巾褐之服正是古日儒墨之所服也在昔五帝鹿巾許由皮冠並俗者之服耳褐身長三丈六尺有三百六十寸言法一歲三十六旬或象一年三百六十日也褐前有二帶言法陰陽兩判巾之兩角又法二儀余氏又云若周秦二世即以夏之十月爲年至於分度盈縮曆運折除復焉得三百六十數耶考尭舜周孔不爲此服尋黄帝之遇皇人九真之靈又降帝嚳至夏禹開塗鍾二山之藏窮此等服曾無據焉案周有赤雀之徵旦感丹書之瑞旣符火德世服朱衣老是周人兼陪末吏冠屨拜伏自奉恒儀即曰治頭本名鬼卒黄巾赤績不効伯陽祝水行符親師張氏非道非俗祖習誰風

外十異曰

老君之教以復孝慈爲德本

釋迦之法以捨親戚爲行先

内十喻曰

老訓狂勃殺二親爲行先

釋教仁慈濟四生爲德本

開士曰汝化胡經言喜欲從聃聃曰若有至心隨我去者當斬汝父母妻子七人頭者乃可去耳喜乃至心便自斬父母七人將頭到聃前便成七猪頭夫順天地之道者行巳不傷和氣者孝也丁蘭感通於朽木董永孝致於天女禽獸猶有母子而知親況聃喜行道於天下斬其父母何名孝乎戮其妻子豈謂慈乎

內十喻答外十異

內從生有勝劣一　立教有淺深二

德位有高卑三　化緣有廣陿四

壽夭有延促五　化迹有先後六

遷謝有顯晦七　相好有少多八

威儀有同異九　法門有頓漸十

外從生左右異

外論曰聖人應迹異彼凡夫或乘龍象以處胎乍闢脇腋而出世雖復無關兩氣非假二親至於左右之殊其優劣之異一也

內從生有勝劣一

內喻曰左衽者則戎狄所尊右命者爲中華所尚故春秋云冢卿無命介卿有之不亦左乎史記云藺相如功大位在廉頗右頗耻之又云張儀相右秦而左魏犀首相右韓而左魏蓋云不便也禮云左道亂羣殺之豈非右優而左劣也皇甫謐高士傳云老子楚之相人家于渦水之陰師事常樅子及常子有疾耳往問疾焉嵇康云李耳從涓子學九仙之術檢太史公等衆書不云老子剖左腋生旣

無正出不可承信明矣驗知揮戈操翰蓋文武之先五氣三光寔陰陽之首是以釋門右轉且符人用張陵左道信逆天常何者釋迦起無緣之慈應有機之召語其迹也則行滿三祇相圓百劫降神而乘玉象掩耀而誕金姿三十二祥休徵開於地府一十八梵禎瑞駭於天宮靈相周於十方神光顯乎八極述其本也久證圓明塵沙莫能筭其壽早登寂照虛空無以量其體豈唯就攀枝而偉瑞徵白首而効祥猶螢光與龍燭競輝魚目共蚌珠並曜爾道之劣一也

外教門生滅異

外論曰夫等無生滅其理則均導世引凡不無差異但生者物之所以欣滅者物之所以惡然則生道難得必俟修功滅法易求詎勞禀學是知騰神駕景自可積劫身存氣盡形殂固當一時神逝此教門之殊二也

內立教有淺深二

內喻曰夫滅身以懼大患絕智以避長勞議生靈於懸疣齊泯性於王樂蓋老莊之談也且綿綿常住古皇則不死不終繩繩無名老氏則復歸無物然常存非永沒之稱無物豈長生之化耶抑復明其淺深至如保弱守雌之文虛心實腹之論審浮生之有量嗟智水之無涯語大則局在域中陶鈞則不出性分蓋其志也豈與夫大覺開無窮之緣挺圓極之照測微則窮乎絕隙究理則控在無方美氣與氤氳共和神軀同太虛比固語其量也猶嵩華與培塿殊峻溟渤將坎井異深爾道之劣二也

外方位東西異

外論曰夫東西二方自有陰陽之別左右兩位便成仁義之殊仁唯長善陽又通生義主裁成陰論肅殺二氣爲教則陰不及陽五德爲言則仁深義淺此方位之殊三也

彈曰乾爲陽爲父位在西北坤爲陰爲母卜之西南北方盛陰之鄉便爲中男之位南方盛陽之地離成中女之居男女既無定方陰陽不均恒準所以水賊土故以巳爲甲妻金剋木故以乙爲庚妻乾既位高乃居西北震能出帝復在東方至如禮席若南北鋪之即以西方爲上言順乾尊也東西列之即以南方爲上言逐陽盛優劣自見此之謂歟

内德位有高卑三

内喻曰夫金夫木妻陰陽孰可求執離南坎北男女匪有定方所以子午以東爲陽者取男女生於東方也子午以西爲陰者言父母老於西方也此則從生老以判陰陽非尊卑以言勝劣假令父母在西未應卑子男女在東豈敢尊父仁非義則不成義非仁則不養所以子午以東仁也父西義也隨處立準無惑大方苟局判於所生所拘限於封域者亦當西羌大禹所出以仁況之德頓虛東夷文王所生裁成之教永鈌吞江納漢非湫隘之陋居浮渭據涇無帝皇之神宅前折邪次歎正夫釋氏者天上地下介然居其尊三界六道卓爾推其妙加以小學二乘之侶大心五品之倫譬衆星之拱北辰若金山之麗碧海足令鹿頭象面屈矯抗之心六異十仙伸伏膺之禮何止挫徐甲於庸夫遵尹喜於關吏稟學於牙齒之際高士傳曰常松子因張其口老子曰將非謂齒剛而亡舌柔而存常子曰盡矣收名於藏吏之間乎爾道之劣三也

外適化華夷異

外論曰夫華夷禮隔尊卑著自典墳邊正道垂勝負存乎史冊戎狄之主不許僭號稱王楚越之君故自貶之爲子豈可獯鬻之小匠疋我天王之大師此華夷之異四也

内化緣有廣狹四

内喻曰案道德序云老子修道自隱以無名爲務周衰出關二篇之教乃作然周書典謨無老氏所製案二教論云五千文者容成所說老爲尹談蓋述而不作也又職唯藏吏位非阿衡隆周之師將非烏有前折邪次歎正釋迦降神羅衛託質王宮智實生知道唯遍覺演慧明於百億敷法雲於大千靈澤周於十方神化覃於四表崇崖峻壁之典龍居象負之文蓋溢於茲矣雖弘羊潛計之術莫能紀其纖芥鄒衍談天之論無以議其涓滴豈夫章詮八十文列五千而已哉恨子未窺牆仞致有武叔之毀亦復何傷日月故多念其不知耳爾道之劣四也

外稟生夭壽異

外論曰夫老君道契寰中與虛空而等量神超象外隨變化而無窮所以壽命函不同凡隱顯居然異俗釋迦生涯有限壽乃促期一滅不能再生彈曰老子既云長生今日在何郡縣乎八十何期危脆此壽夭之異五也

内壽夭有延促五

内喻曰序云懷於李氏處胎八十一年蓋太陽之數壽一百六十年處胎已過其半三變五百將非假稱珍怪太史公以爲楚老萊子及周太史儋皆老子也或言二百三十年或

一百六十歲皇甫謐云諸子之書近爲難信唯秦佚弔焉老死信矣世人見谷神不死是以玄牝故好事者遂假託焉神仙傳云鬱華子録回子傳豫子大成子赤精子武成子尹壽子眞行子錫射子及邑先生等並是老身者止見碎書不出神仙正經未可據用也夫有天地則有道術道術之士何時暫乏豈獨常是一老子也皆由晚學之徒好奇尚異苟欲推崇老子使之無限淺見道士欲以老子爲神異使後世學者信之故爲詭說耳誠哉斯言可爲鑒矣

夫妙樂資三德乃成法身爲五分所立是以生滅頓遣圓覺之性乃彰空有兼融靈儀之妙依在故得形超視聽之表名息情塵之外湛然常樂文系之所未詮嶷爾圓明言象之所莫測雖西王桃實屢熟而靡延東海桑田數變而非永五雲九轉悲繩鳥之暫留飛雪玄霜比遊駒以難固信終道無大椿之久蜉蝣罕龜鶴之年爾道之劣五也

外從生前後異

外論曰道佛二經各陳其說或言劫劫出世競事無先或代代出生爭陳久遠此之眇邈難取證知今依傳史定其時代人倫而語則老尊而少卑鄉黨爲言亦長兄而幼弟此先後之異六也

內化迹有先後六

內喻曰釋誕隆周之初老生姬季之末論年二百餘祀語世一十餘王紫氣青牛弗在昭莊之世神光白象非關桓景之年然而洞霧昬天濁流翳地文仲逆祀孔子非其不智子

僉毀聖賜也讖其失言言點難磨駟不及舌誠不虛也前折愚後嘆聖

夫俯迹應凡託質於危脆蹈機化物同壽於百年故果局因脩信相由玆起惑齡促化廣慈氏以故發疑巨嶽非衡石所量譬壽久而猶邈玄虛非丈尺所辨方劫遠而無窮豈如蚍充求仙翻其天世蜆纓得藥未且延齡蓋騰鷃共鵬翼偶髙馳駑與驥足爭遠爾道之劣六也

外遷神返寂異

外論曰老君初誕之日既不同凡晦迹之時故當殊世所以西没流沙途經函谷青牛出境紫氣浮天不測始終莫知方域釋迦抱危疾於舍衛告殞命於雙林燒柩焚屍還同梵法氣盡神謝曾不異凡此去世之異七也

内遷謝有顯晦七

内諭曰序云託形李氏之胎示人有始終之義豈非生滅耶即莊生所云老聃死秦佚弔之是也而生依賴鄉死就槐里始終莫測何其瞽哉前折邪後嘆正

夫大慈化圓德滿緣謝機亡仁舟溺於兩河慧日沉於雙樹其六天八國之位法儔聖衆之倫且電合而風馳既雲委而霧集靈齒瑞骨昭勝福於殊方紺髮紅爪顯神功於絕代是知莫來莫往弘濟之德美焉非顯非昧聲華之風盛矣豈同鼎湖亡返嶠山之冢獨存流沙不歸扶風之隴空樹皇覽云黄帝冢在嶠山老子冢扶風爾道之劣七也

外賢聖相好異

外論曰夫聖人妙相本異凡夫或八彩雙瞳

河月海口龍顔鶴歩反宇奇毫至如卷髮緑睛夷人之本狀高鼻深目胡子之常形豈可疋我聖人用爲奇相若事佛得此報者中國士女翻作胡形此相好之異八也

内相好有多少八

内喻曰聖人相質無常隨方顯妙是以虵軀龍首之聖道穆於上皇雙瞳四乳之君德昭於中古周公反握猶騏驥之一毛禹耳齊有乃崑山之片玉前釋疑後歎正夫法身等於如如無方理絶稱謂化體由乎應物妙質可涉名言故有白毫紺睫之輝杲脣花目之麗卍字千輻之相日輪月彩之殊非色妙色之容離相具相之體薄拘有而不具輪王具而不明薩遮經云非色生性勝諸相百福勝八十種妙勝莊嚴佛月身譬如三千大千世界四生衆生竝成輪王更增百倍始就如來一毛功德復加百倍始成一好功德復加百倍始成一相功德復加百倍始成眉間白毫相功德復加百倍始成一無見頂相復加百倍始成螺髻功德仙人覩而自悲嗟衰葉之旦暮梵志見而興感歎靈華之罕逢何止蹈五把十以標奇蒙倛斷榴以顯異曹植相論云孔子面如蒙倛周公形如斷榴也豈陽文與毄蔑比麗孟陬與龐廉競妍爾道之劣八也

外中表威儀異

外論曰老教容止威儀拜伏揖讓玄巾黃褐持笏曳履法象表明蓋華夏之古制彈曰道士元來本著儒服不異俗人至周武世始有橫帔二十四縫以應陰陽二十四氣也出自人情亦無典據也釋訓袈裟左衽偏袒右肩全幅橫縵之裙半片秖支之服禿髮露頂狗踞狐蹲非預人倫寔戎狄之風也豈用茲形制疋我威儀此容服之異九也

内威儀有同異九

内喻曰王珮金貂莫施於樵野荷衣蕙帶弗踐於王庭故應器非靈廟所陳染衣異朝宗之服故乘於道者或順機而軌物據於德者或矯時而訓世是以翦髮文身仲尼稱太伯之善反常合道詩人美棠棣之華況將反性澄神隔凡踐聖而不異其容服未之有也故使衣像福田器繩難量絲桐弗惑於耳朱紫無眩於目輕肥罔狎其體勢競莫駭其心故經云羅漢者眞人也聲色不能污榮位不能動何必鶡冠雀弁反拘自縛磕齒噓氣而稱道哉登木求魚去之彌遠挈船待劍何其鄙夫爾道之劣九也

外設規逆順異

外論曰老君作範唯孝唯忠救世度人極慈極愛是以聲教永傳百王不改玄風長被萬古無差所以治國治家常然楷式釋教棄義棄親不仁不孝闍王殺父翻說無愆調達射兄無聞得罪以此導凡更爲長惡用斯範世何能生善此逆順之異十也

内法門有漸頓十

内喻曰義乃道德所卑禮生忠信之薄瑣仁譏於疋婦大孝存乎不匱然對凶歌笑乖中夏之容臨喪扣盆非華俗之訓（原壤母死騎棺而歌孔子助祭弗譏子桑死子貢弔四子相視而笑莊子妻死扣盆而歌）故教之以孝所以敬天下之爲人父也教之以忠敬天下之爲人君也化周萬國乃明辟之至仁形于四海實聖王之巨孝佛經言識體輪迴六趣無非父母生死變易三界孰辨怨親又言無明覆慧眼來往生死中往來多所作更互爲父子怨數爲知識知識數爲怨是以沙門捨

俗趣眞均庶類於天屬遺榮即道等含氣於已親行普正之心等普親之意且道尚清虛爾重恩愛法貴平等爾簡怨親豈非惑也勢競遺親文史明事齊桓楚穆此其流焉欲以訾聖豈不謬哉爾道之劣十也

廣弘明集卷第十三上

音釋

爝音雀炬火也　詵所巾切　鋌亭頂切　睞即代切目斜視也　擿音摘　駁必角切　嚳苦篤切　藺良刃切姓也　渦烏和切水名　樅七容切　培塿培步口切塿力侯切小阜也　獯鬻獯兄云切鬻余六切獯鬻北夷名　儋丁甘切　馗渠龜切錘馗菌名　蜉蝣蜉音浮蝣音由蜉蝣渠畧也朝生暮死　倛音欺蒙倛頭方相也　鬷子紅切鬷蔑鄭賢人貌惡　陬子侯切

廣弘明集卷第十三下

唐西明寺釋道宣撰

九箴篇下 答九迷論

周世無機一　建造像塔二
威儀器服三　棄耕分衛四
教爲治本五　忠孝無違六
三寶無翻七　異方同制八
老身非佛九

外論曰夫言者非尚於華辭貴在中理歌者非尚於清響貴賓合節佛經如來說法之時諸國天子普來集聽或放光明遍大千土但釋迦在世之日當我周朝史冊所書固無遺漏未聞天王請彼蔥嶺豈於中華之帝無善不預道場邊鄙之君有緣晉霑法座光明所照則衆生離苦而此土何辜偏無人悟獨隔恩外曾不見聞仰度能仁不容私簡彈曰汝無見佛業有謗聖愆何得怨神唯須自咎也求心責實事舛言乖詭妄皎然足稱虛僞凡夫莫悟逐影吠聲而世不能知其迷一也

內周世無機指一

內箴曰夫淳曦麗天矇瞍莫鑒其色震霆駭地聾夫弗聆其響者蓋機感之絕也作暴凶跖孔智無以遏其心結憤野夫賜辯莫能轉其忿亦情性之舛也莊子云孔子見盜跖盜跖反責孔子孔子懼逡巡而退劉子云孔子馬侵野人之苗野人怒止其馬孔子使子貢悅解焉野人逾忿乃遣馬圉者辭焉野人乃悅也故道合則萬里懸應勢乖則肝膽楚越況無始結曠惱愛與滄海校深有爲業廣塵勞將巨岳爭峻群情不能頓至故導之以積漸衆行不可備修故策之以限分猶天地三化始合於自然老云人法地地法天天法道齊魯

再變乃臻於至道密雲導於時雨堅氷創於履霜皆漸積之謂也故二皇統化須彌四域經云應聲菩薩爲伏犧吉祥菩薩爲女媧居淳風之初三聖立言空寂所問經云迦葉爲老子儒童爲孔子光淨爲顏回與已淳之末玄虛沖一之旨黃老盛其談詩書禮樂之文周孔隆其教明謙守質乃登聖之階梯三畏五常爲人天之由漸蓋冥符於佛理非正辨之極談猶訪道於瘖聾麾方而莫窮遠邇問津於兎馬知濟而不測淺深因斯而談殷周之世非釋教所宜行也猶炎威赫耀童子不能正目而視迅雷奮擊懦夫不能張耳而聽是以河池涌泛昭王懼於誕神雲霓變色穆后欣其亡聖周書異記云昭王二十四年四月八日江河泉池悉皆泛漲穆王五十二年二月十五日暴風卒起樹木摧折天陰雲黑有白虹之怪豈能越葱河而稟化踰雪嶺而効誠淨名云是盲者過非日月咎適欲窮其鑿竅之辯恐傷吾子混沌之情非爾所知其盲一也

外論曰夫銅山崩洛鍾應葭灰鈌月暈虧未見虎嘯而風不生龍騰而雲不起今釋迦所說佛力最尊一念運心無不來應故凡俗各傾財產競造塔廟不悋珠璣爭陳堂宇或範土刻檀寫獯胡之狀鎔金織素代夷狄之容妙盡丹青巧窮剞劂一拜一禮冀望感通自胡法南漸已來六百餘載未聞一人言能見佛豈胡人頂禮即值如來漢國虔恭不逢調御若化不到此即是無靈誑惑人間空談感力而世不能知其迷二也

內建造像塔指二

內箴曰左徹慕聖刻像而拜軒皇勾踐思賢鎔金而模范蠡丁蘭允孝剞劂以代親顏在

資仁彩壁而圖聖故使憂喜形乎容色精誠通乎夢寐亦其至矣豈如怭利不還優塡以玆鏤木堅林晦影阿輸於是鑄金託妙相於丹青寄靈儀於銑鋈或覩眞避坐寫貌迴軀感應傳云楊州長干寺有育王像人欲模寫寺僧恐損金色不許造像主乃至心發願若精誠有感乞像轉身西向於是鏁開高閣明旦開視像身宛巳西向遂許摸之神應不窮由來尚矣自像流東被正化南移夕夢金人河浮玉馬神光導於湘水瑞彩發於檀溪感應傳云盧陵發蒙寺育王像記云像身出盧陵三曲瑞光燄出相州昭潭金放光明照曜崖岸武昌檀溪寺瑞像身出檀溪光映水上長沙標聚日之姿盧岳顯融金之質其事廣焉略而言矣如于寶搜神臨川宣驗及徵應冥祥幽明錄感應傳等自漢明巳下訖于齊梁王公守牧清信士女及比丘比丘尼等冥感至聖目覩神光者凡二百餘人至如見迹萬山浮輝滬瀆清臺之下覩滿月之容雍門之外觀相輪之影南平獲應於瑞像文宣感夢於聖牙蕭后一鑄而尅成宋皇四模而不就其例甚衆不可具陳豈以爾之無目而斥彼之有靈哉然德無不備者謂之爲涅槃道無不通者名之爲菩提智無不周者稱之爲佛陀以此漢語譯彼梵言則彼此之佛昭然可信也何以明之夫佛陀者漢言大覺也菩提者漢言大道也涅槃者漢言無爲也而吾子終日踐菩提之地不知大道即菩提之異號也禀形大覺之境未閑大覺即佛陀之譯名也故莊周云且有大覺者而後知其大夢也郭注覺者聖人也言患在懷者皆未悟丘與爾皆夢也注云夫子與子游未能忘言而神解故非大覺也君子曰孔丘之談玆亦盡矣涅槃寂照不可

識識不可智知則言語斷而心行滅故忘言也法身乃三點四德之所成蕭然無累故稱解脫此其神解而患息也夫子雖聖遥以推功於佛何者案劉向古舊二錄云佛經流於中夏一百五十年後老子方說五千文然而周之與老並見佛經所說言教往往可驗故孔子有言曰夫易者無爲也無思也寂然不動感而遂通非天下之至神其孰能與於此余今提耳語子當捨其積迷而何其晚悟也支提之製其流蓋遠夫且封且樹比干以忠勁顯墳勿剪勿伐展季以清貞禁壟四民懷於十善緬邈輪王之恩三界尊於六通昭旋羅漢之德正法念經四種人得樹偷婆漢言家謂輪王羅漢辟支如來也况智周十力德滿四弘妙辯契於忘言能垂訓於不測大明窮於勿照乃賜燭於無幽故有香炭金瓶全身遍乎八國光螺鮮貝散體周於十方乍五色凝輝旋空彰於漢世八彩分耀神應顯於吳宮爾其百鏡靈龕千華妙塔掌承雲露鐸韻高風紫柱紅粱遥浮空界翔鵾跂鳳遠接靈方盡壯麗之容窮輪奐之美豈夫高山仰止不忘景行崇表峻闕標樹鴻猷而已哉無以欄氂之辯譏滄海之廣陋榆枋之智測崑閬之髙卑乎而汝莫知其盲二也

外論曰夫禮義成德之妙訓忠孝立身之行本未見臣民失禮其國可存子孫不孝而家可立今瞿曇制法必令衣同胡服即是人中之師口誦夷言便爲世間之貴致使無賴之徒因斯勃逆箕踞父兄之上自號桑門傲慢君王之前乃稱釋種不仁不孝已著于家無

禮無恭復形于國（彈曰禮云子冠父親醮之母親拜之所爲處高可亦無禮無孝也）斯則門門出梟獍之子人人養豺狼之兒撫臆論心良可痛矣天道無親華夷詎隔唯德是輔豈分胡漢豈可戴巾修善偏無勝福禿頂行檀獨能感果仁惠豈可侯髡頭守眞無勞毀形貌而世不能知其迷三也

內威儀器服指三

內箴曰夫玄聖創典以因果爲宗素王陳訓以名教爲本名教存乎治成因果期乎道立立道旣捨愛居首成治亦忠孝宜先二義天殊安可同日而言也沙門者乃行超俗表心遊塵外威儀進趣非法不動容服應器非道不行故泥染乃萬質同歸緇衣爲衆彩壞色簡易遵於解脫條隔象於福田偏服示有執勞（禮云執者祖也）鈌袂便於運役（論語云褻裘長短右袂言便於執作）聖制有以終不徒然是以捨愛捐親仰衆聖也擢棄聲色遵梵行也剃除鬚髮去華競也俯容肅質不忘敬也分衞掃衣支身命也言無隱曲離邪佞也和聲怡氣入無諍也吐納安詳愼詞令也世貴莫屈守貞勁也清虛恬淡順道性也邪相不撓住八正也顏下色敬愍衆病也人天崇仰三業淨也窮玄極眞取究竟也廣仁弘濟亦忠孝之盛也道士則不然言慕道而心不染眞謂捨家而形不變俗戴圓冠無玄象之鑒履方屨闕地理之明著南鄭反漢之巾把公旗誅家之笏飾道昱禍宋之服曳孫恩敗晉之裳生常之業莫廢庸祿之役無耻狎世則忠孝之禮虧求仙則高尚之道鈌猶蒼蠅招白黑之論蝙蝠有鳥鼠之譏蓋妖惑之儔矣爾不自見其旨三也（正法）

念經云譬如蝙蝠人捕鳥時入穴爲鼠人捕鼠時出穴爲鳥今之祭酒蓋然畜妻子謂有慈愛勤耕稼謂不毀髮膚王役課調則謂出家亦猶蝙蝠之出入

外論曰夫聖人應世本以濟益蒼生仰觀俯察利安群品是以味草木合五穀之精植桑柘充八蠶之纊故垂衣裳存稼穡立稷正置司衣以利百姓於是乎在若一女不織天下爲之苦寒一男不耕天下爲之少食今釋迦垂法不織不耕經無絕粒之法田空耕稼之夫教闕轉練之方業廢機紝之婦是知持盂震錫糊口誰憑左衽偏衣於何取託故當一歲之中飢寒總至未聞利益已見困窮世不能知其迷四也

內棄耕分衛指四

內箴曰謀道不先於食守信必後於飢是以桀溺矜耕孔子譬諸禽獸樊須學稼仲尼譏於小人稷下無位而招祿高其賢也黔婁非仕而獲賜其尚清也善人之道何必耕稼吾請言之釋教驗於因果該三世之洪源仙道尚於金玉勞一生之虛費何者夫賢愚壽夭信于指掌貧富貴賤昭於目前報應則形影無差業緣亦聲響不異此其指也未見服丹不死餌液長生古詩云服食求神仙多爲藥所誤不如飲美酒被服紈與素寄語後世人道士愼莫作言虛棄功夫浪殀年壽也汝有轉練之方何因更請田地又談織紝之婦必知並畜妻房故應道士專耕女冠勤織何爲莫充糊口恒闕資身如其不織不耕即墮負處竊見樓觀黃巾脫鹿皮而籍地玄都鬼卒捨橫帔而耦耕既無絕粒之人頗慙客作之倦自舂自磨餒在其中勞形怵心何道之有

尋漢安元年歲在壬午道士張陵分別黃書云男女有和合之法三五七九交接之道其道眞決在於丹田丹田玉門也唯以禁秘爲急不許泄於道路道路溺孔也呼爲師友父母臭根之名又云女兒未嫁者十四巳上有決明之道故注五千文云道可道者謂朝食美也非常道者謂暮成屎也兩者同出而異名謂人根出溺溺出精也玄之又玄者謂鼻與口也陵美此術子孫三世相繼行之汝法如是穢亂生民若勸百姓依汝法行則不孝不恭世出豺狼之種無禮無義家生梟獍之兒明矣夫辯奇貨者採驪珠不忌九泂之深求華璞者追藍琰無憚三襲之險貴其寶也慕至道者窺其户牖輕勢利於鴻毛入其隩隅忽榮位於脫屣重其眞也故能使倦夫不愛其力貧客不悋其財蓋希冥益非其迷也

至若仙術誕妄源流久矣韓終徐福始詐於秦邦文成五利紹僞於漢國叙控鶴弗目陵雲之實言餐霞莫覩療飢之信致有㹊猨蜃蛤之論曹植辯道論云仙人者儻㹊猨之屬與世人得道化爲仙人夫雉入海化爲蛤鷰入海化爲蜃當其徘徊其翼差池其羽猶自識也忽然自投神化體變乃更爲魚鱉豈復識翱翔林薄巢垣屋之娛乎牛哀病而爲虎逢其兄而噬之若此者何貴於變化耶繫風捕影之談故棄實瓠者以非器也廢石田者以難藝也賤左道者以虛僞也蓋檢實則積其所同究虛則集其所異理符則世重情詭則物違故常事耳豈曰迷乎卑道尊佛不亦可矣而弗自知爾盲四也

外論曰夫國以民爲本本固則邦寧是以賜及育子之門恩流孕婦之室故子孫享祀世載不虧雖至孝毀躬不令絕嗣故得國家富

彊天下昌盛未聞人民凋盡家國可存今佛教即不妻不娶名爲奉法唯事早逝號得涅槃既闕長生之方又無不死之術斯一世之中家國空矣俗人雖欲求福不知形命已殘競慕家安豈覺宗禋久滅可謂畏死而服苟吻懼溺而赴長河且天皇地皇之世無佛而祚延後趙後魏已來有僧而運促正由眞僞混雜禮樂不調世不能知其迷五也

內教爲治本指五

內箴曰夫澄神反性入道之要門絶情棄欲登聖之遐本故云道高者尚德弘者賞以道傳神以德授聖神聖相傳是謂良嗣塞道之源伐德之根此謂無後非云棄欲爲無後也子不聞乎昔何尚之言釋氏之化無所不可諒入道之教源誠濟俗之稱首夫行一善則去一惡去一惡則息一刑一刑息於家則萬刑息於國故知五戒十善爲正治之本矣又五戒修而惡趣滅十善暢而人天滋人天滋則正化隆惡趣衰而災害殄正法念經云人不持戒諸天減少阿脩羅盛善龍無力惡龍有力惡龍有力則降霜雹非時暴風疾雨五穀不登疾病競起人民饑饉互相殘害若人持戒多諸天增足威光脩羅減少惡龍無力善龍有力善龍有力風雨順時四氣和暢甘雨時降穀稔豐登人民安樂兵戎戢息疾疫不行猶昇薪去草益重而難彰絶燄息煨績微而易顯且彊骨弱氣李叟之至談實髓愛精仙家之奧旨今反謂婬欲爲妙訓妻子爲化源宗老而毀其言斆仙而棄其術且愛犬馬者貴其識恩嫉梟獍者惡其反噬爾則警夜代勞功劣於犬馬逆鱗反舌釁深於梟獍雄虺九首不其然乎載鬼一車吁可畏也且運祚脩短雖曰天命興替延促抑亦人符故堯舜禹湯

咸享嘉壽桀紂幽厲無終永年姬發履道而齡長嬴政刑淫而祚短陳思論昔堯舜禹湯文武周召太公並享百年之壽七聖三賢並行道脩政治天下不足損神賢宰一國不足勞思是以各壽其天年桀放鳴條紂死牧野犬戎殺幽厲王不終周祚八百秦滅於二世此時本無佛僧暮詰在目非曰虛談豈無佛而祚延有僧而運局談何容易談何容易惜哉吾子自貽伊戚良足歎矣昏若夜遊爾盲五也

外論曰夫孝爲德本人倫所先莫大之宗固惟恃怙昊天之德豈曰能酬故生盡溫清之恭終備墳陵之禮今佛垂訓必令棄爾骸骨捐茲草野多出財賄營我塔廟還使愚夫感亂廢茲典禮考妣棺柩曾無封樹之心彈曰觀夫上皇之世不行殯葬之禮始於聖周窀穸之事故有滕緘欑櫝死掩虞棺皆起於中古也暨周文之日以骸骨暴露於野因收而藏之始行葬禮故云葬者藏也欲人之所不見是以夫子病篤門人欲厚葬之孔子聞曰吾其欺天乎當選不毛之地不封不樹唯蘇唯欒言俯同末世行於葬禮跡未能免俗也戎狄屍靈翻盡雕莊之妙且神不享非其族物不祀非其先不敬其親而敬他人其此謂矣且水葬火葬風俗不同埋死露屍鄉邦本異捨己徇他用爲求福豈知土壤斯異各自而然世不能知其迷六也

内箴忠孝無違指六

内箴曰導啞聾者必俯仰而指撝啓愚滯者亦提耳而舉掌夫人倫本於孝敬孝敬資於生成故云非父母不生非聖人不立非聖人者無法非孝者無親此則生成之義通師親之情顯故顏回死顏路請子之車孔子云回也視余猶父余不得視回猶子蓋其義也且愛敬之禮異容不出於二理賢愚之性殊品無越於三階故生則孝養無違死則葬祭以

禮此禮制之異也小孝用力中孝用勞大孝不匱此性分之殊也比夫釋教其義存焉至如灑血焚軀之流寶塔仁祠之禮亦敬始慎終之謂也暨於輪王八萬釋主三千阿育王經云王殺八萬四千宮人夜聞宮中有哭聲王悔爲起八萬四千塔今此震旦亦有在者釋提桓因天上造三千偷婆竭溟海而求珠淨康衢而徙石蓋勞力也總羣生爲已任等含氣於天屬棲遑有漏之壞負荷無賴之儔蓋勞心也迴軒實相之域凝神寂照之場指泥洹而長歸乘法身而遐覽斯不匱之道也暨乃母氏降天剖金棺而演句父王即世執寶床而送終智度論云淨飯王終佛自執繩床一脚至闍維處示於後世一切衆生報生養之恩孝敬表儀茲亦備矣教棄骸骨從何而至哉且經勸屍陀普施飛走意存宿債冀免將來不若莊周非末代厚葬失禮之本而云螻蟻何親禽獸何疎生既以身爲逆旅死當以天地爲棺槨還依上古不許埋藏嫌物輕生重死之弊也求仙道者或負笈從師擔簦遠岳披蘿緝蕙鳥申熊經金竈罕成玉華難覯凝髓化骨空致斯談載蜺憑螭未覩其實或捐骸地胇喪骨天白生關蒸養之恩死無冥益之利例心危於庶物邪網挂於羣生九族延毀正之殃六親招罔聖之業攀危據朽諒足寒心傲然不懼何愚之甚爾肓六也

外論曰夫華夷語韻不同然佛經稱釋迦牟尼者此是胡語此土翻譯乃曰能儒能儒之名位卑周孔胡沒其能儒之劣名而存釋迦之戎號所言阿耨多羅三藐三菩提者漢言阿無也耨多羅上也三藐三正遍知也菩提道也此土先有無上正真之道老莊之教胡

法無以爲異故不翻譯又菩薩摩訶薩者漢言大善心衆生此名下劣非爲上士掩其鄙稱亦莫有翻凡不譯之流其例如是朦覆世俗惑亂物心然猒舊尚新流蕩之常弊惡同好異恒俗之鄙情是以邯鄲有匍匐之賓弱喪有忘歸之客世不能知其迷七也

内三寶無翻指七

内箴曰夫名無得一物蓋謂實賓豈以順世假談格玄聖之優劣夫荀家以首召質仲氏將山製名山高於丘仲仁未如夫子首總於耳荀德不逮老聃能儒之名何容遂卑周孔然釋迦之號義含多種遍能貫於萬德不可以仁偏訓通仁絶於四句安得將能定翻述者事不得已强復存其舊號耳又言道家舊有正遍知道與菩提不異者信是正教流後僞竊此名覈實尋源豈得斯號夫上法高勝道義清通正實翻邪眞由反僞今符書呪咀不可謂正薰蕕混雜不可謂眞（道士畏鬼章符云左佩太極章右帶昆吾鐵指日即停輝擬鬼千里血董仲造黄神越章殺鬼又造赤章法亦殺人）守雌義下非名爲上（老云莫若守雌又云道性近水）鉗口膠目安得稱道（莊子云膠離朱之目鉗揚墨之口）猶春鳥囀哢或似於歌鳥無能歌之實秋虫蠹木或近於字虫闕解字之眞名實斯濫蓋此之謂也又疑菩薩不翻玆謬益甚書云上聖達於鴻蝢皆有虫稱經言多足二足如來最尊然蜫蟄通於含靈衆生豈越凡聖大心之稱非爲下劣子雖洗垢求疵無損南威之麗捧心斆疾未變西施之姸當更爲爾陳其指掌釋迦是佛顯名菩提是法尊稱菩薩爲僧導首三寶勝號譯人存其本名非如朱門玉柱之讖陽

父陰母之謠黃書云開命門抱眞人嬰迴龍虎戴三五七九天羅地網開未門進玉杜陽思陰母曰如玉陰思陽父手摩足號馬屎爲靈薪呼口唾爲玉液呼叩齒爲天鼓咽唾爲醴泉馬屎爲靈薪光鼠爲王璞出上清經也事鄙而怯彰辭穢而難顯猶靈鳳以容德希覿鼫鼠以醜懼潛形雖隱質事同媸妍異矣寘焉不知爾肓七也

外論曰夫聖人應化隨方接引在梵則禿髮露頂處漢則端委搢紳此華夷之常形非教方之勝負若佛苟令去玆冠冕皂服披緇棄我華風遠同梵俗則不能兼通冠冕便是智力不周何謂隨方現形而爲設教苟若不能則佛自是天竺之梵神非中華之大聖豈有禿髮之訓施於正國若漢學梵形剪髮便名事佛則應梵習漢法著巾亦爲奉道是知露頂括髮鄉俗不同嗟乎士民用爲修善可謂貴隣室之弊襜賤自家之黼黻世不能知其迷八也

内異方同制八

内箴曰夫至道應運無方聖賢乘機引物子居九夷不患其陋禹入裸國欣然解裳姬伯適越而文身武靈順世而梵服雖復筌蹄異用而魚兎之功齊矣況變俗緘心毀形結志去簪纓以會道棄鬒髮以修眞聖制不徒其有致矣但仁義變於三遊盜跖資於五善聖教綿遠終使鼠璞濫名劉子云周人謂死鼠爲玉璞玄化幽微遂令雞鳳混質文心云楚人以山雞爲鳳故九十五種騰翥於西戎三十六部淆亂於東國至如優婁佉子之論衛世師主之經涅槃云衛世師論也吉頭夷羅之仙火仙外道名吉波頭水仙外道名夷叔羅末伽闍夜之道若提子斷見外道也或託水火而要聖憑日月而

斆神執四大以非因指三業爲無報滯識將冥山等闇邪心與昧谷同昬如斯之流西土之邪論也其次鬼笑虛談安歌浩唱吞刀吐火駭仲御之庸心漱雨噓風驚劉安之淺慮或身佩中黃之籙口誦靈飛之符蹈金闕而遊神憑玉京而洗累若此之例東區之異學也並皆邪網覆心倒針刺眼深持惑壍高築疑城各抱一隅迷淪於三界爭守二見沉晦於九流識體輪迴無明翳其住本心用浮動取相溺其長源大聖道眼預觀隨機授藥誕質西土正教東流疾重則親降醫王患輕則寄方遙授偏裨以翦梟獍重將而戮鯨鯢此亦釋門和扁之術法王孫吳之勢也聖無二制容服義均猶清濟濁河歸滄海而同味緑膺絳韻集須彌而共色沖和子曰璇璣文者皆是求神仙不死之道其次則養我今日身命駐彩延華儻至三五百年以此爲眞耳長生久視義在於斯今之道士所學之法不復以此爲念然大都止令如佛家身死神明更生勝地耳若不復貴此身者不如專心學佛道佛道鍳練精神日明日益甚有名理定慧之法孱然可修何勞勤苦自名道士而實是學佛家僧法耶學又不專蓋是圖龍畫虎之儔耳何不去鹿巾釋黃褐剃鬚髮染袈裟而歸依世尊耶世間道士經及行道義理則約數論而後通（言採佛家經論改作道書如黃庭元陽靈寶上清等經及三皇之典並改換法華及無量壽等經而作）修心則依坐禪而望感（言改坐禪之名爲思神之號）上清尤高而未踰上界之域太清仙法又棄置而不論未知何法取異佛家而稱爲道士也其得意者當師佛矣子是

南人躬學茅山道士沖和子之法沖和子與陶隱居常以敬重佛法爲業但逢衆僧莫不禮拜巖穴之内悉安佛像自率門徒受學之士朝夕懺悔恒讀佛經案琁璣抄文沖和所制以非當世道士不敬佛者故陶隱居答大鸞法師書云去朔耳聞音聲茲晨眼受文字或由頂禮歳積故致真應來儀正爾整拂藤蒲採汲華水端襟儼思佇聆警錫也弟子華陽陶弘景和南法師事佛敬僧曾無異説爾何自陷違背本宗不義不仁罪招極法牟子論云堯舜周孔老氏之化比之於佛猶白鹿之與麒麟而子不能悟其盲八也

外論曰天皇九紀之前書契未作太昊六爻之後文字乃興自爾已來漸弘載籍前賢往聖皆著典墳揖讓干戈備陳篆册所以左史右史記事記詞直筆直言無矯無妄魏書外國傳皇甫謐高士傳並曰桑門浮圖經老子所作彈曰浮圖經者魏略及西域傳云臨猊國有神人名曰沙律之所傳也沙律年老髮白常教人爲浮圖人有災禍及無子者勸行浮圖齋戒令捨財贖愆臨猊王久無太子其妃莫耶因祀浮圖而生太子遂名其子爲浮圖焉前漢哀帝時秦景使月氏國王令太子口授於景所以浮圖經教前漢早行六十三年之後明帝方感瑞夢也考秦景傳經不云老説案晉世道士王浮改西域傳爲明威化胡經乃稱老子流沙教胡王爲浮圖變身作佛方有佛興蓋誣罔之極也但厠賓去此萬里已還秦漢至今商人蕃使相繼不絶莫傳老子在彼化胡説浮圖經及身作佛未之聞也縱使老爲浮圖始是報恩供養舍利方顯聖德何名誕哉袁宏後漢紀云老子入胡分身作佛道家經誥其説甚多檢袁宏漢紀本無老子作佛之文即日朝廷博識者多豈可塞耳偷鈴指鹿爲馬何愚之甚也明威化胡等經並云胡王不信老子老子神力伏之方求悔過自髡自翦謝愆謝罪老君大慈愍其愚昧爲説權教隨機戒約皆令頭陁乞食以制兇頑

之心赭服偏衣用挫强梁之性割毀形貌示爲剠劓之身禁約妻房絶其勃逆之種（彈曰汝以禁約妻房而爲罪者玄都會聖仍爲然爾之坊至德清虛便是同牢之觀也既學長生汝恒對婦親慕李氏皆須養兒但李耳李宗人人取婦張陵張魯世世畜妻故有男官女官之兩名係師嗣師之別號魏晉已來館中生子陳梁之日團內養兒喚婦女爲朱門呼丈夫爲玉柱婬欲很濁出自道家外假清虛內專濁泄可恥之甚矣）所以謂重病加於毒藥宜令刳腹洗腸深罪約以嚴刑必須誅宗滅嗣但此土君子夙禀道眞（檢漢官儀云景帝已來於國學內立道館以教學徒不許人間別立館舍洿梁陳齊魏之前唯以瓠盧盛經本無天尊形像案任子道論及杜氏幽求云道無形質蓋陰陽之精也陶隱居內傳云在茅山中立佛道二堂隔日朝禮佛堂有像道堂無像王淳三教論云近世道士取活無方欲人歸信乃學佛家制立形像假號天尊及左右二眞人置之道堂以憑衣食宋陸修靜亦爲此形）無勞禿頂本遵至訓詎假髡頭可謂身無愆疵而樂著杻械家無喪禍而念居縗絰昬顛之甚良可悲痛昔漢明感夢此法始來還令梵人立廟漢土不許遵行魏承漢軌還依舊貫石勒之日念其胡風與僧澄道人矯足毛羽避役之流競爲翦剃世不能知其迷九也

內老身非佛指九

內箴曰大厦爲衆材所成群生非一人可化故十方聖智比塵沙而不窮八萬法門傾河海而莫測故有此聖彼聖殊方類於比肩前佛後佛異世同於繼踵像正差降淨穢區分懲惡勸善其流一也且周孔世訓尚無改於百王鄒孟劇談猶垂美於千載豈容周姬一代而三變三遷老氏一身而成道成佛即是餘人無踐聖之理群萌絶登道之期又先譏十異後讚一同首軸之間毀譽矛盾卷舒之際向背參商掩目盜衷信有斯謗夫眞僞相

形猶禾莠之相類善耘者存禾而去莠求道者亦依眞而捨僞沙門之勝宗其流久矣至如漢帝降禮於摩騰（如法本傳）吳王屈節於康會（吳錄云吳主問僧會佛法何以異俗答曰爲惡於顯人得而誅之爲惡於隱鬼得而誅之易云積善餘慶詩詠求福不回雖儒俗之格言亦佛法之漸訓也）曇始延魏君之席（魏錄云拓跋燾用崔皓之說遂滅佛法悉毁像燒經驅僧還俗始以正旦杖錫法衣立於城門門者白燾燾命斬之三刀而不傷刑者白燾燾自取佩刀又如前斫乃內始於虎圈虎閉眼伏頭燾乃試置天師圈側虎鳴吼欲筮燾乃知佛化清高黃老所不及延始上席謝之）道林登晉主之床秦世道安榮參共輦趙邦澄上寵懋錦衣（符書云符主出遊命安師共輦坐高僧傳云石虎號澄爲大和上衣以錦繡每上殿勑王公等扶轝之）皆道降極尊德迴萬乘良有以也黃老之術由來不競者費才以捔勝殞躬崔皓以邪誣喪體（魏書云崔皓殺謙之勸拓跋燾滅正教燾後身發惡疾乃誅崔殺二人）姜斌以集詐徙質王浮以造僞殃身皆驗之於耳目非取與之虛談其崇敬也如此其疵譴也如彼夫顏閔遇於孔門標德行之首蘇張逢於鬼谷居浮詐之先非獨人性之優劣亦所習之眞僞也且賢佞相濫佞泄而賢彰聖詐難分詐窮而聖顯猶虵床與蘪蕪類質達方者辯其容苟吻與素華齊根曉藥者分其性是以公旦黜而還輔孔門虛而復盈有自來矣自漢明捔試邪見折鋒慧日凝輝法雲舒蔭姜潘捨家入道呂焦棄僞從眞曹馬傳燈而不窮泰魏涌泉而無竭汝言始於澄石不亦誣哉自黃老風澆容服亦變非道非俗謗號門人善詛善罵古名鬼卒其救苦也則解髮繫頸以繩自縛牛糞塗身互相鞭打其法律也若失符籙則倒銜手板逆風掃地楊枝百束自斫自負盜奏章也則匍匐灰獄背負水漚（出道

士孫氏法義責罰尤重同奴𨽻之法罪譴衔伏比畜生之類然釋門鍾磬集衆警時漢魏已來道家未有金剛師子護法善神蓋佛教之所明非黄領之先構亦効他勝範竊我聖蹤耳故顔之推云神仙之事有金玉之費頗爲虚放華山之下白骨如莽何有得仙之理縱使得仙終當有死不能出世不勸汝曹學之佛家三世之事信而有徵家業歸心勿輕慢也原夫四塵五陰剖析形有六舟三駕運載群生萬行歸空千門入善辯才智慧豈徒七經百氏之博哉明非尭舜周孔老莊所及故著歸心篇以誡子弟爾不能知其盲九也有考古通人與占衡君子觀李卿誹毁之論閲開士辯正之談詳而議之發憤興歎欲使邪正異轍眞僞分流定其是非以明得失冀後進者永無疑焉

通人曰余觀造化本乎陰陽物類所生起乎天地歷三古之世尋五聖之文不見天尊之神亦無大道之像案靈寶九天生神章云氣清髙澄積陽成天氣結凝滓積滯成地人生也皆由三元養育九氣結形然後生也是知陰陽者人之本也天地者物之根也根本是氣無别道神

君子曰道士大霄隱書無上眞書等云無上大道君治在五十五重無極大羅天中玉京之上七寶玄臺金床玉几仙童玉女之所侍衛住在三十二天三界之外案神仙五岳圖云大道天尊治大玄之都玉光之州金眞之郡天保之縣元明之鄉定志之里災所不及靈書經云大羅是五億五萬五千五百五十

五重天之上天也五岳圖云都者覩也太上大道道中之道神明君最守靜居太玄之都諸天内音云天與諸仙鳴樓都之鼓朝晏玉京以樂道君推此謬談則道君是天之神明旣屬州縣則天尊復是天之民伍如佛家經論三界之外名出生死無分段之形離色心境何得更有寶臺玉山州郡鄉里虛妄之甚轉復難矜但道家僞說無迹可觀習俗生常爲日已久衆邪競叙至有不同如欲正名理須詳悉今略出緣起隨而判之案周禮自堯已前未有郡縣舜巡五岳始見州名尚書禹貢方陳州號春秋之時縣大郡小以郡屬縣漢高以來以縣屬郡典誥所明九州禹跡百郡秦幷是也縱有道在天上猶應觸事無爲何因户屬鄉居與凡不異旣有州縣即有官民州牧郡守姓何名何鄉長里司誰子誰弟並是管學道士無識黄巾不悉古今未窺經史人間置立州縣亦言天上與世符同保僞爲眞良可羞恥其根脉本末並如笑道論中委出也

通人曰莊周云察其始而無生也非徒無生而本無形非徒無形而本無氣恍惚之間變而有氣氣變而有形形變而有生人之生也氣之聚聚則爲生散則爲死故曰有有無相生也萬物一也何謂一也天下一氣也推此而談無别有道高處大羅獨稱尊貴

君子曰陽氣黄精經云流丹九轉結氣成精精化成神神變成人陽氣赤名曰玄丹陰氣黄名曰黄精陰陽交合二氣降精精化爲神精神凝結上於九天九天之氣下於丹田與

神合凝臨於命門要須九過是爲九丹上化下凝以成於人不云别有道神能宰萬物使之生也通人曰古來名儒及河上公解五千文視之不見名曰夷夷者精也聽之不聞名曰希希者神也摶之不得名曰微微者氣也是謂無狀之狀無物之象故知氣體眇莽所以迎之不見其首氣形清虚故云隨之不見其後此則叙道之本從氣而生所以上清經云吾生眇莽之中其幽幽冥冥幽冥之中生乎空同空同之内生於太元太元變化三氣明焉一氣青一氣白一氣黄故云一生二二生三案生神章云老子以元始三氣合而爲一是至人法體精是精靈神是變化氣是氣象如陸簡寂臧矜顧歡孟智周等老子義云合此三乘以成聖體又云自然爲通相之體三氣爲别相之體檢道所宗以氣爲本考三氣之内有色有心既爲色心所成未免生死之患何得稱常

君子曰原道所先以氣爲體何以明之案養生服氣經云道者氣也保氣則得道得道則長存神者精也保精則神明神明則長生精者血脉之川流守骨之靈神精去則骨枯骨枯則死矣故莊周云吹欨呼吸吐故納新彭祖修之以得壽考校此而言能養和氣以致長生謂得道也

通人曰縱使有道不能自生從自然出道本自然則道有所待既因他有即是無常故老子云人法地地法天天法道道法自然王弼之言天地王道立不相違故稱法也自然無稱窮極之詞道是智慧靈和之號用智不及

無智有形不及無形道是有義不及自然之無義也

君子曰易乾鑿度云昔燧人氏仰觀斗極以定方名庖犧因之而畫八卦黄帝受命使大撓造甲子容成次曆數五行九宫之説自此而興故説卦云陽數九者立天之道曰陰與陽陰二陽一則天有三焉立地之道曰柔與剛剛二柔一則地亦有三立人之道曰仁與義義二仁一則人亦有三三三合九陰陽相包以成萬物不聞别有道神處太玄都坐高蓋天上羅三清下包三界居七英之房出九宫之上行神布氣造作萬物豈非惑亂陷墜人間耶校功則業殊比跡則事異沙門旌德而靡違道士言行而多過立不利之遐迹逮不朽之玄猷洋洋乎弗可尚也其唯釋教歟豈以坳堂小水疋馮夷大波者哉非所類矣

廣弘明集卷第十三下

音釋

舛昌兖切錯也　詭過委切詐也　矇瞍矇音蒙瞍音叟矇瞍盲瞽者　圉音語養馬人也　剞劂剞居倚切劂居月切剞劂謂曲刀雕鏤也　銑鋈銑蘇典切金之澤者鋈烏篤切白金也　滬音戶滬瀆水名　跂遣爾切舉也　枋音方木名　閬音浪閬風仙苑也　梟獍獍音鏡梟獍不孝鳥獸之名　蝙蝠蝙音邊蝠音福蝙蝠飛鼠也　猻猨猻奴刀切猨音園猻猨並獸名　蜃蛤蜃時忍切蛤古合切蜃蛤並蚌屬　蓺魚祭切種也　斆轄覺切與學同　堲音即　窀穸窀音屯穸音夕窀穸墓穴也　槥櫝槥音衛櫝音讀槥櫝小棺也　撝許爲切指麾也　簦音登有柄笠也　覯古候切見也　螭丑知切無角龍　胇芳吠切　薰蕕薰兄云切香草也蕕音由臭草也　類

寫朗切頷也㔩正作儩仕限切具也月氏氏音枝月氏國名赭音者赤色也剠劓剠巨京切剠面也劓魚至切割鼻也圊音清溷也繨經繨七雷切衰服也經徒結切喪服麻在首腰皆曰經顦竹降切愚也拓跋燾拓音托跋蒲末切拓跋元魏姓也燾大到切魏太武名也捔音角校也彀苦候切與彀同蘪音眉蘪蕪蘄芷也閹邑塩切去勢也

廣弘明集卷第十四

唐西明寺釋道宣撰

辯惑篇第二之十

內德論第一

門下典儀李師政

若夫十力調御運法舟於苦海三乘汲引坦夷途於火宅勸善進德之廣七經所不逮戒惡防患之深九流莫之比但窮神知化其言宏大而可警去惑絕塵厥軌清邈而難蹈華夷士庶朝野文儒各附所安鮮味斯道自非研精以考真妄沉思而察苦空無以立匪石之信根去若網之疑蓋遠則淨名妙德知道勝而服勤近則天親龍樹悟理真而敦悅羅什道安之篤學究玄宗而益敬僧叡慧遠之歸信迄皓首而彌堅邁士安之淫書甚宣尼之讀易千金未足驚其視八音不能改其聽聞之博而樂愈深思之深而信彌篤皆欲罷而不能則其非妄也必矣哉我皇誕膺天命弘濟區宇覆等蒼旻載均厚地掃氛祲清八表救塗炭寧兆民五教敬敷九功惟序總萬古之徽猷改百王之餘弊搜羅庶善崇三寶以津梁芟夷群惡屏四部之稊莠遵付囑之遺旨弘紹隆之要術功德崇高昊天罔喻但搢紳之士祖述多途各師所學異論鋒起或謂三王無佛而年永二石有僧而政虐損化由於奉佛益國在於廢僧苟明偏見未申通理博考興亡足證浮僞何則亡秦者胡亥時無佛而土崩興佛者漢明世有僧而國治周除佛寺而天元之祚未永隋弘釋教而開皇之令無虐盛衰由布政治亂在庶官歸咎佛

僧寔非通論且佛唯弘善不長惡於臣民戒本防非何損害于家國若人人守善家家奉戒則刑罰何得而廣禍亂無由而作騏驥雖駿不乘無以致遠藥石徒豐未餌焉能愈疾項籍喪師非范曾之無筭石氏興虐豈浮圖之不仁但爲違之而暴亂未有遵之而凶虐由此觀之亦足明矣復有謂正覺爲妖神比淨施於淫祀訾而謗之無所不至聖朝勸善立伽藍以崇福迷民起謗反功德以爲疣此深訕上非徒毀佛愚竊撫心而太息所以發憤而含毫者也忝賴皇恩預霑法雨切磋所惑積稔於茲信隨聞起疑因解滅昔嘗苟訾而不信今則篤信而無毀近推諸已廣以量人凡百輕毀而弗欽皆爲討論之未究若令探賾索隱功齊於澄什必皆深信篤敬志均於名僧矣師政學匪鈞深識不臻妙少有所聞微去其惑謹課庸短著論三篇辨惑第一明邪正之通蔽通命第二辨殃慶之倚伏空有第三破斷常之執見叢之以群言考之以衆善上顯聖朝之淨福下折淫祀之虛誹徒有斯意寔乏其才屬詞鄙陋援證庸淺雖竭愚勤何宣聖德庶同病而未愈者聞淺譬而深悟也如蓄籬之卉或蠲疾於腹心藜藿之餐儻救餒于溝壑若金丹在目玉饌盈案顧瞻菲薄良足陋矣

辨惑篇第一

一惑佛出西胡　二惑周孔不言
三惑毀佛譽道　四惑比佛妖魅
五惑昔有反僧　六惑比僧土梟
七惑譏毀鬚髮　八惑泥種事泥
九惑有佛政虐
十惑無佛民和

有辨聰書生謂忠正君子曰蓋聞釋迦生於

天竺修多出自西胡名號無傳於周孔功德靡稱於典謨寔遠夷所尊敬非中夏之師儒逮攝摩騰之入漢及康僧會之遊吳顯舍利於南國起招提於東都自茲厥後乃尚浮圖沙門盛洙泗之衆精舍麗王侯之居旣營之于爽塏又資之以膏腴擢脩幢而曜日擬甲第而當衢王公大人助之以金帛農商富族施之以田廬其福利之焉在何尊崇之有餘也未若銷像而絕鑴鑄貨泉可以無費毀經以禁繕寫筆紙不爲之貴廢僧以從編户益黍稷之餘稅壞塔以補不足廣賑恤之仁惠欲詣闕而効愚忠上書而獻斯計竊謂可以益國而利民矣吾子以爲何如乎

忠正君子曰是何言之過歟非忠孝之道也夫忠臣奉國願受福之無疆孝子安親務防災於未兆聞多福之因緣求之如不及覩速禍之萌柢避之若探湯國重天地之祈祈於福也家避陰陽之忌忌於禍也福疑從取禍疑從去人之情也忠之道焉子乃去人之所謂福取人之所謂殃豈忠臣奉國之計非孝子安親之方覩疋夫之自愛尚不反醫而違卜況忠臣之愛君如何勸殃而阻福乎何異採藥物以薦君而取農岐之所忌求醫術以奉親而反和鵲之深致彼勸取忌而用毒良非重慎之至意施諸巳而猶懼矣矧敢安於所天乎若夫廢宗廟之粢盛供子孫之魚肉毀蒸嘗之黻冕充僕妾之衣服苟求惠下之恩不崇安上之福恨養親之費饍思廢養以潤屋如此者可謂忠乎可謂孝乎且夫周棄弘播殖之教遂配稷以長尊勾龍立水土之

功亦爲社而恒敬坊墉小益尚叅八蜡之祭林澤微靈猶行一獻之祀況夫三達無礙之智百神無以儔十力無等之尊千聖莫能匹萬惑盡矣萬德備矣梵天仰焉帝釋師焉道濟四生化通三界拔生死於輪迴示涅槃之常樂身光赫奕奪朗日之流暉形相端嚴具聖人之奇表微妙玄通周孔未足擬議博施兼濟堯舜其猶病諸等慈而無棄物可不謂之仁乎其智而有妙覺可不謂之聖乎夫體仁聖之德者豈爲譎誑之說哉靜而思之蔑不信矣至如立寺功深於巨海度僧福重於高嶽法王之所明言開士之所篤信若與之者增慶益國不亦大乎敬之者生善利民不亦廣乎或小損而大益豈非國之所宜崇乎或小益而大損豈非民之所當避乎法眼明了覩福報之無量金口信實說咎因之不朽凡百士民皆非目見縱未能信其必爾亦何以知其不然哉冥昧不可以意決深遠唯當以聖證豈不冀崇之福資於君父畏毀之累及於家國乎臣無斯慎於其君非忠臣也子無此慮於其親非孝子也子欲苟遂娟嫉之褊心不弘忠慎之深慮阻祈福之大緣毀安上之善業乃取咎之道也豈盡忠之義哉余昔篤志於儒林又措心于文苑頗同吾子之言論良由聞法之遲晚賴指南以去惑幸失途之未遠每省過而責躬則臨餐而忘飯子若博考而深計亦將悔迷而知返矣竊聞有太史令傅君者又甚余曩日之惑焉内自省於昔迷則十同其五矣請辨傅君之惑言以釋吾子之邪執傅謂佛法本出於西胡不應

奉之於中國余昔同此惑焉今則悟其不然矣夫由余出自西戎輔秦穆以開覇業日磾生於北狄侍漢武而除危害臣既有之師亦宜爾何必取其同俗而捨於異方乎師以道大爲尊無論於彼此法以善高爲勝不計於遐邇若夫尚仁爲美去欲稱高戒積惡之餘殃勸爲善以邀福百家之所同七經無以易但褊淺而未深至齷齪而不周廣其恕已及物孰與佛之弘乎其覩末知本孰與佛之遠乎其勸善懲惡孰與佛之廣乎其明空析有孰與佛之深乎由此觀之其道妙矣聖人之德何以加焉豈得以生於異域而賤其道出於遠方而棄其寶夫絕群之駿非唯中邑之産曠世之珍不必諸華之物漢求西域之名馬魏收南海之明珠貢犀象之牙角採翡翠之毛羽物生遠域尚於此而爲珍道出遐方獨柰何而可棄若藥物出於戎夷禁呪起於胡越苟可以蠲邪而去疾豈以遠來而不用之哉夫滅三毒以證無爲其蠲邪也大矣除八苦而致常樂其去疾也深矣何得拘夷夏而計親踈乎況百億日月之下三千世界之內則中在於彼域不在於此方矣

傳謂詩書所未言以爲修多不足尚余昔同此惑焉今又悟其不然矣夫天文曆象之秘輿地理山川之卓詭經脉孔穴之論候針藥符呪之方術詩書有所不載周孔未之明言然考之吉凶而有徵矣察其行用而多効矣且又周孔未言之物蠢蠢無窮詩書不載之法茫茫何限信乎書不盡言言不盡意何得拘六經之局教而背三乘之通旨哉夫能事

未興於上古聖人開務於後世故棟宇易層巢之居文字代結繩之制飲血茹毛之饌則先用而未珍火化粒食之功雖後作而非弊彼用捨之先後非理教之蔽通豈得以詩書早播而特隆修多晚至而當替人有幼貧藜藿長餘粱肉少爲布衣老遇侯服豈得以藜藿先獲謂勝粱肉之味侯服晚遇不如布衣之貴乎萬物有遷三寶常住寂然不動感而皆遇化身示隱顯之迹法體絶興亡之數非初誕於王宮不長逝於雙樹何得論生滅于赴感計脩促于來去乎

傅氏譽老子而毀釋迦讃道書而非佛教余昔同此惑焉今又悟其不然也夫釋老之爲教體一而不二矣同蠲有欲之累俱顯無爲之宗老氏明而未融釋典言臻其極道若果是佛固同是而無非佛若果非道亦可非而無是理非矛盾之異人懷向背之殊旣同衆狙之喜怒又似葉公之愛畏至如柱下道德之旨漆園内外之篇雅奥而難加清高而可尚竊常讀之無間然矣豈以信奉釋典而苟呰之哉抑又論之夫生死無窮之縁報應不朽之旨釋氏之所創明黄老未之言及不知今之道書何因類於佛典論三世以勸戒出九流之軌躅若目覩而言之則同佛而等其照若耳聞而放之則師佛而遵其説同照則同不當非於師則師不可毀譽道而非佛何謬之甚哉

傅云佛是妖魅之氣寺爲淫邪之祀此其未思之言也妖唯作孽豈弘十善之化魅必憑邪寧興八正之道妖猶畏狗魅亦懼猫何以

降帝釋之高心摧天魔之巨力又如圖澄羅什之侶道安慧遠之儔高德高名非狂非醉豈容捨愛辭榮求魑魅之邪道勤身苦節事魍魎之妖神又自昔東漢至我大唐代代而禁妖言處處而斷淫祀豈容捨其財力放其士民營魑魅之堂塔入魍魎之徒衆又有宰輔冠蓋人倫羽儀王導庾亮之徒戴逵許詢之華置情天人之際抗迹煙霞之表並稟教而歸依皆厝心以崇信豈容尊妖奉魅以自屈乎良由覩妙知眞使之然耳又傅氏之先毅字武仲高才碩學世號通人辯顯宗之祥夢證金人之冥感釋道東被毅有功焉竊擬傅令之才識未可齊於武仲也何爲毁佛謗法與其先之反乎呉尚書令闞澤對呉主孫權曰孔老二家比方佛法優劣遠矣何以言之孔老設教法天以制不敢違天諸佛説教諸天奉而行不敢違佛以此言之實非比對愚謂闞子斯論知優劣之一隅矣凡百君子可不思其言乎夫大士高僧觀於理也深矣明主賢臣謀於國也忠矣而歷代寶之以爲大訓何哉知其窮理盡性道莫之加故也傅氏觀不深於名僧思未精於前哲獨師心而背法輕絶福而興咎何其爲國謀而不忠乎爲身慮而不遠乎大覺窮神而知化深勸思患而預防唯百齡之易盡嗟五福其難常命川流而電逝業地久而天長三塗極迍而杳杳四流無際而茫茫憑法舟而利濟藉信翮以高翔宜轉咎而爲福何罔念而作狂也傅云趙時梁時皆有僧反況今天下僧尼二十萬衆此又不思之言也若以昔有反僧而

廢今之法衆豈得以古有叛臣而棄今之多士隣有逆兒而逐巳之順子昔有亂民而不養今之黎庶乎夫普天之下出家之衆非雲集於一邑寔星分於九土攝之以州縣限之以關河無徵發之威權有憲章之禁約縱令五三凶險一二闡提既無緣以烏合亦何憂於蟻聚且又沙門入道豈懷亡命之謀女子出家寧求帶鉀之用何乃混計僧尼之數雷同梟獍之黨構虛以亂眞蔽善而稱惡君子有三畏豈當如是乎夫青衿有罪非關尼父之失皂服爲非豈是釋尊之咎僧干朝憲尼犯俗刑譬誦律而穿窬如讀禮而驕倨但以人禀頑嚚之性而不遷於善非是經開逆亂之源而令染於惡人不皆賢法實盡善何得因怒惡而及善以咎人而棄法夫口談夷惠而身行桀跖耳聽詩禮而心存邪僻夏殷巳降何代無之豈得怒跖而尤夷惠疾邪而廢詩禮然則人有可誅之罪法無可廢之過但應禁非以弘法不可以人而賤道竊篤信于妙法不苟黨於沙門至於耘稊稗以殖嘉苗肅姦回以清大教所深願矣

傳云道人土梟驢騾四色皆是貪逆之惡種此又不思之言也夫以捨俗修道故稱道人學道離貪何名貪逆若云貪菩提道逆生死流則傳子與言未達斯旨觀沙門之律行也行人所不能行止人所不能止具諸釋典可得而究蠕動之物猶不加害況爲梟獍之事乎嫁娶之禮尚捨不爲況爲禽獸之行乎何乃引離欲之上人疋聚麀之下物校有道之賢俊比無知之驢騾毀大慈之善衆婬不祥

之惡鳥謂道人爲逆種以梵行比獸心害善一何甚乎反白爲黑類如此乎

余昔每引孝經之不毀傷以譏沙門之去鬚髮謂其反先王之道失忠孝之義今則悟其不然矣若夫事君親而盡節雖殺身而稱仁虧忠孝而偷存徒全膚而非義論美見危而致命禮防臨難而苟免何得一槩而訶毀傷雷同而顧膚髮割股納肝傷則甚矣剃鬚落髮毀乃微焉立忠不顧其命論者莫之咎求道不愛其毛何獨以爲過湯恤蒸民尚焚軀以祈澤墨敦兼愛欲摩足而至頂況夫上爲君父深求福利鬚髮之毀何足顧哉且夫聖人之教有殊途而同歸君子之道或反經而合義則太伯其人也廢在家之就養託採藥而不歸棄中國之服章依剪髮以爲飾 反經悖禮莫甚於斯然而仲尼稱之曰太伯其謂至德矣其故何也雖迹背君親而心忠於家國形虧百越而德全乎三讓故太伯棄衣冠之制而無損於至德則沙門捨搢紳之容亦何傷乎妙道雖易服改貌違臣子之常儀而信道歸心願君親之多福苦其身意修出家之衆善遺其君父以歷劫之深慶其爲忠孝不亦多乎謂善沙門爲不忠未之信矣

傳又云西域胡人因泥而生是以便事泥丸此又未思之言也夫崇立靈像模寫尊形所用多塗非獨泥丸或彫或鑄則以鐵木金銅圖之繡之亦在丹青縑素復謂西域士女遍從此物而生乎且又中國之廟以木爲主則謂制禮君子皆從木而育耶親不可忘故爲之宗廟佛不可忘故立其形像以表罔極之

心用伸如在之敬欽聖仰德何失之有哉夫以善爲過者故亦以惡爲功矣

傳又云帝王無佛則國治年長有佛則政虐祚短此又不思之言也則謂能仁設教皆闡淫虐之風菩薩立言專弘桀紂之事以實論之殊不然矣夫殷喪大寶灾興妲巳之言周失諸侯禍由褒姒之笑三代之亡皆此物也三乘之教豈斯尚乎佛之爲道慈悲喜護齊物我而等怨親與安樂而救危苦古之所以得其民者佛既弘之矣民之所以逃其上者經甚戒之矣羲軒舜禹之德在六度而包籠羿浞癸辛之咎總十惡以防禁向使桀弘少欲之教紂順大慈之道伊吕無以用其謀湯武焉得行其討可使鳴條免去國之禍牧野息倒戈之亂夏后從洛汭之歌楚子違乾溪之難然則釋氏之化爲益非小延福祚於無窮遏危亡於未兆傅謂有之爲損無之爲益是何言歟是何言歟與佛何讎而誣之至此佛何所負而疾之若讎乎

傳又云未有佛法之前人皆淳和世無篡逆此又未思之言也夫九黎亂德豈非無佛之年三苗逆命非當有法之後夏殷之季何有淳和春秋之時寧無篡逆寇賊姦宄作士命於皐繇玁狁孔熾薄伐勞於吉甫而傅謂佛興篡逆法敗淳和專構虚言皆違實錄一縷之盜佛猶戒之豈長篡逆之亂乎一言之競佛亦防之何敗淳和之道乎惟佛之爲教也勸臣以忠勸子以孝勸國以治勸家以和弘善示天堂之樂懲非顯地獄之苦不唯一字以爲褒貶豈止五刑而作戒乃謂傷和而長

亂不亦誣謗之甚哉亦何傷於佛日乎但自淪於苦海矣輕而不避良可悲夫於是書生心伏而色愧避席而謝曰僕以習俗生常違道自佚忽於所未究翫其所先迷背正法而異論受邪言以同失今聞佛智之玄遠乃知釋教之忠實豁然神悟而理攄足以蕩逆而祛疾雖從邪於昔歲請歸正於玆日謹誦來誡以爲口實矣

内德論通命篇第二

或曰聖人陳福以勸善示禍以戒惡小人謂善無益而不爲謂惡無傷而不悔然有殃有福之言乃華而不實無益無傷之論則信而有徵何以言之也伯夷餒矣啓期貧矣顏回夭矣冉耕疾矣或修修隆富言罕及於義方或皤皤壽考名不稱而沒世仁而不壽富而未仁書契已陳不可勝紀故知仲尼殃慶之言徒欺人耳文命影響之喻殆難信乎有敦善行而不怠者嗟斯言之長惑焉乃論而釋之曰夫殃福蓋有其根不可無因而妄致善惡當收其報必非失應而徒巳但根深而報遠耳目之所不該原始而究終儒墨之所莫逮故隨遺之命度於天而難詳殀壽之年考於人而易惑人之爲賞罰也尚能明察而不濫天之降殃福也豈反淆亂而無倫哉故知有理存焉不可誣矣非夫大覺而遍知者孰能窮理而除惑哉十商賈誼之爲言班彪李康之著論但知混而謂之命莫辨命之所以然何異見黍稷於倉廩而不知得之由稼穡覩羅紈於篋笥而未識成之以機杼焉遷嗟報施之爽積疑而莫之通范滂惑善惡之宜

含憤而無以釋皆覩流而弗尋源見一而不知二唯觀釋氏之經論可以究其始終乎爲善爲惡之報窮枝泒於千葉一厚一薄之命照根源於萬古辨六趣之往來示三世之殃福乃知形殁而業無朽焉人死而神又生焉或賢聖而受宿殃六通乏適口之饍或禽獸而荷餘福四足懷如意之寶爲業既非一緒感報寔亦千變業各異而隨心報不同其如面也原其心也或先迷而後復或有初而無終或惡恒而罔悔或善粹而常崇或爲功而兼咎或福微而慧隆或罪均而情異或功殊而志同故其報也有先號而後笑有既得而患失有少賤而卒凶有始榮而終吉有操潔而年夭有行鄙而財溢有同罪而殊刑有齊德而異祑業多端而交加果遍酬而縷悉譬如畫工布丹青之彩鏡像應妍媸之質命招六印達季子之遊談業引萬金果朱公之計術取青紫如俯拾有昔因之助焉達禮樂而固窮無宿福之資也讀論者繼踵而張文獨享其榮說詩者比肩而匡衡偏高其位或功勤可記而禄不及於介推或咎隙當陳而爵先加於雍齒韋賢經術遠勝黃金之籯趙壹文籍不如盈囊之錢此豈功業之異哉故由宿命之殊耳或材小而任大宰衡無赫赫之功或道著而身微孔墨有栖栖之辱亦有德位俱顯元凱列唐虞之朝才命並隆傳呂受塩梅之寄二因雙殖則兼之也如此一業孤修則其偏也若彼管仲釋囚而登相李斯爲相而被刑范雎先辱而後榮鄧通始富而終餒非初訥而末辯豈昔愚而今智由果熟而

泰來以福盡而迍及若言敗伍胥者宰嚭也非由昔殃濟張倉者王陵也何關徃福此爲見緣而不知因有斷見之咎矣若言業際好爵不念同昇之恩命偶仁風無愧來穌之澤此爲知因而不識緣有背恩之罪矣若兼達其旨兩遣其累進德修業豈有閡乎春種嘉穀方賴夏雨以繁滋宿植良因乃藉今緣而起發受膏澤而荒蕪不墾之地也遇明時而貧賤無因之士也因緣之旨具諸經論觸途而長皆此類焉若唯見其一不會其二咎累之萌傷其德矣觀釋典之所明也白黑之業有必定之與不定禍福之報有可轉及於無轉爲德爲咎唯禳可轉之業若賢若愚無移必定之命夫大善積而災銷衆惡盈而福滅理之必然信而不忒譬如藥石勝而疾除水雨注而焚息巨隄之堰消流灊斧之伐朝菌但疾處膏肓良藥有所不救火炎原隰滴水固其無解鄧林之木非隻刃而可盡長江之流豈一塊之能塞大德可以掩微瑕微功不足補大咎鑄金石者難爲功摧枯朽者易爲力其業微者報不堅其行堅者果必定不堅故可轉必定則難移可轉之難故三唱息巨海之波難移之厄則四果遇凶人之害劉昆小賢致反風而滅火唐堯大聖遭洪水之襄陵准此而論未足惑矣晉文增德殄長蛇於路隅宋景興言退妖星於天際此不定之業也邾文輕己而利民有德而無應楚昭引災而讓福言善而身凶乃必定之命也或同惡而殊感或善均而報異皆昔因之所致也何足怪之於一生哉孔子曰小人不知天命而

不畏又曰不知命無以爲君子佛之所云業也儒之所謂命也蓋言殊而理會可得而同論焉命繫於業業起於人人禀命以窮通命隨業而厚薄厚薄之命莫非由已怨天尤上不亦謬乎詩云下民之孽匪降自天傳曰禍福無門唯人所召此云天之不可推而責之於人矣孟軻干魯不憾臧倉之蔽仲由仕季無恚伯寮之讒則謂人之不可責而推之於天矣其言若反其致匪殊要而論之同歸進德克已戒人以昴乾乾之志樂天知命蠲其慼慼之尤夫然故内勤克念之功外弘不諍之德上無怨天之咎下絶尤人之累行之中和於是乎在古之善爲道者其從事於斯乎昔者初聞釋典信之不篤拘其耳目之間疑於視聽之外謂前因後果之説等莊周之寓言天上地下之談類相如之烏有覩茲回之漏網則爲非而不懲聞忠直之逢尤則輕善而無勸甚哉此惑也知業則不然夫達業之君子無私而委命仰聖賢之清德敦金玉之高行無悶于陋巷之居忘懷於名利之競所以畢既往之餘業啓將來之長慶不顧流俗之嗤毀豈求鄉曲之稱詠哉夫種植不見其長有時而大砥礪莫覩其虧終銷厥厚今形善惡之報爲時近而未熟昔世吉凶之果須數終而乃謝譬如稼穡作甘不朝種而夕稔蒺蔾爲刺亦春生而秋實不耕而飽飫者因昔歳之餘穀不賢而富壽者荷前身之舊福天道無親踈人業有盈縮由斯以推天命可得除疑惑矣若夫虞夏商周之典黄老孔墨之言道唯施於一生言罔及於三世則可惑

者有六焉無辭以通之矣示爲善之利謂爵賞及名譽陳爲惡之害明恥辱與刑罰然逃賞晦名之士以何爲利乎苟免無恥之夫不受其害矣何足以爲懲勸哉可惑者一也云天與善降之以百祥謂神紀淫加之以六極然伯牛德行而有疾夭豈惡其爲善乎盜跖凶暴而無殃神豈善其爲惡乎何禍福之濫及哉可惑者二也若云罪隨形而並滅功與身而共朽善何慶之可論惡何殃而當戒若善惡之報信有而非無也食山薇以飢死何處而加之福膾人肝而壽終何時而受其禍何善惡之無報哉可惑者三也若云禍福由其祖禰殃慶延於子孫考之於前載不必皆然矣伯宗羊肸之嗣絶滅於晉朝慶父叔牙之後繁昌於魯國豈祖禰之由乎可惑者四也若云觀善察惡時有謬於上天故使降福流災遂無均於下土然天之明命寧當闇於賞罰乎曾謂天道不如王者之制乎可惑者五也若云禍福非人所召善惡無報於後而百王賞善而刑淫六經褒德而貶過則爲虚勸於不益妄戒於無損何貴孔丘之弘教何咎嬴政之焚書乎可惑者六也然則善惡之所感致禍福之所倚伏唯限之於一生不通之以三世其理局而不弘矣何以辨人之惑乎防於惡也未盡導於善也多闕其取義也尚淺其利民也猶微比夫十力深言三乘妙法濟四生于火宅運六舟於苦海高下之相懸也若培塿之與崑崙淺深之不類也疋潢汙之與江漢何可同年而語哉昔維摩詰之明達及舍利弗之聰辯經論詳之可得而校

足以逾項託超孔丘邁李老越許由伏墨翟摧莊周吞百氏該九流書籍所載莫之與儔然受諸異道不毀正信雖明世典常樂佛法師事釋迦伏膺善誘豈不識其道勝而鑽仰之乎

内德論空有篇第三

或有惡取於空以生斷見無所慙懼自謂大乘此正法所深戒也其斷見者曰經以法喻泡影生同幻化又云罪福不二業報非有故知殖因收果之談天堂地獄之說無異相如述上林之橘樹孟德指前路之梅園權誘愚蒙假稱珍怪有其語焉無有實矣至如冉疾顏夭以攝養之乖宜彭壽聃存由將衞之有術貴賤自然而殊苦樂偶其所遇譬諸草木區以別矣若蓂莢之表祥瑞連理之應休明名載于竹帛狀圖於丹青此則草木之貴者也若被三徑而易蔓亘七澤而難翦充僕妾之薪蒸被牛羊之履踐此則草木之賤者也若列挺千雲之峯羅生絕跡之地斤斧莫之及樵蘇所不至此則草木之全壽者也若匠石之所數顧農夫之所務去遭荷蓧之奮鋤值工輸之揮斧此則草木之夭命者也若篠蕩比質於松栢蕙若同氣於蘭芷翠陵寒而未渝芳在幽而不已草木之賢俊者也若蒺藜生而見惡枳棘多而莫美在詩騷之比興以疋姦而喻鄙草木之庸猥者也若乃異臭殊味千品萬形壤之所殖胡可勝名何業而見重何因而被輕何尤而速斃何功而久生何咎而枯槁何福而華榮何習而含毒何修而播馨此豈宿業之所致乎乃自然而萬差

耳人之殊命蓋亦如是豈由前業使之然哉然則無是無非大乘之深理明善明惡小乘之淺教愚騃者合眞謹愼者乖道何爲捨惡趣善而起分別之心乎又嫌佛之説法端緒太多論空説有自相乖背此是佛闇衆生耳何不唯明一種之法乎邪空之説云爾正空則不然矣苟識空有之理者豈發如是之言乎此既喻非而愽言僞而辨懼其迷誤後人增長邪見聊率所聞試論之曰

若夫如夢如幻如響如泡無一法而不爾總萬像而俱包上士觀之以至聖至聖體之而獨超大浸稽天而不溺大風偃岳而無飄具六通而自在越三界而逍遥然理不自了正觀以昭心不自寂靜攝斯調障不自遣對治方銷德不自備勤修乃饒六蔽既除則眞如可顯三障未滅則菩提極遥故眞諦離垢淨之相俗諦立是非之條指事必假於分別論法豈宜於混淆六度不可爲墜苦之業三毒不可爲出世之橋投谷難以無墜赴火何由不燒堯舜不可比之於昬桀幽厲不可同之於聖堯忠賢不可斥之於荒野邪佞不可昇之於明朝不可反白而作黒不可俾晝而爲宵不可以邪害於正不可持鳳比於梟何得同因果於兎角疋罪福於龜毛乎雖引大乘之妙言不得妙之眞致説之於口若同用之於心則異異者何也正法以空去其貪邪説以空資其愛智者觀空以除恚惑者論空而肆害達者行空而慧解迷者取空以狂悖大士體空而進德小人説空而善退其殊若此豈同致乎良由反用正言以生邪執矣騏驥

浮水勤而無功舟檝登山勞而不進豈騏驥舟檝之不善哉但浮水登山用之反也讀淨名離相之典而廢進修誦莊周齊物之言以縱情欲無異策駟馬而泝流權方舟以登坂望追造父之長驅欲比越人之利涉不亦難乎夫淨名有清高之德莊周無嗜欲之累故知斷見之論空與無爲之道反矣夫妙道之玄致即群有以明空既觸實而知假亦就殊而照同其何類也譬如對廣鏡而傍觀臨碧池而俯映衆像粲而在目可見而無實性緣生有而成形有離緣而喪質水過寒而氷壯水涉温而堅失凡從緣而爲有雖大有其何實故天與我皆虛我與萬物爲一菩提不得謂爲有何況群生與衆術故察於物而非物取諸身而匪身麗天著而皆妄鎮地崇而莫眞言論窮理而無説賔客盈堂而無人艶色絶世而無美瓌寶溢目而無珍善惡殊途而不二聖凡異等而常均尋夫經論之大旨也從緣以明非有緣起以辨非無事有而無妙實義空而匪太虛無人非闃戶之閴無見非面牆之愚無説非金人之口無體非棘猴之軀無動非山立之貌無別非雷同之謏無眞非魚目之寳無實非鳫足之書財比夢財而莫異色與幻色而何殊猗頓等原憲之産宋里疋平城之姝道智了空而絶縛俗情滯有以常拘人與業報而非有業報隨人而不無天堂類天而匪妄地獄等地而焉虛非同楊雄之假稱玉樹曼都之矯見神居何乃取空言而背旨援卉木而比諸夫夜光結緑之寳南威毛嬙之色人皆見其有而與愛孰能體

其空而不染睚眥蔕芥之隙青蠅貝錦之雖莫不著其相而興憤慨能比於空而不憾獨謂鄙行空而不戒善法空而不遵三惑應捨而未悛五德應修而反棄不觀空以遣累但取空而廢善此豈淨名不二之深致莊周齊物之玄旨乎大矣哉至人之體空也證萬物之本寂知四大之爲假視西施如行厠比南金于碎瓦五欲不能亂其心四魔無以變其雅智日明而德富慼日除而過寡截手足而無慼乞頭目而能捨八法不生二相萬物觀如一馬故能證無上智爲薩婆若(如者反)得其理也解脫如此失其旨者過患如彼何得爲非而不懼崇邪以爲是夫見舟見水皆非眞諦而將涉大川非舟不濟病體藥性均是空虛而人由病殖病因藥除犀角鴆毛等類泡沫而飲鴆者死服犀者活淡水醇醪並非眞有而將水不亂人酒能生咎忠順叛逆皆如嵋響而叛逆受誅忠順獲賞罪福之性平等不二而福以善臻禍因惡致善惡諸法等空無相而善法助道惡法生障故知萬法眞性同一如矣無妨因緣法中有萬殊矣空有二門不相違矣眞俗二諦同所歸矣若謂小乘有罪福之言大乘無是非之語似胡越之殊趣若矛盾之相拒童子尚羞翻覆聖人豈爲首鼠良以道聽而途說遂使謬量而惡取若博考而深思必疑釋而迷愈矣敬惟十力世雄無上慈父言無不實慈無不普相無不離視無不覩德無不周過無不去善無不勸惡無不沮香塗不欣刀割無怒不愛從順不憎違拒福慧圓滿而靡餘煩惱罄竭而無緒拔三

界之沉溺啓四生之聾瞽空有俱照以相濟眞俗會通而雙舉務在量病而施藥不可違中而偏處若夫方等一乘波若八部聖慧之極大乘之首莫不廣述受持之利深陳毀謗之咎經又云深信因果不謗大乘何謂大乘之理都無因果乎夫取相而爲善則善而未精見相而斷惡則斷已復生若悟善性寂而無作了惡體空而何斷乃令三障氷銷而寂滅萬德雲集以彌滿智慧如海不可酌之以一蠡道邁人天豈得闚之以寸管而喻之於檮杌測之以愚短不亦謬哉夫說空而恣情者不能無所苦也疾痛惱之則寢不安矣刀鋸傷之則體不完矣終日不食則受其飢矣無裘禦冬則苦寒矣然則致苦之業豈可輕而不避乎夫五福之與六極人情所不能齊也故居窮而思達處危而求安嬰疾而願愈在慼而羡歡愛壽考而忌短折榮世祿而恥形殘樂加之而欣笑苦及之而憂歎何得雷同於善惡而不修於福因乎觀萬姓之異稟寔千種而殊級或比上壽而有餘或足下殤而不及或衣單布而無恙或服重襦而寒入或藉草土而安和或處牀褥而風濕或不治而自愈或雖治而不立或無術而體康或善攝而痾集其形之表也均有髮膚膚之内也府藏奚殊皆含血而包肉並筋連而骨扶何一壽而一夭何一充而一癯稟何靈而獨實受何氣而偏虛虛者不獨埃塵而作體實者豈偏金石以爲軀未必壽長者有醫術齡促者無道書何謂專由攝養不在業乎亦有夭命胞胎受疾嬰孩喜怒未競嗜欲未開未觸

冒於寒暑未毀悴於悲哀壽欲何而夭疾何從而來則其所以然者豈非前業之由哉至如漢昭哀之二主魏文明之兩帝或未三九而登遐或僅五八而捐世術人雲集但致李氏之靈方士如林不救倉舒之逝君王不乏於藥巫醫豈秘其藝何寢疾而弗瘳何促齡而莫繼豈非隨業而感報非道術之所濟乎然經稱施藥之功佛歎醫王之德孔公明慎疾之執老子有攝生之則不信業者既迷不順醫者亦惑能詳因果之深淺乃辨藥石之通塞可究之以智慧難具之於輸墨至如公明辨祟扁鵲除痾河東郭璞譙郡華他廣陵吳普彭城樊阿或禳凶而作吉或止疾以爲和何得不信醫術之有益乎然景純識加刑之日而不能使刑之不加公明知壽盡之年不能令年之不盡扁鵲華他不能使其親不歿吳普樊阿不能令其躬不殞何得不信長短之業乎醫由業會藥依緣聚醫實有功藥非無取必死之病雖聖莫之蠲可療之疾待醫而方愈寃由業反則僵尸遇再生之藥命以業徂則聖醫爲一棺之土壽之脩促體之安苦隨遭否泰妍媸伸傴千品萬端皆業爲主三界六趣隨業而處百卉無情故美惡非關於業報四生有命則因緣不同於草莽斤斧伐木不驚刀杖加人則懼匏瓜繫而不食羽毛食而馳騖比有情於無知何非倫而引喻夫空有略談則率由心業前且詠其生常今則示其正法小乘以依報爲業有大乘以萬境爲識造隨幻業而施之天地逐妄心而現之識草若翳目覩乎空華比睡夢現其生

老若悟之於心業則唯聞乎佛道原夫小乘之與大乘如小學之與大學幼唯教之以書計長乃博之以禮樂始棠然而類牛毛終卓爾而同麟角此乃為訓之次序何有異同而可剥良以衆生之根有利有鈍是故聖人之教或漸或頓或致之於深遠或進之以分寸雖百慮而一致非異道而乖論乃有執空門以反教論大乘而謗小佛不關衆生衆生自不了譬闇室之無燭如夜遊而未曉故相剥奪而諠諠競是非而擾擾何以採芙蓉於木末尋吳楚于燕趙不亦謬乎夫一味無以和羹一木無以構室一衣不稱衆體一藥不療殊疾一彩無以為文繡一聲無以諧琴瑟一言無以勸衆善一戒無以防多失何得怪漸頓之殊異令法門之專一夫法門之多品如藥石之殊功救冷以温物為用去熱則寒藥宜豐或特宜於禦濕或偏須於止風不可同病而殊藥不可病殊而藥同若守株而必礙能達變而後通何得拘一途而相剥起戰爭於其中乎三世因果佛不誑欺十力勸戒聞當不疑勸之者應修戒之者宜遠抑凡情之所耽行聖智之所願何得違經論之所明以瞀臆而為斷而謂善惡都空無損益乎夫法眼明了無法不悉舌相廣長言無不實其析有也則一毫為萬其等空也則萬象皆一防斷常之生尤兼空有以除疾彼菩提之妙理實甚深而微密猒塵勞而求解慧當謹慎而無放佚非聖者必凶順道者終吉勿謂不信有如皎日

廣弘明集卷第十四

音釋

芟音衫剪伐也藜藿藜郎低切藿忽郭切餧奴罪切飢也塏口改
切爽塏高明也賑恤賑音軫恤辛聿切以財濟貧乏曰賑恤柢音帝木根
柢也粢音資稷也祭飯也墉音容蜡音作年終祭百神曰蜡譎音決
詭詐也日磾日音密磾音低金日磾也齷齪屋足齷於角切齪楚角切齷齪
急促局陿貌媲疋計切配也褒姒褒博毛切姒音似褒姒幽王妃玁
虛檢切與獫同彪必休切班彪人名杼直呂切機之持緯者菌巨隕切地
蕈也隰音習阪下濕也邾音朱國名糺俱有切糺察也闚傾彌切小視也
闃苦臭切寂靜也睚眥睚牛懈切眥士懈切睚眥舉目相忤貌蔕丑邁
切蔕芥小鯁也檮杌檮音桃杌五忽切檮杌人名四凶之一也祟雖遂切禍
也譙昨焦切郡名

廣弘明集卷第十五上

唐　西明寺釋道宣　撰

佛德篇第三之一

序曰夫以蒙俗作梗妙藉舟師師之大者所謂王也故王者往也若海之朝宗百川焉王之取號况於此也然則統言王者約緣乃多事理兩分舉要唯二初謂詳事二謂明理故詳事之王則人王天王是也行化在事事止於身身存而化行身滅而化息此則外計其身而莫思其內識故目其化爲外教也二謂明理則法王佛覺是也行化在理理在於心心存而化行想滅而境絕此則內檢其心而不緣於外境故目其化爲內教也所以厚身而存生生生而不窮捐生而去情情亡而照寂致使存形之教萬國同儀練心之術千聖齊一是則道俗兩教出入升沉俗則入有而沉形六道以之而綿亘道則出空而升位三聖自此而昌明焉自正道東流六百餘載釋蒙從信其徒不一獨夫震虐而坑僧擊像者二三明后重道寺塔崇樹者亦衆矣至如吳王之詳佛聖曉天人之所歸宋君之叙佛德明朝賢之宗奉諸餘蒙昧無足勝言故序現迹之祥瑞又述頌作之盛德隨類覽歷豈不昭彰心性乎

晉沙門支道林佛菩薩像讚

沙門釋慧遠佛影銘金像讚

宋侍中謝靈運佛法銘讚

梁沈約佛記序并勑啟

佛菩薩像讚

晉沙門支道林

釋迦文佛像讚 并序

夫立人之道曰仁與義然則仁義有本道德之謂也昔姬周之末有大聖號佛天竺釋王白淨之太子也俗氏母族厥姓裘曇焉仰靈冑以丕承藉儁哲之遺芳吸中和之誕化稟白淨之顥然生自右脅弱而能言諒天爵以不加爲貴誠逸祿以靡須爲足故常夕惕上位逆旅紫庭紆軫儲宮擬翮區外俄而高逝周覽郊野四闢皇扉三鑒疾苦風人厲辭以激興乃甘心受而莫逆訊大猷於有道慨在兹之致淹遂乃明發遐征栖遲幽閑脫皇儲之重任希無待以輕舉褫龍章之盛飾貿窮巖之襤褐資送之儔自崖而反矣爾乃抗志匪石安仁以山斑卉匡居摧心立盟誓安般之氣緒運十筭以質心併四籌之八記從二隨而簡巡絕送迎之兩際緣妙一於鼻端發三止之矇秀洞四觀而合泯五陰遷於還府六情虛於靜林涼五內之欲火廓太素之浩心濯般若以進德潛七住而挹玄搜冥魚於六絕齒既立而廢筌豁萬劫之積習同生知於當年掩五濁以擅曜嗣六佛而徵傳偉唯丈六體佩圓光啓度黃中色豔紫金運動陵虛悠往倏忽八音流芳逸豫揚彩妙覽未兆則卓絕六位曲成已著則化隆三五沖量弘乎太虛神蓋宏於兩儀易簡待以成體太和擬而稱卲圓著者象其神寂方卦者法其智周照積祐之留詳元宿命以制作或綢之以德義或疎之以沖風亮形搖於日新期妙主於不盡美既青而青藍逞百練以就粹導庶物以歸宗拔堯孔之外犍屬八億以語極罕

墳索以興典掇道行之三無絡聃周以曾玄
神化著於西域若朝暉昇于暘谷民望景而
與行猶曲調諧於宮商當是時也希夷緬邈
於羲風神奇卓絶於皇軒蔚彩沖漠於周唐
頌味有餘於鄒魯信可謂神化之都領皇王
之宗謨也年逾縱心泯迹泥洹夫至人時行
而時止或隱此而顯彼迹絶於忍土冥歸於
維衛俗徇常以駭奇回以存亡而繞之至於
靈覺之性三界殄悴谿若川傾頹如乾墜黔
首與永夜同幽冥流與涸津並匱六度與崩
岑俱褫二乘與絶軸解纓門徒泣血而心喪
百靈銜哀而情悸夫道高者應卑因巡者親
譽故不祈哭而哭豈非兼忘天下易使天下
兼忘雖靈風播越環周六合曆數終於赤縣
後死所以與闡景仰神儀而事絶於千載祇
洹既已漂落王樹卒亦荒蕪道喪人亡時亦
已矣遁以不才仰遵大猷追朝陽而弗暨附
桑榆而未升神馳在昔願言再欽遂援筆興
古述厥遐思其詞曰

太上邈矣有唐統天孔亦因周籧廬三傳明
明釋迦寔惟帝先應期叡作化融竺乾交養
恬和濯粹沖源邁軌世王領宗中玄堂構洪
模揭秀負靈峻誕崑岳量袞太清太像罕窺
乃圓其明玄音希和文以八聲煌煌慧炬燭
我宵征人欽其哲孰識其冥望之霞舉即亦
雲津威揚夏烈溫柔睎春比器以形卓機以
神卷即煙滅騰亦龍伸鼓舞舟壑靈氣惟新
誰與茲作獨運陶鈞三無衷玄八億致遠二
部既弘雙翰惟典充以瓌奇恬以易簡藏諸
蘊匱寔之令善可善善因乃讚乃演致存言

性豈伊弘闡日月貞朗顯晦周遍生如紛霧曖來巳晞至人全化跡隨世微假云泥洹言告言歸遺風六合佇方赤畿象罔不存誰與悟機鏡心乘翰庶覿冥暉

阿彌陀佛像讚并序

夫六合之外非典籍所模神道詭世豈意者所測故曰人之所知不若其所不知每在常輙欲以所不能見而斷所未能了故令井蛙有坎宅之矜馮夷有秋水之伐故其冥矣余遊大方心倦無垠因以靜暇復伸諸奇麗佛經記西方有國國名安養迴遼迥邈路踰恒沙非無待者不能遊其疆非不疾者焉能致其速其佛號阿彌陀晉言無量壽國無王制班爵之序以佛爲君三乘爲教男女各化育於蓮華之中無有胎孕之穢也館宇宮殿悉以七寶皆自然懸搆制非人匠苑囿池沼蔚有奇榮飛沉天逸於淵藪逝寓群獸而率眞閶闔無扇於瓊林玉響天諧於簫管冥霄隕華以闔境神風拂故而納新甘露徵化以醴被蕙風導德而芳流聖音應感而雷響慧澤雲垂而沛清學文嗡兮而貴言眞人冥宗而廢翫五度憑虛以入無般若遷知而出玄衆妙於兹大啓神化所以永傳別有經記以録其懿云此晉邦五末之世有奉佛正戒諷誦阿彌陀經誓生彼國不替誠心者命終靈逝化往之彼見佛神悟即得道矣遁生末蹤忝廁殘跡馳心神國非所敢望乃因匠人圖立神表仰瞻高儀以質所天詠言不足遂復係以微頌其詞曰

王猷外釐神道內綏皇矣正覺寔兼宗師泰

定軫曜黃中秀姿恬智交泯三達玄夷啓境
金方緬路悠迴于彼神化悟感應機五度砥
操六慧研微空有同狀玄門洞開詠歌濟濟
精義順神玄肆洋洋三乘詵詵藏往摹故知
來惟新二才孰降朗滯由人造化營域雲搆
峩峩紫館辰峙華宇星羅玉闈通方金墉啓
阿景傾朝日豔蔚晨霞神提迴互九源曾深
浪無筌忘鱗罕餌淫澤不司虞駭翼懷林有
客驅徒雨埋機心甘露敦洽蘭蕙助馨化隨
雲濃俗興風清葳蕤消散靈飈掃英瓊林諧
響八音文成珉瑶沉粲芙蕖晞陽流澄其潔
蘂播其香潛爽冥萃載哲來翔孕景中葩結
靈幽芳類諸風化妙兼于長邁軌一變同規
坐忘

諸菩薩讚十一首

文殊師利讚

童眞領玄致靈化實悠長昔爲龍種覺今則
夢遊方惚恍乘神浪高步維耶鄉擢此希夷
質映彼虛閑堂觸類興清遘目擊洞兼忘梵
釋欽嘉會閑邪納流芳

彌勒讚

大人軌玄度弱喪升虛遷師通資自廢釋迦
登幽閑彌勒承神第聖録載靈篇乘乾因九
五龍飛兜率天法鼓震玄宮逸響亮三千晃
晃凝素姿結跏曜芳蓮寥朗高懷興八音暢
自然恬智冥徽妙縹眇詠重玄磐紆七七紀
應運莅中幡挺此四八姿映蔚華林園亹亹
玄輪奏三據在昔緣

維摩詰讚

維摩體神性陵化昭機庭無可無不可流浪

入形名民動則我疾人恬我氣平恬動豈形
影形影應機情玄韻乘十哲頡頏傲四英忘
期遇濡首疊疊讚死生

善思菩薩讚

玄和吐清氣挺茲命世童登臺發春詠高興
希遐蹤乘虛感靈覺震網發童蒙外見憑寥
廓有無自冥同忘高故不下蕭條數仞中因
華請無著陵虛散芙蓉能仁暢玄句即色自
然空空有交映迹冥知無照功神期發筌悟
豁爾自靈通

法作菩薩不二入菩薩讚

乃昔有嘉會茲日多神靈維摩發淵響請定
不二名玄音將進和法作率所情疊疊玄心
運寥寥音氣清麤二標起分妙一寄無生

閈首菩薩讚

閈首齊吾我造理因兩虛兩虛似得妙同象
反入麤何以絕塵迹忘一歸本無空同何所
貴無貴乃恬愉

不眴菩薩讚

有愛生四淵淵況世路永未若觀無得德物
物自靜何以虛靜間恬智翳神穎絕迹遷靈
梯有無無所騁不眴冥玄和栖神不二境

善宿菩薩讚

體神在忘覺有慮非理盡色來投虛空響朗
生應軫託陰遊重冥冥亡影迹隕三界皆勤
求善宿獨玄泯

善多菩薩讚

自大以跨小小者亦駭大所謂大道者遺心
形名外都忘絕鄙當冥默自玄會善多體沖
姿豁豁高懷泰

首立菩薩讚

爲勞由無勞應感無所思悠然不知樂物通非我持渾形同色欲思也誰及之嘉會言玄志首立必體玆

月光童子讚

靈童綏神理恬和自交忘弘規愍昬俗統體稱月光心爲兩儀蘊迹爲流溺梁英姿秀乾竺名播赤縣鄉神化詭俗綱玄羅摯遊方丘巖積陳痾長驅幸玉堂汲引興有待冥歸無盡場戢翼栖高嵎凌風振奇芳

萬佛影銘（佛影今在西那伽訶羅國南山古仙石室中度流沙從徑道去此一萬五千八百五十里感世之應詳於前記也）

晉沙門釋慧遠

夫滯於近習不達希世之聞撫常永日罕懷事外之感是使塵想制於玄襟天羅網其神慮若以之窮齡則此生豈遇以之希心則開悟靡期於是發憤忘食情百其慨靜慮閑夜理契其心爾乃思沾九澤之惠三復無緣之慈妙尋法身之應以神不言之化化不以方唯其所感慈不以緣冥懷自得譬日月麗天光影彌暉群品熈榮有情同順咸欣懸映之在已罔識曲成之攸寄妙物之談功盡於此將欲擬夫幽極以言其道髣髴存焉而不可論何以明之法身之運物也不物物而兆其端不圖終而會其成理玄於萬化之表數絶乎無形無名者也若乃語其筌寄則道無不在是故如來或晦先跡以崇基或顯生塗而定體或獨發於莫尋之境或相待於既有之場獨發類乎形相待類乎影推夫冥寄爲有待耶爲無待耶自我而觀則有間於無間矣

求之法身原無二統形影之分孰際之哉而今之聞道者咸摹聖體於曠代之外不悟靈應之在茲徒知圓化之非形而動止方其跡豈不誣哉遠昔尋先師奉侍歷載雖啓蒙慈訓託志玄籍每想奇聞以篤其誠遇西域沙門輙餐遊方之說故知有佛影而傳者尚未曉然及在此山值罽賓禪師南國律學道士與昔聞既同並是其人遊歷所經因其詳問乃多有先徵然後驗神道無方觸像而寄百慮所會非一時之感於是悟徹其誠應深其信將援同契發其真趣故與夫隨喜之賢圖而銘焉

廓矣大像理玄無名體神入化落影離形迴暉層巖凝映虛亭在陰不昧處暗逾明婉步蟬蛻朝宗百靈應不同方跡絕兩冥其一茫茫荒宇靡勸靡獎談虛寫容拂空傳像相具體微沖姿自朗白毫吐曜昏夜中爽感徹乃應扣誠發響留音停岫津悟冥賞撫之有會功弗由曩其二旋踵忘敬罔慮罔識三光掩暉萬象一色庭宇幽藹歸塗莫測悟之以靜震之以力慧風雖遐維塵攸息匪伊玄覽孰扇其極其三希音遠流乃眷東顧欣風慕道仰規玄度妙盡毫端運微輕素託彩虛凝殆映霄霧迹以像真理深其趣奇興開襟祥風引路清氣迴於軒宇昏明交而未曙髣髴鏡神儀依俙若真遇其四銘之圖之曷營曷求神之聽之鑒爾所修庶茲塵軌映彼玄流漱情靈沼飲和至柔照虛應簡智落乃周深懷冥託霄想神遊畢命一對長謝百憂其五晉義熙八年歲在壬子五月一日共立此臺擬像本山因即

以寄誠雖成由人匠而功無所加至於歲次星紀赤奮若貞于太陰之墟九月三日乃詳檢別記銘之於石爰自經始人百其誠道俗欣之感遺跡以悅心於是情以本應事忘其勞于時揮翰之賓僉焉同詠咸思存遠猷託相異聞庶來賢之重軌故備時人於影集大通之會誠非理所期至於佇襟遐慨固已超夫神境矣

晉襄陽丈六金像讚序（因釋和尚立丈六像作）

晉沙門釋慧遠

昔衆祐降靈出自天竺託化王宮興于上國顯迹重冥開闢神路明暉宇宙光宅大千萬流澄源圓映無主覺道虛凝湛焉遺照於是乘變化以動物而衆邪革心跬神步以感時而群疑同釋法輪玄運三乘並轍道世交興天人攸夢淨音既暢逸響遠流密風遐扇遠生善教末年垂千祀徒欣大化而運乖其會弗獲叩津沙門發明淵極魍魎神影餐服至言雖欣味餘塵道風遂邁擬足逸步玄迹已邈每希想光晷髣髴容儀寤寐興懷若形心目冥應有期幽情莫發慨焉自悼悲憤靡寄乃遠契百念慎敬慕之思追述八王同志之感魂交寢夢而情悟於中遂命門人鑄而像焉夫形理雖殊階塗有漸精麤誠異悟亦有因是故擬狀靈範啓殊津之心儀形神模闢百慮之會使懷遠者兆玄根於來葉存近者遘重劫之厚緣乃道福兼弘眞迹可踐三源反流九神同淵于時四輩悅情道俗齊趣跡響和應者如林鑄均有虛室之供而進助者不以纖毫爲挫勸佐有彌劫之勤操務者不

以昏疲告勞因物任能不日而成功自人事
猶天匠焉夫明志莫如詞宣德莫如頌故志
以詞顯而功業可存德以頌宣而形容可像
匪詞匪頌將何美焉乃作頌曰
堂堂天師明明遠度凌邁群萃超然先悟慧
在恬虛妙不以數感時而興應世成務金顏
映發奇相暉布肅肅靈儀峨峨神步茫茫造
物玄運冥馳偉哉釋迦與化推移靜也淵默
動也天隨綿綿遠御亹亹長縻反宗無像光
潛影離仰慕千載是擬是儀

文殊像讚

殷晉安

文殊淵睿式昭厥聲探玄發暉登道懷英琅
琅三達如日之明亹亹神通在變伊形將廓
恒沙陶鑄群生眞風幽曖千祀彌靈思媚哲
宗寤言祇誠絶塵孤栖祝想太冥

又

文殊師利者是遊方菩薩因離垢之言而有
斯目非厥號所先也原夫稱謂之生蓋至道
興其貌何者虛引之性彰於立德軌世之表
聞於童眞廉俗之風移則感時之訓典故云
濡首又以法王子爲名焉夫欲窮其淵致者
必先存其深大終古邈矣豈言像之所極難
算之劫功高積塵悠悠遐曠焉可爲言請略
叙其統若人之始出也爰自帝胄尊號法王
無上之心兆於獨悟發中之感無不由他近
一遇正覺而靈珠內映玄景未移遂超登道
位於是深根永搆於沖壤豐條巽神柯而同
茂慈悲之氣與惠風俱扇三達之明與日月
並曜具體而微固以功侔法身矣若乃天機

將運即神通爲館宇圓應密會以不疾爲影跡斯其所以動不離寂而彌綸宇宙倏忽無常境而名冠遊方者也世尊與出乃援躍進之明顯潛德于香林因慶雲而西徂復龍見於兹刹法輪既轉則玄音屢唱對明淵極輒暢發深言道映開士故諸佛美其稱體絶塵俗故濯纓者高其跡非夫合天和以挺作吸沖氣而爲靈舒重霄以迴蔭吐德音而流聲亦孰能與於此哉將欲揺蕩群生之性宅至柔之主開宏基於一簣廓恒沙而爲宇若然而不悦文殊之風則未達無窮之量長笑於方寸之寂矣自世尊泥洹幾將千祀流光移蔭復與昔而昇降由是冥懷宗極者感悲長津之喪源懼風日之潛損遂共表容金石繼以文頌人思自盡庶雲露以增潤今之所遇蓋是數減百年有鐵輪王王閻浮提號曰阿育仰規逸軌擬而像焉雖眞容不存於形而靈位若有主雖幽司不以情求而感至斯應神變之異屢革民聽因險悟時信有自來矣意以爲接頹薄之運寔由冥維之功通夫昏否之俗固非一理所弘是以託想之賢祗誠攸寄思紐將絶之緒引毫心以標位乃遠摸元匠像天所像感來自衷不覺欣然同詠

眇眇童眞弱齡啓蒙含英吐秀登玄履峯神以道王體以沖通浪化遊方乃軌高蹤流光遺映爰暨兹隆思對淵匠靖一惟恭虚襟絶代庶落塵封

佛法銘讚并書

宋侍中謝靈運

佛影銘并序

夫大慈弘物因感而接接物之緣端緒不一難以形檢易以理測故已備載經傳具著記論矣雖冊壑緬謝像法猶在感運欽風日月彌深法顯道人至自祇洹具說佛影偏爲靈奇幽巖嵌壁若有存形容儀端莊相好具足莫知始終常自湛然廬山法師聞風而悅於是隨喜幽室即考空巖北枕峻嶺南映滮澗摹擬遺量寄託青彩豈唯像形也篤故亦傳心者極矣道秉道人遠宣意旨命余製銘以充刊刻石銘所始寔由功被未有道宗崇大若此之比豈淺思膚學所能宣述事經徂謝永眷罔已輙罄竭劣薄以諾心許徽猷祕奧萬不寫一庶推誠心頗感群物飛鶚有革音之期闡提獲自拔之路當相尋於淨土解顏於道場聖不我欺致果必報援筆興言情迫

其慨群生因染六趣牽纏七識迭用九居屢遷劇哉五陰倦矣四緣遍使轉輪苦根迍邅迍邅未已轉輪在己四緣雲薄五陰火起疊疊正覺是極是理動不傷寂行不乖止曉爾長夢貞爾沉詖以我神明成爾靈智我無自我實承其義爾無自爾必祛其偽偽既殊塗義故多端因聲成韻即色開顏望影知易尋響非難形聲之外復有可觀觀遠表相就近暧景匪質匪空莫測莫領倚巖輝林傍潭鑒井借空傳翠激光發冏金好冥漠白毫幽暧日月居諸胡寧斯慨曾是望僧擁誠俟對承風遺則曠若有槩敬圖遺蹤疏鑿峻峯周流步欄窈窕房櫳激波映墀引月入窻雲往拂山風來過松地勢既美像形亦篤彩淡浮色詳視沉覺若滅若無在摹在學由其絜精能

感靈獨誠之云乎惠亦孔績嗟爾懷道慎勿中惕弱喪之推闡提之役反路今覩發蒙兹覿式厲厥心時逝流易敢銘靈宇敬告震錫

佛讚命作范光禄

精粗事阻始末理通捨事就理即朗祛蒙惟此靈覺因心則崇四等極物六度在躬明發儲寢孰是化初夕滅雙樹豈還本無眇眇遠神遥遥安如願言來期免兹淪滑

范特進書

卿常何如歷覿高士類多有情吾亦許卿以同何緬邈之過便是未孤了幽關也吾猶存舊情東望慨然便是有不馳處也見熾公阡陌如卿問栖僧於山誠是美事屢改驟還未爲快也杖策之郡斯則善也祇洹中轉有奇趣福業深緣森兮滿目見形者所不能傳聞言而悟亦難其人辭煩而已於此絶筆范泰敬謂祇洹塔内讃因熾公相示可少留意省之并同子與人歌而善

答范特進書送佛讃

辱告慰企晚寒體中勝常靈運脚諸疾比春更甚憂慮故人有情信如來告企詠之結實過飢渴山澗幽阻音塵闊絶忽見諸讃歎慰良多可謂俗外之詠尋覽三復味翫增懷輙奉和如别雖辭不足覩然意寄盡此從弟惠連後進文悟衰宗之美亦有一首并以遠呈承祇洹法業日茂隨喜何極六梁徽緣竊望不絶即時經始招提在所住山南南檐臨澗比户背巖以此息心當無所忝耶平生緬然臨紙累歎敬惜爲先繼以音告儻值行李輙復承問二月一日謝靈運白荅

和范特進祇洹像讚

范侯遠送像讚命余同作神道希微願言所屬輒總三首期之道場

佛讚

惟此大覺因心則靈垢盡智照數極慧明三達非我一援群生理阻心行道絕形聲

菩薩讚

若人仰宗發性遺慮以定養慧和理斯附爰初四等終然十住涉求至矣在外皆去

緣覺聲聞合讚

厭苦情多兼物志少如彼化城權可得寶誘以涅槃救爾生老肇元三車劘乘一道

無量壽頌和從弟惠連

法藏長王宮懷道出國城願言四十八弘誓拯群生淨土一何妙來者皆清英頹年欲安寄乘化必晨征

維摩詰經中十譬讚八首

聚沫泡合

水性本無泡激流遂聚沫即異成貌狀消散歸虛豁君子識根本安事勞與奪愚俗駭變化橫復生欣怛

燄

性內相表狀非炎安知火新新相推移熒熒非向我如何滯著人終歲迷因果

芭蕉

生分本多端芭蕉知不一含萼不結核敷花何由實至人善取譬無宰誰能律莫昵緣合時當視分散日

幻

幻工作同異誰復謂非真一從逝物過既往

亦何暕謬者疑久近達者皆自賓勿起離合
情會無百代人

夢

覺謂寢無知寐中非無見意狀盈眼前好惡
迭萬變旣悟眇巳往惜爲浮物戀執視娑婆
盡寧當非赤縣

影響合

影響順形聲資物故生理一旦揮霍去何因
得像似群有靡不然眛漠呼自已四色尚無
本八微欲安恃

浮雲

泛濫明月陰蓊蔚南山雨能爲變動用在我
竟無取俄巳就飛散豈復得攢聚諸法旣無
我何由有我所

電

倐爍驚電過可見不可逐恒物生滅後誰復
覈遲速愼勿留空念横使神理恧發已道易
乎忘情長之福

佛記序

梁沈約奉高祖勑撰并勑啓序合三
首

勑云去歲令虞闡等撰佛記并令作序序體
不稱頻治改猶未盡致尋佛教因三假以寄
法藉二諦以明理達相求宗不著會道論其
指歸似未至極乃不應以此相煩亦是一途
善事可得爲厝筆以不故指勑闡等結序末
體又似小異

臣約言佛記序今謹以上呈詞義無取伏懷
自恧謹啓

勑云記序始得看今勑繕寫流布

序曰含靈萬品既非記諜所窮物物禀生豈伊積塵能計莫不起乎無理而至乎無生者也雖要終有地而原始莫聞自非靈照特達宗極斯在則理閑機初鑽叩事絶非唯四果不議固亦十地罔窺邈乎悠夐有之而莫知所從者也如來覆簣爰始言登永路起滅迴還馳驟不息去來五道大千比之毫端往復三界祇劫未足稱遠積明累照念念不休離此生滅證成妙果固已空有兼謝豈徒齊遷魯變而已哉旻昊區區猶秉何言之稱至人無已寧以詞義爲珍蓋由萬惑相翳昧明代起業假緣開事須曉達一音所吐無思不服義在徇物動非爲已法吼震灑於無外甘露炳煥於龍宮開宗闡教致之有漸標四諦於鹿園辨百非於雙樹廓不二之法門廣一乘之長陌行迷復路弱喪知歸而因應回舛厥塗不一白毫所照遍刹土於恒沙七步降踐雍龍堆而攸被推極神道原本心靈感之所召跨無邊而咫尺緣之所乖面法城而不覩及像教云末經紀東流熱坂艱長寒山峻阻横書左字累萬方通翦葉成文重譯未曉自此迄今千祀過半靈迹稍啓名僧間出律藏方等行來漸至蘊乎西國未至者多雖法身常住之奥遠二諦三假之淵曠悟道求宗於斯可足而能仁體兹大聖寔爲本師悠悠群品精靈所係迄于前因往業多所昧略然神化應感參差互見又世胄名氏本國俗緣散析衆部卒難討究神功妙力同出異名降胎求道寧止一相託生迦維本由權迹出自北門非悟法之始遍照東方豈通化之極適道

已來四十九載妙應事多宜加總緝共成區畛至於經像舊録境剎遺記開勸之功於斯自遠大權弘曠亡身以濟物應真耿介標心非爲已分蹤或異適未必同神塗詭互難以臆辨靈怪倜儻言語斯絶圖澄之龍見趙魏羅什之鳳集關輔揵陀近遊京洛單開遠適羅浮雖迹與俗同而意無可察塗出玉門法座不遠七處九會峨然在目靈應肸蠁徧富延澤以西光景葳蕤多見天山之表有志奇儻每經遊歷神迹昭然咸有文注繁蕪舛雜實須裁甃分五道於人天設重牢於厚地各隨業力的焉不差此皆卷舒眞俗終始名相其玄塗幽遠大則直至道場其徵證切近小則開勸晚學斯寔兼濟之方舟大悲之廣路雖復智昬視肉形窮尺棰緣動必應又況進於此者乎是以至聖慇懃每存汲引垂文見意貽厥將來皇帝行成無始道承曠劫十號在躬三達靡礙屈茲妙有同此轉輪傷昬懸惑久迷正路悱發之徒空懷鑽仰條流緬曠事難總一志淺業勞迄用無就非所以闡彼四衢出之火宅者也乃詔中書侍郎虞闡太子洗馬劉溉後軍記室周捨博尋經藏搜採註說條別流分各以類附日少功多可用譬此名曰佛記凡三十篇其有感應之流事類相似止取其一餘悉不書或後死而更生陳說經見事涉杳冥取驗無所亦皆靡載同之闕疑或憑人以言託想成夢尤難信曉一無所録若夫欲遐適者必遠記所從欲悟道者必妙識所宗然後能允得其門親承音旨未有不知厥路莫辨伊人膠目闇踐自與理合

所以引彼衆流歸之一源可令莘莘含識望塗知往案砥矢而言歸不迴遑於岐路俾厥清信之士亦有取於此云

廣弘明集卷第十五上

音釋

褫直爾切解也 貿莫候切貿易也 襹褐襹所宜切毛衣也褐音曷毛裘也 罩竹孝切籠罩也 噏許及切 摹莫胡切規模也 葳音威 莅音利臨也 亹音尾亹亹不息之意 頡頏頡胡結切頏合浪切頡頏相上下也 閈音翰 恬愉恬徒溙切愉羊朱切恬愉安樂也 婉紆阮切順也 蛻音税化也 簣求位切土籠也 嵌丘銜切山崄險也 滮皮休切水流貌 鴞虛嬌切鳥名 詖彼義切佞也 冏俱永切明也 惕他的切怵惕也 湑息徐切正作胥論胥謂相牽引也 昵尼質切親也 薈蔚薈烏外切蔚烏勿切薈蔚草木盛貌 恧尼六切慙也 敻虛正切遠也 畛之忍切田閒陌也 肹蠁肹許乙切肹蠁過布也 蕤儒隹切葳蕤盛貌

廣弘明集卷第十五下

唐西明寺釋道宣撰

佛德篇第三之二

唐終南山釋氏佛像瑞集幷經法神瑞迹

梁高祖出古育王塔下佛舍利詔（幷牙像詔）

晉安王上菩提樹頌（幷啓物）

簡文帝唱道文

王僧孺唱導發願文

佛像瑞集幷經法神瑞迹

唐終南山釋氏

余以佛化隄封三千圍内近對小識且局南洲斯則通計神州咸蒙聲教神蹤遺跡閉在幾初前漢已來相從間出劉向校書天閣往往見有佛經赤縣山裂水開時時瑞像來現或塔由地踊或佛降因空事緒繁委略標十數有未見者須顯其相云略列大唐育王古塔來歷

越州東三百七十里鄮縣塔者西晋太康二年沙門慧達感從地出高一尺四寸廣七寸露盤五層色青似石而非四外彫鏤異相百千梁武帝造木塔籠之八王自攀巡州里令見神瑞光聲聖僧備如别傳

鄭州超化寺塔在州南百餘里基墌遍令寺院並古時石砌合縫甚密鐵爲細要其石長八尺四面細要長一尺五寸深五寸石下並泥塔南基出泉十餘所徑三尺涌而無聲永徹中有崑崙入泉向下窮之但有石柱羅列竟不測其際中有石塔在空水凝而不及

冀州（舊魏州者）臨黃縣西北三十里有育王舍利寺近爲尼住寺有古塔編石爲基從水底出

塔三面水極深唯西面通行往足有蓮藕人畏之無敢採捕

岐州岐山南岐山縣北二十里法門寺塔在平原上古來三十年一度開開必感應顯慶五年勑令僧智琮往請有瑞令開蒙光明照燭道俗通見乃掘出進內龍朔二年還返故塔其舍利如大人指節骨長二寸許其內孔方色白光明如別圖狀

益州成都郭下福感寺塔本名大石寺隋初詵律師尋其古迹欲尋其舍利掘至泉源唯是一石見於其上架九級木浮圖備有靈相隋蜀王秀又掘之至泉風雨至不可及際於傍破得一片石出乃是鑿玉今見存

益州北百里洛縣城北郭下寶興寺塔其寺本名大石其事大同福感

益州西南百餘里晉源縣等衆寺塔略同於上

潤州江寧縣故都朱雀門西南古越城東廢長干寺內昔西晉僧惠達感光掘之一丈得三石匣中有金函盛三舍利并髮爪其髮引可三尺放則螺旋今有塼塔三層并剎佛殿餘但榛木大蟲登基穢污者被打號叫驚人或有死者

懷州東武陟縣西七里妙樂寺塔方基十五步并以石編之石長五尺闊三寸已下極細密古老傳云其塔基從泉上涌出云云

瓜州城東三里有土塔周朝育王寺今廢唯有遺基上以舍覆四畔墻匝時見光明公私士女往來乞福

青州臨淄城中有阿育王寺其形像露盤在

深林巨樹下昔石趙時佛圖澄知之令往取
入地二十餘丈獲之
河東蒲坂有育王寺時出光明姚秦時掘得
佛骨於石函銀匣中照耀殊常
并州子城東育王寺者今見尼住爲淨明寺
失基所在
并州榆社縣郭下育王寺小塔見有僧住
代州城東育王塔
洛州故都西白馬寺南一里育王塔
甘州東百二十里删丹縣城東弱水北土堆
古老云育王古塔
沙州城内廢大乘寺塔基云是育王塔
晉州北霍山南土堆古老云是育王寺塔
已前諸塔並是姬周初有大輪王名爲
阿育此曰無憂統臨此洲萬有餘國役
使鬼神一日而造八萬四千塔此土有
之每發神瑞廣如感應傳
楊州育王金瑞像者吳孫皓時後園所獲皓
初蔑而穢之腫痛遍身大史占曰犯大神也
皓謝之有間因爾開信
吳郡松江浮水石像二軀昔西晉建興中像
浮松江有居士朱應接而出之舉高七尺於
通玄寺視背有銘一名惟衛二名迦葉
荆州長沙寺瑞像者東晉太元初見於州城
北行人異之試以刀擊之乃金像也長沙寺
僧迎至寺光上有梵書云育王所造梁武聞
迎至都大放光明及梁滅迎上荆州至今見
存歷代光瑞不可備載如别所顯
荆州大明寺檀優填王像者梁武帝以天監
元年夢見檀像入國乃詔募得八十人往天

竺至天監十年方還及帝崩元帝於江陵即位遣迎至荊都後靜陵側立寺因以安之

楊州長干寺阿育王像者東晉咸和中丹陽尹高悝見張侯浦有光使人尋之得一金像無光趺載像至長干巷口牛不復行因縱之乃徑趣長干寺後數年東海人於海獲銅趺浮水上因送像所果同後四十年南海獲銅光於海下乃送像所宛然符合自晉宋齊梁陳隋唐七代無不入內供養光瑞如別今在京師大興善寺模寫設矣真身在廬山峯頂寺

涼州南百里崖中泥塑行像者昔沮渠蒙遜王有涼土專弘福事於此崖中大造形像千變萬化驚人眩目有土聖僧可如人等常自經行無時暫捨遙見便行人至便止觀其面貌如行之狀有羅土於地者後人看足跡納納今見如此

襄州檀溪寺金像行者東晉寧康中沙門釋道安之所造也及成就已乃行至萬山明迎返寺其夕又出至寺門至山蹋石現一足相周武滅法鎮副長孫哲志性兇麤先欲除毀令百人以索繫頸挽之不動哲大怒乃至加五百人方倒震地哲喜落馬尋卒當毀像時於腋下倒垂衣內銘云此像三周甲午當滅勘以長曆大略符焉其所蹈石在本寺今名啓法是也

涼州西番禾縣瑞石像者元魏太延中沙門劉薩訶行至番禾東北望御谷山而禮曰此山中有佛像出者若相不具國亂人苦經八十七載正光年初風雨震山挺出石像長一

丈八尺形相端嚴唯無其首登即命造隨安隨落魏道陵遲分東西矣後四十年州東七里澗内獲石佛首即以安之恰然符合周保定中像首又落隋初還復立瑞像寺煬帝西征遇之改爲感通寺今圖寫多依量模准

京師崇義寺石影像者形長八寸徑五寸八楞紫石英色梁武太清中有僧從外國將來遇亂安廬山像頂上隋煬在蕃鎮江陽見别記往求得之及登儲貳送於曲池日嚴寺寺廢入崇義寺京師道俗咸就見之往往不同見佛見神山林幢蓋者前後異等貞觀十年勑迎入内

坊州玉華宫鐵礦瑞像者周武滅法有姜明者督事夜行每見山上光明旦往尋之有卧石狀如像便斵掘四邊乃是鐵礦不可傷損舉身三丈谷中有趺乃共村人撈舉忽然下流徑趣趺孔卓然特立以狀聞奏時天元嗣曆改元大像勑其處爲大像寺因開佛法隋初改爲顯濟寺太宗在宫時往禮謁莊嚴修飾在宫東三十里大苑内永徽中改宫立寺陰闇之夕每放光明

襄州峴山華嚴寺盧舍那瑞像者本是周朝古像法滅藏之得存每有凶相以涕出爲期隋文將崩一鼻涕出沾汚于懷金薄剥起雖後修飾望還如涕貞觀末年四月内連涕不止塗汚胷懷方可尺許太宗升遐方驗先兆至六月内涕又流出合境同懼至七月洪水汎溢入城郭深丈餘今見在

陳朝重雲殿飛入海者此殿梁武所立中安像設並是珍寶梁謝陳登武帝旣崩須葬具

欲取殿中珠帳人力旣豐四面齊至忽見雲氣圍繞大雨滂注雷電震擊百工奔走又見火列空中布燄相屬重雲大殿其中佛像一切上騰煙火相扶欻然東逝傾國上望絶目方止雨晴即日惟礎在焉月餘有人東州來是日見殿乘空入海令望海者時往見之元魏洛京永寧塔天震東海其事略同

江州廬山文殊師利瑞像者昔晉名臣陶侃建旟南海有漁人見海濱有光白侃令尋之俄見金像陵波趣船接銘乃育王所造文殊也送往武昌寒溪寺後還荆州迎像上船船即沒水遠法師迎入廬山一無有礙今在山東林重閣

渝州西百里相思寺北石山上有佛跡十二枚皆長三尺闊一尺一寸深九寸中有魚文在佛堂北十五步見有僧住

循州東北興寧縣靈龕寺北石上佛跡三十餘大者長五尺已下京師大興善寺大有靈瑞佛像佛骨佛齒等

撫州顯慶年中有潭州行像自移來州東二十里山中道現兩迹長三尺相去五百餘步初不知其來有人尋山見怪遍告遠近將移就寺不動刺史已下官人酷旱步至像所請還州寺三人捧之至州隨行雲布當夜大澍遂以有年今在撫州

隋時蔣州興皇寺佛殿被焚中丈六銅像正當棟下及火發棟墜像自移南五六尺許形得安全四面瓦土灰炭去像五六尺曾不塵玷唐武德初於泰皇寺重被焚燼金色宛然玉毫無毀今在白馬寺鳥雀所不侵陵

簡州三學山寺有佛跡每夜神燈在空遠見近滅至六齋夜其燈則多

坊州玉華寺東北慈烏川武德年中居人郝辯者素有信向每見鹿群常居山側異之遂掘其處得石像一軀高丈四五乃移出在川中家内其相大同玉華寺東者古老傳云迦葉佛時此山所藏者四十餘軀今有二現餘猶未出（涼州山現迹同）

邢州沙河縣四面銅佛者長四尺許隋初有人入山見僧守護此像因請供養失僧所在其人欲負將出而不動諸處人聞助曳亦然沙河寺僧聞之試引輒行至寺後人於寺側獲金一塊上有一烏形銘曰擬鍍四面佛因度之佛形上遍是烏影隋後主聞有瑞迹遣工冶鑄效之鑄卒不成終有缺少經二百日乃止今在寺中

已前神塔瑞像開俗引凡未深明者由茲發信既信殊相方能攝心披經討論資啓神解方知四魔常擾六賊恒陵覺而且怖超方有日不爾沉淪還同無始弘明之道豈其然哉至於經卷不灰乃符火浣之布書空不濕便同天蓋之靈聖寺屢陳鍾聲流於遠近神僧數現受供通於道俗斯途衆矣備於感通記中

出古育王塔下佛舍利詔（并牙像部）

梁高祖武皇帝

大同四年八月月犯五車老人星見改造長干寺阿育王塔出佛舍利髮爪阿育鐵輪王也王閻浮一天下一日夜役鬼神造八萬四千塔此其一焉乘輿幸長干寺設無礙法喜

食詔曰天地盈虛與時消息萬物不得齊其蠢生二儀不得恒其覆載故勞逸異年懽慘殊日去歲失稔斗粟貴騰民有困窮遂臻斯濫原情察咎或有可矜下車問罪聞諸往誥責歸元首寔在朕躬若皆以法繩則自新無路書不云乎與殺不辜寧失不經易曰隨時之義大矣哉今眞形舍利復現於世逢希有之事起難遭之想今出阿育王寺設無礙會耆年童齒莫不欣悅如積飢得食如久別見親幽顯歸心遠近馳仰士女霞布冠蓋雲集因時布德允叶人靈凡天下罪無輕重皆赦除之

大同四年七月詔曰天慈普覆義無不攝方便利物豈有方所上虞縣民李胤之掘地得一牙像方減二寸兩邊雙合俱成獸形其內一邊佛像一十二軀一邊一十五軀刻畫明淨巧迹妙絕將神靈所成非人功也中有眞形舍利六焉東州昔經奏上未以爲意而胤之衍愆縲紲東治眞形舍利降在中署光明顯發示希有相大悲救苦良有以乎宜承佛力弘茲寬大凡天下罪無輕重在今月十六日昧爽已前皆赦除之即日散出奉迎法身還臺供養

上菩提樹頌并啓

梁晉安王綱

臣綱言臣聞擊轅小唱有慕風雅巴人淺曲實仰陽春是以葑葵細葉猶傾朝景爝火微光不能自息伏惟陛下至德欽明玄猷廣運乃神乃聖道跨軒嬀正覺正眞功符圓極常住爲樂法喜爲甘慈雨被於無垠睿化覃於

幽顯故八風調四氣正天下定海外安弘龍龕之威紹鷲山之法無爲不住實懸蒼生無相乃宣引歸眞域製茲道樹顯此金容使誓願者結因頂禮者增福會途已一古今誰二

伏以器表承露東阿薦銘瑞啓黃龍中山興頌臣雖不敏實有愚心謹上菩提樹頌一首學謝稽古思非沉鬱不足以光揚盛德髣髴一隅顧恧芻言伏紙慙震謹啓

手勑省啓覽所上菩提樹頌挹採致佳辭味清淨仰讃法王稱歎道樹意思口說乃至手書極得三業之善但所言國美皆非事實不無綺語過也越勑

菩提樹頌并序

竊以因緣假有衆生之滯根法本不然至人之妙理是以三界六趣遶業障而自迷八解十智導歸宗而虛豁是以能仁大師隨緣布道懸發宅之既焚傷欲流之永鶩託白淨之宮照黃金之色居茲三惑示晝篋之非眞出彼四門驚浮雲之易滅於是佛日啓法雷震設漸教降權跡三寶現世一道知歸大接群蒼救茲未度法雨法水之潤等世界於無邊智燈智炬之光同虛空於莫限物因難量化緣將息林開白樹日映青枝悲哉六識沉淪八苦不有大聖誰拯慧橋皇帝體乾元之叡德含天地之純誠照玉鏡之神樞太平之運吞虞孕夏卑漢籠周御六氣而子蒼生扇二儀而布亭毒緯樂經禮偃武修文秋荼不設廢九律之嚴科春雨愛生解三驅之密網固以咸池之靈自失汾水之德知慙少陽慭善於元貞蕃臣燮和於槐衮八凱三座九棘四

科之士內宣王事運策橫行專城推轂之將外守封疆一同文軌萬方共貫穿胷鏤臆之首短身長臂之師南越鑠石北極天沙東邁日枝西踰月紀莫不梯峯挂迥越繩度之山航海跨深汎浮毛之浪奉方入貢進忠請職獻同心之鳥貢比肩之獸爾乃嘉祥競發寶瑞咸委靈芝灊露月萃郊園義鳳仁虎日聞郡國如珠如璧既然照燭於中纖若雲非雲亦徘徊於宮雉於是驅黎民於仁壽濟動植於幽隍歲樂民殷家給戶足斑白不提挈童稚有謳歌從善如流應風猶草開農務本鑄刃銷鋒紅粒盈箱青蚨委貫上照天下漏泉天既成矣地既平矣天子乃均一子愍四先示正行之因標出要之路廣設道場大弘妙法涅槃寶棹接惑衆於背流慈悲光明照群迷於未曉法輪遍乎大千清涼被於小葉故天人舞鳳去照園而讚善菩薩飛象越香土而來儀五百寶蓋騰光自合十千纓珞懸空下墜龕室莊嚴國界殊特製三時之殿聳四柱之臺雖漢后望神之宮軒轅待仙之觀曾何足擬髣髴寶雲儀形等覺於是想成道之初建菩提之樹四海呈珍百工薦巧彫金鏤碧綴鏡懸珠製似雪山形同飛蓋四布垂陰五面益物名高滿月德踰普覆並艷千光之樹連英五色之華璧日垂彩玉蔕生煙微風徐動寶枝成樂儼然妙色蔭此曲枝顯若金山尊如聚月信女百味之初諸天四鉢之狀散漫祥草連翩青雀伏吐電之魔却擔山之鬼奇姿瓌質不可勝言此實生善之妙緣進行之深福當今盛美曩代未聞方應照德不

窮懸諸日月巍巍永樂萬萬斯年敢作頌曰
綿史載觀靈篇眇鏡寶冊蔵粃帝圖掩映烏
紀稱祥龍書表慶九州布德五絃作詠蒸哉
至矣有梁啓聖功覆終古業高受命金輪降
道王衢齊政無思不服有德斯盛一乘運出
五眼清淨禀識康歌昆蟲得性舜厨靈蓮堯
庭神荚豈如道樹覆潤弘浹靡寄垂光芬芳
委疊時動百華乍開千葉現彼法身圖兹瑞
牒海度六舟城安四攝惠澤既播淳風普叶
休明智境清朗法泉百神嗟仰千佛稱傳榮
光動照王燭調年菩提永立波若長宣穆穆
明后萬壽如天

唱導文　梁簡文在蕃作

夫十惡緣巨易惑心塗萬善力微難感靈性
是以摩鉗赴火立志道場薩埵投身必之妙
覺衆生積染流浪不歸苦海易沉慈波空蕩
渴愛與生死共門無明與結網同路各趣百
非纏兹四苦人思戮力昭彼三明是以如來
因機致化如大醫王隨病施藥當今皇化之
基格天網地扇仁風於萬古改世季於百王
覆載蒼生慈育黎首天涯海外奉道餐風抱
嗉吹脣含仁飲德民無賢肖愛均一子衆等
宜各克己丹誠澄心慊到奉爲至尊敬禮娑
婆世界釋迦文佛歡喜世界栴檀德尊水精
剎土月電如來寶明世界山海慧佛奉願聖
御與天地比隆慈明與日月齊照九有被康
哉之澤八方延仁壽之恩玉燭之美日著遐
方擊壤之歌遍聞天下敬由心起五體所以
外恭情發於中六識所以單到故一善染心

萬劫不朽百燈曠照千里通明憑法致安積
善延慶今日幸遇兹訓誘豈得不罄竭心途
奉爲皇太子敬禮東方寶海南方燈明西方
無量壽北方相德奉願離明内映合璧外和
玉震雲浮金聲海鏡日朝顏色四善流風既
擅温文之德實著監國之重蒼生飲德有識
餐仁燮和内化事炳周經讚德含章訓高愽
史故以配正奉天表七教於仁德宣風緝熙
闈六服於温慈各宜攝心奉爲貴嬪歸命敬
禮五十三佛三十五尊當來賢劫千見在百
七十奉願月相與萬善同休金聲與四時並
祐與七覺以炳照同十智於常樂閨守奉仁
宮儲欽德暉同疊璧煥若崑瓊
蓋聞嵩高惟嶽作屏皇家宗子維城克固磐
石所以戚均魯衛任等蕭曹三台正席坐而
論道九棘勤王恪居連事宜各運心奉爲臨
川安城建安鄱陽始興豫章又南康廬陵湘
東武陵諸王家國戚屬六司鼎貴歸命敬禮
舍利形像菩提妙塔多寶踊現釋迦碎身奉
願心鏡凝深身清岳峙克隆帝祉永茂皇枝
衆各一心歸命三寶
三界異術五道分逕天人植業各歸一果鬼
神牽報事炳冥途十善華果既垂正力五濁
煩心彌多惱累雖復聰明正直三牲之祀未
虧陰陽不測六根之滯猶染衆等宜各露誠
逮為天龍八部護塔善王乃至修羅八臂摩
醯三目盡爲敬禮尊經正典清淨波若究竟
涅槃法華會一之文淨名不二之說願一切
善神永斷無明長遵正本卧處寶宮坐甘香
積帝釋淵廣泛般若之舟淨居深沉駕牛車

之美澤及三界明照四天大悲拔苦事炳前經弘慈與樂義高名訓是以靈權降迹出沒不同菩薩位懷顯晦多術無邊劇惱翕八苦於脩途有縛纒情繞六趣於危道金瑣玉牀猶念解脫彫珠飾綺不及塗中至如飄飄熱風滄浪氷水暗室千重黑城百仞鐵輪碎骨銅柱焦腸傷出刀峯横抽劍鍔如斯衆苦尤爲險脆一息不追則萬劫永别刹那暫斷則千代長離相與共託閻浮泡生幻處危脆之質有險蜉蝣風電之馳誠難可駐況復三相併蹙二鼠攢危毒箭惡蛇尤爲可畏無憑正法拔兹累滦長享百福永斷六塵對至無强唯佛可恃今爲六道四生三途八難慈悲懇倒一心遍禮十住菩薩三行聲聞禮救世觀音獻蓋寶積西方大勢東國妙音四辯淨名二土螺髻珠項善宿彌勒文殊金剛藏解脫月棄陰蓋常擧手十大弟子五百羅漢願囹圄空虛疾惱消息城中百縣方外千城凡在幽執一同寛蕩人協覆蛇俗化匡蟻類服鴆之不死同拔劒之無傷含生不縷轉死自温渭橋日飽翳桑無餓打塞三塗填碎地獄破魔兵衆壞生死軍闇羅發十善之心牛傍啓五戒之業如魚少水若鴈窮林一聽法音即捨穢質人運五體歸命三寶

禮佛唱導發願文

王僧孺

夫至覺玄湛本絶聲言妙處虛通固略筌象雖事絶百非而有來斯應理亡四句故無感不燭皇上道照機前思超繫表凝神汾水則

心謝寰中屈道軒丘則形勞宇内斯乃法忍降迹示現閻浮之境大權住地俯應娑婆之域故欲洗拔萬有度脫群生濯淨水於寶池蔭高枝於道樹折伏攝受之仁遇緣而咸拯苦言輭語之德有感而斯唱日用不知利益莫限衆等相與增到奉逮至尊五體歸命云云

仰願皇帝陛下至道與四時並運玄風與八埏共廣反淳源於三古捨澆波於九代至治已覩於今日大道復屬於此時虎豹蹈而不鷙虺蛇踐而莫噬埋金抵玉毀契焚文嘉禾生醴泉出金車玉馬自相暉曜玄鶴丹鳳飛鳴來往光景之所照燭舟車之所驅汎莫不屈膝係頸迴首革音入侍蘽街迎拜渭水與天地而長久等金石而逾固中岳可轉長河有清而我聖皇愈温愈粹不言而化行無爲而教肅

夫道備監撫望表元良察遠知微貫宗句極不勞斧藻無待審諭況復靜悟空有同觀眞俗能行能說既信既持衆等齊誠奉逮儲君殿下歸命敬禮云云

仰願皇太子殿下厚德體於蒼蒼廣載侔於礴礴前星照曜東離煥炳淑聞自遠和氣熏天異才爭入端人並至玉體怡清金聲妙越夫茂實英聲道周德廣秉珪襲袞之貴坐槐憩棠之尊猶應共惜東暾俱吝西崦悟蕉蘆之非實知鏡月之虛銜信秉電之不留驗畫水之隨合唯宜照之智炬灌以寶瀾增此睿根成斯妙植又各增到奉逮太尉等諸王殿下禮云云

仰願諸王既明且哲聲跨於河楚令聞令望

道均於旦奭德貫右戚義藹周親作鉉則與二曜相終臨岳則與四維等固若彭消之遐永譬松筠之貞悅

觀夫天枝峻峦帝葉英芬莫不玉震蘭摇金鏘桂縟覩寸文而驗錦觀一毛而測鳳並能才高銅爵詞富雲臺彬彬亹亹超超灼灼以斯勝善奉逮諸王殿下禮云云

仰願諸王殿下穆穆與清風並扇英英將白雲共朗永鍾清祉長享元吉出牧則聲高民上入朝則譽光物右德重山王智超海藏鏗鏘麗於珠樹皎鏡光於玉田

夫道流雲幄德感椒闈必以前藉勝因宿稟嘉數況重霑法雨更披慧日雖巽姜后解珥請罪於周王不待樊姬捨肉有激於荆后而遵恭儉去嗜欲棄彫璣撤靡麗了心不滯正見無疑衆等齊誠奉爲六宫眷屬歸命敬禮云云

願六宫眷屬業華姬日聲麗嬀辰震彩鐫圖傳若詩史位齊寶印行等月光具六神通得四無礙

夫稟開明之德懷深妙之心豈非修習有本故能依止無倦義興等諸公主忘斯華重甘此翹到並宿世之所記别故現前所以信了影響至眞寤寐玄極人各增到仰爲諸公主歸命敬禮云云

願諸公主日增智性彌長慧根四攝四依已尊已蹈七善七定靡退靡虧盛此王姬光兹帝女長享湯沐與河山而同固永服緹綺貫寒暑而無窮

夫三相雷奔八苦電激或方火宅乍擬駛河

故以尺波寸景大力所不能駐月御日車雄才莫之能遏其間飲苦餐毒抱痛銜悲身口爲十使所由意思乃八疵之主衆等相與彼我齊到懺悔業纏無始以來至于今日所爲十惡自作教他見善不讚聞惡隨喜焚林涸澤走犬揚鷹窮鄭衛之響極甘旨之味戲笑爲惡倏忽成非侮慢形像陵踐塔寺不敬方等毀離和合自定權衡棄他斗斛愧心負理昧主欺親雖七尺非他方寸在我而能性其情在人未易悠此心口衆罪所集各運丹懇五體自投歸命敬禮云云

願現前衆等身口清淨行願具足消三障業朗三達智五眼六通得意自在

懺悔禮佛文　王氏　同前

夫有非自有有取所以有無非自無無著所以無故有取之惑興倏成萬累無著之念起一超九劫是知道之所貴空有兼忘行之所重眞假雙照稟氣含靈莫聞斯本宵形賦影靡測由來故發茲識窟綿綿蒙其莫辯導此愚相尚窈冥而未悟茫茫有同暗海幽幽實在危城業風縈薄三有長驚惑水邅迴二死相屬以苦捨苦從暗入暗尋本不離色心即事莫非生滅是用抱此纏蓋輪迴生死惢其六愛興其八邪或狙詐而克昌乍仁義而濫死或才均智等此賤彼豪或共日並時人升我墜唯言報施寂寥不知因對皎徹曩緣今果過現殖成有如符契不謬毫髮而欲以促生運其長術浮命迴其冥數當知刹那交謝瞬息不留東樽纔吐西崦已仄譬閱川之駛流若栖葉之輕露僞城易弛毒樹自攻若非

假實兩明眞俗俱辯豈能寫誠迴向刻意修習不退不没愈堅愈固南平大王殿下含辰象之正氣畜海岳之渟靈宿侍八恒早遊七覺籍妙因於永劫招勝果於茲地若眞金之愈鑒美玉之載琢是用未積巳散不藏而捨故今式招靈指仰屈神儀建此齋肅譬茲闕楗盛來緇素濟濟洋洋名香遍室寶華覆地髙梵宛轉寧止震木遏雲清桴遥奕非直騰魚御馬仰願四部至誠五體歸命東方云云

願大王殿下五畏内遣十力外扶百福莊嚴萬祉周集愕夢無忤其慮甘寢有恬其神更闢寶衢愈興慧業

夫玄極凝淡非學者所窺妙本難思豈行人能測是以十地云覩有羅穀之疑三乘稱見懷狂羊之惑自非鑒窮機覺照極冥虛窮理盡性體元含一安能濟世仁壽拯物阽危道包碧海聲高赤縣昔堯曜唯在即世舜黒不兼來果四巡疲於禹迹六事倦於湯身並域中之勤勞方内之成益豈有度元元於苦海拔冗冗於畏塗運神力震法吼究香城之妙理窮金河之奧說慧髙龍樹智出馬鳴必欲洗濯臣民獎道緇白天覆地養水産陸生咸降慈悲悉蒙平等奉爲皇帝陛下儲君太子敬禮云云

仰願皇帝陛下景祚與七政相齊皇基與二曜均永地平天成樂和禮洽玉燭道正氛氳無爽條風祥雨膏潤相屬却馬偃伯鑄戟銷戈南泊北臨西被東漸灑甘雨布慧雲唯繩可結在冠巳盡唐哉皇哉爲導爲首又願皇太子殿下春業清暉與貞明而並燭粹範温

儀從嵩霍而俱峻聲出姫誦道越漢莊永沐智水長照慧日上妙居身至仁在巳自雙樹八枝潛光匿曜寶城不闢慧扇方掩而聖后騖法輪於長路棹寶舟於遥壑道漆人祇福隆祧墠肅事園寢虔奉宗祐藉斯妙果奉逮

七廟聖靈歸命敬禮云云

仰願重明累聖優然如在騰神淨國總駕天宮託化金蘂遨遊寶殿

天誠心内惻則至覺如在形力外殫則法身咫步衆等相與增到爲諸王兄弟妃主戚屬

歸命敬禮云云

願諸王殿下裂壤盛於諸姫磐石過於隆漢德高魯衛義重閒平論道則百辟依風作翰則群黎仰化弘闡至教紹隆季像第内少長並膺此多福若百華之春麗譬萬寶之秋成信解堅深趣向無怠夫小乘志劣事唯一巳大士意均乃包六趣今日檀主信等明珠無勞傍鏡質同挺玉不待外光常欲物我均心怨親等觀衆等各歸誠爲二十八天四王釋梵人間貧病地獄辛楚

敬禮尊儀靈像菩提寶塔云云

大乘與藏妙法深經大身無邊身大力無量力四向四果八賢八聖願六氣氤氳四序熈穆至治光萬宇玄化洞九幽龍介披鱗濕生卵化八苦六窮三塗五道俱蒙惠利並識遵依刀林韜刃劒樹摧險迷域開道直指四衢闇室生明大啓三曜俱向道場同登種覺

初夜文

夫遠自無始至於有身生死輪騖塵轢莫之比明晴迹來薪火不能譬逝水非駛千月難

保蓼蟲習苦桂蠹喜甘大睡劇於據梧長昬甚於枕麴義非他召事實已招曾不知稟此形骸所由而至將斯心識竟欲何歸唯以勢位相高爭驕華於一旦車徒自盛競馳騖於當年莫不恃其雄心壯齒紅顏緇髮口恣肥醲身安輕靡繁絃促柱極滔湮而不猒玉牀象席窮靡曼而無已謂悲泉若木出沒曾不關人蹲烏顧兎升落常自在彼殊不知命均脆草身爲苦器何異犬羊之趣屠肆麋鹿之入膳廚秋蛾拂燄而不疑春蠶縈絲而靡悟未辨先對不識因習及其一觸畏途孟門非險轘裂肢解方斯不臻其痛斷趾鑿肩比茲木極其苦輪迴起伏杳杳悠悠是以天中之天降悲提引運夏河之長瀉撲秋原之猛燎或同商主乍等醫王形遍三千教傳百億或恣其神力或寂諸梵境言則三塗離苦笑則四生受樂乃應病投機解紛說理制之日夜稱爲八關以八正鑰爲法關楗斯實出世之妙津在家之雄行衆等相與運誠奉逮南平王殿下禮云云

願大王殿下睿業清暉與南岳而相固貞心峻節等東溟而共廣萬累煙消百災霧滅巧幻所不惑彊魔莫能嬈逐慘舒而適體隨暄涼而得性自稟儀天之氣永固膳衞之道得六神通力具四無礙智夫日在昆吾則慮繁事擾景落濛汜則神靜志怡璧月珠星含華相照輕雲薄霧朗然自戢鳴鐘浮響光燈吐輝法幢卷舒拂高軒而徐薄名香郁馥出重檐而輕轉金表含映珠柱洞色況復天尊端嶷威光四照煥發青蓮容與珂雪覺祇衞之

咫尺若林園之斯在大招離垢之賓廣集應眞之侶清梵含吐一唱三歎寄義抑揚連環不輟南平王體得機之敏資入神之微抱德含和經仁緯義善無細而不窮累有輕而必捨受同虛簽照如懸鏡忘會衛之尊高略柎蕚之華重建希有之勝席臨難遇之法塲相與五體歸命敬禮云云

願大王殿下入不二門登一相道德階不動智超遠行洋溢德聲與八風而共遠優遊玉體等六律而相調餐雪山之良藥挹露城之甘味衮服瓛珪與四時而永久朱輪緹幟貫千祀而常然

廣弘明集卷第十五下

音釋

墲音斐基址也　堅烏兮切美石也　榛鋤臻切木叢生貌　悝苦回切
斲音卓斲也　峴形顯切山名　旟音余旌屬錯隼曰旟　縲紲縲力追切
黑索也紲音薛擊也　葑音封菘菜　媯俱爲切舜居媯汭因以爲氏　捃居運切
拾取也　燮蘇協切和也　濡以律切　嚛音素吭也　鍔吾各切鋒鍔也
脆此芮切物易斷也　埏時連切地際也　蹍知演切履也　抵音底擲也
奭詩亦切召公之名也　縟音辱繁縟也　珥而志切耳璫也　溘苦合切奄
忽也　榑音符榑桒日出處　崦衣檢切崦嵫山名日入處　仄音側日西也
楗巨偃切關楗拒門木　桴音浮桴杖擊鼓杖也　愕五各切　轂胡谷切縐
紗也　阽音壚臨危也　祧墠祧土條切遠廟爲祧墠音善去壇爲墠除地祭
也　僾音愛彷彿也　滔湮滔他刀切漫也湮音因沒也　濛汜濛音
蒙汜音似濛汜日落之處　柎音夫華蕚之足也　緹幟緹音帝帛丹黃色也
幟昌志切旗也　德音悳與也

廣弘明集卷第十六

唐 西 明 寺 釋 道 宣 撰

佛德篇第三之三

梁簡文謝述佛法事文書啓幷與人書

啓共十七首

梁簡文寺刹佛塔像等銘讚頌十首

謝述佛法事書啓幷與人書啓

梁簡文

奉阿育王寺錢啓

臣諱言臣聞八國同祈事高於法本七區皆藴理備於涌泉故牙牀白繖無因不覩金瓶寶函有緣斯出伏惟陛下懸天鏡於域中運大權於宇內三有均夢則臨之以慧日百藥同枯則潤之以慈雨動寂非已行住因物無能名矣臣何得而稱焉故以照光赤書則前史之爲瑞珥芝景玉嗤往代之爲珍難遇者乃如來眞形舍利照景蜜瓶浮光德水如觀鈎鎖似見龍珠自非聖德威神無以值斯希有天人頂戴遐邇歸心伏聞阿育王寺方須莊嚴施用萬金檀豐十藏寶陳河府泉出水衡比丘持土大厦方搆羅漢引繩高塔將表不勝喜抃謹上錢一百萬雖誠等散華心荷不盡而微均滴瀝陋甚隣空輕以塵聞伏啓悚汗謹啓

謝勑苦行像幷佛跡等啓

臣諱啓舍人顧虔奉宣勑旨以金銅苦行佛幷佛跡供養具等賚使供養伏以六年道樹超出四魔千輻足輪德圓萬善故能聞見悟解逢遇祛塵天聽恩隆曲垂矜被謹修飾櫚宇齋潔身心翹仰慈光伏待昭降千唱四辯

尚不宣心輕毫弱簡豈能陳謝不任下情謹
啓事謝聞謹啓
謝勑參迎佛啓
臣諱啓主書周昂奉宣勑旨曲賚恩參臣即
爾到建元寺奉候法身金山戾止王人勞問
榮恩頻疊啓謝無辭不任下情謹啓事謝聞
謹啓
荅勑聽從舍利入殿禮拜啓
臣諱啓舍人王景曜至奉宣勑旨曲垂逮問
并聽臣隨從舍利入殿禮拜謹奉秋色照澄
預表光瑞臣比身心得無障惱明陪邑寶函
謹鞠躬恭到但不生羽翼無假神通身升淨
土高排閶闔足踐蓮華方茲非喻升躡寶梯
比斯未重誘導殊恩實迴始望顧茲塵縛喜
戴不勝謹啓

謝勑賚銅供造善覺寺塔露盤啓
臣諱啓主書陳僧聰奉宣勑旨垂賚銅一萬
三千斤供造善覺寺塔露盤是稱耶陽之珍
實亦昆吾之琟爍濕無變九布見奇寒暑得
宜六律成用況復神龍負子光斯妙塔金烏
銜帶飾茲高表函谷恥其詠歌臨淄恧其祥
應陽燧含景還譬日輪甘露入盤足稱天酒
辭林本闕心辯又慙徒戴重恩終難陳謝不
任銘荷之誠謹奉啓聞謹啓
謝勑使入光嚴殿禮拜啓
臣諱啓舍人王景曜奉宣勑旨曲垂勞問并
使明入光嚴殿禮拜法身謹奉臣粗蒙恩造
明守開恭到遂以勞屢升淨土風積水厚不
足爲喻微心悚躍上謝無辭不任下情謹啓
事謝聞謹啓

謝勑使監善覺寺起刹啓

臣諱啓伏見勑旨使監作舍人王曇明材官將軍沈微御仗吴景等監看善覺寺起刹事爰奉聖恩曲降神力命斯執事修兹長表寶塔雲構無待喜園水精特進非差龍海大龜持泥未足爲盛鷲鷺引繩方斯取埒仰瞻慈渥喜戴不勝俯循宿頋私增涕噎不任銘荷謹奉啓謝聞謹啓

謝御幸善覺寺看刹啓

臣諱言即日輿駕幸善覺寺威神所被金表建立檠泰清而特起接庫樓而上征既等湛然長均淨土方爲佛事永利天人頂荷之誠臣百恒品不任下情謹奉啓事謝聞謹啓

汝所營建慈悲寶刹諸佛威神不營多功纔欲運力即便竪立幽顯欣仰我亦隨喜不得與汝同共瞻拜此以爲恨耳越勑

謝勑賚錢幷白檀香充法會啓

臣諱啓傳詔奉宣勑旨以臣明法會垂賚錢二十萬白檀薫陸檖香各十斤黄紙詔書先開泉府青雲好氣洊集桂宫貨重文龜芳踰麗草散金廡下止及軍吏積穀充家纔班親族未若資此良田方開五蓋入兹法度長出四流假詞敬祖尚慙難述借辯君卿猶知非謝不任荷戴謹啓事以聞謹啓

謝勑賚栢刹柱幷銅萬斤啓

臣諱啓傳詔吕文强奉宣勑旨賚臣栢刹柱一口銅一萬斤供起天中天寺九牧貢金千尋挺樹永曜梵輪方與寶塔夏蓋神鼎晋悪相風使福被域中功提無外臣以庸愚稟承勝善樂受遍心恩光動色銘荷之誠無詞啓

謝不任頂戴謹奉啓謝聞謹啓

千佛願文

蓋聞九土區分四民殊俗昏波易染慧業難基故法身寂鏡有照斯感滌無明於欲海度蒼生於寶船或輕慈導捨薄笑牽悲曲豔口宣斜光頂入自鹿樹表光金河匿曜故像法衆生希向有形雖千聖異跡一智同塗弟子其甲久没迷波長流苦沫不生意樹未啓心燈而蓋生一念敬造千佛雖復無上無爲極相難辨非空非有妙智誰觀而紺髮日光蓮眸月面庶可長表誠敬永寄心期

爲人造丈八夾紵金薄像疏

比丘某甲敬白竊以慧日潛影慈輪罷應業逐惱飄愛隨情熾徒懸衣珠抱名珍而弗悟眇歎業金惑空言而啼止自非表玆勝業樹彼妙緣何以去此心堂移玆身窟故水精龍塔永愴恨於遺髭明鏡石龕獨徘徊於留影某甲久發誓願遍爲六道四生造夾紵丈八佛像一軀年月已流因緣易奪常恐暫有之身忽隨晝水還無之報颷爾電光今便建立誠心遂玆本誓使聚月見容金山表跡見形善發聞名惡捨拔六根之痛惱去五燒之焚灼但四寶屢空七財多匱仰雙蓮而獨慨覲萬字而無由儻能薄離五家微捐四事結此冥慈共成因果則素氎之功非唯昔世散華之報方驗來緣語善無奢在言多悪謹言

與僧正教

此州伽藍支提基列雖多設莊嚴盛修供具觀其外迹必備華侈在乎意地實有未弘何者凡鑄金刻木鏤漆圖瓦蓋所以仰傳應身

遠注靈覺義龍瓶之始晨追鵠林之餘慕故祭神如在敬神之道既極去聖茲遠懷聖之理必深此土諸寺止乎應生之日則氈列形像自斯已後封以篋笥乃至葉服離身尋炎去頂或十尊五聖共處一廚或大士如來俱藏一櫃信可謂心與事背貌是情非增上意多精進心少昔塔裹紅函止傳舍利象頭白織非謂全身夫以畫像追陳尚使吏民識敬鎔金圖範終令越主懷思匹以龍阿尚能躍鞘方之虎兕猶稱出柙況復最大圓慈無上善聚聞名去煩見形入道而可慢此雕香蘊斯木榓緘匿玉毫封印金掌既殊羅閱久入四天又異祇洹掩戶三月寶殿空臨瓊階虛敞密帷不開非仲舒之曲學紅壁長掩似邠卿之避雠且廣厦雲垂崇甍烏跂若施之王座飾以金鈿必不塵露日姿虧黙月面瑠璃容窻自可輕風難入龍鬚細網足使飛鷰不過兼得虔敬之理必崇接足之心彌重可即宣勒永使准行

與廣信侯書

綱白闊絕音旨每用延結風嚴寒勁願比怡和伏承淨名法席親承金口辯珍鹿苑理愜鷲山微密祕藏於斯既隆莊嚴道場自茲彌闡豈止心燈夜炳亦乃意蘂晨飛思理弘明本長內教今陪十善之車開八正之路流波若之水洗意識之塵以此春翹方爲秋實綱每憶華林勝集亦叨末位終朝竟夜沐浴妙言至於席罷日餘退休傍省攜手登臨兼展談笑仰望九層俯窺百尺金池動月玉樹含風當於此時足稱法樂今卷惟之部乘傳一

隅闊慧雨滂流喜躍充遍徒仰懸河無由承稟空無所有不瑩情靈緣癡有愛自嗟難拔兼下車已來義言蓋少舊憶已盡新解未餐既慙口誦復非心辨永謝寫瓶終慙涤氎是則慈雲既擁智海亦深影末波餘希時灑拂但睽違轉積興言盈瞼願加敬納言不宣心謹白

與慧琰法師書

五翳消空韶光表節百華異色結緣成春道體何如恒清宜也對翫清虛既在風雲之表遊心入理差多定慧之樂弟子俗務紛糺勞倦特深曉然北嶺欽賢已積會遇之期庶必可尋有緣之儔事等飢渇仰望來儀一日三歲想思弘利益理當無爽指遣此信無述寸襟綱和南

旦來雨氣殊有初寒攝衛已久轉得其力雖他方法界略息化緣祇洹之裏恒有語對眷佇之深無時不積久因倩師頻述方寸不知巧笑之僧頻爲津及不耳前昨已來微事義聚龍象畢同應供皆集慧炬開心甘露入頂聞之善謔特盡歡怡想味之懷轉復無極昔在幼年經聞制旨受道日淺北面未深雖異禪那事同華水今段西下特蓄本心訪理質疑屬在明德不謂般若留難現疾未瘳問津無地歎恨何已伏承輿駕尋幸伽藍冀於此時得一覲止辨論青豆之房遺惑赤華之舍追往年之宿眷述即日之寸心此事此期必冀非爽指遣承問佇有還書綱和南白

荅湘東王書

暮春美景風雲韶麗蘭葉堪把沂川可浴弟

召南寡訟時綴甘棠之陰冀州爲政暫止褰襜之務唐景薦大言之賦安太述連環之辨盡遊戲之美致足樂耶吾春初卧疾極成委弊雖西山白鹿懼不能癒子預赤丸尚憂未震高卧六安每思扁鵲之問靜然四星念絶修都之香豈望文殊之來獨思吴容之辯屬以皇上慈被率土甘露聿宣鳴銀鼓於寶坊轉金輪於香地法雷驚夢慧日暉朝道俗輻湊遠邇畢集聽衆白黒日可兩三萬獨以疾障致隔聞道豈止楊僕有關外之傷周南起留滯之恨第十三日始侍法筵所以居長近還未堪執筆敬祖前邁裁欲勝衣每自念此愍然失慮江之遠矣寤寐相思每得弟書輕痾遺疾尋別有信此無所伸

梁簡文寺刹佛塔像諸銘讚頌

梁沈約

南齊僕射王奐枳園寺刹下石記一首

佛教東流適未尤著始自洛京盛於江左晋故車騎將軍瑯琊王劭玄悟獨曉信解淵微於太祖文獻公清廟之北造枳園精舍其始則芳枳樹籬故名因事立雖房殿嚴整而瓊刹未樹邵玄孫尚書僕射南徐州大中正奐深達法相洞了宗極勤誠外著仁隱内弘食不過中者一十一載雖翼務朝端而事隣柰圃日者作翰湘州樹麾蠡服位與年升秩隨歲厚顧惟恩隆主眄寵結皇情任處東方寄深外屛徒欲盡能竭慮知無不爲下被民和上宣聖澤而自以力弱途遠終慙短効且義止今生報褰來果非所以酬鴻貺於冥津暢丹誠於遐劫自乘傳衞皐辯簪泒渚誓於舊

寺光樹五層捐割蕃俸十遺其一凡厥所收三十有六萬齊之永明六年六月三日蓋木運將啓之令辰上帝步天之嘉日乃抗崇表於蒼雲植重局於玄壤仰願宸居納祐福履攸歸八神驚室萬祇翼體寶祚隆邈比固須彌靈筭遐永齊軌常住諸聖延祥扈天和於少極蕃王碩茂播宗英於梁楚群后流克讓之風庶民垂可封之德含生愷樂物不夭性嘉穀年登餘粮栖畝夷荒由附邊城解柝家備十善人懷六度魔衆稽顙外道屈膝抽薪止火折劍摧鋒拯幽酸於無擇陟神化於有頂三界五道咸同斯願刊石重壤式昭厥心

齊竟陵王題佛光文一首

夫理貫空寂雖鎔範不能傳業動因應非形相無以感是故日華月彩焰曜天外方區散景咫尺塵方太祖皇帝濯襟慧水凝神淨域猒世珍陞遷靈寶地竟陵王諱泣明臺之下臨慟高山之方遠慕鉼王戀情殷雙樹永惟可以炳發神功崇高妙業莫若式金寫好資巧匠傳儀以皇齊之四年日子敬制釋迦像一軀尊麗自天工非世造色符留影妙越檀香俾穀林之思永旌於萬劫用刊徽迹式垂不朽云爾

彌陀佛銘

法身無象常住非形理空反應智滅爲靈窮寂震響大夜開冥眇哉遐壽非歲非齡物愛彫彩人榮寶飾事僉欲興情充累息至矣淵聖流仁動惻順彼世心成茲願力於惟淨土既麗且莊琪路異色林沼焜煌靡胎靡娠化自餘方託生在焉紫蔕青房眷言安養輿言

遐適報路雖長由心咫尺幽誠曷寄刊靈表迹髣髴尊儀圖金寫石遺陀王沙乍來乍往玲瓏寶樹因風韻響願遊彼國晨翹暮想七珍非羨三達斯仰

瑞石像銘并序

夫靈應微遠無迹可追心路照通有感斯順我皇體神御極挹睿臨乾幽顯成泰無思不服若夫二儀叶德五精翼化下洞淵泉上達蒼昊天無息瑞地不降祥十佳髣髴於林衡應眞肸蠁於清夜素毫月舉騰光於梵室妙趾神行布武於椒殿至於事符緗諜旣表禎圖無不雲霏霧委盈簡被策莫黒三距眇千齡而再現翯露淳朠望鳳蓋而沾陛此皆舜日未書堯年罕降豈直朱烏動色玄秬相趣而已哉嘉玉遠自北戎梁弱水而委質潤徹壞奇曠世之所不覩白金近發東山剖幽巖而啓瑞傍被崖巘鴻靈之所未刊雖復素璟之絶旣燭銀之瑤寶方斯蔑如也若夫金石具剛非游泳之質自非霈德潛衍感極迴靈豈變堅沉之體顯輕浮之相維永明七年某月爰有祥石眇發天津浮海因潮翻流迴至表異浙河獻奇禁圃瓊瑜等潤精金比色帝上眷幽關之易啓咨玄應之無方雖拊事寂寥而因心咫尺愛其貞恒之性嘉其可久之姿莫若圖妙像於檀香寫遺影於祇樹乃詔名工是鐫是琢靈相瑞華煥同神造至於雕削之餘遺刊委斲方圓小大觸水斯沉駐罕停蹕親加臨試良由法身是託不溺沉弱之淵剖析旣離方須浮金之水至矣哉禎符若斯之妙也敢銘實旣永福天人其詞曰

遥哉上覺曠矣神功四禪無像三達皆空表
靈降世演露開蒙惟聖仁宇實化潛融道非
迹應事以感通沉精浮質遠自河葱悠悠亘
水眇眇因風泛彼遼碣瑞我國東有符皇德
乃眷宸衷永言鷲室栖誠梵宮載雕載範寫
好摛工藉兹妙力祚闡業隆晃旒南面比壽
華嵩

釋迦文佛像銘

積智成朗積因成業能仁爽感將吼妙法駐
景上天降生右脇始出四門終超九劫眇求
靈性曠追玄軫道雖有門迹無可眹物我兼
謝心行同泯一去後心百非寧盡感資理悟
或以言陳言不自叩出之者身有來必應如
泥在鈞形酬響荅且物且人應我以形而余
矇瞽守茲大夜焉拔斯苦仰尋靈相法言攸
吐不有尊儀蔓焉誰覩

千佛頌

道有偕適理無二歸照寂同是形相俱非千
覺俯應遥叩冥機七尊緬矣感謝先違旣過
已滅未來無像一刹靡停三念齊往不常不
住非今非曩賢劫雖遼儵焉如響栖林藉樹
背室違家前佛後佛迹罔隆宸或遊堅固或
蔭龍華能達斯旨可類恒沙甡甡群有均此
妙極先晚參差各願隨力容跡弘道數終乃
陟誓覩來運永傳令識

彌勒讚　皇太子造石彌勒太官令作讚

乘教本一法門不二鄰基累明功由積地眇
眇長津遥遥遐轡道有常尊神無恒器脫屣
王家來承寶位慧日晨開香雨宵墜藉感必
從憑緣斯至曰我聖儲儀天作貳尚想龍柯

瞻言思媚鐫石圖徽雕金寫秘望極齊工舉
光等邃超矣福臻融然理備敬勒玄蹤式傳
遐懿

繡像題讚并序

維齊永明四年歲次丙寅秋八月巳未朔二
日庚申第三皇孫所生陳夫人舍微宅理炳
慧臨空結言寶位騰心淨覺敬因樂林寺主
比丘尼釋寶願造繡無量壽尊像一軀乃爲
讚曰
表相異儀傳形匪壹鏤玉圖光雕金寫質亦
有淑人舍芳上律絢發綺情幽摛寶術縟文
內炳靈姿外溢水耀金沙樹羅瓊實現符淨
果來膺妙祑觴藻震閶騰華梵室有億斯年
於萬茲日

光宅寺刹下銘并序

光宅寺蓋上帝之故居行宫之舊兆楊州丹
陽郡秣陵縣某鄉某里之地自去茲邠亳來
儀京輔拓宇東第處武城闉聖心留愛閑素
還負南郭義等去酆事均徙鎬及廼濟橫流
膺斯寶運命帝閽以廣闢卽太微而爲宇旣
等漢高流連於豐沛亦同光武眷戀於南陽
思所以永流聖迹垂之不朽令事與須彌等
同理與天地無窮莫若光建寶塔式傳干後
乃以大梁之天監六年歲次星紀月旅黃鍾
閏十月二十三日戊寅仲冬之節也乃樹刹
玄壤表峻蒼雲下洞淵泉仰迫星漢方當銷
巨石於賢劫拯未來於忍土若夫朱光所耀
彤雲所臨非止天眷兼因地德皇帝乃睿扉
閶闔造舟淮涘接神飈而動駿越浮梁而遥
度芝蓋容與翠華葳蕤下輦停蹕躬展誠敬

廣集四部揆景同蹝弘此廣因被之無外同
由厥路俱至道場乃作銘曰
八維悠闊九服荒茫靈聖底止咸表厥祥壽
丘諓諓電繞樞光周原膴膴五緯入房自茲
遐復在處弗亡安知若水寧辨窮桑自天攸
縱於我惟皇即基昔兆爲世舟航重檐累構
迥刹高驤土爲淨國地即金床因斯太極溥
被翱翔豈徒三界寧止十方濡足萬古援手
百王一念斯答萬壽無疆如日之久如天之
長

栖禪精舍銘

此寺征西蔡公所立昔廁沓麾預斑經創之
始今重遊踐鑒舊興懷故爲此銘以傳芳迹
在郢州永徽三年歲次某時某月某朔某日
子巖靈旅逸地遠栖禪蘭房葺蕙嶠甍架烟
南瞻巫野北望淮天遥哉林澤曠矣江田空
心觀寂慧相淳筌眷惟斯踐愴屬遐年游仁
廁遠宅賞憑旃頌創神苑陪構靈椽瞻禁拓
圃望鷲疏山製石調礜栖理凝玄曠移羽旆
眇别松泉委組東國化景西蓮巒隰夷畋蓬
攆粗遷重依漢遠復逐旌懸往辯妙幄今承
梵筵入翻海鶴九罛巖蟬珮華長掩懋迹空
傳式籀雲拱敢告祥緣

廣弘明集卷第十六

音釋

繖蘇旱切織縧綾爲蓋也　嗤尺之切笑也　抃皮變切拊手也　悚息拱切怖也　庢尼輒切　賚郎代切賜也　櫚音鹽與檐同　戾郎計切至也　邔女九切邔陽地名　燧音遂陽燧火母也　埒音劣齊等也　檖則前切香木名　紵展呂切　櫃求位切匣也　鞘音笑刀室也　兕徐姊

切一角野牛
柙胡甲切檻也以藏虎兕
邠布巾切
廈音夏
薨音萌屋棟也
睽苦圭切乖違也
瞼音撿目上下也
睠古倦切睠顧也
謯許約切戲也
瘳音抽病瘉也
沂魚衣切水名在魯城南
褰襜褰去乾切搵也襜正作幨尺廉切車四蔽之帷也
瘉音愈瘳也
蠡音黎谷蠡匈奴官名谷音鹿
盼正作眄音面
焰之笑切與爓同
琪音其玉也
焜煌焜戶本切煌音皇焜煌光也
遺沱遺徒猥切沱徒可切遺沱泥沙動貌
緗息羊切淺黃色
暠古老切白貌
腴音俞膏腴也
秬其呂切黑黍也
摛抽知切揆也
薆音愛隱也
窊烏瓜切汙下也
甡所巾切甡甡衆生並立之貌
毓余六切與育同
亳音薄地名
闉音因城門外壅城門也
涘鉏里切水涯也
謏舊音叜
撫音武美也
組音祖綏屬
擇音託草木皮業墜地爲擇

廣弘明集卷第十七

唐 西明寺釋道宣撰

佛德篇第三之四

隋高祖立舍利塔詔

著作王劭舍利感應記

安德王雄百官等慶舍利感應表并

荅

門下仰惟正覺大慈大悲救護群生津梁庶品朕歸依三寶重興聖教思與四海之內一切人民俱發菩提共修福業使當今見在爰及來世永作善因同登妙果宜請沙門三十人諳解法相兼堪宣導者各將侍者二人并散官各一人薰陸香一百二十斤馬五疋分道送舍利往前件諸州起塔其未注寺者就有山水寺所起塔依前山舊無山者於當州內清靜寺處建立其塔所司造樣送往當州僧多者三百六十人其次二百四十人其次一百二十人若僧少者盡見僧爲朕皇后太子廣諸王子孫等及內外官人一切民庶幽顯生靈各七日行道并懺悔起行道日打刹莫問同州異州任人布施錢限止十文已下不得過十文所施之錢以供營塔若少不充役正丁及用庫物率土諸州僧尼普爲舍利設齋限十月十五日午時同下入石函總管刺史已下縣尉已上自非軍機停常務七日專檢校行道及打刹等事務盡誠敬副朕意焉主者施行

仁壽元年六月十三日內史令豫章王

臣暕宣

舍利感應記

隋著作王劭

皇帝昔在潛龍有婆羅門沙門來詣宅出舍利一裹曰檀越好心故留與供養沙門旣去求之不知所在其後皇帝與沙門曇遷各置舍利於掌而數之或少或多竝不能定曇遷曰曾聞婆羅門說法身過於數量非世間所測於是始作七寶箱以置之神尼智仙言曰佛法將滅一切神明今已西去兒當爲普天慈父重興佛法一切神明還來其後周氏果滅佛法隋室受命乃興復之皇帝每以神尼爲言云我興由佛故於天下舍利塔内各作神尼之像焉皇帝皇后於京師法界尼寺造連基浮圖以報舊願其下安置舍利開皇十五年季秋之夜有神光自基而上右繞露槃赫若冶鑪之餤一旬内四如之皇帝以仁壽元年六月十三日御仁壽宮之仁壽殿本降生之日也歲歲於此日深心永念修營福善追報父母之恩故延諸大德沙門與論至道將於海内諸州選高爽清靜三十處各起舍利塔皇帝於是親以七寶箱奉三十舍利自内而出置於御座之案與諸沙門燒香禮拜願弟子常以正法護持三寶救度一切衆生乃取金瓶琉璃各三十以琉璃盛金瓶置舍利於其内薰陸香爲泥塗其蓋而印之三十州同刻十月十五日正午入於銅函石函一時起塔諸沙門各以精舍奉舍利而行初入州境先令家家灑掃覆諸穢惡道俗士女傾城遠迎總管刺史諸官人夾路步引四部大衆容儀齊肅共以寶蓋旛幢華臺像輦佛帳佛輿香山香鉢種種音樂盡來供養各執香

華或燒或散圍繞讚唄梵音和雅依阿含經舍利入拘尸那城法遠近翕然雲蒸霧會雖盲躄老病莫不匍匐而至焉沙門對四部大衆作是唱言至尊以菩薩大慈無邊無際哀愍衆生切於骨髓是故分布舍利共天下同作善因又引經文種種方便訶責之教導之深至懇惻涕零如雨大衆一心合掌右膝著地沙門乃宣讀懺悔文曰菩薩戒佛弟子皇帝某敬白十方三世一切諸佛一切諸法一切賢聖僧弟子蒙三寶福祐爲蒼生君父思與一切民庶共建菩提今欲分布舍利諸州起塔欲使普修善業同登妙果爲弟子及皇后皇太子廣諸王子孫等内外官人一切法界幽顯生靈三塗八難懺悔行道奉請十方常住諸佛十二部經甚深法藏諸尊菩薩一切賢聖願起慈悲受弟子等請降赴道場證明弟子爲一切衆生發露懺悔於是如法禮拜悉受三歸沙門又稱菩薩戒佛弟子皇帝某普爲一切衆生發露無始已來所作十種惡業自作教他見作隨喜是罪因緣墮於地獄畜生餓鬼若生人間短壽多病卑賤貧窮邪見諂曲煩惱妄想未能自寤今蒙如來慈光照及於彼衆罪方始覺知深心慙愧怖畏無已於三寶前發露懺悔承佛慧日願悉消除自從今身乃至成佛願不更作此等諸罪大衆既聞是言甚悲甚喜甚愧甚懼銘其心刻其骨投財賄衣物及截髮以施者不可勝計日日共設大齋禮懺受戒請從今已往修善斷惡生生世世常得作大隋臣子無問長幼華夷咸發此誓雖屠獵殘賊之人亦躬念

善舍利將入函大衆圍繞塡闉沙門髙捧寶瓶巡示四部人人拭目諦視共睹光明哀戀號泣聲響如雷天地爲之變動凡是安置處悉皆如之眞身已應靈塔常存天下瞻仰歸依福田益而無窮矣皇帝以起塔之旦在大興宫之大興殿庭西面執珪而立延請佛像及沙門三百六十七人旛蓋香華讚唄音樂自大興善寺來居殿堂皇帝燒香禮拜降御東廊親率文武百僚素食齋戒是時内宫東宫遠於京邑茫茫萬宇舟車所通一切眷屬人民莫不奉行聖法衆僧初入勑使左右密夾數之自顯陽門及升階凡數三遍常剩一人皇帝見一異僧曷槃覆髆以語左右曰莫驚動他置爾去已重數之曷槃覆髆者果不復現舍利之將行也皇帝曰今佛法重興必有感應其後處處表奏皆如所言

雍州於仙遊寺起塔天時陰雪舍利將下日便朗照始入函雲復合

岐州於鳳泉寺起塔將造函寺東北二十里忽見文石四段光潤如玉小大平整因取之以作重函於是大函南壁異色分炳爲雙樹之形高三尺三寸莖如雪白葉如碼碯北壁東壁有鳥獸龍象之狀四壁皆有華形左旋右轉其後基石漸變盡如水精沙門道璨圖此雙樹之象置於許州葉盡變爲青色明年岐州大寶昌寺寫得陜州瑞相圖置於佛堂以供養當戶大像三吐赤光流出戶外於是戶外十佛像及觀世音菩薩亦頻放光半旬之内天華再落

涇州於大興國寺起塔將造函三家各獻舊

磨好石非界內所有因而用之恰然相稱
秦州於静念寺起塔先是寺僧夢群仙降集以赤繩量地鐵橛釘記之及定塔基正當其所再有瑞雲來覆舍利是時十月雪下而近寺草木悉皆開華舍利將入函神光遠照空內又有讚歎之聲
華州於思覺寺起塔天時陰雪舍利將下日便朗照有五色光氣去地數丈狀若相輪正覆塔上數十里外遥望之則正赤上屬天舍利下訖雲霧復起瑞雪飛散如天華著人衣久之而不濕
同州於大興國寺起塔舍利宿於近驛天夜雨明旦輿行雲日迎之開朗入自南門而城北雨如故既至寺又陰雨臨入函日乃出衆色光相繞日如輪光是寺僧慧眞夢見聖人項有圓光明照天地來自西方入門而立及舍利輿至無故止於其所因定塔基焉十二月八日夜有五色圓光從基而上遍照城內明如晝日五十里咸見之明年四月白光起於塔西流照塔東良乆乃滅
蒲州於栖巖寺起塔九月二十六日舍利在治下仁壽寺其夜堂內光明如晝二十八日定基明日地大震山大吼巖上有鍾鼓之聲十月七日舍利將之栖巖地又動八日輿登山從者千數大風從下而上因風力俄頃至於佛堂其夜浮圖上有光長數尺乍隱乍顯至於十餘缾內亦有光五道散出還斂入缾又有二光並大如鉢出於西壁合爲一道流入塔基食頃乃滅俄而復出流入於堂山頂亦有大光照二百里遠望者皆言燒山九日

夜又有二光繞浮圖其一流照西谷其一流照南谷十二日堂内又有光狀如香鑪流至浮圖露盤移時乃滅其夜露盤上又有光或散或聚皆似蓮華移更乃滅十三日夜浮圖上又有光如三佛像並高尺停住者久之十四日夜有光三道從堂而出其一直上天其一流於東北其一狀如樓闕赫照州城自朔至望寺及城内常聞異香桃李杏柰多華人採之以供養舍利入函之夜又有光再從塔出圓如大鏡諸光多紫赤而見者色狀不必同或云如大電或云如燎火其都無所見者十二三有婦人抱新死小兒來乞救護至夜便穌遇光照以愈疾者非一諸州皆有感應而栖巖寺最多蓋由太祖武元皇帝之所建也

并州於舊無量壽寺起塔舍利初在道場大衆禮拜重患者便得除起塔之旦雲霧晝昏至於巳後日乃朗照五色雲來之舍利舍利將入函放光或一尺或五寸有無量天神各持香華幢旛寶蓋遍覆州城

定州於恒岳寺起塔有一異翁來禮拜施布一疋負土數籠人問其姓字而不答忽然失之此地舊無水開皇三年初營寺其西八里白龍淵忽東流而過作役罷水便絶及將起新塔水復大流

相州於大慈寺起塔天時陰雪舍利將下日便朗照始入函雲復合建塔之明年八月光天尼寺僧寫得陜州瑞相圖置於佛堂神光屢發如電又有五色雲蓋正臨堂上一日四見焉又有白雲狀如林木雰雨金華其花之

狀形如大蝶色似青琉璃翺翔而下乃騰虛而去明年正月寺內又雨天華

鄭州於定覺寺起塔舍利將至寺東有光如大流星入至佛堂前而沒輿到此處無故自止既而定塔基於西岸其東岸舊舍利塔有二光西流入於基所寺僧設二千人齋供然而萬餘人食之不盡一甕飯出八十盆餘食供寺衆二百人數日乃盡舍利將入函四面懸旛無風而一時內向

嵩州於閑居寺起塔人衆從舍利者萬餘有兎逆坂走來歷輿下而去天時陰雲舍利將下日便朗照始入函雲復合

亳州於開寂寺起塔界內無石舍利至便於三處各得一成磨方石一似函而無底乃合而用之不須攻鑿掘塔基至槃石有二浪井夾之天時陰雪舍利將下日便朗照始入函雲復合

汝州於輿世寺起塔天時陰雪舍利將下日便朗照始入函雲復合

泰州於岱岳寺起塔舍利至州其夜岳廟內有鼓聲天將曉三重門皆自闢或見三十騎從廟而出蓋岳神也舍利自州之寺未至數里雲蓋出於山頂五色而三重白氣如虹來覆舍利散成大霧沾濕人衣其狀如垂珠其味如甘露自旦至午霧氣乃歛而歸山分爲三段乍來乍往如軍行然蓋亦岳神之來迎也於是瓶內有聲放光高丈餘食頃乃滅人審視之見琉璃內金瓶蓋自開瓶口有寸光如箸烱然西指雖急轉終不迴如此經八日將入函光遂散出還入金瓶雲霧復起有童

子能誦法華經來禮舍利遂燒身於野以供養焉明年二月六日泰山神鼓竟夜鳴北聽則聲南南聽則聲北東西亦如之

青州於勝福寺起塔掘基深五尺遇磐石自然成大函因而用之及舍利將入瓶内有光乍上乍下

牟州於巨神山寺起塔舍利初至二大紫芝欻現於道天時陰雪舍利將下日便朗照始入函雲復合

隋州於智門寺起塔十月六日掘基得神龜七日甘露降於石橋旁之楊樹有黒蜂無筭來繞之八日旦大霧舍利將之寺天便開朗

歷光化縣忽見門内木連理過楊樹之下甘露五道懸流沾灑輿上既而沉陰舍利將下日便朗照始入函雲復合神龜色狀特異有文在其腹曰王興州使參軍獻之日日開匣欲視其頭而縮藏不可見勑使著作郎王劭審檢龜便長引頸足恣人反轉連日如之乃見有文在其頭曰上大王八十七千萬年皇帝親撫視之入於懷袖自然馴狎放諸宫沼及草内還來直至御前毎放輙如之

襄州於大興國寺起塔天時陰晦舍利將下日便朗照始入函雲復合

楊州於西寺起塔州久旱舍利入境其夜雨大洽

蔣州於栖霞寺起塔隣人先夢佛從西北來寶蓋旛花映滿寺衆悉執花香出迎及舍利至如所夢焉

吴州於大禹寺起塔舍利凡五度江風波不起既至寺放青黄赤白之光獲紫芝高二尺

餘四莖共三蓋天時陰晦舍利將下日便朗照始入函雲復合
蘇州於虎丘山寺起塔其地是晉司徒王珣琴臺掘得甎函銀合子有一舍利浮之鉢水右轉四周舍利初發州天降雨未至寺日便出乃有雜色雲臨輿而行徘徊不散至於塔所空裏有音樂之聲既而天又陰晦舍利將下雲暫開舍利入函雲復合先是寺內鑿石井井吼二日蓋舍利將來之應也
衡州於衡岳寺起塔沙門奉舍利自江陵水行二千餘里四遇逆風願定便定四乞順風皆如所欲初掘基融峯上有白雲闊二丈餘甚整直來臨基所右旋三帀乃散既而陰晦舍利將下日便朗照始入函雲復合
桂州於緣化寺起塔舍利未至城十餘里有鳥千數夾輿行飛入城乃散舍利將入塔五色雲來覆之
番州於洪楊鄉崇楊里之靈鷲山寺起塔掘得宋末所置石函三其二各有銅函盛二小銀像其一有銀甁子盛金甁疑本有舍利今乃空矣既而坑內有神仙雲氣之像昔宋王劉義隆之時天竺有聖僧求那跋摩將詣楊都路過靈鷲寺謂諸僧曰此間尋有異瑞兼值王者登臨徵應建立終逢菩薩聖主方大修弘其年冬果有群鸕共銜繡像委之堂內及齊主蕭道成初爲始興太守遊於此寺而起白塔陳天嘉三年寺內立碑其文也如此聖主修弘驗於今日
交州於禪衆寺起塔
益州於法聚寺起塔天時陰晦舍利將下日

便朗照始入函雲復合
廓州於法講寺起塔舍利初發京下宿於臨臯沙門夢失舍利是夜廓州有光高數丈從東方來入寺右繞佛塔照及城樓內外洞朗遥望者疑燒積薪光漸西流食頃乃沒及定塔基正當光沒之所又有香氣氳氳異常
瓜州於崇教寺起塔
虢州表言州雖不奉舍利亦請衆僧行道有一異鳥來集梁上意似聽經不驚不動一夜一日乃下止於讀經之牀人人讚嘆摩挲又擎之以行道法師於佛前爲之受戒良久乃去
隋州典籤王威送流人九十道逢舍利盡釋其囚千里期集無一違者隋州人於溳水作魚獄三百既見舍利亦悉決放之餘州若此類蓋多矣皇帝當此十月之內每因食於齒下得舍利皇后亦然以銀盌水浮其一出示百官須臾忽見有兩右旋相著二貴人及晉王昭豫章王暕蒙賜蜆勑令審視之各於蜆內得舍利一未過二旬宮內凡得十九多放光明自是遠近道俗所有舍利率奉獻焉皇帝曰何必皆是眞諸沙門相與椎試之果有十三玉粟其眞舍利鐵帘而無損

慶舍利感應表 幷答

隋安德王雄百官等

臣雄等言臣聞大覺圓備理照空有至聖虛凝義無生滅故雖形分聚芥尚貯金甖體散吹塵猶興寶刹自釋提請灰之後育王建塔已來未有分布舍利紹隆勝業伏惟皇帝積因曠劫宿證菩提降迹人王護持世界往者

道消在運仁祠廢毁慈燈滅影智海絶流皇祚既興法鼓方震區宇之内咸爲淨土生靈之類皆覆梵雲去夏六月爰發詔旨延請沙門奉送舍利於三十州以十月十五日同時起塔而蒲州栖巖寺規模置塔之所於此山上乃有鍾鼓之聲舍利在講堂内其夜前浮圖之上發大光明爰及堂裏流照滿堂將置舍利於銅函又有光若香爐乘空而上至浮圖寶絣復起紫焰或散或聚皆成蓮華又有光明於浮圖上狀如佛像花趺宛具停住久之稍乃消隱又有光明繞浮圖寶瓶蒲州城内仁壽寺僧等遥望山頂光如樓闕山峯㵎谷昭然顯見照州城東南一隅良久不滅其栖巖寺者即是太祖武元皇帝之所建造又華州置塔之處于時雲霧大雪忽即開朗正當塔上有五色相輪舍利下訖還起雲霧皇帝皇后又得舍利流輝散彩或出或沉自非至德精誠道合靈聖豈能神功妙相致此奇特臣等命偶昌年既覩太平之世生逢善業方出塵勞之境不勝抃躍謹拜表陳賀以聞

門下仰惟正覺覆護群品濟生靈於苦海救愚迷於火宅朕所以至心迴向結念歸依思與率土臣民爰及幽顯同崇勝業共爲善因故分布舍利營建神塔而大聖慈愍頻示光相宫殿之内舍利降靈莫測來由自然變現歡喜頂戴得未曾有斯實群生多幸延此嘉福豈朕微誠所能致感覽王公等表悚敬彌深朕與王公等及一切民庶宜更加剋勵興隆三寶今舍利真形猶有五十所司可依前式分送海内庶三塗六道俱免蓋纏禀識含

靈同登妙果主者施行
高麗百濟新羅三國使者將還各請一舍利於本國起塔供養詔並許之詔於京師大興善寺起塔先置舍利於尚書都堂十二月二日旦發焉是時天色澄明氣和風靜寶輿旛幢香花音樂種種供養彌遍街衢道俗士女不知幾千萬億服章行位從容有序上柱國司空公安德王雄已下皆步從至寺設無遮大會而禮懺焉有青雀狎於衆內或抽佩刀擲以布施當人叢而下都無所傷仁壽二年正月二十三日復分布五十一州建立靈塔令總管刺史已下縣尉已上廢常務七日請僧行道教化打刹施錢十文一如前式期用四月八日午時合國化內同下舍利封入石函所感瑞應者別錄如左

恒州　瀛州　黎州　觀州　魏州　秦州
兗州　曹州　晉州　杞州　徐州　鄧州
安州　趙州　豫州　利州　明州　衛州
洺州　毛州　巢州　宋州　懷州　汴州
洛州　幽州　許州　荊州　濟州　楚州
莒州　營州　杭州　潭州　潞州　洪州
德州　鄭州　江州　蘭州　慈州　廉州
雍州　泉州　萊州　壽州　顯州　梁州
貝州　循州　滄州　齊州　信州　陝州

恒州表云舍利詣州建立靈塔三月四日到州即共州府官人巡歷檢行安置處所唯治下龍藏寺堪得起塔其月十日度地穿基至十六日未時有風從南而來寺內香氣殊異無比道俗官私並悉共聞及有老人姓金名瓚患鼻不聞香臭出二十餘年於時在衆亦

聞香氣因即鼻差至四月八日臨向午時欲下舍利光景明淨天廓無雲空裏即雨寶屑天花狀似金銀碎薄大小間雜雰雰散下猶如雪落先降塔基石函上遍墮寺内城治俱有雜色晃曜金晶映日時即將衣承取復在地拾得道俗大衆十萬餘人並見俱獲又刹柱東西二處忽有異氣其色黄白初細後麤如蜂火煙龍形宛轉迴屈直上周旋塔頂遊騰清漢莫測長短良久乃滅又有四白鶴從東北而來周遶塔上西南而去至二十日巳時築塔基恰成復雨寶屑天花收得盛有一升即遣行參軍王亮於先奉獻皇帝開花於寶屑内復得舍利三顆甚大歡欣

瀛州表云掘地欲安舍利石函時可深六尺許土裏忽有眞紫色光現須臾遂滅其土即有黑文雜間成篆書字云轉輪聖王佛塔謹表聞知

黎州表云掘基安舍利塔於地下得一尾銘云千秋萬歲樂未央

觀州表云舍利塔上有五色雲如車蓋其日午時現至暮

魏州表云所送舍利數度放光復有諸病人或患眼盲或患五内發願禮拜病皆得愈至四月八日欲下舍利午時天忽有一片五色雲香馥非常須臾之間即降金花至九日旦復下銀花遍滿城池其花大者如榆莢小者似火精人人皆得函盛奉獻其日復有一黒狗耽耳白胷於舍利塔前舒左股屈右脚見人行道即起行道見人持齋亦即持齋非時與食不食唯欲得飲淨水至後日旦起解齋

與粥始喫且寺内先有數箇猛狗但見一狼狗無不競來吠囓若見此狗入寺悉皆低頭掉尾當爾之時看人男夫婦女三十餘萬盡皆不識此狗未知從何而來

泰州表云欲下舍利時七日地微動至八日大動

兗州表云勑書分送起塔以瑕丘縣普樂寺最爲清淨即於其所奉安舍利以去三月二十五日謹即經營以爲函蓋初磨之時體唯青質及其功就變同碼碯五色相雜紋彩煥然復於其裏間生白玉内外通徹照物如水表裏洞朗鑒人等鏡

其送舍利

曹州表云三月二十九日舍利於子城上赤光現四月五日申時舍利現雙樹并有師子現五日亥時舍利現金光長七寸六日夘時龍花樹現下有佛像俱出六日夘時漆龕板外光明狀如金花色六日申時漆龕北板上及佛菩薩雙樹等形六日亥時舍利精舍裏出黄白花光長四五寸八日辰時漆龕板後雲霧金光等形狀巳時漆龕板後娑羅樹蓮華影佛像衆僧師子形等午時塔上五色雲現午後漆龕内板上有娑羅雙樹林樓閣等現九日漆龕内板上疊石疊基文甲後漆龕板外大娑羅樹及僧執香爐等形容金佛像現似若太子初生身如黄金色後有三僧身著紫黄法服手捉香爐供養其香氣與世香不同每日恒聞

晉州表云舍利於塔前放光三度皆紫光色衆人盡見

杞州表云舍利以三月四日到州十四日辰時瑠璃瓶裹色白如月須臾之間即變爲赤色至四月二日後變作紫光或現青色瓶内流轉一來一去循環不止道俗瞻仰咸共歸依實相容儀良久乃散七日午時神影復出變動輝煥於前無異

徐州表云舍利二月二十八日至州西一驛宿其夜陰雨舍利放光向州四十五里其淨道寺僧向北山看光影從驛所舍利處而來舍利石函蓋四月五日磨治訖遂變出仙人二僧四人居士一人騏驎一師子一魚二自餘並似山水之狀

鄧州表云舍利四月六日石函變作玉及碼碯其石有文現正國德三字弁有仙人麟鳳等出

安州表云奏寺安置送舍利法師浮業共州官人量度基申時忽有香氣氲氳乘空而至芬芳微妙世未曾有道俗咸皆驚愕隨至處所香氣遍滿至五更方始散盡又至四月八日行道日滿供設大齋午時欲下舍利道俗一萬餘人法師昇高座手捧舍利以示大衆人人悲感不能自勝即有赤色從師手内瓶口而出便二度放光高一丈又下石函忽有白雲團圓如蓋正當函上右旋數帀閉訖還當元出之處消滅又塔南先有佛閣當時鎖閉舍利於其下立道塲遣二防人看守忽聞閣上有衆人行聲看閣門仍閉又復須臾復聞行聲即走告寺主來共開閣門上驗看唯有佛像自外都無所見又下舍利訖日到申時有法師淨範頭陀僧淨滔於舍利塔後臨

水巖邊爲諸道俗受菩薩戒衆人見群魚行隊遊水首皆南出似欲歸依多少一萬餘請二禪師乗船入水爲魚受戒然水内諸魚悉迴首向船隨逐巡行如似聽法

趙州表云舍利以三月四日到州臣等於治下文際寺安置起塔二日治剎行道舍利於塔所放赤光從未至申更見不同或似像形或似樓閣或見白光乍大乍小巡遶舍利遶𦉪行道或隱或顯或遲或速官人道俗莫不親見驚喜號咽沸騰寺内至四日又放赤光曜如金色縱横一尺餘紫緑相間前後三度良久乃滅又見一佛像長二尺餘坐於蓮花趺坐又以二菩薩侠侍長一尺餘從夘至巳見諸形相道俗四部二萬餘人咸悉瞻仰

豫州表云舍利𦉪有白光須臾成五色遊轉𦉪内形相非常又鑿舍利銘其石更無異質鑿至皇帝一字從上點及竪牽横畫隨鑿之處如刻金所成

利州表云舍利三月二十六日夜一更内放光遍照衙内如月

明州表云四月八日下舍利掘地安石函乃得一像

衛州表云四月三日齋訖舍利金𦉪外其色紅赤鮮麗殊常或行瑠璃𦉪底或遊𦉪側緑𦉪上下光明外照比至八日照灼如初

洺州表云舍利三月十一日天降甘澤十三日乃止有戒德沙門僧猛先患腰脚不堪出行其日聞舍利欲到合寺馳走僧猛自身抱患不得奉迎命弟子法藏扶侍出户迴心正念遂便得起行出城十里許親迎舍利因此

瘳降漸堪得行
毛州表云舍利二月二十七日到州其日即依式安置一切男女皆發菩提心競趣歸依瘂者能言攣躄之人悉皆能行石函乃變如瑠璃内外明徹四月十二日天雨金銀花等表送奉獻
冀州表云舍利放光五色照滿城治時有一僧先患目盲亦得見舍利復有一人患腰脚攣躄十五年自舍利到州所是患人禮拜發願即得行動
宋州表云三月四日舍利至州其所部宋城縣市院先有古井滙由來鹹苦水色舊赤全不堪食其縣民胡子乾因取水和泥怪其色白甞覺甚甘四月三日舍利於塔内放赤色光六日夜五更寺内又放白色光七日辰時寺内天雨白花目驗雰雰然狀如細雪不落於地八日午時欲下舍利入函天上有白鶴翔塔基之上
懷州表云舍利於州城長壽寺安置四月五日辰時有一雄雉飛來函側心閑從容質羽鮮華自飛自止曽無驚畏河内縣民楊邁特以示道俗六千餘人莫不同見勑使沙門靈粲即與受戒其雉向師似如聽法師云此雉是野鳥内法道理無容籠繫即令送城北太行山放之舍利塔廂復有一跡從塔東南三步而來直到塔所不見還蹤復無入處或闊四寸或闊三寸蟠屈逶迤狀等龍蛇之跡官人道俗並悉共見入日至午前舍利欲入塔函遂放光於瓶外巡迴數帀暉彩照曜或上或下乍隱乍出

汴州表云舍利三月二日到州權置州館六日夜大德僧惠徹等忽聞香氣有異尋常至八日諸僧迎舍利將向塔所大德僧僧粲等五人復聞香氣去惠福寺門四十餘步遂放青色光覆熖露帳大久乃滅其寺有舍利在僧房供養其日杞州人張相仁於僧房見寺内舍利復放青色光恰與新至舍利色狀相似十日復至見赤色光臨寺佛堂高五尺其夜四更復見青赤雜色光於寺復有一老母患䵝已來二十餘年拄杖伏地而行聞舍利至寺强來禮拜於大衆裏見舍利光腰即得差捨杖而行

洛州表云舍利三月十六日至州即於漢王寺内安置至三十三日忽降香氣世未曾有四月七日夜一更向盡東風忽起燈花絶熖在佛堂東南神光熖燭復有香風而來官人道俗等共聞見於是彌增剋念至八日臨下舍利塔側桐樹枝葉低垂

幽州表云三月二十六日於弘業寺安置舍利石函始磨兩面以水洗之明如水鏡内外相通紫光熖起其石斑駮又類碼碯潤澤炫燿光似瑠璃至四月一日起齋行道至三日亥時舍利前焚香供養燈光熖庭衆星夜朗有素光舒卷在佛輿之上至八日舍利入函自旦及辰函石現文髣髴像有菩薩光彩粉藻又似衆仙其間鳥獸林木諸狀不惑者衆實難詳審其有文理照顯分明今畫圖奉進

許州表云三月三日初夜於州北境去州九十里舍利放光紫赤二色照曜州城内外民庶皆見神光四月七日在州大廳舍利出金

瓶之外瑠璢瓶内行道放光至八日在辦行
寺塔所又放光明午時舍利欲入石函又有
五色光彩雲來臨塔上雲形如蓋其日在塔
西南一百餘步依育王造塔本記一枯池不
在四畔正在池中可深九尺忽有甘井自現
其水不可思議當時道俗看者二萬餘人同
飲齊見所録瑞應奉表奏聞
荆州舍利現雲如車蓋正當塔上雲間雨花
遊颺不落衆鳥翔塔
濟州舍利本一至彼現二放光炤現聞異香
氣雲間出音自然鐘聲及以讃善大鳥群飛
塔下
楚州舍利當行道日野鹿來聽鶴遊塔上
莒州舍利本一至彼現三放光映炤掘基地
下忽得銅塔及瘂者能言

營州舍利三度放光白色舊龜石自然析解
用書石函
杭州舍利山間掘基得自然石窟容舍利函
潭州舍利江鳥迎送
潞州舍利至彼自然泉涌飲者病愈
洪州舍利白項鳥引路
德州舍利至彼躃者能行大鳥旋塔
鄭州舍利放光旛向內垂
江州舍利至彼行道日耕人犂得一銅像
蘭州舍利掘基地下得一石像又小兒撥得
二銅像
慈州舍利現白雲蓋如飛仙自然泉涌飲者
病愈
廉州未得舍利别得一舍利放光佛香爐煙
氣又類蓮華黄白色天雨寶屑

雍州表云仁壽二年五月十二日京城内勝光寺大興善寺法界寺州公廨裏及城治街巷天雨銀屑大如榆莢小如麩等表送奉獻

仁覺寺五月十二日未時有風從西南來如香氣氲氳沙門及經生道俗等並悉俱闊當夜雨寶屑天花芭蕉枝葉欔櫚莖檸上人皆拾得大小如前無異

仁壽二年六月五日夜仁壽宮所慈善寺新佛堂内靈光映現形如鉢許從前柱遶梁栿衆僧覩見

仁壽二年六月五日夜雨銀屑天花琵琶葉上及餘草頭上落地

仁壽二年六月八日諸州送舍利沙門使還宮所見旨相問慰勞訖令九日赴慈善寺爲慶光齋僧衆至寺讃誦旋遶行香欲食空裏微零復雨銀屑天花舍人崔君德令盛奉獻

京城内勝光寺模得陜州舍利石函變現瑞像娑羅雙樹等形相者仁壽二年五月二十三日巳後在寺日日放光連連相續緣感即發不止晝夜城治道俗遠來看人歸依禮拜闐門塞路往還如市遇斯光者照動群心悲喜發意其城内諸寺外縣諸州以絹素模將去者或上轝放光或在道映照或至前所開明現朗光光色别隨見不同

仁壽二年七月十五日京城内延興寺灌寫釋迦金銅像丈六其夜雨寶屑銀華香氣甚異無比

陜州舍利從三月十五日申時至四月八日戌時合一十一度見靈瑞總有二十一事四度放光光内見華樹二度五色雲掘地得鳥

石函變異八娑羅樹樹下見水一卧佛三菩薩一神尼函内見鳥三枝金華興雲成輪相自然旛蓋函内流出香雲再放光舍利在陝州城三月二十三日夜二更裏大通寺善法寺闡業寺並見光明唯善法寺所見光内有兩箇華樹形色分明久而方滅其色初赤尋即變白後散如水銀滿屋之内物皆照徹舍利在大興國寺四月二日夜二更裏靈勝寺見光明洞了庭前果樹及北坡草木光照處見其形塔基下掘地得鳥

舍利來向大興國寺三月二十八日夘時司馬張備共大都督侯進檢校築基掘地巳深五尺有閿鄉縣玉山鄉民杜化雲钁下忽出一鳥青黄色大如鶉馴行塔内安然自處執之不恐未及奉送其鳥致死今營福事於舍利塔内獲非常之鳥既以出處爲異謂合嘉祥今别畫鳥形謹附聞奏五色雲再見三月十五日申時舍利到陝州城南三里澗即有五色雲從東南鬱起俄爾總成一蓋即變如紫羅色舍利入城方始散滅當時道俗並見至二十八日未時在大興國寺復有五色雲從西北東南二處而來舍利塔上相合共成一段時有文林郎韋範大都督楊旻及官民等並同觀矚其雲少時即散者也兩度出聲舍利在州三月二十三日夜從寶座出聲如人間打靜聲至三乃止後在大興國寺四月五日酉時復出一聲大於前者道俗並聞石函内外四面見佛菩薩神尼娑羅樹光明等四月七日巳時欲遣使人送放光等四種瑞表未發之間司馬張備共崤縣令鄭乾意閣

鄉縣丞趙懷坦大都督侯進當作人民侯謙等至舍利塔基内石函所檢校同見函外東面石文亂起其張備等恠異更向北面乾意以衫袖拂拭隨手向上即見娑羅樹一雙東西相對枝葉宛具作深青色俄頃道俗奔集復於西面外以水澆洗即見兩樹葉有五色次南面外復有兩樹枝條稍直其葉色黄白次東面外復有兩樹色青葉長其四面樹下並有水文於此兩樹之間使人文林郎韋範初見一鳥仰卧司馬張備次後看時其鳥巳立鳥前有金華三枝鳥形大小毛色與前掘地得者不異其鳥須臾向西南行至佛下停住函内西南近角復有一菩薩坐華臺上面向東有一立尼面向西而向菩薩合掌相去二寸西面内復有二菩薩並立一金色面向南一銀色面向北相去可有三寸西脣上有一卧佛側身頭向北面向西其三菩薩於石内並放紅紫光高一尺許從巳至未形狀不移圖畫巳後色漸微滅道俗觀者其數不少此函本是青石色基黒闇見瑞之時變爲明白表裏映徹周迴四面俱遺人坐並相照見無所翳障其函内外四面總見一佛三菩薩一尼一鳥三枝華八株樹今别畫圖狀謹附聞奏午時四方雲起變成輪相復有自然旛蓋及塔上香雲二度光見

四月八日午時欲下舍利于時道俗悲號四方忽然一時雲起如煙如霧漸欲向上至於日所即遶日變成一暈猶如車輪内别有白雲團圓翳日日光漸即微闇如小盞許在輪外周帀次第以雲爲輻其輪及輻並作紅紫

色至下舍利訖其雲散滅日光還即明淨復於塔院西北墻外大有自然旛蓋亦有見旛蓋圍繞舍利者當時謂有人捉旛供養至下舍利訖其旛蓋等忽即不見于時道俗見者不少至戌時司馬張備等見塔上有青雲氣從塔內而出其雲甚香即喚使人文林郎韋範大興寺僧曇暢入裏就看備共韋範等並見流光向西北東南二處流行須臾即滅

廣弘明集卷第十七

音釋

塡闐 塡音田闐於結切塡闐滿塞也 覆髆 覆敷救切盖也髆音博肩髆也 珣 息旬切 虢 俱獲切州名 挲 蘇和切摩挲摸捼也 溳 音云水名 蜆 音顯蛤屬 甯 音押鎮壓也 杞 音起州名 洺 音名州名 莒 音舉州名 攣躃 攣閭負切躃必益切攣躃拘曲不能行也 雰 音芬雰雰雪貌

廣弘明集卷第十八上

唐 西 明 寺 釋 道 宣 撰

法義篇第四

序曰夫法者何耶所謂憑准修行清神洗惑而爲趣也義者何耶所謂深有所以千聖不改其儀萬邪莫迴其致者也俗法五常仁義禮智信也百王不易其典衆賢賛翼而不墜者也道法兩諦謂眞俗也諸佛之所由生群有因之而超悟者也然則俗保五常淪惑綿亘道資兩諦勝智增明故眞俗爲出道之階基正法爲入空之軌躅者也故論云非俗無以通眞非眞無以遣俗又云諸佛說法常依二諦斯則大略之成教也至於大小半滿之流三箧八藏之典明心塵之顯晦曉業報之殊途通慧解以鏡蒙心了世相以光神照也若斯以叙謂之法義也至於如說修行思擇靈府者則四依法正創究識於倒情八直明道策淨心於妄境三學開其玄府一貫統其眞源漸涤基搆自當得其涯也但以幽關難啓匠石易迷匪藉言方莫由升附所以自古道俗同而問津疎瀹精靈陶練心術或著論而導其解或談述而寫其懷因言而顯聖心寄迹而揚玄理者也昔梁已叙其致今唐更廣其塵各有其志明代代斯言之不絕也

法義篇第四之一

晉戴安公釋疑論

戴安公與遠法師書并答

周道祖難釋疑論

戴安公重與遠法師書

戴安公答周居士難論并答

遠法師與戴安公書并答
何承天報應問并劉少府答
宋謝靈運與諸道人辨宗論并問答往復書
秦主姚興述佛法深義并答此下見下卷
唐沙門慧淨析疑論并述

晉戴安公釋疑論

安處子問於玄明先生曰蓋聞積善之家必有餘慶積不善之家必有餘殃又曰天道無親常與善人斯乃聖達之格言萬代之宏標也此則行成於己身福流於後世惡顯於事業獲罪乎幽冥然聖人爲善理無不盡理盡善積宜歷代皆不移行無一善惡惡相承亦當百世俱闇是善有常門惡有定族後世修行復何益哉又有束脩履道言行無傷而天罰人楚百羅備嬰任性恣情肆行暴虐生保榮貴子孫繁熾推此而論積善之報竟何在乎夫五情六欲人心所常有斧藻防閑外事之至苦苟人鬼無尤於趣舍何不順其所甘而强其苦哉請釋所疑以袪其惑先生曰善哉子之問也史遷有言天之報施善人何如哉荀悅亦云飾變詐而爲姦詭者自足乎一世之間守道順理者不免飢寒之患二生疑之於前而未能辨吾子惑之於後不亦宜乎請試言之夫人資二儀之性以生稟五常之氣以育性有脩短之期故有彭殤之殊氣有精麤之異亦有賢愚之別此自然之定理不可移者也是以堯舜大聖朱均是育瞽叟下愚誕生有舜顏回大賢早夭絶嗣商臣極惡令胤剋昌夷叔至仁餓死窮山盜跖肆虐富樂自終比干忠正斃不旋踵張湯酷吏七世

珥貂凡此比類不可稱數驗之聖賢既如彼求之常人又如此故知賢愚善惡脩短窮達各有分命非積行之所致也夫以天地之玄遠陰陽之廣大人在其中豈唯稊米之在太倉毫末之於馬體哉而疋夫之細行人事之近習一善一惡皆致冥應欲移自然之彭殤易愚聖於朱舜此之不然居可識矣然則積善積惡之談蓋施於勸教耳何以言之夫人生而靜天之性也感物而動性之欲也性欲既開流宕莫檢聖人之救其弊因神道以設教故理妙而化敷順推遷而抑引故功玄而事適是以六合之內論而不議鑽之而不知所由日用而不見所極設禮學以開其大矇名法以束其形跡賢者倚之以成其志不肖企及以免其過使孝友之恩深君臣之義篤長幼之禮序朋執之好著背之則為失道之人譏議以之起向之則為名教之士聲譽以之彰此則君子行已處心豈可須臾而忘善哉何必循教責實以期應報乎苟能體聖教之幽旨審分命之所鍾廣可豁滯於心府不祈驗於冥中矣安處子乃避席曰夫理蘊千載念纏一生今聞吾子大通之論足以釋滯疑祛幽結矣僕雖不敏請佩斯言

戴安公與遠法師書

安公和南弟子常覽經典皆以禍福之來由於積行是以自少束修至于白首行不負於所知言不傷於物類而一生艱楚荼毒備經顧景塊然不盡唯已夫冥理難推近情易纏每中宵幽念悲慨盈懷始知脩短窮達自有定分積善積惡之談蓋是勸教之言耳近作

此釋疑論今以相呈想消息之餘脫能尋省
戴安公和南
遠法師答
釋慧遠頓首省君别示以爲慨然先雖未善
相悉人物來往亦未始暫忘分命窮達非常
智所測然依傍大宗似有定檢去秋與諸人
共讀君論並亦有同異觀周郎作答意謂世
典與佛教粗是其中今封相呈想暇日能力
尋省
周道祖難釋疑論
近見君釋疑論蓋即情之作料檢理要殆乎
有中但審分命之守似未照其本耳福善莫
驗亦僕所常惑雖周覽六籍逾深其滯及覩
經教始昭然有歸故請以先覺語當今之學
者也君子爲審分命所鍾可無祈驗於冥中
餘慶之言存於勸教請審分命之旨爲當宅
情於理任而弗營耶爲忘懷闇昧直置而已
耶若宅情於理則理未可喻善惡紛互逆順
莫檢苟非冥廢豈得弗營若直置而已則自
非坐忘事至必感感因於事則情亦升降履
信獲祐何能不慶爲惡弗罰焉得無怨雖欲
忘懷其可得乎靖求諸巳其効明矣又勸教
之設必傍實而動直爲訓之方不可一塗而
盡故或若反而後會或曉昧於爲言是以塗
車芻靈堂室異詔或顯其遠或微其近令循
教之徒不苟求於分表飲和之士自守足於
仁義故深淺並訓而民聽不濫而神明之賾
蘊於妙物豈得縝稱積善正位履霜而事與
教反理與言違夷齊自得於安忍顏冉長悲
於履和恐有爲之言或異於此若謂商臣之

徒教所不及汲引之端蓋中智已還而安于懷仁不没其身臧會以借有後魯國則分命所鍾於何而審玄明之唱更爲疑府矣是以古之君子知通否之來其過非新賢愚壽夭兆明自昔楚穆以福濃獲没蔡靈以善薄受禍郄宛以釁深莫救宋桓以愆微易唱故洗心以懷宗練形以聞道拔無明之沉根翳貪愛之滯網不祈驗於冥中影響自徵不期存於應報而慶罰已彰故能反步極水鏡萬有但微明之道理隔常域堯孔拯其麤宜有未盡史遷造其門而未踐乎室惜其在無聞之世故永悲以窮年君既涉其津亦應不遠而得此乃幽明之所寄豈唯言論而已乖叙多年聊以代勤來論又以爲天地曠遠人事細近一善一惡無關冥應然則天網恢恢疏而遂失耶莫見乎隱莫顯乎微但盈換藏於日用交賒昧乎理緣故或乖於視聽耳山崩鍾應不以路遠喪感火澤革性不以同象成親詳撿數端可以少悟矣

戴安公重與遠法師書

安公和南聞作釋疑論以寄其懷故呈之匠者思聞啓誨既辱還告開示宗轍并送周郎難甚有趣致但理本不同所見亦殊今重伸鄙意答周復以相呈旨誠可求而辯不自暢想脫覽省戴公和南

戴安公答周居士難論

間以暇日因事致感脫作釋疑以呈法師既辱還告并送來難辯喻清贍致有旨歸但自覺雖先觀者莫悟所見既殊孰是能正苟懷未悟請共盡之僕所謂能審分命者自呼識

拔常均妙鑒理宗校練名實比驗古今者耳不謂淪溺生死之域欣感失得之徒也苟能悟彭殤之壽夭則知脩短之自然察堯舜於朱均以得愚聖之有分推淵商之善惡足明冥中之無罰等比干盜跖可識禍福之非行旣能體此難事然後分命可審不祈冥報耳若如來難宅情於理則理未可喻靖求諸己其明効矣此乃未喻由於求己非爲無理可喻也若舍己而外鑒必不遠而復矣難曰勸教之設必傍實而動直爲訓之方不可以一塗而盡僕豈謂聖人爲教反眞空設耶夫善惡生於天理是非由乎人心因天理以施教順人心以成務故幽懷體仁者挹玄風而載悅肆情出轍者顧名教而內搦功玄物表日用而忘其惠理蘊冥寂濤之不見其宗非違虛教以眩於世也是以前論云因神道以設教故理妙而化敷順推遷而抑引故功玄而事適者也難曰安于懷仁不沒其身臧會以僭有後魯國則分命所鍾於何而審玄明之唱更爲疑府矣答曰斯乃所以明善惡之有定不由於積行也若夫仁者爲善之嘉行安于懷之而受福僭者反理之邪事臧會爲之而獲後良由分應沒身非彼仁之所移命當爲後非行僭之能罰豈異比干忠正而嬰剖心之戮張湯酷吏而獲七世之祐哉苟斯理之不殊則知分命之先定矣乃同玄明之有分非爲成疑府也難曰古之君子知通否之來其過非新賢愚壽夭兆明自昔楚穆以福濃獲没蔡靈以善薄受禍郄宛以釁深莫救宋桓以愆微易唱答曰夫通否非新壽夭自

昔信哉斯言是僕所謂各有分命者也若夫福濃獲没豐深莫救此則報應之來有若影響蔡靈以善薄受禍商臣宜以極逆罹殃宋桓以愆微易唱郗文應用行善延年而罪同罰異福等報殊何明鑒於蔡宋而獨昧於楚郗乎君所謂不祈驗於冥中影響自徵不期在於應報而慶罰以彰於斯蹟矣

難曰然則天網恢恢踈而遂失耶莫見乎隱莫顯乎微但盈換藏於日用交賖昧於理緣

答曰夫天理冥昧變狀難明且當推巳兆於終古考應報之成跡耳至於善惡禍福或有一見斯自遇與事會非冥司之眞驗也何以明之若其有司當如之治國長之一家善無微而不賞惡無纖而必罰使修行者保其素履極逆者受其酷禍然後積善之家被餘慶於後世積不善之家流殃咎乎來世耳而今則不然或惡深而莫誅或積善而禍臻或履仁義而亡身或行肆虐而降福豈非無司而自有分命乎若以盈換藏於日用交賖昧於理緣者但當報對遲晚不切目前耳非爲善惡舛錯是非莫驗推斯而言人之生也性分夙定善者自善非先有其生而後行善以致於善也惡者自惡非本分無惡長而行惡以得於惡也故知窮達善惡愚智壽夭無非分命分命玄定於冥初行跡豈能易其自然哉天網不失隱見微顯故是勸教之言耳非玄明所謂本定之極致也旣未悟妙推之有宗亦何分命之可審乎將恐向之先覺還爲後悟矣言面未日聊以讜敘

周居士答

見重申釋疑論辟理切驗善乎校實也但僕意猶有不同乃即欲更言所懷一日侍法師坐粗共求君意云氣力小佳當自有酬因君論旨粲有所見也僕是以不復稍晉其爝火須成旨因上君云審分命者乃是體極之人既非所同又僕所立不期存於應報而慶罰已彰亦不如君所位也書不盡言於是信矣其中小小亦多未喻付之未遇

遠法師與戴安公書

見君與周居士往復足爲賓主然佛教精微難以事詰至於理玄數表義隱於經者不可勝言但恨君作佛弟子未能留心聖典耳頃得書論亦未始蹔忘年衰多疾不暇有答脫因講集之餘粗綴所懷今寄往試與同疑者共尋若見其族則比干商臣之流可不思而得釋慧遠頓首

戴安公答遠法師書

安公和南辱告并見三報論旨喻弘遠妙暢理宗覽省反復欣悟兼懷弟子雖伏膺法訓誠信彌至而少遊人林遂不涉經學往以艱毒交纏聊寄之釋疑以自攄散此蓋情發於中而形於言耳推其俗見之懷誠爲未盡然三報曠遠難以辭究弟子尋當索歸必覲展冀親承音旨益祛其滯諸懷寄之周居士戴安公和南

何承天報應問

西方說報應其枝末雖明而即本常昧其言奢而寡要其譬迂而無徵乖背五經故見棄於先聖誘掖近情故得信於季俗夫欲知日月之行故假察於璇璣將申幽冥之信宜取

符於見事故鑑燧懸而水火降雨宿離而風
雲作斯皆遠由近驗幽以顯著者也夫鵝之
爲禽浮清池咀春草衆生蠢動弗之犯也而
庖人執焉尠有得免刀俎者鷰翻翔求食唯
飛蟲是甘而人皆愛之雖巢幕而不懼非直
鵝鷰也群生萬有往往如之是知殺生者無
惡報爲福者無善應所以爲訓者如彼所以
示世者如此余甚惑之若謂鷰非蟲不甘故
罪所不及民食芻豢奚獨嬰辜若謂禽豸無
知而人識經教斯則未有經教之時畋漁網
罟亦無罪也無故以科法入中國乃所以爲
民陷穽也彼仁人者豈其然哉故余謂佛經
但是假設權教勸人爲善耳無關實叙是以
聖人作制推德翳物我將我享寔膺天祐固
獲三品賓庖豫焉若乃見生不忍死聞聲不
食肉固君子之所務也竊願高明更加三思

劉少府答何承天

敬覽高話辭切證明所謂彼上人者難爲酬
對者也然如來窮理盡性因感成教故五善
思啓戒品爲之設六蔽待袪般若爲之照薰
以十善淨以無漏畢竟解脫至菩提而已矣
斯末之所以明而本之不昧者耶孔以致孝
爲務則仁被四海釋以大慈爲首則化周五
道導物之迹非乃冥耶但應有麤精終然自
殊耳凡覽般若諸經不以無孔爲疑何獨誦
丘之書而有見棄之言乎以龍鬼之陋尚感
聖而至誘掖得信豈季俗而已哉足下據見
在之教以詰三世之辨奢迂之怪固不待言
若許因果不謬猶形之與影徵要之効如合
符也若日月之行幽明之信水火之降風雲

之作皆先因而後果不出感召之道故緣起鑑能致水緣滅燧不招火一切諸法從緣起滅耳若鵝之就斃味登俎鼎燕之獲免無取鹽梅故鵝鶂殺於人猶蟲死於鶂鵝蟲見世受人鶂未來報報由三業業有遲疾若人入孝出悌揚于王庭君親無將將而必誅此見報之疾著乎視聽者也若忠爲令德剖心沉淵劫掠肆殺有幸而免此後報之遲踈而不失者也善惡之業業無不報但過去未來非耳目所得故信之者寡而非之者衆耳科法淸淨滌塵開慧中國佛思謂爲陷穽非我無謀泰弗用也勸人爲善誠哉斯言然權者謂實非假設也故文王廢伯邑考而立武王權也周適非王發有天命禮是踈制理固從實伯邑廢立實也各從其實德用交歸自非大智孰能預之經云善權方便亦復如是耳夫民生而殺性之欲也飲血靡毛在上皇之世矣聖人去殺非教殺也但民教未盡而化宜漸損雖將享三品尊薦厚賓然湯開其網孔釣不綱詩翼五豝禮弗身踐據玆而觀作者之心見矣今忍不食誠已慈之心若推不忍於視聽之表均不食於見聞之内其至矣哉其至矣哉祇藉來諍伸以管窺實相無言言成戲論旣不自是想亦同非若高明之譬請俟諸君子

宋謝靈運與諸道人辨宗論

同遊諸道人並業心神道求解言外余枕疾務寡頗多暇日聊伸由來之意庶定求宗之悟釋氏之論聖道雖遠積學能至累盡鑒生方應漸悟孔氏之論聖道旣妙雖顔殆庶體

無鑒周理歸一極

有新論道士以爲寂鑒微妙不容階級積學無限何爲自絶今去釋氏之漸悟而取其能至去孔氏之殆庶而取其一極一極異漸悟能至非殆庶故理之所去雖合各取然其離孔釋矣余謂二談救物之言道家之唱得意之說敢以折中自許竊謂新論爲然聊答下意遲有所悟

法勗問敬覽清論明宗極雖微而一悟頓了雖欣新剖竊有所疑夫明達者以體理絶欲悠悠者以迷惑嬰累絶欲本乎見理嬰累由於乖宗何以言之經云新學者離般若便如失明者無導是爲懷理蕩患於茲顯矣若涉求未漸於大宗希仰猶累於塵垢則永劫勌勞期果緬邈既懷猶豫伏遲嘉訓

初答道與俗反理不相關故因權以通之權雖是假旨在非假智雖是眞能爲非眞非眞不傷眞本在於濟物非假不遂假濟物則反本如此永劫無爲空勤期果有如皎日

勗再問案論孔釋其道既同救物之假亦不容異而神道之域雖顏也孔子所不誨實相之妙雖愚也釋氏所必教然則二聖建言何乖背之甚哉

再答二教不同者隨方應物所化地異也大而校之華民易於見理難於受教故閉其累學而開其一極夷人易於受教難於見理故閉其頓了而開其漸悟漸悟雖可至昧頓了之實一極雖知寄絶累學之冀良由華人悟理無漸而誣道無學夷人悟理有學而誣道有漸是故權實雖同其用各異昔向子期以

儒道爲壹應吉甫謂孔老可齊皆欲窺宗而況眞實者乎

勗三問重尋答以華夷有險易之性故二聖敷異同之教重方附俗可謂美矣然淵極朗鑒作則於上愚民蒙昧伏從於下故作則宜審其政伏從必是其宗今孔廢聖學之路而釋開漸悟之逕筌蹄既已紛錯群黎何由歸眞三答冬夏異性資春秋爲始末晝夜殊用緣辰暮以往復況至精之理豈可逕接至粗之人是故傍漸悟者所以密造頓解倚孔教者所以潛成學聖學聖不出六經六經而得頓解不見三藏而以三藏果筌蹄歷然何疑紛錯魚兎既獲群黎以濟

僧維問承新論法師以宗極微妙不容階級使夫學者窮有之極自然之無有若符契何須言無也若資無以盡有者焉得不謂之漸悟耶

初答夫累既未盡無不可得盡累之弊始可得無耳累盡則無誠如符契將除其累要須傍教在有之時學而非悟悟在有表託學以至但階級教愚之談一悟得意之論矣

維再問論云悟在有表得不以漸使夫涉學希宗當日進其明不若使明不日進與不言同若日進其明者得非漸悟乎

再答夫明非漸至信由教發何以言之由教而信則有日進之功非漸所明則無入照之分然向道善心起損累出垢伏伏似無同善似惡乖此所務不俱非心本無累至夫一悟萬滯同盡耳

維三問答云由教而信則有日進之功非漸

所明則無入照之分夫尊教而推宗者雖不永用當推之時豈可不蹔令無耶若許其蹔合猶自賢於不合非漸如何

三答蹔者假也眞者常也假知無常常知無假今豈可以假知之蹔而侵常知之眞哉今蹔合賢於不合誠如來言竊有微證謳臣諫莊王之言物賒於已故理爲情先及納夏姬之時已交於物故情居理上情理雲互物已相傾亦中智之率任也若以諫日爲悟豈容納時之惑耶且南爲聖也北爲愚也背北向南非停北之謂向南背北非至南之稱然向南可以向南背北非是停北非是停北故愚可去矣可以至南故悟可得矣

廣弘明集卷第十八上

音釋

躓 陟利切跲也 讜 多曩切直言也 芻豢 芻楚俱切豢音患羊曰芻犬曰豢 豸 直爾切無足蟲也 陷穽 陷戶韽切穽音淨陷穽地爲坑也 豝 邦加切牝豕也 誶 蘇對切誚也

廣弘明集卷第十八下

唐 釋道宣 撰

辯宗論之餘

慧驎演僧維問當假知之壹合與眞知同異

初答與眞知異驎再問以何爲異

再答假知者累伏故理暫爲用用暫在理不恒其知眞知者照寂故理常爲用用常在理故永爲眞知

驎三問累不自除故求理以除累今假知之一合理實在心在心而累不去將何以去之乎

三答累起因心心觸成累累恒觸者心日昏教爲用者心日伏伏累彌久至於滅累然滅之時在累伏之後也伏累滅累貌同實異不可不察滅累之體物我同忘有無壹觀伏累之狀他已異情空實殊見殊實空異已他者入於滯矣壹無有同我物者出於照也

驎維問三世長於百年三千廣於赤縣四部多於戶口七寶妙於石沙此亦方有小大故化有遠近得不謂之然乎

初答事理不同恒成四端自有小大各得其宜亦有賢愚違方而處所謂世同時異物是人非譬割雞之政亦有牛刀佩璽而聽豈皆唐虞今謂言游體盡於武城長世皆覃於天下未之聞也且俱稱妙覺而國土精粗不可以精粗國土而言聖有優劣景迹之應本非所徵矣

維再問論云或道廣而事狹或事是而人非今不可以事之大小而格道之粗妙誠哉斯言但所疑不在此耳設令周孔實未盡極以

之應世故自居宗此自是世去聖遠未足明極夫降妙數階以接群粗則粗者所不測然數階之妙非極妙之謂推此而言撫世者於粗爲妙然於妙猶粗矣以妙求粗則無往不盡以粗求妙則莫覩其源無往不盡故謂之窮理莫覩其源故仰之彌高今豈可就顏氏所崇而同之極妙耶

再答今不藉顏所推而謂之爲極但謂顏爲庶幾則孔知機矣且許禹昌言孔非本談以堯則天體無是同同體至極豈計有之小大耶

維三問凡世人所不測而又昌言者皆可以爲聖耶

三答夫昌言賢者尚許其賢昌言聖者豈得反非聖耶日用不知百姓之迷蒙唯佛究盡實相之崇高今欲以崇高之相而令迷蒙所知未之有也茍所不知焉得不以昌言爲信既以釋昌爲是何以孔昌爲非耶

竺法綱問敬披高論探研宗極妙判權實存旨儒道遺教孔釋昌言折中允然新論可謂激流導源瑩拂發暉矣詳複答勗維之問或謂因權以通或學而非悟爾爲玄句徒設無關於胷情焉竊所未安何以言之夫道形天隔幾二險絕學不漸宗曾無髣髴馳騁有端思不出位神崖曷由而登機峯所從而超哉若勤務於有而坐體於無者譬猶揮毫鍾張之則功侔羿養之能不然明矣蓋同有非甚礙尚不可以覬此而善彼豈況乎有無之至背而反得以相通者耶又云累既未盡無不可得盡累之弊始可得

無耳

問曰夫膏肓大道摧輪玄路莫尚於封有之累也蓋有不能祛有祛有者必無未有先盡有累然後得無也就如所言累盡則無爾爲累之自去實不無待實不無待則不能不無故無無貴矣如彼重闇自晞無假火日無假火日則不能不設亦明無尚焉落等級而竒頓悟將於是乎躓矣暇任之餘幸思嘉釋

釋慧琳問三復精議辨憘二家斟酌儒道實有懷於論矣至於去釋漸悟遺孔殆庶蒙竊惑焉釋云有漸故是自形者有漸孔之無漸亦是自道者無漸何以知其然耶中人可以語上久習可以移性孔氏之訓也一合於道場非十地之所階釋家之唱也如此漸絕文論二聖詳言豈獨夷束於教華拘於理將恐斥離之辨辭長於新論乎

勗道人難云絕欲由於體理當謂日損者以理自悟也論曰道與俗反本不相關故因權以通之物齊則反本

問曰權之所假習心者亦終以爲慮乎爲曉悟之日與經之空理都自反耶若其永背空談翻爲未說若始終相扶可循教而至下答維驎假知中殊爲藻艶但與立論有違假者以旋迷喪理不以鑽火致惑苟南向可以造越北背可以棄燕信燕北越南矣慮空可以洗心指有可以祛累亦有愚而空聖矣如此但當勤般若以日忘瞻郢路而驟進復何憂於失所乎將恐一悟之唱更躓於南北之譬耶

答綱琳二法師

披覽雙難欣若暫對藻豐論博蔚然滿目可謂勝人之口然未猒於心聊伸前意無由言對執筆長懷謝靈運和南

答綱公難

來難云同有非甚閡尚不可以翫此而善彼豈況乎有無之至背而反得以相通者耶此是拘於所習以生此疑耳夫專翫筆札者自可不工於弧矢弧矢既工復翫筆札者何爲不兼哉若封有而不向宗自是封者之失造無而去滯何爲不可得背借不兼之有以詰能兼之無非惟鍾胡愧射於更李羿養慚書於羅趙觸類之躓始充巧歷之歎今請循其本夫憑無以伏有伏久則有忘伏時不能知知則不復辨是以坐忘日損之談近出老莊數緣而滅經有舊説如此豈累之自去實無之所濟且明爲晦新功在火日但火日不稱功於幽闇般若不言惠而愚惷耳推此而往詎俟多云

答琳公難

孔雖曰語上而云聖無階級釋雖曰一合而云物有佛性物有佛性其道有歸所疑者漸教聖無階級其理可貴所疑者殆庶豈二聖異塗將地使之然斥離之歎始是有在辭長之論無乃角弓耶

難云若其來背空談翻與未説若始終相扶可循教而至可謂公孫之辭辯者之囿矣夫智爲權本權爲智用今取聖之意則智即經之辭則權傍權以爲檢故三乘咸蹄筌既意以歸宗故般若爲魚兔良由民多愚也教故迂矣若人皆得意亦何貴於攝悟假知之論

旨明在有者能為違理之諫是為交賒相傾非悟道之謂與其立論有何相違燕北越南有愚空聖其理既當頗獲於心矣若勤者日忘瞻者驟進亦實如來言但勤未是得瞻未是至當其此時可謂向宗既得既至可謂一悟將無同轡來馳而云異轍耶

王衛軍問

論曰由教而信有日進之功非漸所明無入照之分問曰由教而信而無入照之分則是闇信聖人若闇信聖人理不闚心政可無非聖之尤何由有日進之功

論曰暫者假也真者常也假知無常常知無假又曰假知累伏理暫為用用暫在理不恒其知問曰暫知為假知者則非不知矣但見理尚淺未能常用耳雖不得與真知等照然寧無入照之分耶若暫知未是見理豈得云轉理暫為用者又不知以為稱知

論曰教為用者心日伏伏累彌久至於滅累問曰教為用而累伏為云何伏耶若都未見理專心闇信當其專心唯信而已謂此為累伏者此是慮不能並為此則彼廢耳非為理累相權能使累伏也凡厥心數孰不皆然如此之伏根本未異一倚一伏循環無已雖復彌久累何由滅弘曰一悟之談常謂有心但未有以折中異同之辨故難於厝言耳尋覽來論所釋良多然猶有未好解處試條如上為呼可容此疑不既欲使彼我意盡覽者泠然後對無兆兼當造膝執筆增懷真不可言

王弘敬謂

答王衛軍問

問曰由教而信而無入照之分則是闇信聖人耶若闇信聖人理不關心正可無非聖之尤何由有日進之功答曰顔子體二未及於照則向善已上莫非闇信但教有可由之理我有求理之志故曰闕心賜以之二回以之十豈直免尤而已實有日進之功

問曰暫知爲假知者則非不知矣但見理尚淺未能常用耳雖不得與眞知等照然寧可謂無入照之分耶若暫知未是見理豈得云理暫爲用又不知以何稱知答曰不知而稱知者正以假知得名耳假者爲名非暫知如何不恒其用豈常之謂既非常用所以交賒相傾故諫人則言政理悦已則犯所知苦以諫時爲照豈有悦時之犯故知言理者浮談犯知者沉感推此而判自聖已下無淺深之照然中人之性有崇替之心矣

問曰教爲用而累伏爲云何伏耶若都未見理專心闇信當其專心唯信而已謂此爲累伏者此是慮不能並屬此則彼廢耳非爲理累相推能使累伏也凡厥心數孰不皆然如此之伏根本未異一倚一伏循環無已雖復彌久累何由滅答曰累伏者屬此則廢彼實如來告凡厥心數孰不皆然亦如來旨更恨不就學人設言而以恒物爲譏耳譬如藥驗者疾易痊理妙者吝可洗洗吝豈復循環疾痊安能起滅則事不侔居然已辨但無漏之功故資世俗之善善心雖在五品之數能出三界之外矣平叔所謂冬日之陰輔嗣亦云遠不必攜乃聊借此語以況入無果無阻隔靈運白一悟理質以經誥可謂俗文之談然

書不盡意亦前世格言幽僻無事聊與同行道人共求其衷猥辱高難詞徵理析莫不精究尋覽彌日欣若暫對輒復更伸前論雖不辨酬釋來問且以示懷耳海嶠岨迥披叙無期臨白增懷眷歎良深謝靈運再拜

王衛軍重答書

更尋前答起悟亦不知所以為異正當爾耳已送示生公此間道人故有小小不同小涼當共面盡脫有厝言更白面寫未由寄之於此所散猶多

竺道生答王衛軍書

究尋謝永嘉論都無間然有同似若妙善不能不以為欣檀越難旨甚要切想尋必佳通耳且聊試畧取論意以伸欣悅之懷以為苟若不知焉能有信然則由教而信非不知也但資彼之知理在我表資彼可以至我庸得無功於日進未是我知何由有分於入照豈不以見理於外非復全昧知不自中未為能照耶

與安成侯嵩書　姚興

吾曾以已所懷疏條摩訶衍諸義圖與什公評詳厥衷遂有哀故不復能斷理未久什公尋復致變自爾喪戎相尋無後意事遂忘棄之近以當遣使送像欲與卿作疏箱篋中忽得前所條本末今送示卿徐徐尋撫若於卿有所不足者便可致難也見卿未曰並可以當言笑吾前試通聖人三達觀以諮什公尋有答今并送往諸此事皆是昔日之意如今都無情懷如何矣

通三世論

曾問諸法師明三世或有或無莫適所定此亦是大法中一段處所而有無不泮情每慨之是以忽疏野懷聊試孟浪言之誠知知孟浪之言不足以會理然胷襟之中欲有少許意了不能默已輒疏條相呈匠者可爲折衷余以爲三世一統循環爲用過去雖滅其理常在所以在者非如阿毗曇注言五陰塊然喻若足之履地眞足雖往厥跡猶存常來如火之在木木中欲言有火耶視之不可見欲言無耶緣合火出經又云聖人見三世若其無也聖無所見若言有耶則犯常嫌明過去未來雖無眼對理恒相因苟因理不絕聖見三世無所疑矣

什法師答

雅論大通甚佳去來定無此作不通佛說色陰三世和合總明爲色五陰皆爾又云從心生心如從穀生穀以是故知必有過去無無因之咎又云六識之意識依已滅之意爲本而生意識又正見名過去業未來中果法也又十力中第二力知三世諸業又云若無過去業則無三塗報又云學人若在有漏心中則不應名爲聖人以此諸比固知不應無過去若無過去未來則非通理經法所不許又十二因緣是佛法之深者若定有過去未來則與此法相違所以者何如有穀子地水時節芽根得生若先已定有則無所待有若先有則不名從緣而生又若先有則是常倒是故不得定有不得定無有無之說唯時所宜耳以過去法起行業不得言無又云今不與

自對不得言有雅論之通甚有佳致又大品所明過去如不離未來現在如未來現在如亦不離過去如此亦不言無也此實是經中之大要俟得髙對通復盡之

通不住法住般若

衆生之所以不階道者有著故也是以聖人之教恒以去著爲事故言以不住般若雖復大聖玄鑒應照無際亦不可著著亦成患欲使行人忘彼我遺所寄汎若不繫之舟無所倚泊則當於理矣

通聖人放大光明普照十方

聖人之教玄通無涯致感多方不可作一途求不可以一理推故應粗以粗應細以細應理固然矣所以放大光明現諸神變者此應十方諸大菩薩將紹尊位者耳若處俗接麤復容此事耶阿含經云釋氏之處天竺四十餘載衣服飲食受諸患痛與人不別經又云聖人亦入鹿馬而度脫之當在鹿馬豈異於鹿馬哉若不異鹿馬應世常流不待此神變明矣毋事要須自同於前物然後得行其化耳

通三世

衆生歷涉三世其猶循環過去未來雖無眼對其理常在是以聖人尋往以知往逆數以知來

通一切諸法空

大道者以無爲爲宗若其無爲復何所有耶

安成侯姚嵩表

臣言奉珠像承是皇后遺囑所建禮覲之日承慕罔極伏惟感往增懷臣言先承陛下親

營像事每注心延望遲冀暫一禮敬不悟聖
恩垂及乃復與臣供養此像既功寶並重且
於制作之理擬若神造中來所見珠像誠當
奇妙然方之於此信復有間瞻奉踊躍實在
無量夫受乾施者無報蒙恩隆者無謝雖欲
仰陳愚誠亦復莫知所盡臣嵩言
臣言奉陛下所通諸義理味淵玄詞致清勝
間詣踰於二篇妙盡侔乎中觀詠之翫之紙
已致勞而心猶無猒眞可謂當時之高唱累
劫之宗範也但臣頑闇思不參玄然披尋之
日眞復詠歌弗暇不悟弘慈善誘乃欲令參
致問難敢忘愚鈍輒位叙所懷豈曰存難直
欲諮所未悟耳臣嵩言
臣言上通三世甚有深致既已遠契聖心兼
復抑正衆說宗塗亹亹超絶常境欣悟之至
益令賞味增深加爲什公研覈該備實非愚
臣所能稱盡正當銘之懷抱以爲心要耳
臣言上通不住法住般若義云衆生所以不
階道者有著故也聖心玄詣誠無不盡然至
乎標位六度而以無著爲宗取之於心誠如
明誨即之于事脫有未極夫無著雖妙似若
有不即眞兩冥有不即眞兩冥恐是心忘之
謂耳竊尋玄教如更有以謹牒成言以攄愚
見故經云以無所捨法具足檀波羅蜜以此
三事不可得故三者既冥有無無當無當之
理即同幻化以此而推恐不住之致非眞忘
彼我遺所寄而已
難上通聖人放大光明普照十方
詔云放大光明諸神變者此自應十方諸大
菩薩將紹尊位者耳斯理之玄固非庸近所

參然不已之情猶欲言所未達夫萬有不同精粗亦異應彼雖殊而聖心恒一恒一故圓以應之不同故權以濟之雖鹿馬而未始乖其大雖現神變而未始遺其細故淨名經云如來或以光明而作佛事或以寂寞而作佛事顯默雖異而終致不二然則於小大之間恐是時互説耳如華手經初佛爲德藏放大光明令諸衆生普蒙其潤又思益經中網明所問如來三十三種光明一切遇者皆得利益法華經云佛放眉間相光亦使四衆八部咸皆生疑又云處闇衆生各得相見苟有其縁雖小必益苟無其因雖大或乖故般若經云若有衆生遇斯光者必得無上道又以神變令三惡衆生皆生天上以此而言至於光明神變之事似存平等敢縁慈顧輒竭愚思若復哀矜重開導者豈直微臣獨受其賜

難通一切諸法皆空

詔云夫道者以無爲爲宗若其無爲復何所爲耶至理淵淡誠不容言然處在涉求之地不得不尋本以致悟不審明道之無爲爲當以何爲體若以妙爲宗者雖在帝先而非極若以無有爲妙者必當有不無之因因稱俱未冥詎是不二之道乎故論云無於無者必當有於有有無之相譬猶脩短之相形耳無理雖玄將恐同彼斷常常猶不可況復斷耶然則有無之津乃是邊見之所存故中論云不破世諦故則不破眞諦又論云諸法若實則無二諦諸法若空則無罪福若無罪福凡聖無泮二苟無泮道何所益由臣闇昧未悟宗極唯願仁慈重加誨諭

姚興答

卿所難問引喻兼富理極深致實非庸淺所能具答今爲當都格以相酬耳卿引般若經云若有衆生遇斯光者必得無上道即經所言未聞有凡流而得見光明者如釋迦放大光明普照一方當斯之時經不言有羣品而得見其恠而興之者皆是普明之徒以斯言之定不爲羣小也卿若以衆生爲疑者百億菩薩豈非衆生之謂耶然經復云普明之諸釋迦皆與善男子善女人持諸華香來供養釋迦及致供養之徒自應普蒙其潤也但光明之作本不爲善男子善女人所以得蒙餘波者其猶蠅附驥尾得至千里之舉耳

卿又引神變令三惡衆生得生人天若在鹿爲鹿在馬爲馬而度脫之豈非神變之謂耶華手思益法華諸經所言若云放大光明自應與大品無異也若一一光明以應適前物此作非人天所通夫光明之與寂寞此直發意有參差其揆一也卿引經言施者受者財物不可得與不住法不住般若未有異二者直是始終之教也統而言之俱是破著之語耳何者罪不罪施者受者及財物都不可得若都不可得復何所著是勸無所著明矣

卿又問明道之無爲爲當同諸法之自空爲妙空無以成極耶又引論中二諦之間言意所不及道之無爲所寄耶吾意以謂爲道止無爲未詳所以宗也何者夫衆生之所以流轉生死者皆著欲故也若欲止於心即不復生死既不生死潛神玄漠與空合其體是名涅槃耳既曰涅槃復何容有名於其間哉夫

道以無寄爲宗若求寄所在恐乃惑之大者也吾所明無爲不可爲有者意事如隱尋求或當小難今更重伸前義卿所引中論即吾義宗諸法若不空則無二諦若不有亦無二諦此定明有無不相離何者若定言有則無以拔高士若定明無則無以濟常流是以聖人有無兼抱而不捨者此之謂也然諸家通第一義廓然空寂無有聖人吾常以爲殊太逕庭不近人情若無聖人知無者誰也

安成侯嵩重表

臣言奉賜還詔誨喻周備伏尋之曰欣踊無量陛下爰發德音光闡幽極拓道義之門演如來之奧冥宗隱而復彰玄扉掩而再敞文外之旨可謂朗然幽燭矣夫理玄者不可以言稱事妙者固非常詞之所讚雖欲心口仰詠亦罔知所盡由臣愚鈍而猥蒙陛下褒飾之美誠復欣戴殊眷實赦比仰味徽言研詠彌至其爲蒙悟豈唯過半之益但臣仍充外役無由親承音旨每望雲遐慨實在罔極不勝延係謹以申聞臣嵩言

得表具一二吾常近之才加多事昏塞觸事面牆不知道理安在爲復以卿好樂玄法是以聊復孟浪以言之耳而來喻過美益以不安

析疑論

唐沙門釋慧淨

太子中舍辛諝學該文史誕傲自矜心存道術輕弄佛法染翰著論詳畧釋宗時有對者諝必碎之于地謂僧中之無人也慧淨法師不勝其侮乃裁論以擬之曰披覽高論博究

精微旨贍文華驚心眩目辯超炙輠理跨聯環幽難敎以縱橫掞藻紛其絡繹非夫哲士誰其溢心贍彼上人固難與對輕持不敏寧酬客難來論云一音演說各隨類解蠕動衆生皆有佛性然則佛陀之與大覺語從俗異智慧之與般若義本玄同習智覺若非勝因念佛慧豈登妙果答曰大哉斯舉也深固幽遠理涉嫌疑今當爲子畧陳梗槩若乃問同答異文郁郁於孔書名一義乖理明明於釋典若名同不許義異則問一不得答殊此例既昇彼並自沒如有未喻更爲提撕夫以住無所住萬善所以兼修爲無不爲一音所以齊應豈止絶聖棄智抱一守雌泠然獨善義無兼濟較言優劣其可倫乎二宗既辨百難斯滯

論云必彼此名言遂可分別一音各解乃訖空談答曰誠如來旨亦須分別竊以逍遙一也鵬鷃不可齊乎九萬榮枯同也椿菌不可齊乎八千而況爝火之侔日月浸灌之方時雨寧有分同明潤而遂均其曜澤哉至若山豪一其小大彭殤均其壽夭莛楹亂其橫竪施厲混其姸媸斯由相待不定相奪可忘莊生所以絶其有封非謂未始無物斯則以余分別攻子分別子亡分別即余亡分別矣君子劇談幸無虛論一言易失駟馬難追斯文誡矣深可慎哉

論云諸行無常觸類緣起後心有待資氣涉求然則我淨受於熏修慧定成於繕剋答曰無常者故吾去也緣起者新吾來也故吾去矣吾豈常乎新吾來矣吾豈斷乎新故相傳

假熏修以成淨美惡更代非繕刻而難功是則生滅破於斷常因果顯乎中觀斯寔莊釋玄同東西理會而吾子去彼取此得無謬乎論云續鳧截鶴庸詎眞如草化蜂飛何居弱喪答曰夫自然者報分也熏修者業理也報分已定二鳥無羨於短長業理資緣兩蟲有待而飛化然則事像易疑況冥難曉幽求之士論或罔息至乃道圓四果尚昧衣珠位隆十地猶昏羅縠聖賢固其若此而況庸庸者乎自非鑒鏡三明雄飛七辯安能妙契玄極敷究幽微貧道藉以受業家門朋從是寄希能擇善敢進芻蕘如或鏗然願詳金牒於是辛氏頂受斯文頓裂邪網（斯擬前周沙門姚道安二教論已有成解但未見者謂辛草創）有李遠問舍人者曾讀斯論意所未詳便以示沙門法琳請更廣其義類琳

乃答曰蒙示辛氏與淨法師齊物論大約兩問詞旨宏贍理致幽絕既開義府特曜文鋒舉佛性平等之談別群生各解之說陳彼此之兩難辨玄同之一門非夫契彼寰中孰能震斯髙論美則美矣疑頗疑焉何者尋上皇朝徹始流先覺之名法王應物爰標佛陀之號智慧者蓋分別之小術般若者乃無知之大宗分別緣起所以彊稱先覺無知性寂於是假謂佛陀分別既於外有數無知則於內無心於外有數分別之見不亡於內無心誘引之功莫匱甚秋毫之方巨岳踰尺鷃之比大鵬不可同年而語矣莊生云吾亡是非不亡彼此庸詎然乎所以小智不及大智小年不及大年惟彭祖之特聞非衆人之所逮也況三世之理不差二諦之門可驗是以聖立

因果凡夫有得聖之期道稱自然學者無成道之望從微至著憑繕剋而方研秉因趣果藉熏修而始見彼既知而故問余亦述而畧答詳夫一音普被弱喪由是同歸四智廣覃眞如以之自顯自顯也者唯微唯彰同歸也者孰來孰去蓋知隨業受報二鳥不嫌其短長因濕致生兩蟲無擇於飛化不存待與無待明即待之非待矣請試論之昔闞澤有言孔老法天諸天法佛洪範九疇承天制用上方十善奉佛慈風若將孔老以匹聖尊可謂子貢賢於仲尼跛鼈陵於駿驥欲觀渤澥更保涓流何異蔽目而視毛端却行以求郢路非所應也非所應也且王導周顗宰輔之冠蓋王濛謝尚人倫之羽儀次則郗超王謐劉璆謝容等並江左英彥七十餘人皆學綜九流才映千古咸言性靈眞要可以持身濟俗者莫過于釋氏之教及宋文帝與何尚之王玄保等亦有此談如其宇內並遵斯要吾當坐致太平矣尚之又云十善暢則人天與五戒行則鬼畜絶其實濟世之玄範豈造次而可論乎中舍學富才高文華理切泰懸一字蜀掛千金法琳徒礪鉛刃何以當茲奇麗也不量管見輕陳鄙俚敢此有詶示麻續組耳李舍人得琳重釋渙然神解重疑頓消仍以斯論廣于視聽故得二文雙顯各其志乎

廣弘明集卷第十八下

音釋

勗許玉切羿倪制切輈竹留切車轅袪去魚切逐也躓支義切跲也㦤呼麥切快辨也惷陟降切愚也筌此緣切魚器也厝倉故切施布也替他計切廢也嶠渠廟切山銳而高者折衷衷陟弓切折衷斷其中也亹無匪切役役也研覈研五堅切覈下革切研覈窮考也拓他各切開也析先擊切破也諝私呂切輠合果切膏器也盛掞舒贍切擿也蠕而兗切蟲動也菌渠殞切地蕈也爝即約切火炬也殤式羊切未成人喪也莛特丁切草莛媸赤脂切醜也蕘五聊切採薪也闞苦紺切姓也郢以整切地名顗音擬謚彌畢切璆巨鳩切

廣弘明集卷第十九

唐　釋　道　宣　撰

法義篇第四之二

內典序

齊沈約奉司徒竟陵王教作

尚矣哉羣生之始也義隱三藏之外事非二乘所窺自並識同奔隨緣受業人天異軌翾動殊貫苦樂翻回愚智相襲莫不宅火輪驚擬談飈還以寸陰之短晷馳永劫之遙路精靈起伏萬緒千名如來發源恒品蓋亦含生之一至於並首爭馳斯固未或異也至於覆簣無始之初成功斷籌之末塗遥業遠妙軫遐長累明積慧靈覺獨曉巨相四八照曜於大千尊法二九包籠乎無外六度之業既深十力之功自遠濟物以權降魔匪力妙法輪轉甘露啓霏舟輿六趣津梁五道登四衢之長陌遊一乘之廣路斯既已事盈方等義滿神宜逮于大權恊化對揚宗極徇物兆於慈悲亡身著乎非己行符四等道昇十地若乃靈性特達得自懷抱神功妙力無待學成孤策獨鶩莫知所限結習紛綸一隨理悟又有

捐情屏慮身心靡欲猒生死之長勤眷寂滅而投軫遥然自得漏累煙銷且津心適道功非一業雖會理共源而萌情或異是故高心邈行分路同趍忘懷屏慾殊塗一致或草礫身體投骸林澤内亡形相外馴兕虎或坐卧行立迹不違衆禪業定門造次無爽安忍與金石同固戒行與寶珠等色雖秋禽年至春鮪時登而耿介長疏忡怛在念妙迹匪遐神塗密迹有悟必通由之斯至故能藉智探虚乘心照理區區懷抱融然靡執俱處三界獨與神遊包括四天卷舒萬劫闡片義而陟道塲受一言而升彼岸長夜未開心闕自曉淹迴聖迹寢息神光既負槖以從師亦栖林以綜業足蹈慧門學通龍藏妙吼遐徹鸞音自遠若夫乂跪運心期誠匪迹而導達神功照

啓未悟唱説之美義兼在斯曁九土殊風八方舛俗遊化所包事出弘獎皆足以遷光淨域登儀寶地並黜華翦飾破愛辭親鼓栧無生之流方軌俗表之路固已千佛摩頂七住齊功至夫清信士女植緣曠劫雖復容服未改而戒德内弘瞻毗耶而聳轡望波斯而迴軫駕四禪之眇眇汎八解之悠悠若乃十號尊崇三達靡礙雖法身非有而常住在躬能仁權迹四門既非悟道之始假滅雙樹寧有薪盡之窮而天人瞻慕髣髴與情彫金範玉圖容寫狀靈儀炫日寶刹臨雲或役鬼神之功或資髓腦之力製非人匠寶以合成莫不龍章八彩瓊華九色至乃齒髮傳靈衣履遺證聖迹彪炳日煥於閻浮神光陸離星繁於淨刹若乃秉此直心推誠闇往則半息可追

一念斯至感降參差雲霏霧委此又昭被象譯輝映緣圖夫秉牘書事其流已遠蓋所以彪著往迹煥述遐聲雖篆籀異文胡華舛則至於叶暢心靈抑揚訓義固亦內外同規人神一揆墳典丘索域中之史策本起下生方外之紀傳統而爲言未始或異也而經記繁廣條流舛散一事始末衮理卷分或詞義離斷或文字互出甫涉後條已昧前覽尋源討流未知攸適雖精理瑩心止乎句偈而初悟始學致惑者多且中外羣聖咸載訓典雖教有殊門而理無異趣故眞俗兩書遞相扶獎孔發其端釋窮其致撤網去網仁惠斯在變民還俗宜以漸至精粗抑引各有由然是故曲辯情靈栖心妙典伏膺空有之說博綜兼忘之書該括羣流集成茲典事以例分義隨理合功約悟廣莫尚於斯可以理求證成妙果若乃載司南之車猶稱靡惑服四照之草得用不迷况乎六馬同鑣萬流共貫日月經天方斯未已河海帶地夫豈足云蓋入道之筌蹄羣生有悟於此也

南齊皇太子解講疏

沈約

皇太子以建元四年四月十五日集大乘望僧於玄圃園安居寶地禁苑皆充供具珍臺綺榭施佛及僧震玄音於六宵暢微言於永劫三達宣其妙果十住讚其祥緣踐二氣而業升離九旬而功就暨七月既望乃敬捨寶軀爰及輿冕自纓已降凡九十九物願以此力普被幽明帝室有嵩華之固蒼黔饗仁壽之福若有淪形苦海得隨理悟墜體翺塗不

遠斯復十方三世咸證伊言茲誓或騫無取正覺

齊竟陵王發講疏并頌　沈約

大矣哉妙覺之爲妙也無相非色空不可極而立言垂訓以汲引爲方慈波慧水雖可溉而莫知其源者也靈篇寶籍遠探龍藏蓋無得而言焉至于義指天山之表文隱交河之外又非斷籌所能筭也逮于祇樹菴園之妙吼四諦一乘之正説重譯而通中土莫不恒沙之一焉而詞源海廣理塗靈奥雖字流附響萬軫同起分條散葉離文析句未或暨其萬一也竟陵王殿下神超上地道冠生知樹寶業於冥津凝正解於沖念若夫方等之靈邃甘露之深玄莫有不遊其塗而啓其室也秘藏之被東國者靡不必集皆繕以寶縑文以麗篆凝光瓊笥炫彩瑶縢思欲敷震微言昭感未悟乃以永明元年二月八日置講席於上邸集名僧於帝畿皆深辨真俗洞測名相分微靡滯臨疑若曉同集於邸内之法雲精廬演玄音于六宵啓法門於千載濟濟乎實曠代之盛事也自法王巳降暨于聽僧條載如左以記其事焉乃作頌曰

十號神寂三達空玄迹由聖隱教以慈宣氤緒法昭晰遺筌標聲妙住騰華寶蓮文擒龍藏義溢中天惟王稟照道冠增璿星羅寶幄雲開梵筵思馳春馬理析秋蟬靈場絢彩正水與連乘茲上果永導芳緣

齊竟陵王解講疏一首　沈約

夫憑形輝化必由委氣之塗因方導理必同肖天之質是以表靈邃瑞誕聖王宮駐彩宸緯停華日月故能積慈成聖累妙成空坦照路於道場拔迷根於苦岸弟子蕭子良滌盥煩襟栖情正業肅萃僧英敬敷慧典密藏奧文雲開雨散今魄首丹逵日弦上朔士步凝想空明屬念雖神迹稍緬而遺塵在茲乃飾筵藻殿張帷盛邸絜誠祇事建斯寶集蘭泉波涌芳藹雲迴秘理探微玄況悠邈宗條既舉窮功允就論堂卷座義鼓停音乘此芳緣將升上住十方三世有證無爽

又竟陵王解講疏一首

夫妙極衆象湛恩必通理冠羣方有感斯應自鸞音輟唱圓光寢輝委華之相不傳踊地之符已遠行言入道事難於造次一悟階空効隔於俄頃若非積毫成仞累爝爲明無以方軌慧門維舟法岸弟子是用夕惕載懷惟日不足者也故敬集名僧演敷奥籍震微起滯輪動雲迴月殿含吕魄弦上日甘露既窮輟言寶座卷文罷席衣屣相趍仰惟先后稟靈娥德叶景軒度道載華岳化洽汾陰早棄蘭宮夙違椒掖千乘不追萬鍾靡及終天之慕不續於短年欸報之誠恩隆於永劫敬捨軀服以充供施藉此幽通控情妙覺仰願聖靈速登寶位越四天之表記十號之尊惟茲三世咸證於此敢誓丹衷庶符皎日

與荆州隱士劉虬書

齊文宣公蕭子良

劉虬初爲當陽令後爲南郡丞頃之自免始事拂衣時年三十二論者比漢疎邴焉遂辟

穀却粒餌术衣麻布衣草屩茅室土帳禮誦長齋六時不闕世諦典籍不復修綜碁書小藝一切屏絶惟研精佛理述善不受報頓悟成佛義當時莫能屈注法華等經講涅槃大小品等齊建元初詔徵通直散騎侍郎不就文宣深以正法以虬精於釋理要其東下與虬書曰玉燭登年金商在律炎涼始貿動靜惟安勤味道腴幸遵雅尚豈不樂哉僕誠幸甚百姓一心衆生不疾比屋可封將又何求但良書獨擁善談無析願言之子實獲我心所以不遠千里尺書道意自淳清既辨澆漓代襲隱顯之術參差默語之途紛互或飾智以驚愚或激情以悟俗或穢已以闇通或謬歌以明道屠羊䮕馬未足磷其堅佯狂如愚豈能緇其白宦楚蕃魏人外之氣逾邈入漢遊梁區中之韻彌少及推其輕重品其得失則淵懷洞賞寧或符之僕夙養閑襟長慕出槩迹塵珪組心逸江湖未面自親聞風如舊而迴駕之念徒軫式閭之禮無階固已佇軸深衷傾筐遐路者矣君矯然獨遠確乎難拔素志與白雲同悠高情與青松共爽宣習質文緇林枯而重茂昭辨空有連河壅而復滔所謂忘言之人可論天人之際豈能鳳舉鶴翻有心儀萃高蹈愛海比策禪衢沾濠射之賓遊屈祇鷲之法侶闡三乘於窮子發二諦於困蒙有是因也何其暢歟今皇風具穆至道弘被四海不溢五嶽無塵膠庠肇修經法敷廣人賤璣璜家習禮讓樵蘇必時郊林全鬱罾網有節鱗羽偕翔至於層山絶澗環帶纖畎膏田沃野亘望無躔信可以招徃隱倫

栖集勝寄故文舉築室冶城之阿次宗植援西山之趾葛洪考槃於海岫釋遠肥遁於鍾幽每踐其遺蹤輒深九原之歎若高步可迁復何懷乎四子昔宣尼之見伯雪師利之往維摩豈不知相忘之道哉諒有以也未叙之間為道自愛一二令淩琚之口具王元長之詞也

王又與南郡太守劉景𪍿書曰去冬因君與劉居士書今春得其返价辭趣翩翩足有才藻實子雲之筆札元瑜之書記伸復咨嗟彌用欽想此子含眞抱璞比調雲霞背俗居幽寓歡林澨養志南荆可與卞寶爭價韜光楚服固同隋照共明雖顔段之栖遲偃仰楊鄭之寂寞恬惔取之若人信可同日而語矣且道性天悠禪心自謐敦悅九部研味三乘在家菩薩行之而不難白衣居士即之而方易逝將燭昏衢於慧炬拯淪溺於法橋扇靈嶸之留風鏡貞林之絶影僕栖尚既同情契彌至而悠悠京苑間以江山假復神通遠邇寘交曉曙疇得寫析深襟辨明幽旨迹生滅之中談究眞俗之諦義故重有別書招來鐵邑居問道之次具爲敦請此蘭山桂水既足逍遥儒侶玄宗復多朋往非以一爵相加豈其旌蒲爲分直闇投誠素庶必能玄了脱悠爾來儀想時加資遣也

又使虬鄉人吏部郎庾杲之致書喻旨曰司徒竟陵王懋於神者言象所絶接乎事者遠近所宗鍾石非禮樂之本纓褐豈朝野之謂想闇投之懷不以形骸爲阻一日通籍梁邸親奉語言夢想清顔爲歲已積以丈人非羔

鴈所策故息蒲帛之典勝寄賔通諒有風期之遅君王卜居郊郭縈帶川阜顯不徇功晦不標迹從容人野之間以窮二者之致且弘護爲心廣敷眞俗思聞繫表共剖衆妙式筵山阿虛館川涘實望賁然少酬側遲昔東平樂善旌君大於東閤哲王愛素致吾子於西山豈不盛歟百齡飄驟凝滯自物千載一期爲仁由己且陵雪戒途非滅跡之効鴻鍾在御豈銷聲之道已標異人之跡故有同物之勞豈山水無情應之以會愛閑在我觸地蕭條衡岳何親鍾山何薄想弘思有在不俟繁言虬內固已決非復外物所動建武初徵爲國子博士二年冬疾甚移在江州白雲徘徊似入櫩戶有異香氣空中磬聲因卒年六十弟子等若喪父而無服道俗赴葬者數百人餘論爲集二十四卷梁大通三年諸子稽於謚法高人庾詵曰道懷博聞曰文何進之謚也陳寔曰文爲世範行爲士則迺謚曰文範先生南郡太守任彥昇曰余與先生雖年世相接而荊吳數千未嘗膝行下風稟承餘論豈直發憤當年固亦恨深終古然叔夜之敘黙妻韓卓之慕巨仲未必接光塵承風彩正復希向遠理長想千載然其人自高假使橫經擁篲日夜掃門會不覩千仞之一咫萬頃之涓澮終於對面萬古莫能及門故以此弭千載之恨幽貞子虞孝敬曰其子之遴仕梁太常與余善求其先人遺書次以爲傳云

請御講啓并勑答

梁皇太子綱

臣綱臣綸臣紀言臣聞紫宮麗天著明玄象

軒臺在岳遜聽良書是以道彌隆而禮愈縟德彌溥而事愈泰此蓋彰至治之尊牧生民之本也伏以大光嚴殿侔神垂則沖天開宇功深大壯事恊文明儀㞐建極切靈啓構照燭三光含超百堵咸謂心華所表復非良匠之力神通所現不籍子來而成實唯淨國固絶董落之禮高邁釋宮理無鹿鳴之宴竊惟妙勝之堂本師於茲佛吼摩尼之殿如來亦闡法音伏希躬降睟容施灑甘露油然慧雲霈然慈雨光斯盛業導彼蒼生履天居而說無相同眞也建佛事而被率土化俗也同眞化俗至矣哉一舉而三美顯豈不大乎與彼陘山之上僊巖之下西都鳳凰負陽鸑鷟安足同日而語哉敢露丹愚伏待矜遂輕干聽覽流汗戰攝謹啓

省啓欲須吾講具汝等意書云一日二日惟日萬機今復過之年者根熟氣力衰耗荷此艱㞐有踰重負日中或得一食或不得食周旦吐握未足爲勞楚君旰食方今非切未明求衣聿來弗休晝勞夜思精華已竭數術多事未獲垂拱兼國務靡寄豈得坐談須道行民安乃當議耳越勑

重啓請御講并勑答

臣綱臣綸臣紀言一日輕最上闡顯垂法雨天鑒凝遠未蒙降遂預均藥木誠同器水徒美春華還憐秋藿伏惟陛下德冠受圖道隆言契四三六五不能喻十堯九舜無以方而秋風動條尚興未息之念一物失所猶起納隍之仁方留衢室之情未義石渠之講竊以神通所現一念萬機大權所行應時三密猶

處禪寂影現十方一起道場已爲八會豈與吹律之后均熊湘之勞鑄鼎之君切風雨之務伏願以平等慧行如來慈爲度蒼生降希有事使朝滿一乘情皆十善智珠法炬人人並持四忍五明家家可望謹冐天威重以聞啓翹誠注仰伏希允遂使北冀無山豈自高於曩日南陽迴景不獨隅於當今謹啓

省重啓猶欲須吾講説具汝等所懷亦不異前答緣邊未入國度多乏如是等事恒須經計其餘繁碎非可具言率土未寧菜食者衆兼欵附相繼賞與未周怨望者多懷音者少漢世渾幷賈誼亦且流慟魏室無虞楊阜猶云可悲況今爪牙腹心不貳之臣又論道惟幄之士四聰不開八達路擁王侯雖多維城靡寄晝厲夕惕如履霜刃以朽索馭六馬豈足爲喻詩不云乎知我者謂我心憂不知我者謂我何求方今信非談曰汝等必欲爾者自可令諸僧於重雲中講道義也越勑

又啓請御講并勑啓

臣綱臣綸臣紀言敢藉寵靈頻干聽覽再降神旨未垂臨燭伏以皇政廣覃天覆悠遠海河夷晏日月貞明洛水有稱蓄之胡藁街有歸命之虜春戈巳戢秋塵不飛槐棘均多士之詩貂璫有得賢之頌聖德沖謙劬勞日昃猶以時多禹歎物未堯心百辟慚惶羣司聳蕩臣等或三善靡聞或一宮不効嗜飽逢寧相之請學儉得參軍之譏而自以結根天苑竊高前載是以匪懼塵黷復敢上聞伏願樂說大慈特垂矜許放光動地不以法妨俗隨機逗藥不以人廢言俾兹含生凡厥率土心

花成樹共轉六塵鏡裏得珠俱開三障於其誠願孰不幸甚累冒宸嚴倍增戰息謹啓

省汝等啓復具所懷汝等未達稼穡之艱難安知天下負重庸主少君所以繼踵顛覆皆由安不思危況復未安者耶殷鑒不遠在於前代吾今所行雖異曩日但知講說不憂國事則與彼人異術同亡易言其亡繫于苞桑斯則乾乾夕惕僅而後免汝等思之一二具如前勑越勑

謝上降為開講啓

臣綱啓舍人徐儼奉宣勑旨無礙大慈不違本誓來歲正月開說三慧經伏奉中詔身心喜躍飢蒙王膳比此未踰貧獲寶珠方斯非譬伏以元正慶流大裘禮畢慧雲續潤法雨仍垂出世洪恩與陽春而布澤俾茲含生隨藥木而增長懽同萬國福浹九圍豈直愚臣得未曾有謹宣令勑馳報綸紀具爾相趣無辭上謝謹啓

啓奉請上開講啓并勑

臣綱言竊以真如無說非筌不悟極果不應注仰斯通故器有水緣方見圓曦之影藥含長性得墜慧雲之慈伏惟陛下玉鏡宸居金輪馭世應跡有為俯存利物不違本誓開導愚蒙驅十方於大乘運萬國於仁壽豈止治斤田粟功侔造化疏江決河削成天下智高九舜明出十堯頻從鑾蹕降甘露雨天人舞蹈含生利益是以背流知反迷岸識歸臣自叨預趨聞渴仰無猒一日冒陳丹款伏希復轉法輪未迴聽甲之恩尚絕愚臣之願懪懪寸志重敢披祈伏願將降一音曲矜三請被

徽言於王舍集妙義於寶坊聖心等視蒼生猶如一子遂臣之請即是普被無邊如蒙允許衆望亦足兩肩荷負豈敢爲逾不任下願謹啓事以聞謹啓

省啓具汝所懷法事既善豈不欣然吾内外衆緣憂勞紛總食息無暇廢事論道是所未遑汝便爲未體國也越勑

啓謝上降爲開講

臣綱啓丹願懇誠屢冒宸扆實希降甘露雨普被三千天聽孔邈未垂鑒遂旱苗傾潤豈比自憐暍鳥思林寧方渴仰近因大僧正慧令伏敢重祈降遠勑旨垂許來歲二月開金字波若經題殊特之恩曲應愚請稽拜恭聞不勝喜躍身心悦樂如觸慈光手足蹈舞義非餘習伏以香城妙說實仰神文潤方雲雨明踰日月能使迷途識正大夢均朝梵志懼來天魔遥禮提桓所聽而今得聞波崙所求希世復出其爲利益深廣無邊九圍獲悟十方蒙曉雖復識起初流心窮後念方當共捐五蓋俱照一空巍巍蕩蕩難得爲逾臣仍屈慧令續宣此典大乘普導寔由聖慈伏筆罄言寧宣戴荷不任下情謹啓事謝聞謹啓

御講波若經序

梁陸雲

夫理臻畢竟而照盡空寂入三門而了觀導五濁而超津譬茲烈炎遠衆邪而不觸如彼出日示一相以趨道自羅閱闡其玄言香域弘其妙說彌勒表字於圓光帝釋念善於明呪受持讀誦神力折於猛風恭敬尊重福利踰於寶塔蓋衆聖之圓極而萬法之本源也

皇帝眞智自己大慈應物送迹日月緯絡天地鎮三季之澆風緝五際之頽俗出臨衢室退事齋居非以黄屋爲尊毎以蒼生爲念德遍區宇未足顯於至仁理絶名言更慇懃於容説昔慧燈隱耀法藏分流二乘蹖駮五部乖謬訶黎狹劣徒仰黒月之光毗曇褊滯未見沉珠之寶自聖皇應期探盡幾妙決散羣迷摧伏異學極天宫之浩博窮龍殿之秘深於是大發菩提深弘般若永斷煩惑同歸清淨潤甘露於羣生轉法輪而不息上以天監十一年注釋大品自兹已來躬事講説重以所明三慧最爲奥遠迺區出一品別立經卷亦由觀音力重特顯普門之章登住行深迺出華嚴之品故以撮舉機要昭悟新學者焉大僧正慧令蓋法門之上首亦總持之神足

願等須提之問遂同迦葉之請迺啓請御講説斯經有詔許焉爰以大同七年三月十二日講金字般若波羅蜜三慧經於華林園之重雲殿華林園者蓋江左已來後庭遊宴之所也自晉迄齊年將二百世屬威夷主多奢替舞堂鍾肆等阿房之舊基酒池肉林同朝歌之故所自至人御宇屏棄聲色歸傾宫之美女共靈囿於庶人重以華園毀折悟一切之無常寶臺假合資十力而方固捨兹天苑爰建道場莊嚴法事招集僧侶肅肅神宇結翠巘之陰峩峩重閣臨丹雉之上廣博光明有邁菴羅之地身心安樂寔符歡喜之園于時三春届節萬物舒榮風日依遲不寒不暑瑞華寶樹照曜七重玉底金池淪漪八德洞啓高門雲集大衆趨法席以沸諠聽鳴鐘而

寂靜皇太子智均悉達德邁曇摩捨三殿之俗娛延二座以問道宣成王及王侯宗室等亦咸發深心並修淨行熏戒香以調善服染衣而就列簷映蟬冕委蛇冠帶排金門登玉陛者濟濟成羣既而警蹕北趨棨戟東轉門揚清梵傍吐香煙被淨居之服陞須彌之座八種妙聲發言無滯十方竦聽隨類得解甚深之義在挹注而難竭樂說之辯既往復而彌新至如宿學耆僧亟淪偏執專杖數論未了經文變小意以稱量仰天尊而發問於是操持慧刃解除疑網示之迷方歸以正轍莫不渙然冰釋欣然頂戴若蓮華之漸開譬月初而增長凡諸聽衆自皇太子王侯宗室外戚及尚書令何敬容百辟卿士虜使主崔長謙使副陽休之及外域雜使一千三百六十人皆路逾九驛途遙萬里仰皇化以載馳聞天華而躍踊頭面伸其盡禮讚歎從其下陳又別請義學僧一千人於同泰寺夜覆制義並名擅龍象智曉江河傳習譬於瀉瓶諷誦同於疾雨沙門釋法隆年將百歲學周三藏識洞八禪說法度人顯名於關塞之北聞中國應講摩訶般若經故自遠而至時僧正慧令猶未啓講京師道俗亦不知御應講也至發講之日又有外國僧衆不可勝數並衆所不識同集法座故知放光遍照地神唱告豈勞馳象之使寘符信鼓之期會稽鄮縣阿育王寺釋法顯修習苦行志求慧解既等鬱多之思惟亦同波崙之懇到逕於講所自陳願力刺血灑地用表至誠昔剜體供養析骨書寫歸依正法匪吝身命以今望古信非虛說

凡講一十三日自開講迄於解座日設遍供普施京師文武侍衛並加班賚上光宅天下四十餘年躬務儉約體安菲素常御小殿裁庇風雨所居幄座僅於容膝外絶三驅之禮内屏千鍾之宴膳夫所掌歲撤萬金掖庭之費年减巨億兼以博收地利同入珍於撓海盈息泉府譬無盡於龍金故能不勞人力無損國度財法兼施周流不竭是講也靈異雜沓不可思議一則宫中佛像悉放光明二則大地震動備諸踊沒三則夜必澍雨朝則晴霽淑氣妍華埃塵不起四則揵椎既鳴講筵將合重肩絓轂填溢四門而人馬調和不相驚擾五則所施法席止坐萬人而恒沙大衆更無迫迮六則四部曠遠咸聞妙説軒檻之外聽受益明七則淨供遍設厨匪宿辦妙食應時百味盈溢八則氛氳異香從風滿觸九則鏗鏘雅樂自然發響十則同聲讚善遍於虚空斯蓋先佛證見諸天應感超踊寶於昔靈邁雨華於往瑞是時率土藻抃含靈慶悦願預福田爭事喜捨上皆區其心迹爲發大願竊以一句奉持尚生衆善二字經耳猶階勝報况廣運大乘遍揚正法等發慧根同趣妙果方當秘諸寶函傳彼金字亘萬劫以光明彌大千而利益盛矣哉信無德而稱也小臣預在講筵職參史載謹録時事以立今序

御出同泰寺講

金字般若經義疏并疏問答

第一日十二月二十六　發般若經題六人論義

御講金字摩訶般若波羅蜜經序

侍中國子祭酒臣蕭子顯撰

庖犧迺神八象所以成列周文克聖六虛所以廣陳蓋導俗之偏典非通方之大訓至如漢明自講局以儒術簡文談疏復謝專經猶靈若之觀井鶩雲夢之在胷中也皇帝體至道而揚盛烈亶聰明而作元后十地斯在俯應人王八福是生允歸世主玄覽無際眇塵劫之初寂照所通該六合之外屈此無為示同有學檀忍兼修禪慧雙舉超國城而大捨既等王宮之時量珍寶於四天又同轉輪之日輕之若鴻毛去之如脫屣故以道駕皇王事高方冊若非蘊生知之上德蓄機神於懷抱洞比三明齊功二智孰能與於此者哉金字摩訶般若波羅蜜經者蓋法部之為尊乃圓聖之極教開宗以無相明本發軫與究竟同流與義雲霏深文海富前世學人鮮能堪受皇上愛重大乘遨遊法藏道同意合眷懷總持親動王言妙踰綸紱導明心之遠筌標空解之奇趣乃摛以翠練刻為金篆衆具寶飾品窮無價芝英讓巧金碧相輝雖榮光之翊河圖方此非瑞青玉之為仙簡於焉已劣皇太子承萬機之暇日藉聽朝之閑覽譬彼薰風願聞弘說殷勤奏請然後獲從以中大通七年太歲癸丑二月己未朔二十六日甲申輿駕出大通門幸同泰寺發講設道俗無遮大會萬騎龍趨千乘雷動天樂九成梵音四合震震填填塵霧連天以造于道場而建乎福田也既而龍袞輟御法服尊臨殿華紫紺座延高廣上界莫之擬新學不能升天容有穆降詔音旨弘捷疾之辯騁無畏之辭炙輠無窮連環自解恣所請問渙然冰釋滯義

同遺疑網皆除亦猶懸鏡之不藏衢樽之挨酌加以長筵亘陛冠冕千羣充堂濫霤僧侶山積對别殿而重肩環髙廊而接坐錐立不容棘刺無地承法雨之通潤悦甘露而忘歸如百川之赴巨海類衆星之仰日月自皇太子王侯巳下侍中司空袁昻等六百九十八人其僧正慧令等義學僧鎭座一千人晝則同心聽受夜則更述制義其餘僧尼及優婆塞優婆夷衆男冠道士女冠道士白衣居士波斯國使于闐國使北館歸化人講肆所班供帳所設三十一萬九千六百四十二人又二宫武衛宿直之身植葆戈駐金甲並蒙講餼别錫泉府復數萬人不在聽衆之例外國道人沙呵耶奢年将百歳在檀特山中坐禪聞中國應有大講故自遠而至機感先通咫尺萬里言語不逹重譯乃宣三藏之解聖情懸照又波斯國使王安拘越荒服遠夷列參近座膜拜露頂欣受未聞多種出家聞義為貴即有四人同時落髮先是寳誌法師者神通不測靈迹甚多自有别傳天監元年上始光有天下方留心禮樂未遑汾陽之寄法師以其年九月自持一麈尾扇及鐵錫杖奉上而口無所言上亦未取其意于今三十餘年矣其扇柄繫以小繩常所綰揳指迹之處宛然具存至是御乃鳴錫升堂執扇講說故知震大千而吼法者抑有冥符是時歳云芳春每夕雨注法鼓晨鳴輒便清朗時過兩旬日盈三七陽和協度雲景禎祥至解講之辰四衆雲集懺禮纔畢而正殿十方大像忽放光明起自毫間遍於萬字左右靈相炳發金儀

炫燿俄而左邊十方菩薩像續復放光起右腋下達于肩上聖御躬自虔禮大衆咸所觀矚故知現此面門證明義旨若夫多聞弟子内聖垂風右史記言實惟帝則乃命近臣纂録時事凡厥諮諏罔不備舉或通釋已遂而疑審方來或宗致未聞而啓請先至其追審者皆是本習所懷或隔日異辰義成先後或雖伸往復終是一問聖旨並隨方酬接如響應聲萬物爲心事見乎此後之學者宜曉斯趣上弘法歲乆凡諸學僧遠近同集並會京師而僧家之學師習相守唯信口說專仗耳功鮮能尋究經文依求了義上每爲之通解神彩意得已在言先裁引文句便至數十精詳朗贍莫能追領舊學諸僧黯如撤燭弛氣結舌無人不然萬衆仰觀一時心喜諸如此事非翰墨所能述又外國諸僧所論義者不必開所立之義直是素有心疑止來求決或發偈誦然後諮疑或請問既罷讚歎發願或語畢還坐衆俱不識或諮竟乃去莫知所在容服非常凡聖難測是講也東儲始啓止蒙七日諸僧鑽仰欲罷不能重復伸請更蒙二七而請益之衆顒顒不已上以國務乆擁不允所祈將欲解座皇帝捨財遍施錢絹銀錫杖等物二百一種直一千九十六萬皇太子奉覲玉經格七寶經函等仍供養經又施僧錢絹直三百四十三萬六宮所捨二百七十萬上親臨億兆躬自菲薄司服所職餋人所掌若非朝廷典章止是奉身之費則太官一日將十萬生衣歲出千金上並不取別自營給服麤浣衣器同土簋日一疏膳過中不餐

寒暑被襲莫非大布所居便殿不能方丈昔之幄座今爲下床傍無侍衛顧無玩物左右唯經書卷軸所對但見香鑪錫杖昧旦坐朝日旰乃息夜尋法寶明發不寐所利唯人所約唯己誠起居之恒事禁中之實録又宫人常格年給數千萬悉從停省無所爲留雖漢文衣不至地光武穀數十斛方之蔑如矣所造寺塔及諸齋會不藉子來之民不同大酺之禮皆是採山澤之地利爲如法之淨財量入爲出資無外取一役之勞計限傭賚故能構製等於天宫設飯同於香積國朝大禮莫過三元三元所設衆止數萬隔歲預營僅而後舉監督紛糾以爲巨費至於此會出自淨財遠近百姓願爲邑節欣欣請受爭取福分不待號令不須課率黍稷馨香如期即至數十萬衆饗之不盡所以知是皇上化力之所到百姓善根之有成至如軍國恒度府庫常畜固以天下爲公器則秋毫無所侵也初上造十三種無盡藏有放生布施二科此藏利益已爲無限而每月齋會復於諸寺施財施食又別勑至到張文休日往屠肆命切鼎俎即時救贖濟免億數以此爲常文休者先爲運吏輒散運米與貧民應入大辟上愍其一分惻然不許非唯赦其重辜乃加以至到之目既非馮媛之市義又無汲黯之請罪人微宥重過於昔時文休既荷嘉貸未嘗暫息日中或不得食而足不得息周遍京邑行步如飛擊鼓揚旛負擔馳逐家禽野獸彈四生之品無不放捨焉是時朝臣至于民庶並各隨喜又錢一千一百一十四萬上區其心迹列

有十條或捨財同今法事者或捨財以供養者或捨財行慈悲者或捨財乞誦經者或捨財入節供者或捨財入放生者或捨財入布施者或捨身施大衆者或燒指供養三寶者或聞講啓求出家者昔如來化導獲悟不同故法眼無生根性非一上並與其人同發大願别見願文小臣陪侍講筵謹立今序凡立義六科及答問一帙合録十三

第一日（二月二十六日）發般若經題（六人論義）

中寺僧懷　治城寺法喜

大僧正靈根寺慧令　龍光寺僧綽

外國僧僧伽陀婆　宣武寺慧巨

都講祇園寺法虎唱曰摩訶般若波羅蜜經

制曰曼倩云談何容易在乎至理彌不可說雖鑿兩端終慚四答夫實智不動至理無言湛然莫測超爾獨遠照盡空界不運其明用窮有境不施其功無住住以之住無得得以之得百福殊相同入無生萬善異流俱會平等故能導羣盲而並驅方六舟而俱濟成菩提之妙果入涅槃之玄門三明不能窺其機七辯不能宣其實大聖世尊不違本誓以方便力接引衆生於無名相寄名相說使訪道者識塗令問津者知歸所以於王舍城大師子吼說摩訶般若波羅蜜經此經亦名爲大品經古舊相傳有五時般若窮撿經論未見其說唯有仁王般若題列卷後具有其文第一佛在王舍城說大品般若第二佛在舍衛國祇洹林中說金剛般若第三佛在舍衛國祇洹林說天王般若第四佛在王舍城說光讚般若第五佛在王舍城說仁王般若其云

金剛般若有八卷淮南唯有校量功德一品即其本名金剛般若卷後題云佛五時說般若此是初時說此土未有第二時說兩記相反難得承用大智論言般若部黨有多有少止云光讚放光道行舉此三經不列五時此土有光讚放光道行三經放光即是大品光讚道行與放光無殊正以詳畧爲異光讚起序品至散華品凡二十七品大本至散華有二十九品光讚闕無二品道行初起三段盡後囑累凡有三十品依大本除前六品猶應有八十四品道行闕無五十四品光讚道行與大品事義無異爲是出經者辭有文質是爲在天竺時已分爲三部前注大品亦開爲五別隨文析理非爲異處僧叡小品序云斯經正文凡有四種是佛異時適化廣畧之說其文多者十萬偈少者六百偈此之大品乃是天竺中品但言四種不說五時前謂僧叡小品序即是七卷般若隨從舊聞致成差漏不遠而復庶無祗悔僧叡所言小品即是道行般若何以知然以三事驗故知其然一道行般若尾末亦自題爲小品二七卷有二十九品道行文有三十品僧叡序三十品者不序二十九品者三僧叡序止讚道行二字其文言云章雖三十冠之者道言雖十萬倍之者行行凝然後無生道足然後補處以是義故知道行經即是小品大品之名是道安法師出經後事道安云昔在漢陰十有五載講放光經歲常再過爾時猶未名爲大品前來小品後至小品有三十章大品有九十章多少不同以相形待小大之名所以得生復有

人言佛說五時教第一時在鹿野苑轉四諦法輪乃至第五時於雙樹間轉大般涅槃云大品經是第二時教淨名思益是第三時教法華經是第四時教是義不然釋論言須菩提聞法華經中說聲聞人皆當作佛是故今問為畢定不畢定是則聞法華在前說大品在後以是因緣不得言大品經是第二時說又如二夜經中說佛從得道夜至涅槃夜是兩中間所說經教一切皆實不顛倒以是義知從尼連禪河邊初得道日乃至娑羅林中入涅槃夜常說般若波羅蜜中本起經云如來始成道優陀耶還淨飯王問今者獨處思憶何事優陀耶答云世尊唯空若樂非真淨飯王言災矣悉達一切皆有如何言無反矣悉達與人為讎此是始成道時說般若波羅蜜高貴德王經言菩薩修行方等大般涅槃不聞布施不見布施乃至不聞大涅槃不見大涅槃知見法界解了實相空無所有第九功德經言菩薩修大涅槃於一切法悉無所見若有見者不見佛性不能修習般若波羅蜜不得入於大般涅槃乃至廣說以如是因緣故當知初成道日乃至涅槃夜常說般若波羅蜜經般若波羅蜜是諸佛毋三世如來皆由是生無相大法非可戲論豈得限以次第局以五時根性不同宜聞非一亦復不但止有五時往年令莊嚴僧旻法師與諸學士共相研覈檢其根性應所宜聞凡有三百八十人是則時教甚為衆多一人出世多人得利益豈容止為一根性人次第五時轉大法輪所言摩訶般若波羅蜜經者經題立名凡

有三意一以人二以法三人法雙舉辨意思盖是以人名經法華涅槃是以法名經淨名勝鬘是人法雙舉此經立名以法名經離法無人離人無法云何得言此經以法爲名般若是實法人是假名此是人家之法非法家之人猶如道諦是法寶攝是故此經得受法名摩訶般若波羅蜜此是天竺音經是此土語外國名爲修多羅此言法本具含五義一出生二涌泉三顯示四繩墨五結鬘訓釋經字亦有三義一久二通三由久者名不變滅是名爲久三世不遷即是常義通者理無壅滯是名爲通一切無礙即是道義由者出生衆善是名爲由萬行軌轍即是法義以經字代修多羅者修多羅名通經名別修多羅名所以通者凡聖共有所以爲通經名別者此土聖人所說名之爲經所以爲別以經字代修多羅欲令聞者即得信解摩訶此言大般若此言智慧波羅此言彼岸蜜此言度又云到具語翻譯云大智慧度言彼岸度者蓋是國語不同此以爲非彼以爲是此以爲是彼以爲非隨俗之說更無異義此中有四意一稱德二出體三辨用四明宗大是稱德智慧是出體度是辨用彼岸是明宗此中復有二意一者法說二者譬說大者是法說彼岸是譬說即以彼岸譬於涅槃云何是大義空是大義涅槃十八空云言大空者謂般若波羅蜜空此經言色大故般若大不待小空名爲大空大若定大不名爲大無得而稱是爲大義云何智慧義能知諸法實相是智義能照諸法無生是慧義若有照有得不名智慧無

照無得而本圓寂是智慧義云何爲度義生死是此岸涅槃是彼岸煩惱爲中流以第一度濟於四流以是因緣名之爲度度若定度不名爲度無去無來是名度義又云到者以無生慧能證涅槃未到云到是體性能到故名爲到不見因有能到不見果有所到是名到義云何是彼岸義生死是此岸涅槃是彼岸生死不異涅槃涅槃不異生死不行二法是彼此岸義所以須菩提白佛言世尊菩薩摩訶薩修般若波羅蜜當得薩婆若不佛言不世尊不修般若波羅蜜當得薩婆若不佛言不世尊修不修當得薩婆若不佛言不世尊非修非不修當得薩婆若不佛言不世尊若不爾云何當得薩婆若佛言菩薩摩訶薩得薩婆若如相須菩提又問言世尊菩薩不以二法不以不二法云何當得一切種智佛言無所得即是得以是得得無所得又佛言色即薩婆若乃至一切種智即薩婆若色如相乃至一切種智如相皆是一相無二無別以是義故名般若波羅蜜若能離著取緣忘懷求理如響受聲如幻聽法斯眞可謂般若波羅蜜矣止誦初章更無異識義乖傳燈心非受水豈能宣金口於慧殿散甘露於香城潤良田之種子發菩提之萌芽譬坳塘之水隨百川而入巨海猶蟭螟之目因千日而窺大明豈知其涯岸之所止泊寧見照燭之所近遠憑藉大衆宿植德本仰承如來慈善根力儻有疑難冀能酬答餘有問答一十二卷訪本未獲故其文蓋闕

主上垂爲開講曰參承并勑答

臣綱言伏承輿駕臨同泰寺開金字般若波羅蜜經題照迷生之慧日導出世之長源百華同陰萬流歸海幽顯讃揚率土含潤臣身礙已來望舒盈闕甘露普被人天俱萃波若魔事獨在微躬馳係法輪私深剋責不任下情謹奉啓奉承謹啓

省啓具之爲汝講金字般若波羅蜜經發題始竟四衆雲合華夷畢集連雨累日深慮廢事景物開明幽顯同慶實相之中本無去來身雖不到心靡不在善自調養慎勿牽勞尚有兩旬日數猶奢今雖不同後會未晚也吾始還臺不復多勑越勑

廣弘明集卷第十九

音釋

虬渠幽切　翾許緣切小飛也　鶩亡遇切馳也　飈甫遙切疾風　晷居洧切日影也　馴似均切順也　兕詳里切似牛一角青色　鮪爲鬼切鱣也　橐他各切無底囊　枻余制切楫也　彪悲幽切虎文　籀直祐切篆籀也　袠除失切書卷編次也　鑣甫嬌切馬銜外鐵也　黔巨鹽切黑髮之民也　騫去乾切虧也　縢徒登切緘繩也　晣之列切明也　璿似宣切　絢翾眩切文也　盥古玩切澡手也　逵渠追切　愓他歷切怵愓也　屩居勺切草履也　痗莫隊切病也　駔子朗切牙儈也　磷良忍切薄石　茷弋芮切木盛貌　罿尺容切鳥網也　蕤人垂切　霾莫佳切晦也　櫚移廉切步廊也　澮古會切水注溝也　遴呂振切　逖託歷切遠也　睟思季切清和潤澤貌　鸑鷟鸑音岳鷟士角切鸑鷟鳳子也　懾之涉切喪氣也　黼扆黼方矩切扆隱綺切黼扆畫斧屏風　旰古案切日晚也　黷徒谷切濁也　逗田候切合也　僂洛侯切恭謹貌　暍於歇切傷暑也　蹐駮蹐尺尹切駮北角切蹐駮相乖外也　巘語偃切山形似甑貌　棨丘體切有衣之戟曰棨　鄮莫候切縣名　賫落代切賜也　絓古畫切　迮側革切迫也　甃側救切井甃

亶多簡切誠也大也 闐徒年切于闐國名 膜莫胡切長跪拜也 黷烏感切黑也 弛尸紙切釋也 簋居洧切盛黍稷器 酺蒲故切會飲食 糺居黝切繚也 媛于願切 曼倩曼莫半切倩此見切曼倩東方朔字也 坳烏交切坳坳下不平也

廣弘明集卷第二十

唐　釋　道　宣　撰

法義篇第四之三

上大法頌表　梁皇太子綱

臣綱言臣聞至理隆而德音闡成功臻而頌聲作在乎奚斯考甫神雀嘉樹或止事乎區中慶昭乎一物猶且手舞足蹈傳式方來況迺道出百非義高三代而可閣筆韜詞詠歌不作者也伏惟陛下天上天下妙覺之理獨圓三千大千無緣之慈普被慧舟匪隔法力無垠躬紆尊極降宣至理澤雨無偏心田受潤是以九圍共溺並識歸涯萬國均夢一日俱曉佛法之勝事國家之至美稽之上古未有斯盛雅頌之作不可闕也謹上大法頌一首曹丕從征之賦劉坦遊侍之談曾無連類伏兼悚悪不勝喜悦之誠謹遣狀詔鍾超賓奉表獻頌以聞臣綱謹啓

皇帝問太子省表并見所製大法頌詞義兼美覽以欣然

大法頌并序

皇太子臣綱上

皇帝以湛然法身不捨本誓神力示現降應茲土龍顏日角參漏重瞳衡表連珠文爲王斗自納麓開基天地之德巳布封唐啓跡日月之照先明百揆之序方舜九河之導均禹尚弘事殷之禮且屈在田之則自五昴朝飛告赤文之瑞其雨七日受綠色之符神器有歸鼎運斯集焦門猷棄德之君鮪水發白旄之陣然後受皇天之睠命當四海之樂推豈假祀嵩允於沛庭託河冰於王霸于時鳳凰裂梵音序蒼蒼舛度乃選五石以補之坤軸傾斜積冰發坼乃緯九數而正之陰兔兩重陽烏三足乃定王業以暉之攝提乖方孟陬失紀乃置清臺而辨之維冠冕於巳頹綴珩珮於既毀自憑玉几握天鏡履璿璣而端拱居巖廊而淵默於今三十有二載也是以天德一於上地數二於下復朗參辰不易日月兩曜如合璧五精如連珠禋宗類昊虔丘禮澤敬行五祀功被百神川岳呈祥風煙効祉青雲千呂黃氣出翼聽喻山之咸鳳製大夏之貞筠陽管叶春雌鍾應律上林之課匪踈相府之占無謬奏六英於若水張咸池於洞庭秉翟動和天之樂建華宣易俗之奏協律有渢渢之序典樂致雍雍之節詩書乃陳緗縹斯備蒲輪受伏生之誦科斗薦魯宅之文蒸栗殺青玉牒石記填委廣內暉煥麒麟置台命袞法河依岳建職樹司區雲祥火高山容與赤黻邐迤色麗文暈章研織鳥諫鼓高懸芻言不棄肺石通惋書謗橋板草名指佞便辟去朝猷稱觸罪姦回放黜是以龍翔鳳集河溓海夷露下若飴泉浮如醴桂薪不斧而

丹餌自熟玉阜詎牽而銀甕斯滿河光似冪樹彩成車氛氳四照暉麗五色神明磊落徵祥布濩金鱗鐵面貢碧砮之賝航海梯山奉白環之使戴日戴斗靡不來王太平太蒙無思不服方叔邵虎之臣均鞏應鼓之將秉龍虎之秘韜握朱玄之異畧受脤於廟堂之上揚威於關塞之下出玉門而直指度金城而奏策蕩雜種之殘妖臣中原之塗炭北臨地脉西出天渠昆夷罷患夙沙自服獲犬戎之麃懸蹇須之鼓槀街有受纓之虜詔水觀受降之首四表無塵六合共貫皇德隆矣太平之風浹乎無外矣天子內韜無生之至慧外應體乾之弘跡將欲攺權教示實道遣方便之說導化城之迷乃端扆神居吁而言曰若夫眇夢華胥怡然姑射服齊宮於玄扈想至治於汾陽輕九鼎於褰裳視萬乘如脫屣斯蓋示至公之要道未臻於出世也至於藏金王於川岫棄琴瑟乎大壑卑躬菲食茨堂土階彤車非巧鹿裘靡飾斯蓋示物以儉亦未階於出世也解網放禽穿泉掩胔起泣辜之澤行扇暍之慈推溝之念有如不足納隍之心無忘宿寤蓋所以示物以爲仁亦未階乎出世也紫府青丘陘山漳水敦河上之道文恱岐伯之章句甘泉啓太一之壇嵩山置奉高之邑碣石刻羨門之誓不期作交門之歌斯蓋止愛久齡事在諸已篤而爲論彌有未弘雖獲巃嵸之禪終墮長生之難徒階三清之樂不袪八倒之境豈若然智慧之炬照生死之闇出五陰之聚升六度之舟浮衆德之海踐不生之岸於是莊嚴國界建立道場廣

行利益開闡佛事驅彼衆生同濟仁壽引玆具縛俱入大乘九有傾心十方草靡如憑津濟誠賴歸依曄乎若朝日之開衆華霈乎若農夫之遇膏雨功德之翼已圓智慧之門必備以爲般若經者方等大法峻極靡際深邃無底籠萬善乎無相兆九垓而無邊譬猶枝川泒別入大海而同味衆芳雜彩到須彌而一色空空不著如如俱會不合不散無去無來種覺可生允玆佛母羣典弗逮是號經王乃欲震一音雨法雨示五眼引重昏昭晹紀歲玄枵次星夾鍾應乎仲春甲申在乎吉日將幸同泰大轉法輪玆寺者我皇之所建立改大理之署成伽藍之所化鐵繩爲金沼變鐵網爲香城照神光於熱沙起清涼於炎火千櫨巀嶭百栱穹隆紅壁玄梁華榱玉砌三階齊列四注周流上玉翼而捫天飛銀楹而蔽景虹拖蜿垂承甍繞櫺蓮抽井倒冐宇臨窻形形寶塔既等法華之座峩峩長表更同意樂之國下鑿白銀之壍傍暉金薄之軓高門洞啓不因銅馬之飾寶殿霞開無假鳳凰之瑞金輪燭日妙臨淄之地下層臺累駕邁宛委之空飛夏宇凝霜温室含煖雕樓之內滴動而響生洞扉之裏鵲歸而氣激幢號摩尼旛懸金縷盤徑十丈鈴圍四斛舒七寶之交枝流八功之淨水地芝候月天華逆風法鼓夜鳴聲中聞法瓊枝旦動葉裏成音妙德陽之宮麗末央之闥故銅櫚三丈追嗤井幹玉樓十二遥恥神仙譬彼清涼之臺同符蘭臺之寺忉利照園之東帝釋天城之北故以辛壬癸甲綿蠻霻霮䨴吁哉其不可狀鏘鏘盰

玕瓌譎雜錯邈乎其不可名於是璧日揚精景雲麗色薰風徐動淵露微埀後距屯威前茆警列武校星連鴻鍾吐響運天宮之法駕啓天路之威神百靈扶持千乘雷動六虬齊軫七斗埀暉雲罕乘空勾陳翼駕超光躡景日被天迴金蓋玉轝豹服鼉鼓驖驪沃若天馬半漢緑弓黄弩象飾魚文㐲飛案節不勞斬蛟之劒虎賁𢦏羽豈假鳴烏之射湛湛弈弈轔轔赫赫出乎大通之門天子降彫輦之貴行接足之禮頂拜金山歸依月面如聞萬歲之聲若覩六變之動於是乃披如來之衣登師子之座均百慮之紛總懸三請之慇懃啓眞慧之深宗明度彼之弘教二諦現空有之津二智包權實之底大乘豁其靡礙道心究其歸涯因果之攝不運而行眞俗莫求弗動斯到不以二法會乎中道盡佛淵海入佛法藏極修姤之妙典研龍宮之秘法宣娑婆之輿旨闡衆聖之微言正水既沽邪難自息慧日普照毒霜並消除黒闇於四生遣無明於三界巍巍乎若彌樓之在巨海穆穆乎譬衆星之繞圓月于時天龍八部側塞空界積衣成座散華至膝三千化穢土之質火宅有離苦之期惡道蒙休泥犂普息詵詵學侶濟濟名僧皆樂説如辯才智慧如身子踰乎青目黒齒高彼廣膝赤髭咸符寫瓶之思並沾染氍之施如金復治似玉更彫聞所未聞得未曾得欝揺動色請益無勌百司具列簪履相趨豐貌焜煌華綬蕤蒻謂舍衛之集大林之講無以過也將令一一佛性逢了因而俱出一一佛土咸遣二而除三比夫歌南風尚

黄老臨辟雍講孔宅幺麼安足而語哉岠于
三月甲辰法席圓满如來放大光明現希有
事雄雄吐色珠火非儔曈曈上映丹紫競發
滎河恥其祥潤汾陰陋其暉影掩入殿之紫
雲奪鴻門之妙氣昔法華初唱毫照普林般
若聿宣通身盡笑王城之瑞千載更逢豈非
聖主同諸佛身降兹妙相等諸佛力若符契
焉猶秉淵黙之謙虛弘懔焉之至誠爲而不
宰推而勿居以百姓之心爲心非關諸已荷
負無勸攝受四生皇太子臣綱視膳東廂親
承大法以爲西巡東狩讃頌以興柴山望祀
詠歌斯作況頂開而受露鞠躬而聞道敢述
盛德之形容以爲頌曰
玉牒悠敻青史綿長道沿五勝風殊百王商
丘命瑱姬水開黄河澄待聖海謐期皇方天
譬地功歸有梁垂拱南面克已巖廊權輿教
義製造衣裳九韶革響六樂改張儀鳳婉婉
擊石鏘鏘廣修璧水洞啓膠庠輕軺徵聘旌
帛搜揚蘭臺且富廣内斯藏芸香馥蘭緑字
擒章文功既被武跡斯彰題雕臆鏤舌紫支
黄南街請質北闕來王飛旌集翰勒跡書狼
銀車引附黒節招荒文同海截化普龍鄉西
踰月窟東漸扶桑畢宫類禹解網如湯衢室
納異明臺引良善旌弗卷諫鼓其鏜萬符集
祉百神啓祥黒丹吐潤朱草舒芳珠懷鏡像
星含喜光液池下鶴高梧集凰赤羆旦繞素
雉朝翔覲玉伯友訪道西王遊經建木巡指
盛唐終非運出豈曰津梁我有無礙共向圓
常玉鑾徐動金輪曉莊紫虬翼軑緑驥騰驤
虎文駐蹕龍驂啓行闌干玉馬照曜天狼玄

旌映日翚鳳晞陽前飛格澤後擁陸梁風移霆掃參差焜煌峩峩寶座郁郁名香法徒學侶塵沙堵墻慈雲吐澤法雨垂涼三密不限四辯難量猶玆海寶譬彼山王慧流總被藥木開芒佛日出世同遣惑霜帝釋歌詠幽祇讃揚空華競下天琴自張山含影色地入毫光非煙繞氣陸藕開房澤普三界恩均八方巍巍堂堂爲舟爲航伊臣稽首萬壽無疆一

上皇太子玄圃講頌啓

西中郎將晉安王綱啓

竊以舜韶始唱靈儀自舞陳律纔暄風心競蕚輕禽短葉尚識音光沐善歡心寧忘撫抃伏惟殿下體高玄賾養道春禁牢籠文圃漁獵義河注意龍宮研心寶印雲聚生什之才並命應王之疋探機析理怡然不倦朱華景月詎此忘罷屬素藏晩節玄英初氣霜竹浮陰風梧散葉從容雅論實會神衷綱輕生多幸屬此休世彔躅奉渥得備盤蕃而黏蠅末拔迷象不羈寶沒醉衣珠沉勇額得聞勝善寧忘歌詠謹上玄圃園講頌一首文慚綺發思闕彫英徒懷舞蹈之心終愧清風之藻冒眛呈聞追深赧汗謹啓

皇太子令答

得書并所製講頌首尾可觀殊成佳作辭典文艶既温且雅豈直斐然有意可謂卓爾不羣覽以迴環良同愈疾至於雙因八辯彌有法席之致銀草金雲殊得物色之美吾在原之意甚用欣懌遲面乃悉此不盡言統報

玄圃園講頌 并序

西中郎將晉安王綱上

竊以寶山峻極駘足未窺慧海遥波輕舟詎泛故以探沙亂妙類杵迷形百代同昏千年誰啓皇上託應金輪均符玉鏡低矜苦習續照慈燈鶴樹還春龍泉更曉玄水躍祥丹陵濵電功韜火化意覆雲名智慧之光猶初日照忍辱之力如明月珠天成地平遐肅邇睦澤漏無底化行靡外滄河鏡渌碧海調風停瑞氣於二辰汎祥煙於五節鱗羽被解羅之澤黎元沐仁壽之慈於是正化潛通法輪常轉類空境之傳虚猶懸河之寫潤儲君德彰妙象體睿春瓊視膳閑晨遊心法犍揔管摛章既婉娟錦縟清談論辯亦參差玉照夏啓恧德周頌慚風乃於玄圃園栖聚息心之英並命陳徐之士摳談永日講道終朝賔從無聲芳香動氣七辯懸流雙因俱啓情遊彼岸理愜祇園靈塔將涌天花乍落于時藏秋仲節麗景妍晨氣冷金扉霜浮玉管茲園邃密獨華勝地朱堂玉砌碧水銀沙烏頡頏於瓊音樹葳蕤於妙葉液水穿流蓬山寫狀風生月殿日照槐煙綱叨籍殊寵陪奉塵末預入寶樓竊窺妙簡恧興藻抃獨瑩心靈敢作頌曰

皇儀就日帝道昌雲化隆垂拱德曼鴻芬機乘八解道照三墳巍巍蕩蕩萬代一君其一

重離照景玉潤舒華七淨標美三善稱嘉降茲法雨普洽生芽漣漪義水照曜文華其二

芳園靉靆天宫類寶析論冥空玄機入道寄宇浮清重閣相藻日映金雲風摇銀草其三

肩隨接武握寶靈珠皆抽四照並掞九衢顧惟多缺徒奉瑛瑜終如燕石更似齊竽其四

爲亮法師製涅槃經疏序

梁武皇帝

曰非言無以寄言言即無言之累累言則可以息言言息則諸見競起所以如來乘本願以託生現慈力以應化離文字以設教忘心相以通道欲使珉玉異價涇渭分流制六師而正四倒反八邪而歸一味折世智之角杜異人之口導求珠之心開觀象之目救燒灼於火宅拯沉溺於浪海故法雨降而焦種更榮慧日升而長夜蒙曉發迦葉之悱憤吐眞實之誠言雖復二施等於前五大陳於後三十四問參差異辯方便勸引各隨意答舉要論經不出兩塗佛性開其本有之源涅槃明其歸極之宗非因非果不起不作義高萬善事絕百非空空不能測其眞際玄玄不能窮其妙門自非德均平等心合無生金墻玉室豈易入哉

梁簡文帝法寶聯璧序

湘東王繹

竊以觀乎天文日月所以貞麗觀乎人文藻火所以昭發況復玉毫朗照出天人之表金牒空解生文章之外雖境智冥焉言語斯絕詠歌作焉可畧談矣粵乃書稱湯誥篇陳夢說昔則王畿居亳今則帝業維揚功施天下我之自出豈與姚墟石紐譙城溫縣御龍居夏唐杜入周而已哉皇帝垂衣負扆辨方正位車書之所會同南暨交阯風雲之所沾被西漸流沙武實止戈秉宜生之劍樂彰治定減扈犧之瑟相兼二八知微知章將稱四七如貔如虎寧俟容成翠屋之遊廣成石室之

會故以宗心者忘相歸憑者常樂昔轉輪護法南宮有金龍之瑞梵天請道東朝開寶蓋之祥盡善盡美獨高皇代古者所以出師入保冬羽秋籥實以周頌幼沖用資端士漢盈末學取憑通議大傅之論孟侯小戴之談司業山川珍異侯郊迎而可知帷幄後言籍壄田而求驗以今方昔事則不然我副君業邁宣尼道高啓筮之作聲超姬發寧假卞蘭之頌譬衡華之峻極如激澥之波瀾顯忠立孝行修言道博施尚仁動微成務智察舞雞文分封蟻爰初登仕明試以功德加三輔威行九流董師虎據操鈹蟬冕津卿濟沉物仰平分之恩沂岱卭岷民思後來之政陳蒼留反裘之化淮海高墨憤之聲威漸黃支化行赤谷南通舜玉北平堯柳朝鮮航海夜郎欵塞

然後體道方震雨施雲行漢用戊申晉維庚午增暉前曜獨擅元貞恩若春風惠如冬日履道爲興策賢成駟降意韋編留神緗帙許商筭術王圍射譜南鼂異說東馳雜賦任良弈基羨門式法箴興琴劒銘自盤盂無不若指諸掌尋涇辨渭重以鳳艶風飛鸞文飈竪纖者入無倫大者含元氣韻調律呂藻震玄黃豈侯取讃彦先詢聞雅主至於鹿園深義龍宮奧說遠命學徒親登講肆詞爲憲章言成楷式往復王粲事軼魏儲酬答蔡謨道高晉兩似懸鍾之應響猶衢罇之待酌率爾者踵武逖聽者風聲是使金堅秘法寶寘夕夢無懷不滅華胥夜感自非建慧橋明智劒薰戒香沐定水何以空積忽微歷賢劫而終現黍累迴斡蘊珠藏而方傳加以大秦之籍非

符八體康居之篆有異六爻二乘始闢譬馬
傳兔一體同歸棄犀崇象潤業滋多見思平
積本有凝邈了正相因雖談假績不攝單影
即此後心還蹤初焰俱宗出倒蓮華起乎淤
泥並會集藏明珠曜於貧女性相常空般若
無五時之説不生煩惱涅槃爲萬德之宗無
不酌其菁華撮其旨要採彼玳鱗拾茲翠羽
潤珠㾓水抵玉崐山每至鶴關旦啓黃綺之
儔朝集魚燈夕朗陳吳之徒晚侍皆仰稟神
規躬承睿旨爰錫嘉名謂之聯璧聯含珠而
可擬璧與日而方昇以今歲次攝提星在監
德百法明門於茲總備千金不刊獨高斯典
合二百二十卷號曰法寶聯璧雖玉巵繁露
若倚蒹葭金臺鑿楹似吞雲夢繹自伏櫪西
河攝官南國十迴鳳琯一奉龍光筆削未勤
徒榮卜商之序稽古盛則文慚安國之製謹
抄纂爵位陳諸左方

使持節平西將軍荆州刺史湘東王繹年二十七字世誠

侍中國子祭酒南蘭陵蕭子顯年四十八字景暢

散騎常侍御史中丞彭城劉溉年五十八字茂灌

散騎常侍步兵校尉東宮侍南瑯琊王修年四十二字彥遠

吳郡太守前中庶子南瑯琊王規年四十三字威明

都官尚書領右軍將軍彭城劉孺年五十五字孝穉

太府卿步兵校尉河南褚球年六十三字仲

寶
中軍長史前中庶子陳郡謝僑年四十五字
國美
中庶子彭城劉遵年四十七字孝陵
中庶子南瑯琊王穉年四十五字孺通
宣城王友前僕東海徐喈年四十二字彥邕
前御史中丞河南楮澐年六十字士洋
北中郎長史南蘭陵太守陳郡袁君正年四
十六字世忠
中散大夫金華宮家令吳郡陸襄年五十四
字師卿
中散大夫瑯琊王藉年五十五字文海
新安太守前家令東海徐摛年六十四字士
纘
前尚書左丞沛國劉顯年五十三字嗣芳

中書侍郎南蘭陵蕭幾年四十四字德玄
雲麾長史潯陽太守前僕京兆韋稜年五十
五字威直
前國子博士范陽張綰年四十三字孝卿
輕車長史南蘭陵蕭子範年四十九字景則
庶子吳郡陸罩年四十八字洞元
庶子南蘭陵蕭瑱年四十字文容
秘書丞前中舍人南瑯琊王許年二十五字
幼仁
宣城王文學南瑯琊王訓年二十五字懷範
洗馬權兼太舟卿彭城劉孝儀年四十九字
子儀
洗馬陳郡謝禧年二十六字休度
中軍録前洗馬彭城劉蘊年三十三字懷芬
前洗馬吳郡張孝總年四十二字孝總

南徐州治中南蘭陵蕭子開年四十四字景
發
平西中録事參軍典書通事舍人南郡庾肩
吾年四十八字子慎
北中記室參軍穎川庾仲容年五十七字仲
容
宣惠記室參軍南蘭陵蕭滂年三十二字希
傳
舍人南蘭陵蕭清年二十七字元專
宣惠主簿前舍人陳郡謝嘏年二十五字茂
範
尚書都官郎陳郡殷勸年三十字弘善
安北外兵參軍彭城劉孝威年三十九字孝
威
前尚書殿中郎南蘭陵蕭愷年二十九字元
才

莊嚴旻法師成實論義疏序

梁皇太子綱

夫事秉文辭理通氣象渉之者尚迷求之者或躓是以問玄經於楊子且云不習奏古樂於文侯猶稱則睡曆校清臺壽王之課不密氣現斗牛南昌之地或爽況乎慧門深邃入之者固希法海波瀾汎之者未易自使河濟混淆魔塵紛糾皎皎毒霜童童苦樹善田之苗不吐意華之彩詎發無常之樓互起闇室之火無暉是以餐蜜挫糟俱珍異論持牛卧棘競起邪宗自佛日團空正流蕩垢手擎四鉢始乎鹿園之教身卧雙林終於象喻之説含生弗等開塞之義因機感受不同淺深之言或異處處散説本應根緣有不次第各隨

群品金棺已掩栴檀之炭無追乳池且涸白氎之灰斯盡迦葉入定歡喜智滅末地之報已終優波之身且謝於是五部横流八乾起執尋源既舛取著尤别四相乃無常之刀三聚爲苦家之質習續不斷稱爲集諦無爲有體介然可求等智能斷羅漢猶退豈啻千里之舛義起毫氂三豕之書謬符晉史比棘趨郢木末搴蕖譬乎服子論丘利害不識膠柱鳴瑟燥濕無變自佛滅之後八百餘年中天竺國婆羅門子名訶梨跋摩梁云師子鎧四種圍陀在家必習三品慧藏入道彌通師事達磨沙門事均反啓於是歎微言之已絶傷頽風之不振抗言動論以朱紫爲先發意吐詞必涇渭由己於是標撮領會商搉異端删夷浮詭搜聚貞實造百有二品以爲斯論成則據文實則明理舉成對壞稱實形虛欲令毗曇外道二途皆廢如來論主兩理兼興若夫龍樹馬鳴止筌大教旃延法勝縈縛小乘兼而總之無踰此説故華氏之王於茲頂戴樓佉外道結舌無辭百流異出同歸一海萬義區分總乎成實豈止鼓腹涅槃旗靡轍亂雞鳴真諦喪精掩色多歷年所復寡英才粤我大梁炎圖啓運皇帝含天包地之德春生夏長之仁以本誓願率化斯土梵輪常轉三寶現前甘露聿宣四部無猒有莊嚴旻法師羽儀鸞鳳負揭光景深以通志神以知來其跡同凡其源莫測故以心包四忍行合三空慧比文殊玄如善吉總持均阿難之德樂説有富樓之功思媚我皇起予正法宣弘此論大盛乎京師負笈爭趨懷鉛來遠無勞冠軍

之勢自傾衛客固有華陰之德人歸成市擬儀舍衛起邁泗洙西闢自耻南宮不競湘宮寺智蒨筆札之功不殊法汰之報安石清辯之妙何止道林之折子猷凡如千卷勒成一部法師大漸深相付囑豈直田生之亡獨卧施讎之手馬公之學方由鄭氏而陳其義云

內典碑銘集林序

梁元帝

夫法性空寂心行處斷感而遂通隨方引接故鷲園善誘馬苑弘宣白林將謝青樹已列是宣金牒方寄銀身自像教東流化行南國吳主至誠歷七霄而光曜晉王畫像經五帝而彌新次道孝伯嘉賓玄度斯數子者亦一代名人或修理止於伽藍或歸心盡於談論銘頌所稱興公而已夫披文相質博約温潤吾聞斯語未見其人班固碩學尚云讃頌相似陸機鈎深猶聞碑賦如一唯伯喈作銘林宗無愧德祖能誦元常善書一時之盛莫得係踵況般若玄淵眞如妙密觸言成累係境非眞金石何書銘頌誰闡然建塔紀功招提立寺或興造有由或誓願所記故鐫之玄石傳諸不朽亦有息心應供是曰桑門或謂智囊或稱印手高座擅名預師尹之席道林見重陪飛龍之座峨眉盧阜之賢鄴中宛鄧之哲昭哉史冊可得而詳故碑文之興斯焉尚矣夫世代亟改論文之理非一時事推移屬詞之體或異但繁則傷弱率則恨省存華則失體從實則無味或引事雖博其意猶同或新意雖奇無所倚約或首尾倫帖事似牽課或復博涉體製不工能使豔而不華質而不

野博而不繁省而不率文而有質約而能潤事隨意轉理逐言深所謂菁華無以間也予㓜好雕蟲長而彌篤遊心釋典寓目詞林頃常捜聚有懷著述譬諸法海無讓波瀾亦等須彌歸同一色故不擇高卑唯能是與儻未詳悉隨而足之名爲内典碑銘集林合三十卷庶將來君子或裨覩見焉

叙佛緣起

禪林妙記前集序

京師西明寺釋玄則

一切諸佛皆有三身一者法身謂圓心所證二者報身謂萬善所感三者化身謂隨緣所現今釋迦牟尼佛者法身久證報身久成今之出現蓋化身耳謂於過去釋迦佛所發菩提心願同其號故今成佛亦號釋迦三無數劫修菩薩行一一劫中事無量佛中間續遇錠光如來以髮布泥金華奉上尋蒙授記得無生忍然一切佛將成佛時必經百劫修相好業其釋迦發心在彌勒後當以逢遇弗沙如來七日翹仰新新偈讃遂超九劫在前成道將欲成時生兠率天號普明菩薩盡彼天壽下閻浮提現乘白象入母右脅其母摩耶夢懷白象梵仙占曰若夢日月當生國王若夢白象必生聖子母從此後調靜安泰慈辯日異菩薩初生大地震動身紫金色三十二相八十種好圓光一尋生已四方各行七步爲降魔梵發誠實語天上天下唯我獨尊抱入天祠天像悉起阿私陀仙合掌歎曰相好明了必爲法王自恨當死不得見佛斯則淨飯國王之太子也字悉達多祖號師子頰父

名淨飯毋名摩耶代代爲輪王姓瞿曇氏復因能事别姓釋迦朗悟自然藝術天備雖居五欲不受欲塵遊國四門見老病死及一沙門還入宮中深生猒離忽於夜半天神扶警遂騰寶馬踰城出家苦行六年知其非道便依正觀以取菩提時有牧牛女人煑乳作糜其沸高踊牧女驚異以奉菩薩菩薩食之氣力充實入河洗浴將登岸時樹自低枝引菩薩上菩薩從此受吉祥草坐菩提樹惡魔見已生瞋惱心云此人者欲空我界即率官屬十八億萬持諸苦具來怖菩薩促令急起受五欲樂又遣妙意天女三人來惑菩薩爾時入勝意慈定生憐愍心魔軍自然墮落退散三妙天女化爲耎鬼降魔軍已於二月八日明相出時而成正覺既成佛已觀衆生根知其樂小未堪大法即趣波羅柰國度憍陳如等五人轉四諦法輪此則三寶出現之始也其後說法度人之數大集菩薩之會甚深無相之談神通示現之力經文具之矣又於一時昇忉利天九旬安居爲毋說法時優闐國王及波斯匿王思慕佛德刻檀畫氎以寫佛形於後佛從忉利天下其所造像皆起避席佛摩其頂曰汝於未來善爲佛事佛像之興始於此矣化緣將畢時徒猒怠佛便告衆却後三月吾當涅槃復記後事如經具說然如來實身常在不滅故法華云常在靈鷲山及餘諸住處今生滅者是佛化身爲欲汲引現同其類所以受生復欲令知有爲必遷所以示滅又衆生根熟所以現生衆生感盡所以現滅佛涅槃後人天供養起諸寶塔又大迦

葉召千羅漢結集法藏阿難從鑠鬚入誦出佛經一無遺漏如瓶瀉水置之異器一百年外有鐵輪王字阿輸柯亦名阿育役御神鬼於一日中天上人間造八萬四千舍利寶塔其佛遺物衣鉢杖等及諸舍利神變非一逮漢明感夢金軀日佩丈六之容一如釋迦本狀又吳王孫權燒椎舍利無所變壞爰及浮江石像汎海瑞容般若冥力觀音密驗別記具之事多不録

禪林妙記後集序

京師西明寺釋玄則

竊聞象分庖卦克讚神明之德訓啓箕疇載穆彝倫之叙自茲已降述者尤多莫不叶璿政而增輝仞金閨而聳價矧乎真乘上智津萬有以興言秘藏圓音警百靈而暢旨燭迷均於麗景清神比於甘露自非六瓔踐位四輪飛徳豈能探賾至真研幾妙本是知茂於道者其教孔修昌於業者其文伊煥伏惟皇帝陛下徇齊纂極聖敬凝旒十善揚仁化柔蟠竉之表四等調俗風高胥燧之前猶且峻玄範而摛詞藻常源而衍鑒霈垂汗綍留思給園遂以匠物之餘親迂睿旨正名之末特繕嘉題僧等荷鎔施之恩緘紹隆之澤爰初肅召載惕中襟伏以聖旨難晞玄津罕涉空思測管嗟混沌之未開寔賴叫閽時象罔其如得蘭臺太史兼左侍極應山縣開國侯某奬鑒弗疲閲覽無滯乃相與搴恕林之英蕚緻耆山之迅羽捜八藏之殊珍控三點之靈液用成一部勒爲十卷較其精詣事絶稱言然以教海既中法門猶廣雖要妙之旨已具

前修而博贍之文終資别録竊以登荆山者思有獻於連城遊楚濵者願納貢於包匭況龍宮逸寳照爛於情田鹿苑遺芳芬葩於字葉茍懷貞譪孰忘薦奉加以成貸有循明規在屬方肆披閲則琳琅畢炫擬之區别則蘭菊自分有導斯來譬東瀛之泆澮各歸所應類南籥之宮徵以義相屬凡建十章章分上下成二十卷經尋一千五百餘軸義列三百六十餘條所建十章輒成四例初二立真俗之境次雙明染淨之由中四坦修證之塗後兩垂汲引之範相次爲叙各隸多目俾大義粲然至言囧墜暧千門之列敞修百隧之兼儲同夫曉宿編珠誠不倫而磊落春叢綴錦諒非工而彬布寔由玄覽深契故使輿旨冥歸伊其不紊抑有憑矣然則一毛可以知鳳彩故所録未多雙飛不足罄鳧洲故餘美難極既限金口之誨良無玉屑之譏其間剖削毫芒斟酌去取恐貽謬於千里每加審於三復粤以龍朔三年五月十七日首奉綸言迄今麟德元年五月四日前後二部汗青畢具前則簡而能暢後則博而無雜庶可以振釋網之宏綱總法門之要鍵開息心之勝躅備多聞之靈囿伏願醍醐上味永沃神衷般若明珠長輝睿握斯文不墜眞宗與日月俱懸兹福無疆寳祚將穹壤齊固云爾

禪林妙記後集總目凡十章

一眞性　二假緣　三流染　四即淨

五觀門　六行法　七乘位　八極果

九教力　十化功

右一一章管多法聚

法苑珠林序

朝議大夫行中臺司元大夫隴西李儼字仲思撰

洎夫六爻爰起八卦成列肇有書契昭乎訓典鳳篆龍圖金簡玉字百家異轍萬卷分區雖理究精微言殫物範而紀情括性未出於寰中原始要終詎該於俗外而有藏史之說園吏之談寶經浮誕錦籍紆怪同鏤冰而無成若書空而匪實與夫貫華妙旨寫貝葉玄詞二乘之宏博八藏之沉秘競以淺深較其優劣亦猶蟻垤之小比峻於嵩華牛涔之微爭長於江漢夫其顯了之義隱密之規解脫之門總持之苑前際後際並契眞如初心末心咸歸正覺導迷生於慾海情塵共心垢同消引窮子於慈室衣寶與髻珠雙至化溢恒沙之境功被微塵之劫大哉至矣不可得而稱焉洎偕雨徵周佩日通漢蔡愔西涉竺蘭東遊金口之詞寶臺之旨盈縑積籀被乎中域而卷軸繁夥條流深曠實相眞源卒難詳覽暨我皇唐造物聖上君臨玄教聿宣緇徒允合傳燈寫液照潤區宇梵響誦音唱咽都甸弘宣之盛指喻難極屬有西明大德道世法師者字玄惲釋門之領袖也幼嶷聚砂落飾綵衣之歲慈殷接蟻資成具受之壇戒品圓明與吞珠而等護律義精曉隨照鏡而同欣愛慕大乘洞明實相爰以英博召居西明遂以五部餘閑三藏遍覽以爲古今綿代製作多人雖雅趣佳詞無足於傳記所以搴文囿之菁華嗅大義之瞻蔔以類編錄號曰法苑珠林總一百篇勒成十帙義豐文約紐虞氏之博要跡宣道鏡晞祐上之弘明其言以

美其道斯著舉至賾而無遺包妙門而必盡粵以有唐麟德三年歲在攝提律維姑洗五月十日纂集斯畢庶使緝玄詞者探卷而得意珠執正道者披文而飲甘露繹之以知微觀之而覩奧與環景而齊照將璇穹而共久

廣弘明集卷第二十

音釋

夢莫紅切不明也　悚息拱切懼也　恧女六切慙也　藪蘇后切大澤也　陬將侯切孟陬正月艮東北隅也　禋於真切祭名　渢孚梵切中庸之聲　縹普沼切青白色也　黻分勿切朱裳畫爲亞曰黻　翬許違切五采成章曰翬　飴翼之切餳也　冪莫歷切以巾覆物也　賝丑林切寶也　脤時軫切祭社之肉　擭胡卦切捕獸機檻　彤徒紅切丹飾也　胔才資切殘骨也　巃嵸巃力孔切嵸即孔切　曄域輒切光曜也　嶭魚傑切　甍眉耕切屋棟也　櫺力救切簷櫺也　壍七豔切坑也　霮䨴霮徒敢切䨴徒對切霮䨴雲貌　瓌譎瓌公回切偉也譎古穴切　佽飛佽七四切佽飛古劒士漢取爲軍名　夐呼正切遠也　瑱他甸切耳玉也　軺余招切小車也　鏜他當切鼓聲也　赧奴板切面赤也　搦尼厄切握也　頡頏頡胡結切頏戶郎切頡頏鳥飛上下也　靉靆靉烏代切靆特耐切靉靆雲貌　貔房脂切執夷豹屬　籥以灼切似笛三孔而短小者　鈹篇夷切兵器　軼夷質切車相過也　葭古遐切葦屬　琯古滿切樂器　繢胡對切　嘏古下切　洙泗洙時俱切泗音泗洙泗水名　蒨倉甸切　癭於郢切　竁充芮充絹二切地穴也　綍分勿切　匭古委切匣也　曖於代切　隧徒猥切道也　紊文運切亂也　剞居蟻切劂也　垤徒結切蟻封也　涔徂簪切牛跡中水也　夥胡果切多也　惲紆粉切　嶷魚力切小兒有識知貌

廣弘明集卷第二十一

唐　釋　道　宣　撰

法義篇第四之四

梁昭明太子答雲法師請講書 幷啓答共三百

昭明謝敕賚水犀如意啓

昭明太子解二諦義章 幷道俗一十二人難及解

南澗寺釋慧超諮二諦義 往復六番

晉安王綱諮二諦義旨 往復五番

招提寺釋慧琰諮二諦義 往復四番

栖玄寺釋曇宗諮二諦義 往復四番

中郎王規諮二諦義旨 往復四番

靈根寺釋僧遷諮二諦義 往復四番

羅平侯蕭正立諮二諦義旨 往復四番

衡山侯蕭恭諮二諦義旨 往復四番

中興寺釋僧懷諮二諦義 往復四番

始興王第四男蕭映諮二諦義旨 往復四番

吳平王世子蕭勵諮二諦義旨 往復五番 大博學讀書三萬餘卷

宋熙寺釋慧令諮二諦義 往復四番

始興王第五男蕭曄諮二諦義旨 往復五番

興皇寺釋法宣諮二諦義 往復三番

程鄉侯蕭祇諮二諦義旨 往復四番

光宅寺釋法雲諮二諦義 往復四番

靈根寺釋慧令諮二諦義 往復五番

湘宫寺釋慧興諮二諦義 往復三番

莊嚴寺釋僧旻諮二諦義 往復四番

宣武寺釋法寵諮二諦義 往復四番

廣信侯蕭暎答王心要書

答雲法師請開講書

梁昭明太子

統覽近示知欲見令道義夫釋教凝深至理淵粹一相之道杳然難測不二之門寂焉無響自非深達玄宗精解妙義若斯之處豈易輕辯至於宣揚正教在乎利物耳弟子之於內義誠自好之樂之然鉤深致遠多所未悉爲利之理蓋何足論諸僧並入法門遊道日廣至於法師彌不俟說云欲見飡稟良所未喻想得此意不復多云統和南

釋法雲啓殿下以生知上識精義入神自然勝辯妙談出俗每一往復闔筵心醉眞令諸天讚善實使釋梵雨華貧道雖㓜知向方而長無成業遣之濫吹聖明而識慚無退者豈

不顧飡幽致敢祈仰者誠在希聞妙説今猥蒙答旨未許群情退思輕脫用深悚懼渴仰有實飢虛非假循思檢顧重以祈聞唯希甘露當開用得永袪鄙吝伏願四弘本誓曲允三請慇懃謹啓

重覽來示知猶欲令述義不辯爲利具如前言甘露之開彌慚來説若止是略標義宗無爲不爾但愧以魚目擬法師之夜光耳統和南

昭明謝勑賚水犀如意啓

臣統啓應勑左右伯佛掌奉宣勑旨垂賚水犀如意一柄式是道義所須白玉照彩方斯非貴珊瑚挺質匹此未珍雕剖既成先被庸薄如蒙漢帝之簪似獲趙堯之印謹仰承威神陳諸講席方使歡喜羅漢懷棄鉢之嗟王式碩儒忻驪駒之辨能飾寶刀子桓悉其大賚犛牛輕拂張敞慚其舊儀殊恩特降伏深荷躍不任下情謹啓事以聞謹啓

昭明太子解二諦義 并答問

二諦理實深玄自非虛懷無以通其弘遠明道之方其由非一舉要論之不出境智或時以境明義或時以智顯行至於二諦即是就境明義若迷其方三有不絶若達其致萬累斯遣所言二諦者一是眞諦二名俗諦眞諦亦名第一義諦俗諦亦名世諦眞諦俗諦以定體立名第一義諦世諦以褒貶立目若以次第言説應云一眞諦二俗諦一與二合數則爲三非直數過於二亦名有前後於義非便眞既不因俗而有俗亦不由眞而生正可得言一眞一俗眞者是實義即是平等更無

異法能爲雜間俗者即是集義此法得生浮僞起作第一義者就無生境中別立美名言此法最勝最妙無能及者世者以隔別爲義生滅流動無有住相涅槃經言出世人所知名第一義諦世人所知名爲世諦此即文證褒貶之理二諦立名差別不同眞俗世等以一義說第一義諦以二義說正言此理德既第一義亦第一世既浮僞更無有義所以但立世名諦者以審實爲義眞諦審實是眞俗諦審實是俗眞諦離有離無俗諦即有即無即有即無斯是假名離有離無此爲中道眞是中道以不生爲體俗既假名以生法爲體

南澗寺慧超諮曰浮僞起作名之爲俗離於有無名之爲眞未審浮僞爲當與眞一體爲當有異令旨答曰世人所知生法爲體出世人所知不生爲體依人作論應如是說若論眞即有是空俗指空爲有依此義明不得別異又諮眞俗既云一體未審眞諦亦有起動爲當起動自動不關眞諦令旨又答眞理寂然無起動相凡夫惑識自橫見起動又諮未審有起動而凡夫橫見無起動而凡夫橫見令旨又答若有起動則不名橫見以無動而見動所以是橫又諮若法無起動則唯應一諦令旨又答此理常寂此自一諦橫見起動復是一諦唯應有兩不得言一又諮爲有橫見爲無橫見令旨又答依人爲語有此橫見又諮若依人語故有橫見依法爲談不應見動令旨又答法乃無動不妨橫者自見其動

丹陽尹晉安王蕭綱諮曰解旨依人爲辨有生不生未審浮虛之與不生只是一體爲當

有異令旨答曰凡情所見見其起動聖人所見見其不生依人爲論乃是異體若語相即則不成異具如向釋不復多論又諮若眞不異俗俗不異眞豈得俗人所見生法爲體聖人所見不生爲體令旨答即俗知眞即眞見俗就此爲談自成無異約人辨見自有生不生殊又諮未審俗諦之體既云浮幻何得於眞實之中見此浮幻令答眞實之體自無浮幻惑者橫構謂之爲有無傷眞實體自虛玄又諮聖人所見見不流動凡夫所見自見流動既流不流異愚謂不得爲一令答不謂流不流各是一體正言凡夫於不流之中橫見此流以是爲論可得成一又諮眞寂之體本自不流凡夫見流不離眞體然則但有一眞不成二諦令答體恒相即理不得異但凡見浮虛聖覩眞寂約彼凡聖可得立二諦名

招提寺慧琰諮曰凡夫見俗以生法爲體聖人見眞以不生爲體未審生與不生但見其異復依何義而得辨一令答曰凡夫於無稱有聖人即有辯無有無相即此談一體又諮未審此得談一一何所名令答正以有不異無無不異有故名爲一更無異名又諮若無不異有有不異無但見其一云何爲二令答凡夫見有聖人見無兩見既分所以成二又諮聖人見無無可稱諦凡夫見有何得稱諦令答聖人見無在聖爲諦凡夫審謂爲有故於凡爲諦

栖玄寺曇宗諮曰聖人爲見世諦爲不見世諦令答曰聖知凡人見有世諦若論聖人不復見此又諮聖人既不見世諦云何以世諦

教化衆生令荅聖人無惑自不見世諦無妨聖人知凡夫所見故曲隨物情說有二諦又諮聖人知凡見世諦即此凡夫不令荅此凡即是世諦聖人亦不見此凡又諮聖既不見凡焉知凡見世諦令荅聖雖自無凡亦能知有凡自謂爲有故曲赴其情爲說世諦

司徒從事中郎王規諮曰未審眞俗既不同豈得相即之義令荅聖人所得自見其無凡人所得自見其有見自不同無妨俗不出眞外又諮未審既無異質而有二義爲當義離於體爲當即義即體令荅更不相出名爲一體愚聖見殊自成異義又諮凡夫爲但見俗亦得見眞令荅止得見俗不得見眞又諮體既相即寧不覩眞令荅凡若見眞不應覩俗覩俗既妄焉得見眞

靈根寺僧遷諮曰若第一以無過爲義此是讚歎之名眞離於俗亦應是讚歎之名令荅曰即此體眞不得言歎第一義諦既更立美名所以是歎又諮無勝我者既得稱讚歎我體即眞何故非歎令荅無勝我者所以得稱讚歎我體即眞亦是我眞故非讚歎又諮我無過者所以得稱讚歎我是不僞何得非讚令荅不僞直是當體之名如人體義謂之解義正足稱其實體豈成讚歎又諮此法無能出者焉得即是讚歎令荅既云無出非讚如何

羅平侯蕭正立諮曰未審俗諦是生法以不令荅曰俗諦之體正是生法又諮俗既横見何得有生令荅横見爲有所以有生又諮横見爲有實自無法實既無法說何爲生令荅

即此生法名爲橫見亦即此橫見名爲生法又諮若是橫見不應有生若必有生何名橫見令答既云橫見實自無生但橫見爲有有此橫生

衡山侯蕭恭諮曰未審第一義諦既有義目何故世諦獨無義名令答曰世既浮俗無義可辨又諮若無義可辨何以稱諦令答凡俗審見故立諦名又諮若凡俗見有得受諦名亦應凡俗見有得安義字令答凡俗審見故諦名可立浮俗無義何得強字爲義又諮浮俗雖無實義不無浮俗之義既有此浮俗何得不受義名令答正以浮俗故無義可辯若有義可辯何名浮俗

中興寺僧懷諮曰令旨解言眞不離俗俗不離眞未審眞是無相俗是有相有無相殊何得同體令答曰相與無相此處不同但凡所見有即是聖所見無以此爲論可得無別又諮既是一法云何得見爲兩見既有兩豈是一法令答理乃不兩隨物所見故得有兩又諮見既有兩豈不相違令答法若實兩可得相違法常不兩人見自兩就此作論焉得相乖又諮人見有兩可說兩人理既是一豈得有兩令答理雖不兩而約人成兩

始興王第四男蕭映諮曰第一義諦其義第一德亦第一不令答曰義既第一德亦第一又諮直言第一已包德義何得復加義字以致繁複令答直言第一在義猶昧第一見義可得盡美又諮若加以義字可得盡美何不加以德字可得盡美令答第一是德豈待復加但加義字則德義雙美又諮直稱第一足

見其美偏加義字似有所局令答第一表德復加義字二美俱陳豈有所局
吳平世子蕭勵諮曰通旨云第一義諦世諦褒貶立名眞俗二諦定體立名尋眞諦之理既妙絶言慮未審云何有定體之旨令答曰談其無相無眞不眞寄名相說以眞定體又諮若眞諦無體今寄言辯體未審眞諦無相何不寄言辨相令答寄言辯體猶恐貶德若復寄言辯相則有累虛玄又諮眞諦玄虛離於言說今既稱有眞豈非寄言辯相令答寄有此名名自是相無傷此理無相虛寂又諮未審此寄言辯體爲是當理爲不當理令答無名而說名不合當理又諮若寄言辯名名不當理未審此寄將何所說令答雖不當理爲接引衆生須名相說

宋熈寺慧令諮曰眞諦以不生爲體俗諦以生法爲體而言不生即生生即不生爲當體中相即爲當義中相即令答云體中相即義不相即又諮義既不即體云何即令答凡見其有聖覩其無約見成異就體恒即又諮體既無兩何事須即令答若體無別兩緣見有兩見既兩異須明體即又諮若如解旨果是就人明即令答約人見爲二二諦所以名生就人見明即此亦何妨
始興王第五男蕭曄諮曰眞諦稱眞是實眞不令答曰得是實眞又諮菩薩會眞之時爲忘俗忘眞不令答忘俗忘眞故說會眞又諮若忘俗忘眞故說會眞忘俗忘眞何謂實眞令答若存俗存眞何謂實眞正由兩遣故謂實眞又諮若忘俗忘眞而是實眞亦應忘眞

忘俗而是實俗令答忘俗忘眞所以見眞忘
眞忘俗彌見非俗又諮菩薩會眞既忘俗忘
眞今呼實眞便成乖理令答假呼實眞終自
忘眞兩忘稱實何謂乖理
興皇寺法宣諮曰義旨云俗諦是有是無故
以生法爲體未審有法有體可得稱生無是
無法云何得有生義令答曰俗諦有無相待
而立既是相待故並得稱生又諮若有無兩
法並稱爲生生義既一則有無無異令答俱
是凡夫所見故生義得同是有是無焉得不
異又諮若有無果別應有生不生令答既相
待立名故同一生義
程鄉侯蕭祇諮曰未審第一之名是形待以
不令答曰正是形待又諮第一無相有何形
待令答既云第一豈得非待又諮第一是待
既稱第一世諦待於第一何不名爲第二若
俗諦是待而不稱第二亦應眞諦是待不名
第一令答若稱第一是待於義已足無假說
俗第二方成相待又諮若世諦之名不稱第
二則第一之稱無所形待令答第一褒眞既
云相待世名是待直置可知
光宅寺法雲諮曰聖人所知之境此是眞諦
未審能知之智爲是眞諦爲是俗諦令答曰
能知是智所知是境智來冥境得言即眞又
諮有智之人爲是眞諦爲是俗諦令答若呼
有智之人即是俗諦又諮未審俗諦之人何
得有眞諦之智令答聖人能忘於俗所以得
有眞智又諮此人既冥無生亦應不得稱人
令答冥於無生不得言人寄名相說常自有
人

靈根寺慧令諮曰爲於眞諦中見有爲俗諦中見有令答曰於眞諦中横見有俗又諮俗諦之有爲實爲虛令答是虛妄之有又諮爲當見妄爲當見有令答見於妄有又諮無名相中何得見有名相令答於無名相見有名相所以妄有又諮於無名相妄見爲有譬如火熱惑者言冷得就熱中有冷相不若於無相而有名相亦於火中應有此冷令答火自常熱妄見有冷此自惑冷熱不嘗異

湘宫寺慧與諮曰凡夫之惑爲當但於眞有迷於俗亦迷令答曰於眞見有此是迷眞既見有俗不成迷俗又諮若使解俗便成解眞若不解眞豈得解俗令答眞理虛寂惑心不解雖不解眞何妨解俗又諮此心不解眞於眞可是惑此心既解俗於惑應非惑令答實而爲語通自是惑辯俗森羅於俗中各解

莊嚴寺僧旻諮曰世俗心中所得空解爲是眞解爲是俗解令答可名相似解又諮未審相似爲眞爲俗令答習觀無生不名俗解未見無生不名眞解又諮若能照之智非眞非俗亦應所照之境非眞非俗若是非眞非俗則有三諦令答所照之境既即無生無生是眞豈有三諦又諮若境即眞境何不智即眞智令答未見無生故非眞智何妨此智未眞而習觀眞境豈得以智未眞而使境非眞境

宣武寺法寵諮曰眞諦不生不滅俗諦有生有滅眞俗兩義得言有異談其法體只得是一未審體從於義亦得有二不令答曰體亦不得合從於義又諮未審就凡聖兩見得言兩義亦就凡聖兩見得言兩體令答理不相

異所以云一就凡聖兩見得有二體之殊又諮若使凡者見有聖人見無便應凡夫但見世諦有聖人應見太虛無令答太虛亦非聖人所見太虛得名由於相待既由待生並凡所見又諮凡夫所見空有得言是一不令答就凡爲語有實異無約聖作談無不異有

建業寺僧愍諮曰俗人解俗爲當解俗參差而言解俗爲當見俗虛假而言解俗令答曰只是見俗參差而言解俗又諮俗諦不但參差亦是虛妄何故解參差而不解虛妄令答若使凡夫解虛妄即是解眞不解虛妄所以名爲解俗

光宅寺敬脫諮曰未審聖人見眞爲當漸見爲當頓見令答曰漸見又諮無相虛懷一見此理萬相並寂未審何故見眞得有由漸令答自凡之聖解有淺深眞自虛寂不妨見有由漸又諮未審一得無相並忘萬有爲不悉忘令答一得無相萬有悉忘又諮一得無相忘萬有者亦可一得虛懷窮彼眞境不應漸見令答如來會寂自是窮眞淺行聖人恒自漸見又諮若見眞有漸不可頓會亦應漸忘萬有不可頓忘令答解有優劣故有漸見忘懷無偏故萬有並寂

昭明太子解法身義 并問答

法身虛寂遠離有無之境獨脫因果之外不可以智知不可以識識豈是稱謂所能論辨將欲顯理不容默然故隨從言說致有法身之稱天竺云達摩舍利此土謂之法身若以當體則是自性之目若以言說則是相待立名法者軌則爲旨身者有體之義軌則之體

故曰法身略就言説粗陳其體是常住身是金鋼身重加研覈其則不爾若定是金鋼即爲名相定是常住便成方所所謂常住本是寄名稱曰金鋼本是譬説及談實體則性同無生故云佛身無爲不墮諸法故涅槃經説如來之身非身是身無量無邊無有足迹無知無形畢竟清淨無知清淨而不可爲無稱曰妙有而復非有離無離有所謂法身

招提寺慧琰諮曰未審法身無相不應有體何得用體以釋身義令答曰無名無相乃無體可論寄以名相不無妙體又諮若寄以名相不無妙體則寄以名相不成無相令答既云寄以名相足明理實無相又諮若寄以名相而理實無相理既無相云何有體令答寄言軌物何得無體又諮亦應寄言軌物非復無相令答軌物義邊理非無相所言無相本談妙體又諮眞實本來無相正應以此軌物何得隱斯眞實強生言相令答眞實無相非近學所窺是故接諸庸淺必須寄以言相

光宅寺法雲諮曰未審法身常住是萬行得不令答曰名相道中萬行所得又諮既爲萬行所得豈是無相若必無相豈爲萬行所得令答無名無相何曾有得寄以名相假言有得又諮實有萬行實得佛果安可以無相全無所得令答問者住心謂實有萬行今謂萬行自空豈有實果可得又諮現有衆生修習萬行未審何故全謂爲無令答凡俗所見謂之爲有理而檢之實無萬行又諮經説常住以爲妙有如其假説何謂妙有令答寄以名相故説妙有理絶名相何妙何有

莊嚴寺僧旻諮曰未審法身絕相智不能知絕相絕知何得猶有身稱令答曰無名無相曾有何身假名相說故曰法身又諮亦應假名相說是智所照何得不可以智知不可以識識令答亦得寄名相慧眼所見又諮若慧眼能見則可以智知若智不能知則慧眼無見令答慧眼無見亦無法可見又諮若云無見有何法身令答理絕聞見實無法身又諮若無法身則無正覺正覺既有法身豈無令答恒是寄言故有正覺正覺既在寄言法身何得定有

宣武寺法寵諮曰未審法身之稱爲正在妙本金姿丈六亦是法身令答曰通而爲論本迹皆是別而爲語止在常住又諮若止在常住不應有身若通取丈六丈六何謂法身令答常住既有妙體何得無身丈六亦能軌物故可通稱法身又諮若常住無累方稱法身丈六有累何謂法身令答衆生注仰妄見丈六丈六非有何實累又諮若丈六非有指何爲身令答隨物見有謂有應身又諮既曰應身何謂法身令答通相爲辨故兼本迹覈求實義不在金姿

靈根寺慧令諮曰未審爲以極智名曰法身爲以絕相故曰法身令答曰無名無相是集藏法身圓極智慧是實智法身又諮無名無相則無身不身既有法身何謂無相令答正以無相故曰法身又諮若以無相故曰法身則智慧名相非復法身令答既是無相智慧豈非法身又諮如其有身何名無相若是無相何得有身令答於無名相假說法身又諮

若假說法身正存名相云何直指無相而謂
法身今答既於無相假立名相豈得異此無
相而說法身
靈味寺靜安諮曰未審法身乘應以不令答
曰法身無應又諮本以應化故稱法身若無
應化何謂法身令答曰本以軌則之體名爲
法身應化之談非今所軌又諮若無應化云
何可軌既爲物軌豈無應化令答衆生注仰
蒙益故云能爲物軌化緣已畢何所應化又
諮若能益衆生便成應化若無應化何以益
物今答能生注仰軌則自成何勞至人俯應
塵俗又諮既生注仰豈無應化若無應化注
仰何益今答正由世尊至極神妙特深但令
注仰自然蒙祐若應而後益何謂至神不應
而益故成窮美若必令實應與菩薩豈殊

謝勑賚看講啓
梁昭明太子
臣統啓主書管萬安奉宣勑旨以臣今講竟
曲垂勞問伏以正言深奧總一羣經均斗杓
以命四時等太陽而照萬國臣不涯庸淺輕
敢奉宣莫測天文徒觀玉府慚悚交并寢興
無寘仰降中使俯賚光臨榮荷殊慈靡知啓
處不任下情謹附啓事謝聞謹啓

謝勑參解講啓
梁昭明太子
臣統啓主書周昂奉宣勑旨垂參臣今解講
伏以至理希夷微言淵奧非所能鑽仰遂以
無庸叨茲宣釋將應讓齒反降教胄之恩允
宜尚學翻荷說經之詔竊以挾八威之策則
神物莫干服九丹之華仙徒可役臣仰承皇

威訓茲學侶奉揚聖旨洞曉羣儒鼓洽異師陶鈞久滯方使慧施恧其短長公孫罷其堅白王生挫辯既盡神氣法開受屈永隱東峰中使曲臨彌光函席仰戴殊慈不知啓處不任下情謹奉啓事謝聞謹啓

謝勑賚制旨大涅槃經講疏啓

梁昭明太子

臣統啓後閤應勑木佛子奉宣勑旨垂賚制旨大般涅槃經講疏一部十袠合目百一卷寒鄉覩日未足稱奇採藥逢仙曾何譬喜臣伏以六爻所明至邃窮於幾象四書所總施命止於域中豈有牢籠因果辦斯寶城之教網羅眞俗開茲月滿之文方當道洽大千化均百億雲彌識種雨遍身田豈復論唐帝𪛉書周王策府何待刊寢孟津屏黜丘索甘露妙典先降殊恩揣巳循愚不勝慶荷不任頂戴之至謹奉啓謝聞

謝勑賚制旨大集經講疏啓

梁昭明太子

臣統啓宣詔王慧寶奉宣勑旨垂賚制旨大集經講疏二袠十六卷甘露入頂慧水灌心似闇遇明如飢獲飽伏以非色非欲二界同坊匪文匪理雲集四辯言而未極八聲闡而莫窮俯應天機垂茲聖作同眞如而無盡與日月而俱懸但觀寶春山獲珠大海臣實何能恒蒙誘被張奏谷筆豈足陳心抗袖長言未伸歌舞不任喜荷之至謹奉啓謝聞謹啓

答廣信侯書

晉安王

王白仰承比往開善聽講涅槃縱賞山中遊

心人外青松白霧處處可悅奇峰怪石極目忘歸加以法水晨流天華夜落往而忘反有會昔言王牽物從務無由獨往仰此高蹤寸心如結謹白

與廣信侯書

晉安王

王白闊絕音旨每用延結風嚴寒勁願比怡和伏承淨名法席親承金口辭珍鹿苑理愜鷲山微密秘藏於斯既隆莊嚴道場自茲彌闡豈止心燈夜炳亦乃意蘂晨飛況兄慧思弘明本長內教令陪十善之車開八正之路流般若之水洗意識之塵以此春翹方為秋實王每憶華林勝集亦叨末位終朝竟夜沐浴妙言至於席罷日餘退休傍省攜手登臨秉展談笑仰望九層俯窺百尺金池動月玉樹含風當於此時足稱法樂今卷帷之部秉傳一隅聞慧雨滂流喜躍充遍徒挹懸河無伸承稟空無所有不瑩情靈緣疾有愛自嗟難拔秉下車已來義言蓋少舊憶已盡新解未發既慚口誦復非心辯永謝寫瓶終慚染氎況慈雲既被智海亦深影末波餘希時灑拂但睽違轉積興言盈臉願加敬納言不宣意謹白

答王心要書

廣信侯蕭映

廣信縣開國侯蕭映惶恐死罪信至奉誨清言兼紙文彩巨麗慰喻綢繆比日寒霜慘切伏願興居和愈民富重般無過仰損下官智昏識闇學淺人凡遂得擁卷旋階親奉教義耳餐甘露心承制說天思淵深叡情廣與三

明一鑒釋滯義於久迷四辯既陳闡難思而頓解豈漢皇夢迹而梵響復弘雖晉帝留心而微言始見每至夕趨瓊筵晨登朱陛不曾不憶芳林勝集玄圃法座殿下曳舄寶雲或從容而問道拖裾博望乍折角而解頤于時謬齒末筵預聞清論親奉話言數陪顏色至於今者講席殿下限同分陝謬須天奬猶及下官誰不欽仁寧無戀德傾心東注恒以係仰爲先下官蒙蔽久已仰慕雖聞妙義愚心難啓方欲馳鶩枌鄉訪疑下席忽逢令旨垂覓波餘尋讀戰皇俯仰慚悉庶爲恩謼少泰下情正當慈雲智海翻以仰屬謝瓶慚甑實歸庸菲下官感緣既積塵累未消近攝衛乖方遂中途感疾不得餐承究竟闕開末品徒自尅責終闕緣運不審比日何以怡神披閱儒史無乃損悆下官每訪西郵備餐令德仰承觀矚於章華之上或聽訟於甘棠之下未嘗不文翰紛綸終朝不息清論玄談夜分乃寐春華之容登座右而升堂秋實之賔應虛左而入室文宗義府於焉總萃唯此最樂實驗茲辰下官昔遊梁苑曲蒙眷顧今者獨隔清顏久睽接仰傾心　已結興言滲欷唯冀音旨時賜沾及伏願珍重尋更下承曲奉恩誨用深銘荷映死罪死罪

廣弘明集卷第二十一

音釋

簉初救切齊飛也　犛莫交切牛名　杓甲遙切斗柄也　寘職吏切安著也　愜苦協切快也　睽苦圭切乖離也　瞼九儉切目上下曰瞼　綢繆綢直由切繆武彪切綢繆纏綿也　悆羊茹切安也　陝失冉切地名　枌符分切　謼荒故切評也　郵羽求切

廣弘明集卷第二十二

唐釋道宣撰

法義篇第四之五

佛知不異衆生知義

南齊沈休文

佛者覺也覺者知也凡夫之與佛地立善知惡未始不同也但佛地所知者得善之正路凡夫所知者失善之邪路凡夫得正路之知與佛之知不異也正謂以所善非善故失正路耳故知凡夫之知與佛之知不異由於所知之事異知不異也凡夫之所知不謂所知非善在於求善而至於不善若積此求善之心會得歸善之路或得路則至于佛也此衆生之爲佛性寔在其知性常傳也

六道相續作佛義

沈約

一切種智與五道六趣衆生共有受知之分無分異也問曰受知非知耶答曰非也問此以何爲體答曰相續不滅是也相續不滅所以能受知若今生陶練之功漸積則來果所識之理轉精轉精之知來應以至於佛而不斷不絶也若今生無明則來果所識轉闇轉闇之知亦來應以至于六趣也受知之具隨緣受知知之美惡不關此受知之具也問曰知非知既聞命矣受知受知自是相續不滅知自然因緣中來與此受知之具從理而相關答曰有此相續不滅自然因果中來有因有果何得無美無惡乎

因緣義

沈約

凡含靈之性莫不樂生求生之路參差不一一爾流遷塗徑各異一念之間衆緣互起一因一果內有差忒好生之性萬品斯同自然所禀非由緣立固知樂生非因緣因緣非樂生也雖然復俱宅形骸而各是一物一念既召衆緣衆緣各隨念起善惡二念誠有不同俱資外助事由一揆譬諸非水非土穀芽不生因緣性識其本既異因果不惑雖則必然善惡獨起亦有受凝雖云獨起起便成因內因外緣寔由乎此也

論形神

沈約

凡人一念之時七尺不復關所念之地凡人一念聖人則無念不盡聖人無已七尺本自

若空以若空之七尺總無不盡之萬念故能與凡夫異也凡人一念忘彼七尺之時則目廢於視足廢於踐當其忘目忘足與夫無目無足亦何異哉凡人之暫無本實有無未轉瞬有已隨之念與形乖則暫忘念與心謝則復合念在七尺之一處則他處與異人同則與非我不異但凡人之暫無其無其無甚促聖人長無其無其無甚遠凡之與聖其路本同一念而暫忘則是凡品萬念而都忘則是大聖以此爲言則形神幾乎慼人疑因果相主毫分不爽美惡之來皆有定業而六度所修咸資力致若修此力致復有前因因熟果成自相感召則力致之功不復得立六度所修幾於廢矣釋迦邁九劫勇猛所成勇猛之因定於無始本不資九安得稱劫余以爲因果情照本是二物先有情照却有因果情照既動而因果隨之未有情照因果何託因識二塗用合本異其本既異厥體不同情照別起於理非礙六度九劫差不足疑也

神不滅論

沈約

含生之類識鑒相懸等級參差千累萬沓昆蟲則不逮飛禽飛禽則不逮犬馬昺明昭著不得謂之不然人品以上賢愚殊性不相窺涉不相曉解燕北越南未足云疋其愚者則不辨菽麥悖者則不知愛敬自斯已上性識漸弘班固九品曾未槩其萬一何者賢之與愚蓋由知與不知也愚者所知則少賢者所知則多而萬物交加群方緬曠情性曉昧理趣深玄由其塗求其理既有曉昧之異遂成

高下之差自此相傾品級彌峻窮其原本盡其宗極互相推仰應有所窮其路既窮無微不盡又不得謂不然也且五情各有分域耳目各有司存心運則形忘目用則耳廢何則情靈淺弱心慮雜擾一念而兼無由可至既不能兼紛糾遞襲一念未成他端互起互起衆端復同前矣不相兼之由由於淺惑惑淺爲病病於滯有不淺不惑出於兼忘以此兼忘得此兼照始自凡夫至于正覺始惑於不惑不兼至能兼又謂不然也又昆蟲夭促含靈靡二或朝生夕殞或不識春秋自斯而進脩短不一既有其短豈得無長虛用損年善攝增壽善而又善焉得無之又不得謂之不然也生既可夭則壽可無夭既無矣則生不可極形神之別斯既然矣形既可養神寧獨異神妙形麤較然有辨養形可至不朽養神安得有窮養神不窮不生不滅始末相校豈無其人自凡及聖含靈義等但事有精麤故人有凡聖聖既長存在凡獨滅本同末異義不經通大聖貽訓豈欺我哉

難范縝神滅論

沈約

來論云形即是神神即是形又云人體是一故神不得二若如雅論此二物不得相離則七竅百體無處非神矣七竅之用既異百體所營不一神亦隨事而應則其名亦應隨事而改神者對形之名而形中之形各有其用則應神中之神亦應各有其名矣今舉形則有四肢百體之異屈伸聽受之別各有其名各有其用言神唯有一名而用分百體此深

所未了也若形與神對片不可差何則形之名多神之名寡也若如來論七尺之神神則無處非形形則無處非神矣刀則唯刃猶利非刃則不受利名故刀是舉體之稱利是一處之目刀之與利既不同矣形之與神豈可妄合耶又昔日之刀今鑄爲劒劒利即是刀利而刀形非劒形於利之用弗改而質之形已移與夫前生爲甲後生爲丙天人之道或異往識之神猶傳與夫劒之爲刀刀之爲劒有何異哉又一刀之質分爲二刀形已分矣而各有其利今取一牛之身而剖之爲兩則飲齕之生即謝任重之用不分又何得以刀之爲利譬形之與神耶來論謂刀之與利即形之有神刀則舉體是一利形則舉體是一神神用於體則有耳目手足之别手之用不爲足用耳之用不爲眼用而利之爲用無所不可亦可斷蛟蛇亦可截鴻鴈非一處偏可割東陵之瓜一處偏可割南山之竹若謂利之爲用亦可得分則足可以執物眼可以聽聲矣

若謂刀背亦有利兩邊亦有利但未鍜而銛之耳利若遍施四方則利體無處復立形方形直並不得施利利之爲用正存一邊毫毛處耳

神之與形舉體若合又安得同乎刀若舉體是利神用隨體則分若使刀之與利其理若一則胛下亦可安眼背上亦可施鼻可乎不可也

若以此譬爲盡耶則不盡若謂本不盡耶則不可以爲譬也若形即是神神即是形二者

相資理無偏謝則神亡之日形亦應消而今有知之神亡無知之形在此則神本非形形本非神又不可得強令如一也若謂總百體之質謂之形總百體之用謂之神今百體各有其分則眼是眼形耳是耳形眼形非耳形耳形非眼形則神亦隨百體而分則眼有眼神耳有耳神耳神非眼神眼神非耳神也而偏枯之體其半已謝已謝之半事同木石譬彼僵尸永年不朽此半同滅半神既滅半體猶存形神俱謝彌所駭惕

若夫二負之尸經億載而不毀單開之體尚餘質於羅浮神形若合則此二士不應神滅而形存也

來論又云欻而生者欻而滅漸而生者漸而滅者請借子之衝以攻子之城漸而滅謂死者之形骸始乎無知而至于朽爛也若然則形之與神本爲一物形既病矣神亦告病形既謝矣神亦云謝漸之爲用應與形俱形以始亡未朽爲漸神獨不得以始末爲漸耶

來論又云生者之形骸變爲死者之骨骼案如來論生之神明生之形骸既化爲骨骼矣明生之神明獨不隨形而化乎若附形而化則應與形同體若形骸即是骨骼則死之神明不得異生之神明矣向所謂死定自未死也若形骸非骨骼則生神化爲死神生神化爲死神即是三世安謂其不滅哉

神若隨形形既無知矣形既無知神本無質無知便是神亡神亡而形在又不經通

若形雖無知神尚有知形神既不得異則向之死形翻復非枯木矣

因緣無性論序

陳沙門釋眞觀

泉亭令德有朱三議者非唯外學通敏亦是內信淵明常自心重大乘口誦般若忽著自然之論便與有性之執或是示同邪見或是實起倒心交復有損正眞過傷至道聊裁後論以袪彼執雖復辭無足採而理或可觀若與余同志希共詳覽也

因緣無性論

陳眞觀法師

請疑公子致言於通敏先生曰夫二儀始判則庶類是依七曜既懸則兆民斯仰但生前死後繫象之所未明古往今來賢聖於焉莫究而希玄君子互騁鑽求慕理名人競加穿鑿寓玆所說則盛辨自然假氏所明則高陳報應雖自然鋒鏑克勝於前報應干戈敗績於後而愚心難啓暗識易迷二理交加未知孰是

通敏先生乃抵掌而對曰省二君之清論實各擅於偏隅自然則依傍於老莊報應則祖述於周孔可謂楚則已失而齊亦未爲得也今爲吾子揚搉而陳之夫三墳五典善惡之理未彰八索九丘幽明之路猶擁況復漆園傲吏恍惚狂生獨稱造化之宗偏據自然之性乃爲一時之矯俗非關契理之玄謀今請問自然之本爲何所趣有因果耶無因果乎若謂自然尚論因果則事同矛盾兩言相食愚人所笑智者所悲直置已傾不煩多難若謂永無報應頓絕因果則君臣父子斯道不行仁義孝慈此言何用便當造惡招慶爲善

致殃亦應鑽火得冰種豆生麥未見聲和響戾形曲影端者也若以放勛上聖而誕育於丹朱重華至德而生於瞽叟便爲自然而然者竊爲足下不足焉夫至親之道乃曰天性而各隨行業曾不相關堯舜樹德於往生故禀茲靈智瞽叟與惡乎前世故致此頑嚚而復共結重緣還相影發乃欲因凡顯聖以智化愚若無瞽叟之兇豈知克諧之美自非放勛之聖誰化慢遊之惡故阿難調達並爲世尊之弟羅睺善星同是如來之胤而阿難常親給侍調達每興害逆羅睺則護珠莫犯善星則破器難收以此而觀諒可知矣若云各有自性不可遷貿者此殊不然至如鷹化爲鳩本心頓盡橘變成枳前味永消昔富今貧定性之理難奪先貴後賤賦命之言何在邑

望屠牛之士終享太師伊尹負鼎之人卒登丞相戴淵四鄰所患後著高名周處三害之端晚稱令德闍王無間之罪翻然改圖育王莫大之愆忽能尊善若依自性之理豈容得有斯義善人唯應修善不可片時造惡惡人恒自起惡無容一念生善是則榮枯寵辱皆守必然愚智尊卑永無悛革豈其然乎決不然也又若以修德之人翻感憂慽行善之者反致沉淪以爲自然之命亦不然也若行善而望報去善更遥修德以邀名離德逾遠若必挺珪璋之性懷琬琰之心本無意於名聞曾不欣乎富貴而英聲必彰雅慶方臻或可未値知音便同散木不逢別玉遂等沉泥暫且龍潜無虧鳳德豈容區區於天壤擾擾於世間自可固窮無煩隕穫至如太伯高讓而

流芳千祀仲尼窮厄而傳名萬代顏稱早世特是命業不長冉致斯疾當由病因未斷二子伏誅彌顯衛靈之惡三仁受戮方見殷紂之愆首山之餓不免求名之責汨水之沉尚貽懷怨之咎且夫決定成業非神力之所救必應受報豈聖智而能禳並起昔因非今造也若謂屠割爲務而永壽百齡盜竊居懷而豐財巨億以爲定性而然者亦所未喻也斯由曩生片善感此命財今世重殃未招果報以其爲罪既大受苦宜多所以且緩其誅宜縱其惡一朝禍盈疊積則便覆巢碎卵長歸鬲子泥犂永處無間地獄故書云惡不積無以滅身此之謂矣亦有見招果報事接見聞至如王莽簒逆則懸首漸臺董卓凶殘則曝屍都市晉侯殺趙朔感陷廁之悲齊主害彭生有墜車之痛夏祚顛覆桀之罪也殷宗殄喪紂之過焉故知因果之義陸離難准業報之理參差不定所謂生報現報及後報也

請疑公子曰若以自然之計於義不可則報應之辨在言爲得而前旨復云二君所述皆非契理未知此意可得而聞耶

通敏先生曰子既慇懃屢請余亦僶俛相答但自省庸陋未伸其要妙耳尋法本非有非有則無生理自非無非無則無滅無生無滅諸法安在非有非無萬物何寄蕩乎清淨推求之路斯斷夷然平等取捨之徑無從豈有報應之理可求善惡之相可得直以凡品衆生未了斯致故横與諍論強生分別所謂渴人逐燄水在何池眼病見華空曾無樹但爲引接近情袪其重惑微示因果略顯業緣使

定性執除自然見弭若達乎正理悟此眞法亦復何所而有何所而無哉於是二三君子相視心驚欣然領悟退席敬伏而言曰今者可謂朝聞夕死虛往實歸積滯皆傾等秋風之落葉緐疑並散譬春日之消冰謹當共捨前迷同遵後業矣

性法自然論

朱世卿

寓茲先生喟然歎曰夫萬法萬性皆自然之理也夫惟自然故不得而遷貿矣故善人雖知善之不足憑也善人終不能一時而爲惡惡人復以惡之不足誡也惡人亦不能須臾而爲善又體仁者不自知其爲善體愚者不自覺其爲惡皆自然而然也座右之賓假氏大夫忽然作色而謂曰固哉先生之說也違大道而謬聖人之言先生曰大道誰主聖人何言大夫曰大道無主而無所不主聖人無言而無所不言先生曰請言其所言言性命之所由致乎請說其所主主善惡之報應乎大夫曰何爲其不然也蓋天地扶大道之功以載育聖人合天地之德以設教序仁義五德以檢其心說詩書六藝以訓其業此聖人之言也若積善之家必有餘慶積不善之家必有餘殃故曰聖人無親常與善人六極序而降行懲五福陳而善心勸三世爲將覩覆敗之權七葉修善有興隆之性陳賞寵而不侯邴昌踈而紹國斯道家之效也何先生言皆自然之理而不可遷貿者哉先生笑而應曰世所謂捋繩之人繩盡而不知還若大夫之徒是也敬課管陋爲吾子陳之蓋二儀著

而六子施百姓育而五材用用此句者隔萬法而盡然焉人爲生最靈膺自然之秀氣稟妍媸盈減之質懷哀樂喜怒之情挺窮達脩短之命封愚智善惡之性夫哀樂喜怒伏之於情感物而動窮達脩短藏之於命事至而後明妍媸盈減著之於形有生而表見愚智善惡封之於性觸用而顯徵此八句者總人事而竭焉皆由自然之數無有造爲之者夫有造爲之者必勞有出入之者必漏有酬酢之者必謬此三者非造物之功也故墨子曰使造化三年成一葉天下之葉少哉蓋聖人設權巧以成教借事似以勸威見強勇之暴寡怯也懼刑戮之弗禁乃陳禍淫之威傷敦善之不勸也知性命之不可易序福善以獎之故聽其言也似若勿爽徵其事也萬不一驗子以本枝繁植斯履道之所致蒸嘗莫主由遺行之所招身居逸樂爲善士之明報體事窮苦是惡人之顯戮孫叔少不埋蛇長無令尹之貴邴吉前無陰德終闕丞相之尊若然則天道以重華文命答鮌叟之極愚以商均丹朱酬堯舜之至聖大伯三世無翫兵之咎而假嗣於仲虞漢祖七葉不聞篤善之行遂造配天之業箕稱享用五福身抱夷滅之痛孔云慶鍾積善躬事旅人之悲顏冠七十之上有不秀之咨冉在四科之初致斯人之歎而商臣累王荆南冒頓世居塞北首山無解顏之鬼汨水有抱怨之魂康成以姓改鄉不濟小聖之禍王褒哀變隴木適受非妄之災二生居衛覆舟之痛誰罪三仁在毫剖心之酷何辜若乃側近邦畿密近世代非墳籍

所載在耳目之前者至有腹藏孟門之險心庫豺虺之毒役慮唯以害他爲念行已必用利我爲先錐刀推其尖鋭谿壑訝其難滿而則百兩外榮千鍾内實優偃綺羅坐列甘膩鳴金綰玉富逸終身自有懷白璧而爲襟瑩明珠而成性心不能行啓蟄之殺手不忍折方長之條懷殊材而莫採蓄美志而誰眄偏糅於宂雜之中見底於鄉閭之末抱飢寒而溘死與麋鹿而共埋享骨寂寞孀孩無寄名字不聞湮沉電滅如斯可恨豈一人哉是知桀跖之凶殘無懼來禍之將及閔曾之篤行勿擬後慶之當臻故鶡冠子曰夫命者自然者也賢者未必得之不肖者未必失之斯之謂矣大夫曰若子引百家之言則列子之爲名者必廉廉斯貧爲名者必讓讓斯賤若然者則貧賤者立名之士所營而至也則富貴者貪競之徒所求而得也何名自然之數哉先生曰此乃一隅之説非周於理者也夫富貴自有貪競富貴非貪競所能得貧賤自有廉讓貧賤非廉讓所欲邀自有富貴而非貪求貧賤而不廉讓且子罕言命道藉人弘故性命之理先聖之所憚説善惡報應天道有常而關哉譬如温風轉華寒颷颺雪有委溲糞之下有累玉階之上風颷無心於厚薄而華霰有穢淨之殊途天道無心於愛憎而性命有窮通之異術子聞于公待封而封至嚴母望喪而喪及若見善人便言其後必昌若覩惡人便言其後必亡此猶終身守株而冀狡兔之更獲耳大夫於是斂容而謝曰若僕者所執偏述而昧通途守狹近而失遐曠今

承德音渙然蒙啓譬猶跦蜀伏尸歷萬古而忽悟中山沉醉未千朝而遽醒請事斯語以銘諸紳

或問曰朱子託憑虛之談暢方寸之底論情指事深有趣焉但詳之先典有所未達夫人哀樂喜怒之情包善惡之性資待之方不足於是爭奪之事斯興才識均者不能相御天生仁聖寔使司牧樂者聖人之所作禮者先王之所制三千之儀以檢其迹五音之和以導其心設爵以勸善懸刑以懲惡纖毫不漏酬酢如響玉帛云乎非無爲所薦鼓鍾斯合豈自然而諧千科滿目靡非力用所構百貫參差悉由智思而造吾子湯武之臣隸周孔之學徒出入戸牖伏膺名教而云善人知善之不足憑也惡人知惡之不足誡也善不能招慶禍不能報惡是何背理之談也且翾翔蠕動猶知去就況人爲最靈而同一自然之物此豈高厚之詩何取譬之非類情所未達敬待清酬答曰昔盧敖北遭若士自傷足跡之未曠河宗東窺濵海方歎秋水之不多吾子習近成性未易可與談遠大者也今子以屈伸俯仰心慮所爲彫鏤剪琢身手所作禮樂者聖人之所作聖人者天地之所生請爲吾子近取諸身則可以遠通諸物子以耳聞眼見足蹈手握意謂孰使之然身有痾疾冷熱皆不自知哀樂喜怒興廢安在何地有識者自知識之所在者乎有智者自知智之所存者乎若識遍身中傷身則識裂智若隨事起事謝則智滅果識不知識智不知智於是推近以達遠觸類而長之故知禮樂不自知

其所由而製聖人不自知其所由而生兩像亦不知其所由而立矣於是殊形異慮委積充盈靜動合散自生自滅動靜者莫有識其主生滅者不自曉其根蓋自然之理著矣所謂非自然者乃大自然也是有爲者乃大無爲也子云天生聖人是使司牧何故唐虞疊聖加以五臣文武重光益以十亂豈天道之不能一其終始將末代貽咎於天地大舜大堯非欲生不肖之子龍逢比干豈樂身就誅割孔子歷聘栖遑卒云執鞭不憚顏稱回何敢死終使慈父請車彼三聖三仁可謂妙取捨矣天能令東海亢旱不如理孝婦之怨地能使高城復壍未若救杞梁之殞故榮落死生自然定分若聖與仁不能自免深味鄙句理存顯然

北齊三部一切經願文

魏收

三有分區四生稟性共遊火宅俱淪欲海所以法王當洲渚之運覺者應車乘之期導彼沉迷歸兹勝地自寶雲西映法河東瀉甘露橫流隨風感授皇家統天尊道崇法拔群品於有待驅衆生於不二所以刻檀作繢構石彫金遍於萬國塵沙數等復詔司存有事緇素精誠踰於皮骨句偈盡於龍宮金口所宣總勒繕寫各有三部合若干卷用此功德心若虛空以平等施無思不洽藉我願力同登上果

周經藏願文

王褒

年月日某和南云云蓋聞九河疏迹策蘊靈

丘四徹中繩書藏群玉亦有青丘紫府三皇刻石之文緑檢黄繩六甲靈飛之字豈若如來秘藏譬彼明珠諸佛所師同夫淨鏡鹿苑四諦之法尼園八揵之文香山巨力豈云能負以歲在昭陽龍集天井奉爲云云奉造一切經藏始乎生滅之教訖於泥洹之説論議希有短偈長行青首銀函玄文王匣陵陽餌藥止觀仙宇關尹望氣裁受玄言未有龍樹利根看題不遍斯陀淺行同座未聞盡天竺之音窮貝多之葉灰分八國文徙罽賓石盡六銖書還大海仰願過去神靈乗兹道力得無生忍具足威儀又願國祚遐長臣民休慶四方内附萬福現前六趣怨親同登正覺

寶臺經藏願文　隋煬帝

菩薩戒弟子楊廣和南仰惟如來應世聲教被物慇懃微密結集法藏帝釋輪王既被付囑菩薩聲聞得揚大化度脱無量以迄于今至尊拯溺百王混一四海平陳之日道俗無虧而東南愚民餘燼相煽爰受廟略重清海濵役不勞師以時寧復深慮靈像尊經多同煨燼結鬘繩墨湮滅溝渠是以遠命衆軍隨方收聚未及期月輕舟總至乃命學司依名次録并延道場義府覃思澄明所由用意推比多得本類莊嚴修葺其舊惟新寶臺四藏將十萬軸因發弘誓永事流通仍書願文悉連卷後頻屬朝覲著功始畢今止寶臺正藏親躬受持其次藏巳下則慧日法靈道場日嚴弘善靈剎此外京都寺塔諸方精舍而梵

宫互有小大僧徒亦各衆寡並隨經部多少斟酌分付授者既其懇至受者亦宜殷重長存法本遠布遶摩必欲傳文來入寺寫勿使零落兩失無作前佛後佛諒同金口即教當教寧殊玉諜須彌山上衆聖共持金剛海底天龍盡護散在閻浮亦復如是追念繕寫之者厥誠至隆心手勤到何量功德捨撤淨財豈可稱計所資甘雨用沃焦芽能生諸佛木是般若人能弘法非道弘人恕已深恩即是自爲令陳此意乃似執著若不開警則不深固自行化他備在經律顧循菲識誠媿通方因果相推何殊眼見豈不知獨善且最勝無爲第一樂内典法與自關衆僧何事區區横相負荷但慶憑宿植生長王宫謁陛趨庭朂存遠大出受蕃寄每用祇兢非唯禮樂政刑一遵成旨而舟航運出彌奉弗墜無容棄稷禼而同園綺變菩薩而作聲聞越用乖方既其不可篤信受付竊敢當仁然五種法師俱得六根清淨而如說修行涅槃最近徒守經律不依佛戒口便說空心滯於有無上醫王隨病逗藥開乳含酥爲方既異甘冷苦熱取療亦殊譬前後教門别赴機性根莖枝葉受潤終齊總會津梁無不入道猶如問孝問仁孔酬雖别治身治國老意無乖殊途同歸一致百慮内外相融義同泯合何處有學毗曇而不成聖執黎耶即能悟眞師子嚴鎧反貽毁於羸目象足至底翻取誚於蜂房心同劒戟諍踰水火經意論意都不如斯通經通論何因若此恐施甘露更成毒藥儻均味海則致醍醐聖御紺寶天飛金輪雲動納萬善於

仁壽總一乘於普會開發含識濟度群生今所傳經遍于宇內衆聖潛力必運他方共登菩提早證常樂則是弟子之伸順弘誓於無窮平等坦然通遺唱白達識體之念隨喜也

請御製經序表

唐三藏法師玄奘

沙門玄奘言奘以貞觀元年往遊西域求如來之秘藏尋釋迦之遺旨總獲六百五十七部並以載於白馬以貞觀十八年方還京邑尋蒙勅旨令於弘福道場披尋翻譯今已翻出菩薩藏等經伏願垂恩以爲經序唯希勅旨方布中夏幷撰西域傳一部總一十四卷謹令舍人李敬一以將恭進無任悚息之至謹奉表以聞謹言

勅答玄奘法師前表

省書具悉來旨法師夙標高志行出塵表汎寶舟而登彼岸搜妙道而闢法門弘闡大猷蕩滌衆累是故慈雲欲卷舒之而蔭四生慧日將昏朗之而照八極舒朗之者其唯法師乎朕學淺心拙在物猶迷況佛教幽微豈能仰測請爲經題者非已所聞又云新撰西域記者當自披覽勅

重請經題序啓

沙門玄奘

伏奉墨勅猥垂獎喻祇奉綸言精守震越玄奘業行空疎謬參法侶幸屬九瀛有截四海無虞憑皇靈以遠征恃國威而訪道窮遐冐險雖勵愚誠纂異懷荒寔資朝化所獲經論奉勅翻譯見成卷軸未有詮序伏惟陛下睿思雲敷天華景爛理包繫象調逸咸英跨千

古以飛聲掩百王而騰實竊以神力無方非神思不足詮其理聖教玄遠非聖藻何以序其源故乃冐犯威嚴敢希題目宸睠沖邈不垂矜許撫躬累息相顧失圖玄奘聞日月麗天既分暉於戶牖江河紀地亦流潤於巖崖雲和廣樂不秘響於聾昧金璧奇珍豈韜彩於愚瞽敢緣斯理重以干祈伏乞雷雨曲垂天文俯照配兩儀而同久與二曜而俱懸然則鷲嶺微言假神筆而弘遠雞園奥義託英詞而宣暢豈止區區梵衆獨荷恩榮亦使蠢蠢迷生方超塵累而已謹奉表奏以聞謹言勑遂許焉謂駙馬高履行曰汝前請朕為汝父作碑令氣力不如昔願作功德為法師作序不能作碑汝知之貞觀二十二年幸玉華宮追奘至問翻何經論答正翻瑜伽上問何聖所作明何等義具答已令取論自披閱遂下勑新翻經論寫九本頒與雍洛相兖荊揚等九大州奘又請經題上乃出之名大唐三藏聖教序於明月殿命弘文館學士上官儀對群僚讀之

三藏聖教序

唐太宗文皇帝

蓋聞二儀有像顯覆載以含生四時無形潛寒暑以化物是以窺天鑑地庸愚皆識其端明陰洞陽賢哲罕窮其數然而天地包乎陰陽而易識者以其有像也陰陽處乎天地而難窮者以其無形也故知像顯可徵雖愚不惑形潛莫覩在智猶迷況乎佛道崇虛乘幽控寂弘濟萬品典御十方舉威靈而無上抑神力而無下大之則彌於宇宙細之則攝於

毫氂無滅無生歷千劫而不古若隱若顯運百福而長今妙道凝玄遵之莫知其際法流湛寂挹之莫測其源故知蠢蠢凡愚區區庸鄙投其旨趣能無疑惑者哉然則大教之興基於西土騰漢庭而皎夢照東域而流慈昔者分形分跡之時言未馳而成化當常現常之世民仰德而知尊及乎晦影歸眞遷儀越世金容掩色不鏡三千之光麗象開圖空端四八之相於是微言廣被拯含類於三途遺訓遐宣導群生於十地然而眞教難仰莫能一其指歸曲學易遵邪正於焉紛糾所以空有之論或習俗而是非大小之乘乍沿時而隆替有玄奘法師者法門之領袖也幼懷貞敏早悟三空之心長契神情先包四忍之行松風水月未足比其清華仙露明珠詎能方其朗潤故以智通無累神測未形超六塵而迥出隻千古而無對凝心內境悲正法之陵遲栖慮玄門慨深文之訛謬思欲分條析理廣彼前聞截僞續眞開茲後學是以翹心淨土往遊西域乘危遠邁杖策孤征積雪晨飛途間失地驚砂夕起空外迷天萬里山川撥煙霞而進影百重寒暑躡霜雨而前蹤誠重勞輕求深願達周遊西宇十有七年窮歷道邦詢求正教雙林八水味道餐風鹿苑鷲峰瞻奇仰異承至言於先聖受眞教於上賢探賾妙門精窮奧業一乘五律之道馳驟於心田八藏三篋之文波濤於口海爰自所歷之國總將三藏要文凡六百五十七部譯布中夏宣揚勝業引慈雲於西極注法雨於東陲聖教缺而復全蒼生罪而還福濕火宅之乾

餤共拔迷途朗愛水之昏波同臻彼岸是知惡因業墜善以緣昇昇墜之端唯人所託譬夫桂生高嶺零露方得泫其華蓮出淥波飛塵不能汙其葉非蓮性自潔而桂質本貞良由所附者高則微物不能累所憑者淨則濁類不能沾夫以卉木無知猶資善而成善況乎人倫有識不緣慶而求慶方冀茲經流施將日月而無窮斯福遐敷與乾坤而永大

玄奘謝勑賚經序啓

沙門玄奘言竊聞六爻探賾局於生滅之場百物正名未涉眞如之境猶且遠徵羲冊覩奥不測其神遐想軒圖歷選並歸 其美伏惟
皇帝陛下玉毫降質金輪御天籠先王之九州掩百千之日月斥列代之區域納恒沙之法界遂使給園精舍並入提封貝葉靈文咸歸冊府玄奘往因振錫聊謁崛山經途萬里怙天威如咫步匪乘千葉詣雙林如食頃搜揚三藏盡龍宮之所儲研究一乘窮鷲嶺之遺旨並以載乎白馬來獻紫宸尋蒙下詔賜使翻譯玄奘識乖龍樹謬忝傳燈之榮才異馬鳴深愧瀉瓶之敏所譯經論紕舛尤多遂荷天恩留神構序文超象繫之表若聚日之放千光理括衆妙之門同法雲之濡百草一音演說億劫罕逢無以微生親承梵響踊躍歡喜如聞授記無任忻荷之極謹奉表詣闕陳謝以聞謹言

勑答謝啓

朕才謝珪璋言慚博達至於內典尤所未閑昨製序文深爲鄙拙唯恐穢翰墨於金簡標瓦礫於珠林忽得來書謬承褒讚循環省慮

彌益厚顏善不足稱空勞致謝

述三藏聖教序

唐高宗皇帝

夫顯揚正教非智無以廣其文崇闡微言非賢莫能定其旨蓋眞如聖教者諸法之玄宗衆經之軌躅也綜括宏遠奥旨遐深極空有之精微體生滅之機要詞茂道曠尋之者不究其源文顯義幽履之者莫測其際故知聖慈所被業無善而不臻妙化所敷緣無惡而不翦開法網之綱紀弘六度之正教拯群有之塗炭啓三藏之秘扃是以名無翼而長飛道無根而永固道名流慶歷邃古而鎮常赴感應身經塵劫而不朽晨鐘夕梵交二音於鷲峰慧日法流轉雙輪於鹿苑排空寶蓋接祥雲而共飛莊野春林與天花而合彩伏惟皇帝陛下上玄資福垂拱而治八荒德被黔黎斂衽而朝萬國恩加朽骨石室歸貝葉之文澤及昆蟲金匱流梵說之偈遂使阿耨達水通神甸之八川耆闍崛山接嵩華之翠嶺竊以法性凝寂靡歸心而不通智地玄奥感懇誠而遂顯豈謂重昏之夜燭慧炬之光火宅之朝降法雨之澤於是百川異流同會於海萬區分義總成乎實豈與湯武校其優劣堯舜比其聖德者哉玄奘法師者夙懷聰令立志夷簡神清齠齔之年體拔浮華之世凝情定室匿迹幽巖栖息三禪巡遊十地超六塵之境獨步迦維會一乘之旨隨機化物以中華之無質尋印度之眞文遠涉恒河終期滿字頻登雪嶺更獲半珠問道往還十有七載備通釋典利物爲心以貞觀十九年二月

六日奉勑於弘福寺翻譯聖教要文凡六百五十七部引大海之法流洗塵勞而不竭傳智燈之長燄皎幽闇而恒明自非久植勝緣何以顯揚斯旨所謂法相常住齊三光之明我皇福臻同二儀之固伏見御製衆經論序照古騰今理含金石之聲文抱風雲之潤治輒以輕塵足岳墜露添流略舉大綱以爲斯記

玄奘謝皇太子聖教序啓

玄奘聞七耀摛光憑高天而散景九河灑潤因厚地以通流是知相資之美處物既然演法依人理在無惑伏惟皇太子殿下發揮睿藻再述天文讚美大乘莊嚴實相珠迴玉轉霞爛錦舒將日月而聯華與咸英而合韻玄奘輕生多幸沐浴殊私不任銘佩奉啓陳謝謹啓

皇太子答沙門玄奘謝聖教序書

治素無才學性不聰敏内典諸文殊未觀覽所作論序鄙拙尤繁忽見來書褒揚讚述撫躬自省慚悚交并勞師遠臻深以爲愧

金剛般若經注序

唐褚亮

若夫大塊均形役智從物情因習改性與慮遷然則達鑒窮覽皎乎先覺照慧炬以出重昏拔愛河而升彼岸與夫輪轉萬劫蓋染六塵流遁以徇無涯蹐駮而趨捷徑豈同日而言也頴川庾初孫早弘篤信以爲般若所明歸於正道顯大乘之名相標不住之宗極出乎心慮之表絶於言象之外是以結髮受持多歷年所雖妙音演說成誦不虧而靈源邃

湛或有未悟嗟迷方之弗遠睠砥途而太息屬有慧淨法師博通奥義辯同炙輠理究連環庚生入室研幾伏膺善誘秉此誓願仍求註述法師懸鏡忘疲衢罇自滿上憑神應之道傍盡心機之用敷暢微言宣揚至理曩日舊疑渙焉氷釋令玆妙義朗若霞開爲像法之梁棟變群生之耳目詞鋒秀上映鷲岳而相高言泉激壯赴龍宫而競遠且夫釋教西與道源東注世閲賢智才兼優洽精該睿旨罕見其人今則沙門重闡籍甚當世想此玄宗鬱爲稱首歲唯閹茂始創懷袖月躔仲吕爰兹絶筆緇俗攸仰軒蓋成陰扣鍾隨其小大鳴劒發其光彩一時學侶專門受業同涉波瀾遁相傳授方且顧蔑琳遠俯視安生獨步高衢對揚正法遼東眞本望懸金而不刊指南所寄藏群玉而無朽豈不盛哉豈不盛哉

金剛般若經集註序

司元大夫隴西李儼字仲思撰

夫以觀鳥垂文振宏規於八體泣麟敷典渙洪波於九流循其轍者不踰乎寰域涉其源者僅歸乎仁義孰若至聖秉時能仁昭法剖秋毫於十地總沙界而銓道釋春氷於一乘冠塵劫而流化若迺是相非相是空非空宵乎不測廓焉無像假名言以立體包權實而爲用窮不照之照引重昏於夢境運無知之知導群迷於朽宅究其實相則般若爲之宗矣自眞容西謝像教東流香城徙築於綿區寶臺移構於中壤鱗萃羽集者咸徇其法雲褰霧廓者已悟其眞至矣哉無得而稱也然

此梵本至秦弘始有羅什三藏於長安城創譯一本名舍衛國曁於後魏宣武之世有流支三藏於洛陽城重翻一本名舍婆提江南梁末有眞諦三藏又翻一本名祇樹林隋初開皇有佛陀耶舍三藏又翻一本名祇陀林大唐有玄奘三藏又翻一本名誓多林雖分軫揚鑣同歸至極而筌詞析義頗亦殊途然流支翻者兼帶天親釋論三卷又翻金剛仙論十卷隋初耶舍又翻無著釋論兩卷比校三論文義大同然新則理隱而文略舊則工顯而義周兼有秦世羅什晉室謝靈運隋代曇琛皇朝慧淨法師等並器業韶茂博雅洽聞耽味玆典俱爲注釋研考秘賾咸騁異義時有長安西明寺釋道世法師字玄惲德鏡玄流道資素蓄伏膺聖教雅好斯文以解詁多門尋覈勞近未若參綜厥美一以貫之爰掇諸家而爲集註開題科簡同銘斯部勒成三卷號爲集註般若兼出義疏三卷玄義兩卷現行要用文理周悉庶使靈山積壤于天之峻彌高巨海納川浴日之波逾廣披文者冀窮其理講導者洞盡其性學侶無疲於倍功談客有同於兼採金口妙義掩二曜以長懸玉軸微言貫三才而靡絶豈止聲芬鷲嶺字韞龍宮而已哉

與翻經大德等書序　太常博士柳宣

歸敬偈

稽首諸佛　願護神威　當陳誠願　罔或尤譏

沉晦未悟　圓覺所歸　久淪愛海　舟楫攸希

異執乖競　和合是依　玄離取有　理絶過違

慢乖八正　戲入百非　同捨同辨　染淨混微
簡金去礫　琢玉裨輝　能仁普鑒　凝慮研幾
契誠大道　孰敢毀誹　諤諤崇德　唯唯浸衰
惟願留聽　度有發揮　望衿悃悃　垂誨斐斐

歸敬曰昔能仁示現王宮假歿雙樹微言既暢至理亦弘剎土蒙攝受之恩懷生沾昭蘇之惠自佛樹西蔭覺影東臨漢魏寔爲濫觴符姚盛其風彩自是名僧間出達士連鑣慧日長懸法輪恒馭開鑿之功始自騰顯弘闡之力仍資什安別有單開遠適羅浮圖澄近現趙魏粗言圭角未可縷陳莫不辯空有於一乘論苦集於四諦假銓明有終未離於有爲息言明道方契證於凝寂猶執玄以求玄是玄非玄理因玄以忘玄或是玄義雖寘會幽塗事絕言象然攝生歸寂終藉筌蹄亦既立言是非鋒起如彼戰爭干戈競發負者屏氣勝者先鳴故尚降魔制諸外道自非辯才無畏答難有方則物輩喧張我等恥辱是故專心適道一意總持法幢祇植法鼓遐震旗鼓既正則敵者殘摧法輪既轉能威不伏若使望風旗靡對難含膠而能闡弘三寶無有是處尚藥呂奉御入空有之門馳正見之路聞持擬於昔賢洞微侔於往哲其辭辯其義明其德眞其行著已沐八解之流又悟七覺之分影響成教若淨名之詰菴園聞道必求猶波崘之歸無竭意在弘宣佛教立破因明之疏若其是也必須然其所長如其非也理合指其所短今現僧徒雲集並是採石他山朝野俱聞呂君請益莫不側聽瀉水皆望蕩滌掉悔之源銷屏疑忿之聚有太史令李淳

風者聞而進曰僕心懷正路行屬歸依以實際爲大覺玄軀無爲是調御法體然皎日麗天寔助上玄運用賢僧闡法實裨天師妙道是所信受是所安心但不敢以黄葉爲金山雉成鳳南郭濫吹淄澠混流耳或有異議豈僕心哉豈僕心哉然鶴林已後歲將二千正法既通末法初踐玄理鬱而不彰覺道浸將湮落玄奘法師頭陀法界遠達迦維目擊道樹金流仍覩七處八會毗城鷲嶺身入彼鄉娑羅寶階仍驗虛實至如歷覽王舍檀特恒河如斯等輩未易具言也加之西域名僧莫不面論波若東域疑義悉皆質之彼師毗尼之藏既奉持而不捨毗曇明義亦洞觀而爲常蘇妬路既得之於聲明耨多羅亦剖斷於疑滯法無大小莫不韞之胷懷理無深淺悉能決之敏慮故三藏之名在振旦之所推定摩訶之號乃羅衛之所共稱名實之際何可稍道然呂君學識該博義理精通言行樞機是所詳悉至於陀羅佛法稟自生知無礙辯才寧由伏習但以因明義隱所見不同猶觸象各得其形共器飯有異色呂君既已執情道俗企望指定秋霜已降側聽鍾鳴法雲既敷雷震希發但龍象蹴蹋非驢所堪猶緇服壼奥白衣不踐脫知龍種抗說無垢釋疑則苾芻悉曇亦優婆能盡輙附微志請不爲煩若有滯疑望諮三藏裁決所以承稟傳示四衆則正道克昌覆障永絶紹隆三寶其在兹乎過此已往非復所悉弟子柳宣白

答博士柳宣

釋明濬

還述頌
於赫大聖　種覺圓明　無幽不察　如響酬聲
弗資延慶　孰悟歸誠　良道可仰　寔引迷生
百川邪浪　一味吞并　物有取捨　正匪虧盈
八邪馳鋭　四句爭名　飾非鑑是　抑重爲輕
照日冰散　投珠水清　顯允上德　體道居貞
縱加謷毀　未動遺榮　昂昂令哲　鬱鬱含情
俟諸達觀　定此權衡　聊伸悱悱　用簡英英
還述曰頃於望表預屬歸敬之詞其文煥乎何偉麗也詳其雅致誠哉豈不然歟悲夫愛海滔天邪山槩日封人我者顛墜其何已恃慢結者漂淪而不窮至於六十二見爭翳薈而自處九十五道競扶服而無歸如來以本願大悲忘緣俯應內圓四智外顯六通運十力以伏天魔飛七辯而摧外道竭茲愛海濟稟識於三空殄彼邪山驅宵形於八正指因示果反本還源大矣哉悲智妙用無德而稱焉昔道樹登庸被聲教於百億堅林寢迹振遺烈於三千自佛日西傾餘光東照周感夜隕之瑞漢通宵夢之徵騰蘭炳慧炬於前澄什嗣傳燈於後其於譯經弘法神異濟時高綸降邪安禪肅物緝頹綱者接武維絕紐者肩隨莫不夷夏欽風幽明翼化聯華靡替可略而詳惟今三藏法師蘊靈秀出含章而體一味瓶瀉以贍五乘悲去聖之逾遠憫來教之多闕緬思圓義徇道以身心口自誅形影相弔振衣擎錫討本尋源出玉關而遠遊指金河而一息稽疑梵宇探幽洞微旋化神州揚眞殄謬遺筌闕典大備茲辰方等圓宗彌廣前烈所明勝義妙絕寰中之中眞性眞空

極踰方外之外以有取也有取喪其真統無求也無求蠹其實拂二邊之跡忘中道之相則累遣未易洎其深重空何以臻其極要矣妙矣至哉大哉契之於心然後以之爲法在心爲法形言爲教法有自相共相教乃遮詮表詮粹旨沖宗豈造次所能覼縷法師凝神役智詳正始末緝熈玄籍大啓幽關秘希聲應扣擊之大小廓義海納朝宗之巨細於是殊方碩德異域高僧伏膺問道蓄疑請益固已飲河滿腹莫測其淺深聆音駭聽孰知其遠近至於因明小道現比蓋微斯乃指初學之方隅舉立論之標幟至若靈樞秘鍵妙本成功備諸奧冊非此所云也呂奉御以風神爽拔早擅多能器宇該通夙彰博物弋獵開墳之典鉤深壞壁之書觸類而長應諸數述振風飈於辯囿摛光華於翰林驤首雲中先鳴日下五行資其筆削六位佇其高談一覺太玄應問便釋再尋言象立試即成實晉代茂先漢朝曼倩方今蔑如也既而翱翔群略綽有餘功而能敬慕大乘夙敦誠信比因友生戲爾忽復屬想因明不以師資率已穿鑿比決諸疏指斥求非諠議於朝形於造次考其志也固已難加覈其知也誠爲可惑此論以一卷成部五紙成卷研幾三疏向已一周舉非四十自無一是自既無是而能言是疏本無非而能言非言非不非言是不是言是不是是而恒非言非不非非非而恒是非非恒是不爲非所非是是恒非不爲是所是以茲貶失致惑病諸且據生因了因執一體而亡二義能了所了封一名而惑二體又以

宗依宗體留依去體以爲宗喻體喻依去體留依而爲喻緣斯兩糸忘起多疑迷極一成謬生七難但以鑚窮二論師已一心滞文句於上下誤字音之平去復以數論爲聲論舉生成爲滅成豈唯差離合之宗因蓋亦違倒順之前後又採鄙俚訛韻以擬梵本囀音雖廣援七種而只當一囀然非彼七所目乃是第八呼聲舛雜乖訛何從而至又案勝論立常極微數乃無窮體唯極小復漸和合生諸子微數則倍減於常微體又倍增於父毋迄乎終已體遍大千究其所窮數唯成一呂公所引易繫辭云太極生二儀二儀生四象四象生八卦八卦生萬物云此與彼言異義同今案太極無形肇生有象元資一氣終成萬物豈得以多生一而例一生多引類欲顯博

聞義乖復何所託設引大例生義似同苦釋同於邪見深累如何自免豈得茍要時譽混正同邪非身之雠奚至於此凡所紕紊胡可勝言特由率已致斯狼狽根既不正枝葉自傾逐誤生疑隨疑設難曲形直影其可得乎試舉二三冀詳大意深疵繁緒委荅如别尋夫呂公達鑒豈孟浪而至此哉示顯眞俗雲泥難易楚越因彰佛教弘遠正法凝深譬洪鑪非掬雪所投渤澥豈膠舟能越也太史令李君居忠履孝靈府沉秘襟期遠邈專精九數綜涉六爻博考圖典瞻觀雲物鄙衞宏之失度陋裨竈之末工神無滞用望實斯在既屬呂公餘論後致間言以實際爲大覺玄軀無爲是調御法體此乃信熏修容有分證眞自然終不可成良恐言似而意違詞近而旨

遠然天師妙道幸以再斯且冠氏天師崔君特薦共貽伊咎夫復何言雖謂不混於淄蓋已自濫於金鍮耳唯公逸宇寥廓學殫墳索庇身以仁義應物以樞機肅肅焉汪汪焉擢勁節以干雲湛清瀾而鎮地騰芳文苑職處儒林𢭏摭九疇之宗研詳二戴之說至於經禮三百曲禮三千莫不義符指掌事如俯拾鏄俎咸推其准的法度必待其雌黃遂令相鼠之詩絕聞於野魚麗之詠盈耳於朝唯名與實盡善盡美而誠敬之重稟自夙成弘護之心實唯素蓄屬斯諠議同恥疚懷故能投刺含膠允光大義非夫才兼內外照實隣幾豈能激揚清濁濟俗匡真耳昔什公門下服道者三千今此會中同德者如市貧道猥以庸陋叨廁末筵雖慶朝聞終慚夕惕詳以造疏三德並是貫達五乘墻仞罕窺辭峯難仰既屬商羊鼓舞而霈澤必霑詞雷迅發恐無暇掩耳僉議古人曰一枝可以戢羽何煩乎鄧林潢洿足以沉鱗豈俟於滄海故不以愚懦垂逼課虛辭弗獲免粗陳梗槩雖文不足取而義或可觀顧已庸踈彌增悚恧捐述還答餘無所伸釋明濬白

廣弘明集卷第二十二

音釋

縝章忍切　忒他得切差也　竅苦弔切孔也　齕痕沒下結二切齧也　鍛丁貫切鍊也　銛息廉切利也　胛古狎切肯上兩膊間也　僵居良切仆也　歘許勿切卒起貌　衝尺容切戰車　骼柯額切骨也　鏑切矢鋒　矛莫浮切句兵也　盾合尹切千櫓之屬　嚚語巾切不道忠信

之言也　胤羊胃切嗣也　悛此緣切改也　孱士山切　隕穫隕羽敏切穫胡郭切隕穫困迫失志貌　汨莫狄切水名　釁許覲切瑕隙也　篡初患切逆而奪取之也　僶武畫切強為曰僶　捋郎括切摩也　舷古本切　冒頓冒音墨頓音咄冒頓匈奴名　亳傍各切地名　剖普后切破也　虺許偉切蝮屬　眄美辨切邪視貌　溘口答切奄忽也　跖之石切人名　飈甫遙切疾風也　颺余亮切風飛物也　溲疎有切便溺也　罽居刈切罽賓國名　熸昨鹽切火也　煨燼煨烏恢切燼徐刃切煨燼火餘也　卨先結切高辛氏子商之祖也　蠃郎何切蚌屬　紕匹夷切跣也　齠齔齠徒聊切齔初覲切齠齔始毀齒也　掇丁括切取也　斐芳肥切斐斐往來也　澠美辨切水名　壼古本切宮中道也　覶力戈切覶縷委曲也　摭之石切摭也　洿音烏潢洿積氷也　懦乃箇切弱也

廣弘明集卷第二十三

唐 釋 道 宣 集

僧行篇第五

序曰夫論僧者六和爲體謂戒見利及三業也是以道洽幽明德通賢聖開物成務則福被人天導解律儀則化垂空有並由式敬六和揚明三寶内蕩四魔之弊外傾八慢之幢遂使三千國内咸禀僧規六萬遐年俱遵聲教非僧弘御孰振斯哉然則道涉窊隆岠百六之陽九塵隨信毀壞利用之安危通人不滯其開抑鄙夫有阻於時頌故使衆雜邪正布遍引之康莊心包明昧顯登機之衢術是知滿願之侶秉小道而攝生天熱之倫寄邪徒而化物擊揚覈於適道弘喻在於權謀未俟威容唯存離著若斯言之倫則通於理行者也或不達者妄起異端若見左行謬僻濫罔彌甚莫思己之煩惑專憚彼之乖儀於即雷同荷冐坑殘夷滅下凡之例抱怨酷而消亡上聖之徒悼凶勃之安忍自古君人之帝殷鑒興亡之經開吞舟之宏網布容養之寛政闡仁風於寓内坐致太平弘出處之成規饗茲大賚餘則察察糾舉背烹鮮之格言收羅咎失挹凝脂之密令及後禍作殃扇隄防莫開掩泣向隅斯須糜潰爲天下之所笑也故集諸政績布露賢明或抗詔而立讜言或興論以詳正議或褒仰而崇高尚或銜哀而暢誄詞茲道可尋備于後列

廣弘明集僧行篇總目

東晉丘道護支曇諦誄 并序

後秦釋摩羅什誄 并序

宋釋慧琳釋法綱誄并序
釋慧琳竺道生誄
謝靈運釋曇隆誄
謝靈運釋慧遠誄
張暢若耶山釋法敬誄
南齊釋慧琳釋玄運誄
裴子野律師釋智稱誄
虞羲景法師行狀
梁沈約淨秀尼行狀
宋孝武沙汰僧徒詔
元魏孝文褒崇諸僧詔七首
南齊沈休文述中食論
沈休文述僧設會論
北齊文宣沙汰釋李詔并答
梁簡文弔道澄法師亡書

晉安王與所部僧正教原本缺文
王筠與東陽盛法師書
釋智林與汝南周顒書
劉孝標與舉法師書
王曼穎與皎法師書并答
劉之遴弔震法師亡書
劉之遴弔震兄李敬朏書
劉之遴弔京僧正亡書
劉孝標金華山山栖志
陳釋真觀與徐僕射書
徐陵諫仁山深法師罷道書
周釋曇積諫武帝上沙汰表
戴逵貽仙城慧命禪師書
幽林沙門釋慧命酬書北齊戴先生

廣弘明集僧行篇第五之初

道士支曇諦誄 并序

東晉丘道護

晉義熈七年五月某日道士支曇諦卒春秋六十有五嗚呼哀哉法師肇胤西域本出康居因族以國氏既伏膺師訓乃從法姓支徙于吳興郡烏程縣都鄉千秋里資金商之貞氣藉陽育之韶律胄遐方而誕秀協川岳而稟神識情湛粹風宇明肅道致表於天期德範彰於素器貞悟獨拔群異不足以動其心至誠深固衆論莫能以干其執是以超塵絶詣慧旨發於弱齡研微耽玄明道昭於歲暮故能振靈風於神境演妙化於季葉嗣清徽於前哲穆道俗而歸懷焉遊涉衆方敷揚大業妙尋幽賾清言析微加善屬文辭識賞絫流固已諧契風勝領冠一時矣公之中年爰乃慨以城傍難置幽居爲節且山水之性素好自然静外之嘿體自天心於是謝緣人封

遁迹巖壑乃考室于吳興郡故鄣之崐山味道崇化二十餘載其栖業所弘可以洗心滌垢筌象之美足以窮與永年於是晞宗歸仁者自群方而集欽風懷趣者不遠而叩津焉于時時望英豪多延請齋講公虚心應物不嘗以動止今懷推誠述義未始以道俗殊致其中抱一之德又遐邇所推方將灑拂玄路絙維頹風超外妙梯擬徹玄蹤惜乎不永遘疾而終識者深云亡之痛攸情感惟良之悲蓋無爵而貴生榮死哀者其此之謂矣雖至理寘一存亡定於形初玄識妙照骸器同於朽壤然而闕情期於欣慽之境未泯乎離會之心者亦何能不以失得爲悲喜臨長岐而悽懷哉苟寘廢之難體寄筌翰以懷風援弱毫而舒情播清暉乎無窮乃作誄曰

綿綿終古　曖曖玄路　妙緣莫叩　長寐靡寤
生滅紛紜　動息舛互　相驅百世　季葉彌蠹
水溺塵勞　孰知其故

其一

至人乘運　靈覺中肇　未覩滄流　井蛙無小
大明融朗　幽夜乃曉　滅有歸空　除闇即皦
道洽無方　仁被禽鳥　昧者靡遺　識者彌了

其二

超哉法師　道性自然　一心絕俗　祇誠重玄
研微神鋒　妙悟無間　塵之所著　在至斯捐
累之所引　秉之彌堅　擺落塵羈　振拕靈淵

其三

遼遼清雅　肅肅貞韻　汪汪其沖　亹亹其進
和而有慨　異而不峻　渟心獨得　標想千仞
虛以應物　無來不順

其四

汎遊弘化　振響揚暉　開道玄肆　肇闢靈扉
位制冥極　剖析幽微　忘懷善挹　穆然靡違
會通群方　總之所歸　遐抗頹綱　闡固法闈
緒此妙慧　乃播神威

其五

幽境湛默　人肆諠引　閑邃易一　華紛難泯
公乃慨然　中駕潛軫　卜居川巖　構室林巘
擯拭外緣　潛精內敏　靡筌不服　無微不盡

其六

蔚矣崐嶺　崗阜丘墟　連峯雲秀　迴壑迂餘
庭蔭蕭條　階繞清渠　翳然其遠　肅爾其虛
眇眇玄風　愔愔僧徒　味道閑室　寂焉神居
心隨道親　情與俗踈

其七

道固無孤　德必有隣　淵清引映　業勝懷人
睎風宗玄　自遠來賓　亦有襟期　時來問津
湛湛先窮　日日王神　林壤有謝　道心常新

其八

聖逝言絕　賢表義乖　翳翳末運　玄化將頹
澹矣夫子　道俗歸懷　庶享遐年　振此落維
如何不弔　棄世永辭　儀景長歸　逝矣不追
有識深慟　含情同悲　嗚呼哀哉

其九

推著綢繆　聚淹信宿　閑宴清宇　籍卉幽谷
或濯素瀨　爰憩翠竹　屢興名辰　汎觴掇菊
梨柚薦甘　蒲萄爲歎　賦詩詠言　怡然偕足
眷懷茲遊　想之在目　傷哉斯遇　千載無復
踐舊霑襟　瞻情悲哭　嗚呼哀哉

其十

有必之無　始則歸卒　達人妙觀　千齡一日
昧者或應　横爲凶吉　邈矣法師　夙反玄室
累劫之勤　不速而疾　庶遘寘緣　終會靈術
妙斤弗運　寔深喪質　情在未寘　悵爲自失
寄懷毫素　徽風載述　嗚呼哀哉

鳩摩羅什法師誄 并序

釋僧肇

夫道不自弘弘必由人俗不自覺覺必待匠待匠故世有高悟之期由人故道有小成之運運在小成則靈津輟流期在高悟則玄鋒可詣然能仁曠世期將千載時師邪心是非競起故使靈規潜逝徽緒殆亂爰有什法師者蓋先覺之遺嗣也凝思大方馳懷高觀審釋道之陵遲悼蒼生之窮藹故乃奮迅神儀寓形季俗繼承洪緒爲時城塹世之安寢則覺以大音時將晝昏乃朗以慧日思結頹綱於道消緝落緒於窮運故乘時以會錯枉以正一扣則時無互鄉再擊則嘿縲歸仁于斯時也羊鹿之駕摧輪六師之車覆轍二想之玄既明一乘之奥亦顯是以端坐嶺東響馳八極恬愉弘訓而九流思順故大秦符姚二大王師旅以延之斯仁王也心遊大覺之門形鎮萬化之上外揚羲和之風內盛弘法之術道契神交屈爲形授公以宗匠不重則其道不尊故蘊懷神寶感而後動自公形應秦川若燭龍之曜神光恢廓大宗若曦和之出榑桑融冶常道盡重玄之妙閑邪悟俗窮名教之美言既適時理有圓會故辯不徒興道不虛唱斯乃法鼓重震於閻浮梵輪再轉於天北矣自非位超修成體精百練行藏應時

其孰契於茲乎以要言之其爲弘也隆於春陽其除患也厲於秋霜故巍巍乎蕩蕩乎無邊之高韻然隘運幽興若人云暮癸丑之年年七十四月十三日薨乎大寺嗚呼哀哉道匠西傾靈軸東摧朝曦落曜寶岳崩頹六合晝昏迷駕九迴神關重閉三途競開夜光可惜盲子可哀罔極之感人百其懷乃爲誄曰

先覺登霞　靈風緬邈　通仙潛凝　應眞沖漠
叢叢九流　是非競作　悠悠盲子　神根沉溺
時無指南　誰識冥度　大人遠覺　幽懷獨悟
恬沖靜默　抱此玄素　應期乘運　翔翼天路
既曰應運　宜當時望　受生乘利　形標奇相
襁褓俊遠　髫齔逸量　思不再經　悟不待匠
投足八道　遊神三向　玄根挺秀　宏音遠唱
又以抗節　忽棄榮俗　從容道門　尊尚素朴
有典斯尋　有妙斯録　弘無自替　宗無擬族
霜結如冰　神安如岳　外跡彌高　内朗彌足
恢恢高韻　可模可因　愔愔沖懷　惟妙惟眞
靜以通玄　動以應人　言爲世寶　默爲時珍
華風既立　二教亦賓　誰謂道消　玄化方新
自公之覺　道無不弘　靈風遐扇　逸響高騰
廓茲大方　然斯慧燈　道音始唱　俗網以崩
癡根彌拔　上善彌增　人之寓俗　其途無方
統斯群有　紐茲頹綱　順以四恩　降以慧霜
如彼維摩　迹參城坊　形雖圓應　神沖帝鄉
來教雖妙　何足以臧　偉哉大人　振隆圓德
標此名相　顯彼沖默　通以衆妙　約以玄則
方隆般若　以應天北　如何運邅　幽里冥尅
天路誰通　三途誰塞　嗚呼哀哉　至人無爲
而無不爲　擁網遐籠　長羅遠羈　純恩下鈞

客旅上摛　恂恂善誘　肅肅風馳　道能易俗
化能時移　柰何昊天　摧此靈規　至眞既往
一道莫施　天人哀泣　悲慟靈祇　嗚呼哀哉
公之云亡　時唯百六　道匠韜斤　梵輪摧軸
朝陽頹景　瓊岳顛覆　宇宙晝昏　時喪道目
哀哀蒼生　誰撫誰育　普天悲感　我增摧衄
嗚呼哀哉　昔吾一時　曾遊仁川　遵其餘波
纂承虛玄　用之無窮　鑚之彌堅　躍日絕塵
思加數年　微情未叙　已隨化遷　如可贖兮
貿之以千　時無可待　命無可延　惟身惟人
靡憑靡緣　馳懷罔極　情悲昊天　嗚呼哀哉

武丘法綱法師誄

宋釋慧琳

元嘉十一年冬十一月辛未法綱法師卒嗚呼哀哉夫峭立方矯既傷於通任卑隨圓比又虧於剛潔山居恊枯槁之弊邑止來囂湫之患酌二情而簡雙事者法師其有焉少遊華京長栖幽麓樂志入出乘情去來瀆猷人流就閑於木石鬱寂丘壑求歡於物類人以爲無特操我見其師誠矣天性虛敏陶漸風味從容情理賞託文義交遊敦亮盡之契進趣慕復外之道埋身法服朱纓之累早絕抗趾神疆丹墀之閡夙判況乃桑門矯拂之跡徒倚伏之數者哉昔因邂逅傾蓋著交同以翦落夷契群萃布懷舒憤以寄當年遂携手遊梁比翼栖鄧餐風靈岫挹道玄津比樂齊讌千載一時自林傾鳥散奄忽盈紀子薄高柯予淪泥滓常冀曾卜索居之遇遂成梁高山海之别東瀾弗復西景莫收致盡川征歸骨曾丘嗚呼哀哉誄曰

厥族氏殷寔湯之裔榮聲中微源流昭晰少遭閔凶宗無緦纏慈姑經營託是養衛爰逮三五聰韻特挺雙奇比秀偶羅齊穎志陋中區思擢神境脫落生近耽慕緣永既遵玄轍洞曉名迹仁義之外通非所惜室欲靡遂坐以會適弗依朱扇考卜巖壁來不霑足去不絕翩頡頏升萃進退損益予惡浮波爾能即心俱翔道澤同集德林齊拂和風共聆玄音自宫徂國在目在襟往化綿邈遺思沉吟亦既離遜天道明晰爾出舊山予反遐裔庶秉和運同蔭共憇寒灰弗煙落葉離綴睽顧莫從子遂下世人之云亡風懷掩翳嗚呼哀哉玄冬凄冽江湝蕭條寒風颸幕飛霰入艘命有近止歸途尚遥憫憫即盡寂寂哀號孤旅如薄均化無褒嗚呼哀哉懷遊居之虎丘悼冥滅之廬嶺惟採録於中京念提携於番境情飄飄於雙巒思纏綿於兩省何綢繆兮無極心所存兮腷臆閔嚴冬兮已謝藉隆暑兮既息四運紛其邅迴情期宵以長匿苟來緣之匪亡卷生年以增惻嗚呼哀哉

龍光寺竺道生法師誄

宋釋慧琳

元嘉十一年冬十月庚子道生法師卒於廬山嗚呼哀哉善人告盡追酸者無淺舍理云滅如惜者又深法師本姓魏氏彭城人也父廣戚縣令幼而奇之携就法汰法師改服從業天資聰茂思悟夙挺志學之年便登講座于時望道才僧著名之士莫不窮辭挫慮服其精致魯連之屈田巴項託之抗孔叟殆不過矣加以性靜而剛烈氣諧而易遵喜捨以

接誘故物益重焉中年遊學廣搜異聞自楊徂秦登廬躡霍羅什大乘之趣提婆小道之要咸暢斯旨究舉其奥所聞日優所見踰賾既而悟曰象者理之所假執象則迷理教者化之所因束教則愚化是以徵名責實惑於虚誕求心應事芒昧格言自胡相傳中華承學未有能出斯誠者矣乃收迷獨運存履遺迹於是衆經雲披群疑冰釋釋迦之旨淡然可尋珍怪之辭皆成通論聃周之伸名教秀彌之領玄心於此爲易矣物忌光頴人疵貞越怨結同服好折群遊遂垂翼斂趾銷影巖穴導晦至道投跡愚公登冊之迹有往無歸命盡山麓悲興褁識嗚呼哀哉

泗汴之清吕梁之峻唯是淑靈育此明俊如草之蘭如石之瑾匪曰薰彫成此芳絢爰初志學服膺玄跡經耳了心披文調策弱而登講靡章不析善以約言弗尚辭懂有識欽承厭是鉤賾中年稽教理洗未盡用是遊方求諸淵隱雖遇殊聞彌覺同近途窮無歸迴轅改軫芟夷名跡闡揚事表何壅不流何晦不曉若出朝离其明昭昭四果十住藉以汲矯易之牛馬莊之魚鳥孰徵斯實弗迷斯道淹留兹悟告子晦言道誠在斯群聽咸播不獨抵峙誚毀多聞予謂無害勸是宣傳識恊貞誠見誨浮諠黜蔭去大弭此騰口增栖成英敻逸篁藪遁思泉源無閡川阜庶秉閑託曰仁者壽命也有懸曽不永久蘭蓀連類氣傷于偶嗚呼哀哉爰念初離三秋告暮風肅流清雲高林素送别南浦交手分路茫茫去止悽悽情顧孰在隱倫各從沿泝愁是長乖異

成永亙嗚呼哀哉遡來風之絶響送行雲之莫因緬三冬其已謝轉獻歲於此春聽陽禽之悦豫矚神氣之氤氳念庠序於兹月信習業之嘉辰隱講堂之空靚惻高座之虚闃歎因事以矜理悲縁情以懷人嗚呼哀哉天道茫昧信順可推理不湮滅庶或同歸申夭可略情忿可遺短章無布聊以寫悲嗚呼哀哉

曇隆法師誄

謝靈運

夫協理置論百家未見其是因心自了一巳不患其躓而終莫相辯我若咸歎翻淪得拔竟知于誰冀行跡立則善惡靡徵欲聲名傳則薫蕕同歇然意非身之所挫期出命之所限者目所親覿見之若人矣慧心朗識發於髫辮生自稟華家嬴金帛加以巧乘騎解絲竹沫絶景於康衢弄絃管於華肆者非徒經旬涉朔彌歴年稔而已諒趙李之咸陽程鄭之臨卭矣既而永夜獨悟中飲興歎曰悲夫欣厭迭來終歸憂苦不杜其根於何超絶且三界迴沉諸天倐瞬況齊景牛山趙武企陰催促節物逼迫霜露推此願言伊何能久慨然有擯落榮華兼濟物我之志毋氏矜其心姊弟伸其操遂相許諾出家求道一身既然闔門離世妻子長絶歡娛永謝豈唯向之靡樂判之盛年終古恩愛於今仳別矣旅湘南遡投景廬岳一登石門香罏峯六年不下嶺僧衆不堪其深法師不改其節援物之念不以幽居自抗同學嬰疾振錫萬里相救余時謝病東山承風遥羨豈望人期頗以山招法師至正鄙人榮役前詩叙粗巳記之故不重

煩及中間反山成説款盡遂獲接棟重崖俱
挹迴澗茹芝朮而共餌披法言而同卷者再
歷寒暑非直山陽靡喜愠之容令尹一進巳
之色實明悟幽微祛滌近滯蕩各澡垢日忘
其疾庶自首同居而乖離無象信順莫歸徵
集何緣晚節羅疊遠見參尋至止阻闊音塵
殆絶值暑遘疾未旬即化誠存亡命也此行
頗實有由承凶感痛寔百常情紙墨幾時非
以斯名蓋欽志節追深平生自不能黙巳故
投懷援筆其辭曰

仰尋形識　俯探理類　探聲知律　拔茅覩彙
物以靈異　人以智貴　即是神明　觀鑒意謂
爰初在稚　慧心夙察　吐噏芳華　懷抱日月
如彼蘭苑　風過氣越　如彼天倪　雲披光發
求名約身　規操束巳　儻或愚世　曾未近似
生以意泰　意管生理　孰是歡慰　程鄭趙李
家畜金繒　才練藝技　驪首揮霍　繁絃綺靡
酒娛調促　意姸服侈　朝迫景曛　夕忌星徙
悠悠白日　凄凄良夜　年往歡流　厭來精舍
苦樂環迴　終卒代謝　棄而更適　生速名借
誰能易奪　何術推移　精粗渾濟　善惡參差
即心有限　在理莫規　試覈衆肆　庶獲所窺
道家躓近　群流鈌遠　假名恒誰　傍義豈反
獨有兼忘　因心則善　傷物沉迷　羡彼驅遣
變服京師　振錫廬頂　長別榮冀　永息幽嶺
含華襲素　去繁就省　人苦其難　子取其靜
昏之視明　即愚成絶　智之秉情　對理斯涅
吝既弗祛　滯亦安拔　子之矜之　爲爾苦節
節苦在巳　利貞存彼　以明闇逝　以慈累徙
欲以援物　先宜濟此　發軫情違　終然理是

梁鴻攜妻　荷蓧見子　雞黍接人　行歌通巳
於世曰高　於道殊鄙　始見法師　獨絕神理
形壽易盡　然諾難判　乘心即化　棄身靡歎
懷道彌厲　景命巳晏　矜物辭山　終息旅館
嗚呼哀哉　魂氣隨之　延陵巳了　鳶螻同施
漆園所曉　委骸空野　豈異豈矯　幸有遺餘
聊給蟲鳥　嗚呼哀哉　緬念生平　同幽共深
相率經始　偕是登臨　開石通澗　剔柯疏林
遠眺重疊　近矚嶇嶔　事寡地閑　尋微探賾
何句不研　奚疑弗析　帙舒軸卷　藏拔紙襞
問來答往　俾日餘夕　沮溺耦耕　夷齊共薇
跡同心歡　事異意違　承疾懷灼　聞凶濾悲
孰云不痛　零淚霑衣　嗚呼哀哉　行久節移
地邊氣改　終秋中冬　踰桂投海　永念伊人
恩深情倍　俯謝常人　仰愧無待　嗚呼哀哉

廬山慧遠法師誄

謝靈運

道存一致故異化同暉德合理妙故殊方齊致昔釋安公振玄風於關右法師嗣沫流于江左聞風而悅四海同歸爾乃懷仁山林隱居求志於是衆僧雲集勤修淨行同法餐風栖遲道門可謂五百之季仰紹舍衛之風廬山之嵎俯傳靈鷲之旨洋洋乎未曾聞也予志學之年希門人之末惜哉誠願弗遂永違此世春秋八十有四義熙十三年秋八月六日薨年踰縱心功遂身亡有始斯終千載垂光嗚呼哀哉乃爲誄曰

於昔安公　道風允被　大法將盡　頹綱是寄
體靜息動　懷真整僞　事師以孝　養徒以義
仰弘如來　宣揚法雨　俯授法師　威儀允舉

學不闚牖　鑒不出戶　粳粮雖御　獨爲萇楚
朗朗高堂　肅肅法庭　既嚴既靜　愈高愈清
從容音旨　優游儀形　廣演慈悲　饒益衆生
堂堂其器　亹亹其資　髫角味道　辭親隨師
供養三寶　析微辨疑　盛化濟濟　仁德怡怡
於焉問道　四海承風　有心載馳　戒德鞠躬
令聲續振　五濁暫隆　弘道讚揚　彌虛彌沖
十六王子　孺童先覺　公之出家　年未志學
如彼鄧林　甘露潤澤　如彼瓊瑤　既磨既琢
大宗戾止　座衆龍集　聿來胥宇　靈寺奚立
舊望研幾　新學時習　公之勗之　載和載輯
乃修什公　宗望交泰　乃延禪衆　親承三昧
衆美合流　可上可大　穆穆道德　超於利害
六合俱否　山崩海竭　日月沉暉　三光寢晰
衆麓摧柯　連波中結　鴻化垂緒　微風永滅

嗚呼哀哉　生盡沖素　死增傷悽　單蓺土櫬
示同斂骸　人天感悴　帝釋慟懷　習習遺風
依依餘悽　悲夫法師　終然是栖　室無停響
途有廣蹊　嗚呼哀哉　端木喪尼　哀直六年
仰慕洙泗　俯憚冢塋　今子門徒　實同斯艱
晨掃虛房　夕泣空山　嗚呼法師　何時復還
風嘯竹栢　雲靄巖峯　川壑如泣　山林改容
自昔聞風　志願歸依　山川路邈　心往形違
始終銜恨　宿緣輕微　安養有寄　閻浮無希
嗚呼哀哉

若耶山法敬法師誄并序

宋張暢

夫待物而遊致用生外道來自我懷抱以歡故晦寶停璞導兼車以出魏鸞逸雲緒豈增軒以入衛是以士之傲俗尚孤其道幽居之

民無悶焉獨吾每宣書夙流照爛故已跂予感詠身心不足若乃沖獨之韻少歲已高絕嶺之氣早志能遠初憩駕廬山年始勝髮緬邈之志直已千里乃求剃形就道忘家入法時沙門釋慧遠雖高其甚高以其尚幼未之許也遂乃登絕澗首太陽臨虛投地之險以身易志法師乃奇而納焉冑翔華胤業集素履勁露未嚴先風苦節同學不勝其勞若人不改其操于時經藏始東肆業華右遂扣途萬里屢遊函洛定慧相曉致用日微羅什既亡遠公沉世乃還迹塞門屏居窮岫其不出意若耶之山者於茲二十餘年矣余叔謝病歸身唯風停想法師秉感來遊積席談晏清謝竟言不別而別故已默語交達而動靜虛員矣徵士戴顒秀調宣簡神居共逸風理交融乃倚岫成軒停林啓舘即此人外因心會友西河方浪東山已隤風雲既盡草木餘哀心之憂矣涙合無開嗚呼哀哉乃爲誄曰

在尚上王　歌鳳伊洛　逸路翔雲　高軒鳴鶴
靈源世流　幽人代作　歸來之子　跨古逢運
結轍承風　遵途襲問　緯玉則溫　經金斯振
歲學兩幼　年盈數始　令德既軒　其秀唯起
鋒穎萬代　風標千里　情愛相輕　家國如草
達矣哲人　獨肆玄寶　總駕七覺　飛鞍八道
三江多靜　湛勝廬山　地去萬物　軌迹停玄
遼遼清慧　結宇承煙　前驅群有　首路人天
吾生製融　集彼清風　業流善會　情竦妙同
白日春上　素月秋中　方寸無底　六合可窮
卓彼羅什　三界特秀　眞俗冠冕　神道領袖
若人對響　承車即轍　沙漠織寒　長風負雪

投袂泳霜　攬裾暮節　誰斯問津　悠焉在哲
莊衿老帶　孔思周懷　百時如一　京載獨開
匈地既滿　頹惟糟魄　移此無生　悽居樹席
妙入環中　道出形上　所謂伊人　玄途獨亮
智虛于情　照實其相　生住無住　異壞相尋
羅什就古　慧遠去今　匠石何運　伯牙罷音
殷憂逃遁　昔還爾心　東巖解迹　削景若耶
早帳風首　春席雲阿　流庭結草　復渚含波
月軒東秀　日落西華　情步不辭　寢興高絶
白雲臨操　清風練節　經綸五道　提衡六趣
四諦歸想　三乘總路　生滅在法　諸行難常
哲人薪盡　舊火移光　白日投晦　中春起霜
嗚呼哀哉　昔余丸髮　早讌清襟　送志非歲
迎韻者心　家貧親老　耕而弗飽　就檄追歡
身素孤天　既隔于形　徒通以道　自我從病

高掛東山　明月途靜　白雲路開　承松吐嘯
風上舒言　洛予戴侯　夙居涼峻　佇館伊人
流心酌韻　如何高期　隔成幽顯　五絃喪弄
三觴誰餞　嗚呼哀哉　山泉同罷　松竹哀涼
秋朝霜露　寒夜嚴長　嗚呼哀哉　孤猨將思
旅鴈聲時　廣開性品　無情者誰　連臺成草
比館唯悲　存亡既代　物色長衰　嗚呼哀哉
蒼生失御　萬物無歸　陰爽就夜　重陽頓暉
嗚呼哀哉伊四望之茫茫愴子心之悄悄雖淚至之有端固憂來其無兆隱(於靳切)長思以歡悲諒從横於言表嗚呼哀哉

新安寺釋玄運法師誄(并序)

南齊釋慧琳

維建武四年五月八日甲午沙門玄運右卧不興神去危城嗚呼哀哉法師本譙邦右族

寓于燉煌幼禀端明仁和之性長樹弘懿沖閑之德眞粹天挺夙鑒道勝乃遺擯俗纏超出塵礙濯景玄津栖習法道率由儀律之絶精學體微之妙潛仁晦名之行散畜忘相之施無得而稱者日夜而茂焉敷說架乎當時理思冠乎中世鑽仰之徒自遠而來虛至實歸遍于轍跡帝后儲貳之尊蕃英鼎宰之重莫不揖道宗師瞻猷結敬而宏量邃奧不以貴賤舛其顧眄夷整淵深不以寒暑品其懷抱所以總綜像末崇振頹流者法師其人矣啓訓之緣有限負手之歌會終風火告徵愈恬明於危識靈聖滅現憂恭恍於告漸春秋六十九嗚呼哀哉外禀哽識內諮慟魂慕題往迹行寔浮言迺作誄曰

世滯悠曠　苦海遐長　欲善修掩　愛網宏張
法燈不曜　慧日霾光　朽宅燔仆　炎火浮揚
二儀構毀　筭其有歲　三轉廓遼　空劫誰計
從冥詎曉　淪川莫濟　接踵既踈　寔資命世
日誕明哲　降靈自緣　涵徽蘊器　有表孩年
神機幼徹　凝鑒早宣　猶玉初瑩　若珠啓泉
疵厭塵濁　超悟玄微　訣捨愚縛　澄翦情違
齠年植節　丱歲從師　承規檢敬　肅範儀威
秉躬淳潔　淑慎心行　學辨秘源　問窮理奧
前隱用昭　往凝斯鏡　匹佚功倍　思高業盛
爰洎中歲　綽與宏廣　輪演法空　雲滌日朗
乘衢若夷　擁開似敞　悠悠品類　式是宗仰
右河振聞　左江摽秀　聲因德宣　稱緣道富
提獎詢求　恍懌研授　仁厚猶地　志高如岫
輟餐赴嗛　捨纊矜寒　蓄無停日　財以施殫
寧賤傲色　匪貴愉顏　湛滋懿慶　均彼藉蘭

教之所洽　晦識斯明　智之所誘　務以心成
接昏茂貨　撫迷諒情　憑微請要　莫不咸亨
險路恒遠　開引有極　生滅相揮　念念匪息
徂年寡留　西光遽逼　雲變豈停　將運淨域
嗚呼哀哉　體深病苦　慮達四疾　針石醫巫
分劑貶失　端情法旅　正想慈律　不捨界勤
誓拯群物　嗚呼哀哉　合既終離　假會應謝
同悲素林　寂然中夜　談人勗善　瞻天儼駕
即彼紺宮　去此塵舍　嗚呼哀哉
絶徽言於永沒　毀舟航於遐澨　挨崇臺之嚴
華蕪峻堂之雕麗　捨形有其若遺　遷情靈其
何界資訓仰兮眷徒　空血淚兮感逝　嗚呼哀
哉

南齊安樂寺律師智稱法師誄并序

裴子野

法師諱智稱河東聞喜人也俗姓裴氏挹汾澮之清源稟河山之秀質蓄靈因於上葉感慧性於閻浮直哉惟清爰初夙備溫良恭儉體以得之然而天韻眞確含章隱曜沉漸人群莫能測其遠邇蓋由徑寸之華韜光濬壑盈尺之寶未剖聯城鑒觀者罔識其巨麗遂聽者弗得其鴻名羈束戎旅俛起仟陌年登三十始覽衆經退而歎曰百年倏忽功名爲重名不常居功難與畢且吉凶悔吝孔書已驗變化起伏歷聖未稱安知崢嶸之外寥廓之表籠括幽顯大援無邊者哉彼有師焉吾知歸矣遂乃長揖五忍斂衽四依挫銳解紛於是乎盡宋大明中益部有印禪師者苦節洞觀鬱爲帝師上人聞風自託一面盡禮印公言歸庸蜀乃携手同舟以宋太始元年出

家於玉壘誠感人天信貫金石直心般若高步道場既而敬業承師就賢辨志遨遊九部馳騁三乘摩羅之所宣譯龍王之所韜秘雖且受持諷誦然未取以爲宗常謂攝心者迹迹寂則心檢弘道者行行察則道存安上治人莫先乎禮閑邪遷善莫尚乎律可以驅車火宅翶飛苦海瞻三途而勿踐歷萬劫而不衰者其毗尼之謂歟乃簡棄枝葉積思根本頓轡洗心以爲已任於是曳錫踽步千里遊學擁經持鉢百舍不休西望荆山南過澧浦周流華夏博採奇聞土木形骸琬琰心識靡高不仰無堅不攻寢之所安席不及煖思之所至食不遑餐入道三年從師四講教逸功倍而業盛經明每稱道不墜地人各有美宣尼之學何詎常師于時具隱二上人先輩高流鳳鳴西楚多寶穎律師洽聞温故翰起東都法師之在江陵也稟具隱爲周旋爰及還京洛以穎公爲益友皆權衡殿最言刈菁華捨稊稗而膳稻粱會鹽梅而成鼎飪其理練其旨深膚受末學莫能踵武以泰始六年初講十誦於震澤闡揚事相咫尺神道高談出雲漢精義入無間八萬威儀怡然理暢五部章句涣爾同波由是後進知宗先達改觀暉光令問於斯籍甚法師應不擇方行有餘力清言終日而事在其中立栖雲於具區營延祚於建業令不待嚴房櫳肅靜役不加迅棟宇駢羅自方等來儀變梵爲漢鴻才鉅學連軸比肩法華維摩之宗往往間出涅槃成實之唱處處聚徒而律藏憲章於時最寡振裘持領允屬當仁若夫淵源浩汗故老之所迴

慼峻阻隱複前修之所解駕皆剖析毫氂粉散膠結鉤深致遠獨悟冐懷故能使反戸之南彎弓之北尋聲赴響萬里而至門人歲益經緯日新坐高堂而延四衆轉法輪而朝同業者二十有餘載君子謂此道於是乎中興絶慶弔屛流俗朱門華屋靡所經過齊竟陵文宣王顧輕千乘虛心八解嘗請法師講於邸寺既許以降德或謂宜修賔主法師笑而答曰我則未暇及正位函丈始交涼燠時法筵廣置髦士如林主譽既馳客容多猛發題命篇疑難鋒出法師應變如響若不留聽固辯者土崩負強者折角莫不還延徒靡亡本失支觀聽之流稱爲盛集法師性本剛克而能悅以待問發言盈庭曾不忤色虛已博約咸竭厥才依止疎附訓之如一少壯居家孝于惟友脫屣四攝愛著兩忘親黨書介封而不發內怨哀慼抑而不臨常曰道俗異故優陀親承音旨寧習其言而忽其教煩惱喣濡蕭然頓遣法師之於十誦也始自吳興迄于建業四十有餘講撰義記八篇約言示制學者傳述以爲妙絶古今春秋七十有二齊永元三年遷神于建康縣之安樂寺僧尼殷赴若喪昆姊諒不言之信不召之感者云若夫居敬行簡喜愠不形於色知人善誘甄藻罔遺於時臨財廉取予義明允方大處變不渝汪汪焉堂堂焉渤碣河華不能充其量蓋淨行之儀表息心之軌則歟弟子道進等感深木之既摧慟德音之永閟俾陳信而有徵庶流芳而無愧

廬山香爐峯寺玄景法師行狀

虞羲

法師諱僧景本姓歐陽衡陽湘鄉人也資無始之良因得今生之遠悟黄中通理㓜而自然好誦經善持操行止有方身口無擇十歲而孤事毋盡孝毋爲請室良家非其好也辭不獲命弱冠以世役見羈于時驍馬生郊羽檄日至躬擐甲冑跋履山川且十年矣雖外當艱棘而内結慈悲故未離人群已具息心之行後行經彭蠡見廬岳而悦之於是有終焉之志復反湘川稍棄身非所味道忘食日一菜蔬後得出壘門便離妻室忽夢廬山之神稽首致敬曰廬山維岳峻極于天是曰三宫壁立萬仞欲屈眞人居之眞人若不見從則此山永廢矣又夢受請而行至香爐峯石門頂見銀閣金樓丹泉碧樹崢嶸刻削希世而有於是雞鳴戒旦便飄爾晨征于時江陵僧徒多有行業或告法師曰荆州法事大盛乃因此東柂自夏首西浮遇僧淨道人深解禪定乃曰眞吾師也遂落髮從之住竹林禪房始斷粒食默然思道或明發不寐刺史聞風而悦欲相招延或曰此公乃可就見不可屈致也於是累詣草廬遂服膺請戒江漢人士亦迴向如雲先是神山廟靈驗如響侵迕見災且以十數法師考室其旁神遂見形爲禮使兩神童朝夕立侍有女巫見而問之法師不答廬山神復來固請以永明十年七月振錫登峯行履所見宛如夢中乃即石爲基倚巖結構匡坐端念虎豹爲群先德曇隆慧遠之徒亦卜居于此既人跡罕至遂不堪其憂且山氣氛氳令人頭痛身熱曾未幾時莫

不來下唯法師獨往一去不歸既却禾黍之資不避霜露之氣時捫蘿越險行動若飛或有群魔不喜法師來者能使雷風爲變以試法師既見神用確然群魔乃止久之復隨險幽尋造石梁石室靈山秘地百神之所遨遊也法師說戒行香神皆頭面禮足昔神人吳猛得入此遊觀自茲厥後唯法師復至焉義皇已來二人而已矣初法師入山二年禪味始具每斂心入寂徧見彌勒如來常云宿植之緣也建武四年春忽語弟子曰吾壽當九十但餘年無益於世而四大有累於人思拯助衆生不得久留此矣七月二十一日標極嶺西頭爲安屍之處人莫之知也後七日而疾疾後七日而終春秋五十八臨終合掌曰願即生三途救一切衆生苦又曰吾以身施烏鳥愼勿埋之初法師喚下寺數人安居講授或謂法師曰今欲出山尋醫又勸進飲食法師曰吾累在此身及吾無身吾有何累匆多言也遷化旬有六日容貌如生兩指屈握伸之隨復如故宿德比丘皆曰夫得道人多以七爲數法師自疾至歿不其然歟兩指不伸亦良有以也初爐峯孤絶羽翼所不至自法師經始常有雙烏來巢及法師即化烏亦永逝矣唯法師宿籍幽源夙素淨業故慈悲喜捨習與性成微妙玄通因心則有入山林而不出絶榮觀而超然若乃八珍強骨之資也轉延華之術皆如脫屣矣唯直心定志在無價寶舟愛護化城期爲彼岸鑽仰不測故未得而名焉

南齊禪林寺尼淨秀行狀

沈約

比丘尼釋淨秀本姓梁氏安定烏氏人也其先出自少昊至伯翳佐禹治水賜姓嬴氏周孝王時封其十六世孫非子於秦其曾孫秦仲爲宣王侯伯平王東遷封秦仲少子於梁是爲梁伯漢景帝世梁林爲太原太守徙居北地烏氏遂爲郡人焉自時厥後昌胤阜世名德交暉蟬冕疊映漢元嘉元年梁景爲尚書令少習韓詩爲世通儒魏時梁爽爲司徒左長史秘書監博極群書善談玄理晉太始中梁闡爲涼雍二州刺史即尼之迺祖也闡孫攜晉范陽王虓驃騎參軍事漁陽太守遭永嘉蕩析淪於僞趙爲秘書監征南長史後得還晉爲散騎侍郎子疇字道度征虜司馬子粲之仕宋征虜府參軍事封龍川縣都亭侯尼即都亭侯之第四女也挺慧悟於曠劫體妙解於當年而性調和綽不與凡孩儔同數弱齡便神情峻徹非常童稚之伍行仁尚道洗志法門至年十歲慈念彌篤絕粉黛之容棄錦綺之翫誦經行道長齋蔬食年十二便求出家家人苦相禁抑皆莫之許於是心祈冥感專精一念乃屢獲昭祥亟降瑞相第四叔超獨爲先覺開譬內外故雅操獲遂上天性聰叡幼而超群年至七歲自然持齋家中請僧行道聞讀大涅槃經不聽食肉於是即長蔬不噉二親覺知若得魚肉輒便棄去昔有外國普練道人出於京師往來梁舍便受五戒勤翹奉持未嘗違犯日夜恒以禮拜讀誦爲業更無餘務及手能書常自寫經所有財物唯充功德之用不營俗好少欲入道

父母爲障遂推流歲月至年二十九方獲所志落髮青園服膺寺主上事師虔孝先意承旨盡心竭力猶懼弗及躬修三業夙夜匪懈僧使衆役每居其首精進劬勤觸事關涉有開士馬先生者於青園見上即便記云此尼當生兜率天也又親於佛殿内坐禪同集三人忽聞空中有聲狀如牛吼二尼驚怖迷悶戰慄上惔然自若徐起下牀歸房執燭檢聲所在旋至构欄二尼便聞殿上有人相語云各自避路某甲師還後又於禪房中坐伴類數人一尼鼾眠此尼於睡中見有一人頭屆于屋語云勿驚某甲師也此尼於是不敢復坐又以一時坐禪同伴一尼有小緣事暫欲下牀見有一人抵掌止之曰莫撓某甲師於是閉氣徐出歎未曾有如此之事比類甚繁既不即記悉多漏忘不得具載性愛戒律進止俯仰必於遵承於是現請曜律師講内自思惟但有直一千心中憂慮事不辦夜即夢見鴉鵲鴝鵒雀子各乘車車並安軒車之大小還稱可鳥形同聲唱言我助某甲尼講去既寤歡喜知事當成及至就講乃得七十檀越設供果食皆精後復又請穎律師開律即發講日清淨甖水自然香如水園香氣深以爲欣既而坐禪得定至於中夜方起更無餘伴便自念言將不犯獨即諮律師律師答云無所犯也意中猶豫恐違失且見諸寺尼僧多有不如法乃喟然歎曰嗚呼鴻徽未遠靈緒稍隤自非引咎責躬豈能導物即自懺悔行摩那埵於是京師二部莫不咨嗟云如斯之人律行明白規矩應法尚爾思愆何況我

等動靜多過而不慚愧者哉遂相率普懺無有子遺又於南園就頴律師受戒即受戒日淨甓水香還復如前青園諸尼及以餘寺無不更受戒者律師於是亦次第詣寺敷弘戒品闡揚大教故憲軌遐流迄届于今頴律師又令上約語諸寺尼有高牀俗服者一切改易上奉旨制勤無不祗承律藏之興自玆更始後又就三藏法師受戒清淨水香復如前不異青園徒衆既奮所見不同師巳遷背更無覲侍於是思别立住處可得外嚴聖則内窮宴默者以宋大明七年八月故黄修儀及南昌公主深崇三寶敬仰德行初置精舍上麻衣弗温藿食忘飢躬執泥瓦盡勤夙夜以宋泰始三年明帝賜號曰禪林蓋性好閑靜冥感有徵矣而制龕造像無不畢備又寫集衆經皆令具足裝潢染成悉自然有娑羅伽龍王兄弟二人現迹彌日不滅知識往來並親瞻覩招納同住十有餘人訓化獎率皆令禪誦毎至奉請聖僧果食之上必有異迹又於一時虔請聖衆七日供養禮懺始訖攝心運想即見兩外國道人舉手共語一云呿羅一云毗呿羅所著袈裟色如桑椹之熟因即取泥以壞衣色如所見倣於是遠近尼僧並相倣斆改服間色故得絶於五大之過道俗有分者也此後又請阿耨達池五百羅漢日日凡聖無遮大會巳近二旬供設既豐復更請罽賓國五百羅漢足上爲千及請凡僧還如前法始過一日見有一外國道人衆僧悉皆不識於是試相借問自云從罽賓國來又問來此幾時答云來此一年也衆僧覺異令

人守門觀其動靜而食畢乃於宋林門出使人逐視見從宋林門去行十餘步奄便失之又嘗請聖僧浴器盛香湯及以雜物因而禮拜內外寂默即聞器杓作聲如用水法意謂或是有人出便共往看但見水杓自然搖動故知神異又曾夜中忽見滿屋光明正言已曉自起開戶見外猶闇即更閉戶還牀復寢久久方乃明也又經違和極篤忽自見大光明遍於世界山河樹木浩然無礙欣爾獨笑傍人怪問具陳所見即能起行禮拜讀誦如常無異又於一時復違和亦甚危困忽舉兩手狀如捧物語傍人不解問言為何所捧答云見寶塔從地出意欲接之旛花妓樂無非所有於是疾恙豁然而除都無復患又復違和數日中亦殊綿惙恒多東向視合掌向空於一時中急索香火移時合掌即自說云見彌勒佛及與舍利弗目連等諸聖人亦自見諸弟子數甚無量滿虛空中須臾見彌勒下生翅頭末城云有人持旛華妓樂及三臺來迎於此上旛華妓樂非世間比半天而住一臺已在半路一臺未至半路一臺未見但聞有而已爾時已作兩臺為此兆故即更作一臺也又云有兩樹寶華在邊人來近牀語莫壞我華自此之後病即除損前後遇疾恒有瑞相或得涼風或得妙藥或聞異香病便即愈疾瘵之為理都以漸豁然而去如此其數不能備記又天監三年一夏違和於晝日眠中見虛空藏菩薩即自圍繞誦唄聲徹外眠覺所患即除又白日臥開眼見佛入房旛蓋滿屋語傍人令燒香了自不見上以天

監五年六月十七日得病苦心悶不下飲彭城寺令法師以六月十九日夜得夢見一處謂是兜率天上住止嚴麗非世間比言此是上住處即見上在中於是法師有語上上得生好處當見將接上是法師小品檀越切見遺棄上即答云法師丈夫又弘通經教自應居勝地某甲是女人何能益法師又云不如此也雖爲丈夫不能精進持戒不及上時體已轉惡與令法師素疎不堪相見病既稍增飲粥日少爲治無益漸就綿惙至七月十二日爾時天雨清涼悶勢如小退自云夢見迎來至佛殿西頭人人捉旛竿猶車在地旛之爲理不異世間隊擔鼓旗旛也至二十日便絕不復進飲粥至二十二日令請相識衆僧設會意似分別至二十五日云見十方諸佛遍滿空中至二十七日中後泯然而臥作兩炊久方復動轉自云上兜率天見彌勒及諸菩薩皆黃金色上手中自有一瑠璃清淨甖可高三尺許以上彌勒即放光明照于上身至兜率天亦不見飲食自然飽滿故不復須人間食也但聞人間食皆臭是以不肯食於彼天上得波利麨將還意欲與令法師有人問何意將麨去答云欲與令法師是人言令法師是人中果報那得食天上食不聽將去既而欲見令法師閑居上爲迎法師來相見語法師可作好菜食以餉山中坐禪道人若修三業方得生兜率天耳法師不坐禪所以令作食餉山上道人者欲使與坐禪人作因緣也自入八月體中亦轉惡不復說餘事但云有三十二童子一名功德天二名善女天

是迦毗羅所領恒來在左右與我驅使或言得人餉飲食令衆中行之復云空中晝夜作伎樂鬧入耳也

廣弘明集卷第二十三

音釋

窊 烏瓜切汙下也 讜 多朗切直言也 誄 魯猥切諡也 朏 普没切 縆 居登切大索也 蠹 當故切食木蟲 蔌 蘇各切菜茹總名 嵔㠥 嵔烏每切㠥魯每切㠥山名也 榑 附俱切神木日所出也 襁褓 襁居兩切褓博浩切襁褓小兒衣也 邅 張連切行不進貌 衄 女六切傷也 囂 許驕切囂塵也 湫 七由切湫隘也 閡 五溉切 滓 側氏切濁也 翮 下革切鳥之勁羽也 滸 火五切水涯也 艘 蘇鳩切船之總名 腷 蒲逼切腷臆意不泄也 瑾 奇鎮切美玉也 芟 所巖切刈也 泝 桑故切逆流 惄 乃歷切憂也 遡 桑故切迎也 覿 徒歷切見也 辮 符善切編髮也 仳 芳正切離別也 彙 于貴切類也 翕 許及切飲也 襞 必益切疊也 懣 莫本切煩懣也

槷 陟立切絆也 罤 杜奚切兔罟 跂 詰利切又巨支切望也 隤 杜回切摧也 燉 徒昆切燉煌郡名 燔 扶藩切爇也 仆 芳遇切倒也 丱 古患切總角也 嗛 苦簟切食不滿也 踽 臼許切踈行貌 稊 杜奚切草也 稗 蒲拜切草似穀者 飪 忍甚切熟也 燠 於六切熱也 煦 香句切氣以温之也 閟 彼冀切閉也 摜 古患切貫也 蠡 良以切彭蠡澤名 迕 吳故切逆也 撝 許爲切 虓 許交切 䰂 此宰切髻也 鼾 許干切眠中有聲也 鴝鵒 鴝其俱切鵒余蜀切 呿 丘伽切 椹 食枕切桑實也 斅 胡教切法也

廣弘明集卷第二十四
唐　釋　道　宣　撰
僧行篇第五之二
宋武帝沙汰僧徒詔
元魏孝文帝褒揚僧德詔七首
南齊沈休文述僧中食論
沈休文述僧設會論
北齊文宣帝議沙汰釋李詔并答
梁簡文帝弔道澄法師亡書
王筠與東陽盛法師書
釋智林與汝南周顒書
劉孝標與舉法師書
王曼穎與皎法師書并答
劉之遴弔震法師亡書
與震兄李敬朏書作者同上
弔僧正京法師亡書作者同上
劉孝標東陽金華山栖志
陳釋眞觀與徐僕射述役僧書
徐陵諫仁山深法師罷道書
周釋曇積諫周祖沙汰僧表
晉戴逵貽命禪師書并答
隋薛道衡弔延法師亡書

沙汰僧徒詔
宋武帝
門下佛法訛替沙門混雜未足扶濟鴻教而專成逋藪加以姦心頻發凶狀屢聞敗道亂俗人神交忿可付所在與寺耆長精加沙汰後有違犯嚴其誅坐主者詳爲條格速施行

褒揚僧德詔七首
元魏孝文帝帝以僧顯爲沙門都統詔第一

門下近得録公等表知欲早定沙門都統比考德選賢寤寐勤心繼佛之任莫知誰寄或有道高年尊理無勞紆或有器玄識邈高絶塵務今以思遠寺主法師僧顯仁雅欽韻澄風柔鏡深敏潛明道心清亮固堪茲任式和妙衆近已口白可勑令爲沙門都統又副儀貳事緇素攸同頃因曜統獨濟遂廢茲任今欲毗德贊善固須其人皇舅寺法師僧義行恭神暢溫聰謹正業茂道優用膺副翼可都維那以光賢徒

帝立僧尼制詔　第二

門下凝覺澄沖事超俗外淵模崇賾理寄忘言然非言何以釋教非世何能表眞是以三藏舒風必資誡典六度攜化固憑尺波自像教東流千齡已半秦漢華俗制禁彌密故前世英人隨宜興例世輕世重以裨玄奥先朝之世當爲僧禁小有未詳宜其修立近見沙門統僧顯等白云欲更一刊定朕聊以淺識共詳至典事起怱怱觸未詳究且可設法一時粗救世世教殿須立白一同更釐厥衷

帝聽諸法師一月三入殿詔　第三

門下崇因贊業莫若宗玄裨神染志誰先英哲故周旦著其朋之誥釋迦唱善知之文然則位尊者以納賢爲貴德優者以親仁爲尚朕雖寡昧能無庶幾也先朝之世經營六合未遑內範遂令皇庭闕高邈之容紫闥簡超俗之儀於欽善之理福田之資良爲未足將欲令懿德法師時來相見進可餐稟道味退可飾光朝廷其勑殿中聽一月三入人數法諱別當牒付

帝令諸州衆僧安居講說詔第四

門下憑玄歸妙固資冥風餐慧習慈實鍾果智故三炎檢攝道之恒規九夏温詮法之嘉猷可勑諸州令此夏安居清衆大州三百人中州二百人小州一百人任其數處講說皆僧祇粟供備若粟尠徒寡不充此數者可令昭玄量減還聞其各欽旌賢匠良推叡德勿致濫濁惰茲後進

贈徐州僧統并設齋詔第五

門下徐州道人統僧逞風識淹通器尚倫雅道業明博理味淵澄清聲茂譽早彰於徐沛英懷玄致夙流于譙宋比唱法北京德芬道俗應供皇筵美敷宸宇仁叡之良朕所嘉重依因既終致茲異世近忽知聞悲恒于懷今路次兗濮青泗豈遥愴然念德又增厥心可下徐州施帛三百疋以供追福又可爲設齋五千人

歲施道人應統帛詔第六

門下應統仰紹前哲繼軌道門徽佇玄範沖猷是託今既讓俗名理宜別供可取八解之義歲施帛八百疋准四輩之晛隨四時而給又修善之本寔依力命施食之因内典所美可依朝官上秩當月而施所以遠譬深理者匪獨開崇俗心抑亦獎勵道意耳

帝爲慧紀法師亡施帛設齋詔第七

門下徐州法師慧紀凝量貞遠道識淳虛英素之操超然世外綜涉之功斯焉罕倫光法彭方聲茂華裔研論宋壤宗德遠邇爰於往辰唱諦鹿苑作匠京緇延賞賢叢倏矣死魔忽殲良器聞之悲哽傷慟于懷可勑徐州施

帛三百疋并設五百人齋以崇追益

述僧中食論

南齊沈休文

人所以不得道者由於心神昏惑心神所以昏惑由於外物擾之擾之大者其事有三一則勢利榮名二則妖妍靡曼三則甘旨肥濃榮名雖日用於心要無晷刻之累妖妍靡曼方之已深甘旨肥濃爲累甚切萬事云云皆三者之枝葉耳聖人知不斷此三事求道無從可得不得不爲之立法使簡而易從也若直云三事惑本並宜禁絶而此三事是人情所甚惑念慮所難遣雖有禁約之旨事難卒從譬於方舟濟河豈不欲直至彼岸河流既急會無直濟之理不得不從流邪靡久而獲至非不願速事難故也禁此三事宜有其端何則食之於人不可頓息其於情性所累莫甚故推此晚食併置中前自中之後清虛無事因此無事念慮得簡在始未專在久自習於是束以八支紆以禁戒靡曼之欲無由得前榮名衆累稍隨事遣故云往古諸佛過中不餐此蓋是遣累之筌第適道之捷徑而或咸謂止於不食此乃迷於向方不知厥路者也

述僧設會論

沈休文

夫修營法事必有其理今世召請衆僧止設一會當由佛在世時常受人請以此擬像故也而佛昔在世佛與衆僧僧伽藍内本不自營其食具也至時持鉢往福衆生今之僧衆非唯持中者少乃有腆恣甘腴廚膳豐豪者

今有加請召並不得已而後來以滋腴之口進蔬蔌之具延頸蹙頞固不能甘既非樂受不容設福非若在昔不得自營非資四輩身口無託者也此以求福不其反乎篤而論之其義不爾何者出家之人本資行乞戒律昜然無許自立廚帳并畜淨人者也今既取足寺内行乞事斷或有持鉢到門便呼爲僧徒鄙事下劣既是衆所鄙恥莫復行乞悠悠後進求理者寡便謂乞食之業不可復行白淨王子轉輪之貴持鉢行詣以福施者豈不及千載之外凡庸沙門躬命僕竪自營口腹者乎今之謂僧一會既可髣像行乞行乞受請二事不殊若以今不復行乞又不請召則行乞之法於此永冥此法既冥則僧非佛種佛種既離則三寶墜于地矣今之爲會者宜追想在昔四十九年佛率比丘入城乞食威儀舉止動目應心以此求道道其焉適若以此運心則爲會可矣

議沙汰釋李詔 并答

北齊文宣帝

問朕聞專精九液鶴竦玄州之境苦心六歳釋擔煩惱之津或注神鬼之術明尸解之方或説因緣之要見泥洹之道是以太一闡法竟於輕舉如來證理環於寂滅自祖龍寢迹劉莊感夢從此以歸紛然遂廣至有委親遺累棄國忘家館舍盈於山藪伽藍遍於州郡若黄金可化淮南不應就戮神威自在央掘豈得爲剌若以御龍非實荆山有攀髯之戀控象爲虚瀍洛寤夜光之詭是非之契朕實惑焉乃有緇衣之衆參半於平俗黄服之徒

數過於正戶所以國給爲此不充王用因茲取乏欲擇其正道蠲其左術一則有潤邦家二則無惑群品且積競繇來行之已久頓於中路沙汰實難至如兩家升降二途脩短可指言優劣無鼠首其辭臣樊孝謙謹奉詔對曰臣聞天道性命聖人所不言蓋以理絕涉求難爲稱謂伯陽道德之論莊周逍遥之旨遺言取意猶有可尋至若玉簡金書神經秘録三尸九轉之奇絳雪玄霜之異淮南成道犬吠雲中王喬得仙劍飛天上皆是憑虛之說海棗之談求之如繫風學之如捕影而燕君齊后秦皇漢帝信彼方士冀遇其眞徐福去而不歸欒大往而無獲猶謂昇霞倒影抵掌可期祭鬼求神庶或不死江壁既反還入驪山之墓龍媒已至終下茂陵之墳方知劉

向之信洪寶沒有餘責王充之非黃帝此爲不朽又末葉已來大存佛教寫經西土畫像南宮昆池地墨以爲劫燒之灰春秋夜明謂是降神之日法王自在變化無窮置世界於微塵納須彌於黍米蓋理本虛無示諸方便而妖妄之輩苟求出家藥王燔軀波崙灑血假未能然猶當剋念寧有改形易貌有異世人恣意放情還同俗物龍宮餘論鹿野前言此而得容道風將墜伏惟陛下受天明命屈已濟民山鬼效靈海神率職湘中石燕沐時雨而群飛臺上銅烏嗉和風而獨囀但周都洛邑治在鎬京漢宅咸陽魂歸豐沛汾晉之地王迹惟始既洊遊幸且勞經略猶復降情文苑斟酌百家想執玉於瑤池念求珠於赤水觴以王母獻環由感舜德上天賜珮實報

禹功兩馬記言二班書事不見三世之辭無聞一乘之旨帝樂王禮尚有時而沿革左道怪民亦何疑於沙汰臣其謹對

弔道澄法師亡書

梁簡文帝

省啓承尊師昨夜涅槃甚深悲怛法師志業淹明道風淳素戒珠瑩淨福翼該圓加以識見冥通心解遠察記落兩而必然稱黑牛而匪謬服膺者無遠近蒙益者兼道俗弟子自言旋京華便伸結緣豈謂一息不追奄至乎此然勝業本深智刀久利必應遊神寶地騰跡淨天但語其乳池啓殯香棺入室不入空心于何不慟但如來降生之迹因此而入泥洹正當其生住滅靡有定相先聖後賢何其形響推校因緣未始有例上人等並在三歲積始終亶道宜應共相策勉弘導舊業使道場無斷利益不墜所襚物輒如法供養奈何奈何

與東陽盛法師書

梁王筠

菩薩戒弟子王筠法名慧炬稽首和南問訊東陽盛法師弟子昔因多幸早蒙覲接歲月推流踰三十載欽慕風德獨盈懷抱間以山川無由禮敬司馬參軍仰述存眷曲垂訪憶既荷録舊之情兼佩慇懃之旨歡欣頂戴難爲譬說仰承垂和履福享年九十有四嗤絳人之未高同殷宗之遐壽且耳長直巳過頂齒剛曾不先落延華駐彩怡神輔性自非宿殖善因何以招斯勝果尊年尚齒之誠懷德敦舊之欵依風慕道之深欣羨景仰之至與

居在念寤寐載懷弟子限此樊籠迫兹纓鏁無由問道撫躬如失庶心期冥會咫尺江山道術相忘棄置形迹唯願敬勗保此期順赤松朱髮復何足貴飛錫騰軀眞在旦夕指陳丹款殊未伸暢儻惠一言豈不幸甚弟子鈞稽首和南

與汝南周顒書

梁釋智林

近聞檀越敘二諦之新意陳三宗之取捨聲殊恒律雖進物不速作論已成隨喜充遍物非常重又承檀越恐立異當時干犯學衆製論雖成定不必出聞之懽然不覺興悲此義旨趣似非初開妙音中絶六十七載理高常韻莫有能傳貧道年二十時便參得此義常謂藉此微悟可以得道竊每歡喜無與共之年少見長安耆老多云關中高勝迺舊有此義常法集盛時能深得斯趣者本無多人既犯越常情後聽進受便自甚寡傳通略無其人貧道捉麈尾已來四十餘年東西講説謬至一時其餘義統頗見宗録唯有此途百里無人得者貧道積年迺爲之發病既衰痾未愈加復旦夕西旋顧惟此道從今永絶不言檀越機發無緒獨創方外非意此音猥來入耳且欣且慰實無以況建明斯義使法燈有種始是眞實行道第一功德雖復國城妻子施佛及僧其爲福利無以相過既幸已詮述想便宜廣宣使賞音者見也論明法理當仁不讓豈得顧惜衆心以夭奇趣耶若此論已成遂復中覆恐檀越方來或以此爲法障往意理然非戲論矣想便寫一本爲惠貧道齎

以還西使處處弘通也比小可牽曳故入山取敘深企付之

與舉法師書

梁劉峻（二名孝標）

聞諸行李高談徽德逖聽風聲心飛魂竦無異靳仙之望石髓太陰之思龍燭蒼星昏昊淙雲送秋道勝則肥固應顧攝衣裳虹蜺惟幕霄露餌黃菊之落蘂酌清澗之歨流旦倏歸鴈晨鳧暮聽鸘雌獨鶴神影影爾葢象蕭史之騎鳴鳳列子之御長風雖荆卿旁若無人孝然堅卧冰雪沉沉隱隱何以尚之哉至於馳騖經囿翱翔書圃極龍宮之妙典彈石室之鴻記道生伏其天眞曼倩謝其辨物若乃習是童子措志雕蟲藻思內流英華外發葳蕤秋竹照曜春松爵頌息明珠之譽長門濫黃金之賞盛矣美矣煥其麗乎昔旅浙河嘗觀組績不覺紙藝筆焚魂魄斯盡自茲厥後兩絕珪璧意睠睠於菁華腸迴迴於九逝夫日御停照不踰隙穴海若濆涌莫限隈隅以玉抵鵲幸傳餘寶冀閱清徽用瘳眩疾然越民非鬻冠之所齊國豈奏韶之地望與其進無貽責焉

與皎法師書（并答）

梁王曼穎

弟子孤子曼穎頓首和南一日蒙示所撰高僧傳幷使其掎摭力尋始竟但見偉才紙弊墨渝迄未能罷若乃至法既被名德已興年幾五百時經六代自摩騰法蘭發軫西域安侯支讖荷錫東都雖跡標出沒行實深淺咸作舟梁大爲利益固宜緇素傳美鉛槧定辭

昭示後昆揄揚往秀而道安羅什間表秦書佛澄道進雜聞趙冊晉史見檢復恨局當時宋典所好頗因其會兼且抗出君台之記糅在元亮之說感應或所高推幽明不無梗槩汎顯傍文未足光闡間有諸傳又非隱括景興偶採居山之人僧寶偏綴遊方之士法濟唯張高逸之例法安止命志節之科康泓專紀單開王季但稱高座僧瑜卓爾獨載玄暢超然孤録唯釋法進所造王巾有著意存該綜可擅一家然進名博而未廣巾體立而不就粱來作者亦有病諸僧祐成簡既同法濟之責王季染毫復獲景興之誚其唱公纂集最實近之求其鄙意梗槩頗見法師此製始所謂不刊之鴻筆綿亘古今包括內外屬辭比事不文不質謂繁難省云約豈加以高為名既使弗逮者恥開例成廣足使有善者勸向之二三諸子前後撰述豈得挈長量短同年共日而語之哉信文徒竟無一言可豫卜市肆空設千金之賞方入遺龍函上登麟閣出內瓊笈卷舒玉笥弟子雖實不敏少嘗好學頃日距餘觸途多昧且獲披來褎斯文在斯鑽仰弗暇討論何所成非子通見元則之論良愧處道知休奕之書徒深謝安慕竺曠風流殷浩慚支遁才俊耳不見旬日窮情已勞扶力此白以代詶盡弟子孤子王曼穎頓首和南

皎法師答

君白一日以所撰高僧傳相簡意存鍼艾而來告累紙更加拂拭顧惟道藉人弘理由教顯而弘道釋教莫尚高僧故漸染已來昭明

遺法殊功異績列代而興敦厲後生理宜綜緝貧道少乏懷書抱篋自課之勤長慕鉛墨隆青揚善之美故於聽覽餘間厝心傳録每見一介可稱輙有懷再省但歷尋衆記繁約不同或編列參差或行事出沒已詳别序兼具來告所以不量寸管輙樹十科商搉條流意言略舉而筆路蒼茫辭語陋拙本以自備疎遺豈宜濫入高聽檀越既學兼孔釋解貫玄儒抽文綴藻内外淹劭披覽餘暇脱助詳閲故忘鄙俚用簡龍門然事高辭野久懷多愧來告吹噓更增慚懼今以所著讃論十科重以相簡如有紕謬請備斟酌釋君曰

弔震法師亡書

梁劉之遴

弟子劉之遴頓首和南泡電倏忽三相不停苦空無我五陰寧住尊師僧正捨壽閻浮遷神妙樂雖乘此宿殖必登善地人情怛化銜疚悲摧念在三之重追慕哀慟纒綿永往理不可任奈何奈何僧正精理特拔經論洽通蔬菲終身有爲略盡枯槁當年儀刑二衆豈直息心標領亦爲人倫之傑弟子少長遊遇數紀迄兹平生敬仰善友斯寄哀疾待盡不獲臨泄鯁慟之懷二三增楚扶力修疏迷猥不次弟子劉之遴頓首和南

與震兄李敬朏書 作者同上

生滅無常賢弟震法師奄同力士生處道識長生法言永絶惋怛抽摧不能已已年事未高德業方播疾恙甫爾謂無過憂遂至遷化道俗驚愕念孔懷之切天倫至慟永往之情不可居處奈何奈何法師義味該洽領袖黑

衣識度愷悌籍甚當世昔在京師聖上眄接自還鄉國歷政禮重且講說利益旣實弘多經始寺廟實廣福業襟抱豁然與物無迕所與遊款皆是時賢白黑歸美近遠欽敬豈止息心殄悴實亦人倫喪寶追懷歎愴何可弭歇拜辱遺書及別物對增哽欷殿下自爲作銘又敎鮑記室爲誌序恐鮑相悉未能究盡已得面爲鮑說諸事行及徽猷計必勒不朽事如今日誌石爲薦弁呼師修之鐫刻亦當不久可就言增泫然投筆悽遡劉之遴頓首頓首

弔僧正京法師亡書 作者同上

八月二十日之遴和南法界空虛山木隤壞尊師大正還神淨土凡夫淺累嬰滯哀樂承此凶訃五內抽摧哀慟深至不能自已念追慕永往纏綿斷絕情在難居奈何奈何大正德冠一時道蔭四部訓導學徒紹隆像法年居僧首行爲人師公私瞻敬遐邇宗仰若乃五時九部流通解說疋之前輩聯類往賢雖什肇融恒林安生遠豈能相尚頓悟雖出自生公弘宣後代微言不絕實賴夫子重以愛語利益窮四攝之弘致檀忍智慧備六度之該明白黑歸依含識知庇舟航愚冥棟梁寺塔日用不知至德潛運何道長而世短功被而身沒映乎大海永墜須彌照彼高山長收朗日往矣奈何當復奈何法師幼而北面生小服膺迄乎耆邁恒在左右在三之重一旦傾殞哀慟之至當何可處弟子紈綺遊接五十餘年未隆知顧相期法侶至乎菩提不敢生慢未來難知現在長隔眷言生平永同萬

古尋思惋愴倍不自勝未由嗲執伸泄哀歎謹裁白書投筆哽猥弟子劉之遴頓首和南

東陽金華山栖志

梁劉孝標

夫鳥居山上層巢木末魚潛淵下窟穴泥沙豈好異哉蓋性其然也故有忽白璧而樂垂綸負玉鼎而要卿相行藏紛糾顯晦蹐駮無異火炎水流圓動方息斯則廟堂之與江海蓬户之與金閨並然其所然悦其所悦鳥足毛羽瘡痏在其間哉予生自原野善畏難狎心駭雲臺朱屋望絕高蓋青組且霑濡霧露彌願閑逸每思濯清瀨息椒丘寤寐永懷其來尚矣蚓專噬壤民欲天從爰洎二毛得居巖穴所居東陽郡金華山東陽實會稽西部是生竹箭山川秀麗皐澤坱鬱若其群峯疊起則接漢連霞喬林布濩則春青冬綠迴溪映流則十仞洞底膚寸雲合必千里雨散信卓犖奕塏神居奧宅是以帝鴻遊斯鑄鼎雨師寄此乘煙故澗勒赤松之名山貽縉雲之號近代江治中奮迅泥滓王徵士高拔風塵龍盤鳳栖咸萃茲地良由碧湍素石可致幽人者哉金華山古馬鞍山也蘊靈藏聖列名仙諜左元放稱此山云可免洪水五兵可合神丹九轉金華之首有紫巖山山色紅紫因此爲稱靡迤坡陀下屬深渚巑岏嶮巇上虧日月登自山麓漸高漸峻龍路迫隘魚貫而昇路側有絕澗闇闇廖豁俯窺木杪焦原石邑匪獨危懸至山將半便有廣澤大川皐陸隱賑予之葺宇實在斯焉所居三面皆迴山周繞有象郛郭前則平野蕭條目極通望東

西帶二澗四時飛流泉清瀾微霔滴瀝生響
白波跳沫汹涌成音並漕瀆通引交渠綺錯
懸溜瀉於軒甍激湍迴於階砌供帳無緶汲
盥漱息瓶盆楓櫨椅櫪之樹梓栢桂樟之木
分形異色千族萬種結朱實包緑裏杌白蔕
抽紫莖欗矗萃蓴梢清風鳴籟垂條櫚戶布
葉房櫳中谷澗濱華蘂攢列至於青春緩謝
萍生泉動則有都梁含馥懷香送芬長樂負
霜宜男泫露芙蕖紅華照水皐蘇縹葉從風
憑軒永眺觸憂忘疾丘阿陵曲衆藥灌叢地
髓抗莖山筋抽節金鹽重於素璧玉豉貴於
明珠可以養性消痾還年駐色不藉崔文黄
散勿用負局紫丸翱翔羣鳳風胎雨彀緑翼
紅毛素纓翠鬣肅肅毛羽關關好音皆馴狎
園池旅食雞鶩若迺鵁日伺辰響類鍾鼓鳴
蚿候曙聲像琴瑟玄猨薄霧清囀飛猶乘煙
咏吟嘈囋嘹亮悅心娛耳諒所以跨躡管籥
韜軼笙簧宅東起招提寺背巖面壑層軒引
景邃宇臨崖博敞閑虚納祥生白左瞻右睇
仁智所居故碩德名僧振錫雲萃調心七覺
詆訶五塵郁列戒香浴滋定水至於熏鑪夜
爇法鼓旦聞予則跕躧摳衣躬行頂禮詢道
哲人欽和至教每聞此河紛梗彼岸永寂熈
熈然若登春臺而出宇宙唯善是樂豈伊徒
言寺東南有道觀亭亭崖側下望雲雨蕙樓
菌樹隱映林篁飛觀列軒玲瓏煙霧日止郤
粒之氓歲集神仙之客餌星髓吸流霞將乃
雲衣霓裳乘龍馭鶴觀下有石井聳跱中澗
雕琢刻削頗類人工躍流瀑瀉淬涌泱咽電
擊雷吼駭目驚魂寺觀之前皆植脩竹檀欒

蕭瑟被陵縁阜竹外則有良田區畛通接山泉膏液鬱潤肥腴鄭白決漳莫之能擬致紅粟流溢梟鴈充猒春鱉旨膳碧雞冬蕈味珍霜鵽鷇巾取於丘嶺短褐出自中園葵蔣逼側於池湖管蒯駢填於原隰養給之資生生所用無不皁實蕃蘺充牣崖巘歲始年季農隙時閑濁醪初醻醥清新熟則田家野老提壺共至班荊林下陳罇置酌酒酣耳熱屢舞諠呶盛論箱庾高談穀稼嗢噱謳歌舉杯相抗人生樂耳此歡豈訾若夫蠶而衣耕而食日出而作日入而息晚食當肉無事爲貴不求於世不忤於物莫辨榮辱匪知毀譽浩蕩天地之間心無怵惕之警豈與嵇生齒劒楊子墜閣較其優劣者哉

與徐僕射領軍述役僧書

陳釋眞觀

泉亭光顯寺釋眞觀致書領軍檀越竊聞四依開士匡正法於將頽十地高人秉玄文於已絶能使崛山遺跡無虧宴坐之風祇樹餘苗得肆經行之道伏見今者皇華奉宣嚴憲絓是僧尼之類不書名籍之者並令捐茲淨戒就此黎民去彼伽藍歸其里閈既普天之下莫匪王臣正當僶俛恭承鞠躬祇奉但愚情所謂竊或疑焉自佛法肇興千有餘載流傳此地數百年間濟濟僧徒一何爲盛雖復市朝亟改風化頻移慧炬常明戒香恒馥其爲福利難可勝言所現靈祥聞諸史傳至如浮圖和上曜彩鄴中高座法師流芳鞏洛或復昆明池内識劫燒之餘灰長沙寺裏感碎身之遺蔭道開入境仙人之星乃出法成去

世紺馬之瑞爰浮乃有青目赤髭黄胛白足連眉表稱大耳傳芳莫不定水淵澄義峯山竪汪汪道望類迦葉之高蹤肅肅威儀似頞鞞之清行頃年訛替乃日澆漓而正法洪基猶應未殄忽復違其本志奪彼前心莫不仰高殿而酸傷辭舊房而悽楚依依法座重反何期戀戀禪門再還無日乃非岐路而有分袂之悲雖異河梁遂結言離之痛若以不繼名籍爲其深罪延兹咎累亦可哀矜夫出俗之人務應修道許其方外之禮不拘域中之節或有不貫名籍無關簿領並皆遊方採聽隨處利安望刹爲居臨中告飯或頭陀林下或蘭若巖阿如此之流寧容繼屬若勝業不全清禁多毀宜應休道此事誠然而持犯難知聖凡相濫譬菴羅之果生熟難分雪山之

藥真僞難辨忽使崑峯之上玉石同焚大澤之中龍蛇等斃何其惜也吁可傷哉又其割愛辭親披緇翦髮既無僕使永絶妻孥或老病之年單貧之士皆憑子弟還相養衛如其一朝而散便溘死溝渠遂有赴峻壑而投身縊長繩而殞命雖復汨羅之痛匹此猶輕荒谷之悲方斯未重且復奇才絶學並寄後生聽講誦經咸資晚秀所以須陀得戒猶是幼童身子揚名差非耆老如斯之類若並翻緇恐此法門便無紹繼梵輪絶矣精舍空焉若八陣未休四郊多壘前房所寄後殿斯憑愚謂此人殆誠無用若必有拔拒投石之能索鐵伸鉤之力則並從軍幕久預長驅儻復尚服緇衣猶居寺宇則是習勇心薄樂道情深若非衛玠之清羸便同孟昶之浮怯既不便

弓馬徒勞行陣雖復身披甲胄還想法衣手執干戈猶疑錫杖必當遥聞戰鼓色變心驚遠望軍麾魂飛氣懾將恐有阻都護之威無益二師之勇若謂不輸王課靡助國儲所以普使收其賦斂但浮遊之屬萍迸蓬飛散誕之流且貧終窶鄉里既無田宅京師又闕主人納屨則兩踵併穿斂襟則雙肘皆現觀董生之百結尚覺輕華見顏子之一簞更疑豐飽求朽壤以爲藥寧識紫丸服糞掃而爲衣豈逢黃絹貨財之禮此則無從懷璧之愆信哉應免若令其在道猶可分衛自資遂使還民便是糇粮莫寄伏惟皇朝御曆齊聖欽明繼踵軒犧比肩炎昊握鏡之風彌遠垂衣之化方深兼復梁棟三寶敷弘十善昔漢明靈感止夢金人晉武覆修纔招玉像用今方古彼有慚焉或深經是護等仙預大王寶塔斯成類無憂國主明揚仄陋信巢父之清虛徵聘漁畋許嚴君之高尚愚謂絓預令者俛首僧尼若已離法衣無過道業或常居邸肆恒處田園並依民例宜從策使如其禪誦知解蔬素清虛或宣唱有功梵聲可錄或繕修塔廟建造經書救濟在心聽習爲務乃至羸老之屬貧病之流幸於編戶無所堪用並許停寺仍上僧籍必望十城之寶或出荊山百步之中時逢芳草於是寺斷流俗之僧衆無餔糟之客六時翹請常以國界爲心三業精修必用君王爲本豈不幽明踊躍人鬼欣歡冥力護持善緣扶助然後二儀交泰六氣調和征馬息鞍軍旗卷斾邊荒入附無待丹水之師玉帛來朝還想稽山之集何期樂矣實可

欣哉儻復疆場不虞軍資有闕薄須費計伏聽徼求仰惟領軍檀越外則探賾典墳內則鉤深經論才高帷幄寄重鹽梅必願降意蒭蕘留心正法微惠研詳薄垂觀覽如其一毫可採深希曲為矜論無使蘭艾同鋤薰蕕俱剪庶得仙人苑裏更轉法輪長者園中還鋪講席則匡維之德比恒岱以齊高擁護之功似滄溟而共廣橫此忤煩彌增悚惕

諫仁山深法師罷道書

陳徐陵

竊聞出家閑曠猶若虛空在俗籠樊比於牢獄非但經有明文亦自世間共見瞥聞法師覆彼舟航趣返緇衣之務此為目下之英奇非久長之深計何以知然從苦入樂未知樂中之樂從樂入苦方知苦中之苦弟子素以法師雖無曩舊相知已來亦復不踈夫良藥必自無甘忠諫者决乎逆耳倚見其僻是以不忍不言且三十年中造莫大之業如何一旦捨已成之功淑為可惜敬度高懷未解深意將非帷帳之策欲集劉侯形類卧龍擬求葛氏黃石兵法寧可再逢三併茅廬無由兩遇封爵五等唯見不逢中閤外門難朱易白鳴笳鳳管非有或聞舞女歌姬空勞反覓之者等若牛毛得之者譬猶牛角以此之外何所窺窬法師今若退轉未必有一稱心交失現前十種大利何者佛法不簡細流入者則尊歸依則貴上不朝天子下不讓諸侯獨翫世間無為自在其利一也身無執作之勞口餐香積之飯心不妻妾之務身飾芻摩之衣朝無踐境之憂夕不千里之苦俯仰優遊

寧不樂哉其利二也躬無任重居必方域白
壁朱門理然致敬夜琴書瑟是自娛懷曉筆
暮詩論情頓足其利三也假使棘生王路橋
化長溝巷吏門兒何因仰喚寸絹不輸官庫
升米不進公倉庫部倉司豈須求及其利四
也門前擾擾我且安眠巷裏云云余無驚色
家休小大之調門停強弱之丁入出隨心往
還自在其利五也出家無當之僧猶勝在俗
之士假使心存殺戮手無斷命之愆密裏通
情決勝灼然嬌俗如斯煩垢萬倍勝於白衣
一入愛河永沉無出其利六也聽鍾聲而致
敬尋香馥以生心朝覲尊儀暮披寶軸剎那
之善逐此而生水滴微功漸盈大器未知因
緣果報善惡皎然就此而言其利難陳矣假
使達相白衣猶有埃塵之務縱令遥寄彈指

遠近低頭形去心留身移意往開有者得如
此貧苦者永無因近在目前不言可見其利
七也山間樹下故自難期枕石漱流實爲希
有猶斯之類不可思議如此者難逢一心人
希遇法師未能不學交習聽勝之因一旦退
心於理邈矣其利八也開織成之帙見過去
之因摛瑠璃之卷驗當來之果識因識果不
以爲愆知福知報何田作罪上無舟楫交見
沒溺之悲下失浮囊則有沉身之患其利九
也曠濟群品爲天人之師水陸空行皆所尊
貴言必闍梨和上書輒致敬和南遠近嗟詠
貴賤顒仰法師今必退轉立成可驗纔脫袈
裟逢人輒稱汝我始解偏袒姓名便亦可呼
平交者故自不論下劣者亦恐不讓薄言稱
已捐席懸異從來小得自在便以君爲題封

若不屈膝歛手自達無因俯仰承迎未閑合度如此專專何由可與其利十也略言十事空失此機其間深道寧容具述仰度仁者心居魔境爲魔所迷意附邪途受邪易性假使眉如細柳何足關懷頰似紅桃詎能長久同衾分枕猶有長信之悲坐卧忘時不免秋胡之怨洛川神女尚復不惑東阿世上班姬何關君事夫心者面焉若論纏綣則共氣共心一遇纏綿則連宵厭起法師未通返照安悟賣花未得他心那知彼意嗚呼桂樹遂爲豆火所焚可惜明珠乃受淤泥埋沒弟子今日横諂必爲法師所哂世上白衣何肯何限且一人退道而不安危推此而言實成難解譬如瓦礫盈路人所不驚片子黄金萬夫息步正言法師入道之功已備染俗之法未加何異金博赤銅銀換鉛錫可悲可惜猶可優量能忍難忍方知其最願棄俗事務息塵勞正念相應行志兩全溥加詳慮更可思惟悔之在前無勞後恨如弟子筭遠即十數年中決知惻惻近即三五歲内空唱如何萬恨萬悲寧知遠及自誤自錯永棄一生乃知斷絃可續情去難留或若火裏生花可稱希有迷人知返去道不遥幸速推排急登正路法師非是無智遂爲愚者所迷類似阿難便爲魔之所嬈猶須承三寶之力制彼群凶豎般若之幢天魔自欵若此言旨當即便冀棄芻蕘若不會高懷幸停深怪耳

諫周太祖沙汰僧表

釋曇積

僧曇積白皇帝大檀越德握乾坤心懸日月

照燭無私之道卷舒不測之化能威臨皂白悲及僧尼控引玄綱示之出路欲使清升練行顯迹於明時寡德沙門恥還於素俗爰降明詔責其試藝頒下諸州問其課業竊惟入道多端諒非一揆依相驗人有五理不足何者或有僧尼生年在寺節儉自居願行要心不犯諸禁燒香旋塔頂禮慇懃合掌低頭忘寢以食但受性愚鈍於讀誦無緣習學至苦而不得下字今量所告意須文誦聰者爲是重審試僧不退實行爲是正意偏望取其明快且實而不聰行之本也聰而不實智之相也若用爲有業是不求備於一人若實爲非僧便責知於滿足大覺智慧不可思議諸所爲法天人頂受況在凡夫輙思改易群聖自言種種神變於斯大法不能加減大人出世識本知機巧妙多方化人以漸衆生根行各各不同令聖説經互差不一内外相通亦無乖異又如孔子領徒三千達者七十有二升堂入室莫過數人自餘已外豈容斥逐今州郡縣各有學生德及顔回詎幾人也可以不及顔回廢郡不立可以無德頑僧並令還俗不及顔回者猶勝於野人無德頑僧者猶勝於外道伏此二途不足一也或有專歸樹下擎錫持盂望中而餐正命自活名聞頓捨利養無心理觀除煩遂闕文誦論其人入道則内業有餘究其文解則相功不足何必聚衆京華悉是德僧孤拔林野咸非行士故果有生熟不可以色相而啖人有出沒不可以形名而取敢自三思不足二也或有營經造像厲力積年修補伽藍憂勤累歲捨身濟物不

以寒苦經心施藥與人不以飢貧易志但無聰力日誦不過一言旦夕栖栖日讀不盈數紙准其迴向則善不空施徵其發趣則佛之眞子今無辜退俗是枉濫行人直性頓非不足三也佛說僧是福田理難損抑雖可年末形凡而法服尊重豈容朝施暮奪自加薦毀愛惡無常豈責其得失於一人之上置不恒之式於十二沖典恐不合聖心甚乖大趣上損慈悲下虧正化唯畏後世相傳受誣僧之謗不足四也今大周大國僧尼未幾寺舍列然有盈萬數只應招延二部濫滿其間動梵鳴鍾為國行道方便窮其長短曲見愆非黜放還民使棟梁空曠若他方異國遠近聞知疑謂求兵於僧衆之間取地於塔廟之下深誠可怪但頑僧任役未足加兵寺地給民豈能富國深不頓除性由漸顯一切衆生具諸煩惱若頓遣圓修是滅佛法匪直損身魔必得便何者一向純善精加供養一向純惡退令還俗此言所見深滅三寶若麤細等看魔難得便何者純善退麤成衆麤衆之人猶生物善經文道理莫問麤細之行唯不還俗終成佛子進退三思不足五也貧道餘年賤質寄命關右欽化承恩得存道業是以呻吟策杖送此丹誠忏忤之愆伏增戰越敬白

菩薩戒弟子戴逵貽書仙城命師座下 幷答

竊以渭清涇濁共混朝宗之源松長箭短同秉堅貞之質幸賴含靈五常理宜範圍三教是以闕里儒童闡禮經於洙濟苦縣迦葉還妙道於流沙雖牢籠二儀蓋限茲一世豈如興正法於鹿苑蕩妄想於鷲山半滿既陳權

實斯顯誠教有淺深人無內外禪師德聲遠震行高物表攝受四依因牧羊而成誦負笈千里歷龍宮而包括故能內貫九部總雪山之秘藏外該七略備壁水之典墳支遁天台之銘竺眞羅浮之記曇賦七嶺汰詠三河寶師妙折莊生璩公著論爰集若吞雲夢如指諸掌加以妙持淨戒如護明珠善執律儀譬臨懸鏡禀羅云之密行踵賓頭之福田撫把定水便登覺觀高蔭禪枝將逾喜捨是以不遠瀟湘來儀沔陸植杖龍泉仍爲精舍迴車馬谷即創伽藍鑿嶺安龕詎假聚沙成塔因山構苑無勞布金買地開士雲會袂似華陰法侶朋衢衆齊稷下禪室晨興時芳杜若支提暮啓暫入桃源香山梵響將阮嘯而相發日殿妙音與孫琴而齊韻紫蓋貞松仍麾上辯洪崖神井即瑩高心故以才堪買山德邁同輦崇峯景行墻仞懸絕弟子業風鼓慮欲海沉形泊渚宮淪覆將歷二紀晝倦坐馳夜悲愕夢未能忘懷彼我歸軫一乘遣蕩胸襟朗開三達既念鼠藤彌傷鳥繫昔在志學家傳賜書五禮優柔三玄饕飫頗絕韋編構述餘緒爰登弱冠捃摭百家及乎從仕留連文翰雖未能探龍門而梯會稽賦鵩鷦而詠鸚鵡若求其一介亦髣髴古人但深悟聚泡情悲交臂常欲蟬蛻俗解貪味眞如一日郎城訊修隗館屈膝情欣係轍遇同進履未盡開襟遽嗟飄忽尋望拂衣世網脫屣牽絲滄浪濯纓漢陰抱甕行餐九轉用遣幽憂漸悟三空將登苦忍仙梁觀玉不廢從師深澗折桃無妨請益所希彌天勝氣乍酬鑿齒鴈門高

論時答嘉賓冬曖如春願珍清軌室邇人遐彌軫襟帶餘辭殘簡望回金玉

幽林沙門釋慧命酬北齊戴先生書

夫一眞常湛徼妙於是同玄萬聖乘機違順以之殊迹是以西闢明道東野談仁彫朴改工有無異軫令若括此二門原茲兩教豈不歸宗三轉會入五乘藉淺之深資權顯實斯若池分四水始則殊名海控八河終無別味檀越幼挺奇才夙懷茂緒華辭卓世雅致參玄智涉五明學兼三教葢矣能忘蹈顏生之逸軌損之爲道慕李氏之玄蹤雖復六經該廣百家繁富聖賢異泒儒墨分流或事曠而文殷或言高而旨遠莫不納如瓶受說似河傾明鏡匪疲洪鍾任扣子建挹以奇文長卿恧其高趣故雖秦楚分墟周梁改俗白眉青蓋鼃玉之價弗踰栖鳳卧龍魚水之交莫與加以識鑒若空志排塵俗形雖廊廟器乃江湖是以屬歎牽絲興言世網辭同應陸調合張嚴嗟朱火之遽傳懸清波之速逝方應濯足從道洗耳辭榮九轉充虛四禪排疾然後尋八正以味一眞解十纏而遣三患斯之德也寧不至哉貧道識鏡難清心塵易壅定慚華水戒非草繫才侔撤燭學謝傳燈內有愧於德充外無御於人世是以淹滯一丘寓形蓬柳端居千仞託志筠松測四序於風霜候三旬於朓魄至迺夜聞山鳥仍代九成晝視遊魚聊追二子蓽戶弊衿在原非病朱門結駟於我如雲所歎藤鼠易侵樹猨難靜勞想鷲頭倦思雞足至於林凋秋葉曾無獨覺之明谷響春鶯終切寡聞之歎忽承來問曲見

光譽幽氣若蘭清音如玉誠復溢目致歡而實撫膺多愧雖識謝天池未辨北溟之説而事同泥井慚聞東海之談所冀伊人於焉加我黄石匪遥結期明旦白駒可縶用求終朝善敬清猷時因素札言不洗意報此何伸時或

以遠即晉朝譙國戴逵今考據行事非也晉書云太元十二年徵隱士戴逵不久尋卒至梁大通三年一百四十三載命公方生計不相見又非北齊比明矣

弔延法師亡書

隋薛道衡

八月二十三日薛道衡和南俗界無常延法師遷化情深悲怛不能已已唯哀慕摧割當不可任法師弱齡捨俗高蹈塵表志度恢弘理識精悟靈臺神宇可仰而不可窺智海法源可涉而不可測同夫明鏡屢照不疲譬彼洪鍾有來斯應往逢道喪玄維落紐栖志幽巖確乎不拔高位厚禮不能迴其慮嚴威峻法未足懼其心經行宴坐夷險莫二戒德律儀始終如一聖皇啓運像法重興卓爾緇林鬱爲稱首屈宸極之重伸師資之義三寶由其弘護二諦藉以宣揚信足以追蹤澄什超邁安遠而法柱忽傾仁舟遽沒匪直悲纏四部固亦酸感一人師杖錫挈缾夙承訓導升堂入室具體而微在三之情理百恒慟往矣奈何無常奈何疾礙不獲展慰但深悲結謹白書慘愴不次弟子薛道衡和南

廣弘明集卷第二十四

音釋

殲子廉切滅也腆他殄切厚也多也剠渠京切鎬胡道切地名
襚徐醉切贈終衣嗤赤脂切笑也戄許縛切驚遽也靳渠羈切彯
撫招切鬻余六切賣買也掎居蟻切偏引也槧才敢切版牘也㥏
㥌㥏他典切㥌呼得切㥏㥌心內慙也鯁古孟切悲塞也痏烏賄切瘡也
坱烏黨切齊貌濩胡郭切布散也閘乙甲切閜呼雅切庨許交
切郛芳無切郛也蔕都計切綴蕾也矗初六切聳上貌苯蕁苯華
衮切蕁作緄切蕁草木藂生貌觳苦豆切子欲出也鬣力葉切頷毛也
蚿胡田切蟲也㹳五胡切猨屬跕躧跕都牒切墮也躧想里切履不
躡跟也畛之忍切界也蕈慈荏切菌也菅古閑切茅草也蒯苦怪
切草名隰似入切下濕曰隰擠子禮切手搦酒也呶女交切讙聲也
嗢噱嗢乙骨切噱渠略切嗢噱笑不正貌縊於計切經死也旆步昧切繼
旐曰旆瞥普蔑切過眼暫見也啖徒濫切食也笈極曄切書箱鄖
王分切國名